黄发有 主编

中国网络文学理论评论 年选
—— 2021 ——

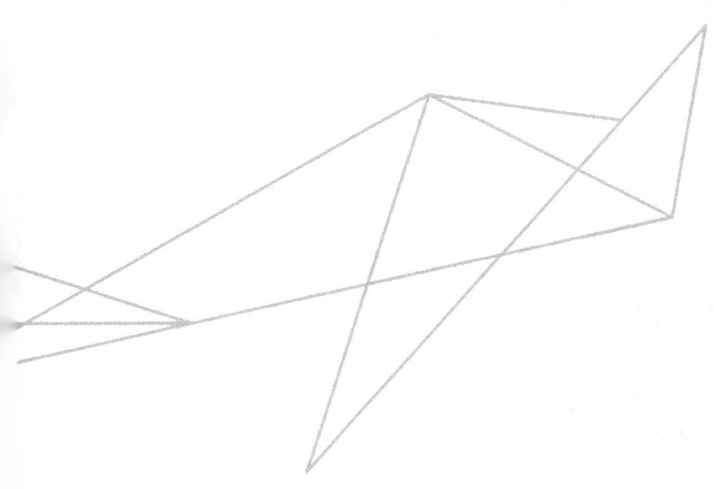

海峡出版发行集团 | 海峡文艺出版社

图书在版编目(CIP)数据

中国网络文学理论评论年选.2021/黄发有主编.--福州：海峡文艺出版社，2022.6
ISBN 978-7-5550-2959-5

Ⅰ.①中… Ⅱ.①黄… Ⅲ.①网络文学－文学评论－中国－文集 Ⅳ.①I207.999－53

中国版本图书馆 CIP 数据核字(2022)第 067259 号

中国网络文学理论评论年选(2021)
黄发有　主编

出 版 人	林　滨
责任编辑	蓝铃松
出版发行	海峡文艺出版社
经　　销	福建新华发行(集团)有限责任公司
社　　址	福州市东水路 76 号 14 层
发 行 部	0591－87536797
印　　刷	福建新华联合印务集团有限公司
厂　　址	福州市晋安区福兴大道 42 号
开　　本	787 毫米×1092 毫米　1/16
字　　数	440 千字
印　　张	29.5
版　　次	2022 年 6 月第 1 版
印　　次	2022 年 6 月第 1 次印刷
书　　号	ISBN 978-7-5550-2959-5
定　　价	150.00 元

如发现印装质量问题，请寄承印厂调换

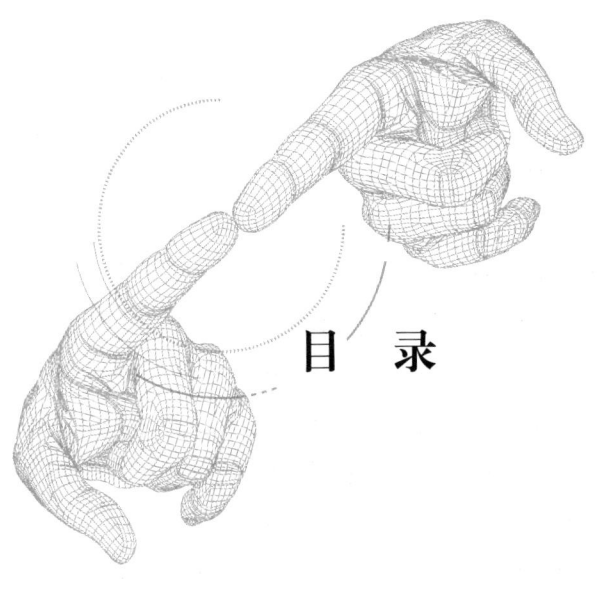

目 录

网络文学评价体系的"树状"结构 ………………… 欧阳友权 /1
网络文学经典化与评价体系建构 …………………… 周志雄 /20
构建网络文学网站社会效益评价体系
　　——基于25家网站数据分析 ……………………… 禹建湘 /35
当前网络文学评价标准建构的批评与反思 ………… 周根红 /50
媒介性、原生性与学科建设性
　　——网络文学史料研究的问题和方法 … 邵燕君　李　强 /60
制作起源：中国网络文学的五种起源叙事 ………… 吉云飞 /70
北美华文网络文学的历史脉络及其特点和局限 …… 欧阳婷 /103
使命与钳制：中国网络文学发展境况思考 ………… 单小曦 /115
中国网络文学"先锋性"问题新论
　　——"关键词"或"新概念"生成 ………………… 闫海田 /127
走向活文学观：中国网络文学与次生口语文化 …… 黎杨全 /145

通向及物的现实主义
　　——论网络文学的现实转向……………………胡疆锋 /170
网络文学中的乡村想象与叙事策略………………杪　椤 /187
网络文学与微时代文学的新质……………………许苗苗 /202
社会性：网络文学评价体系的另一维度……………杨　玲 /217
网络文学的社会性特征及效应……………………管雪莲 /233
"路空文隐喻"阐释与网络文学高质量发展的系统观
　　——奇幻电影《刺杀小说家》思辨……………黄鸣奋 /244
网络文学—大众文艺体验的行为、过程和状态………王　祥 /266
网络文学"新文类"的结构形态及数据库美学………韩模永 /282
中国网络文学叙事探究……………………………马　季 /297
网络小说叙事的图像化倾向………………………周　冰 /316
网络小说折叠叙事的文化传承与海外传播……汤哲声　黄　杨 /333
叙事言语、文本内系统与文化接触
　　——网络小说的"逆旅"现象…………………张学谦 /349
由"一夫"至"多宝"：数字人文视角下女频小说的情感位移
　　………………………………………………许　婷　肖映萱 /362
网文如何表达女性主体意识：天下归元的启示………李　玮 /379
"女频"破圈之旅
　　——新世纪网络文学的性别秩序变动…………张　钰 /384
数字媒介时代网络文学 IP 改编的再思考……曾一果　杜紫薇 /394
算法社会的受众劳动及其创造性破坏………………张　跣 /402
推介去中心与消闲货币化：数字资本主义对网络文学场域的
　　重塑……………………………………………项　蕾 /408
中国网络文学国际传播的发展、挑战与完善路径……张富丽 /422
中国网络文学海外传播现象分析…………………杨　会 /431
论网络小说创作中的"弃坑"现象…………………任雪婷 /442
青少年网络小说阅读对自我概念清晰性的影响：角色认同和沉浸感的
　　中介作用……张冬静　吴　漾　周宗奎　谭亚莉　曹　敏 /453

网络文学评价体系的"树状"结构

◎欧阳友权

如果试图构建一种文学的评价体系,思维的触须必然要延伸至这样的理论视域:这个评价体系包含哪些指标要素?这些要素具有怎样的结构形态和功能模式?它们对文学评价构成怎样的观念有效性和目标针对性?等等。这些对于诞生时间不长、理论积淀不多、批评实践较为薄弱的网络文学评价来说,是十分重要且极富挑战性的话题。

一、网络文学评价体系的维度选择

文学评价是基于主观认知的理性行为,又是一种需要贴近评价对象、切中客观实际的价值评判活动。不同的评价者,或面对不同的评价对象,其所持论的价值立场及其评价标准是有所不同的,即没有一成不变的评价体系,评价一个对象时也无需持用所有的评价维度及其标准,而可能是有所侧重或着意选择的。鲁迅先生说,任何文艺批评都"需有一定的圈子",称没有"圈子"的批评家"那才是怪汉子呢","我们不能责备他有圈子,我们只能批评他这圈子的对不对"[①]。这里的"圈子"即文学评价的标准或主体选择的评价维度。维度不同,标准各异,评价的侧重点就不同,评价的结果势必各各有别,足见在文

---

① 鲁迅:《花边文学·批评家的批评家》,载《鲁迅全集》第5卷,人民文学出版社,2005年,第349页。

学评价领域,主体有立场,维度有选择。

那么网络文学评价可以选择哪些评价维度呢?从"文学"与"网络"的双重属性看,对网络文学的评价既要有"文学"的维度,如思想性维度、艺术性维度,也不可脱离"网络"的评价维度,如媒介维度、产业维度,还需要有二者融合而成,即"网络文学"的整体评价维度——影响力评价。也就是说,思想性维度、艺术性维度、媒介性维度、产业性维度和影响力维度,便是网络文学评价体系构建时需要持论的基本维度。

(一)基于网络语境的思想性维度

思想性是文学作品蕴含的人文审美的正面价值和意义,网络文学也不例外,同样具有自己的思想性。评价网络文学作品首先需考察其是否蕴含正确的思想性,以评辨作品的内容、倾向和创作者的价值立场是否对历史、对社会、对人生、对人们的精神世界产生正面的积极影响,这是没有疑义的。问题在于,为什么要在思想性评价维度前加上"网络语境"的限定呢?其原因在于,网络文学的思想性评价有其特殊的生成背景。譬如,在一般读者的心目中,网络文学并非以传统的"文学"二字即可论之,亦即说,如果它有思想性也只是或然的而非必然的,因为与印刷文化时代的纯文学(或精英文学)相比,网络文学主要是满足娱乐市场的"爽感"(或称"代入感")之需,而不是要表达某种思想。对于类型小说,创作就是讲故事,如唐家三少讲的是主角"打怪成神"的故事,天蚕土豆讲的是男主"废柴逆天"的故事,我吃西红柿所讲的则是人物"极限修炼"终于成功的故事,至于这些故事中有没有思想、有什么样的思想,一般读者大都不以为意,作者也未必有这种自觉意识,此其一。其二,网文作品写什么、怎么写,往往取决于消费端而非创作端,消费者对网文的心理期待主要是快乐消遣,需要以"爽"为卖点的"金手指""玛丽苏"或"打怪升级换地图",而不是思想的深刻或意义的重大,思想和意义不过是爽感以后的"观念附加值"。臣服于文化资本和市场选择的网文创作,把传统文学"以作家为中心"的前端倚重,"下移"至"以读者为中心"的后端规制。此时,消费者就是作者的"衣食父母",网文作者只能适应和满足阅读市场的需求,不可一厢情愿地"投喂"某种宏大叙事的思想或观念。这就是网络文学思想性评价必须面对的现实语境。

当然，网络语境并非是要消解网文作品的思想性评价或者回避对它的价值判断。许多网络作品，特别是那些优秀的网络小说，并不缺少思想性，它们常常蕴含正确的社会历史观，有对真假、善恶、美丑的正确分野，有对人生、人性、人心、人伦的深刻揭示和独到表达。且不说如《浩荡》《网络英雄传》《大国重工》《最强特种兵》《朝阳警事》这类现实题材作品不乏观照世道人心的价值判断，那些描写玄幻、武侠、修真、穿越等幻想类题材的小说，对其思想性的发掘和把握，同样是评价这些作品不可忽视的重要维度。萧鼎的《诛仙》用"天地不仁，以万物为刍狗"的文化观念，写凡人成长中的正邪之争，反叛暴力道德化，描写个人欲求与道德准则之间的艰难选择，渗透其中的东方文化、传统宗教、世俗情爱和人性伦理，难道不是它的"思想性"吗？愤怒的香蕉的《赘婿》设定一位现代金融大亨穿越到武朝（宋代）的架空世界，成为江陵布商之家优游度日的赘婿，然后由商贾家园到朝廷庙堂再到治国平天下成为一代枭雄，将中国的历史之轮从宋代推衍到近代，把"天下兴亡"落实到"匹夫之责"。如果评论家评价《赘婿》而不关注其蕴含的思想性，是很难探得其精髓的。被赞为"四大文青"之一的猫腻，其小说以有立场、有哲理、有文采而声名远播，有评论者曾这样解读他的作品："从《映秀十年事》自我意识的觉醒和直面世界规则的'起点之问'，到《朱雀记》建构起自我在这个世界的行事哲学，再到《庆余年》坚持自我的哲学，对规则利用、对抗甚至颠覆，直到《间客》《将夜》《择天记》一直在东方西方、国家和个人、浩瀚星球和渺小如蚁之间寻找个人的生存和生活哲学……猫腻的作品，都是在寻找自我在这个世界中的意识、身份和位置：我是谁？我应该如何活着？我怎样活着，才能活得美好？"[①] 类似这样寓人生哲学思考于玄幻故事的作品向我们表明，网络文学并不排斥思想，"网络语境"给创作披上了"爽文"的外衣，但其包裹的

---

① 庄庸、王秀庭：《网络文学评论评价体系构建：从"顶层设计"到"基层创新"》，福建教育出版社，2016年，第248—249页。

仍然可以是有思想深度的"走心"之作，思想性评价应该是评价网文不可或缺的有效"抓手"。

（二）不脱离爽感的艺术性维度

艺术性是文艺作品的魅力所在。在文学评价中，考察一个作品的"艺术性"就是看它的文学性，即阅读一个文学作品时所得到的从情绪激动到心灵共鸣的心理感受。网络文学作品的艺术性通常要通过阅读"爽感"来实现，需经历"可读→悦读→爱读"或"爽感→喜感→美感"的接受过程，最终形成从情绪情感到志趣情怀的深刻代入。网络文学属于数字传媒时代的大众文学、通俗文学或"新民间文学"，它有别于书写印刷文化塑造的"深文隐蔚""曲径通幽""言有尽而意无穷"的佳构曲笔范式，常以"爽感"为第一美学，以"好看"为作品艺术性的"准入证"。如果作品不好看、不能吸引读者而无人问津，传统文学还可以物质形态将其"束之高阁"，网络文本则难以生存而只会沦为"网海僵尸"。事实上，"爽感"不是文学原罪，拥有阅读爽感也不是对网络文学的"矮化"。相反，它可能是对一种艺术本色的认知。因为爽感本身并不是外在于艺术性的，而是艺术性的一种功能形态，任何艺术性的实现都需要经由爽感才能将观念上的艺术性变成体验中的艺术美感，无论是阅读文学经典还是"扫读"网络小说，概莫能外。传统文论"寓教于乐"的"乐"其实也就是"爽"的另一种称谓，阅读的快乐或快乐地阅读难道不就是"爽"吗？只不过在传统文学看来，在"寓教于乐"的功能模式中，"教"比"乐"（爽）更重要，"乐"是为"教"服务的，"乐"的目的是为了"教"；而在网络文学看来，"爽"（乐）居首位，它不再是手段而是目的。因为"爽"（乐）本身就成了目的之一，评价网络文学的艺术性，首先就得通过"乐"即"爽感"，才能把阅读欣赏引渡到艺术审美的殿堂。

当然，我们评价网络文学的艺术性时，并不是有了爽感就有了一切，让艺术评价止步于爽感评价。对于那些优秀网文作品而言，赋能爽感只是入门之功，艺术性的所有元素，如精彩的故事创意、个性鲜明的人物塑造、新奇别致的矛盾设置、不落窠臼的情节、细腻逼真的细节、生动传神的语言，乃至整体呈现的叙事节奏、艺术风格和文学情怀等等，均是网络文学艺术性评价绕不过去的持论依据。文学评论家雷达在评价网络小说《网络英雄传Ⅰ：艾尔斯巨岩之约》时说，这部小说"技巧的运用，语言的生动性，细节的饱满性，故事的戏剧性，词语的熟练准确，都达到了相当成熟的程度。这是一部有生命和温度的作品"[①]。白烨在评价该小说时也说："这部作品还有一个特点是文学性特别好，故事编排特别精彩。小说讲的是创业故事，但也有悬疑故事，整个故事跌宕起伏，悬念丛生。创业故事里头又加了四角恋情，所有故事交织在一起，很吸引人。从作者叙事来看，环环相扣，构思跟叙事都非常棒，文学性非常强。"[②] 雷达和白烨都是当代著名文学评论家，他们对这部网络小说艺术性的评价使用的是传统文学的评价尺度，可谓切中肯綮，说明网络文学的艺术性并不是外在于传统文学艺术性的另起炉灶，而是传统艺术性在网络时代的延伸。

（三）源于技术传媒的网生性维度

网生性也称"网络性"，是网络传媒深度介入文学生产的特性。与传统文学由创作者个人独立书写不同，网络文学创作是在适应市场、调剂需求、粉丝不断干预的境况中完成的，网络不仅是文学的媒介和载体，也是文学作品的"生产车间"。网文作品脱胎于网络又受制于网络，从而被深深打上了"网络生产"的印记。网络规制了文学的生成，也制衡着网文作品的价值律成，因而评价网络文学不能没有网生性维度，它是网络文学评价有别于传统文学的一个特殊维度。

首先，网生方式限定了作品的结构形态。网络文学作品尤其是网络长篇小说，一般都是"续更"连载而成，作者每天更新数千上万字不等，在万千读者的期待中，形成"续更—追更""需求—供给"的生产模式。这种生产模式带来两个结果：一是"压强效应"对创作者构成日日续更、不可懈怠的心理压力，由此形成创作驱动，激发主体潜力，或因"压力山大"难以收场造成断更而"烂尾"，所谓"太监

[①] 雷达：《〈网络英雄传Ⅰ〉一部有生命和温度的作品》，孙溢青主编：《我们这个时代的英雄：〈网络英雄传Ⅰ：艾尔斯巨岩之约〉评论集》，江苏凤凰文艺出版社，2019年，第7页。

[②] 白烨：《郭天宇是这个时代有筋骨、有道德、有温度的人物》，孙溢青主编：《我们这个时代的英雄：〈网络英雄传Ⅰ：艾尔斯巨岩之约〉评论集》，江苏凤凰文艺出版社，2019年，第14—15页。

文"就是这么产生的;二是"速度写作"直接影响作品质量,常常因为"粗放式"码字致使作品粗糙而不堪卒读,甚至出现前后矛盾、有"坑"未填、表述不当、错别字常有等"文学幼稚病"。

另外,文学"网生"会因粉丝"吐槽"干预创作过程。网文作品以"过程生产"代替作品的"一次性"呈现,这让昔日"当局者迷"有了"旁观者清"的矫正契机。追更的粉丝,特别是那些"忠粉""铁粉",出于对作品的喜爱而吐槽指摘,或为了更高的期待而"好为人师",对作品的人设、故事走向甚至知识性错误提出自己的看法,往往直言不讳,如鲁迅所说的"好处说好,坏处说坏"。有的还会因对作品的喜爱(或不满)而写出"同人文"。特别是"本章说"App上线后,从技术层面拉近了读写互动的距离,让粉丝的干预变得更加便捷和直观,读者在创作中的作用越来越明显。如卖报小郎君在续更《大奉打更人》时,不断与粉丝交流,常常在一章续完后提出:"为××盟主加更一章以示答谢",或"今日三更,月票在哪""错别字就靠众亲帮我挑了""你们提出的××问题我会在后面交待的"等等,足见作家心目中一直装着读者,粉丝对作品生成有着不可小觑的干预力量。

此外,网民的互动影响作品的价值判断。对一部网络作品的评价不能不关注线上的网民评价,中国作协网络小说排行榜和国家广电总局的网络文学优秀原创作品推介,也把"网民的在线评价"作为衡量作品的条件之一。众多网民粉丝在互动中形成的"舆情判断"会形成引导性力量,产生"马太效应",对他人、对线下、对传统学人的评价都将产生"同好"之感。会说话的肘子的新作《夜的命名术》2021年春季上线后,有网友在"知乎"上发起了"如何评价会说话的肘子的新书《夜的命名术》?"的讨论,一个叫"跳舞"的网友说:"开之前看过肘子的稿子,聊过几次,相对外界,我对于他的创作思路算是知道的比较多一些。这个创意和写法我觉得很赞的,如果不出意外,按照肘子的水准好好写下去,就又是一本大热之作。"网友"今夕何夕"跟帖道:"个人觉得非常的棒,这倒不是在无脑吹。只是在看完几章过后,就能很明显地感受到,肘子大佬这次想要出来的世界,不是潦草的概述,而是细致的描写。一个赛博朋克式的未来世界,就像是作品的简介一样。"紧接着就有"黑山门""烽火戏乌贼""白非非白"等一众网友呼应赞同,虽然也有"五角子""郝多钱"等网友略有微词,但对作品的肯定性评价几乎是压倒性的。特别是网友"有颜有甜"贴出了《夜的命名术》的市场数据,并将其与同期发布的乌贼《长夜余火》、跳舞的《稳住别浪》、番茄的《沧元图》等作品反响做了比较,知乎网友的肯定性评价几乎是众口一词。① 可见网民对作品的互动性评价不仅是有效的、及时的、靠谱的,也会以"影响"评价形成"影响力"评价。

(四)依托市场绩效的产业维度

网络文学源于技术传媒,而成于市场机制。自 2003 年起点中文网创立"VIP 付费阅读"商业模式后,中国的网络文学便迅速走出低谷,以"马鞍形"上扬态势持续高走,并催生出类型化超长小说的爆发式增长,打造了世界上独一无二的网络文创产业。这一产业由文学网站平台负责经营和打理,其业态由三个板块组成:一是由付费订阅、打赏、月票、盟主模式和广告组成的线上经营;二是由网文 IP 版权分发、孵化、改编影视、游戏、动漫、图书、听书、演艺、周边而形成的网文产业链和产业集群,它们是源于网文知识产权的全媒体、多版权线下产业;三是从作品传播到模式输出构成的网文出海产业,它们成为中国文化"走出去"的重要组成部分,为中国文化外贸从逆差走向顺差贡献市场份额。于是,以市场绩效评价网络文学逐渐成为网文行业评价网络作家作品的经济尺度和效益指标。阅文集团的网络文学原创 IP 风云榜、橙瓜网的网络文学"网文之王""百强大神"榜单、速途研究院的"网络作家影响力年度 TOP50 榜单"等许多网络文学排行榜单,即是以此为评价标准的。

我们把产业绩效作为网络文学评价体系构建的一个重要维度,在于它无论对网络文学本身还是对网络文学评价,都有着不容忽视的影响力。首先,市场绩效形成的经济驱动,成就了网络作家、网站平台、读者粉丝的"利益共同体",让整个行业有了生产与扩大再生产

---

① 知乎话题:《如何评价会说话的肘子的新书〈夜的命名术〉?》,网络链接:https://www.zhihu.com/question/455219054,2021 年 7 月 7 日查询。

的经济基础。1997年"榕树下"网站上线运营时，日收揽原创稿件5000篇左右，每天可择优刊发500余篇，一时风头无两。但"烧钱"三年后便入不敷出，网站难以为继，不得不出让给贝塔斯曼公司，随后又被转手欢乐传媒，其没落的最大原因就是没有找到自己的商业模式，无从盈利便难以生存。而起点中文网从一个小网站成长为男频网站的领头雁，其根本原因恰恰在于其商业经营的成功为作家，也为自己赢得了市场竞争的优势地位。其二，市场经营的绩效评价让网络文学的"经济触须"与社会建立起密切关联，不仅以新型的文创产业为社会贡献了GDP，还能传承文化、书写时代，以丰富的想象力展示人与现实之间的审美关系，以文化建设的前沿姿态创造时代的网络文化、青春文化和二次元文化，而这些文化均可在网络文学中承载和传播，并可以用市场化绩效的量化指标去检验与评价。此外，市场绩效评价开启的产业与艺术的博弈，在经济效益与社会效益之间形成一定的文学张力。网络文学二重性应该在"精神与经济"之间形成一种正相关的平衡关系，但资本的逐利性与文学的人文性、审美性之间不时会出现不兼容乃至相冲突的情形，此时，应该以社会效益优先原则追求"双效合一"而不是相反，网络文学的发展和进步就是在这个博弈过程中不断开辟前进道路的。

（五）聚焦传播效果的影响力维度

无论是评价网络作家、网文作品还是评价文学网站平台，其实都是一种影响力评价。如果说"注意力"是网络文学行业的起点，那么"影响力"则是行业成效的落脚点。影响力评价的实质是一种价值评判，网络作家作品和网站平台在行业内外、社会大众中的影响力大小，通常即可看出其价值的大小或品质的高低，而对象的价值和品质通常都是通过传播效果来体现的。因而，聚焦传播效果的影响力评价便成为网络文学评价体系绕不过去的一个有效维度。

影响力评价是一种后置评价，也是不断累积、持续渐变的终极评价。影响力有正面的也有负面的，有现实的影响力也有历史的影响力，进行影响力评价需要对其做出区分。只有那些正面、积极、持久的影响力，才是值得肯定的、具有较高价值的影响力。有的作品在其诞生时红极一时、影响广泛，但随着时间的流逝，其光芒便日渐暗淡,不久即销声匿迹,这样的影响力可能是廉价的、有限的,价值不高,意义也不大。我们所需要的是那种"立得住、传得开、留得下"的持续影响力,历史上的文学经典就是这样形成的。

影响力是一种口碑评价、直观印象,又是一种目击道存的综合判断。这种判断来自判断者的日常阅读和阅读感受,是在真切感受中积淀起来的心理印象。例如,血红创作了《光明纪元》《升龙道》《邪风曲》《神魔》《巫神纪》等众多有影响的小说,不仅高产,且品质上乘,网友Wewewezard评价说:"血红的书,我从《光明纪元》开始看。血红的书既有网文的爽快,又不像其他的一些网文那样幼稚单纯。他的书情节不落俗套,引人入胜,既心思细腻,又振奋激昂。血红的文笔最值得称道,不见华丽辞藻的堆砌,却油然而生一种文字的魅力。就如那百川到海,奔腾浩荡;又如春雨入夜,润物无声。着实有一种大巧不工的感觉。"① 这样的印象经口碑相传,就会形成影响力,成为影响力的综合判断。

影响力是客观化的主观评价,它基于作品阅读,源于主体判断,但需要避免"信息茧房"的误导和误判。决定影响力大小的根本是文学品质,通过阅读精准把握作品品质,做出符合客观实际的主观评判,是影响力评价的常规模式。但在实际评价中,由于主客观限制,如作品阅读不精细、理解不深或把握不准,都可能做出浅判、误判甚至错判。有时,由于信息渠道单一,很容易被他人(特别是名人或众人)所左右,或者被某种舆情所裹挟,让自己做出不切对象实际的评价。比如"网络文学都是垃圾""好作品还会发布在网上么""类型小说都是套路,没什么创新价值"等等诸如此类的评价,不仅以偏概全,还会对网络文学的影响力评价产生误导。要矫治这类片面评价,一是坚持"从上网开始,从阅读出发",从大量的阅读、比较和思考中得出自己客观化的主观判断;二是广泛接触线上和网下的不同评价,兼听不同观点再做比较分析,避免单一信息的"茧房"模式对判断的干扰,让符合客观实际的判断成为影响力评价的基础。

---

① 西篱:《血红与〈巫神纪〉》,作家出版社,2019年,第98—99页。

二、网络文学"评价树"构想

网络文学评价不是某个单一评价维度的功能行为,也不是各评价维度的简单相加,而是由各主要维度构建的一个立体的、丰富的、可辨识、可更新与成长的完整系统。这个系统的五个维度即五个评价指标的重要性和逻辑地位并不对等,它们不仅有轻重主次之分,而且倚重的对象也有所区别。大体来看,依据它们在评价体系的地位,五个评价指标可划分为三个层次,以此构成网络文学评价体系的"树状结构"。

第一个层次是核心层,由思想性、艺术性构成,它们处于"评价树"的根基部。将这两个指标置于评价体系的核心层,是因为任何文学作品都具有思想性和艺术性(至少在理论上是如此),因而任何文学评价都离不开思想性和艺术性评价。这两个评价指标的每一个要素对于网络文学的价值判断都有着举足轻重的支撑作用和核心影响力,构成了对文学作品最基础也是最基本的价值评判。

第二个层次是中间层,由网生性、产业性构成,它们处于评价树中段,是评价体系主干的一部分。网生性和产业性制约着网络文学的生产过程和网文行业的经济基础,对于网络文学人文审美判断的作用可能是间接的,但却能影响作品创作,制衡行业发展,为网络文学输出动力、引导走向;并且这两个要素也是网络文学评价有别于传统文学的特殊衡量指标。

第三个层次是外围层,即网络文学影响力评价,它处于"评价树"的末端。将影响力置于外围和末端位置,并不意味着它不重要,而是以空间结构换取意义蕴含——影响力大小总是在一个事物完整出现后才能显现出来,因而是一种置于时光之境的"后置延伸"效应,离开时间的后置将无从真正评价其影响力的大小,因为一时之"热"并不能准确评判一个作品的价值,只有代代相传的口碑,甚至随着历史发展而不断增值的传承,才显示作品"永恒的魅力"亦即作品的影响力。另外,影响力评价是一种综合评价,它不取决于某一个或某部分要素的"做功"情况，常常需要把当下的大数据指标评价与模糊综合评价、数字人文集值统计评价、逻辑与历史相统一评价等结合起来，才可能得出影响力的有效结论。故而，影响力评价就如同一棵树开出的花朵或结出的果实，为网络文学评价呈现出多彩的效果景观。于是，我们便有了网络文学评价体系的"树状"结构图：

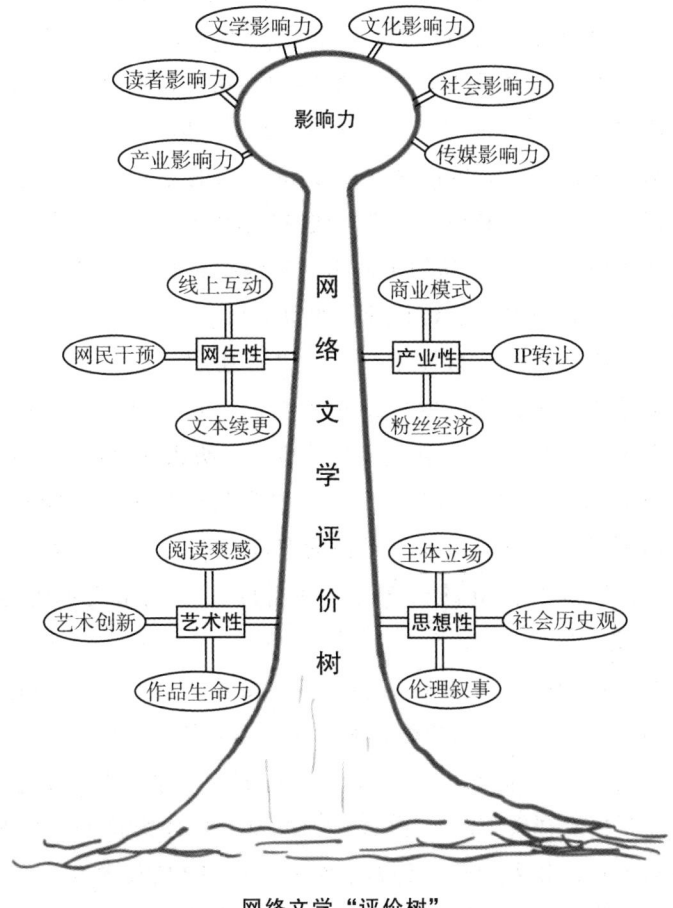

网络文学"评价树"

这个网络文学"评价树"所构成的评价体系由 5 个一级指标、18 个二级指标和相应更为细化的三级指标组成。

思想性评价含三个二级指标，它们是：一、主体倾向的立场站位（三级指标含：1. 对真善美与假恶丑的分野；2. 悲悯苍生，敬畏自然；3. 三观正确，思想格调健康；4. 对终极意义的信仰与虔敬）；二、社会历史判断的价值观（三级指标含：1. 作品反映生活的深度、广度和真实度；2. 思想境界上对国家民族的担当、扪心行文的历史责任；3. 价值引导和文化传承）；三、伦理叙事的人性化表达（三级指标含：1. 作品对人生苦痛的敏锐感知；2. 对人性丰富性的发掘与批判；3. 对弱者的同情与关爱；4. 对人的精神世界的永恒探寻）。

艺术性评价的二级指标是：一、阅读爽感的代入性（三级指标含：1. 故事抓人，形象生动；2. 情感的共鸣性；3. 人物、情节、细节生动传神；4. 语言、结构、表现手法等文学形式的独创与完美度）；二、艺术创新力（三级指标含：1. 故事架构的创意力；2. 题材类型出圈的拓新力；3. 多媒体、超文本或AI创作的艺术表现力；4. 鲜明的个性化风格）；三、作品的生命力（三级指标含：1. 作品价值与审美意蕴；2. 作品立得住、传得开、留得下）。

网生性评价的二级指标是：一、作品互动的生成性（三级指标含：1. 读者与作者交流频度；2. 读者与读者互动密度；3. 作者与网站编辑交流深入度）；二、粉丝干预效应（三级指标含：1. 粉丝数量；2. 新媒体指数；3. 贴吧话题量、超话数等全网热度；4. 粉丝对创作过程的影响度；5. 作者对粉丝干预的态度）；三、文本的特异性（三级指标含：1. 续更延异的长度与时间密度；2. 网络文本的容错率；3. 作品的线上反响）。

产业性评价的二级指标是：一、网站商业模式（三级指标含：1. 付费阅读模式；2. 免费阅读模式；3. 内容、制作、渠道综合模式）；二、平台经营举措（三级指标含：1. 经营流量与投送效能；2. 做客户端，开拓变现渠道；3. 白金、大神及青年作家培养；4. 榜单发布、活动经营；5. 线上广告经营业绩）；三、IP版权盈利（三级指标含：1. 版权管理与版权转让；2. IP转让作品数及频次；3. "文→艺→娱→产"的长尾效应）；四、粉丝经济指标（三级指标含：1. 壮大"书粉"，提升黏性；2. 粉丝社群文化经营；3. 粉丝共创，开发消费新品；4. 本章说、角色应援、衍生创作、社交安利、AI智能伴读等App吸粉力）；五、自媒体及作家自主经营（三级指标含：1. 微博、微信等自媒体文学经营；2. 作家公司，自主内容开发；3. 定制化创作的一条龙经营）；六、社会效益优先，平衡功利与审美（三级指标含：1. 社会效益优先的具体举措；2. 履行社会责任与公益服务；3."双效合一"的市场体量与绩效；4. 无违规违纪事件，违规一票否决）。

影响力评价的二级指标是：一、文学影响力（三级指标含：1. 人文价值方面的影响力；2. 艺术审美的影响力）；二、文化影响力（三级指标含：1. 线上作品的文化认同；2. 线下"泛娱乐"文化市场影响）；三、读者影响力（三级指标含：1. 线上传播时效的应然热度；2. 线下的读者评价）；四、社会影响力（三级指标含：1. 社会评价和荣誉奖项；2. 社会主流意识形态的建设性；3. 社会文化建设的有效性；4. 青少年成长的引导性；5. 网文出海的国际影响力）；五、产业影响力（三级指标含：1. 在线订阅量和粉丝打赏数；2. 线下产业链"长度"与"宽度"）；六、传媒影响力（三级指标含：1. 新媒体影响力——作家作品全网热度，如百度指数、微博指数、微信指数、微博粉丝量、贴吧热度；以及作家作品平台热度，如订阅、打赏、月票数、点击量、推荐量、评论量、收藏量、粉丝量等；2. 线下媒体影响力，如报刊评论、发布的榜单、研讨活动、获得的荣誉等）。

对于这个评价体系的指标设计需做几点说明：

首先，指标体系的 5 个一级指标是基于前述的核心层、中间层和外围层"逻辑层级"提出的，其 21 个二级指标（内含 69 个三级指标）则是根据我国网络文学现有的发展状况和水平，以及笔者数十年跟踪研究网络文学的经验而设计的。新媒体技术的矢量性和国家干预力度的趋强性，使这些指标仅适用于当下（或一段时期内）的网络文学评价现场，却无以囊括未来变化了的网络文学现实。在文体上，更适合可以实施商业性评估和产业性经营的叙事性作品，特别是网络长篇类型小说，对于诗歌、散文、纪实文体和那些篇幅相对短小的中短篇小说来说，需对其做选择性应用处理，这一点下文还会提及。

其次，在评价实践中，各指标体系均需设计权重系数，而权重系数的大小是根据该项评价内容在网络文学评价系统中的重要程度来赋值的，并不意味着单独评估时可以低估或高估哪一评价要素。指标设计的赋值应使用阶梯值而非精确值，一方面在于文学本身就具有模糊性和不确定性,对侧重情感、价值、信仰、理性、逻辑各领域的评判难以精确量化;另一方面,评价体系设计的分级和分类也不是截然区隔、不可僭越的,相反,许多评价指标都是相互影响、彼此关联的。比如思想性指标中的个人价值立场,就包含对社会历史和人文伦理的表达与判断,而创作者的人文伦理也一定会体现他的社会价值立场和历史站位,它们之间常常相互印证、互为因果,这在任何一个网络文学作品里都能找到实证,因而需以相对分殊为要,同时避免彼此割裂。

再次,在产业性评价中,设计了社会效益优先、平衡功利与审美的二级指标,以及履行社会责任与公益服务、实现"双效合一"、无违规违纪事件的三级指标,在权重系数里有"违规一票否决"的标注,这是"中国特色社会主义文化"对网站平台和网文创作者的基本要求。2015年9月15日,中共中央办公厅、国务院办公厅印发的《关于推动国有文化企业把社会效益放在首位、实现社会效益和经济效益相统一的指导意见》提出:"正确处理社会效益和经济效益、社会价值和市场价值的关系,当两个效益、两种价值发生矛盾时,经济效益服从社会效益、市场价值服从社会价值。"2017年6月14日,国家广电总局出台的《网络文学出版服务单位社会效益评估试行办法》第十三条明确规定:"网络文学出版服务单位出版作品出现严重政治差错、社会影响恶劣,在平台首页或重点栏目推介导向有严重问题的作品,违反政治纪律和政治规矩等,社会效益评估实行'一票否决',评估结果为不合格。"同时出台的《网络文学出版服务单位社会效益试行评估指标和计分标准》,规定了社会效益不达标的扣分项,表明了这一问题的特殊重要性,这也是笔者设置该项指标的初衷。

三、评价指标的适恰性倚重

任何一种评价体系都有其针对性和局限性,网络文学评价体系也不例外。短短30年间,网络文学爆发式增长的身姿迅速占据了时代的文学场和大众娱乐场,却忽然发现这一文学的评价体系、批评标准与它的增速和体量之间存在巨大的豁口,这种不协调与不平衡构成了一段时间内"评价的焦虑",于是呼唤建立网络文学的评价体系和批评标准庶几成了学界和业界的共识①。

不过我依然要对此浇一点凉水——对构建网络文学的评价体系和批评标准不可期望值太高,这倒不是为自己的探索寻找退路,其真正原因在于,不仅这个建构过程将会漫长而艰难,即使构建起了某种评价体系或批评标准,也将会是见仁见智、难有定评的。譬如,在传统文学观念中,马克思提出"人民历来就是作家'够资格'和'不够资格'的唯一判断者"②,选择的是人民维度和效果评价;恩格斯把"美学观点和历史观点"作为文学评价的"最高的标准"③,其所倡导的是艺术审美和历史逻辑相一致的评价维度;孔子提出"兴观群怨"的"诗教"观、"思无邪"的中正立场和"词达而已"的论诗尺度,认同的是一种艺术社会学的伦理维度等。刘勰提出"六观"④标准,毛泽

---

① 从政界的领导讲话到业界的精英发言,再到学界的理论评论研究,这类呼声都很高。代表性学术成果如:陈崎嵘《呼吁建立网络文学评价体系》,载《人民日报》2013 年 7 月 19 日;王国平《网络文学亟待确立批评"指标体系"》,载《光明日报》2012 年 7 月 3 日;周志雄《中国网络文学评价体系的维度及构建路径》,载《中国文艺评论》2017 年第 1 期;李朝全《建立客观公正的网络文学评价体系》,载《河北日报》2014 年 12 月 5 日;欧阳婷《网络文学评价体系构建刻不容缓》,载《中国艺术报》2016 年 8 月 29 日;康桥《网络文学批评标准刍议》,载《光明日报》2013 年 9 月 3 日;夏烈《网络文学批评的三个学理支柱》,载《光明日报》2016 年 9 月 3 日;张柠《网络小说的文学性和新标准》,载《文学教育》(上)2015 年第 2 期;欧阳友权《建立网络文学评价标准的必要与可能》,载《学术研究》2019 年第 3 期;孙美娟《构建网络文学评价体系》,载《中国社会科学报》2019 年 3 月 19 日;李玉萍《构建新时代网络文学评论体系》,载《中国社会科学报》2019 年 12 月 9 日;张立等《网络文学发展现状及其评价体系研究》,中国书籍出版社 2016 年;等等。

② 马克思:《第六届莱茵省议会的辩论》(第一篇论文)(1842年),载《马克思恩格斯全集》第 1 卷,人民出版社,2006 年,第 90 页。

③ 恩格斯:《致斐·拉萨尔》(1869 年 5 月 18 日),载《马克思恩格斯选集》第 4 卷下,人民出版社,1972 年,第 347 页。

④ 刘勰在《文心雕龙·知音》中说:"是以将阅文情,先标六观:一观位体,二观置辞,三观通变,四观奇正,五观事义,六观宫商。斯术既形,则优劣见矣。"

东提出"政治标准第一,艺术标准第二"基本标准。文学评价的尺度、理论和观念一直都是随着社会历史发展和文学变迁而不断变化的,并没有一成不变、四海皆准、万应万灵的评价标准和体系。及至20世纪以降的西方文论界,俄国形式主义倚重对语言"陌生化"的强调,法国结构主义基于语言的整体性、系统性表意方式来探讨对象文化意义的深层结构,而英美新批评则立足文本的语义分析"细读"出对象的独立自足世界。此后的女性主义文论、后现代文化研究、新历史主义、后殖民主义、文化多元主义等,又从作品文本中抽回目光,聚焦作品蕴含的性别、种族、政治、权力、身体、媒体、消费、解构、后现代等"外部研究"问题,可见不同评价者都有意无意地对文学评价的持论维度有所选择。网络文学历史短暂,变幻无定,从技术传媒的成熟、创作形态的辨识到理论观念的积淀,均处于不确定性与可成长性并存的历史阶段,此时冀望于构建一个统一的标准体系来评价复杂而变化难测的网络文学现象,只能是一种美好的愿望。

对一个未知问题的理论探讨应该允许试错、容错和纠错。学术辨析或观念建构不能陷入不可知论的迷宫,也不可盲目乐观、过于自信,此时我们能做的和应做的,就是在现有条件和自我认知能力的基础上,提出我们自己的构想,并承认构想的局限性和有限性。就本设计的评价体系和批评标准看,在对它的理解和具体评价实践中,就需要把握好三个方面的适恰性倚重。

一是适应对象的有限性。该评价体系及其指标设计只适应网络原创文学,而不是所有"网络上的文学"。我们知道,网络文学的概念是有区分、有限定的。笔者在十多年前出版的《网络文学概论》中曾对网络文学做出过三重界定:从广义上看,网络文学是指经电子化处理后所有上网了的文学作品,即凡在互联网上传播的文学都是网络文学,不仅涵盖了在网上首次发表的原创作品,也包括古今中外已有的印刷品文学的电子化转换作品,这种网络文学同传统文学仅仅只有媒介载体和传播方式的区别;从本义上看,网络文学是指发布于互联网上的原创文学,即用电脑创作、在互联网上首发的文学作品,这个层面的网络文学不仅有媒介载体的不同,还有了创作方式、作者身份和文学体制上的诸多改变,与传统的纸介印刷文学已经有了很大区别,也是目前被许多人认可的网络文学概念；从狭义上看，网络文学是指那种只能在互联网上"数字化生存"的超文本链接和多媒体制作的作品，或者是借助特定的创作软件在电脑上自动生成的作品，这种文学具有网络的依赖性、延伸性和网民互动性等特征，最能体现网络媒介的技术特色，它们永远"活"在网络中，不能下载做媒介转换，一旦离开了网络就不能生存。这样的网络文学与传统印刷文学完全区分开来，因而是真正意义上的"网络"文学[①]，代表了网络创作的媒介和技术特色，当下兴起的AI（人工智能）创作也许就是它的发展方向。

这个十多年前对网络文学的界定，在今天看来依然是有效的。简单来说，广义的网络文学是指所有上网了的文学作品，本义的网络文学是指网络原创文学，狭义的网络文学则是借助网络创作的多媒体、超文本或人工智能形成的文艺作品。今天我们所说的网络文学主要是第二类，网络文学评价体系所适应的也主要是指这类网络原创文学。其实，第三类狭义的网络文学也是原创的，但因为它的创作技术门槛相对较高，在我国呈"前高后低"之势——在20世纪90年代末和本世纪初，网络上曾有过不少多媒体和超文本作品，如《平安夜地铁》《哈哈，大学！》《晃动的生活》等，但一直未能形成规模，难以通过经营获得商业利益。2003年网络文学商业模式出现后，随着类型化长篇小说的大范围兴起，这类视频、音频与文字相交织的超文本之作在我国网文作品中几乎销声匿迹。于是，我们设置的网络文学评价体系，其适应对象就是当下最为常见的网络原创文学，更具体地说，它适应的就是网络原创小说特别是续更式创作的长篇类型小说。

二是对象倚重的选择性。从评价指标体系与网络文学要素之间的适恰度看，各指标设计的系数赋权是有所侧重、有所选择的。例如，网络文学思想性标准、艺术性标准的适用对象主要是针对网络文学作品，它们是作品品质与价值的根基，其系数赋值当是五个要素中最高的。网生性标准只适用于网文创作，是对作家创作过程中互动生成的粉丝干预度评估，它对网络文学价值评判分量相对较轻，不过系数分量虽然占比不重，却是网络文学有别于传统文学评价的特殊要素之所

---

① 欧阳友权：《网络文学概论》，北京大学出版社，2008年，第3页。

在，是不可或缺的。产业性评价标准的适用对象是网站平台经营方，其评价指标涉及平台采用的商业模式、线上用户流量、线下IP版权与融媒体经营等，其对整个行业的良性运营与生态状况，以及传播半径延伸和"双效合一"的文化市场繁荣，均有不可小觑的影响。最后一个评价要素是影响力标准，如文学影响力、文化影响力、读者影响力、产业影响力、社会影响力和传媒影响力等。影响力评价是一种综合评价和后置评价，侧重消费者口碑、历史存留的长线效应，它以网络作家作品影响为主，也包含网生过程和产业效益评价，既有现实考量，也蕴含历史检验。为区分评价对象倚重的选择性，我们一方面通过赋权系数的差异，体现它们在整个评价体系中的地位和作用；另一方面，也要求人们在使用这个评价体系时，注意区分评价的是哪一个对象（譬如是作家、作品还是网站平台），再根据对象的不同选择性设置不同的倚重系数。

事实上，在实际评价过程中，其具体情形是十分复杂的，需要有"一品一策"的准确勘定。例如，一个网络作家可能登上了富豪榜，某一作品可能线上线下均创造了良好的经济效益，但并不能据此判定该作家、此作品就必然得到高分评价，因为作家作品的评价主要不是商业性评价，而是考辨其人文审美、艺术创新、价值内涵等文学性或人文品貌方面的贡献，其经济收益、商业价值只是一种参考性因素，不是决定性因素。再比如，要评价一个文学网站平台，需要从产业经营、商业模式、经济效益和社会责任等方面入手，用文化企业的标准去衡量它，从而与网络作家、作品的评价标准大有不同，这正是评价对象选择性倚重时必须注意的。

三是系数赋权的针对性。为了操作的方便，在指标设计中，需要为网络文学评价体系设置三级（甚或四级）指标，给每个指标进行系数赋权，那么，不同的评价指标的权重系数的依据是什么呢？或者说是根据什么来确定不同指标的权重系数呢？这或将给评价体系及其指标设计的科学性与可信度带来困惑和质疑。没有参照对象，也没有经过准确计算，系数的大小由谁确定又如何确定？要说参照，只能参照"经验指数"——基于千百年来文学传统积累的历史经验，并得力于指标设计者对中国网络文学30年的发展状貌和存在方式的长期浸淫与了解。不可否认，将网络文学评价体系置于这个价值理性的"经验"系统中予以勘定，所给出的权重系数可能会带有一定的主观性，但总体上看，其堪用度仍然是可以信任、能够参照使用的。因为这种"经验"蕴含着对文学（包括网络文学）的理性认知和价值积淀。按照李泽厚先生的说法，文艺审美的"积淀"是一种"理性的内化（智力结构）、凝聚（意志结构）的呈现""因为审美既纯是感性的，却积淀着理性的历史。它是自然的，却积淀着社会的成果。它是生理的感情和官能，却渗透了人类的智慧和道德"①，最终化作了人的审美心理结构。从"积淀"的视角看"经验"，我们对于文学和网络文学的经验，虽然带有个人性的主观臆断，但本质上却是人类经验积淀与个人理性认知的交织与统一，既是客观价值理性的个人文学审美经验呈现，也蕴含着公共理性的客观价值。

回到网络文学评价，既然任何文学批评都不能没有自己的评价尺度和评判标准，而任何一种文学评价尺度和评判标准都不是既定律条、一成不变的，根据当下网络文学的发展水平设置一个评价体系和批评标准就不仅是可能的，也是十分必要和有价值的，为这一体系的指标设计不同层级，并赋予其不同的权重系数也将势在必行。有鉴于此，笔者以网络类型小说为主要评价对象，兼顾其他文类形态预设了5个一级指标和相应的二级指标，其权重的大小可根据这些指标在网络文学中的地位和作用来考量与验证（此当另文探讨），这样的设计方式既可分辨对象倚重的选择性，也庶几能切合评价对象的针对性。

（原载《当代文坛》2021年第6期）

---

① 李泽厚：《美的历程、华夏美学、美学四讲》，安徽文艺出版社，1994年，第224页。

网络文学经典化与评价体系建构

◎周志雄

自 20 世纪末以来，中国网络文学已然走过 20 多年的道路，在以读者为中心的阅读机制、以文学网站为中心的商业机制及以国家文学主管部门为主导的引导机制等多重合力之下，一批优秀的网络文学作品通过网络读者推选及影视改编等途径产生了广泛的社会影响，正成为新的时代经典作品。中国网络文学是世界级的文学现象，走的是一条不同于以文学期刊和图书出版为载体的文学道路。如何看待中国网络文学经典化道路，如何评价网络文学经典化作品，本文试对此展开初步理论探讨。

一、网络文学经典是时代文学机制的产物

文学经典的形成是历史选择的结果，伊格尔顿认为："所谓的'文学经典'，以及'民族文学'的无可怀疑的'伟大传统'，却不得不被认为是一个由特定人群出于特定理由而在某一时代形成的构造物。"[1] 文学经典总是时代性的，经典的时代性意味着经典总是应时而生，被时代所选择，所谓"文章合为时而著，歌诗合为事而作"。文学经典总是那些具有鲜明的时代性又具有永恒文学魅力的作品，从网

---

[1] 特雷·伊格尔顿：《二十世纪西方文学理论》，伍晓明译，西安：陕西师范大学出版社，1986 年，第 15 页。

络文学发展的历史来看，中国网络文学经典的形成是新的文学机制下的时代选择。

文学机制是特定历史语境下文学写作、阅读、生产的外在规约，文学机制包含文学作品的写作机制、传播机制和阅读评价机制等，不同的文学机制决定了文学经典的样式、内容规定性和价值导向。文学机制与布尔迪厄"文学场"的概念有类似之处，在布尔迪厄看来，作家是被造就、被发现的，"只要提出这个被禁止的问题就可看到，创作的作家本人是在生产场中被一群人——批评家、作序者、商人等等——造就的，他们'发现'了艺术家并封他为'著名的'和公认的艺术家"[①]。布尔迪厄的观点对理解网络文学经典颇有启发性。

从文学的写作机制来看，网络文学与传统文学有很大的不同。不同的文学载体决定了不同的文学形态。在没有文字的时代，文学只能流传于口头文学；在甲骨文时代，由于书写介质的限制，文学必然是简约的、片语式的。在纸张没有发明和印刷技术没有普遍应用之前，小说停留在说唱文学阶段，印刷术和纸的发明为长篇小说的传播提供了条件。中国近代报纸和文学期刊的出现，使独立的、以稿费为生的现代文人创作成为可能。现代的稿费制度拓展了现代文学自由思想与独立精神的空间，中国古典文学向现代文学的变革是借助文学报刊体制推动的。20世纪形成了以图书和文学期刊为主要传播载体的文学写作机制。从实际情况看，我国现有的出版社及文学报刊都是由国家新闻出版部门主管的，文学期刊隶属于文联、作协等，是国家意识形态机构的一部分。20世纪八九十年代，我国的出版发行开始市场化，但所有的出版社、杂志社并未完全剥离国家"体制内"的性质。互联网的出现为文学提供了新的传播媒介，从早期的BBS论坛到起点中文网、晋江文学城、阿里文学、百度文学等商业文学网站，网络文学的诞生是民间化、市场化的，网络文学写作、发表方式与传统报刊文学有很大的不同，网络文学写作的自由度更大，读者意识更强。

与纸媒文学相比，网络文学具有作者的匿名性、发表的快捷性以

---

① 皮埃尔·布尔迪厄：《艺术的法则：文学场的生成与结构》，刘晖译，北京：中央编译出版社，2016年，第136页。

及在线交流的互动性等特点。匿名（网名）写作让作者放得更开，更能表达内心的愿望。从《悟空传》《蒙面之城》到《间客》《傲世九重天》，网络小说表达的是一种不受约束的自由情怀，所谓"爽文""热血小说"，就是作品跟着人物的愿望走，让读者获得畅快的阅读体验。网络文学在互联网上快速发表，让人人都可以当作家成为现实，激发了民众的写作热情，使网络文学成为真正的"人民文学"。网络文学的互动性，使其成为读者和作者共同创造的文学。在网络文学商业化阶段，通过商业资本的进驻，网络文学借助资本的力量迅速发展壮大，阅文集团和中文在线成为上市公司，中国网络文学走出国门，在海外获得大量读者，成为最具有中国时代特色的当代文学样式。

用电脑写作，通过互联网发表作品给文学带来了什么？"换笔"不能改变文学的本质，但电脑写作提高了写作的速度，电脑打字远比手写快得多，修改也容易得多，如唐家三少每天只要写两小时左右，就能保证每天七八千字的更新量，广东网络作家风轻扬曾连续每天写作五万多字。电脑快速打字导致了网络小说越写越长，导致了网络超长篇小说的盛行，当然不仅仅是打字速度，还有商业VIP阅读机制的经济驱动也造成了网络小说越写越长。在互联网上，百万字的小说只能算是"短篇"，二三百万字的作品比比皆是。因此，网络文学经典多是超长篇小说。

从传播机制来看，网络文学在线发表，与读者即时互动，这种直面读者的写作方式让作者在写作时充分考虑读者的阅读体验，甚至直接采纳读者的意见对作品构思进行调整。传统文学以作者为中心，网络文学以读者为中心，如果说传统文学是"精英的""小众的"，那么网络文学则是在市场经济体制下的大众写作。与传统文学相比，网络文学更具有消费性、亲民性，更注重读者的阅读体验。作者与读者的互动为作者提供了写作动力，读者的订阅、点赞、打赏都是对作者创作的激励，网络读者成为作者的"衣食父母"，网络文学为读者写作变得非常清晰，网络文学经典必然是那些有着众多粉丝读者和良好读者口碑的作品。

从网络文学的评价机制来看，网络文学作者直面读者，读者的评价与VIP阅读机制相关联，评价不仅仅是作品写得好坏的问题，而且直接关系到作者的声誉和收入。除了读者的评价，文学网站对网络文学的影响也很大。文学网站首页推荐、榜单推荐、网站作者之间的互推，都会推动作品的传播。网站举办的各种活动会促进创作交流，有利于提高写作者的水平，如17K小说网组织的网络文学培训、阅文集团组织的现实主义题材小说作品大赛、各网络文学网站的行业年会等。在网络IP产业化机制形成后，文学网站有意打造一些大神，将人气作品进行IP产业开发，以获得更多的收益，这也扩大了网络小说的影响，促进了网络文学的经典化。

国家对网络文学的政策导向，以及相关部门对网络文学的引导、管理，也促进了网络文学作家、作品的经典化，如中国作协从2015年开始实施的中国网络小说排行榜，国家新闻出版署举办的优秀网络文学原创作品推介，中华文学基金会组织的"茅盾文学新人奖·网络文学新人奖"，橙瓜网络文学奖，浙江的网络文学双年奖，江苏的网络文学金键盘奖，广东的花地网络文学奖，共青团中央组织的网络作家井冈山培训班，鲁迅文学院组织的网络作家班，中国作协网络文学委员会与上海市作家协会等部门联合主办的"中国网络文学20年20部优秀作品"评选活动，等等。这些评选活动意味着网络文学不仅得到了市场的认可，也得到了主流意识形态的认可，相应地，那些上榜作品也为网络文学经典化的道路提供了导向。

综上分析，网络文学经典是时代的产物，是历史的产物，是多重合力推动的结果。网络文学的影响力是毋庸置疑的，问题是，网络文学的发展历史尚短，猫腻的《间客》、痞子蔡的《第一次的亲密接触》、今何在的《悟空传》、阿耐的《大江东去》、萧鼎的《诛仙》、辛夷坞的《致我们终将逝去的青春》、唐家三少的《斗罗大陆》、萧潜的《飘邈之旅》、桐华的《步步惊心》、酒徒的《家园》、金宇澄的《繁花》、月关的《回到明朝当王爷》、天下霸唱的《鬼吹灯》、wanglong的《复兴之路》、天蚕土豆的《斗破苍穹》、血红的《巫神纪》、当年明月的《明朝那些事儿》、我吃西红柿的《盘龙》、蝴蝶蓝的《全职高手》、辰东的《神墓》等有众多读者的网络小说的文化内涵和艺术内涵如何？能被称为"文学经典"吗？如何确立网络文学经典？

中国网络文学理论评论年选（2021）

二、网络文学经典标准的形成

对于什么是文学经典，学界有不同的说法。T.S. 艾略特认为："经典作品必须在其形式许可范围内，尽可能地表现代表本民族性格的全部情感。它将尽可能完美地表现这些情感，并且将会具有最为广泛的吸引力；在它自己的人民中间，它将听到来自各个阶层、各种境况的人们的反响。"[①] 哈罗德·布鲁姆认为，经典作家在于其崇高性和代表性，在他看来，西方经典作家包括："英国的乔叟、莎士比亚、弥尔顿、华兹华斯和狄更斯；法国的蒙田和莫里哀；意大利的但丁；西班牙的塞万提斯；俄国的托尔斯泰；德国的歌德；西班牙语美洲的博尔赫斯和聂鲁达；美国的惠特曼和狄金森。主要剧作家是莎士比亚、莫里哀、易卜生和贝克特；主要小说家是奥斯汀、狄更斯、乔治·艾略特、托尔斯泰、普鲁斯特、乔伊斯和伍尔芙。"[②] 如果从中国文学历史来看，屈原的《离骚》，李白、杜甫的诗，苏轼、辛弃疾的词，《红楼梦》《西游记》《水浒传》《三国演义》等作品是文学经典，现代文学中鲁迅、郭沫若、茅盾、巴金、老舍、曹禺的作品是经典，新中国成立后"三红一创、保林青山"（《红旗谱》《红岩》《红日》《创业史》《保卫延安》《林海雪原》《青春之歌》《山乡巨变》）是经典，新时期以来茅盾文学奖、鲁迅文学奖等推选的作品是当代文学经典。这些经典作品往往具有时代性、民族性、思想性和艺术创造性，具有广泛的社会影响力。

中国网络小说与以上经典作品既有相类似之处，又有根本的不同。相似之处是，网络文学富有民族特色，有鲜明的中国时代气息，符合中国读者的阅读习惯，为中国读者所喜闻乐见；不同之处在于中国网络小说大多是大众化的通俗小说，具有鲜明的娱乐性和商业性，

---

① T.S. 艾略特：《艾略特诗学文集》，王恩衷编译，北京：国际文化出版公司，1989年，第201页。

② 哈罗德·布鲁姆：《西方正典》，江宁康译，南京：译林出版社，2005年，第2页。

不追求思想的深度，不追求艺术创造的密度，如果以现代文学经典的标准来评判网络文学往往会得出大多数网络文学是"快餐文学"的评价。

所有的文学理论都是从丰富的文学实践中总结出来的，中国网络文学写作实践为网络文学经典的确立提出了新的课题。2011年，第八届茅盾文学奖修改评奖条例，将网络小说纳入评奖范围，让网络文学和传统文学同台竞技，以同样的标准评价网络文学，最终没有一部网络文学作品入围获奖名单。评委们认识到，评价网络小说不能简单套用现代文学以来的思想艺术标准，而应在艺术考量的基础上，充分考虑网络小说的网络性、大众性、市场性、文化产业转化的影响力等。如同伊格尔顿所说："文学批评根据某些制度化了的'文学'标准精选、加工、修正和改写本文，但是这些标准在任何时候都是可争辩的，而且始终是历史地变化着的。"[1]

常有人批评网络文学粗、浅、水，格调不高，商品化，甚至将其称为垃圾，[2] 玄幻小说被人批评为"装神弄鬼"，[3] 这些评价很难说就是毫无道理，但是这些评价中很明显有用中国现代文学以来纯文学的评价标准来衡量网络文学的倾向。网络文学是大众文化样式，必须确立大众文化样式的评价标准。如何评价好莱坞的电影、日本的动漫和韩国的电视剧？中国的网络文学或可以以这些世界大众文化现象为参照系。近年来学术界提出应建立中国网络文学评价体系，这个评价体系应充分考虑中国网络文学的发展实际，有多维度的考量，在传统文学"思想标准"和"艺术标准"之外加上"读者影响力""商业效益"等维度，而"思想标准"也不是简单等同于传统文学中的"思想深度"，而是体现在传统文化价值观与现代精神的嫁接，作品价值导向的社会效应；"艺术标准"也非作品艺术上的先锋性、探索性，而多指作品的"创意""脑洞"，以及自身的风格。这种根据我国网络文学

---

[1] 特雷·伊格尔顿：《二十世纪西方文学理论》，第254页。
[2] 禾刀：《为什么说网络文学99%是垃圾》，《中国青年报》2011年5月26日，第2版。
[3] 陶东风：《中国文学已经进入装神弄鬼时代？——由"玄幻小说"引发的一点联想》，《当代文坛》2006年第5期。

的实际情况，结合网络文学的读者对象及作品的社会效益、经济效益等综合考量的"兼容"式评价正慢慢成为网络文学评价标准的共识。

各种文学排行榜和文学评奖是网络文学经典化的重要途径，也是网络文学经典标准确立的实践过程。2008年中国作协举办"网络文学十年盘点"活动，《此间的少年》《成都，今夜请将我遗忘》《新宋》《窃明》《韦帅望的江湖》《尘缘》《家园》《紫川》《无家》《脸谱》入选十佳优秀作品；《尘缘》《紫川》《韦帅望的江湖》《亵渎》《都市妖奇谈》《回到明朝当王爷》《家园》《巫颂》《悟空传》《高手寂寞》入选十佳人气作品。"十佳"和"人气"隐含了对作品的文学品质和网络影响力的双重认定标准。中国作协自2015年开始组织实施的年度中国网络小说排行榜，在评选的程序上首先由各家网站将年度最有影响力的优质作品上报，经过各家文学网站的初步推荐，征集入围的作品经由网站编辑、研究专家和知名作家组成的评委会的评审，最终确定20部作品上榜。从评审的程序看，网络小说排行榜的推选兼顾了读者反响、文学网站数据和研究专家等多重评审标准，力图把我国既有影响又有较高文学品质的优秀网络小说推选出来，借此引导中国网络小说的健康发展，促进网络小说质量的提升。

与传统文学经典相似，各种网络文学评奖所推举出的经典作品，必然要考量作品的原创性。对于网络类型小说，富有原创性的作品往往是那些开风气之先的作品，这些作品在艺术上也许并不成熟，但有"特色"，或引领一时之风潮。如《第一次的亲密接触》之于网络BBS小说，《成都，今夜请将我遗忘》之于网络都市小说，《回到明朝当王爷》之于网络历史小说，《致我们终将逝去的青春》之于网络青春小说，《杜拉拉升职记》之于职场小说，《无线恐怖》之于无限流小说，《后宫·甄嬛传》之于宫斗小说，《我们是冠军》之于体育竞技小说。这些作品在网络文学发展史上影响较大、关注度较高，被影视、游戏改编，产生了较大的社会影响，诸如今何在的《悟空传》、天下霸唱的《鬼吹灯》、天蚕土豆的《斗破苍穹》、唐家三少的《斗罗大陆》、我吃西红柿的《盘龙》等作品已为广大读者耳熟能详。

如果以轻小说、通俗小说、大众文化为参照系，中国网络小说就是当代的通俗文学，中国网络小说经典就是当代通俗文学经典。但中国网络小说与传统通俗小说还有所不同，中国网络小说不仅有通俗性，还有网络性，网络小说中蕴含丰富的网络文化；中国网络小说不仅呈现出鲜明的民族性，还受世界文化的影响，有世界性元素；不仅有传统通俗小说的商业性，还成为国家文化产业发展战略的重要部分，中国网络小说形成了小说、漫画、动漫、影视剧、游戏等产业链条，所带来的社会影响力超越了以往的通俗文学。

　　作为通俗文学的网络文学经典作品应以古今中外优秀的通俗小说为标准，如中国古典通俗小说"三言""二拍"《水浒传》《西游记》《封神榜》《三国演义》，国外通俗小说作家大仲马、斯蒂芬·金、东野圭吾、J. K. 罗琳，中国现当代通俗小说作家张恨水、金庸、刘慈欣等人的作品。这些作品在艺术想象力的拓展、人情世态的表现、作品意义的多层性等方面明显高于同类作品。网络小说经典也应有相应的文学品质的要求，在网络小说的阅读中，读者会评价作品的文笔（语言是否优美、风趣），作品的"脑洞"（故事有创意），作品是否有"违和感"（风格、逻辑不统一），作品是否"烂尾"（结构不完整，或仓促结尾），作品是否有"爽点"（情节是否吸引人，能否让读者精神放松），等等。

三、作为类型文学的网络文学经典

　　经过20多年的发展，网络文学生产机制和商业营利模式日趋成熟，基于类型化逻辑的写作、接受和传播的结构逐渐定型。网络类型小说是中国网络文学中影响最大且最有中国特色的部分，也是最能体现网络文学发展与成就的部分。网络小说类型的区分，是文学发展过程中自然形成的文学生态。对类型文学价值的评定，首先要认识到类型文学是有价值的，各种文学类型的价值并无高下之分；其次是不能简单认为类型文学的价值不如纯文学，正如陈平原所说："现实情况下某些小说类型没产生艺术价值高的作品，可这并不等于这一小说类型天生注定低级。至于由类型的高低来判定具体作品的艺术价值，那更不得要领。……你只能说《天龙八部》本身艺术价值如何，或者说它在武侠小说类型发展中地位怎样，但不能将其作为武侠小说代表来与《子夜》或《活动变人形》所代表的小说类型一决雌雄，更不能依照所谓的类型等级不加论证一口咬定前者不如后两者（具体评价是另一回事）。"① 既然网络文学主要是类型文学，网络文学经典的评定也必然要充分考虑类型文学的特点。

五四新文学以现代精神和现代小说的形式打破了传统类型化小说的写法积极吸收西方现代文学手法，"在短短几十年的时间内中国小说迅速完成了从古代小说向现代小说的嬗变，并为世界文坛贡献了鲁迅、老舍、茅盾、巴金、沈从文等小说大家以及一大批艺术珍品"②。中国现代小说融入了现代思想，注重个体价值，以情节为中心的传统故事叙述被打破，叙事的繁复性增加。中国现代小说的这个转变使小说的娱乐功能淡化，现代小说发展为"雅"文学，通俗小说被视为"鸳鸯蝴蝶派"，被"五四"作家视作落后的封建文学扫进了历史的垃圾堆，"雅"文学压制"俗"文学的状况一直持续到20世纪末。网络小说适应读者的阅读需求，接续了通俗小说的文脉，发展了新的小说类型。

网络小说类型化的形成有一个历史过程，榕树下网站早期的作品分类仍沿袭传统的"诗歌、散文、小说"样式，小说并未有清晰的题材类型分类。成立于2001年的幻剑书盟网站最早对网上文学作品加以分类，并以奇幻、武侠类作品闻名；2006年前后，伴随大量文学网站商业化，类型化写作已经成为网络文学创作的主流；2011年，盛大文学推出中国网络文学分类标准，将网络文学分成奇幻、玄幻、武侠、仙侠、言情、都市、历史、军事、游戏、竞技、科幻、悬疑、灵异、同人、图文、剧本、短篇、博客及其他等19个类别。近年来，网络小说类型从玄幻、仙侠、穿越等热门品类拓展到古言、二次元、体育、军旅、美食、科举等新的类型。

曹丕在《典论·论文》中根据文章风格的不同区分了文体的类型，提出了"本同而末异"的理论："夫文本同而末异，盖奏议宜雅，

---

① 陈平原：《千古文人侠客梦》，北京：北京大学出版社，2010年，第193页。
② 陈平原：《中国小说叙事模式的转变》，上海：上海人民出版社，1988年，第1页。

书论宜理,铭诔尚实,诗赋欲丽。① 在曹丕之后,陆机、刘勰等人又提出了更加成熟的文体分类理论,从而使文体分类成为中国古代文论中颇有建树的理论之一。正如韦勒克所说:"假如我们能够描述一部作品或一个作家的文体风格,我们也就无疑能描述一组作品和一个文学类别的文体风格、哥特式小说、伊丽莎白时代的戏剧、玄学派诗歌,也能够分析像17世纪散文中的巴罗克风格的文体种类。我们甚至还能进一步总括一个时代或一个文学运动的风格。"② 以上关于文体分类的理论对理解网络类型小说的价值非常有启发意义。不同类型的网络小说有不同的风格,这种风格中既有对传统类型的传承,也有新的时代创新性。如起点中文网以玄幻小说主打,起点的读者多为男性,最有影响的是唐家三少、血红、跳舞、天蚕土豆、我吃西红柿等"小白文"③作者;晋江文学城是一个以女性作者和女性读者为主的网站,代表作家有明晓溪、顾漫、施定柔、晴川、蒋胜男、赵熙之、红九等;起点的常见主题是"升级打怪",晋江则是"谈情说爱";起点的小说长文多,三四百万字以上的比比皆是,而晋江多是一百万字左右的作品;起点的风格豪放、阳刚,晋江的风格婉约、细腻。同是写玄幻小说的唐家三少和血红的风格迥然不同,唐家三少的小说活泼、单纯、明快,主人公一心向善,一步步成长,满满的正能量,行云流水的故事推进,没有错综复杂的人物关系,也适合小学高年级学生阅读;血红的小说豪放、洒脱,文笔汪洋恣肆,想象奇崛,令人脑洞大开,将西方玄幻小说和中国民族文化传统有机融合,富有民族气息。如果从整体上看,中国网络小说富含时代精神和时代气息,总体的风格基调是明亮的、欢脱的,与20世纪中国文学的"焦灼""悲凉""沉郁"④总体美感特征完全不同。

---

① 曹丕:《典论·论文》,郭绍虞、王文生主编:《中国历代文论选》第1册,上海:上海古籍出版社,1979年,第158页。
② 韦勒克、沃伦:《文学理论》,刘象愚等译,南京:江苏教育出版社,2005年,第209页。
③ 小白文指思想浅显、内容浅白、采用常见套路来写作的网络小说。
④ 黄子平、陈平原、钱理群:《论"二十世纪中国文学"》,《文学评论》1985年第5期。

规范是对变异的约束,而变异是对规范的突破,任何题材类型都有较为恒定的被人认可的规范,也有变化流动的一面,旧的规范被打破,新的规范开始建立,使题材类型得以拓展和丰富。比如近年来在文学网站及国家网络文学主管部门的倡导鼓励下,现实题材的优秀网络文学作品越来越多,有打破类型化的倾向。原国家新闻出版广电总局组织开展"优秀网络文学原创作品推介活动",将优秀作品分为"现实组""幻想组",评选办法中明确提出鼓励反映现实生活,具有深刻的思想内涵和现实关怀的作品。现实题材网络小说与传统的现实主义有很大区别,又与玄幻、架空、穿越类网络小说不同,但又有各种写法上的延续性,通常是将网络小说中"爽文"的写法和反映现实结合起来,使小说既反映现实问题,又"很好看"。如齐橙的《大国重工》是一部深度反映改革开放背景下我国重工业从引进、吸收到赶超的历史进程,如作者所说:"工业技术、典型人物与典型情节、宏观政策背景,构成了《大国重工》的基本元素。我的创作工作,就是把这些元素融合起来,使之具有艺术性、可读性。为了让更多的年轻读者能够接受这样的内容,我需要组织更加活泼的文字,引入互联网上的各种'梗',把时代元素与严肃主题进行完美地组合。"① 事实上,这种网络风格的现实主义写法无疑为传统现实主义题材注入了新的活力。

类型文学并不意味着内涵的简单,在一些女性穿越小说和以女性为主人公的架空历史小说中,女性独立、自主,甚至主宰历史,很多读者从这种"女频文"②的故事中看到了新时代女性的精神面貌,从中获得了阅读的快乐和精神的力量,这是现代文学以来女性文学中所缺乏的。在丁玲、张爱玲、萧红、张洁、陈染、林白、徐小斌等女作家的作品中,女性情感世界是被撕裂的,充满悲剧感,主人公面对人生困难是缺乏"行动力"的。穿越小说中的主角多是由后世穿到前世,主角自带光环,有先知先觉的优势,而以女性为主人公的架空历

---

① 齐橙:《记录一段恢弘的工业史》,《文艺报》2019年1月28日,第8版。
② "女频"是女生频道的简称,如起点女生网、晋江文学城、潇湘书院等都是女频网站。"女频文"以女性作者和女性读者为主,题材多为言情类,作品一般以女性为主角,有鲜明的性别倾向。

史小说中,"大女主"①形象的塑造彰显着女性当仁不让主宰历史的智慧与勇气。在充满想象力的故事中,女性网络小说体现了现实关切,表现了积极进取、勇于担当的时代精神。《芈月传》《扶摇皇后》等小说以女主角成长的故事获得读者的认同感,让读者确认自身的潜能,内心的渴望通过想象性体验得到升华,从而获得精神的成长。

从文学的品质来说,网络类型小说多是轻量的小说,故事曲折、充满悬念,有奇遇感,人物形象相对类型化。我们应对网络小说类型化的不足保持清醒的认识,类型化的网络小说在短时间内还很难消除套路、滥梗、流水线生产等问题。至于如何突破其限度,一些优秀的类型文学提供了有益的镜鉴,如麦家小说中那种充满悬念和神秘感的破译密码的传奇故事,细致透析人的心灵世界,实际上拓展了谍战小说的深度与广度。网络文学作品说到底是"文学",而非流行读物,经典的网络文学作品必然具有艺术形式的独创性和完美性。在网络小说中,有些作品社会影响力很大,但在语言上比较粗糙、平淡,那些语言优美、结构讲究、有韵味的作品被称为"文青文",类似猫腻、愤怒的香蕉、贼道三痴等"文青作家"比那些"小白文"作家更受网络读者尊敬。网络小说的人物形象塑造遵循各种主角定律,但经典网络文学作品往往能如《清明上河图》般讲述历史长卷故事,塑造栩栩如生的人物群像,在构思上"脑洞"大开,"艺术创意"十足。

四、两种经典

中国网络文学只有短短的 20 年,而文学经典是那些在长的历史时段中经过读者检验的著作,是超越时代而能给不同时代读者提供精神营养的作品。在没有拉开历史距离的情况下,当代所认定的文学经典作品是否能经得起历史的检验?网络文学经典作品多是畅销书。

---

① "大女主"指故事主要围绕着女主角一个人的成长和经历展开,其他人物都建立在女主角的关系网上,女主角会从一个懵懂无知的少女成长为一个有大格局的人。

"没有前途的畅销书与经典作品之间的对立是彻底的,经典作品是长久的畅销书,它们从教育系统得到认可,进而得到广大的和持久的市场。"① 那些影响巨大的作品,其内涵能否经得起多代读者的细读推敲?《明朝那些事儿》《鬼吹灯》《盗墓笔记》《斗破苍穹》《斗罗大陆》之类的作品是否能在历史上留一笔?通过影视改编、各类评奖、小说排行榜等推选出来的网络文学作品是否能成为"长久的畅销书",这还需要时间的检验。

中国当代网络小说的写作处于商业的惯性之中,作家往往以每天数千字的速度更新。快速写作意味着来不及细细推敲,作家往往凭着惯性写作,套用模式写作,甚至用写作软件进行抄袭,一些有影响力的作品如《锦绣未央》被爆出抄袭的丑闻。处在商业模式中的网络写作导致了速度与精度的矛盾,在这种矛盾面前,通常的情况是牺牲精度,以读者、市场为风向标,很快抽空了作家的生活积累和艺术储备。作家们来不及充电、休息、调整,来不及细细地推敲、打磨作品,这种商业模式下的写作与文学经典的要求是对立的。很多影响力很大的作品产生的社会效应是媒体的放大效应、网民的炒作效应,劣币驱逐良币的情形也很常见。一些网络作家依靠职业作家身份生存,生存的压力很大,主要的心思是作品是否能卖钱,这种状态下文学经典难以生成。笔者曾在一次网络文学理论会议上听一位网络作家发言说:"我只关心两件事,一是作品是否触犯了黄线,二是作品是否能卖钱。"这种为金钱写作的态度,必然会迁就读者的口味,难以实现作品对读者的引导和提高。有些网络作家也有意识地调整自己的写作,但一旦改变风格,就会失去粉丝,导致作品订阅量下降,只能重新回到原来的写作套路上。例如,痞子蔡的《第一次的亲密接触》曾风靡网络,此后痞子蔡连续推出多部网络小说,但后来的作品每况愈下,已经没有多少读者了。造成这种现象的原因是作家的文化素养偏低,没有更高远的艺术追求,没有积极的观世、大量的阅读,没有厚积薄发的沉淀,没有不断的学习提升,只靠网络获得的名气复制自己,是很难写出经典作品的。很多优秀的网络作家也意识到这个问

---

① 皮埃尔·布尔迪厄:《艺术的法则:文学场的生成与结构》,第115页。

题，如月关、青狐妖、唐家三少等网络作家积极转型，管平潮明确意识到网络文学需要"降速、减量、提质"。①

网络文学经典在认定上也存在难度。在众多的网络小说中，那些经过读者检验的，有很好的口碑的作品才能进入排行榜，但经典不是简单的商业数据，经典的核心标准是创造性，作为类型小说的创造性往往是夹杂在模式写作之中。陈平原认为："类型研究把一部作品和其他相似作品放在一起考察，不是为了说明一切都古已有之，以学者的博学抹杀作家的才气，而是用更敏锐的眼光更准确的语言，辨别并论述真正的艺术创新。因为，所谓具有开拓意义的优秀作品，很可能不过是百分之九十九的'旧'，加上百分之一的'新'；可正是这百分之一的'新'改变了作品的质，实现了作品的艺术价值。能够真正理解、把握这百分之一的'新'，比不着边际地颂扬天才作家的'全面创新'好得多——其实何曾有过名副其实的'全面创新'之作！"②这意味着文学评奖、小说排行榜需要大量阅读网络小说的评委，而评委需要慧眼识珠，能在万千作品中识别具有创造性的作品。

学者陈剑晖将文学经典分为"时代经典"和"永恒经典"，他认为："当代的经典并非高不可攀、遥不可及。经典只不过是那些比较优秀、超越了同时代作家的思想艺术平均水准，并被广大读者喜爱的作品。具体点说，我认为经典可分为两类。一类是'时代的经典'，即在特定的时代，比如'十七年文学'中的《红日》《红旗谱》《红岩》《创业史》《青春之歌》等，这一类作品的思想和艺术上都存在着一定的局限，但它们确实在特定的时代中影响、教育了一代人，因此作为一种'时代经典'，应承认其存在的合理性和价值，在写作文学史时应有它们的地位。另一类可称为'永恒经典'，如《红楼梦》、鲁迅的《阿Q正传》，等等。这一类作品不受时代和空间的局限，它们以思想上的原创性与超越性、艺术上的独创性、时间上的永久性，一代代传承下去，这是对'永恒经典'的高端要求。就当代文学来说，目前从严格意义上还难觅'永恒经典'，但具备'永恒经典'潜质的

---

① 周志雄、管平潮：《网络文学需要降速、减量、提质——管平潮访谈录》，《雨花》2017年第2、4期。

② 陈平原：《千古文人侠客梦》，第168页。

作家作品可以找出不少。"① 这个判断大体也适合网络文学，网络文学难觅"永恒经典"，但产生了大量的"时代经典"，以及大量具备经典"潜质"的作家作品。

网络文学经典化是时代对网络文学提出的要求，众多网络作家分享了改革开放的红利，一些优秀网络作家通过写作获得了较高的收入，拥有广泛的社会声誉。2018年以来，唐家三少（张威）、蒋胜男、阿菩（林俊敏）、管平潮（张凤翔）、血红（刘炜）、静夜寄思（袁锐）、晴了（段存东）、梦入洪荒（寇广平）、跳舞（陈彬）、我吃西红柿（朱洪志）、匪我思存（艾晶晶）、我本纯洁（蒋晓平）等作家当选为各级人大代表或政协委员，这表明网络作家已经成为我国文化战线上的一支重要力量。近年来，国家对网络文学工作越来越重视，中国作协成立网络文学中心，浙江、广东、上海、江苏等地出台系列网络文学及文化产业扶持政策助推网络文学的发展，杭州成立中国网络作家村，江苏成立网络文学谷，中国文联、作协及文化主管部门也为网络作家提供了各种交流、学习的机会，为他们的写作创造了更好的条件，也对他们的创作提出了更高的期待。中国有世界上最庞大的读者群，网络文学的兴盛符合国家文化产业的发展形势，符合市场经济的规律，符合人民的文化需求，符合时代的发展要求。在中国网络文学已有的成绩面前，在巨量的中国网络文学作品中，我们有理由期待更多"永恒经典"网络文学作品的诞生。

（原载《中国文学批评》2021年第3期）

---

① 陈剑晖：《当代文学学科建构与文学史写作》，《文学评论》2018年第4期。

构建网络文学网站社会效益评价体系
——基于 25 家网站数据分析

◎禹建湘

在我国网络文学发展过程中,网络文学网站不仅为广大创作者提供原创平台,同时也成为写手和读者之间的沟通桥梁,形成阅读者和创作者之间良好的二元互动。截止到目前,我国比较活跃的文学网站超过 300 家,其中有 150 余家网站能持续发布一定数量的原创作品并保持更新,而点击量较大且具有较大影响力和较强经营能力的规模化原创文学网站约有 60 余家。[①] 文学网站数量的急剧增加和白热化商业竞争导致部分文学网站急功近利,生产出大量低价值、低质量的作品,同时由于过度商业逐利,使得一些文学网站故步自封,设置不合理的霸王条款控制网络写手,从而造成网络写作环境恶化,极大地影响了网络写手自身利益的保障并降低其创作热情,无法有效刺激生产出社会效益和经济效益相统一的网络文学作品。在此发展背景下,要进一步推动我国网络文学健康发展,形成良好发展的生态圈,建立网络文学网站社会效益评估体系是急迫且重要的。

2016 年,我们参与国家新闻出版广电总局研究项目"网络文学网站社会效益评价体系研究"。在广电总局的指导下,我们对 25 家当时各具特色的文学网站进行了调研。综合广电总局《网络文学网站社会效益评估指标和计分标准》讨论稿及我们团队自行设计的指标对 25 家网站进行了问卷调查,在网站的全面配合下,我们掌握了可测量的

---

① 欧阳友权:《中国网络文学二十年》,南京:江苏凤凰文艺出版社,2018年,第 52 页。

中国网络文学理论评论年选（2021）

原始数据资料。在此基础上，我们结合网络文学发展特点提出文学网站社会效益的具体测算方法。我们希望建立起网络文学网站社会效益评估系统，从而不断引导网络文学网站全面发展，实现社会效益和经济效益的双效统一。

一、网络文学网站社会效益评估体系构建现状及指标设计

（一）评估体系构建现状

由于社会效益不同于经济效益的直接可测量性，它在很大程度上受到文学网站自身运营情况的影响。不同规模的文学网站，其运营模式、发展重点以及盈利能力都有较大的区别，所以对于文学网站的社会效益评估研究一直无法形成统一的评价体系。目前我国学术界对于网络文学网站社会效益的研究还处于起步阶段。欧阳友权、刘谭明在《文学网站须把社会效益评价挺在前面》[①]一文中指出社会效益的评价是看一个文学网站的社会责任、文化价值和文学影响，但此文并没有明确构建出文学网站的社会效益评估维度。欧阳友权、吴钊在《我国文学网站社会效益评价研究》[②]中从作品、受众、管理三大维度展开，并选取了19家网络文学网站进行实证分析，认为应从社会效益考核标准、精品力作的推广与奖励、对外交流平台、版权保护机制四方面提升文学网站社会效益。这篇文章对本研究的指标选择有部分参考意义，但文章仍然没有具体说明所采用的研究方法以及所选择维度的原因，也没有对其进行权重配比。刘新少在《文学网站社会责任评价体系构建与应用分析》[③]一文中借鉴国内外企业社会责任评价标准体系选取10家网络文学网站进行研究，提炼出质量安全、文化传承、娱

---

① 欧阳友权、刘谭明：《文学网站须把社会效益评价挺在前面》，《红旗文稿》2016年第22期。

② 欧阳友权、吴钊：《我国文学网站社会效益评价研究》，《人文杂志》2017年第2期。

③ 刘新少：《文学网站社会责任评价体系构建与应用分析》，《出版广角》2017年第18期。

乐教化、社会公益四个一级指标进行社会效益考核，但其考察网站的数据来源具有变动性和不确定性，因而认为在不同时期对网站进行考察会有不同的结果。

值得注意的是，国家新闻出版广电总局在2017年发布了《网络文学出版服务单位社会效益评估试行办法》，其中设置了5个一级指标、22个二级指标和77项评分标准，主要包括出版质量、传播能力、内容创新、制度建设、社会和文化影响等指标。政策顶层设计最后一公里在于落实，评估办法还需要网络文学中介组织、版权保护机构和其他社会力量的参与，才能助力网络文学出版服务单位生产出既有经济效益又有社会效益，体现中国主流价值观的文学精品。

通过以上论述可以得知，我国学术界对于文学网站社会效益的研究仍处于起步阶段，呈现出明显的学术研究滞后于现实发展的情况，缺乏可持续性的、前沿性的研究成果。由于文学网站的发展日新月异，所以不论是政策的制定实施还是学术界的研究都应不断更新发展。基于此，本研究在充分吸收已有研究成果的基础上，充分考虑网络文学网站发展情况，并征求有关学者专家的意见，对相关指标的权重做出判断，形成较为完整的文学网站社会效益评估指标体系，并辅以25家文学网站数据进行实证研究，以期进一步推动文学网站社会效益的建设，从而引导整个文学市场朝着双效统一的方向发展。

（二）评估体系指标设计

我们对于网络文学网站社会效益的指标设计，结合了当前学术界的最新研究成果和我国文学网站社会效益发展现状。当前，我国文学网站在进行社会效益建设过程中需要平衡以下三种关系。

1. 作品流量与内容质量之间的平衡

文学网站所产生的网络作品流量和内容质量之间的平衡一直是网络文学发展的重要方向。随着文学网站之间的竞争日趋激烈，一些网站出于流量追求，写手为了赚取更多的点击量，双方合谋而生产大量低俗趣味的作品，以"脑洞大开"为名胡编乱造，从而造成一些网文作品质量低下。要打破网络文学作品大流量、低质量的现状，我们就必须对相关文学网站进行社会效益评估，从坚持正确的政治导向出发，将"社会主义核心价值观""以人民为中心"等指标纳入其考量范围，突破网文产业利益刺激的弊端，从而生产出流量和质量相统一的网络文学精品。

2. VIP 付费和免费作品之间的平衡

在多年发展过程中，网文行业经历了从"免费阅读"到"付费阅读"再到"免费付费共存"的阶段。网文最开始是免费阅读，2003年起点中文网试水付费阅读，逐步形成行业惯例。当前，免费阅读又重出江湖，出现了不少的免费阅读网站，并且在付费文学网站中，也存在不少比例的免费作品可供读者阅读。免费阅读的盈利模式主要是通过网站的用户数量和流量来赚取广告费或进行作品 IP 产业链开发。对于网站来说，培养优秀写手、拥有复合型的编辑队伍、具有良好的运营能力就显得极为重要。为此，在文学网站社会效益指标体系设计中，我们将人才队伍的建设、文学的生产和运营机制，以及内部制度等指标纳入其中。

3. 类型化写作与受众需求之间的平衡

当前我国网络文学市场创作题材多元丰富，但全网热门作品主要集中分布在都市、言情、玄幻这三大类型，类型化作品成为写手们和网站共同的传家宝。类型化作品套路写作比较成熟，催生了大批极具人气的写手及作品，IP 改编也往往能登上话题热议榜。但类型化作品的同质化现象一方面导致优秀作品再难出现，另一方面导致了读者的审美疲劳，受众的多元需求在类型化作品中也难以得到满足。尤其是近年来，国家政策引导网络文学要反映伟大的变革时代，网络文学要观照现实，受众对此有很大期盼，希望看到更多风格与题材的作品。对于网络文学网站社会效益的指标设计，我们认为需要考虑读者受众的精神需求，将受众反应、文化服务和社会影响三大指标纳入其中。

充分考虑到当前文学网站需要衡量的三大现实关系问题，我们从三个层面设计网络文学社会效益评价指标体系，其中包括目标层、要素层和指标层。要素层的指标设计主要是从三个方向进行考量。

第一，政治导向是平衡作品流量和内容质量之间的保障，也是确保社会效益发展的大前提。坚持正确的政治导向是文学网站发展的第一要义，更是引导读者进行正向阅读的前提，主要通过表现社会主义核心价值观、弘扬优秀传统文化、倡导道德公序良俗、以人民为中心和促进网络创作政治导向正确的举措五大指标层反映。第二，网站内部运营是实现社会效益的中心环节，人才建设是生产文学精品的源泉动力，通过写手、编辑校对人员以及培训制度进行反映。文学生产是文学网站运营立身之本，包括作品总存量、畅销作品数量、版权转让数量、作品出口数量、题材构成的丰富性以及抓精品力作的举措六个方面。内部制度是文学网站实现长久、持续运营的制度保证，作品内容评估体系、编辑委员会、写手奖励制度和版权保护制度是其反映。第三，读者受众是社会效益建设的最终受益者，我们不仅让读者阅读文学精品，丰富其精神世界，而且让读者给文学网站相应的反馈，反推网站自身建设。受众反应由读者总数量、注册读者数量、平均上线时间、点击量100万以上的作品数量、收藏量5000以上的作品数量、读者发长帖数和年度搜索前三百的作品数量七大指标构成。文化服务则是文学网站自发为读者和社会公众举办的公益性活动，免费阅读作品的比例和公益慈善活动是集中反映；社会影响则是受众、社会对于文学网站的整体关注，也是文学网站实现社会效益的最后一公里，包含文学评论活动、媒体关注度、上榜作品数量以及作协重点扶持项目四个指标。

二、网络文学网站社会效益评估体系指标权重设定

（一）确定指标权重步骤

本文采用层次分析法来确定各指标层的权重。首先，构造判断矩阵A，从而确定指标层（B层）的每个指标占该层要素层（A层）指标的比重（重要程度），将矩阵A的各列做归一化处理后，计算得出一致性检验指标C.I.。其次，查找相应的平均随机一致性指标R.I.。最后，计算出一致性比例C.R.为：$C.R.=C.I./R.I.$，当C.R.小于0.1时，认为判断矩阵的一致性是可以接受的，而当C.R.大于等于0.1时应该对判断矩阵作适当修正。

（二）评价指标权重的计算

为确定文学网站社会效益评价指标的权重，本研究对本领域专家

设计相关咨询问卷,这些专家由网络文学研究教授、中国作协网络文学委员会相关负责人、网站经营者共8位构成。根据专家们对指标的重要程度所做的判断,经过德尔菲法修正后,依据层次分析法原理,建立两两判断矩阵,确定各指标的权重。

1. 计算要素层对于目标层的相对权重

根据标度理论,对目标层所控制的指标A层相对重要性进行分析,计算A1—A7权重,并进行一致性检验。

2. 计算指标层对于要素层的相对权重

对要素层A层所控制的指标B层相对重要性进行分析,获得两两比较矩阵,计算其权重,并进行一致性检验。B1—B36层所计算出的C.R.均小于0.1,通过一致性检验。用层次分析法得到文学网站社会效益评价指标体系中各指标的权重,具体权重结果如表1所示。

表1 文学网站社会效益评价指标权重表

目标层	要素层	权重	指标层	权重
文学网站社会效益评价指标设计及权重	政治导向(A1)	0.2207	表现"社会主义核心价值观"作品的比例(B1)	0.23
			弘扬"优秀传统文化"作品的比例(B2)	0.23
			倡导"道德公序良俗"作品的比例(B3)	0.23
			表现"一切以人民为中心"作品的比例(B4)	0.23
			是否有促进网络创作政治导向正确的举措(B5)	0.08
	队伍建设(A2)	0.0739	写手总量(注册作家数)(B6)	0.2105
			新增写手数量(B7)	0.0526
			顶尖写手总量(B8)	0.2105
			编校人员总量(B9)	0.1053
			营销、策划、经纪人才总量(B10)	0.1053
			是否具有完善的写手培训制度(B11)	0.1053
			是否具有完善的编校人员培训制度(B12)	0.1053
			是否具有完善的营销、推广、经纪人员培训制度(B13)	0.1053

续表

目标层	要素层	权重	指标层	权重
	文学生产（A3）	0.2008	作品总存量（部）(B14)	0.19
			畅销作品数量（部）(B15)	0.19
			版权转让作品数量（部）(B16)	0.19
			作品出口数量（部）(B17)	0.20
			作品题材构成的丰富性（当代题材比重）(B18)	0.11
			是否有抓精品力作的举措（B19)	0.12
	内部制度（A4）	0.0663	是否建立了内容质量评估、管理及控制体系（B20）	0.34
			是否建立了编辑委员会、艺术委员会等专门机构（B21）	0.19
			是否建立了写手最低保障及优秀写手奖励制度（B22）	0.12
			是否建立了版权保护、交易长效机制（B23）	0.35
	受众反应（A5）	0.2008	读者总数量（人次）(B24)	0.217
			注册读者数量（人）(B25)	0.133
			读者平均上线时间（分钟）(B26)	0.084
			点击量100万以上的作品数量（部）(B27)	0.205
			收藏量5000以上的作品数量（部）(B28)	0.107
			读者长评数（帖）(B29)	0.068
			网民搜索入围年度前三百作品数量（部）(B30)	0.187
	文化服务（A6）	0.1188	免费阅读的作品比例（%）(B31)	0.67
			是否举办公益及慈善活动（B32）	0.33
	社会影响（A7）	0.1188	是否开展相关文学评论活动（B33）	0.15
			媒体关注度（B34）	0.28
			上榜（获奖）作品数量（部）(B35)	0.28
			是否有中国作协重点作品扶持项目（B36）	0.29

三、网络文学网站社会效益评估体系实证研究

按照表1所示的文学网站社会效益评价指标设计及其权重分配，本研究为确保实证数据的完整性、科学性及实用性，我们在广电总局的指导与帮助下，选取25家不同形态的文学网站进行实证研究，分别是红薯中文网、晋江文学城、看书网、蔷薇书院、天涯社区、铁血网、创世中文网、红袖添香、起点女生网、起点中文网、榕树下、潇湘书院、小说阅读网、言情小说吧、云起书院、长沙中文网、中文在线17K、纵横中文网、凤凰书城、大佳网、阿里文学、3G书城、云阅文学、汉王书城、爱读文学网。

为了社会效益指标体系更具有现实可操作性，本研究对于每一个B层指标都分别确立5个等级的评判标准，分别用字母A表示优，B表示良，C表示较好，D表示一般，E表示有待改进，并对每一个等级都赋予具体的数值。根据文学网站效益评价指标表现形式的不同，经过德尔菲法对各评价指标采取以下处理原则：

1. 对于定量指标，如"作品总存量（部）""写手总量（注册作家数）"等主要依据相关的研究数据，制定指标各等级的标准值。需要说明的是，由于网站对一些指标内涵理解的因素，导致一些数据看起来偏低，如"是否有表现'社会主义核心价值观'"的作品，网站反馈的作品数量都不多，我们尊重这些原始数据，根据一定比例确定等级：A优的评价标准为8部及以上、B良的标准为5部及以上、C较好的标准为2部及以上、D一般的标准为仅1部、E有待改进的标准为无作品。

2. 对于定性评价的指标，如"媒体关注度""是否建立了内容质量评估、管理及控制体系"等评价指标，采用五梯度标准，如A优的标准为非常完善、B良的标准为较完善、C较好的标准为完善、D一般的标准为一般、E有待改进的标准为不完善。随后先对网站进行问卷调查得到各指标，再由评价专家组对指标所考核的内容进行等级评价，得到各等级评价人数比，为定性指标定量化做准备。

3. 根据模糊综合评判的原理,对定性和定量指标进行分值计算。

(一) 文学网站社会效益等级评定结果及分析

在 25 家文学网站的数据填写和配合之下,本研究获得了 25 家文学网站 36 个 B 层指标的 A、B、C、D、E 所有等级数据,经过细致、科学的数据筛选,绘制折线图统计 25 家网站所获得的 A、B 与 D、E 四个等级总数量,其中 A、B 数据结果如图 1 所示。

A 等级折线起伏较大,呈现出明显的高低波动起伏,最高点在起点中文网获得了 24 个 A,由此可说明在 36 个 B 层指标中,起点中文网不论是在政治导向、队伍建设、文学生产、内部制度方面,还是在受众反应、文化服务和社会影响方面都表现较好。创世中文网、云起书院、晋江文学城均表现良好,而天涯社区、阿里文学、汉王书城和爱读文学网均没有获得一个 A 等级,反映出这四个网站在社会效益评价指标中表现相对较弱。

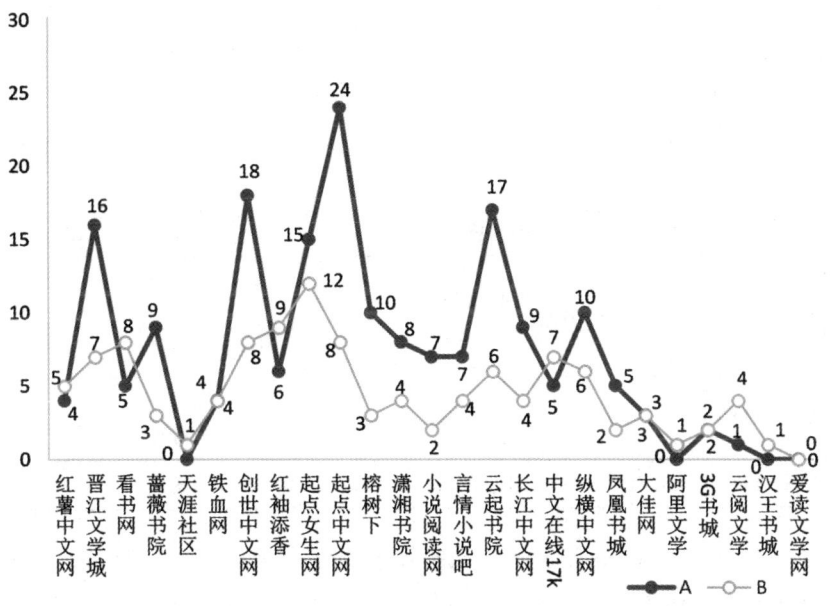

图 1　25 家文学网站社会效益 A/B 等级评估折线图

B 等级折线意味着文学网站社会效益指标表现良好,如 B 折线所示,25 家文学网站的 B 等级折线波动较为平缓,表明文学网站在 B

等级上面表现较为平均。其中最高点在起点女生网上，获得了12个B。随后红袖添香获得了9个B，在36个指标中占据了1/4，表明红袖添香在社会效益建设上较为重视。其他网站均表现相差较小，最低点爱读文学网获得了0个B等级。

（二）文学网站社会效益指标分值结果及分析

在25家文学网站的36个指标的等级标准评定基础上，按照指标计算和权重分配的标准，计算出25家文学网站的36个二级指标的具体得分，在汇总所有指标层数值之后计算出要素层的分数。本研究选取最具典型、数据最有代表性的Top1和Last1的七个要素层数据进行分析，结果见表2。总体而言，起点中文网在Top1等级中表现优秀，获得了4个第一。

表2 文学网站社会效益Top1和Last1分值及排名统计表

要素层	所占权重	指标层	Top1	分值	等级数量	Last1	分值	等级数量
A1 政治导向	0.2207	B1—B5	起点中文网	9.54	4A1B	阿里文学	2	5E
A2 队伍建设	0.0739	B6—B13	起点中文网	8.94	4A2B2C	大佳网	3.68	5E1D1C1B
A3 文学生产	0.2008	B14—B19	晋江文学城	9.1	4A1B1D	阿里文学	2.38	5E1D
A4 内部制度	0.0663	B20—B23	起点中文网/创世中文网	10	4A	阿里文学	4	4D
A5 受众反应	0.2008	B24—B30	创世中文网/云起书院	10	5A1B	大佳网/云阅文学/汉王书城/爱读文学网	2.542	5E2D
A6 文化服务	0.1188	B31—B32	榕树下/言情小说吧/铁血网	10	2A	潇湘书院/看书网/汉王书城	2	2E
A7 社会影响	0.1188	B33—B36	起点中文网	9.84	3A1B	3G书城	2	4E

A1政治导向是文学网站实现社会效益的大前提，在所构建的社会效益评价体系中，权重比例列第一，高达0.2207。起点中文网凭借4A1B的等级和9.54分的高分排名第一，在"社会主义核心价值观（B1）""弘扬优秀传统文化（B2）""倡导道德公序良俗（B3）"和"促进网络创作政治导向正确的举措（B5）"指标中获得A，在"表现'一切以人民为中心'（B4）"中获得B等，证明起点中文网在未

来仍需要多生产出受众喜闻乐见的文学作品，满足正能量的文化需求。

A2 队伍建设是文学网站实现社会效益的源泉，只有重视网站的人才队伍建设，才能为有源头活水来，生产出更多的文学精品，其中权重占比 0.0739。起点中文网以 8.94 的高分和 4A2B2C 的等级取得了第一，其写手总量（注册作家数）（B6）、新增写手数量（B7）、完善的写手培训制度（B11）以及完善的编校人员培训制度（B12）中获得了 4 个 A，在顶尖写手总量（B8）和完善的营销、推广、经纪人员培训制度（B13）中获得了 2 个 B，表明起点中文网较为重视新写手的挖掘和培训以及著名写手的培养，并且配有较为完善的推广体系。在编校人员总量（B9）和营销、策划、经纪人才总量（B10）获得了 2 个 C，说明起点中文网的编校人员总量较为一般，但网站自身已经意识到不足，及时设立完善的培训制度。反观 Last1 大佳网，仅仅在完善的编校人员培训制度（B12）中获得了 B 等级，在其他的指标建设中都处于劣势，证明其对于自身人才队伍的建设还有很大的提升空间。

A3 文学生产是文学网站竞争力的根本所在，在文学市场上受到读者欢迎的、畅销的作品能够极大提升网站的点击率，从而给文学网站带来人气与流量，所占权重比高达 0.2008。晋江文学城以 9.1 的高分和 4A1B1D 的等级排名第一，其中在作品总存量（B14）、畅销作品数量（B15）、版权转让作品数量（B16）以及作品出口数量（B17）中均获得 4 个 A，表明晋江文学城的作品数量远超于其他网站。但在题材构成的丰富性（当代题材比重）（B18）中仅获得 D 等，这说明晋江文学城的现代题材数量较少，古装、穿越等古代题材的内容较多。在抓精品力作的举措（B19）中得到 B 等，证明晋江文学城重视文学精品生产。反观 Last1 阿里文学，在文学生产中获得 2.38 分，并得到了 5E1D 的等级评判，其中在畅销作品数量（B15）中，获得了 D 等级，其他的指标均为 E 等。因此，阿里文学不论是在文学作品总体数量和畅销作品数量，还是在题材构成的丰富性和抓精品力作的举措方面都需进一步提升，对于文学生产的推动力度亟待加强。

A4 内部制度是文学网站内部运营的基本保障，网站制定相应的社会效益实施细则后，就能在最大程度上激发内部人员的积极性，权重有 0.0663。起点中文网和创世中文网在 A4 评分中得到了 10 分的满分，并且在内容评估制度（B20）、编辑委员会（B21）、写手奖励体系（B22）以及版权保护体制（B23）上获得了4个A等，证明以上两个网站拥有比较完善的内部运营制度。

A5受众反应是社会效益实现的目标所在，积极的、正向的受众反应极大推动文学网站运营，其权重占比0.2008。创世中文网和云起书院获得10分和5A1B的等级，在读者平均上线时间（B26）指标中获得B，其他指标中均获得了A，表明以上两个网站较多重视读者数量、作品数量和读者搜索。而大佳网、云阅文学、汉王书城、爱读文学网在A5的评分中仅得到2.542分和5E2D的等级测评，其中在读者平均上线时间（B26）和年度搜索入围年度前三百作品数量（B30）得D，说明在这7个要素指标中，读者时间和年度作品数量相对建设较好，而读者总数量（B24）在千万人次以下，注册读者数量（B25）在百万人以下，点击量100万以上的作品数量（B27）在500部之下、收藏量5000以上的作品数量（B28）在千部之下，读者长评数（B29）在千万条以下。

A6文化服务是文学网站社会效益的外在表达，权重占比0.1188，包含免费阅读的作品比例（B31）和是否举办公益及慈善活动（B32）。榕树下、言情小说吧和铁血网均获得10分的满分和2A的等级，根据等级评判原则，说明这三个网站免费作品的数量大于等于60%，对于社会公益和慈善活动多次举办且投入百万元以上。而潇湘书院、看书网、汉王书城只获得了2分和2E的等级，表明这三个网站的免费作品阅读数量小于等于29%，且举办社会公益和慈善活动较少，在未来文学网站社会效益建设中，需要提高免费作品的阅读数量，并积极投入人力、物力和财力举办社会公益活动。

A7社会影响是文学网站社会效益建设的根本目的所在，其权重占比0.1188。起点中文网获得9.84的分值和3A1B的等级评判。根据等级评判原则，在媒体关注度（B34）上表明其所举办的活动具有非常大的媒体影响力，在三大奖项上均有作品获奖（B35），并且有10个以上项目获得了中国作协重点作品扶持项目（B36），在文学评论活动中（B33）获得了B等，意味着举办过相当多的文学评论活动。3G书城获得2分和4E的等级，说明该网站较少举办相关的媒体活动，受到媒体的关注也较少，获得奖项和受到作协重点扶持的作品也较少。

根据表2的七项要素层数据和以上内容分析，可知 Top1 和 Last1 指标对比差异较大，在数值和等级的对比中呈现出明显的"马太效益"，即得分越高的网站，B 层指标层均获得 A 等级，而得分较低的网站，所有的指标都在 D、E 两个等级。仅仅从 Top 和 Last 两大角度去解读文学网站社会效益的建设是不够全面的，在汇总 25 家文学网站社会效益评价分值结果后，我们绘制了图 2 折线图。

1. 从前十名的网站分值来看，文学网站社会效益评估呈现出"一超多强"的发展趋势。根据图 2 折线图可知，起点中文网凭借 9.22 的分数获得第一，成为国内领先的文学网站；紧随其后的创世中文网 8.36 分，表现优秀，也成为社会效益评估中较为强劲的文学网站；起点女生网也获得了 8.17 分，得分优良；第四名的晋江文学城获得 8.01 分，表现出较具有社会效益竞争力；云起书院 7.7 分，榕树下 6.82 分，纵横中文网 6.64 分，红袖添香 6.31 分，言情小说吧 6.16 分；第十名是中文在线 17K 的 6.06 分。前十的网站社会效益最终分值排名也较为符合表 2 中的 Top1 结果，尽管是前十排名，第一名和第十名相差分值也有 3 分。

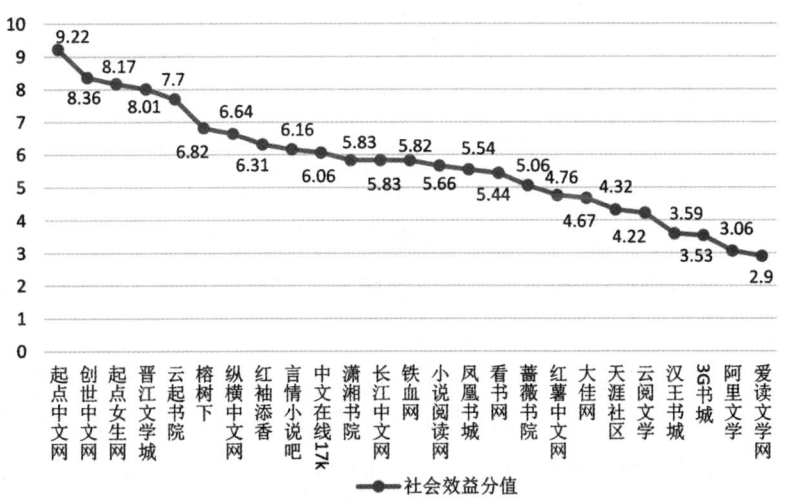

图 2　25 家文学网站社会效益评价分析折线图

2. 观察后十名的网站分值，文学网站社会效益评估表现出"共性弱势"的发展态势。爱读文学网在 10 分的评分中仅仅获得了 2.9 分，阿里文学也只获得 3.06 分，3G 书城也只有 3.53 分，汉王书城 3.59 分，云阅文学 4.22 分，天涯社区 4.32 分，大佳网 4.67 分，红薯中文网 4.76 分，蔷薇书院 5.06 分，看书网 5.44 分。后十名的网站分值差异较小，也说明在社会效益建设上面存在共性弱势，在 36 个 B 层指标建设中社会效益竞争力普遍较低，同时也符合表 2 中的 Last1 结果。

结　语

本研究所建构的网络文学网站社会效益评估价值体系，通过客观指标和量化标准对文学网站进行社会效益考核，并辅以 25 家文学网站的发展数据进行实证研究。这套评价体系不仅有利于反映网络文学当前唯点击量、片面追求经济效益忽视社会效应的不良倾向，而且还能鼓励文学网站坚持以人民为中心的创作导向，不断加强文学内容的建设。

第一，评价指标的形成和结论力求科学性。研究通过两大步骤建立文学网站社会效益评价指标体系，一是在研究当前文献的基础上，结合文学网站社会效益的特点，提出三种平衡关系为文学网站的建设提供方向指引，得出初始的相关指标体系。二是征求有关专家的意见，进一步分析专家们的意见，对指标的重要程度做出判断，通过分析专家的评价结果，修正、调整初始评价指标，最终得到网络文学网站社会效益评价指标体系，在指标的形成过程中具备较强的科学性、严谨性和专业性。

第二，各指标权重的重要性得到现实检验。通过对各文学网站的验证，根据计算，按照权重数值大小，可以得到要素层 A 各个要素的相对重要性排序：A1＞A3＝A5＞A6＝A7＞A2＞A4。其中 A1、A3、A5 这 3 个指标的权重都大于 0.2，即"政治导向""文学生产""受众反应"属于要素层 A 中最重要的指标。比如，起点中文网在这几项的分值分别为 9.54、8.5143、9.786，均属于优秀，并且在内部制度上得到了满分 10 分，说明其内部管理已经较为完善，其所有评价分值均高于 8 分，这使得其综合评价分为 9.2261，属于优秀。

第三，评估结果与网站实际运营情况相吻合。在评价指标体系的验证分析中，依据本测算方法得出的评价结果与网站的现实发展水平基本一致，说明网络文学网站的社会效益评价指标的选取有良好的代表性。一方面，最终的网络文学网站分值情况能够很好地反映文学网站的社会效益整体水平；另一方面，对于得分相对较低的网站，能够指出其未来的社会效益建设发展重点，同时也给新兴网站的社会效益的构建提供较为科学的建设方向。

第四，指标评估在一定时期内的相对性。网络文学网站在发展过程中变化很快，当前在政府、网站、写手的共同努力下，网络文学关注现实生活，书写伟大时代，涌现出很多优秀的现实题材作品，文学网站的社会效益明显提升。我们选取的 25 家网络文学网站的相关数据，只是作为社会效益评估体系测量的一个工具，指标设置及建模过程中不可避免地受到了主观因素的影响，再加上网站在数据填写时由于理解的差异导致数据偏差，因而我们的计算结果并不能完全表明网站的实际情况。事实上，文学网站迭代更新很快，各项数据也在不断变化，所以我们的评估体系的目标不是对 25 家网络文学网站进行排名，而是试图建立起文学网站社会效益的评估体系，引导文学网站多出高质量、正能量作品，建立起良好的网络文学生态系统。

（原载于《中国文学批评》2021 年第 3 期）

当前网络文学评价标准建构的批评与反思

◎周根红

构建网络文学的评价标准是近年来网络文学研究的重要内容。网络文学评价标准的建构，有助于准确把握网络文学的地位，正确理解网络文学的文体特征，促进新时代网络文学创作的良性健康发展，提升网络文学的原创力。目前有关网络文学评价标准的讨论，主要归纳起来无非是四种：以传统文学标准评价网络文学，认为网络文学归根到底是一种文学；以通俗文学标准评价网络文学，认为它满足了大众的快感消费；以媒介视角评价网络文学，强调网络文学的网络性；综合运用以上几种评价标准，建构出社会效益、经济效益等多层次的指标体系。虽然每一种评价都有其合理性和意义，然而，这些标准或对网络文学的定位模糊，或过分强调网络文学的快感消费，或脱离了文学本体转向媒介研究，或用数理统计替代了审美评判。因此，对网络文学评价标准的建构，应该充分遵循文学、媒介、市场、价值等网络文学生产因素，强化网络文学的媒介属性和文学属性这两个重要的前提，重新思考网络文学的评价标准。

一、理解媒介变迁

美国学者 M. H. 艾布拉姆斯曾提出的"世界—艺术家—作品—读者"文学四要素分析框架，成为文学批评中被广泛使用的模式。艾布拉姆斯的这一理论是在 1940 年博士论文基础上修改，1953 年出版的

《镜与灯——浪漫主义文论及批评传统》一书中提出的。这一文学批评模式的提出尚处于媒体不够发达、媒体对文学的影响不够鲜明的时代。随着西方发达国家相继进入信息时代,文学活动和文学形态中媒介的重要性日益凸显,原有的"世界—艺术家—作品—读者"这一评价模式开始显现出不足。这也是20世纪90年代以来,我国文学研究领域出现了一股"文学与媒介"相互关系研究的时代背景。

其实,文学的发展和创新一直与媒介的变迁有着密切的关系。无论是早期的口头文学和民间文学,还是后来的龟甲兽骨、竹简布帛、纸张,到广播、电视、影视,文学的发展,始终都经由媒介的发展而呈现出不同的文学形态和文学特点。如晚清民国时期报刊中所出现的政论文体和报章文体;20世纪50年代以来广播时代的广播评书、广播文学;20世纪90年代由于报纸占据主导地位而出现的副刊文学;随着广播地位的式微和电视的强势主导,出现了一批以电视散文、电视诗歌、电视读书节目和电视讲坛等电视与文学的交叉形式。当然,由于媒介地位的变迁和媒介功能的转型,一些文学样式逐渐走向衰落甚至销声匿迹。网络文学正是随着21世纪以来网络的崛起所产生的文学现象。不过,网络文学的定义目前仍没有取得共识,各种观点和命名凸显出网络文学概念的模糊性和不确定性。这主要是因为网络文学日益呈现出丰富多样的面貌、网络文学与传统文学的状态纠缠和网络文学的文学本体缺乏完整的理论建构。但不可否认的是,网络媒介的发展影响到了网络文学的发表方式、书写方式、叙事方式、语言结构、社会功能等各个方面。

很多年前,一些学者在质疑网络文学的命名是否合理时认为,如果网络上出现的文学叫网络文学,那么我们是不是可以由此推论出甲骨文文学、竹简文学、绢帛文学等。这种观点的实质是没有充分把握媒介的变迁、特点和属性,以及媒介变迁与文学的发展关系。媒体形式总体可以分为以报刊为代表的平面媒体、以广播电视为代表的视听媒体和以互联网、手机为代表的网络与新媒体。文学也因不同的媒介而有着各种特点。无论是甲骨、竹简、绢帛,还是报纸、杂志、图书等媒介上的文学,它们都同属于平面媒体时代的文学,在文字、语言、结构等方面都有着相通性。随后出现的广播、电视、电影等媒介形态,显然与平面媒体时代的文学有了很大的不同,突出表现是增加了更多的视听元素,文本的对话性进一步加强,文学性进一步减弱,描写性让位于视觉性等特征。能否单独以某一媒介来命名文学形式,说到底取决于媒介之间的差异性,是否能够较大程度地区分于其他媒体。因此,广播文学、电视文学、影视文学等概念的存在,并没有引起批评者的质疑。网络媒体的出现,极大地颠覆了平面媒体的固有结构,并对视听媒体产生了强大的冲击。就目前来说,网络媒体对平面媒体的影响最为强烈。也正是这样,当前纸媒处于不断式微的过程中,网络媒体以绝对的优势占据着社会文化的各个方面。

因此,对于网络文学的评价,首先需要关注的就是媒介派生出来的属性,要从媒介的视角评价网络文学。正是这样,有研究者提出了"媒介存在论"的批评模式,并概括出媒介存在论批评的两个基本观念:"一是文学批评应从媒介视角和文学媒介要素切入展开;二是把媒介看成文学其他要素或存在者联接成体、互动交流、开启存在意义的'存在之域'。"① 这种有关文学与媒介的视角确实是回到了媒介本体论的立场去研究文学,但又过分注重了网络文学的"存在形式",缺乏对媒介变迁和媒介特点对网络文学产生影响的深度关切。这种立论可以成为文学理论研究的视角,但因过于理论化而很难成为文学评价的视角。网络文学的评价应该从媒介本身的特点出发,理解网络文学依托"网络"这一媒介形式所呈现出的与传统媒介时代的文学所不同的审美特点,警惕陷入唯媒介论的误区。网络不仅是网络文学发表和传播的渠道而且是具有再生性的平台是网络文学成为网络文学的根本所在。只有在这个基础上,网络文学的独特性才能够因媒介而凸显其存在的特征和意义。

二、回归文学本体

网络文学归根到底是一种文学形式。既然网络文学是一种文学,

---

① 单晓曦:《网络文学评价标准问题反思及新探》,《文学评论》2017年第2期,第24—30页。

那么，对网络文学的评价自然应坚持文学的评价标准。当前，也有观点认为应该用文学的标准评价网络文学。网络文学"不过是文学写作在网络上的直接呈现而已……如果认定网络文学还是文学，那就老老实实地回到文学的道上，围绕作品、围绕写作说事儿，认认真真读作品才是说话的前提，少说那些与作品、与写作没关系的事儿"①。"网络文学是网络与文学的结合体，因此，评价网络文学，首先要运用文学的标准、小说的标准。文学的艺术性追求、思想性、审美观赏性，语言的特点与叙事的风格，表现人性的深度与人文色彩，这些评价标准当然适用于网络文学。作为文学的一种实现形式和完成形式，网络文学并不例外。"② 这一观点的意义在于让网络文学回到文学阵营，当然应该使用文学的评价标准。但这类观点却忽略了两个问题。

一是文学评价标准的发展演进。总体来说，文学的评价标准离不开思想性、艺术性和观赏性，离不开史诗性、现实关怀、宏大叙事、人文关怀等各种语汇。毫无疑问，文学的评价标准是在长期的文学批评实践中产生和发展的，并不断走向丰富。任何一种批评方式都有其产生的历史时代背景，都遵循着一定的文化模式。如英美新批评派批评、精神分析批评、神话原型批评、结构主义批评、接受美学批评、女性主义批评、后结构主义批评、马克思主义批评等。同时，各类艺术形式本身也在不断发展的过程中吸收了其他艺术形式的表现手段，是一个不断运动着的过程，文学批评本身也处于一个不断发展的过程之中。遗憾的是，我们的文学批评基本上还是立足于传统文学的批评标准。因此，当文学成为影视的改编资源并丧失独立性时，站在传统文学立场上的批评家都惊叹"文学死了"。当网络成为文学的主战场并泥沙俱下时，站在传统文学立场上的批评家认为网络文学是"垃圾"。面对文学的生产语境和文学样式不断变化的当下语境，如果我们还依赖于传统文学批评理论予以评判，似乎就有些过时，就像拿文言文的标准要求白话文，以格律诗的标准要求自由诗，以纯文学的标准要求通俗文学一样。正是因为我们的评判标准还停留于传统文学批

---

① 潘凯雄：《对网络文学究竟该如何评价》，《中国青年报》2015年6月19日。
② 李朝全：《评价网络文学的几点思路》，《深圳特区报》2014年10月23日，B5版。

评的理论范畴,因此有很多评论家大呼"小说已死""作家已死""文学终结"等骇人听闻的言论。其实,对于当下文学批评来说,恰恰是"理论已死",是传统的文学理论无法适应新的文学语境。

二是网络文学与传统文学之间的差异性。不可否认,网络文学是一种不同于传统文学的文学形态。经过二十余年的发展,网络文学已经呈现出了自身的文体特点。网络文学带来了审美领域的新变化,"在语言、结构、叙事上都有新的变化,改变了20世纪中国文学过于沉重的面貌,开创了一种新的叙事范型,出现了超文本、接龙式写作、多媒体文本、互动小说、超长篇、短信文学、直播贴、微博体等依托网络存活的新的文体形式。这些文体样式的审美规律应深入研究,蕴含了未来文学的可能性形态","网络文学在结构、模式、语言系统等方面都有新的发展变革,其结构框架、人物创设、故事设定等方面都有自身特点"①。传统文学的评价标准是一种精英文学标准和纯文学标准。它主要来源于17世纪末18世纪初欧洲的审美现代性文学理论,如五四时期"新文学"所提出的"人的文学""平民的文学""新人文主义文学"等和20世纪80年代的"人性""启蒙"等纯文学观念。这些文学评价的标准都有其自身的时代语境。如20世纪80年代的纯文学观念与整个80年代的思想启蒙、文学热潮密切相关。但不容忽略的背景是,20世纪80年代的文学热也正是特殊历史时期全民阅读短缺的产物,其实并非正常的文学生态。

网络文学的评价当然应该回归文学的评价标准,这一点是因为网络文学的文学本体所决定的。但是,我们应该注意到,网络文学又不同于传统文学,不能简单照搬传统文学的评价标准。当前建构网络文学评价标准的讨论之所以此伏彼起,其前提就是原有的传统文学的标准确实不太适合对网络文学进行评价。然而,之所以讨论无法达成共识,其中一个重要的原因就是网络文学的"文学性"究竟是什么还没有得到廓清。因此,建构网络文学的评价标准应该重回网络文学的文学本位,探析网络文学的文体特点,提炼出网络文学的文学特性。

---

① 周志雄:《中国网络文学评价体系的维度及构建路径》,《中国文艺评论》2017年第1期,第57—64页。

三、重视市场影响

由于传统文学期刊和文学出版机制的囿限,规模庞大的文学作品无法在传统文学期刊和出版社发表或出版,网络媒体的出现,则为此提供了一个重要的平台。因此,网络文学出现的初期只是满足于某种发表和表达的欲望。然而,随着网络文学的体量增大、网络媒体与资本的合谋,网络文学日益走向了市场化/产业化。这也是网络文学与传统文学相比最为突出的现象。因此,建构网络文学的评价标准离不开市场语境。

近年来,网络文学引人瞩目的重要原因正是网络文学背后所爆发的市场价值,远远超越了传统文学的市场地位,形成了线上付费阅读、影视改编、游戏改编、漫画改编、动漫改编、有声读物等一系列IP开发的路径。从1998年网络小说作家痞子蔡(蔡智恒)的《第一次亲密接触》开始,中国网络文学从星星之火到呈燎原之势,更成为文化出海的标杆。《2019年中国数字阅读市场研究报告》显示,2019年我国数字阅读用户规模达到7.4亿人,其中网络文学用户规模达到4.6亿人,同比增长8.3%。市场规模达到204.8亿元,同比增长21.0%。于是,有些网络文学评价标准适时提出了市场的评价维度,提出以"社会效益""经济效益""版权运营情况""作者信息"四个指标为内容的"AHP—模糊综合评判法"[①],或列出"人气类指数""道具类指数""用户评价指标""销售类指标""影响力""推荐票""出版实体书""改编影视""改编游戏""更新频率"等指标,并分别赋予各指标权重[②]。这种标准看似颇有创新,其实本身并不科学,也不便于实行。新时期以来,传统文学的出版、影视改编、版权售卖等都属于市场行为,而且许多传统文学作品也正是通过版权出售改编为

---

① 李薇:《网络文学作品评价体系研究》,《出版广角》2014年第20期,第30—32页。

② 高宁:《基于多属性综合评价方法的网络文学评价指标体系研究》,《出版参考》2015年第8期,第12—13页。

影视、网游等其他形式产生了广泛的社会影响力。如果以市场的各类指标对网络文学进行评判的话，那么这套指标也可以稍加修改后作为纯文学的评价标准，如作品的发行量、评论指数、转载数、改编情况、版权价格等。显然，纯文学并没有采用这种指标化的评价指标，究其原因，主要还是认为对文学的评价仍然属于文学的"审美"和"价值"范畴。网络文学无论是纯文学、俗文学还是垃圾文学，其核心的指向仍然是"文学"。既然是"文学"，那么对于网络文学的评价仍应该回到"文学"的评价标准内，尊重的仍然应该是"审美判断"和"价值判断"。此外，当前所建构的网络文学评价指标的"指标权重"如何进行科学合理的赋予权重，也有着很大的主观随意性，难以实现科学化。

需要注意的是，网络媒体是一个资本高度介入的媒体形态，网络文学也通过资本运作进一步拓展了发展空间。从前几年盛大文学收购起点中文网，到腾讯收购盛大文学，到近年来阿里巴巴、腾讯、百度的三足鼎立，阅文集团的上下游整合等，都无一不是资本运作的结果。正如网络时代的电影为了争夺高票房不断采取提前锁场、对赌协议、幽灵场、票补等一样，近年来，有些网络文学作品为了片面追求市场效益，出现了一股注水、买粉丝、抄袭、洗稿、拼凑、侵犯版权、同质化等现象，乃至出现了"网文写作宝典""软件写作"等现象。网络文学的繁荣和网站热钱的大量进入，势必要求快速生产实现变现，网文作者的工作要求是至少日更一万字，日更一万四千字、两万字的也大有人在。在这种情况下，大量品质低下的网络文学作品被市场这只看不见的手推向前台。因此，习近平总书记在文艺座谈会上的讲话就提出，"文艺不能当市场的奴隶，不要沾满了铜臭气。优秀的文艺作品，最好是既能在思想上、艺术上取得成功，又能在市场上受到欢迎。要坚守文艺的审美理想、保持文艺的独立价值，合理设置反映市场接受程度的发行量、收视率、点击率、票房收入等量化指标，既不能忽视和否定这些指标，又不能把这些指标绝对化，被市场牵着鼻子走"[①]。文学评价也不能成为市场的奴隶，不能因为市场的高

---

① 习近平：《在文艺工作座谈会上的讲话》，《人民日报》2015年10月15日。

收益而忽略了网络文学本身的思想性、文学性和观赏性的统一,不能无视网络文学创作中所出现的各种乱象,甚至为这种乱象进行辩解,认为这是网络文学生产的重要特点。我们要在巨大的资本运作过程中了解网络文学的市场化手段,从而在进行评价时能够去伪存真,坚守自己的立场。

正视网络文学的市场化乱象,而不是因噎废食地漠视市场运作下的网络文学。之所以提出建构网络文学的评价标准需要重视网络文学的市场化/产业化语境,并非是要建构一套市场影响指标体系来评价网络文学,而是要重视市场对网络文学的审美、价值、语言和叙事方式等方面所产生的影响,重视市场化/产业化对网络文学创作和网络文学文体特征产生的影响。只有理解了网络文学的市场化生产,我们才能更好地认识网络文学呈现出的新面貌。

四、重估思想价值

任何一部文艺作品,必然反映出一定的价值观念和思想取向。当前网络文学的质量良莠不齐、思想性贫弱和价值观不正,甚至色情化、低俗化等现象,是近年来备受批评家诟病的问题。不过,传统文学也存在着各种思想性不强、艺术性不高、价值缺失的作品。因此,文学的思想性和价值观等方面所存在的问题并非网络文学所独有。网络文学评价标准的重要问题在于,网络文学与传统文学的思想价值的差异和网络文学思想价值的独特性质,是建构网络文学评价标准的一个重要前提。

如前所述,网络文学的评价标准显然不能照搬传统文学的评价标准。因为网络文学呈现出了一种不同于传统文学的特征。一般认为,网络文学是一种通俗文学。既然是一种通俗文学,势必需要用通俗文学的标准予以评价。由是出现一种观点认为,"在进行通俗娱乐文化产品的体验当中,受众实际上是在追求刺激多巴胺的分泌,进而产生愉悦的感觉，以'奖赏效应'弥补现实中的挫折导致的各种焦虑"①。"能否为读者提供各种强烈、鲜明、绵长、殊异性的快感与美感体验，是作为重要的接受反应效果评价，是评判网络文学作品高下的基本要素"②。这种观点从读者接受的角度进行了研究，注重读者的接受心理。然而，一方面，网络文学并非完全属于通俗文学的范畴，并非所有的网络文学都是为了满足读者"多巴胺"需求的作品，也有很多网络文学有着精英文学或传统文学的特质。另一方面，这种观点将网络文学消费链末端的"快感消费"理解为一种"生理反映"或"生物反映"，在很大程度上是以一种较为庸俗化的角度去理解网络文学的价值，成为刺激快感的庸俗文学观。

如果跳出读者接受的生理学或生物学意义上的认识，从网络媒体的整体情况和网络文化的角度进行思考，我们也许能更好地理解网络文学的思想价值。网络文学与网络视频、网络电影一样，属于网络媒体的内容之一，因此，它必然受到网络媒体的影响。网络文学的评价离不开网络媒体的价值视角。网络媒体的一个突出特点就是年轻化。中国互联网络信息中心（CNNIC）发布的第45次《中国互联网络发展状况统计报告》显示，截至2020年3月，我国网民年龄结构依然偏向年轻，以20～39岁群体为主，占整体的42.3%；其中20～29岁年龄段的网民占比最高，达21.5%，30～39岁群体占比为20.8%。网络文学的写作者和读者基本上属于"80后"、"90后"乃至"00后"的年轻一代。这个群体被称为网生代。因此，网络文学的价值观很大程度上是青年价值观，网络文学所折射出的文化现象，也大多是青年文化。这种文化既包括青年所体认的传统文化，也包括青年消费主义文化、抵抗文化和亚文化等。网络文学流行的穿越、修仙、玄幻等类型文学文化，网络文学所表现出的治愈系文化、玛丽苏情结、耽美文化、CP文化、"污"和"腐"文化等，既是网络媒体文化的一部分，

---

① 廖俊华：《通俗娱乐文学与多巴胺》，中国作家协会创研部编：《网络文学评价体系虚实谈——全国网络文学理论研讨会论文集》，北京：作家出版社，2014年，第114页。

② 王祥：《网络文学创作原理》，北京：中国人民大学出版社，2015年，第14页。

也反映了青年文化的特征。

因此，网络文学的思想价值不同于传统文学所指向的思想价值，网络文学的思想价值以青年视角为基础。网络文学所呈现出的青年文化是青年话语权输出的一种途径。网络文学思想价值的评价标准应该注意到青年文化的价值转型，建构事关青年健康发展、主体性建构与社会认同的思想价值，规范和引导网络文学的发展。

当前网络文学的评价标准之所以争论不休、悬而未决，说到底是因为两个原因：一是网络文学的定义、边界、地位等没有得到清晰界定。文学批评首要的问题就是对评论对象的确定。只有清晰地判断何谓网络文学，我们才能对网络文学进行评价。二是当前的网络文学评价标准被网络和市场两个因素所左右，产生了混淆。现有网络文学评价的标准过分强调了网络的芜杂性、广场性和市场性，出现了一些远离文学本身的、类似于企业绩效考核的指标体系。网络文学评价标准的建构需要充分考量媒介、文学、市场和价值等各方面的因素，深入研究网络文学的审美、叙事方式、青年价值等方面，建构一套立足于文学，但又不同于传统文学的网络文学评价标准。

（原载于《江苏大学学报（社会科学版）》2021年第1期）

媒介性、原生性与学科建设性
——网络文学史料研究的问题和方法

◎邵燕君 李 强

互联网是有记忆的,前提是有人存盘。然而,网络空间里的资料,却正在因为各种原因而大量消失。网络媒介使讯息更迭的频率大大加速了。因此,挖掘整理网络文学史料的工作,忽然之间变得十分迫切。如果我们不尽快地把早期的一手材料尽可能全面地保留下来,不但未来网络文学史的写作将失去很多丰富性和可能性,甚至会影响我们的大势判断,中国网络文学从哪里来,未来可能到哪里去?

一般而言,文学史都是建立在文学史料基础上的,史论结合,论从史出。但史料的范围和侧重点却并非一成不变,总随着文学史观念的变化而变化。持不同文学史观的研究者侧重挖掘不同的史料,彼此参差,各执一端,正是一个学科成熟起来的标志①。但作为仍在生成

---

① 以当代文学史著述与相关的史料选为例,1986年,北京大学当代文学教研室的洪子诚、谢冕、张钟等人合写《当代中国文学概观》(北京大学出版社,1986,后修订改名为《中国当代文学概观》),就编写了《中国当代文学史料选:1948—1975》(北京大学出版社,1995),并在内容提要中说明"本书是中国当代文学教学参考书,它将在广度、深度上进一步推动对中国当代文学的研究,使之更趋完整与科学"(谢冕、洪子诚:《中国当代文学史料选:1948—1975》,北京大学出版社,1995,第1页)。此后,洪子诚个人写作了《中国当代文学史》(北京大学出版社,1999)和《中国当代文学史·史料选:1945—1999(上、下)》(长江文艺出版社,2002),后者的编选说明也明确指出,"本史料是为配合《中国当代文学史》(洪子诚著,北京大学出版社1999出版)在教学上的使用而编选的"。相对于合写版的史料选,洪子诚个人的史料选,除了时段扩充(上限从1948年扩展到1945年,下限从1975年扩展到1999年),篇幅的增加(从6万字增加到了9万字),更重要的变化还在于侧重对当代文学制度的起源、发展的相关资料的收录。史料的增减变化,反映了当代文学史研究方法论的变迁。除了洪子诚,当代文学研究者里大力提倡史料研究并做了重要探索的还有吴秀明、程光炜和黄发有。具体可参见吴秀明:《一场迟到了的"学术再发动"——当代文学史料研究的意义、特点与问题》,《学术月刊》2016年第9期。

之中的文学形态,网络文学史料搜集的理论框架不宜过早框定。学院派的理论自觉性,首先应该是对既有理论框架和研究者观念惯性的自察。所以,新方法形成的第一步是"入场",尊重网络文学的原生性,以史料自身为方法,依据文学史料的原始形状,追索网络文学发生发展的内部逻辑。与此同时,对网络的媒介属性保持最高的敏感性,发现这一新媒介环境下,文学生态系统发生的变化。

当然,注重网络文学的"媒介性"和"原生性"也是一种理论建构方式。对于人文学研究来说,"没有批评,就没有历史"[①]。史料编纂需要一定的理论框架,材料的甄别也需要一套标准。否则,杂乱无章,泥沙俱下。应该说,对于一种新形态文学,史料研究方法越接近其底层逻辑,越不容易屏蔽新质。"以史料为方法",可以随着新发现而调整方法,为未来的文学史多元叙述研究打开足够的空间。

一、对网络文学史料的媒介性保持高度自觉

媒介性既是对网络文学史料的物质形态而言,也是对网络文学史料的理论可能性而言的。前者意味着,网络文学史料已经超出了传统的文字形态,需要借助更加丰富的媒介形式例如图片、影音等来捕捉、留存。后者则意味着,关于网络文学史料的研究应该是基于媒介变革属性的研究,其思路和方法与传统文学必然有所不同。

网络文学史料保存收录的尽量是网络空间里的第一手资料,但是多数网页更新频繁,且保存难度较大。相对于网络文学丰富的实践,纸质书籍所能留存的体量实在太小。理论上说,网络数据的保存方式应该是数据库,就像纸质书的保存方式是图书馆。用纸质书的形式保存史料,本就是一种迫不得已。一方面是出于对纸张这一物质形式的信赖,多一种备份方式;另一方面,我们目前的史料研究工作,还是在纸质文明系统下的学术体制内部进行的,需要纸质书作为"学术成果"。

[①] [荷]任博德(Rens Bod):《人文学的历史——被遗忘的科学》,徐德林译,北京大学出版社,2017年,第294页。

对媒介性的充分自觉，首先意味着，对于网络文学史料的整理和研究，绝不能只依赖于纸质出版资料。纸质资料不但挂一漏万，而且当年这些内容在从网络"保存"到纸上的时候，经历了无形的纸质文学标准的挑选和有形的出版标准的删改，存在着多重的"幸存者偏差"。所以，网上的史料要到网上找，这是完全没有讨价还价余地的基本原则。

光上网还是不够的。我们看到目前有些出版的史料是从百度百科上扒过来的，准确性自不待言，更重要的是，失去了材料产生的语境。我们在考辨传统史料的价值时，总要问其出处，是否原发版本？权威版本？做现当代文学方面的史料研究，还都讲究去查原发期刊，这样可以从前后左右的材料中判断其复杂语境和微妙语义。网络文学也是一样，只是堆满尘埃的旧期刊室，变成了重重链接导向的网络深处。而且由于网络趣缘空间的"部落化"特点，每个圈子都有自己的文化，黑话连篇，如果没有"圈内人的常识"，根本摸不着头脑。所以，做网络史料也是一门硬功夫，"扒帖""刨坟""爬楼"（均指翻看、查找以前的帖子或其他网页内容），辨章学术，考镜源流，有时还需要高超的电脑技巧。

网络文学史料的媒介性还体现在对网络文学核心属性的判断上。关于网络文学的定义，目前学术界虽然没有统一看法，但至少在一点上达成了共识，就是认为网络文学是一种新媒介文学，网络不仅是网络文学的传播渠道，更是其生产空间。基于这一判断，对网络文学史料的研究，就要以文学网站（论坛）为基础。从某种意义上说，一部网络文学发展史，就是一部文学网站（论坛）的兴衰史。尤其是那些曾经兴盛一时如今衰落或早已闭站的早期网站（论坛），钩沉其史料，复原其形状，可以让我们看到网络文学曾经的多种样态，其中未必不蕴含着网络文学未来的多种可能。

在对文学网站的考察上，有一条轴心线，就是网站运营模式的考察，背后是中国网络文学生产机制的形成和发展过程的梳理。这套原创的生产机制，是中国网络文学发展的核心动力。如果没有这套机制，中国的网络文学也会存在，像很多国家一样，但绝不是如今这般"世界奇观"性的规模。为什么中国网络文学的发展最终走向了商业化？为什么在几种商业模式中，最终只有付费阅读制度成功了？为什么在几家探索付费阅读制度的网站中，只有起点中文网的 VIP 付费阅读模式成功了？起点中文网如何不断丰富发展了这一模式，从而形成一套完整的生产机制（VIP 付费阅读制度、网络职业作家体系、用户主导的作品推荐—激励机制），打造出了"起点模式"，奠定了中国网络文学的基本形态。所幸的是，从目前可以搜集的材料来看，重要问题都能获得有效回答，逻辑链条基本是完备的。这样，中国网络文学大厦的地基就被探清了。

另外，媒介性也包括互联网本身的建设。网络文学的诞生，首先要有网络。美国的阿帕网（互联网前身）是 1969 年诞生的，进入民用是在 20 世纪 80 年代。中国最早的国际联网项目中国学术网（Chinese Academic Network，简称 CANET）1987 年既已启动，1995 年接入民用。1996 年底，中国公众多媒体通信网（169 网）全面启动，多省市的热线、信息港陆续建成，成为中国互联网发展早期网民的重要聚集地，黄金书屋、晋江文学城、红袖添香、潇湘书院等著名书站和网站应运而生。从互联网基础设施的建设进程来看，中国大陆并不比欧美晚多少，在亚洲地区，与日本、韩国及中国台湾地区几乎同步[①]。这对于冷战格局下的中国大陆绝非易事，需要改革开放的大好环境和以邓小平为首的国家领导人的高瞻远瞩。这些与中国互联网环境形成直接相关的政治、技术要素，也是需要重点关注的。

---

① 互联网普及大都围绕教育机构进行。日本首次接入互联网是 1984 年，韩国是 1982 年，中国大陆是 1987 年，中国台湾也是 1987 年。真正进入普及化的时间点（ADSL 网商用时间），日本和韩国都是 1999 年，中国大陆是 2002 年。参见：彭兰：《中国网络媒体的第一个十年》，清华大学出版社，2005，第 16 页；[韩] NCA：《韩国互联网白皮书 (한국인터넷백서)》，2008 年，第 60 页；[日]《iNTERNNET magazine Reboot》2017 年 1 号，第 41 页。[韩] 电子新闻社 (전자신문사)：《情报通信年鉴》，2007 年，第 328 页；[日] 日本综合研究所：《Japan research review》2002 年 12 卷 1—6 号，第 78 页；中国 5 年宽带路，网易科技，http://tech.163.com/special/00092OGQ/broadband.html；https://www.daj.jp/history/internet/。

二、注重发掘"网络文学原生评论"的价值

毋庸讳言,网络文学是借媒介革命之机,在体制外自发成长起来的文学样态,这个体制,既包括传统的主流文学体制(期刊、出版社、文联作协机构等),也包括以大学中文系为代表的学院体制。目前具有学术话语权的网络文学研究学者大都不是"网络原住民",对网络文学的圈内文化有着不同程度的隔膜。

网络文学在自发成长的过程中,不但形成了独立的生产机制,也形成了自成一统的批评机制。从早期的论坛、书评区,到近几年的"本章说""段评",书评机制一直是与网文机制伴生的,而且越来越内置于网文机制中。在数以千万计的粉丝读者的高度参与中,涌现了一批堪称"意见领袖"的精英粉丝,从早期的"龙空"(龙的天空,中国网络文学发展早期最具影响力的网站,后以评论为主)的评论"大神",到今天在微博等自媒体上活跃的"推文大V",精英粉丝一直在网文圈中发挥着重要的影响力。他们的批评往往短小精悍、一针见血,且颇具文采,自成一格。评论对象也不仅仅是针对单部作品,也有人做"年度总结",类型梳理,光个人的网络文学史就有十几部,其中高质量的也有三五部。这些评论、论著中保存了大量已经淹没的史料,也提出很多富有真知灼见的理论观点。特别在网络文学发展早期,发生在龙空的几次著名的论争"事件",已经触及不少根本性的理论问题,如精英与"小白"的趣味之争(《我是大法师》事件,2002年,围绕对刚刚兴起的"小白文"的文学评价问题)、网络文学的社会功能("文以载道"事件,2003年,由对情色小说的评价出发,讨论网络文学的价值观问题)、网络文学对西方设定的"拿来"和本土化的问题("九州香蕉论",2004年)①。十几年过去了,这些问题依然是主流学术界不断讨论的问题,但当年的讨论成果没有被有效吸

---

① 谭天:《网络文学发展早期的"精英"与"小白"之争——龙的天空论坛三次论战综述》,《中国当代文学研究》2020年第6期。

纳，甚至知者不多。

笔者将这些在网络原生环境下生发、主要在网络空间内部产生影响的评论，称为"网络文学原生评论"，将这方面卓有成就者，称为"网络文学原生评论家"，简称"网评家"。最早关注这部分评论价值的是韩国学者崔宰溶，他在2011年完成的博士论文《网络文学研究的困境和突破——网络文学的土著理论与网络性》中，借用麦克劳克林（Thomas Mclanghlin）提出的土著理论（vernacular theory）概念，为这些网络评论命名。"土著理论"指的是"非精英、非学术研究者在日常生活中所进行的一种文化批评活动"，这里的"土著"（vernacular），有方言的意思，但更强调与学术（academic）之间的区分。①

笔者定义的"网络文学原生评论"与崔宰溶提出的"网络土著理论"在概念内涵上没有本质区别，尤其在强调与学院批评的区分上，是完全一致的。之所以要再造一个概念，主要是因为"土著"的说法具有传统人类学研究的色彩，有抹除不尽的"精英本位"痕迹。而且随着网络媒介日益成为主流媒介，网络文学社区越来越不具有早年"亚文化社区"的边缘性，网络空间与主流文化空间的界限在逐渐模糊。一些原本活跃于网络空间的"网评家"也有时会进入主流文学空间，甚至学术空间。使用"网络文学原生批评"的概念，外延上可以更宽泛一点，时间上也更有开放性。②

不过，"土著理论"的概念确实更能突出这些"网络文学原生评论"的理论价值。崔宰溶引用麦克劳克林的观点，认为理论的定义，

---

① 崔宰溶：《网络文学研究的困境与突破——网络文学的土著理论与网络性》，北京大学博士学位论文，2011年，第50页。
② 庄庸、安迪斯晨风曾提出"网生评论家"的概念，即"网络上成长起来的评论家"（见《网络文学评论》2019年第1期"网生评论家"专栏"主持人语"）。如其所言，作为"网络文学评论界不可忽视的一股新生力量"，"网生评论家"的批评实践已经超出网文圈，有进入主流化的倾向。笔者定义的"网络文学原生评论家"的概念，主要指仅在网文圈内发言的著名粉丝评论者和推文大V，特别是早年在龙的天空论坛活跃的评论家，如段伟（weid）、暗黑之川（kind-red）等。对于安迪斯晨风等开始进入主流评论空间的"网生评论家"，虽然也包括在内，但对其评论内容要做区分。"原生评论"还是指网络原生环境下生发、主要在网络空间内部产生影响的评论。

就是"对前提和意识形态的根本性怀疑"。"土著理论家们"或许没有明确的理论意识,但这些"文化享受者们拥有一种力量","他们能够看透文化现象的表层,进而把握其运作方式和结构。虽然这些洞察往往只能是本能的、直观的、经验的,并且因此往往不成系统、零散的,但他们的洞察是从该文化的实践当中形成出来的"。因此,有资格被称为"理论"。①

崔宰溶着重强调"土著理论"的意义,主要是出自对当时学院派网络文学研究趋于抽象化、理论化和外围化的不满,认为突破困境的一个重要途径就是向"土著理论"学习,"我们应该试图尽量贴近实际的网络文学实践,保持对这些实践者的尊重的态度:在网络文学的领域当中,他们,而不是我们,才是真正的专家,所以在研究的初步阶段我们只能,也应该拜读他们"②。

这一中肯的批评和建设性意见,对于中国网络文学研究的发展有着十分重要的推进意义,这是要特别感谢他的。可惜,十年过去了,网络文学研究的入场观察仍嫌不足。现有的一些网络文学史料整理中选取了大量网络文学研究的论文,这些论文只是学院和媒体批评,只能大致记录学院派和主流人群对网络文学的看法(包含偏见),离网络文学实践本身相去较远。那些活跃在网络空间的"土著"们的评论资料,虽具有重要的史料和理论价值,却几乎未能进入研究者视野。这种局面是我们今天必须改变的。

三、史料研究的学科化建设及其反思

随着网络文学研究的深入,自然就进入了写史的阶段。写史的冲动,与网络文学研究学科化的趋向是一体的。凑巧的是,近年来,史

---

① 崔宰溶:《网络文学研究的困境与突破——网络文学的土著理论与网络性》,北京大学博士学位论文,2011年,第50—51页。
② 崔宰溶:《网络文学研究的困境与突破——网络文学的土著理论与网络性》,北京大学博士学位论文,2011年,第60页。

料研究成为中国当代文学研究的热门话题①,它被发动者认为是当代文学研究"在研究思路、格局、向度和方法上进行一次带有革命性意义的重要'战略转移'"②,是"一场迟到了的'学术再发动'"③。网络文学作为当代文学分支方向,其史料研究与整理工作也被自然而然地视为当代文学史料的一部分。

当代文学学科的"史料热",为网文史料整理工作提供了便利条件,也为其提供了方法论的参照。在 20 世纪 80 年代还被认为"不宜写史"④ 的当代文学学科,在今天已然蔚为大观,这个学科化过程中蕴含着的问题,也可以为网文史料研究提供反思。

当代文学研究当初要摆脱"批评化"状态而推进学科化,凸显史料研究是必要的。但在如何纳入网络文学这一全新形态文学的问题上,目前的研究还存在定型化的倾向。例如,吴秀明主编的"中国当代文学史料丛书"中,将网络文学纳入通俗文学板块,认为其是通俗文学的网络版。这种定位和判断是基于旧有的文学史坐标的。在这种判断之下,网络文学的鲜活性和丰富性没有得到有效呈现。近三十年的文学实践,只能简化为几篇"理论成果"。造成这种状况的原因是复杂的,根源还在于文学观念的问题。在史料整理运动中,如果仍

---

① 早在 2014 年左右,史料研究就成为中国当代文学从国家到地方各种研究立项的热门选题。《文艺争鸣》《中国现代文学研究丛刊》《学术月刊》《南方文坛》《现代中文学刊》等杂志先后刊发中国当代文学史料研究的相关论文。同时也有一大批当代文学史料相关著作出版,包括洪子诚的《材料与注释》(北京大学出版社,2016);吴秀明主编的《中国当代文学史料问题研究》(中国社会科学出版社,2016)、"中国当代文学史料丛书"(浙江大学出版社);吴俊主编的《中国当代文学批评史料编年》出版,等等。除了整理旧有材料,还有大量当代作家、学者年谱的编写工作业已展开,有代表性的是《东吴学术》策划的"年谱丛书"系列。参阅布莉莉、黄发有的《〈东吴学术〉"学术年谱"与当代文学史料研究》(《小说评论》2016 年第 1 期)。

② 吴秀明:《史料学:当代文学研究面临的一次重要"战略转移"》,《中国现代文学研究丛刊》2012 年第 2 期。

③ 吴秀明:《一场迟到了的"学术再发动"——当代文学史料研究的意义、特点与问题》,《学术月刊》2016 年第 9 期。

④ 唐弢:《当代文学不宜写史》,《文汇报》1985 年 10 月 29 日。施蛰存:《当代事,不成"史"》,《文汇报》1985 年 12 月 2 日。

然依附于旧有的文学史论断,面对新材料时没有对文学观念展开反思,就很有可能会让史料整理变成旧资料的补丁或重复堆积。

网络文学的学院派研究,从个别的"学术探险"到学科建设提上日程,这本身是可喜可贺的巨大进步。但欣喜的同时,我们也要充分意识到,这一学科建设进程注定充满陷阱和挑战:既要求有相对固定、统一的坐标,也要求这些坐标具有开放性与包容性。

另外一个需要警惕的是彻底的"学科化"必然有其代价。在这方面,比中国当代文学研究时段早三十年的现代文学专业情况更有参照性。随着学科化建设的彻底完成,曾在20世纪80年代最有现实关怀的现代文学专业,其研究取向从"学以致用"走向"分析整理"①。程光炜认为,现代文学在逐渐脱离自己的时代而"退到书斋",甚至在某种程度上"已经变成了古代文学"②。那么,网络文学史料研究是不是也有使网络文学脱离自身特征而变成书斋、学院中的"死知识"的危险呢?在学科化的背景下,网络文学的史料研究能不能保持网络文学的当下性和独特性,是否能够找到独特的"保鲜"方法?

在这个意义上,"媒介性"和"原生性"是两个突破口。网络性是网络文学的媒介属性,但到底什么是网络性?一开始,我们理解为超链接,后来,理解为即时互动性和"集体智慧"。随着网络时代的进入,特别在2015年前后,网络文学开始出现明显的向"泛二次元"方向的转型,其背后的数据库特征才更真正显形③。再回头看去,电子游戏作为网络时代"最受宠"的艺术形式,其对网络文学的影响,从一开始就是十分内在的,这一点从文学路径过来的、缺乏玩游戏经验的研究者很难发现。于是,在搜寻史料时,我们需要更注重电子游戏和ACG文化对网络文学的影响脉络。在研究文学网站运营模式时,更注重其基于数字逻辑的分发系统。这样一种伴随媒介变革的深化不

---

① 黄修己:《从"学以致用"走向"分析整理"的过程——20世纪90年代中国现代文学研究取向》,《中山大学学报(社会科学版)》2000年第4期。

② 程光炜:《当代文学的"历史化"》,北京大学出版社,2011年,第80—83页。

③ 参阅拙文:《网络文学的"断代史"与"传统网文"的经典化》,《中国现代文学研究丛刊》2019年第2期。

断"升级换代"的文学概念，只有保持着网络原生性，才能及时进行版本更新。

当然，史料的整理工作需要相对稳定的范畴。作为一种操作方式，我们在"入场"把握了网络文学实际状况的基础上，建构起"何为网络文学的"准则，确立了网络文学的边界，形成网络文学史料体系。但这个"网络文学"的边界始终处于浮动之中。如果我们不想再像当初那样"理论先行"地讨论网络文学，给正处于七十二般变化中的网络文学定型，就要有一种史料未完成性的意识。

（原载于《南方文坛》2021年第2期）

制作起源：中国网络文学的五种起源叙事

◎吉云飞

起源是一种人为的制作，绝非是自然的产物。完全属于人类经验的文学，它的起源问题更是不可避免地会涉及对阐释权力的争夺，并通常要在更为广阔的社会历史背景中才能确立。在近现代中国，文学的起源多与重大的历史事件联系在一起，并常常处在社会革命和文艺思潮的直接影响下。就最广为接受的范式而言，近代文学起源于"第一次鸦片战争"发生的1840年；现代文学的起点是"文学革命"发生的1917年；当代文学则起于第一届"文代会"召开的1949年或"延安文艺座谈会"召开的1942年。

显然，对起源的追认总会充满后来者的种种价值判断，绝不只是对时间层面上的起点的确证。关于文学起源的叙事也往往会进一步经由"发生学"而引导出一整套"文学史观"，成为阐释文学乃至历史的一股力量，并在这个过程中抽离出所有难以被这一特定解释框架覆盖和消化的重要事物，变成对文学和历史的遮蔽。尽管如此，制作起源仍是理解和言说一种事物最有效的方式之一，尤其是在这个充满历史断裂感的年代，对于具有范式革命意义的网络文学，若要对它有一整体的把握，是不得不从起点说起的。

诞生于20世纪最后一个十年的中国网络文学，在20余年的时间中已经可以总结出至少五种颇具文学史价值的起源叙事。这些叙事本身虽因缺乏理论建设而显得朴素、零散，最终是由我来组织成型的，但背后都有现实的群体在为之呐喊，是有着实践者和首倡者的足迹在前的。五种起源分别是：1998年，蔡智恒在台湾成功大学BBS（Bulletin Board System，网络论坛）发表《第一次的亲密接触》；1997年，罗森开始在台湾交通大学 BBS 连载《风姿物语》；1998年，个人书站黄金书屋成立；1997年，美籍华人朱威廉（网名 Will）建立个人主页榕树下；1996年，金庸客栈于利方在线（新浪网前身）[①] 诞生。

这五种不同的起源有一个共同的特点，那就是都将网络文学的发生落在了文学自身的生产、传播和接受上，选择了以一部文学作品的诞生或一处文学空间的出现作为标志。相较于中国现当代文学通行的思潮和理论在先、文学的实绩在后的起源叙事，网络文学对自身起源的认定无疑更加看重物质层面的生产机制。这当然是因为网络文学完全是以一副野蛮生长的面目浮现在世人面前，并无任何理论设计，但也显示出生产机制在造就文学整体面貌中的基础性地位——物质并非只是物质，也是精神的载体。作家的创作方式和生活方式与读者的整个文学生活，以及文学的形式乃至内容，都不得不处在以物质和制度为核心的生产机制的规定性之中，并只能在这一"定在"的基础上寻求自由。

其实，对于现代文学的发生及其与古典文学的分离，钱理群、陈平原等学者如今都认为现代报刊起着最重要的作用，强调从物质特别是媒介的角度去重新认识中国新文学。[②] 与互联网伴生的中国网络文学同样应该被视为一种新媒介文学，让我们对"文学"的理解又一次处在转变之中，这就注定无法从既有的基于纸质媒介的"文学"概念出发去认识它。要理解网络文学，只能从它自身的历史实践入手，到

[①] 1996年6月开通的利方在线（www.srsnet.com）是国内最早的商业网站之一。网站最初为技术论坛，提供四通利方公司的汉化软件下载并解答用户提问。因客观上为网友提供了当时罕见的网上交流平台，话题很快就拓展到了软件之外，网站顺势开辟了多个主题论坛。

[②] 钱理群主编的《中国现代文学编年史——以文学广告为中心（1915—1927）》（北京大学出版社2013年版）在文学生产与流通的视野下回到了中国现代文学发生的原初场景，重新书写了现代文学的诞生史；陈平原在2002年召开的"大众传媒与现代文学"研讨会上首次提出："'现代文学'之所以不同于'古典文学'，除了众所周知的思想意识、审美趣味、语言工具等，还与其生产过程以及表现形式密切相关。"参见陈平原：《"新文化"的崛起与流播》，北京大学出版社，2015年，序言第1页。

网络文学的发生、发展、重大事件和代表作品中,去提炼和打造一个新的"认识装置"。因此,我首先要在对起源的追寻和制作中去描绘它的基因图谱。

本文提炼的五种起源叙事,虽然都建基于网络文学生产和流通的某一具体方面,但就整个生产机制层面而言,金庸客栈的建立会被视为真正的源头。尽管,中国网络文学的起点并不需要被定于一尊,可以也应当容许多重的起源叙事并存,但这些叙事之间并不是绝对平等的,针对不同的问题,它们各自的阐释效力是有高下之分的。那么,金庸客栈的建立,为何能被视为中国网络文学生产机制的源头呢?其他四种起源叙事,又何以成立且有什么样的独特价值?

一、文学接受视野中的《第一次的亲密接触》

1998年3月22日至5月29日,台湾成功大学水利工程系的蔡智恒,白天做博士论文,晚上在本校的猫咪乐园BBS上写小说。《第一次的亲密接触》的连载,历经69天,总计34集,平均一集2000字,大致两天更新一次;在一种完全自发的非商业化的状态下,便开始显现出网络小说连载创作的基本特质:固定周期、固定字数的更新。小说尚未完结就已经是当时网上最热闹的话题,并立刻被敏锐的出版商捕捉,随即成为中文互联网上诞生的第一部畅销书[①]。在上网还被视为一种奢侈活动的20世纪末,实体书的畅销使《第一次的亲密接触》成为最早被主流社会感知到的网络小说。

1999年,《第一次的亲密接触》在大陆的流行,给中国文学界最敏感的那部分读者带来一种网络文学的"时间开始了"的感受——1999年11月,在大陆盗版销量极佳的情况下,知识出版社推出了简体正版,北京大学中文系教授张颐武为之所作的序,即名为《让时间去说》。不过,这部小说的发表真正被视为中国网络文学的源头是在

---

① 1998年9月,在网络连载结束三个月后,台湾红色文化出版社就推出实体版的《第一次的亲密接触》,该书出版后很快位居台湾图书畅销榜前列。

2008年，并有赖于一系列偶然因素的聚合。2008年1月出版的《读屏时代的写作——网络文学10年史》①是最早对网络文学展开历史性回顾的学术著作，但作者马季在书中追溯网络文学的发生时，还没有为《第一次的亲密接触》留出特别的位置。然而，正是中国作协在2008年10月29日开启的，并由马季担任主持人的"网络文学十年盘点"②，最终回溯性地确立了在1998年发表的《第一次的亲密接触》的历史地位。

这一后来被视为中国网络文学主流化开端的事件会在2008年发生，当然不是为了纪念《第一次的亲密接触》发表十周年。根本原因是，网络文学已经足够壮大并成为普通读者最重要的文学生活方式，学术界或许还可以无视它的存在，但政府管理部门已经必须要重视它的发展。直接原因是，2008年9月9日，由刚刚组建的盛大文学主办的"全国30省作协主席起点擂台赛"③正式开赛，代表网络文学圈主动地向主流文学界发起挑战，并持续引发了"网络文学是不是主流文学"的争论，这一刺激也加速了中国作协对网络文学的反应④。

---

① 马季：《读屏时代的写作——网络文学10年史》，中国工人出版社，2008年。

② 2008年10月29日至2009年6月25日，在中国作家协会的指导下，中文在线旗下的17K小说网与《长篇小说选刊》联手承办了网络文学十年点评活动。推出十佳优秀作品：《此间的少年》《成都，今夜请将我遗忘》《新宋》《窃明》《韦帅望的江湖》《尘缘》《家园》《紫川》《无家》《脸谱》。十佳人气作品：《尘缘》《紫川》《韦帅望的江湖》《亵渎》《都市妖奇谈》《回到明朝当王爷》《家园》《巫颂》《悟空传》《高手寂寞》。

③ 2008年9月，刘庆邦、蒋子龙等30位在省作协担任主席、副主席的作家开始在起点中文网连载长篇小说。主办方根据读者点击量和评委的评审开展评奖，冠军得主将获得人民币10万元奖金。2009年9月，大赛结束，吉林省作协主席张笑天凭《沉沦与觉醒》获得一等奖，点击量240多万。当时起点中文网点击排行榜前五十的网络小说，点击量至少有千万。

④ 据时任盛大文学CEO侯小强回忆，盛大文学最初打算直接找中国作协合作，但遭到拒绝，最后是单独邀请各个省的作协主席（其中一些是各省作协副主席）参赛。在大赛举办后，中国作协召开"全委会"时，所有人都在骂"30省作协主席小说大赛"。参见邵燕君、吉云飞：《"我是给网络文学做加法的人"——盛大文学前CEO、火星小说创始人侯小强访谈录》，邵燕君、肖映萱主编：《创始者说：网络文学网站创始人访谈录》，北京大学出版社，2020年。

可以说，先有2008年的"网络文学十年盘点"，后有《第一次的亲密接触》的起源叙事。其实，当时中国作协并没有明确地把《第一次的亲密接触》直接认作起点，但这一活动很自然地就把1998年确立为网络文学的起始之年，而1998年发生的最大的网络文学事件就是《第一次的亲密接触》的出现和开始流行。此外，在改革开放三十周年的2008年，以中国作协为代表的官方力量选择将1998年定为网络文学的源头，也包含着将网络文学的发展与改革开放的成就更紧密地联系起来的意图，尝试在一个更宏大、更清晰的历史背景中确定兴起不久的、陌生且异质的网络文学的位置。虽然仍不可避免地显示出偶然性和随意性，但有了这一话语带来的历史合法性的加持，出现在1998年的《第一次的亲密接触》作为"中国网络文学鼻祖"的地位在官方层面和学术机构中就逐渐被默认了。到2018年，中国作协组织的一系列纪念"网络文学20年"的活动更把这一叙事基本固定下来。

可是，《第一次的亲密接触》的开山身份就真的只是依赖时间节点上的巧合吗？就因为恰好在2008年举行了"网络文学十年盘点"，然后才回过头来找到了1998年发生的这一大事件？在近年来对网络文学历史的论述中，这部小说和小说作者的名字常常被提及，但小说的内容本身和开拓意义却基本无人提起。似乎，《第一次的亲密接触》仅仅因为在文学史上侥幸获得的特殊位置，才得以作为一个空洞的符号存在于中国网络文学的发展史上。这只是一部三流作者写的三流小说，它的重要性主要来自政府、市场等文学的"外部因素"，几乎成了网络文学研究者隐秘的共识。特别是在网文作者群体逐渐有了文学史的自觉，普遍表示反对以《第一次的亲密接触》为源头，并建议以罗森的《风姿物语》取而代之以后①，这一起源叙事的内在价值就更加受到质疑。

---

① 在诸多网络文学的"民间史学家"笔下，罗森的《风姿物语》历来都被视为"中国网络文学的鼻祖"。2019年5月，我和邵燕君老师在杭州参加"第二届中国网络文学周"时，还被著名网文作家猫腻特意提醒："我在的一个作者群，最近大家在群里达成了一个共识，就是罗森的《风姿物语》才是中国网络文学的源头。这个观点，我们要到处去说。"在流浪的蛤蟆、愤怒的香蕉等大神的微博上，我也看到过类似的说法。

的确，无论是从新文学的观念出发，还是在类型小说的脉络上去审视，《第一次的亲密接触》都难以获得一个很高的评价。不过，一旦越出 20 世纪中国文学以及网络类型小说的视野，从一个更古典和民间的角度去观察，便会发现这部小说继承的是"感于哀乐，缘事而发"的"乐府精神"，代表的是网络文学萌发期一种普遍存在的、天然无雕饰的、根植于网络空间的民间文学。我们必须要在这一视界之下，重审这部最早流行的网络小说的文学价值和它最早在主流社会中激起巨大反响的深层原因——看似是被偶然选中，背后则有相当的尚未被清晰指认出来的必然性。

《第一次的亲密接触》的重要性一半在于，小说特别敏锐地率先捕捉到了只有在网络时代才会出现的生活经验和情感模式，携带着一种全新的感觉和体验，同时又以独属于网络的方式呈现了出来。从未创作过小说的蔡智恒在匿名 BBS 上自由书写，用论坛直播帖的形式，将签名档（小说中称为 plan）、网络聊天室的对话、论坛留言与回帖以及电子邮件的内容编织进故事的主要情节。在新鲜的经验以外，小说的语言也显示出一种"新感性"，它不是书面语，也不是口头语，而是一种只会诞生在屏幕与键盘组合中的"网言网语"。小说最初带来的那种新鲜感与震撼力，如果不是带着研究的目光去审视，在二十余年后，其实已经很难完整地体会到了，因为它的开创性，如今成了网络写作的日常。但不能忘记，是《第一次的亲密接触》首先为这一新经验赋予了文学的形状。

《第一次的亲密接触》并不是只具有"网络性"，小说另一半的重要性在于它的古典性/浑一性。当代文学的研究者在面对这部小说时，几乎都只能将之归入"言情小说"的脉络，并得出内容单调、人物形象单薄的结论。从当代文学视域之外进入网络小说的研究者，反而更容易被它的文学性打动，感受到"小说开头与结尾对《上邪》体例的继承与创

《第一次的亲密接触》是最早被广泛改编的网络小说，
同名电影2000年便在台湾上映

新"①。作为仅有的一部被改编为古典戏剧的都市题材网络小说②，《第一次的亲密接触》需要在《孔雀东南飞》以及"梁山伯与祝英台"的序列中才能更好地得到理解，而非仅仅在琼瑶小说/韩剧的脉络中被讨论。

尽管，故事中女主角轻舞飞扬患病身亡的情节早已是一种俗套，但并不能以此否定小说非凡的情感强度——真正赋予了这部小说以不

---

① 靳瑞霞：《为何难以被超越？——对网络小说〈第一次亲密接触〉的古典性解读》，《世界华文文学论坛》2008年第2期。
② 2002年10月17日，由杭州市余杭小百花越剧团与上海越剧院联合制作的越剧《第一次的亲密接触》在杭州首演，反响颇好，且此后多次在不同的地区和舞台上重演。

可复现的"元气"和"神韵"的,并非是某些具体的可重复的情节,而是人类刚刚走进网络空间、开始面对一段虚拟的亲密关系时,最初的震惊狂喜与感伤迷惘。凡是能够引起此种时代情绪共鸣的情节,在当时的情境中,就是最合时宜的。外表看起来充满夸张和巧合的情节,在作者和读者那里却是情绪的写实,其中的写实与幻想可谓是浑然一体的。小说的古典性,正是体现在此种浑一性中,以及它在人心之中造成的效果里。凭借独特的历史机缘,《第一次的亲密接触》以最新鲜又最俗白的形式和语言呈现了最古老又最永恒的爱情悲剧。

作为在新文学视野下缺乏思想能量和历史深度的通俗爱情故事,《第一次的亲密接触》能被主流文学界很顺畅地接受和安置,却也不可能得到更高的评价。然而,正是因为它以娱乐为目的,需要与读者的心理需求充分呼应,对社会现实和时代变革的反映更为内在,小说的情与境、事与理才能有融然无间之感,没有观念和形象的游离之病。在那个网络文学的"古早时代",VIP付费阅读制度尚未建立,类型小说也远未一统天下,以"生活·感受·随想"为宗旨的榕树下正在成为规模最大、最具影响力的文学网站,《第一次的亲密接触》正是在这样的环境中被孕育出来。若要展现网络文学"古早时代"天地初开、包孕万物的丰富可能性和对于一种文学的"天真状态"的回归,以及探讨为何萌发期的种种可能最终演化成以超长篇类型小说为绝对主流的模式,那么以《第一次的亲密接触》为源头仍是极具阐释力的一种叙事。

二、《风姿物语》与网文的发生

1997年8月,铭传大学中文系学生罗森开始在台湾交通大学BBS上连载《风姿物语》,历经近十年,在2006年1月完结,总字数520余万。近十年与两个月,500多万字与6万字,和《第一次的亲密接触》相比,早出生半年的《风姿物语》展现出了全然不同的网络文学创作方向,引导出一种更根本也更重要,但同时难免会对主流更具冒犯性的起源叙事。

《风姿物语》能够长年以每月一卷,每卷六万多字的速度连载,一方面是因为《第一次的亲密接触》的流行使台湾出版商将网络小说视为了一个热点,这让《风姿物语》在 1999 年获得了出版机会;① 另一方面则依赖于台湾从武侠时代就非常成熟的租书店产业②,这支持万象图书、狮鹫文化和河图文化三家出版社接力出完了全部 77 卷③。很有可能,这是人类印刷史上第一次完整出版单部超过 500 万字的作品——金庸最长的小说《鹿鼎记》只有 160 多万字,另一部对中国网文创作产生巨大影响的日本幻想小说家田中芳树的《银河英雄传说》是 200 多万字,而 J.K. 罗琳于 1997—2007 年完成的 7 部"哈利·波特系列小说"也不到 300 万字。

《风姿物语》连载的形式十分特殊,虽然最早发表在网上,但在出书之后就应出版商的要求,先发行实体版然后才更新网络版。然而,《风姿物语》毫无疑问仍是第一部超长篇网络小说,罗森也是第一位职业网文作家。关键的原因就在于,《风姿物语》完全呈现出了网络小说与纸媒小说的不同媒介特性,它撑破了印刷时代的局限——在印刷文明后期,有野心的作家其实一直在挑战这一界限,但直到《风姿物语》引入电子游戏的世界设定和叙事模式,同时获得了足够的长度去打开小说的方方面面之后,界限才被完全打破。这一界限与媒介所能容纳的篇幅直接相关,但更根本的是写什么和怎么写的问题。对这一类不太可能诞生在印刷时代中的网络文学,我更愿意用行

---

① 2019 年 8 月 5 日,我到珠海采访了已经定居大陆的罗森,在访谈中他特别强调了《风姿物语》的出版有赖于《第一次的亲密接触》的流行。

② 2019 年 8 月 12 日,我到南京采访了出版大陆网络小说最多的台湾信昌出版社的老板老蓝,他向我介绍了整个台湾基于租书店的出版市场的历史和现状。当时,台湾的出版市场分为两个独立的部分,一是卖书的书店,二是租书店。租书店为读者提供不需要收藏和重复阅读的娱乐小说和漫画作品,其中小说大致为六万字一卷,而出版社给租书店的售价长年为 160 新台币一卷。在武侠小说的鼎盛时期,台湾租书店在五千家以上,1980 年代后逐渐衰落,在大规模出版网络小说后,又逐步恢复到巅峰状态,最终在智能手机普及后的 2014 年彻底衰落,2017 年后整个市场就近乎消失,只余下数百家还在勉强支持。

③ 1999 年 7 月 20 日起,万象图书陆续出版了《风姿物语》第 1—11 卷;其后,狮鹫文化出版了接下来的 40 卷;狮鹫文化因经营不善倒闭后,河图文化出版了最后 26 卷。

罗森著的《风姿物语》，中国友谊出版公司 2006 年版

业内部的说法将之直接称为网文，以区别于那些出生在纸媒、移民到网上的文学形式。

对于网文来说，媒介变革带来的重大变化不是学者设想中的"超文本小说""互动小说"或是"多媒体小说"，而首先是写什么，即是否在写世界特别是一个异世界（another world）。正如猫腻在谈论网文为什么需要是超长篇时所说的，"写网文不是在写一个单独存在的故事，而是描绘一个世界以及世界里的人们"①。这也的确是需要 300 万乃至 500 万字才能完成的文学事业。

《风姿物语》有一个在当时惊天动地，其后变成俗套，更准确地说，成为网文共同叙事基点的开篇："无限广远的次元，有着数不清

---

① 猫腻：《大道朝天后记—窗外的湖》，猫腻微信公众号 2020 年 8 月 21 日。

的各类世界,其中,有个叫做'鲲仑'的有趣世界。鲲仑,由炎、风、水、地四块大陆组成,彼此间以海洋相隔,互通往来。"①罗森开宗明义,他要写一个平行世界。小说的开头不免让人想起《西游记》的开篇:"感盘古开辟,三皇治世,五帝定伦,世界之间,遂分为四大部洲:曰东胜神洲,曰西牛贺洲,曰南赡部洲,曰北俱芦洲。"它们共同的特点便是,讲述发生在想象世界中的故事(尽管《西游记》的重点仍在故事,而《风姿物语》则有更多的篇幅和更强的能力去塑造世界),并以人类乃至世界的起源作为小说的缘起。当然,故事也可以按照脱胎自西方史诗的奇幻小说的规格要求——"从中间(in medias res)开始,而不从开天辟地(ab ovo)讲起"②。

问题的关键并不是《风姿物语》以复古为创新,在经由种种中介之后接续起了现代以前的叙事传统,更在于它的出现使小说创作的一个基本命题重新问题化了——小说究竟应该写什么?对一生从不写诗(这里的诗指的是悲剧/喜剧),但在审判之后、饮药之前的生命最后时刻突然觉悟应当练习这一大众化的乐艺(对以哲人自命的苏格拉底,最高尚的乐艺自然是哲学)的苏格拉底来说,"一个称得上是一名诗人的人,应该在想象性而不是描述性的主题上下功夫"③。叙事文学应该主要写想象性的主题,恩格斯也不会否定这一点,在他看来,"现实主义的意思是,除细节的真实外,还要真实地再现典型环境中的典型人物"④。"真实地再现典型环境中的典型人物"这一面现实主义的大旗,无非就是认为小说所想象出来的那部分应当与"世界历史"(黑格尔所说的世界历史,也就是中国古人口中的天地之心)发生深刻的联系。所谓"典型"是要有理念指引的(等而下之则是权力规定的),而非只是个人化的。当主义(无论是哪一种主义)被抛掉

---

① 罗森:《风姿物语》,起点中文网,第1章第1页。
② 贺拉斯:《诗艺》,转引自杨周翰为《埃涅阿斯纪》所作序言,维吉尔:《埃涅阿斯纪》,杨周翰译,译林出版社,1999年,第16页。
③ 柏拉图:《裴多篇》,谢善元译,《苏格拉底之死》,上海译文出版社,2011年,第126页。
④ 恩格斯:《致玛格丽特·哈克奈斯》,《马克思恩格斯文集》第10卷,人民出版社,2009年,第570页。

以后，让小说创作一味固守现实细节的真实，完全成为对实然的摹仿，无疑是有些可笑的。

问题其实就转移到了，在当下时代，什么样的想象方式是与世界历史的进程联系最为紧密的。《风姿物语》给出的答案是，想象另外一个世界的能力。在这个被宣判为"没有另类可能性"（There is no alternative）的世界，这种梦想的能力是最被需要的。尽管，网文的想象中也充满着这个垄断资本主义世界的痕迹，以及统治我们生活的其他种种力量，但它的确是网文所能提供的最宝贵的能力。这种梦想的能力里面存在着为现实社会所难以忍受但又必须借助的巨大能量，更重要的是，它拥有着在最深处打动绝大多数人的力量。

梁启超在他著名的《论小说与群治之关系》中，在论述"小说为文学之最上乘"时，谈到了小说里想象的能力为何有此大力量，甚至堪为"度世之不二法门"。他用佛法来谈代入感："凡读小说者，必常若自化其身焉——入于书中，而为其书之主人翁。"[①] 当此"身外之身"寄于"世界外之世界"，读者得以"化身千万"时，即使不能经历到一种更好得多的生活，哪怕仅仅只是感受更丰富的生活，也是人生的绝大利益，故而入人也速、动人也深。尤其是在革命的年代过去，新自由主义的生活方式已经坚不可摧的当下，提供另一种生活，特别是那种不存在于现实世界的生活，就成为小说最重要的功能。而网文与之前一切时代的叙事文学乃至电影工业的"梦工厂"相比，最优胜之处就在于，它不只是用"套路"讲故事，更利用人类文明积累下来的各种质料，以门槛最低、技巧最丰富也是最为廉价的文字的方式完整地打造出了若干个"世界外之世界"，可以供当代人生活其中，经历有所不同的人生——若只是立足于当下世界讲故事，对于如何改造我们的世界与经历一种别样的生活，可以说，当代人的想象力已经接近耗尽了。

那《风姿物语》是如何创造一个平行世界的呢？一言以蔽之，这部作品兼得游戏与小说之长。首先是借用电子游戏架构世界的方法。

---

① 梁启超：《论小说与群治之关系》，《新小说》创刊号，1902年11月14日。

《风姿物语》原本是日本著名成人游戏《鬼畜王兰斯》的同人小说①，在后来大为扩充的世界设定和等级体系之中，也能清晰地看到当时最流行的电子游戏《暗黑破坏神》②和《罪恶装备》③的影响。

罗森不是最早开始造世界的作者，无论是《蜀山剑侠传》写到后期的还珠楼主，还是创作《魔戒》④时的托尔金，其实都比他更有打造一个世界的野心。但在代码营造的电子游戏出现以前，前辈大家们也都不可能明确意识到，在小说中创造一个世界居然应该越过历史文化乃至地理环境，以世界运行的基本数理规则作为逻辑的起点——唯有如此，才能在新世界中孕育新故事，而非继续讲过去的老故事。作为近代西方奇幻小说始祖的《魔戒》，虽然写出了一个前所未有的甚至拥有自己语言体系的虚构世界，但这部小说的创作目的仍是为了讲述一个关于两次世界大战的寓言，新世界也是为着这个旧故事而诞生的。颇有意味的是，后来的读者更感兴趣的并非是那个有深意的寓言，而是书中的世界，他们一点点补足了这个尚未完成的新世界，并在其中讲述自己的故事。《风姿物语》与《西游记》《蜀山剑侠传》《魔戒》在塑造世界的手段上则有大不同，不只是模仿现实，而是首先设定规则。《风姿物语》及其后的网络小说，从电子游戏中学到的最重要一点，就是从底层逻辑入手，使用数学-物理学的方法去设定小说世界的规则，然后再以逻辑推演的方式去完善，而非只通过对现实世界的摹仿来想象一个虚拟世界。这一前所未有的自觉，使小说中的幻想世界不再必须要与现实世界有所对应，才能以寓言的方式存在。被设定出来的世界，可以有各种奇妙的规则，只需要自身有自洽的运行逻辑，就不必在现实社会中寻找合法性。就此而言，网文与科幻小说的创作逻辑是一致的，那就是大胆设定、严格推理。这也是网文作者普

---

① 《鬼畜王兰斯》是1996年12月发行的成人向策略回合制游戏。《风姿物语》的主角一开始就名为兰斯，后来才改为兰斯洛。

② 《暗黑破坏神》是1996年暴雪娱乐公司推出的一款动作RPG（角色扮演游戏），是游戏史上的经典作品。

③ 《罪恶装备》是由日本游戏公司 Arc System Works 在1998年5月发行的一款格斗策略游戏。

④ 《魔戒》最早的中文版由台湾万象图书在1998年推出。

遍认为写网文逻辑性特别重要的原因。

在怎么写的问题上,《风姿物语》不仅教会了后来的作者如何搭建世界,还展示了怎样结构和充实一部500万字的小说——把小说的篇幅从一两百万字扩张到500万字并非易事,要跨越不止一道坎。在结构层面,罗森第一次把电子游戏的叙事模式(包括角色扮演、策略回合和格斗游戏等诸种模式)引入小说,"升级打怪换地图"就自《风姿物语》始。在网文中,"大地图"是世界/宇宙地图,组成它的每一个"小地图"通常就要一部纸质大长篇小说才能呈现,"换地图"实际上就是连缀起数个乃至十数个几十万字的长篇故事。不过,从游戏的同人小说而来,并不意味着《风姿物语》是电子游戏的附庸,恰恰相反,这类小说补足了游戏这一媒介很难完成的部分——电子游戏从最底层的逻辑开始创造了一个世界的骨架,但受成本所限,有限的游戏剧情很难让玩家进入一个更深度的模式,而小说则长于用血肉丰满这个世界,使它变得更加鲜活。

在结构确定以后,要让世界充实而有光辉,就全靠小说家的本领了。不考虑文学史地位,单就小说本身的价值而言,《风姿物语》也是一部有惊人生命力的作品,这集中体现在小说塑造的二十余位颇有魅力的配角上。罗森实际上是用这些每一个都可以做一部纸质长篇小说主角的人物(这些取材于真实历史的英雄们都是与小说里那个平行世界的历史进程联系很深的人物),来将"鲲仑"世界及其中最有价值的人和事件呈现出来,让每一张"小地图"都少有枯燥、重复之感。至今最好的网文大都是这种写法,超长篇小说的写作方式在《风姿物语》那里就初步奠定,这也是网文大神们纷纷追认它为网文源头的重要原因。

《风姿物语》当然也有不足。罗森开始连载时,创造世界的自觉其实并未很强烈,只是出于对电子游戏的迷恋,自然而然地开始为小说构建同游戏一样的平行世界。正因为缺乏完全的自觉,今天看来,这部小说中有许多粗糙的地方,没有呈现出一个很完整、精致的世界,在设定之下重新出发的叙事也显示出一种在草创阶段很难避免的不和谐。这尤其体现在古今之间(如陆游、李白与爱因斯坦、贝多芬都同时出现在小说中,且没有任何的时代间隔感)、中西文化之间

（如故事最早发生的地方叫作"艾尔铁诺王国的杭州近郊"，此种中西混搭的风格贯穿全书）、游戏和小说之间（如小说的主角更像玩家操控的游戏角色，主要承担推动叙事和让读者代入的任务，有魅力的人物都是配角）的冲突。然而，作者的不够自觉，反而印证了媒介变革的巨大能量——《风姿物语》不是天才的独造之作，这部一开始是为着自我满足而写的小说，恰好和历史的进程咬合了。可以说，《风姿物语》是应着媒介变革这一"大事因缘"而出现的，它率先走上而非一力开启的这条道路让最古老的小说再一次恢复了活力，有能力在大众之中与电子游戏和动漫等同新媒介最契合的文艺形式一较高下。

《风姿物语》能够成为起点，也有赖于一系列得天独厚的条件。首先是大的文化环境。台湾比大陆更早开始互联网建设，同时也更早经受欧美和日本流行文艺的浸染，可谓得风气之先。其次是小的创作气候。在《风姿物语》开始连载时台湾仍未废除"出版法"（1999年1月废止），审查部门对网络空间中出现的新内容也一直保持着关注，但交通大学BBS在相关教授的保护下维持着难得的自由叛逆风气。① 最后则是罗森本人的放纵不羁，作为一个从小就尝试情色文学（日本称之为官能文学，也被承认为一个重要的文学流派）创作的作家，他既能广泛接受新的文艺形式，又有相当深厚的文学素养，更敢于打破小说创作的一切成规。

《风姿物语》的开创性巨大，因此它的冒犯性也极强，如在"网络文学十年盘点"中，读者力荐的《风姿物语》就被来自各大文学期刊的评委在初审中打出周点评最低分，并引发了网文读者的广泛质疑。主流文学界对它的接受无疑需要一个比《第一次的亲密接触》漫长得多的过程，背后还必然会牵涉到文学观念乃至文学体制的变动。《风姿物语》打开的属于网文的想象方式，不是现实主义，更不是现实题材，对中国新文学传统是一个巨大的冲击，其中的"神神鬼鬼"

---

① 在我的采访中，罗森表示诞生《第一次的亲密接触》的台湾成功大学BBS和孕育《风姿物语》的台湾交通大学BBS，虽然同为当时台湾影响力最大的校园BBS，但风格极为不同。交大BBS以自由叛逆著称，而成大BBS则更加主流，原因就在于当时交大的相关教授为主持BBS的学生提供了尽可能的保护，而成大则不然。

"装神弄鬼"①也难免会引起有强烈现实责任感的启蒙知识分子的反感。不过，想象力在文学中的地位或许比我们过去认为的更加重要，甚至是第一位的。以《人类简史》闻名的尤瓦尔·赫拉利在新作《今日简史——人类命运大议题》②中就认为，智人之所以能够崛起成为地球的主宰者，主要原因在于其具备了虚构故事的能力，这甚至比使用工具更加重要。

在当前这样一个分化的世界，尽管我们对旧故事普遍已失去信心，但对新故事仍远未达成共识。网文大神们公开地表示要以《风姿物语》取代《第一次的亲密接触》作为中国网络文学的起点，也正是要为网文架构的新世界和讲述的新故事正名，并从起源问题入手，明确中国网络文学发展的正根、主线和未来方向。如果我们将"文学"理解为时代精神的自我显现，那么网络文学与古典文学和现代文学的确是拥有不同（但有关）的历史自觉——它在根本上追求的不是反映现实，而是创造高于现实又可以被现实社会接受的幻想世界与幻想人物，以此来满足读者的精神需求并提升读者的精神力量。至于网文的新世界、新故事和新人物，最终是能在痛苦的挣扎之后展示出通向未来世界的潜能，还是仍然似新实旧，在历史的闭环之中无法挣脱，则需要我们拭目以待。

若不在生产机制而是在"文学本体"的层面上讨论网络文学，以《风姿物语》为起点会是最好的一种起源叙事。但在本文中，我更关注的还是产生了千千万万个《风姿物语》的网络时代的文学生产机制。

---

① 陶东风：《中国文学已经进入装神弄鬼的时代》，《中华读书报》2006年6月21日。

② 尤瓦尔·赫拉利：《今日简史——人类命运大议题》，林俊宏译，中信出版社，2018年。

三、黄金书屋里的"吃书人"

1998年5月于湛江在线①信息港②成立的个人书站黄金书屋，是中国网络文学萌发期规模最大的网络书站，长期被网文圈内部视为中国文学网站的不祧之祖。早在 2005 年 4 月发表的《玄幻网站风云录》③ 中，一位极具现场感和历史感的网络文学原生研究者就以后世史学家为笔名，将中国玄幻类文学网站从 1998 年至 2005 年间的发展历程分为四个阶段④。在第一个属于网络书站的"黄金时代"（1998—2001）里，他指出黄金书屋"牢牢占据了网络书站老大的位置"，甚至在网民中也有了"上网读书不识黄金书屋，再称网虫也枉然"的说法。那么，黄金书屋到底是一个什么样的网站？又为何能在网络书站中拥有最高的地位？

这必须要从个人书站这一中国文学网站的最初形态说起。在互联网发展初期，由于技术条件的限制，网络的应用场景还相当有限，除了论坛和聊天室，最兴盛的莫非个人主页。在各种主题的个人主页中，有一类是网上图书馆/电子文库。最早的中文电子文库可以追溯

---

① 湛江在线始建于 1996 年，是全国首个开通个人主页服务并且不限制个人主页空间的网站。中国早期的许多著名个人网站如完全上网手册、黄金书屋等都出自湛江在线。1999 年 1 月，湛江在线更名为碧海银沙。

② 1996 年，在美国克林顿政府的"信息高速公路"计划启发下，上海市"九五"科技发展规划总体组提出了名为"信息港"的中国版"信息高速公路"计划，在国内引起巨大反响。各地均提出要打造本地的信息港，并由各地区的中国电信分公司运营。这类信息港是中国互联网发展早期网民的重要聚集地，黄金书屋、晋江文学城、红袖添香、潇湘书院等著名站和网站均发端于此。

③ 这是目前可见最早的对中国网络文学生产机制进行系统梳理的著作，首发于起点文学网，最后更新日期为 2005 年 7 月 5 日。

④ 作者分别以黄金、白银、青铜、黑铁来命名这四个阶段，这一从黄金时代向黑铁时代下降的命名方式也显示出在当时精英网民中普遍存在的对互联网商业化的拒斥和对早期精英氛围的怀恋。

到1994年诞生于加拿大麦基尔大学的太阳升考访（Gopher）站①。方舟子在1995年建立的新语丝文库，更是率先发起了"鲁迅著作电子化工程""宋词电子化工程"和"唐诗电子化工程"。人类文明数千年积累下来的文字资源，开始被各类电子文库一点点搬到了网上，以代码的形式存身赛博空间中。到1998年，各地的信息港包括刚刚建立的网易等互联网公司开始向个人提供免费的储存空间，除政府部门和学术机构以外的普通中国网民，也有机会建立起各种更加私人化和专门化的书站。

1998年，文学城（3月）、黄金书屋（5月）和书路（7月）这三个当时规模最大的综合性书站相继建立。它们主要是把实体书扫描、校对后上传，同时也对网上已有的其他电子书籍加以整理、转载。其中，黄金书屋的创始人youth有比较专业的个人主页制作技术和信息管理素养。几乎每日都有更新的黄金书屋，凭借丰富的内容与细致的分类，上线第一个月的日均访问量就达到3000人次。1998年8月后，之前负责建设香港子才健康网的youth更因东南亚金融风暴暂时失业，选择把黄金书屋作为一个创业项目全心投入。于是，黄金书屋很快在众多个人书站中脱颖而出，成为当时网络阅读的一个中心——不但在1998年全国个人主页大赛中获得亚军和最佳人气奖，更在中国上网用户刚刚超过百万的情况下②，日均访问量就突破3万人次。黄金书屋上的书籍虽然被分成古典文学、现代文学、哲学宗教和文学评论等15个类别，但最受欢迎并得以长期在主页上展示、推荐的主要是两类，一类是扫描上传的纸媒类型小说，另一类是网友投稿的原创文学。

彼时流行的类型小说主要是民国时期和1949年后港台出版的"存货"，这些作品的种类和数量也不能说很少，但在深陷阅读饥渴的

---

① "考访"是一种只能传递文本文件的网络存储、取阅方式，早已被万维网所取代。太阳升的收藏分为"电子刊物""文学读物""百科知识""百家争鸣""人物专集""各地新闻"。

② 1998年7月，CNNIC发布第2次《中国互联网络发展状况统计报告》。报告显示，截至1998年6月30日，中国共有上网计算机54.2万台，上网用户数117.5万。

大陆读者看来，却是远远不够"吃"的。就如 weid（段伟，龙的天空创始人）在他的《网上阅读十年事》里所描述的，即使"倪匡 20 多年的积累，黄易出道以来的作品，连同席绢的 10 余部小说，集中地出现在了书摊、租书店中"，但在他们"恐怖的阅读习惯"面前，都未能支持很久——对 weid 来说，"《黄易作品集》《卫斯理系列》《原振侠系列》《田中芳树作品集》这是不多的可以让我看 3 天左右的作品目录"。① 这种旺盛的阅读欲望是长期压抑后的反弹，那些在 20 世纪 90 年代解决了温饱问题终于可以考虑精神需求的普通读者，真可以被称为是"吃书人"，而不只是读书人——吃得最多的自然是通俗小说这一最大众化的精神食粮，且不求精细只管饱腹。几如鸳鸯蝴蝶派的代表人物周瘦鹃所言："每逢星期六清早，发行《礼拜六》的中华图书馆门前，就有许多读者等候着；门一开，就争先恐后地涌进去购买。这情况，倒像清早争买大饼油条一样。"② 像吃大饼油条一样每日吃通俗小说，自然是精神发展的必经过程，甚至大部分读者并不会向更高层次的需求进发，终身都保持此种口味。

最早的一批网文爱好者，无论后来成了重要文学网站的创始人，还是最顶尖的"白金作家"，抑或说一直只是普通的读者和不知名的写手，他们最初都有这样一个共同的"吃书人"身份。其中相当一部分人，都是为了更快更全地看到当时完全依靠纸质出版的各类通俗小说，才追到了网上，并主导了包括黄金书屋在内的各大个人书站的阅读风向。最有代表性的事件是关于 1997—1999 年在香港出版的黄易的《大唐双龙传》。这部当时最流行的小说的繁体版主要在租书店流通，因此是每月出一卷，一卷 6 万字，大陆则在书店售卖，需要积攒三卷才能出一本。为了满足焦急等待的同好们，清华大学的几个学生每月都将托人从香港寄来的《大唐双龙传》在学校实验室扫描上传，这一速度即使是大陆的盗版书商也望尘莫及。于是，大批武侠小说爱好者养成了上网"追书"的习惯。

这批因为各种原因上了网的通俗小说爱好者，最初大都还能沉浸

---

① weid：《网上阅读十年事》，首发于龙的天空论坛，2008 年 6 月 15 日。
② 周瘦鹃：《闲话〈礼拜六〉》，《拈花集》，上海文化出版社，1983 年，第 94—95 页。

在黄金书屋等书站中疯狂阅读，但不久后就纷纷发现无书可读——在消费时代，大众对精神产品的消耗速度和质量要求也绝非过去可比。中国大陆最早的网络原创小说，几乎都出自这些阅读需求未被满足的读者手中，也是他们催生了最早的原创文学网站。不只是黄金书屋，晋江文学城、红袖添香、潇湘书院等在中国网络文学发展历史上有重要地位的网站，都是从扫描、转载纸媒类型小说起家，从而汇聚起一批酷爱通俗小说的"吃书人"作为最初的核心用户，然后才有机会在网络原创兴起之后，转型为原创文学网站。

后来默默无闻的黄金书屋，则是因为当时太过成功，早在1999年12月就被资本收购。黄金书屋在被收购之后，出于版权考虑，登载内容更加谨慎，不再能放开手脚"搬运"，内容优势逐渐丧失；同时管理水平也下降很快，无法跟上快速变动的互联网时代，原创部分发展缓慢。因此，当集阅读、创作、交流于一体的原创文学类BBS以及文学网站兴起后，黄金书屋这个一度主导网络阅读的中国最大的个人书站，便难以避免地走向了衰败。

虽然黄金书屋是"其兴也勃焉，其亡也忽焉"，仅有不到两年的兴盛期，但的确代表了个人书站这一文学网站的最初形态，也体现了中国网络文学发展的一种内在动力，更是链接印刷时代和网络时代文学阅读和创作的关键一环。然而，后来的文学网站都是以书站模式为表，论坛模式为里，建立在将纸质书电子化基础上的书站模式并非中国网络文学生产机制的核心模式。

就此而言，以黄金书屋作为起点的起源叙事虽有可观之处，但也有其内在缺陷，那就是它所代表的书站模式不能够将大众的文化生产力以一种可持续的方式组织起来，带有明显的过渡性质。这在同为个人主页，但一开始就走上原创道路的榕树下体现得更为明显。

四、榕树下的兴衰和编辑审稿制的成败

1997年12月25日，归国创业的美籍华人朱威廉建立了个人主页榕树下。在中国网络文学的发展史上，榕树下是独一无二、不可复制

的。黄金书屋、龙的天空以及起点中文网等所有在网文史中占据重要地位的书站/论坛/文学网站,无一不是在和同类站点的竞争中脱颖而出的。但就像它的创始人朱威廉一样,榕树下没有真正意义上的同类,而是一个特例。可以说,榕树下虽然也有一定的自然生长环境,但主要是一个人工催熟的产物,没有朱威廉个人的作用就绝不会有榕树下的兴盛。一个年轻的美国人,不远万里来到中国,办了一个原创文学的个人主页,居然就发展成了当时在主流社会影响力最大的文学网站,并长期被视为中国文学网站的代表乃至中国网络文学的起点。榕树下究竟是怎样完成这一事业的?为何它可以拥有如此声势,但尝试的这一条路却注定走不通呢?

理解榕树下必须要先认识朱威廉。1994年选择去到上海时,朱威廉刚刚23岁,从小在美国长大的他,回国时已经是一个极具商业天赋的创业者。重新向世界打开大门不久的中国,对于他来说,不仅是母国,也是一个淘金之地。到1997年底建立榕树下时,经营广告公司的朱威廉自陈已经能拿到50万美元的年薪。而在后来的叙述中,他与被认为是倡导纯文学的榕树下的关系,常常被理解成年少多金的"文学青年"[1]为纯文学一掷千金,榕树下也被文学界定位为"网上《收获》"。对榕树下以《收获》为目标的猜想,朱威廉只是礼貌地回应:"可能《收获》想办个榕树下还差不多吧。"[2]

不过,如今他自己倒是很愿意接受为文学而落魄的文学青年人设,"如果我当年把钱用来买别墅,也许现在已经有十几亿乃至几十亿的身价了……如果使命召唤我做一名落魄的文学青年,那我就履行我的使命"[3]。可是,在英语世界中长大的朱威廉真的很难称得上文学青年,榕树下的目标更从来不是要发展纯文学,而是为了满足当时上网人群中巨大的写作、发表和阅读需求——这种对用户需求的满足,

---

[1] 陈村:《文学青年朱威廉》,《青年作家》2001年第5期。
[2] 参见邵燕君、李强:《为文学青年创造了空间,但走得太超前——榕树下创始人朱威廉访谈录》,邵燕君、肖映萱主编:《创始者说:网络文学网站创始人访谈录》,第9页。
[3] 程千千、章晓莎:《"榕树下"与网络文学20年:网络文学最好的时代已经过去了》,澎湃新闻2017年12月6日。

与马化腾用QQ满足网民聊天的需求、马云用淘宝满足网络购物的需求是相同的。如果不考虑文字和短视频的媒介区别,以及早期互联网的精英氛围与如今大众主导网络风向的差异,在满足网民表达和交流需求的层面上,或许可以勉强把榕树下类比为当年的抖音。

榕树下创立之初,朱威廉在各处聊天室、BBS邀请网友投稿,来稿则由他独立编辑。由于当时可供网民发表原创文学的园地极少,榕树下的来稿量与日俱增,很快超出了朱威廉个人的处理能力。1999年7月,榕树下全球中文原创作品网编辑部成立,但与稍晚的红袖添香(2001年4月成立编辑部)等同样以散文、诗歌和中短篇小说为主的原创文学网站不同,榕树下的编辑部并非一直是网友自发组织、义务劳动,而是很早就职业化了。在当年8月,朱威廉就注册了上海榕树下计算机有限公司,正式开始商业化运作。朱威廉对榕树下的个人投资,是这一由个人主页发展而来的文学网站在2000年左右能够在同侪中一枝独秀,对主流文学界产生直接冲击的根本原因。

彼时,华尔街对互联网企业的追捧已经达到了一种痴狂的程度,且不论网景(Netscape)和雅虎(Yahoo!)的商业奇迹和造富神话,任何一个有着一定流量的互联网企业,都可以在长期亏损经营但占据该领域主要市场份额的条件下,在纳斯达克获得一个相当不错的估值。在几乎所有的中国网民对互联网都还懵懵懂懂,甚至抱有这可能是一个自由的乌托邦空间的期待之时,拥有美国经验和华尔街资源的朱威廉,已经比较清晰地认识到了互联网不但有改造世界的力量,也会是一个真正的财富横流之地。于是,在经过了一年半的试水,确定了文学在Web1.0时代(以静态的、单向度的阅读为主)的中国足以成为一个最能汇聚流量的话题之后,朱威廉逐渐把所有可以调动的现金和资产都投到了榕树下。在没有一个成熟商业模式的情况下,榕树下在2000年就扩张到了有两百多个员工的规模,以至公司的前台小姐都劝告他:"朱总啊,你买个楼啊。你一天发的工资就可以买三个房子啊。"①

---

① 邵燕君、李强:《为文学青年创造了空间,但走得太超前——榕树下创始人朱威廉访谈录》,邵燕君、肖映萱主编:《创始者说:网络文学网站创始人访谈录》,第10页。

中国网络文学理论评论年选（2021）

正是在如此规模的投入下，榕树下不但汇聚了宁财神、李寻欢和安妮宝贝等当时在网上最知名的作者，还经由著名作家陈村举办起最早的"网络原创文学作品奖"（1999年11月）①和"网络文学研讨会"（2000年1月），在文学界产生了相当影响。最重要的是，榕树下在2000年后逐步成为中文互联网上点击量最大的站点之一，实现了"变大优先"的战略，成了无法绕开的巨头——在2001年进入中国并一度成就陈天桥中国首富地位的韩国网络游戏《传奇》，在接触盛大集团之前就联系了榕树下。然而，也正是朱威廉的全球视野最终使榕树下必然要承受全球化的风险。2000年3月10日，以技术股为主的纳斯达克指数暴跌，引发第一次互联网泡沫破裂。到了2001年，泡沫全面破灭，世界范围内大多数依靠风险投资的互联网公司在"烧完钱"后无法继续融资，停止了经营。榕树下虽然不太依靠外部投资人，主要以朱威廉个人的资金和资源支撑，但也陷入了"找钱"的困境②，并最终只能在2002年2月以仅仅几十万美金的价格被当时全球最大的出版集团贝塔斯曼收购。

朱威廉并非纯文学爱好者，也不是一个"吃书人"，做文学网站主要不是因为热爱。他对榕树下的设计更多是用网络这一新媒介去满足在印刷时代培养起来的广大文学青年的既有需求，而非去发现和创造一个新的文学方向。用今日流行的句式来说，榕树下做的事是"互联网+文学"，而非网络文学。榕树下却恰恰因此具有了不可替代的标本意义——它既是印刷时代的遗腹子，在按照出版的规则和习惯来

---

① 1999年11月11日，榕树下举办"首届网络原创文学作品奖"大赛，评委包括主流文学作家贾平凹、王安忆、王朔、阿城、余华、陈村、郏国义、郝铭鉴，网络作家宁财神、邢育森、安妮宝贝、吴过、柳五、SIEG，网友代表全景、残剑、温柔。尚爱兰的《性感时代的小饭馆》获小说一等奖，蚊子的《蚊子的遗书》获散文一等奖，宁肯的散文《我的二十世纪》亦在获奖之列。次年1月22日，大赛颁奖典礼在上海商城剧院举行，《第一次的亲密接触》（痞子蔡）、《活得像个人样》（邢育森）被改编为话剧，在典礼上表演。

② 2001年8月22日，榕树下组织"贝塔斯曼杯·第三届全球网络原创文学作品奖"。受互联网泡沫破裂的影响，榕树下融资谈判受挫，自身资金不足，导致获奖作品并没有获得承诺的奖金。评委会主任陈村因此辞去评委及榕树下"躺着读书"版主之职。

发展网络原创文学；又是网络时代的早产儿，在资本的催化下成熟的程度远远超过同时期所有的文学论坛或网站。榕树下的兴衰不只是一个创业故事，透过它于更深处看到的是，在一个媒介变革时期，旧的行之有效的文学制度在一开始仍能吸引最多的受众，但又逐渐在新媒介中水土不服，进而被尝试补足、完善，但最终被解构、消化和吸收，成为驱动新模式的资源。其中，最值得注意的是在印刷时代的出版工业中占据核心地位的编辑审稿制及其背后的精英标准和力量，在网络文学的时代将何去何从。

把榕树下的发展目标视为"网上《收获》"虽是一种误读，但仍提供了一个有价值的观察角度，除了存在于网上，拥有近乎无限的版面外，其他方面它都太像文学期刊了。何况，榕树下兴起的主要路径就是用一开始运作良好的编辑制度去打捞起被20世纪80年代中期以来的"文化热"培养出来的广大文学青年/中年。从朱威廉津津乐道的他亲自给最早一批作者修改标点符号，再到组建一个庞大的基本是按照期刊编辑规则运转的编辑部，甚至连分类也都是完全延续散文、诗歌、小说这一报刊时代的中国现代文学确立下来的文类标准。可以说，榕树下就是一个综合性纸质期刊的网络升级版，它也尝到了这一套以编辑审稿制为中心的现代出版制度的种种好处，不但是有成例可循，更有大规模的不必重新养成的用户。在2003年，当朱威廉离开、编辑部缩小后，榕树下仍每天平均收到4000份上下的稿件，并刊出几百件。

自然，榕树下在享受着印刷时代的遗泽时，也不得不承受它和网络媒介在底层逻辑上的冲突。对网站来说，面对海量的稿件，编辑部只能不断膨胀，但仍不可能与大众的文化生产力的增长速度相匹配，导致有发布的空间也有足够的稿件却缺少作为中介的编辑。结果是编辑苦于看稿，根本没有余裕发掘出真正有价值的稿件，更不可能很好地体现出某种精英标准和价值导向，最终编辑制度是名存实亡——在首届"榕树下网络文学大赛"中，宁肯的《蒙面之城》就没有被负责初选的编辑选中，还是评委会主席陈村本人去稿件库中挑出来的。[①]

---

① 参见邵燕君、李强：《"我以为先锋的东西，网络并没有出现"——榕树下艺术总监、先锋文学作家陈村访谈录》，邵燕君、肖映萱主编：《创始者说：网络文学网站创始人访谈录》，第21—22页。

等级	称号	图标			
1	布衣		11	预科进士	
2	白衣童生		12	同进士	
3	青衣童生		13	乙榜进士	
4	锦衣童生		14	甲榜进士	
5	白衣秀才		15	探花	
6	青衣秀才		16	榜眼	
7	锦衣秀才		17	状元	
8	白袍举人		18	翰林	
9	青袍举人		19	大学士	
10	锦袍举人		20	大文豪	
			21	文曲星	

榕树下的名望制度

对作者来说,早期的网络创作纯粹是一种自由自发的劳动,在没有收入又付出很高的脑力劳动成本时,"发表自由才是网络写作最有吸引力的地方"①。在榕树下投稿不但需要几天的审核编辑才能发表出来,审核标准还常常带有某种特定的文学倾向乃至文学规范,是不够自由的。因此,相当多的原创作者就去了更加自由的文学论坛或开设了作家专栏可供自行发表的文学网站,并推动了新的文学样式的诞生与繁盛。

榕树下并非没有注意到编辑审稿制在网络时代产生的种种排异反应,也很早就开始通过向作者和读者赋权来解决这一最突出的矛盾。其中,2001年下半年启用的名望制度和2002年底推行的社团机制是最重要的尝试。在名望制度中,发表文章和被编辑推荐会获得名望及与其匹配的称号,称号在"白衣秀才"及以上级别的用户,在留言版发帖后标题栏字体会自动加粗显示;"甲榜进士"及以上级别用户,文章投稿后可以自行编辑发表。在社团机制下,榕树下允许志趣相投的资深用户组成文学社团,自行开辟和管理社团的版面和论坛,拥有

---

① 白若云、张泽坤:《网络文学生态与影视化改编——遇见施定柔》,云里阅天下微信公众号2020年8月28日。

编发稿件和举办社团活动的权力,很快兴起并长期活跃的墨派文学、雀之巢和诗词雅韵等文学社团也一度拥有着相当大的凝聚力和影响力。这些制度都缓解了编辑审稿制难以适应网络时代的文学生产的问题,但长期看来,它仍无法在网络空间中维持一种可持续的文学生产,关键就在于无法和以论坛模式为核心的 UGC(User Generated Content,用户生产内容)模式竞争。在 UGC 模式之下,写作、阅读和推荐的权力都被完全赋予用户,文学网站的编辑虽然还被称为编辑,但实际上做的是产品经理的工作,主要是不断满足作者特别是读者的种种需求,和纸质期刊中编辑的工作性质全然不同——前者是为大众服务,后者则仍要引领大众。榕树下在朱威廉之后,相继经历了"贝塔斯曼时代""欢乐传媒时代"和"盛大文学时代",在出版、影视和网文行业中辗转,虽然到 2010 年代初还保持着一定的影响力,却一直没有找到一个成功的商业模式。无论是出版、影视改编还是在线付费阅读都无法挽救榕树下,根本原因就在于,编辑中心制无法适应新的爆发式增长的文学生产力,更何况它背后的精英标准已然失效且短时间内无法重建。失去了对大众的号召力和吸引力的精英导向,只能逐渐萎缩成小圈子的自娱自乐,而新的精英标准只能在网络文学内部重建,并以一种不同于编辑制度的形式发挥作用,这一点只能另文讨论。

以榕树下为中国网络文学起点的叙事虽有标本意义,但带有明显的过渡性质。金庸客栈代表的论坛模式才是网络文学生产的核心模式。

五、金庸客栈与中国网络文学的论坛模式

相比榕树下的鼎鼎大名,开创了中国网络文学论坛时代的金庸客栈是少为人知的。它的兴盛和衰落都发生在互联网的"古早时代",且和后来的文学网站之间并无直接的亲缘关系,因此不但没有被主流社会充分了解,甚至没有在飞速变化着的中文互联网上留下太深的痕迹。1996 年 8 月正式建立的金庸客栈,早在网络远未普及的 2001 年就已是江河日下,离开了网络空间的舞台中心,到 2003 年后更是完

全没落下去。① 尽管，今何在的《悟空传》在2000年首发于此，宁财神②、李寻欢③和江南④也都曾活跃于此，然而它所哺育的这一批作者，无一不是在网上成名之后就"逃到网下"，虽然纷纷跻身21世纪最成功的电视剧编剧、出版商和畅销书作家之列，但也全都永远地告别了网络写作。

金庸客栈并不是中国最早的网络论坛，且不论台湾几个大学的校园BBS，即使在中国大陆，1995年建立的水木清华BBS也要比金庸客栈更早一年。那为何不是孕育了《第一次的亲密接触》的台湾成功大学BBS，也非诞生了《风姿物语》的台湾交通大学BBS，更非生长出中国最早之耽美论坛桑桑学院（1998年5月建立）的水木清华BBS被我视为论坛模式的起源，进而被认为是中国网络文学在生产机制层面的源头呢？金庸客栈何以成为论坛时代的中国网络文学最好的代表？

答案就在问题中，在网络、文学、论坛这三个关键词里。

先说网络。在中国互联网发展的早期阶段，高校BBS及其文化虽然占据了一个比较重要的位置，但因其"学院范儿"带来的天然排外性，从来不是网络空间和网络文化的中心。而金庸客栈和与它一同诞生在利方在线的体育沙龙，这对"双子论坛"在20世纪最后几年里于全世界范围内都是中文互联网的核心舞台之一，地位绝非偏居一

---

① 2003年6月14日，金庸客栈时任版主以"客栈店老二"之名发表"金庸客栈文章导读（十）"。导读系列是版主之一小号鲨鱼为挽救客栈人气，同时保持论坛风气和传统的尝试，但在本篇导读中，他也直言"客栈已全面进入今天菜园式的灌水时代和市场式浮躁做作的造砖时代"，"导读……也成了客栈没落的缩影"。

② 1999年底，成名于金庸客栈的宁财神接受朱威廉邀请担任榕树下运营总监，主要负责网站设计工作，于2002年离职，成为职业编剧。2006年1月2日，他担任编剧的《武林外传》在央视播出，影响深广且被视为中国古装情景喜剧的最高峰。《武林外传》中的核心场景"同福客栈"和贯穿始终的客栈文化、武侠文化，都受到金庸客栈的直接影响。

③ 2000年9月11日，应朱威廉之邀，李寻欢到上海出任榕树下总编。自此，李寻欢基本停止写作，后成为出版商，签约韩寒、易中天、冯唐等畅销作家，以本名路金波为人所知。

④ 在2002年以《此间的少年》闻名之后，江南也很快转入线下成为杂志主编和畅销书作家，并以《龙族》系列屡登中国作家富豪榜榜首。

方、带有本地和本校色彩的各种论坛可比。在一定程度上，可以说金庸客栈和体育沙龙共同催生了新浪网①，实际上也为新浪门户网站、新浪博客、新浪微博这一系列在中国互联网不同发展阶段中都举足轻重的网站/App（Application，应用程序）积攒了最初的人气并奠定了文化的基因。因此，金庸客栈不仅可以被视为中国网络文学的起源之地，也是整个中国互联网行业的源头之一。

　　再说文学。金庸客栈虽不是最早的网络论坛，却是最早以文学为主题的网络论坛。它上承以金庸为代表的武侠小说传统，下开"大陆新武侠"和东方奇幻的创作潮流，贡献的并非只是几部代表作品，更体现出了文学风潮的转向和不同类型的升降。最初以评论金庸小说和原创武侠小说起家的金庸客栈，虽在当时并没有出现有影响力的武侠作家和作品，但后来"大陆新武侠"的代表人物凤歌（《昆仑》）、沧月（《听雪楼》系列）、小椴（《洛阳女儿行》）、杨叛（《简单武侠》）其实都曾混迹论坛，并在其中积攒能量、待时而飞。中国最早也是煊赫一时的东方奇幻小说"九州"系列②，虽然是在 2001 年诞生于清韵书院，但发起人水泡和参与创作的核心人员江南（《九州·缥缈录》）与今何在（《九州·羽传说》《九州·海上牧云记》）等人都是相识在金庸客栈，并刚刚因为"新老之争"集体从金庸客栈出走到清韵书院。

---

　　① 1998 年 12 月，新浪网络公司成立，四通利方与华渊资讯网合并而成新浪网，王志东出任总裁兼 CEO（1998—2001）。金庸客栈被整合到新浪门户网的历史文化社区下，并长期是新浪论坛最重要的版块。王志东曾在 2000 年 9 月 10 日的"西湖论坛"上公开表示，新浪能在全球华人中占领位置，谈金庸、谈武侠小说的话题起了相当大的一个作用。也是在这次论坛上，金庸亲笔为金庸客栈题名。

　　② 2001 年 12 月，改编自英国作家 J. R. R. 托尔金奇幻小说《魔戒》的好莱坞电影《指环王：护戒使者》在美国上映并很快在全球流行。受此影响，水泡在清韵论坛发帖，呼吁通过群体创作共同构建一个名为"凯恩大陆"的西方奇幻世界。在论坛的讨论中，大角提出中国缺乏本土的奇幻设定，后决定将创作改为东方风格。参与创造这一世界核心设定的七位作者——江南、今何在、大角、遥控、多事、斩鞍和水泡后被称为"九州七天神"。当时江南正在创作《九州》，即后来的《九州·缥缈录》。经今何在提议，最终使用"九州"命名这一东方奇幻世界。

最重要的是论坛。相较于校园BBS，作为公共论坛的金庸客栈形成了更完整的论坛模式与论坛文化。尽管金庸客栈在中国互联网行业和网络文学的发展史上都有着开辟之功，但这种论坛模式和论坛文化，才是奠定其在网络文学生产机制中源头地位的关键因素。与黄金书屋和榕树下的书站模式相比，以金庸客栈为代表的论坛模式，这一完全解放了大众文学生产力的UGC模式，才是中国网络文学生产的根本模式——后来的文学网站，都是以书站模式为表，论坛模式为里。同时，建立在论坛模式之上的论坛文化彰显的也不只是互联网"古早时代"的生态，更集中地体现了整个网络空间的核心文化矛盾：那就是"民主与领袖"①的问题，更普泛地说，是普通用户和意见领袖的关系问题。金庸客栈不仅是一个原创文学的论坛，更是一个网民开展文学/文化生活的新空间。互联网天然具有的去中心化特征②，再加上论坛的匿名特性，使中国第一批网民在与同好相聚网络空间组建起一个个趣缘社区的同时，又都或主动或被动地参与着一场无政府的社群自治实验。互联网早期由技术门槛造就的精英氛围也为这一自由与民主的试验场提供必要条件——直到金庸客栈诞生一年多后的1997年10月，中国的全部上网用户数不过62万③，且这批网民大多数是受过高等教育的年轻人。包括金庸客栈在内的一批公众论坛的黄金时期普遍只有两到三年，之后即使不被外部力量冲垮，也会因为被

---

① 对"学衡派"产生重要影响的美国新人文主义学者白璧德，在其晚年代表作《民主与领袖》中，深入思考了"在现代状况下民主何以可能"这一命题。他对于作为现代人普遍信仰的民主的反思和质疑以及提供重建可能的尝试，在中国的环境下长期未受重视。但在互联网为大众赋权之后，民主权力得到了技术性的保障，这甚至比制度的保证还要稳固也更加直接，重构意见领袖（精英）与普通用户（大众）之间的关系不只在英美等老牌民主国家，在全世界范围内都成了一个核心命题。

② 1964年，"分组交换"这一网络传输的基础理论由美国科学家提出，目的是设计出不易被核打击摧毁的通信系统。它在技术层面要求传输节点之间相互平等，使去中心化成为互联网与生俱来的基因。

③ 1997年12月，中国互联网络信息中心（CNNIC）首次发布《中国互联网络发展状况统计报告》。报告显示截至1997年10月31日，中国共有上网计算机29.9万台，其中直接上网计算机4.9万台，拨号上网计算机25万台，上网用户62万人，直接上网与拨号上网的用户数之比约为1比3。

迫容纳大批闻名而来但与论坛的趣味不合或受教育程度较低的人群，而很快无可挽回地走向衰落。其中，最典型的冲突就是在金庸客栈中以"砖水之争"为主要表现形式的"新老之争"。所谓"砖"，指的是有质量的文章和评论（取"砖"质地紧密之意），"水"则指代闲聊帖和与论坛主题无关的帖子（取"水"质地稀松之意）。随着金庸客栈的出名和上网人数的增多，金庸客栈逐渐出现了"水势过大"的趋势，即"灌水"的帖子过多而原创文章和深度评论占比缩小，"砖水平衡"被打破。随之，论坛"老客"指责新人只知道"灌水"，破坏了客栈原本的文化环境——"愣是把个豪侠云集的武林大会，弄成了天桥下卖把式的场"[①]。"新客"则指责许多老人在停止原创的"潜水"状态下，没有资格指手画脚。由"老客"担任的版主则需要长期删除各种"水帖"以保持金庸客栈的文化传统和讨论质量，论坛管理难度的提升和工作量的剧增也使版主的权力大为扩张，并导致论坛本就存在的"新老矛盾"以及管理者和普通用户之间的矛盾越积越深。

2000年8月26日，正处在鼎盛期的金庸客栈发生了一场影响深远的"内乱"，网友与网友、网友与版主以及新浪工作人员间长期积累的矛盾在当日爆发了出来，大规模的炸版[②]、删帖、吵架乃至针对个人的人身攻击使论坛出现了大混乱。此后，金庸客栈还发生过两三次大的震荡，大批"老客"也因此陆续出走到清韵书院[③]、彼泰离离[④]、第奥根尼[⑤]等论坛。金庸客栈的"826事件"，不但是客栈由盛转衰的转折点，也成为原本的论坛文化不可持续的象征性事件。

在短暂的兴盛期中，金庸客栈因民主与自由的风气——几乎是完

---

① 沙欤（金庸客栈原版主小号鲨鱼）：《记我的客栈网友，超级分析》，沙欤的新浪博客，2015年10月26日。

② "炸版"即有意通过大量发布无意义的帖子来淹没有效的讨论，使论坛的版面无法正常阅读。

③ 清韵书院虽然接收了金庸客栈的大部分创作精英，但也未能保持繁荣，在2009年就彻底闭站。

④ 彼泰离离是从金庸客栈出走的"老客"们重建的最具客栈旧时风貌的新论坛，而以彼泰离离为名，可以想见对客栈的眷恋。

⑤ "第奥根尼"这一论坛名来自古希腊犬儒学派代表人物Diogenēs，是一个门槛极高的采取邀请制的网络论坛，也是第一个采取后台实名制的论坛。

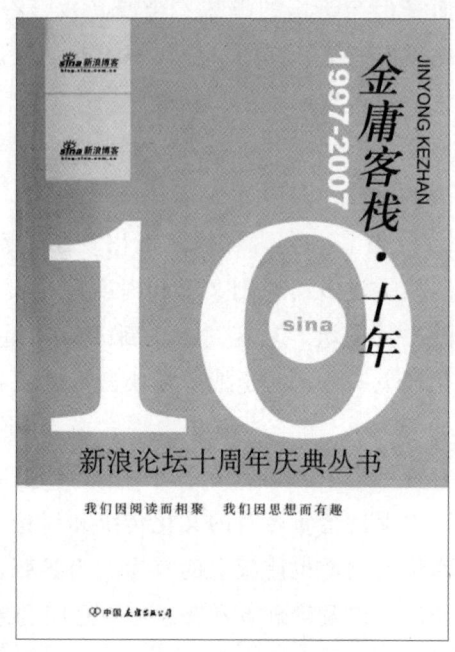

金庸客栈建立十周年的纪念作品集《金庸客栈·十年》，
中国友谊出版公司 2007 年版

全直接的民主和可以彻底不负责任的自由，而显示出无比旺盛的生命力和创造力，并被许多"住客"视为网上的精神家园。然而，金庸客栈的模式既难以持续，也不可再现。首先，这一论坛式的民主要良好运作在各方面都有很高的要求，即使是在一个相对精英的环境中也很容易就走向堕落，当互联网的整体环境从精英和小众向草根与大众转变后，维持论坛生机的这类直接的、少有限制的民主，就再难以运作下去了。2001 年以后，中国网络文学的论坛时代进入了一个新的阶段。

后来的文学论坛，主要分化为两类：一类以复杂严密的版规和极高的准入门槛来维护论坛的秩序和风气。著名网络作家蒋胜男在辗转金庸客栈、清韵书院后，主要的落脚地后花园文学论坛就是一个采取邀请注册制，并长期只有数百活跃用户的论坛。这类小论坛依靠"圈地自萌"保持住了精英的氛围，更营造起一个隐秘的角落来保证小众圈子的纯粹性和反叛性，为各种亚文化的生长提供了空间，如首创

"注册答题制"[①]的露西弗俱乐部（1999年12月建立）就是中国耽美文学的重要发源地。而最早"触网"的先锋文学作家陈村，也在2004年借鉴第奥根尼搭建起了一个采取后台实名制的读书论坛"小众菜园"，一时汇聚起叶兆言、吴亮、孙甘露等知名文化人。曾在榕树下主持了两年"躺着读书"论坛的陈村，已经深深感受到了必然伴随绝对自由一同到来的混乱状态[②]，明确表示："本园谢绝申请，唯一的入园小径，是请园中的老菜农推荐，经批准后发放种菜执照。"[③] 另一类是仍保持着开放状态的公众文学论坛，但都很快结合了个人书站的模式进化为文学网站。其中最有代表性的是玄幻文学论坛，它们主要于2001—2002年间汇聚在采用网友"自主建版、版块独立"模式的西陆BBS[④]中，大部分很快就在壮大之后独立建站，并最终演化成了诸多在中国网络文学发展史上占据关键位置的文学网站。龙的天空、幻剑书盟、起点中文网三家先后领军中国网络文学的文学网站，都是从西陆BBS中的玄幻文学论坛进化而来，天鹰文学、翠微居、逐浪网等早期重要网站亦成型于此。在2003年起点中文网第二次改版后，文学网站模式完全成熟，文学论坛的时代逐渐落幕。但极有意味的是，在2003—2017年的十余年时间中，仍为论坛模式的百度贴吧依靠盗版成为网文读者最大的聚集地，也是网络文学最重要的原生评论区和同人创作区之一。

论坛模式以及在此基础上发展起来的文学网站模式，把发表、评论和推荐的权力全部平等地赋予了每一个用户，在进入商业化时代

[①] 露西弗论坛的申请者需要在回答一份有相当难度的、关于耽美文化的试卷并达到一定分数后，才被允许注册进入论坛。这一"注册答题制"后来也成为包括哔哩哔哩（B站）在内的小众文化圈子在成长期中重要的自我维持和发展手段。

[②] 陈村："网上尤其是论坛上经常吵闹，有很多人穿上马甲之后会进行恶劣的人身攻击，使得人对网络变得没有信心。而更可怕的是，你还不知道对方是谁。我觉得这种形式实际上有问题。"引自桂杰：《小众菜园：不是让所有人说话》，《中国青年报》2007年4月26日。

[③] 桂杰：《小众菜园：不是让所有人说话》。

[④] 2000年6月，西陆BBS被央企三九集团收购，有充足的服务器资源供网友自由开版。恰逢第一次互联网泡沫破灭，众多失去免费空间的书站、论坛需要新的落脚地。2000年10月，西陆开版数突破3万，成为中国最大的BBS群。

后,更准确地说,是赋权给了所有能带来商业价值的用户。这在根本上解放了中国网络文学的生产力,使网络文学的野蛮生长拥有了不竭动力。开启和代表了中国网络文学论坛模式的金庸客栈,也就成了中国网络文学在生产机制层面的真正起点。

结　语

如何为中国网络文学确定具有原点性质的源头,实在是一件颇费思量的事。即便是已经给出五种不同的起源叙事,但毫无疑问仍未能穷尽有价值的模式。没有将海外华文网络文学的站点(如 ACT 中文新闻组①和《华夏文摘》)视为起源之一,是否意味着一种以中国大陆为绝对中心的视角呢?同时,忽略了作为耽美文学最初起点的桑桑学院②,又是否意味着主要是在以男性的视角谈论中国网络文学呢?不把这两种颇有人主张的起点纳入本文对中国网络文学多重起源的叙述里,其中的缘故主要在于,海外华文网络文学在时间上虽是最早,但仍是把网络当作一个新的便捷的传播渠道,在内容创作上并未显示出充分的"网络性";桑桑学院的建立不但远在同类的金庸客栈之后,更是一开始就以小众自居,可以作为耽美论坛的起点,却不足以称为整个中国网络文学生产机制的起点。因此,尽管需要承担上述的风险,但我仍不愿意将中国网络文学的起源叙事继续扩张,无限地认可多元叙事的价值。因为就起源这一概念而言,它本身就携带着一种对根源性和中心性的追求。

(原载于《文艺理论与批评》2021 年第 2 期)

---

① ACT 中文新闻组(alt.chinese.text),全球最早使用中文的网络论坛,中国留学生早期最重要的网络交流空间。1992 年 6 月 28 日,由魏亚桂等在美中国留学生在 Usenet 上搭建。初期多以英文测试帖为主,1993 年后,随着汉字网络传输和显示技术的成熟,中文发帖成为主流。在 1993—1995 年间的繁荣期,是《华夏文摘》的重要传播渠道,也是《新语丝》《橄榄树》《花招》等网络杂志的孕育地。

② 中国大陆最早的日本动漫专题网站之一,由 sunsun(桑桑)等动漫爱好者于 1998 年 5 月 24 日建立。专门设立耽美版块,孕育了最早的中文耽美同人创作。

北美华文网络文学的
历史脉络及其特点和局限

◎欧阳婷

北美华文网络文学指在美国与加拿大的华侨华人创作、首发在北美注册（或服务器在北美）的华文网络论坛、网刊和网站上的文学作品。北美的华文网络文学起步早，影响大，是汉语网络文学的发源地。自1991年4月5日华文网刊《华夏文摘》的诞生至今，大量的北美华文网站和电子刊物如雨后春笋般出现在浩瀚的互联网世界，如"互联网中文新闻组"（alt. chinese. test 简称 ACT）、"新语丝""橄榄树文学网""文学城""枫华园""未名空间""八阕网""万维读者网""博园网"等是它们中的代表性网站。作为世界华文网络文学的领跑者，北美华文网络文学以最早建立的原创文学站点和一批作家作品，引发了全球华文网络文学的快速崛起，开启了全世界汉语网络文学的历史进程。近10年来，随着倍可亲、唐人网、文学城、留园网、未名空间、文心社等网络社群不断发展壮大，北美华文网络文学呈现出新的面貌。

一、北美华文网络文学发展的三个阶段

北美华文网络文学诞生后，一直如静水深流，持续而平缓地向前发展，回溯其30年来的持续行进，大抵可划分为三个发展阶段。

第一阶段：1991—1993年，是华文网络文学的起步期。1991年4月5日，中国留学生梁路平、熊波等人在美国创办了全球第一家中文

电子周刊《华夏文摘》，其前身是网刊《中国新闻摘要》。《华夏文摘》每周五定稿，全年共 52 期。虽然该刊并不是一个纯文学刊物，却是第一个海外华文网络文学的写作平台。周刊的编辑成员是分散在美国各个大学读书的中国留学生，这些文学爱好者从来自海外的投稿或中国的报纸杂志中精心挑选佳作刊载于《华夏文摘》，然后通过网络传递到全球订户手中，成为北美众多华裔家庭周末必读的"精神大餐"。从 1991 年第 4 期旅美作家"少君"（钱建军）的第一篇留学生小说《奋斗与平等》，到后来连载 14 期的《回国求职随笔》等，周刊上的许多文章都在北美留学生和华人社会中引发很大反响。张郎郎发表于 1991 年 4 月 16 日《华夏文摘》第 3 期上的杂文《不愿做儿皇帝》，被认为是第一篇中文网络文学作品。同年，纽约大学布法罗分校的王笑飞创办了"中文诗歌通讯网"，录入其网站的《孙子兵法》，是目前发现的最早的中文典籍电子版。

第二阶段：1994—1997 年，是华文网络文学的快速发展期，其技术性标志是进入万维网运行阶段。1994 年万维网得到普遍应用，为北美文学网站的诞生提供了技术基础，使电子刊物得以过渡到论坛和网站阶段。这一时期在美国成立的"互联网中文新闻组"，是全球第一个独立使用中文互联网空间的网络文学园地，也是当时最大的华文网络文学论坛。从 1994 年起，北美的中国学生学者联谊会主办的综合性中文电子杂志如潮水般涌现。第一个中文电子文库是 1994 年 11 月建于加拿大麦基尔大学的"太阳升"网站。1994 年 2 月，方舟子创办了第一份专门刊载文学创作的中文电子刊物《新语丝》，其宗旨是以出版电子刊物、建立电子文库等方式在互联网上传播中华文化。为了鼓励华文文学创作，尤其是为了提升网络文学的整体水准，PSI 留学生服务公司和新语丝网站自 2000 年起，每年联合举办"PSI 新语丝"网络文学奖，迄今已连续举办了 16 届，并已成为华语文学界最负盛名的网络文学奖之一。

除了"新语丝"，还有《国风》（1997 年 3 月创刊，2008 年 11 月停刊）和北美最早的网络诗刊《橄榄树》也相继创办。此外，大量的华文电子刊物这时也如雨后春笋般出现在浩瀚的互联网世界，包括美国的《新大陆》（诗刊）、《威斯康星大学通讯》、《枫华园》、《未名》

《花招》(女性网刊，1996年1月创刊，2000年停刊)、《布法罗人》等；加拿大有《联谊通讯》①《红河谷》《窗口》等。这一时期的网络作家创作活跃，佳作频出，可谓是北美华文网络文学的黄金时代。

第三阶段：1998年至今，是北美华文网络文学平稳发展并逐步向中国港台和内地延伸阶段。1994年4月中国正式加入国际互联网，1997年开始大范围普及。由于互联网"蛛网覆盖、触角延伸"的无边界性，美国华文网络文学如雨后春笋，开始大踏步向中国大陆和台湾地区延伸。1998年春，美籍华人朱威廉在上海创办的中文原创文学网站"榕树下"正式开始公司化运营，带动了中国大陆网络文学的蓬勃发展。从那时起，北美华文网络文学开始向全球最大的华语板块延伸，首先是延伸至互联网发展较早的港台地区，出现了诸如"妙缪庙""涩柿子的世界""美丽新文字""向阳工坊""全方位艺术家联盟""大千世界"等文学网站，在这些网站上出现了许多超文本、多媒体实验性质的作品。

在这个阶段，北美的华文网络文学进入了商业和非商业运营并存的时期。由中国留学生陈茂等人于1997年4月创办的"文学城"是最早成功实现商业经营的华文文学网站，也是拥有最多访问量的海外华文文学网站。1999年春，China gate Inc. 公司收购了"文学城"，而该网站对商业化运营的探索，如经营一定数量的广告、为社会提供有偿服务、提供房屋出租或法律咨询等，在一定程度上影响了中国网络文学商业模式的开发。经过多年顺应市场需要的不断变更，该网站逐步发展成一个海纳百川，集文学与文化、高雅与通俗为一体，涵盖各个文化层次的全球性华人网站。

在美国新泽西州注册成立的全球性文学社团"文心社"是一个以海外华人为主的非营利性华文文学网站，从2000年11月建立至今，已经走过20个年头。文心社员涵盖了五大洲，包含旅居北美的华文网络文学爱好者2100多人，全球分社近80个，并不定期举办作品讨

---

① 《联谊通讯》(刊号：ISSN 1195-1435)从1992年1月开始发行，到1996年9月15日截止，一共发行了58期。这些刊物记载了渥太华中国学生学者及其家人的学习、工作与生活历程，也记载了华人社区的重要事件，是研究华人网络文学与文化不可多得的珍贵历史资料。

中国网络文学理论评论年选（2021）

论会和文学讲座等活动。2007年开始，"文心社"正式与中国小说学会合作，负责推荐海外作家的小说作品，参加一年一度的文学奖评比工作。"文心社"还鼓励和帮助文心社成员出版自己的作品，自2011年起，每年出版文心作家作品近20种，已有近20位文心作家如陈瑞琳、融融、陈河、依娃等人上了国内央视四套海外华人作家专题访谈节目。作为网文生产、网络运作的全球性华人文学社团，尤其是北美作家的重镇，"文心社"把海内外著名作家和学者如夏志清、高行健、白先勇、哈金、北岛、舒婷、刘登翰等都集中到这个平台进行交流。迄今为止，该网站的"文心作品"栏目已收录7万多篇网站作者的各种题材作品，如小说、杂文、诗歌、散文、游记等。20年来，"文心社"以其清新、活泼的特质，展现出不同华文网络作家出色的创作实力，逐步成为一个影响广泛的北美华文网络文学网站社团。

创立于2011年秋的"海外文轩"，也是一个有一定影响力的华文网站。它最早是2009年由新浪网的"圈子"功能组建而成的一个以北美华人为主体的海外华人创作者和文学爱好者的写作圈，随后慢慢组成一个独立的以文学创作为核心的中文网络平台。自对外开放以来，在网站注册的作者已达上千人，除中国国内作者和读者外，读者遍布美亚欧澳非等众多国家。自成立以来，"海外文轩"先后发行了八本文集，如小说集《与西风共舞》、中篇小说集《飞花轻梦》、散文诗集《诗情画意》、幽默集《与西风共舞》，还有《教育，还可……》（上下两本）等。"海外文轩"拥有自己的电子杂志，迄今为止已出版7期，后来还设立了自己的微信公众号。

成立于2015年的"美国中文作家协会"是美国加州政府正式批准注册的公益团体，是世界华文文学联盟成员，也是由生活在美国并热爱用汉语写作的华人及其他族裔的人组成的非政治、非宗教、非营利组织。网站收录了李岘、张雅文、何绍义、文昊等作家的作品。此外，网站还开设了"文友园地"，为所有热爱写作的北美文友们搭建了一个相互切磋、发表作品的平台。该网站与中国国内网络文学界联系密切，有许多国内写手在该网站发文。目前网站已出版多本著作，如李岘的长篇小说《微时代VS青春祭》，张挺的两部长篇小说《一婚了之》和《谋爱》，贾非的长篇小说《百越图腾》，曾晓文与加拿大作家孙博合著的《中国芯传奇》，葛杭松的长篇小说《我们的青春横跨中美》等。其中曾晓文散文集《属树叶的女子》获 2019 年"海外华文著作奖"，与孙博合著的长篇小说《中国芯传奇》获首届大湾区杯（深圳）网络文学大赛"最时代奖"，李岘的微型小说《安之若素》获"武陵杯"世界华语微型小说三等奖，还有刘秀平的微小说《老人，国旗，男孩子》在"赤系杯"2019 年"家国情怀"世界华文闪小说大赛中获优秀奖等。

除了美国的华文网站，创始于 1998 年 4 月，总部在加拿大温哥华的"万维读者网"也是北美颇具规模和影响力的综合性中文网站之一。该网站集新闻时事、娱乐生活、信息服务为一体，在众多海外华文网站中独树一帜。其中丰富的实时新闻、娱乐生活、视频播报、交互社区、原创作品的采编创作，奠定了"万维读者网"深厚的文化底蕴与雅俗共赏的风格特色。历经 22 年发展，"万维读者网"已发展成为万维网络集团，目前已拥有四家网站：万维读者网、温哥华港湾、世界论坛网、易尚购物；两个网络电视频道：万维 TV，港湾 TV；以及"温哥华港湾""舌尖上的温哥华""这才是温哥华""温村那些事儿"，还有"留洋派"等五个微信公众号，成为当之无愧的海外最具代表性的中文全媒体平台。享誉华人社区的万维论坛是万维读者网构建全球华人"精神家园"的一道靓丽风景。其中的"五味斋"感悟生活、体悟人生，抒写别样心情；"茗香茶语"倾谈如诗如茶的苦乐年华；"天下论坛"谈古论今，尽现政论风采；还有"诗词歌赋""竞技沙龙""高山流水"等板块，都是文学爱好者欣赏佳作、切磋技艺的平台。目前，万维旗下的三大平台月均浏览量超过 3 亿次，数千万读者来自北美、欧洲、澳大利亚、东南亚等世界各地。

二、北美华文网文创作的主题表达及文类选择

北美华文网络作家大都是改革开放后出国的年轻一代华人，他们接受了良好的教育，具有较高的文化修养，在度过了初到异国的磨砺并站稳脚跟后，逐渐摆脱了早期华人作家故土难离的悲情心态，开始

中国网络文学理论评论年选（2021）

关注与美国流散华人命运息息相关的生存处境和美国社会政治现实问题。他们作品的主题是多元的，诸如中西文化价值冲突中的感情困境、异域打拼的艰辛、对海外留学移民生活的反思、为实现理想的奋斗等。如汤蔚的《搭伙夫妻》、孟悟的《我们的友情和爱情》《伶仃洋上的重逢》、余国英的纪实文学《给艾琳的信》等是这类创作的代表。

在北美华文网文作品的众多主题中，表现华人作家在中西文化落差中寻找平衡的努力是较为突出的一种。这一文学主题大多是以诗歌形式来表达的，创作者往往从自己的生活感受出发，挖掘内心深处作为"边缘人"的痛苦和自我认同的困扰。比如华文网络作家施雨在小诗《我们活着》中，细腻流畅地表达出作为文化"两栖"状态下留美华人的无根心态：

我们活着，却总在别处过日子；我们活着，但始终面目不清；我们活着，希望更像人一样活在世上；我们活着，都说是在自己的土地上，可谁又算真正的本地人？①

诗人以"我们活着"这样一个关涉每个人生命的主题，就此进行哲学意义上的追问，展示出强烈的族裔寻根意识，揭示出在美中国人身份认同的困境。

家国情怀也是北美华文网络文学经常表现的重要主题。比如2016年获得第十三届"PSI—新语丝"网络文学奖一等奖的作品——周海亮的《锋利如刀》，就以纪实手法回忆了儿时的中国乡村故事，文字简洁明快、机智幽默，让人印象深刻。

这一时期活跃在北美华文网站的作者主要有：杨恒均（世界华人周刊总编）、海伦（世界华文女作家协会副秘书长、旅加华裔作家）、陈谦（啸尘，2008年中篇小说《特蕾莎的流氓犯》）、施雨（2008年短篇小说《你不合我的口味》，2016年电影剧本《营救》）、白广（《距离》）、水影（《花落谁家》）、笑言（《没有影子的行走》）、杨

---

① 禾原：《十二首施雨诗歌的赏析》，禾原创作的博客 http://blog.sina.com.cn/s/blog_9d47695e0102vs3z.html。

明（《天涯不归路》）等。还有如幼河、雪城小玲、红霞、马兰、鲁鸣、汪翔、吉哥、溪谷闲人、小思、幼河、老高、格致夫、李彦、伊可、昕昕、滴多、祥子、散宜等人，也都是近年来比较活跃的网络文学作家。这些作家以两类群体为主：一是女性作家群。很多女性到达北美后，依靠丈夫的成功打拼，开始过上较为安逸的家庭主妇生活，她们有更多的时间和精力投身到自己喜爱的文学创作中来，许多人利用网络的自由机制，创作出一系列反映北美华人生活的闲适类作品，如简宛、张棠、张纯英等；另一类是理工科留学生作家群，他们能稔熟地操作电脑，大多具有较高的文化程度和良好的外语水平，多重的生活体验和文化背景成为他们创作的驱动力，网上创作成为他们释放压力和减轻孤独的最佳方式，方舟子、少君、王伯庆、白广等是这类网络作家的早期代表。

北美华文网络文学创作主题多以生活经历、移民故事居多，而不仅仅是囿于乡愁。有分析认为，这是因为今天的海外华文作家对于乡愁的理解日益多元化，他们的作品不像早期移民文学那样，满足于寄托思乡的离愁别绪，而是更注重彰显中国风貌，或直接，或间接描绘中国社会转型期的各种变化，向世界传递中国声音，让其他国家的人们有更多的机会通过网络作品认识中国，了解中国文化。除了早期"触网"的华文网络作家少君、严永欣、阿羊、黄谷扬、方舟子外，近10年还出现了如施雨、艾华、夏雪、融融、孟悟等人，他们的网络写作常以不同题材、不同类型、不同风格的作品，彰显中国风貌，在传播中国文化的同时，也塑造了中国形象。

北美华文网络文学文体的基本类型主要包含：

一是网络诗歌。网络诗刊《橄榄树》是发表网络诗歌的最早平台，1995年3月由诗阳、鲁鸣等人创办，是当时唯一的纯诗电子刊物，虽然《橄榄树》也登过一些旧体诗，但基本上是以现代诗为主。《新大陆》诗刊是另一份在北美影响广泛的诗刊，1990年12月创办于美国洛杉矶，最初是平面媒体印发，于1996年上网后转为网络媒体传播，发表了种类丰富的各色诗歌特辑，如"沙漠风暴诗专辑""祝福纪弦八十大寿特辑""微型诗辑""女诗人小辑""网络中文诗选辑"等。读者、作者分布遍及东南亚、中国大陆及台港地区、欧澳二洲和美加各地。《新大陆丛书》亦已出版了诗集、散文集等各类书籍 25 种。内容大多从作家在现实生活中的感受出发,以诗歌的形式挖掘作者内心深处作为边缘人的痛苦和自我认同的困扰。如马兰的《鬼出城》、施雨的《异乡人》等。

二是网络散文。不拘形式的散文书写,是许多旅居北美网络作家的常见文体。北美华文的散文作品量大文广,主题也十分丰富,归纳起来最多见的是书写文化差异,以及思乡、回望、记游等主题。晓辰的《美国同学和教授》、老九的《漫谈英美留学生的差异》写的都是东西文化的差异和冲突。有许多抒发对国内亲人思念之情的作品影响较大,如伊可的《母亲》、昕昕的《写在父亲节》、滴多的《好婆》等。另有生活纪事类散文也很受网友喜爱,如吴蕴懿的《加拿大旅居记事:我的阳光与梦想原野》在加拿大中文网站"加国无忧""加中在线""倍可亲"连载。书中收录了近 80 篇形形色色的短文,拼凑出加拿大的浮世绘,主题涵盖了饮食、历史、小镇风情、生活纪实等,作者以细腻的观察与抒情的笔调,省思不同文化间细微的生活差异,引起较大反响。

三是网络小说。如果说,早期北美华人的网络创作是以散文和诗歌为主,2000 年以后网络小说明显增多,其影响力也越来越大。第一类小说主题有对故国的依恋和游子的情怀,代表作如李树明的《寂寞的彼岸》、陈谦的《爱在无爱的硅谷》、施雨的《纽约情人》、水影的《漂泊的心》、秋尘的《时差》、白广的《距离》、木愉的《孤帆》、风在吹的《等一个晴天》、孙若滨的《企鹅会飞》等。第二类主题是对美国留学移民生活的反思。如陈燕妮的《遭遇美国》、程宝林的《美国戏台》、雷辛的《美国梦里》、李舫舫的《我俩的 1993》、顾晓阳的《洛杉矶蜂鸟》、阿城的《秋天》、薛海翔的《早安,美利坚》、刘荒田的《纽约的魅力》等是这方面的代表作。第三类主题是反映中西文化冲突和融合的主题,以及对自身文化族裔的反思。比如白广的《距离》、水影的《花落谁家》、笑言的《没有影子的行走》、杨明的《天涯不归路》等。

总体而言,北美华文网络文学创作最常使用的写作文体是散文和诗歌。曾经有问卷调查显示,华文网络文学类型中,散文稳坐头把交椅（34%），其次是诗歌、短篇小说和长篇小说①。对此，文心社总社社长、美国华文作家施雨曾在接受采访时表示："因为海外华文作家无法靠撰文为生，没人会把写作当作职业，投入大量时间和精力，所以这对散文和诗的创作有好处，但不利于长篇小说的创作。"②

三、北美华文网络文学的特点和局限

相对于中国大陆的网络文学，北美的华文网络文学在规模体量和商业运营的产业绩效上可能略显逊色，但处于英语文化包围圈中的华文网络创作依然是一支不可小觑的文学力量，并形成了自己的特色，在世界华文网络文学中有其重要地位。

首先，北美华文网络文学的纯文学类网站较少，承载网络文学的大多是文学与文化相交织的站点平台。华人作为北美的少数族裔，属于非主流的弱势群体，华文又是非官方语言，并且华文网络文学也不属于传统的华文纸质类文化的范畴，它始终只是在民间存在，具有边缘性、自由书写、率性而为、个性化表达等特点。在中国传统文化及域外文化的双重熏陶下，许多北美华文网络作家以开放的心态面对自己的生存境遇，并能够在文化融入中，清楚地辨别包围着自己的充满异域情调和多种元素的文化环境。横跨两种文化和语言背景是北美华文网络作家不得不面对的现实，同时也是他们的写作优势，使他们能够同时在两个世界自由出入，为网络创作提供独特的视角。于是，不同作者以不同的个人气质与各具特点的价值取向，使他们的网络写作展现出文本的丰富性与内涵的多重性，折射出多元文化的审美特点。

其次，北美华文网络作家大多为业余创作，几乎没有职业化网络作家，因而未能形成类似于中国本土那样的专业网络作家群体和网络文学生产体制。由于没有专业化的社团组织和规模化生产，网络文学

---

① 柒依：《在异乡写作：海外华文作家创作境况调查》，欧洲时报网 http://www.oushinet.com/news/qs/qsnews/20141218/176051_4.html。
② 江少川：《弃医从文用母语坚守精神家园——施雨访谈录》，《世界文学评论》2012 年第 1 期。

创作基本上处于自由、自发、松散的状态。在这种环境下，创作者无法靠撰文为生，除了兴趣爱好和表达需求，一般没有人会把写作当作一个职业来投入大量的时间和精力。于是，传统文学创作的深思熟虑通常被有感而发所取代，自由、随意、即兴而作成为网络作者最普遍的写作状态，并且因为不能靠篇幅字数变现，作品篇幅普遍不长，这与国内"续更式"写作的玄幻武侠、历史穿越型小说动辄数百万甚至上千万字的长篇和超长篇大相径庭。没有商业模式就没有产业化，而没有产业经营的经济基础做支撑也就难以出现职业化写作，因而，北美华文网络文学也就没有形成"续更"与"追更"、付费与打赏、月票与收藏这样的文学生产与激励机制，更没有出现粉丝共创、IP转让、市场分发、全媒体经营、二度加工、产业链赋值等商业化、市场化和产业化的"中国模式"。

最后，从文本看，作品内容以表现文化落差和故国情怀为主，在文学体裁上以散文、诗歌居多，小说也以中短篇为主，鸿篇巨制较少。北美华文网络作家的创作基本上属于文学"钟情族"的兴趣写作，许多作品都是有感而发，写得情真意切，很少有流俗、低俗的谄媚市场之作。共同的流散经验使得北美华人作家凝聚为一个跨界交互、动态并存的文化共同体，这时候的网络创作常常超越地域、国别、种族和时空界限，而以语言和民族文化精神为纽带，打造华人文学交流的精神家园。代表作如旅居美国9年，后移民加拿大的美国中文作家协会（www.chinesewritersusa.org）会员、加拿大中国笔会会长曾晓文创作的长篇小说《梦断德克萨斯》《移民岁月》、中短篇小说集《重瓣女人花》《苏格兰短裙和三叶草》、散文集《背灵魂回家》《属树叶的女子》等作品。2019年，曾晓文与孙博合著的长篇小说《中国芯传奇》，获大湾区杯网络文学大赛"最时代奖"。其中，她的长篇小说《移民岁月》以地球村视野，书写了中国与加拿大两个家族，即陆氏与欧文家族三代人近百年间的情谊史，表现了北美华人移民与白人族裔的生存状况与命运，及对人类美好命运前景的强烈憧憬与关注。

还有，北美华文网络文学属于精英文学、实验文学，而非大众文学、通俗文学。精英化写作、精英式阅读构成网文生产的基本存在方式，这与国内20世纪90年代的安妮宝贝、李寻欢、痞子蔡那一代的"文青式"写作相仿。目前活跃在北美华文网站上的大多数作家都是从20世纪80年代到2000年期间旅居美国的新移民，他们中的多数人都接受过良好的高等教育，有的还是来自国内名校，学院教育背景和较高的知识层次，使他们的创作起点较高，文学性较强。而且绝大多数作家都是理工科或医学出身。由于网络媒介的特点和网络读者的阅读习惯，北美华文的文学创作虽不乏珠玑之篇，却少有大部头，作品常常充满校园文化气息和知识阶层的生活况味，闪耀着智慧的灵光。比如旅美网络作家施雨就是20世纪80年代末来到美国的，她考取了西医执照，在纽约下城医院等地工作了11年，然后醉心文学创作，在文学城、文心社等发表多篇散文、小说及诗歌，成为海外知名华人女作家和女学者。美国中文作家协会会员孙若滨2019年最新发表的长篇小说《企鹅会飞》，讲述一名中国赴美留学生求学、生活经历。书中通过对生活的细腻描写，体现在美打拼的中国人生活，展示出对城市与人、人与未来的思考。拔根移植于异国他乡的跨文化经验，使得这些北美华文网络作家在作品中展现出对人性的深入发掘与体认，他们对华人在面对文化差异时的超越性反思，让他们的创作成为海外华人生活处境的文学写照。

令人遗憾的是，与中国本土的网络文学相比，北美华文网络文学可谓是"起了个大早，赶了个晚集"，不仅发展速度和规模远不能与中国本土的网文行业相比，其市场影响力也相形见绌，可以说其特色与其局限是互为表里的。

首先，北美的华人文学网站大都是公益性的而非商业性质，没有诸如付费阅读、版权转让等线上、线下的市场运营，未能形成自己的商业模式而迈向产业化，因而尚未形成大众文化的"泛娱乐"市场，只能在小范围"圈内循环"、自娱自乐。培育不了大神，吸引不了粉丝，也就不能用"爆款"创造流量、以"头部"制造"超话"，少了注意力，自然就没有影响力，因而面临关注度低、资金少、造血功能弱等困境，只能在主流文学的边缘"圈地自萌"。

其次，从作家方面看，北美华文网络作家大多是业余创作，没有形成职业化生产机制，也就没有产生专职网络作家。不像在中国，网络作家被定性为"新社会阶层"纳入社会管理,北美华人网络作家基本上处于业余撰文、散兵游勇、各自为政的状态。业余临屏"玩"文学无拘无束,且写且珍惜,足可遣心自娱,但其负面性却也显而易见。比如,没有稳定的阅读粉丝群,可能少了些消费者的激励和他律,让创作变得信马由缰;无功利的网络写作可能让业余作者"无利不起早",容易产生持续创作的懈怠感;而没有收入的网络行为终将难以持久,作者没有创作的驱动力,网站也没了经济的支撑力,导致网络文学纵使保得住"基本盘",也难有内生的扩张力。近年来,尽管有诸如六六的《王贵与安娜》这样的优秀网文作品,但总体来看,由于缺乏文学市场的激励机制,北美的华人网络作家中一直未见吸人眼球的写手和影响广泛的作品,网络文学处于不温不火的状态。

最后,从网络作品内容看,北美华人的网络创作面临"文化两难"的选择困境。身处异国他乡使用母语从事网络写作,华人作家所处的"两栖文化"身份是创作的优势,也可能是文化劣势。因为处于文化交界地带,既有跨文化的先机,也面临边缘化的困扰,处于既不属于原乡又无法归入异乡的窘迫和疏离状态。这种中西"两不靠"的境况,导致网络创作不够"接地气"或不知"接"哪种"地气",终而造成主体的无力感和文学的"失根"性。另外,作为少数族裔群体,在英语为母语的大环境下,网文读者仅局限于谙熟中文的有限社群,无法以"人口红利"形成更大的"粉丝"群体,难以成为大众关注中心,更难以获得北美主流文化的认可。

随着互联网的全球覆盖和触角延伸,以及中外文化与文学交流的不断深化,作为汉语网络文学发源地的北美,应该与中国本土的网络文学互动交流,取长补短,增强自身与时俱进、自我更新的能力。设若如此,或将进一步镀亮北美华文网络文学这张"名片"。

(原载于《南方文坛》2021年第2期)

使命与钳制：中国网络文学发展境况思考

◎单小曦

一、中国网络文学的历史地位及使命

中国当下的网络文学发展虽然存在着诸多不尽如人意之处，但从媒介文化变革和文学范式革命的角度看，它现实地构成为中国当代文学一支新生力量，代表着中国当代文学的一种未来走向，分担着振兴中国当代文学并将之推向新历史发展阶段的使命。这种认知可能在一定程度上难以为传统文学研究所认同，但这却是媒介文艺学研究的重要发现。

媒介文艺学认为，可以把福柯的知识型理论、基特勒的话语网络理论、库恩的范式理论结合起来，形成媒介文化知识型和文学范式理论。福柯以知识考古学的方法，从西方文化史中归纳出了文艺复兴时期知识型、古典时期知识型和现代知识型三种文化知识型，并强调它们之间是"断裂性和离散性"而非连续性的关系。基特勒接受了福柯的知识型理论，但不满于他将知识停留于档案学和图书馆学层面，认为福柯的知识型和话语分析并不适用于留声机、摄影术、电影等电子媒介生产和传播的知识形态。于是"基特勒为福柯的话语分析增加了媒介技术这一基础",①以"话语网络"代替了"知识型"。"话语网络"即"允许特定文化选择、存储和处理相关数据的技术和机构网络",②"话语网络1900"之所以不同于"话语网络1800",主要是因为20世纪的模拟性电子媒介成为建构语言的重要物质性力量,由此形成了新的话语形态。如果说福柯的"知识型"和基特勒的"话语网络"相当于特定时代的结构性知识形态或基本话语关联总体,那么库恩的"范式"则相当于建立在它们之上的话语系统模型。在上述三位理论家思想的基础上,媒介文艺学从媒介文化视角出发提出,从古至今东西方顺次出现了口传文化、书写—印刷文化、电子—数字文化三大媒介文化知识型;而其中又包括了口传文学、书写文学、印刷文学、数字文学等四类文学及其理论研究范式;不同媒介文化知识型之间和不同文学范式之间存在着一定的连续性,但相对而言,断裂性更为突出。

从媒介文化知识型和文学范式观点出发,中国史前社会中被后世编辑整理为《诗经》的口传诗歌及其他一些歌谣、神话传说、民间故事等构成了中国文学的口传文学范式。汉字发明后,以甲骨、钟鼎、竹简木牍、布帛、纸张等为书写载体,中国文学实现了从口传文学范式向书写文学范式的变革。由于文字书写不断建构个体精神世界,培育内心情感,《离骚》以降的个体文人创作取代了集体创作的民间文学而逐渐成为文学的正宗。清末民初,中国社会进入新的转型期,而此时中国的书写—印刷文化知识型进入了印刷时代,在文学内部则表现为书写文学范式(一般而言的古代文学)走向了终结,而依托于新兴的报纸、杂志等机械印刷媒介的印刷文学范式形成,此即"五四新文学"。像口传文学、书写文学分别依托口语和书写文字形成自己的特色一样,印刷文学范式是依托现代报纸、期刊等机械印刷媒介发生、发展,并由此获得审美特性的文学形态。此后,中国现代文学、当代文学延续发展,相关历史与时代主题不断变换,文学风格和流派

---

① 杰弗里·温斯洛普-扬:《基特勒论媒介》,张昱辰译,北京:中国传媒大学出版社,2019年,第70页。

② Friedrich Kittler, *Discourse Network* 1800/1900, tans., Michael Metteer, Chris Cullens, foreword by David E. Wellbery, California: Stanford University Press, 1992, p.369.

更迭变迁，但并未溢出机械印刷文学的范式。20世纪80年代，中国当代"纯文学"的辉煌，实质上恰是作为印刷文学内核的审美现代性精神的充分显现。

进入20世纪90年代，中国当代文学遭遇了两大挑战：一是改革开放纵深发展带来的市场经济大潮；二是电子媒介、数字媒介先后裹挟推动下的影音文艺和全息性的数字泛文艺。在这一背景下，中国当代文学中的"纯文学"因拒斥文学商品化、坚守文学作为语言艺术的信条，受到一定程度的冲击，不断向边缘退却，读者群亦随之不断萎缩。而中国当代文学中的大众文学（在现代报刊、出版等新兴印刷大众传媒推动下从传统通俗文学发展而来）则在文化市场中找到了自己的定位，依托出版市场，不断抢占中国当代文学的版图。不过，由于印刷性大众文学仍不能脱离语言文字的表意方式，它亦无法回避上述第二个方面的冲击。

借助网络的力量，中国网络文学于20世纪90年代后期登上历史舞台。与书写范式的古代文学和印刷范式的现代文学不同，网络文学属于电子—数字文化知识型中的数字文学范式。由此，中国当代文学跨越了印刷文学和数字文学两大范式。这是东西方文化知识型巨变的历史潮流使然，换言之，从机械印刷文学范式过渡到数字文学范式，是中国当代文学发展的趋势。而如果能够跳出印刷文学的圈子，从横跨印刷文学和数字文学两大文学范式的更宏阔的视野来审视中国当代文学，就不难认识到：网络文学是中国当代文学发展的未来方向之一。作为个体的网络文学作者或许可以拒绝这一宏大而沉重的使命，但对于中国网络文学整体而言，这一时代使命必须面对。目前作为商业写作的网络类型化小说是中国网络文学中最为活跃的部分和中坚力量，但这不等于说能肩负发展当代文学历史重任的网络文学就完全寄希望于此。中国网络文学中还存在着打破了类型化/非类型化、精英/大众、高雅/通俗、纯文学/杂文学、严肃文学/娱乐文学等界限的各种网络文学探索形式；除了各大门户商业网站上的网文写作外，还有各类免费阅读网站、自媒体等更为灵活的网络文学平台上的文学写作现象。最为重要的是，在不久的将来，当前的印刷文学都可能与网络文学合流，转型成数字文学范式，共同构筑中国当代文学的大厦。

经过20多年的发展，中国网络文学在争议中逐渐开创出了一片新的文学天空，当下也许比任何时候都更需要直面中国网络文学真实境况的勇气和穿透粉饰、直击问题的反思精神。在深层次上，中国网络文学正遭遇着网络文学平台异化、网络文学制度不健全和精英批评话语错位带来的三大钳制。它们正在把中国网络文学拖入一种发展的困厄境地，也在很大程度上阻碍了其当代文学使命的达成。

二、钳制一：网络文学平台异化

网络文学平台特别是专业网站曾经对中国网络文学的发展发挥了巨大的革命性推动作用。中国网络文学之所以能够横空出世，首先受惠于网刊、网络布告栏、专业网站在最初时刻绕过了传统文学期刊、图书出版而为文学提供的新的发布平台。2002年后中国网络文学作者走向职业化写作道路，2008年后中国网络文学形成超大规模生产，2014年后其海外传播驶入快车道，2015年后则走向"大IP产业化与'文''艺'交融生产"新发展阶段。这些无不是大资本推动网络文学平台创造性地发明了VIP付费阅读模式，促使网络文学生产力有效整合，发挥网络跨国界传播优势，实现数字媒介破壁互融的效力所带来的。

上述革命性变革很大程度上是借助资本市场的力量才得以最终完成的，但资本的本性是逐利，其扶植网络文学平台扩张，推动网络文学规模化和产业化发展的最终目的是为了获取商业利润，因此，我们须从商业法则和市场规律方面着眼才能深刻理解网络文学平台的实质。就一般的经济活动而言，信息不对称是交易行为发生的前提。交易发生之前，卖家占有产品质量、成本、供给等基本信息；买家则占有需求、偏好、效用信息。因双方互不了解，给信息不对称的双方提供信息服务的交易平台就应运而生了。交易平台的本职是以各种手段客观地为买卖双方展现对方不了解的信息即提供撮合性信息服务，达成交易行为，并以"媒介商"身份在其中赚取撮合服务费和适当利润。在印刷文化时代，文艺领域的"媒介商"代表形式即报刊社、书店等，其复杂形式中还可能包括经纪人等环节。进入数字新媒介时代,文艺"媒介商"的主导形式变成了经营网站和移动终端的第三方应用程序(App)等网络公司(当然也有非营利的社交性平台和服务性、公益性平台)。无论印刷性的还是数字性的文艺"媒介商",其本职在于为供应方(创作者/生产者)和需求方(欣赏者/消费者)提供作品发表和阅读空间,促使文学艺术作品成为双方各取所需的商品。

然而,当大资本进入之后,作为一般"媒介商"的文艺平台的经营内容和平台性质便发生了重大改变。这种情况在20世纪90年代中国的印刷媒介产业领域就已经开始出现,而进入数字媒介时代则走向了某种程度的异化。具体表现为,在资本的支持下平台不断出位,超出了"媒介商"为供需双方提供信息服务的经营范围,而向生产端和消费端扩张,最终将生产者的生产行为、消费者的消费行为统统纳入其所从事的传播行为之中。平台"'弯曲'了原本垂直的价值链条",[1]将原来传统直线型价值收束于一个圆形空间,把生产、传播、消费各个环节都整合进平台商业运营体系,特别是通过不断整合和扩大规模,将"网络效应"(用户不断增加形成的滚雪球式价值激增效果)竭尽可能地占为己有,甚至以垄断方式获取超额利润。"平台正在吞食整个世界!"[2] 一方面,网络文学平台吞噬了既连为一体又相互独立的创作、传播、接受(包括再创作)等文学活动过程的各个环节。据权威统计,到2020年,中国500多家网站聚集了超千万的网络文学作者,其中签约作者100多万人;[3] 而数以亿计的读者通过向平台付费进行网络文学有偿消费,平台又通过悬赏、推荐、月票、打赏、分享等机制实现以读者制约作者,并将作者群体牢牢捆绑在自身平台上。另一方面,平台也以商业法则吞噬了艺术性、审美理想、超越精神、终极关怀等文学艺术价值。当然,这些价值追求并不是完全消失了,而是往往被作为装点,用来掩盖资本的逐利面目。这是网络文学平台典型的异化表现。

---

[1] 陈威如、余卓轩:《平台战略》,北京:中信出版社,2013年,第17页。
[2] 杰奥夫雷·G.帕克等:《平台革命:改变世界的商业模式》,志鹏译,北京:机械工业出版社,2017年,第63页。
[3] 《2020中国网络文学蓝皮书》,http://www.chinawriter.com.cn/n1/2021/0602/c404023-32119854.html。

中国网络文学理论评论年选（2021）

在利润为王的商业法则面前，为数甚众的作者、编辑等网络文学从业者，以及具有"玩工"（Playbour）①性质的读者群体实际上沦为为平台赚钱的"数字劳工"（Digital Labor）。数字劳工"是适应数字媒体（机构）存在、使用和应用所需的集体劳动力的一部分，他们不仅受到数字资本的剥削，同时还受到其他资本形式的剥削"。② 正因如此，大型网络文学平台中也形成了数字劳工之间的残酷竞争环境，批评界常常使用"金字塔型"生存结构来形容这一环境。处于"金字塔型"顶端的是极少数年收入可观的"大神"作者们；处于底层的是勉强可以糊口甚至没有任何收益的绝大多数一般作者。而真正的文学创作需要精神、信仰的涵养，需要大爱的滋润，需要真善美等观念的熏陶，如果网络文学平台给作者提供的只是丛林环境，那么认为惨烈竞争可以把"大神"锻造为"大师"的说法，是否值得怀疑？网络文学平台中编辑群体肩负着文学质量"把关"的任务，肩负着文学价值二度创造的使命，但当他们对作品的挑选、对作者的培训、对读者的引导成为垄断性商业运营的一个环节时，当他们把艺术技巧、审美趣味等尺度变成获取市场份额、点击率的装点时，真正的文学质量"把关"是否已被阉割？真正的文学价值二度创造还能否实现？

也正是在商业的法则作用和利润驱使下，平台与平台之间的竞争也日趋白热化，甚至向恶性方向发展，如爱优腾（爱奇艺、优酷、腾讯的合称）等长视频平台与字节跳动等短视频平台之间的"口水仗"。③ 相对而言，网络文学平台之间似乎平静得多，这其中当然有阅文集团一支独大并对其他平台具有压倒性优势的原因。但这种压倒性优势也在一定程度上催生了"阅文合同"事件等，暴露了平台经年发展留下的顽疾。此事件既可以视为数字劳工反抗数字资本压迫的一次

---

① Julian Kücklich 把数字游戏产业中的玩家称为"玩工"，参见：Julian Kücklich, Precarious Playbour: Modders and the Digital Games Industry, *Fibreculture Journal*, 2005, no.5。笔者认为，被异化的网络文学平台控制的中国网络文学读者也有类似性质。

② Christian Fuchs, *Digital Labor and Karl Marx*, New York: Routledge, 2014, p.4.

③ 《爱优腾"舌战"字节跳动背后 长短视频"流量之争"》，http://www.chinanews.com/cj/2021/06-09/9495519.shtml.

冲突，也是破坏网络文学生态环境带来的恶果。而这一切都会钳制中国网络文学的健康发展。

面对这种情况，我们须探索回归文学媒介本性的网络文学平台发展道路，须思考为什么今天互联网已经步入了 web3.0 时代的门槛，中国的网络文学平台还在以 web1.0 时代的门户网站为主体，为什么 web2.0 时代的交互性和"用户生成内容"（UGC）功能在中国网络文学平台上没有得到很好的利用，是什么阻碍了中国网络文学平台的迭代革命等问题。在已经到来的 web3.0 时代，探索如何建构更彻底的"去中心化"的，绕过大资本控制和垄断化商业模式、回归交流本性和中介者角色的 web3.0 网络文学平台，是我们需要认真研讨的课题。

三、钳制二：网络文学制度不健全

文学制度"一方面是文学自身所具有的内在规定性，或者说，这一规约决定了对象在多大程度上具有文学性，是否是文学作品；另一方面是不同时代意识形态对文学直接或间接的影响与需求"。[①] 也就是说，文学制度是从内外两个方面建立起来的。从内部来讲，文学制度的功能表现在文学发展积累出的自身价值标准规定着文学发展的方向和对文学作品的评价；从外部来讲，文学制度的功能表现在不同时代的意识形态、文艺政策、文艺组织、文艺监管等对文学的规约、引导和影响。中国网络文学在兴起之初主要表现为对传统文学内部规约的反动及与之相互磨合。而当网络文学进入商业化发展阶段，文学制度中的外部规约越来越凸现出来，如来自国家文化部门的监管、引导，包括成立各级网络作家协会组织，开展各类网络文学作者培训，设立网络文学写作项目和评奖，实行网络文学作者专业技术资格认定政策等，总体上都对中国网络文学的健康发展起到了积极的推动作用。

然而，随着网络文学外部制度介入的加深，矫枉过正的情形时有

---

① 孟繁华：《文学制度与大众文学生产》，陈晓明主编：《现代性与中国当代文学转型》，昆明：云南人民出版社，2003年，第128页。

发生。国家相关部门推行网络文学监管制度,通过"净网行动"等一系列举措,严厉打击色情、暴力等写作行为,净化了网络文学环境,这是非常值得肯定的。但具体机构在执行时,经常教条化地理解,简单粗暴地实施,往往以一刀切代替了专业化的文学治理。如有些网站为避免"尺度"超限被处罚,甚至要求作品中不能出现"脖子以下的亲热描写";有些平台公司则采用"敏感词"机检过滤手段,凡出现柔软、丰满、光滑、爱抚、敏感、性感、胸部、同居、合租、抚摸、裸露、花园等所谓"敏感词"的作品,都无法在其网站上正常发布。这种做法对治理"网络黄色文学"起到了较好的效果,但这种机械的做法也在一定程度上违背了文学发展规律。首先,上述"敏感词"中的多数词语本义都与性活动无关,使用这些词的文本很多并没有涉及性描写,而往往是对常态生活场景的展现,禁止使用这些词语,等于将文学阻断于生活有机联系之外,等于挖掉了作为艺术逻辑之基础的生活逻辑和作为艺术真实之基础的生活真实。其次,上述有些"敏感词"本义确实与性器官、性活动有关,但文学是语言的艺术,文学的魅力之一恰是其具有含混、模糊、蕴藉等特点,这些"敏感词"的文学魅力并不在性的本义所指层面,而在于其比拟、隐喻和象征等的二级所指上。对于一些优秀的网络文学作品而言,使用这些"敏感词"描写常常是从文学内部审美逻辑需要出发的艺术创造行为,有时这样的描写恰是一种反讽和审美批判,而非为性而性的大肆渲染。甚至更胜一筹的作品常常可以营造出一级所指、二级所指甚至三级所指等往复综合而形成的审美想象空间,这已经远远超出了单纯的性描写范围,而成为包含多维的复义性存在。再次,以形象化、细腻性、可想象性的语言符号,展现文学的间接性、复义性魅力,本是文学抵抗影音、全息虚拟等直接性表意符号侵略和挤压的一种方式,不加辨别地禁止使用某些"敏感"语词,一定程度上人为地削减了网络文学的文学性,也变相助推了影音、全息虚拟文化形式对文学的挤压。

有导向性地设立网络文学写作项目和评奖,其初衷是鼓励网络文学作者创作出精品,或在某一题材(如现实题材、重大历史题材等)写作上形成突破。在这种刺激和鼓励机制下,网络文学写作也一度出现了少数优秀作品,但总体效果却难以令人满意。最突出的问题是出现了大量应景的"项目式作品"和"评奖式作品"。"在这几年的网络文学征文活动中,有一些'冲奖文'主题先行,拼凑成文,堆砌空话套话,缺乏对现实的深入接触与深刻理解。"① 即一些作者对标项目、评奖要求,为项目而项目,为评奖而评奖,失去了文学创作的初心和为艺术的宗旨,粗制滥造,作品中充斥着概念化立意、图解式人物,缺乏符合历史常识和艺术真实的叙述。一个时期以来各级网络文学组织、机构如火如荼地开展了网络文学作者培训,这对提高网络文学作者写作素养和水平是极为重要的举措,但现实中培训机制、培训内容、师资队伍建设都不够完善。有些地方组织对网络文学规律和特殊性缺乏研究,眉毛胡子一把抓,完全以传统印刷文学时代的创作理念、文学观念、评价标准为指导,向学员灌输授课内容,不仅达不到提升学员网络文学创作水平的目的,反而对网络文学创新形成了一定程度的误导。

四、钳制三:精英批评话语错位

文学批评具有和文学创作一样古老的历史。不过,在口传文学、书写文学的时代,文学批评对文学发展的影响并不显著。20世纪开始,西方的专业化文学批评(相对之前构成哲学、社会学等一部分的文学批评)兴起,并使20世纪成为"批评的世纪"。中国传统文学批评于清末民初伴随着书写文学范式的结束而走向了终结。中国现代文学批评与五四新文学一起诞生,它们同属于印刷文化知识型的内在构成部分,引进了西方专业化批评体制,并以高校、科研院所为主要载体,形成了规模宏大的学院派批评。在学院派批评中,存在着一支精英批评。学院派批评不等同于精英批评,它们是包含与被包含的关系。学院派批评强调的是学科化、学术化,其中包括科学主义和人文主义两大走向。中国当代文学批评中的精英批评则首先是指学院派中

---

① 黄发有:《现实题材成为网络文学新亮点》,http://media.people.com.cn/n1/2019/0419/c14677-31038056.html。

的人文主义倾向的批评话语，其次则是学院体制外的，如纯文学作家群体中的一部分作家批评、一部分文学期刊领域的编者批评和非专业化的读者批评等。无论来自哪个群体，他们所操持的主要是来自西方的现代性话语，亦即印刷文化知识型中的思想观念、学术传统和价值标准，特别突出主体理性、自由意志、人文关怀、终极价值等审美现代性话语。在中国现当代文学发展历程中，批评和创作常常被称为文学的"车之两轮，鸟之两翼"，批评的地位和作用可见一斑——这里的文学即指印刷文学，特别是印刷时代的"纯文学"（相对于印刷时代的通俗文学或大众文学）；这里的批评主要指学院派批评，而其中的精英批评往往冲锋在前。

中国当代文学批评遭遇网络文学后，首先表现出的是整体性的不适应，对网络文学普遍表现出漠视甚至盲视。而当网络文学逐渐发展壮大、不断涌向文学场的中心，当代文学批评才不得不做出回应，于是从学院派批评内部逐渐分化出一支网络文学批评队伍。相关的网络文学批评者将网络文学作为主要的批评和研究对象，虽然他们彼此间也存在着一些差异，但总体上通过他们的批评实践大致形成了一套以网络文学为本位的批评话语和批评模式。另一类网络文学批评者是以传统印刷文学为批评对象的精英批评家，他们无法摆脱印刷文化知识背景，常常以审美现代性话语为武器开展网络文学批评。笔者将这类批评和一部分纯文学作家、纯文学期刊编辑等对网络文学展开的批评称为"错位的网络文学批评"。当然，在中国当代文学批评特别是学院派批评中，大多数批评家并没有介入网络文学的批评活动，而是处在旁观者位置上，但是他们中的多数在当代印刷文学批评及学术研讨等活动中所持的立场、观点仍具有明显的"错位的网络文学批评"倾向。当前，精英批评对网络文学发展的钳制主要表现在如下几个方面：

第一，表现在文学观念上。文学观念即关于文学的基本看法和理解，是文学批评实践所秉持的基本理念和思想，它并不直接显在地发挥作用，却在深层上制约着文学批评的立场、观点、判断、模式等。20世纪前，尽管中西方不同文学理论与批评流派的文学观念不尽相同，但大都认定有一个本质性的文学观念的存在。20世纪后在反本质主义思潮的不断反思、批评下，学界逐渐放弃了对超历史、超语境的绝对的文学本质和亘古不变的文学观念的坚持，越来越倾向于从具体历史文化语境出发理解文学。在今天的中国当代文学批评和理论研究中，很多批评家和学者仍很难摆脱书写—印刷文化知识型和印刷文学研究范式根深蒂固的影响，固守着文学是作为主体的人对世界的再现，是对心灵的表现、再创造，是人创造的文本结构等人本主义文学观，而认为数字技术、网络媒介等只是工具，它们与传统时代的笔墨纸砚、手工和机械印刷一样并不能带来文学意义的变化。一些极端的观点甚至认为：文学上不上网都是一样的，所谓网络文学根本就不存在；而网络写作、发布的低门槛，带来的是文字垃圾泛滥，破坏了文学生态，更谈不上发展文学。尽管近年来这种文学观念已经遭到了批判，但至今仍然具有一定的市场和影响力，也从观念上对中国网络文学的发展形成钳制。

第二，表现在评价标准上。批评者持有的文学观念在具体批评实践中会落实到评价标准上，从而形成对作品的基本判断、评价。不同文学观念指导下的文学批评和理论研究流派会形成不同的文学评价标准。再现论常常以作品对世界再现得如何、是否达到了某种真实为评价标准；表现论常常以作品对心灵表现得如何，是否充分表现了"灵魂的深度"、情感的充沛、想象的丰富等为评价标准；接受论常常以作品中的空白和再创造空间被读者填充得如何，或是否生成了具有审美价值的"第二文本"为评价标准；文本论常常以文本自足体的语言、结构、叙事等的精致程度为评价标准。而这几种文学观及批评标准最终都聚焦到创作主体和接受主体的创造和再创造能力上（文本论最终也指向创作主体）。当前，精英批评家们基本上在使用这样的评价标准来评估网络文学。需要承认的是，由于网络文学并未超出人类文学（相对于人工智能文学和后人类文学等超人类文学）范围，这种做法在总体上是不错的。但若将上述精英批评话语作为唯一标准，而看不到网络文学是数字媒介语域下作者、文本、读者、世界等多要素构成的整体性意义生产这一事实，便不能对网络文学做出客观评估，同时也必然因不合理的判断而伤害网络文学的成长。

第三，表现在文学价值评判上。传统文学批评对文学价值的认定主要限于精神文化层面，常常将其规定为认识价值、教育价值、审美价值等。而在精英批评那里，文学最突出和独特的价值主要被规定为想象、自由、超越、理想、人文关怀、终极追问等精神满足与情感体验。当然，这些审美现代性和人文主义的价值适合于任何人类文学，网络文学也不例外。问题是，除了这些相对宏观、普遍、高蹈的精神价值外，网络文学还有更具体的超出精神文化范畴的其他价值。比如，在日常生活审美化和技术文化纵深发展的时代，精英文艺日益边缘化，影音娱乐和无脑傻乐的消费文化大行其道，而网络文学仍坚持着以语言文字形式表情达意，同时也不再板着脸孔高高在上地说教，追求以有趣、神奇、"爽"的方式讲故事。有些类型小说立足中国文化资源讲述中国故事，并在海外获得了较大反响。如此，网络文学一定程度上填补了精英文学和无脑傻乐消费文化之间的空缺。这都是网络文学相对独特的价值。此外，上文已经分析了资本运作给网络文学平台带来的异化问题，这不等于说网络文学产业化就失去了合法性，而恰恰是网络文学重新界定了文学的产业价值，特别是在探索艺术和商业如何结合上具有重要价值。从威廉斯的文化唯物主义的角度来说，网络文学打破了物质/精神、基础/上层建筑之间的界限，展现出了其作为生活方式的宏观上的大文化价值。当精英批评家仍然以传统文学价值观来认定网络文学时，难免产生失误，并将这些误判传导给他们所身处的文学界，从而间接制约网络文学的发展。

第四，表现在文学史地位上。笔者认为，中国网络文学构成中国当代文学的有机组成部分，甚至将成为数字文化时代中国当代文学的中坚力量。但因为上述文学观念的守旧、评价标准的缺陷、价值判断的失误，精英批评难以正视和接纳网络文学。而精英批评另一端正连接着文学史写作。文学史写作所使用的文学观念、选择标准和价值确认，往往与同一范式中的文学批评相类、相似或相同。换言之，中国当代文学史写作很难给网络文学留有位置。事实上也如此，网络文学在中国已有近30年的发展历史，但除了专门的网络文学研究外，我们很少看到主流文学史写作中有网络文学的踪影。这对网络文学的长远发展自然会带来一定程度的制约。

（原载于《探索与争鸣》2021年第10期）

中国网络文学"先锋性"问题新论
——"关键词"或"新概念"生成

◎闫海田

中国网络文学是中国当代文学"最早""全面"触及 21 世纪现实"整体性、结构性"改变[①]的先锋。中国网络文学的先锋性，主要表现在相比于传统文学，它更早对 21 世纪的现实本质——虚拟现实——进行了"整体性"与"结构性"的呈现。中国网络文学的这种在单独类型上的通俗性与在整体上的先锋性特征，也决定了中国网络文学批评必须改变原本通行的通俗文学研究模式，而要全面凸显与提出中国网络文学研究的"先锋性"这一取向。

无疑，对中国网络文学的先锋性指认，将会成为中国当代文学研究的一个全新走向，可能引发中国网络文学根本性质判断的大讨论。而最终，对中国网络文学先锋性的指认，则需要提出与确立一组能真正呈现与彰显中国网络文学基本属性的全新批评概念与"核心关键词"。但从当下网络文学研究的实际情形来看，这样有效的网络文学批评概念尚没有形成。比如，"设定""换地图""金手指"等网络文学术语，虽然隐藏着巨大的理论新生空间，但也只在一般意义上被混乱地使用，而深度的理论提纯与概念阐释层面的研究还远未充分展开。

---

① 吴俊认为："科幻的勃兴，可以看作是中国文学中所谓现实概念意义变化的一种折射。从二次元到外星球、异文明、多维世界，都已经成为真实的存在，我们全部的幻想已经成为我们的现实。现实正在发生整体性、结构性的改变。"见吴俊：《当幻想与现实已模糊了边界，如何在文学中生成有意义的"新人"形象?》，《文学报》2020 年 1 月 2 日。

当前处于21世纪20年代，现在的现实确实已经发生了"整体性、结构性"的改变。此时，提出切合网络时代而又具有高度概括性和理论性的网络文学批评概念，既十分迫切，也至为重要。

一、"网络文学批评关键词"的生成路径及可能

近年来，"建构网络文学评价体系"的设想，始终是网络文学研究界的热门话题之一。① 仅从表面上即能看出这一研究构想的现实价值与学术史价值，但从解决这一问题的各种研究实绩来看，绝大多数只停留在宏观层面，主要是从网络文学与传统文学间的差异性上寻找突破口，而落实到具体可操作层面的研究则凤毛麟角。② 尤其是从网络文学批评实践的层面来看，这些宏观的思考，还只是在大方向上提供了某种可能与方向。不过，这种宏观层面的"思想性、艺术性、可读性、网络性、商业性和影响力"的所谓"力的多边形"③ 的新标准的提出，在网络文学批评与研究的具体实践层面，还需要进一步探索可直接使用的工具与方法，这是当下网络文学研究必须解决的问题。

---

① 围绕这一问题，有国家社会科学基金重大招标项目"我国网络文学评价体系的理论与实践研究"（2016年中南大学欧阳友权主持）、国家社会科学基金重点项目"网络文艺发展研究"（2016年山东大学谭好哲主持）获准立项；专著有张立的《网络文学发展现状及其评价体系研究》（2016），庄庸、王秀庭的《网络文学评论评价体系构建：从顶层设计到基层创新》（2017）等相继出版。对此较为详尽的资料梳理，见欧阳友权、贺予飞：《网络文学研究的几个学术热点》，《文艺理论与批评》2019年第3期。

② 如单小曦提出的"媒介存在论"，虽然也试图在具体层面建构网络文学批评的"新标准"，并努力将其标准进行理论化，但这种尝试也往往因过于主观的表述，而使这些"理论"与"假说"并不具备学界公认的"客观描述性"，因而也只能成为比较新锐的"一家之说"。见单小曦：《网络文学评价标准问题反思及新探》，《文学评论》2017年第2期。

③ 欧阳友权认为，评价网络文学不能没有"文学"尺度，也不可忽视"网络"本体，其评价标准的要素结构应该是由思想性、艺术性、可读性、网络性、商业性和影响力诸要素构成的"力的多边形"，正所谓"一代有一代之文学"。见欧阳友权：《建立网络文学评价标准的必要与可能》，《学术研究》2019年第4期。

纵观近年网络文学研究的现状，倒是某些具有开拓性的具体研究，成为解决这一问题的突破口。

2018年，北京大学邵燕君团队编撰的《破壁书：网络文化关键词》（以下简称《破壁书》）①出版，为解决这一问题作出了具有建设性意义的尝试。该书的体例与内容显示出该团队非常明显的网络文学研究路径，即建构网络文学评价体系，首先要建立一套网络文学批评与研究的术语。"破壁书"之名，也意味着在网络文学研究与传统学术界之间进行对接的努力与尝试。从编排体例来看，《破壁书》是以"关键词"的形式来勾勒网络文化的基本面貌，可以将它看成一本辞典，但其中不同的网络文化概念之间又互有联系。但在网络文化（包括网络文学）研究领域，此前并没有一本"关键词"索引式的著作。因此，《破壁书》的编撰难度更大，其成书后在学科中开宗明义的意义也更大。

但上引观点，显然混淆了"网络词汇"与"网络文化概念"之间的界限。从《破壁书》所选的245个"网络文化核心关键词"来看，其中有一大部分甚至并不能被视为是"网络术语"，而仅是网络流行词。②事实上，从"网络词汇"到"网络术语"，再到"核心关键词"，最后成为"网络文化批评概念"，这中间还存在一定的距离。因此，关于《破壁书》的豆瓣书评中也出现了"二次元文化词典，书的目录本身比内容有价值"等负面评价。这既显示出网络用户对该书体例与内容的"苛求"，也暴露出《破壁书》在网络文化的快速流变中或也无法逃脱与《网络文学关键词100》③一样在仅过去几年即已"不再关键"的尴尬命运。

过往研究的具体实践证明，"网络文学批评关键词"的生成，必须要经过"历史化""再历史化"与"不断历史化"的反复检验。而

---

① 邵燕君主编：《破壁书：网络文化关键词》，北京，生活·读书·新知三联书店，2018年。
② 如粉（粉/黑/路人）、应援（应援/打call）、围观（围观/吃瓜/打酱油）、节操/人品（人品/RP）、污、颜值、网红、小鲜肉、直男癌等词条。
③ 禹建湘、欧阳友权：《网络文学关键词100》，北京，中央编译出版社，2014年。

这一"历史化"环节,也只是"网络文学批评关键词"生成的前提。那些所谓的"关键词",在经历"历史化"淘洗的同时,还必须有概念化与理论化的建构,只有被不断概念化与理论化裹挟运动的"关键词",才可能成为具有穿透文学史时间长度的"核心关键词"。

当然,在网络文化空间之中,不断产生又不断消亡的"网络词汇"的"历史化",本是一切语言演化的常态。因此,从一般的"网络词汇"到"网络文学术语",再到"网络文学术语"的"历史化"筛选,继而再升格成为"网络文学批评关键词",最后完成"网络文学批评关键词"的"概念化"与"理论化"。显然,这最后环节的"概念化"即是理论创造的过程,是最为关键与重要的质变。而这至为关键的一步,若从具体可操作层面来看,即是对那些经过"历史化"的"关键词"进行"再历史化"还原,或者是一种重返,重返到其产生的网络文学与文化现场,再经过严谨的学术化阐释,重新框定其哲学范畴与美学内涵,使其完成从一般"网络词汇"到"学术概念"的最后嬗变。从实际完成的情形看,《破壁书》所实现的目标或许仅触及了"网络词汇"的"历史化"这一初始环节。

而从世界文学发展史的规律来看,某一时代最后能留下的有效文学概念,似乎也就只有那么几个"关键词"。17世纪的"古典主义",18世纪的"浪漫主义",19世纪的"现实主义",20世纪的"现代主义",基本上都具有几乎能概括一个世纪文学特质的高度抽象性特征。以此观之,当下通行的网络文学批评关键词研究模式,即仅重视"关键词"在数量上的穷尽式词条收录,而不注重如何对这些数量巨大的"关键词"进行"历史化"与"再历史化"的减法式研究,这恰恰是一种违背"关键词"生成规律的研究倾向。因此,这也注定此类研究终无法摆脱"关键词"往往并不关键的尴尬处境。显然,"历史化""再历史化"与"不断历史化",这样不断自我否定而又不断推进式的研究,正是解决这一问题的最好途径。以《网络文学关键词100》与《破壁书》为例,不管是100个还是245个,这样的数量对于"关键词"来说,都实在是数量过大,因而要在"历史化"之中不断进行删减。虽然,"历史化"永远都在时刻进行,而我们也无法精准预测"历史化"的真正结果,但按照大概率推测,那些处于当下最核心,且在我们可以看到的历史时间中已初步显示出某种经典性品质的"关键词",却也不是太多。而我们的工作重心,首先便是提出与确立一个具备甄别与筛选功能的遴选标准,然后再以之为大方向,从中国网络文学创作与批评实践之中,甄选出最为核心(至少在当下被认为是核心)的"关键词",并以之为对象进行深度的"历史化"与"理论化"建构。①

二、先锋性指认与"网络文学批评关键词"遴选标准

对于"先锋性"这一"关键词"的使用,一般很少出现在以往的网络文学研究语境中,网络文学几乎始终被定义为通俗文学。但随着网络文学的"历史化"与"经典化"进程的启动,仅仅定位于通俗文学的价值评判已无法满足网络文学对"经典化"诉求的自我期待。无疑,中国网络文学的先锋性指认,将会成为中国网络文学研究的一个全新走向,也必将引发中国网络文学根本性质判断的大讨论。中国网络文学的先锋性,主要表现在相比于当代传统文学,它更加敏锐地最先触及了21世纪的"时代本质"与"现实本质",即它更早对21世纪的现实本质"虚拟现实"与"虚拟实践"进行了"整体性"与"结构性"的呈现。可以认为,对21世纪现实"整体性、结构性"的改变,最早作出整体而全面反应的,并不是精英作家群体,这一点与20世纪80年代先锋文学的出现恰恰相反,而是由一向被归入通俗文学类型的网络文学全面实现的。

与20世纪相比,21世纪的现实确实已在根本层面发生了"整体性、结构性"的改变。理论层面,随着广义相对论逐渐被证实,引力波与时空的引力场本质、黑洞事件视界内部的绝对不可知、暗物质与

---

① 事实上,已有研究者对此问题进行过理论层面的思考,如单小曦曾指出:"建构网络文学评价标准还需采用历史性、语境化原则。历史性、语境化原则要求把文学、文学批评和评价标准看成一定历史、语境中的具体存在。"但他并没有沿着这一路径继续展开在具体实践层面的研究。见单小曦:《网络文学评价标准问题反思及新探》,《文学评论》2017年第2期。

量子场论的神秘莫测、宇宙奇点与平行宇宙，这些原本科幻意义上的幻想正在成为新的客观性现实；技术层面，"虚拟现实"（VR）与"增强现实"（AR）技术对现实性感受的无限逼近，则使"虚拟实践"与"真实实践"间的界限变得模糊。"虚拟现实"以及"物理实体"和"数字对象"共存的"混合现实"的出现，使现实中不可能发生或违背因果律的事件，或可在某种"虚拟情境"中"真实"发生。

显然，对这一新变的文学表达与呈现，最早即发生在与"虚拟技术"密切相关的网络文学层面。可以说，网络文学与网络"虚拟技术"的天然关联，直接造成了网络文学的先锋特质，它比传统文学更早产生了表现21世纪"虚拟现实"的集体无意识。这一点鲜明地表现在，即使在那些往往被归类进最低层级的网络文学作者之中（不可否认，各大文学类网站、社交平台上数量最为庞大的类型文作者也往往是当代文学参与者中文学素养最为有限的群体），却也以一种集体无意识的形式，显示出他们对21世纪"虚拟现实"的整体表现。遍观当下诸种网络类型小说，几乎无一例外均无法摆脱"世界设定""打怪升级换地图""金手指"等源自游戏、动漫的二次元文化想象与经验。甚至可以说，在中国网络文学的整体格局之中，二次元已经成为一种新的世界观，通过它，中国网络文学打开了通往无限平行世界与无限次元世界的"异界"之门。广义的二次元叙事正以动画、漫画为实物，将人类的生命体验引向虚拟世界与虚拟实践的"新现实性"之中。而从本质上看，二次元文化确实与21世纪"虚拟现实"这一"新现实性"有最为接近的品质：二次元世界的二维性对应的正是由比特的0与1构造出的"赛博空间"之连接实物与抽象的二象性。

这种变化在中国网络文学的整体上呈现出一种表面上的"虚拟性""玄幻性"特征，而被误认为是远离现实的一种文学形态。本质上，这正是中国网络文学对"新现实性"所做出的一种超前的先锋性反应。但另一方面，中国网络文学的"新媒介性"研究却一直处于显学位置，而这对网络文学的先锋性问题无疑已形成遮蔽。《数字媒介下的文艺转型》《中国当代文学传媒研究》《媒介与文学：媒介文艺学引论》《以媒介变革为契机的"爱欲生产力"的解放——对中国网络文学发展动因的再认识》等研究著述，①始终将"新媒介性"作为对中国网络文学的基本判断。"新媒介论"对凸显从传统文学到网络文学的"工具性"变革具有积极的意义，但也对中国网络文学最早全面触及现实的"整体性、结构性"变化这一更本质的先锋属性造成了遮蔽。②显然，"新现实性"指认问题③的提出，才使这一本质问题的全面彰显成为可能。

　　比较而言，如果单纯从是否做到对21世纪"现实本质"进行有效呈现的角度，在传统中国当代文学身上，我们确实还没有看到如20世纪"现代主义""后现代主义"那样能高度呈现21世纪"新现实性"的文学特质。但在中国网络文学的身上，我们却已经看到了这一端倪，即对21世纪的"虚拟现实"已经开始了"整体性"与"结构性"的呈现。这个"整体性"呈现，主要是指中国网络小说，不管是哪种类型，"重生""穿越""系统流""迪化流""无限流""二次元"等等，均无一例外是以"设定世界"替代"模仿世界"来作为创造新世界的底层逻辑。④而"结构性"呈现，则正是指通过这些还在层出不穷增加着的类型小说，从各个方向、各个维度、各个层面、各个类型，几乎是同时，进行着一场数量十分巨大的集体无意识叙事行为。

---

① 欧阳友权：《数字媒介下的文艺转型》，北京：中国社会科学出版社，2011年；黄发有：《中国当代文学传媒研究》，北京：人民文学出版社，2014年；单小曦：《媒介与文学：媒介文艺学引论》，北京：商务印书馆，2015年；邵燕君：《以媒介变革为契机的"爱欲生产力"的解放——对中国网络文学发展动因的再认识》，《文艺研究》2020年第10期。

② "新媒体勃兴导致的文学形态变化，可以说蕴育着'新问题'，也可以说包含'老问题'。说是'新问题'，就是将中国网络文学放置在全球化视野，看新媒介导致文学的感知和评说方式发生的改变。说是包含着'老问题'，就是说要看到，将网络文学放置在纵向的中国当代文学发展当代脉络中来看，其实还是通俗类型文学和精英文学二元化发展问题。"（见房伟：《青年批评家如何应对网络文学？》，《扬子江评论》2018年第2期。）显然，类似的观点与判断，对中国网络文学"新现实性"指认问题，确实造成了遮蔽与误导，其将一个正在凸显出来的重大"先锋性"问题，又重新打回成为一个"通俗文学和精英文学二元化发展"的老问题。

③ 尤其是被视为"非现实题材类型"网络文学的"现实性"问题。

④ 关于这一点，将在文章第三部分深入展开。

中国网络文学的这种整体上的先锋性，使中国网络文学呈现出一种非常奇特的悖论性特征。从单独的个体来看，中国网络小说，尤其是网络类型小说，可能呈现出一种通俗文学特征，甚至与传统当代文学相比，可能表现出一种隔代继承的"落后的、前现代"① 特征。但在整体上，却以一种集体无意识的形式，显示出对 21 世纪"虚拟现实"本质的先锋性呈现。最终，中国网络文学在单独类型上的通俗性与在整体上的先锋性特征，决定了中国网络文学批评必须改变原本一贯通行的通俗文学研究模式，而要全面凸显与提出中国网络文学研究的先锋性取向，要重点彰显中国网络文学是中国当代文学的"最先锋"与"最前驱"的客观本质。那么，能否有效呈现与彰显中国网络文学的先锋性与前驱性特征，事关中国网络文学基本属性判断。无疑，可以将其作为遴选中国网络文学批评"新概念"与"关键词"的主要标准与方向。近年来，"设定""换地图""金手指"这三个"关键词"在网络文学批评与研究的"历史化"淘洗之中逐渐脱颖而出。而随着这一组概念使用频次的增加，其所具备的高度概括 21 世纪网络文学本质属性的理论张力也渐渐显露。若从能否有效彰显中国网络文学区别于传统文学的先锋性这一标准来看，这一组概念将可能成为未来中国网络文学研究的"核心关键词"。

三、"网络文学批评关键词"的历史化与理论化建构

下面，我们以"设定""换地图""金手指"三个"关键词"为个案，按照"历史化"路径进行初步的"概念化"与"理论化"建构尝试，并努力将其融进对中国网络文学先锋性指认问题的考量之中。

近期，网络文学源头问题再成热点，② 一种被广泛接受的观点认

---

① 诸如"仙剑""修真""武侠"等类型文学，仅从内容上看是无法将其与《封神演义》《蜀山剑侠传》那样的传统文学作品相区分的。

② 关于网络文学源头问题的讨论，以欧阳友权的《哪里才是中国网络文学的起点》（《文艺报》2021 年 2 月 26 日）与邵艳君的《再论中国网络文学的源头是金庸客栈——兼应欧阳友权"网生起源说"》（《文艺报》2021 年 5 月 12 日）的论争最具代表性。

为，罗森的《风姿物语》才是中国网络文学的源头，因"《风姿物语》与《蜀山剑侠传》《魔戒》创造世界的手段有大不同，前者在依靠'设定'，而后者仍是'模仿'"。①《风姿物语》之后的网络文学，确实在"写什么"与"怎么写"两个层面，均发生了本质新变。传统文学是"模仿"世界，而后者则是从底层逻辑入手，使用"数学—物理学"的方法去"设定"另外一个世界，并在此基础上推演出另外一种不同于现实世界的生活想象。《风姿物语》的出现使传统文学研究的一个基本命题又重新问题化了：小说究竟应该写什么？《风姿物语》确实在"写什么"的层面，提供了不同于传统文学的一种全新的可能："想象另外一个世界并在此基础上提供另外一种不同于现实世界的生活，以此打动千千万万人。"②虽然说是"想象"另外一个世界，但这个"另外一个世界"却并不是"想象"出来的，而是依赖"设定"推演出来的，是从底层逻辑入手，使用"数学—物理学"的方法去"设定"小说世界的规则，然后再以"逻辑推演"的方式去完善，而并非只通过对现实世界的模仿来"想象"一个虚拟世界。显然，如果能成功完成"设定"这一概念的理论化建构，即可以从根本上解决网络文学与传统文学间是否存在本质差异这一自网络文学诞生以来最常被问到，又似乎始终未能回答清楚的基本问题。而对"网络文学起源"这一涉及网络文学"断代点"的重大问题，也就找到了理论依据。无疑，网络文学批评关键词的遴选标准，即应对准这类能在根本层面呈现网络文学区别于传统文学的先锋性与前驱性品质的重大概念。

从方法论上看，"历史化"是在时间维度上对研究对象的"历史性/当代性"保持一种距离和警觉。因此，"历史化"既要求我们重返到"设定"这一网络文学概念产生的历史过程，又要在这个过程中保持一种能随时抽离的警觉。因此，我们有必要在传统文学中的"模仿"与网络文学时代的"设定"之间寻找其进化的轨迹。试图对"设

---

① 吉云飞：《为什么大神共推〈风姿物语〉为网文开山作》，《文艺报》2020年11月30日。

② 吉云飞：《为什么大神共推〈风姿物语〉为网文开山作》，《文艺报》2020年11月30日。

定"进行初步的历史化梳理,对此学界已有部分洞察力敏锐的研究者先行开展。根据笔者观察,《破壁书》是最早对"设定"词条进行严谨学术定义的:"设定,对应于英语的 setting,是一系列有别于现实世界的艺术元素,大体分为人物设定与世界设定,后者包括地理时空、物理规则、社会政治形态、文化背景等。"①

仅以"人物设定"的历史化生成为例,在本质上"人物"对应的是"实在现实",而"人设"对应的则是"虚拟现实"。"人设/设定"是对人物属性②与世界属性的"因式分解",将一种人物性格与某个次元世界分解出一组更单一的属性,这些单一的属性更适合于进行各种带有游戏与扮演色彩的"反差萌"与"异次元"组合。但《破壁书》中对"世界设定"的定义,显然遮蔽了"世界设定"对传统时空与世界复杂性的分解功能。"世界设定"中的时空元素、社会形态、生存法则都是单一组合式的,既可以拆解,也可以按照游戏规则进行重组。

试图对"人设/设定"进行相对深入的理论化与本土化阐释,并试图将这一概念运用到当下网络文学的具体批评实践的研究范式,开始出现在一些新锐的网络文学研究成果之中。③

按照现实主义的理念,文学人物来源于对现实中的人的反映,而"人设"则是遵从数据库逻辑创造出来的。读者需要掌握将一个人物解码成一组"萌属性"的能力,并且能够将这个人物理解为可以在文本内外自由行走、具有"后设叙事性"的"人设"。"后设叙事性"是东浩纪在讨论日本轻小说时提出的概念,他认为轻小说中的人物与现

---

① 邵燕君主编:《破壁书:网络文化关键词》,北京:生活·读书·新知三联书店,2018年,第375—379页。
② 传统的"人物",在形象上是复杂的,尤其是在那些一流的世界经典文本之中,人物形象的复杂与否,往往是衡量其经典性的重要依据;"人设"则刚好相反,它明显是趋向于某种单一的属性。
③ 如肖映萱的《"嗑CP"、玩设定的女频新时代——2018—2019年中国网络文学女频综述》(2020)、粟葛的《"女装大佬"出圈路:萌要素、梗与性别话语建构——以〈死亡万花筒〉为例》(2020)、白河的《内娱秀粉圈中 ALL 向真人同人的性别与身体政治》(2020)等,均有努力将"设定""梗""CP"等进行理论化的尝试,并试图通过具体的文本案例分析来巩固其理论化成果。

实主义小说的人物不同,现实主义小说模仿的是自然社会中的人,而在轻小说数据库化的写作中,人物则是若干"萌属性"的创造性叠加。① 新近"女装大佬"这一"人设"能够破壁出圈,在网络文学界掀起热潮,显然得益于"人设"可以由各种单一属性进行自由重组的灵感启示。② 而"萌属性的创造性叠加"之所以能够进行,自然源于"数字化虚拟技术"的诞生。

"数字化虚拟技术"使现实之中不可能发生或违背因果律的事件在虚拟世界中得到真实的呈现。这是"人设/设定"语言符号诞生的物质基础。传统文学中的人物诞生于人对"实在现实"的理解与呈现。"实在现实"的本质是人与人、人与世界的直接经验与感受的符号描述,所以人物往往是在写作过程中渐渐形成,也就是性格或形象生成的真实性原则。因此,主题先行式的人物总会遭到诟病。网络小说中的"人设",对应的则是基于"计算机虚拟现实"(VR)和网络技术的快速发展与融合而诞生的"虚拟现实"。"虚拟现实"打破了现实的边界,而将现实经验游戏化,传统世界中的现实经验必然源于真实发生过的事实,但虚拟现实将这一逻辑完全击毁,是现实的游戏化,当虚拟现实大规模地甚至完全与实在现实融合成为不可割离的"存在"之时,"虚拟现实"的主体间性特征将在世界中日益凸显。在已经过去的半个世纪中,"计算机虚拟现实"(VR)和网络技术的快速发展与融合,已经把虚拟社区、虚拟医院、虚拟课堂、虚拟战场等这些人机互动、虚实相生的特殊物质形态带入我们身临其境般可以真实体验的感知世界。现在人类已经可以在许多领域通过"赛博空间"的虚拟实践去操纵现实世界原先的可能或不可能,进而证实可能、变现可能和预演不可能的可能。③

---

① 见肖映萱:《"嗑CP"、玩设定的女频新时代——2018—2019年中国网络文学女频综述》,《文艺理论与批评》2020年第1期。

② "女装"+"大佬"这一颇具颠覆性的反差萌"人设",不仅在网络世界掀起热潮,更由《死亡万花筒》引领而破壁出圈,成为当下网络文学界热议的中心话题之一。

③ 见章铸、吴志坚:《论虚拟实践——对赛博空间主客体关系的哲学探析》,《南京大学学报》(哲学·人文科学·社会科学)2001年第1期。

当下网络小说对"虚拟现实"的"玄幻化""次元化"表现,正是这一特征开始彰显的直接结果。而在"虚拟现实"之中,人物的真实也就成为一个新的问题。人物的真实性必然要求人物要与实在现实经验完全相符。所以,人物必须是清晰可触的,越具有真实感,其生命力也越长久,但"虚拟现实"可以反复发生,正如游戏经验中的多次通关与升级。因此,"人设"的出现,显示出人物真实性的虚拟化,传统文学经验中的人物现在变成了一种"角色设定","角色设定"是"虚拟现实"程序化在文学想象中的反映。因此,"人设"更强调角色性,是一种扮演。随着"人戏"程度的加深,会导致三种效应:其一为迪斯尼乐园效应,即让非自然的人工经验看起来与真的一样;其二为人造鳄鱼效应,即让假的东西看起来比真的还要吸引人;其三为超真实效应,即人们可以超越真实生活的制约,体验他者的肉体和精神的感受。正是这些效应使虚拟生活仍然可能发展出各种暂时性的情感性交融,并使得虚拟生活的式样在短时间和微观层面得到情感性的复制和拓展。①

因此,在谈论当下网络文学各种"人设/设定"的本质时,我们往往更关注小说的程序化生产层面的问题,这是网络小说类型化、程序化、工厂化生产的技术性本质的表现。所以,"人设/设定"也可能是未来"AI"写作最核心的技术指标之一。可以预言与想象,在未来出现超级 AI 之后,只要设定好"人设"与世界的属性,便可以由 AI 按数列排列组合原理来计算出人类无法想象的组合方式。可以说,这样的写作,才是真正的"无限流"。

以论者观察,"换地图"最早以理论的形式得到正式的讨论,是从网络文学作家宅猪在"龙的天空"论坛中分享的创作帖开始。宅猪用"换地图"分析《三国演义》与《水浒传》的得失十分新颖而精彩,认为这两部经典前面好看而后面掉"订阅",主要是因为"换地图"的失败。② 稍后,吉云飞的《为什么大神共推〈风姿物语〉为网文开山作》将"换地图"从网络文学作者间写作经验的一般交流,提

---

① 见段伟文:《网络空间的伦理基础》,中国人民大学博士学位论文,2001年。
② 宅猪:《我是宅猪,我来战斗……错了,我来说一说换地图》,引自 http://www.lkong.net/thread-2068229-1-1.html。

升到对网络文学与传统文学在"怎么写"这一根本问题上已发生本质变化的重大理论问题上。从整个人类文学发展的历史分期与形态上看,"换地图"在网络小说"怎么写"的问题上,为超越传统文学单一世界的规模找到了解决的办法。在结构层面,网络文学中的"大地图"是"世界/宇宙"地图,构成它的每一个"小地图"(一个"平行世界")其实就已经是一部传统纸质长篇小说的容量。"换地图"即通过对一个又一个"平行世界"的"设定""创造"与"勾连",搭建出在辉煌程度上远超传统文学的"世界/宇宙"。

"金手指"原本是电子游戏的作弊程序,亦称"外挂",但其跨过游戏规则而靠系统之外的人为之力强硬改变游戏进程的做法,却对网络文学创作产生了深远的影响。显然,在其对中国当代文学想象力的撬动与艺术真实性规则之间,存在着极其复杂而深刻的理论张力。"金手指"手法已逐渐成为网络文学制造"爽感"最得力的"机制"之一,这也使"金手指"成为网络文学批评与研究中又一个最常使用的"核心关键词"。但《破壁书》将其与"系统"词条并列,一是缩小了这一"关键词"可能具有的内涵,另一方面也遮蔽了其在网络文学批评概念建构上的巨大理论生成空间。而从当下网络文学批评与研究的情形来看,"金手指"概念的使用既相当频繁,又十分混乱,其概念化与理论化迫在眉睫。从现实主义真实性原则到"金手指"手法,这中间的哲学与美学嬗变线索实际隐藏着网络文学区别于传统文学的根本理论问题。在类似的"关键词"之中,的确蕴藏着能深刻呈现中国网络文学新现实性与先锋性特质的理论资源,而亟待学界将其凝练提纯,从而提出具有高度抽象性与超前性的网络文学批评新概念。

四、打破类型边界与网络文学研究新概念的提出

网络文学批评新概念的提出与确立,既要从当下网络文学创作、批评实践既有原生概念的"历史化"筛选与"理论化"提纯入手,也要打破网络文学研究过度依赖网络词汇不断迭代新生的被动局面,最

后才有可能提出具有高度抽象性与超前性的网络文学批评新概念。仅就中国网络文学发展现状而言,要实现这一目标,首先要做到对源自文学网站运营模式而形成的类型边界的打破。

中国网络文学的网站运营模式是一种工厂式运营,主要是出于审核、管理的便利之需。工厂式作业环境的显著标志便是为写手提供了"作者操作系统"。大部分文学网站都提供大致相似的写作操作流程,以起点中文网为例,要在上面写作必须遵照以下程序操作:注册用户—申请作者—建立新作品。新作品必须确定作品性质,起点中文网提供了 3 种性质供作者选择,根据作品的字数又确定了不同的分类标准,50 万字以下有 12 种,50 万字以上的作品分类十分精细,有 50 余种类型。①

在这种工厂式的运营模式之下,网络文学作品就像定制的产品一样从不同的流水线窗口流出,然后被贴上精密分类的标签。但这种产品定制式的类型划分,显然并不适合网络文学批评与研究的开展,尤其是对根本层面问题的研究,往往造成严重的遮蔽。

中国网络文学以类型化为主要创作形态,目前大约有 60 多个大的类型,大致分为玄幻、奇幻、同人、重生、异能等。它们还可以进一步细分为近百种小的类型,比如仅玄幻类一项就可分为东方玄幻、转世重生、魔法校园、王朝争霸、异术超能、远古神话、骇客时空、异世大陆、吸血家族等。② 这种类型划分,一方面方便网站的日常审核与管理,另一方面便于根据大数据分析而对不同读者群进行精准推送。但这两个非文学层面的分类标准,却在现实之中逐渐演变成当下网络文学研究的主要路径与方向。纵观近 20 年网络文学批评与研究的现实情况,根据文学网站既有分类模式而展开研究的文章,占据了网络文学研究的绝大多数。但这种源自文学网站运营模式的类型划分,无形之中在不同网络文学类型之间形成了一道屏障,这无疑对网络文学的深层研究造成了严重的阻碍。其中最突出的是中国网络小说

---

① 见王小英、祝东:《论文学网站对网络文学的制约性影响》,《云南社会科学》2010 年第 1 期。

② 见马季:《网络文学创作与评价的路径选择》,《网络文学评论》2019 年第 6 期。

的题材与内容在单独的类型之中,往往呈现出"落后的""前现代"的特征。但从网络文学的整体来看,这些"落后的""前现代"题材却隐藏着只有进入网络时代才会产生的"虚拟性"与"游戏性"元素,而这些元素恰恰最能代表21世纪"虚拟现实"本质。显然,文学网站的运营模式,尤其是根据题材类型划分边界的"框限",遮蔽了现实新变在题材上产生"边界重构"冲动的诉求。

当下世界,现实正在发生"整体性、结构性"改变,对现实的传统客观性定义已无法概括当今的现实。而"现实性"感受与"现实经验"的突变,必然导致形成于传统文学时代的现实概念的失效。从威廉·吉布森的"赛博空间"到迈克尔·海姆的"虚拟实在",从"二次元""异文明"到"外星球""多维世界",当下网络文学意义上的现实相对于真正的生活现实几乎成为一种不可描述的对象或存在。"虚拟实在""赛博空间"确实让我们感受到存在着这样一类"实体","它的一只脚站在物理器件的真实世界中,另一只脚处于抽象数学的对象世界中"。[①]"虚拟实在"的不断彰显,在哲学、文学与美学的范畴之中,最终必然引发现实题材的"边界困惑"问题。会写诗的"微软小冰",能虚构小说的"人工智能",可以和人结婚的虚拟少女"初音未来",这样的二次元世界算不算当下的一种现实?无疑,虚拟技术的发展,正在使虚拟与真实间的界限变得模糊,虚拟与现实将以你中有我、我中有你的形式结合成无法区分的"混沌体"。[②]这将在更根本的层面影响人们对现实的理解,哪些部分可以被归入所谓的现实已经成为一个不是一眼就能分辨的复杂问题。

[①] 刘丹鹤:《赛博空间与网际互动——从网络技术到人的生活世界》,复旦大学博士学位论文,2004年。

[②] 库兹韦尔预言:"到本世纪30年代,等我们拥有了可直接将图像传至视网膜上的视网膜设备和类似的耳膜设备,以及能激发触觉的其他传感器后,人们不仅能发生远距离的性爱,而且能够改变自己和自己的伴侣。在虚拟现实中,你无需置身于真实的躯壳之中。比如,一对伴侣可以互换身体,从对方的视角来体验这份恋情。你也可以将更理想的自身版本传输给你的爱人,或者她也可以根据她的期望来更改你的样貌。我们已经在某种程度上,将性爱的生物学功能,与其交流的、情欲的和娱乐的功能区分了开来。"引自 https://www.sohu.com/a/278965200_100941。

以上情形表明,现实题材的"边界重构"已成必然,而且会逐渐深入。显然,"现实新变"正在扩大现实题材的边界,以往被归入"二次元""科幻""异世界"的玄幻题材,可能更适合在现实经验之中被思考,方可发现其真正的哲学与美学本质。而在更根本的层面,"现实新变"引发现实题材的"边界重构",也必然导致传统现实主义无法有效呈现与表达新生的现实题材。"无边的现实主义"(罗杰·加洛蒂语)则预示着,只要世界向前发展,现实主义的未来就会出现相应的形式。当下的"重生流""系统流""二次元"等是否可以视为现实主义进入"赛博空间"后具体的网络形式,值得深入讨论。显然,寻找现实主义的网络形式,发展与改造后玄幻时代的现实主义理论,已成为当下网络文学,甚或将来中国当代文学一个长期而持久的任务。

但无疑,若要完成这一重大的学术系统工程,最关键的还是要打破当下网络文学研究的类型划分模式,然后才能打破传统的题材观念,最后才有可能建构出一个能有效呈现与阐释21世纪人类"虚拟实践"特征的新型概念与理论体系。按照这一研究路径,笔者认为,我们需要打破当下"现实题材""系统流""工业党""穿越""重生"等传统网络文学的题材边界,并提出"玄幻现实主义"这一网络文学研究概念。而"玄幻现实主义"这一全新网络文学批评概念的提出,旨在建构一种融"科技精神""游戏经验"与"金手指手法"于一身的"玄幻现实主义"理论,以推进其对此前批判现实主义、社会主义现实主义、魔幻现实主义等传统现实主义边界的突破。

现实题材网络小说虽是中国网络文学诞生之时便已存在的小说类型,① 但作为超越玄幻题材而成为备受关注的新兴题材,却始于2015年前后。② 此后,现实题材热逐年升温,至2019年成为中国网络文学界备受瞩目的热点话题之一。现实主义作为一种文学思潮,从19世

---

① 最早明确提出现实题材网络小说研究的是《新世纪现实题材网络小说的文化分析》一文。见张丽萍:《新世纪现实题材网络小说的文化分析》,《创作与评论》2013年第24期。

② 起点中文网于2015年7月首次发起"网络文学现实题材征文大赛",自此现实题材成为网络文学界备受关注的热点话题之一。

纪末的批判现实主义到20世纪初的社会主义现实主义,再到20世纪50年代风靡世界的魔幻现实主义,得到了广阔的变形与丰富。而笔者以为,中国网络文学近年来有意向现实主义进军,很有可能在世界文学中开创出一种全新的后玄幻时代的现实主义类型——"玄幻现实主义"。其特征为将"穿越""重生"等"金手指"手法作为突破现实主义文学想象边界的强有力工具,将网络文学的"设定""二次元"等"虚拟"与"游戏"精神拽入经典现实主义,使之呈现出一种"后玄幻时代的'现实主义'"①的先锋性特征。例如,近两年影响较大的几部现实题材网络小说,几乎都有这种后玄幻时代现实主义特征。牛筜的《春雷1979》虽然以"90后""佛系"青年韩春雷死后"重生"到1979年的玄幻情节,作为描述中国改革开放40年历史的"金手指",但其写作重心仍放在对轰轰烈烈的中国改革开放伟大历史进程的细节呈现上。齐橙的《大国重工》虽是写国家重大装备办公室战略处处长冯啸辰从2016年"穿越"到了20世纪80年代的故事,但其对中国重工业发展史的熟悉程度,对工业技术所表现出的专业性,以及用无数扎实得接近"精密机器部件组合式"的细节连缀成300余万字的小说,都使"穿越"的荒诞显得微不足道,而呈现出一种严谨而辉煌的史诗品质。还有晨星LL的《学霸的黑科技系统》虽将"黑科技系统"作为撬开当下高校生活全貌展示的"金手指",但其在小说细节设置上的一丝不苟,如将数学史上的难题(如梅森素数分布规律)的证明过程写进小说,则是将逻辑思维与严谨品质引入了文学的虚构与情感世界。这种融"科技精神""金手指""玄幻穿越"于一身的现实主义,确实与此前的现实主义不同,可视为一种当下中国特有的"玄幻现实主义"。或许"玄幻现实主义"的提出并不具备网络文学批评概念生成的典型性,但试图打破并重构当下网络文学类型边界的尝试,或可对网络文学新概念的生成提供某种可能性。

---

① 闫海田:《后玄幻时代的"现实主义"——2018年现实题材网络小说创作综述》,《中国当代文学研究》2019年第2期。

结　语

  从根本上看,网络文学的命名自始至终也并非是一种内容上的命名,而是基于书写形式与传播路径变革的命名。最终,网络文学必然冲破最初仅被视为通俗文学的这一类型化归类,而成为能全面呈现与反映新的世界与新的现实的新型文学形态。因此,不管是近年来的网络文学向现实题材扩张,还是现实主义这一传统题材类型开始"突入"网络文学,都表明当下的网络文学强烈关注现实世界的一种"精英文学"特征的显现。而具有真正先锋性与实验性的网络文学创作实践的出现便是迟早之事。而从世界文学发展意义上看,网络文学批评概念与"关键词"的理论化建构研究,诸如"设定""金手指""换地图""玄幻现实主义"等的提出与确立,皆为当下中国网络文学文本经验的概括与抽象,属于世界独特的文学现象,无可直接借鉴的理论资源。因此,更应强调网络文学的中国经验,力争从中国网络文学的世界特殊性中提出、提纯与确立能有效阐释中国网络文学复杂现象的批评概念与"核心关键词",最终实现世界层面的中国当代文学批评的理论话语建构。

（原载于《当代作家评论》2021年第6期）

走向活文学观：
中国网络文学与次生口语文化

◎黎杨全

目前似乎还没有学者从次生口语文化的角度来阐释中国网络文学，但检视网络文学历史可以发现，中国网络文学产生并发展于次生口语文化语境，在资本推动下，形成了一种大众参与的、现场的、交流中的，亦可称为"社交模式"的文学活动，构成了数字时代的"活文学"。随着社交媒体对日常生活的广泛渗透，这种趋势更加明显，这成为网络文学在世界范围内的特殊性之一。对中国网络文学的探讨，应注意到次生口语文化的深刻影响。

一、次生口语文化与网络文学的生成语境

"次生口语文化"（secondary orality）是媒介理论家沃尔特·翁提出的著名说法，是与"原生口语文化"（primary orality）相对的概念，原生口语文化是不知文字为何物的文化，次生口语文化是电子传媒中衍生出来的新口语文化："有了电话、电视和各种录音设备之后，电子技术又把我们带进了一个'次生口语文化'的时代。"① 在翁看来，两者在参与性、"社群感""专注当下"等方面存在"惊人的相似之处"。翁的讨论限于传统电子媒介语境，在互联网兴起后，次生口

---

① 沃尔特·翁：《口语文化与书面文化：语词的技术化》，何道宽译，北京：北京大学出版社，2008年，第103页。

语文化得到更大发展。国际美学协会前主席穆尔（Jos de Mul）认为，数字时代的次生口语文化远超传统大众传媒："当昂格（即翁——引者注）在1982年出版他的书时，个人电脑仅仅取得初步性的突破。从那时起，互联网上的电子传播形式的发展，显示了昂格所界说的'次生口语的特征'的力量甚至比经典的大众传媒要强大得多。电子邮件、电子新闻群发、聊天室提供了一个令人惊讶的书写和口头交流的混合体。"①我国研究口头文化的知名学者朝戈金有相似看法："我们进入了'次生的口语文化'时代。信息交流还是遵循着口头传统的基本交流规则，只不过不再是面对面交流，而是在网络平台上交流而已。"②被称为"数字时代麦克卢汉"的莱文森在多本专著中阐发了网络交流与口头交流的相通性，网络交流虽是虚拟会话，但相比电视单向的语言，真正重现了口语文化特质，放大了声觉动态属性。③口头传统研究国际学会（ISSOT）发起人弗里，在遗著《口头传统与互联网：思维通道》中，系统探讨了口头传统与互联网的共通性，他对次生口语文化的勃兴充满期待："是否因为有了互联网，我们又回到了一种比默认的书本与页面媒介更基本的表达和交流方式？"④

从现实情况来看，互联网的确促成了次生口语文化的爆发，诞生了无数论坛、聊天室，汇聚了海量人群，创造了比现实社会更大规模、更为频繁的聊天互动，在语言形式（表情包、颜文字），说话场景（现场交流）及文化特质（动态、互动）等方面重建了新的口头文化。随着web2.0的兴起，次生口语文化浪潮更加显著，莱文森将web2.0称为"新新媒介"，新新媒介的固有属性是社交，各种社交软件广泛渗透进日常生活。学者萨克斯（Jonah Sachs）认为，立足于社

---

① 约斯·德·穆尔：《赛博空间的奥德赛：走向虚拟本体论与人类学》，麦永雄译，桂林：广西师范大学出版社，2007年，第226—227页。

② 朝戈金：《口头传统在文明互鉴中的作用》，《中国民族报》2019年5月24日。

③ 莱文森：《数字麦克卢汉》，何道宽译，北京：社会科学文献出版社，2001年，第70—71页。

④ John Miles Foley, *Oral Tradition and the Internet: Pathways of the Mind*, Urbana: University of Illinois Press, 2012, p.181.

交网络,一个"数字口语时代"(The Digitoral Era)已应运而生。①

反观中国的网络文学,其生成并发展于网络次生口语文化之中,商业力量又助推了这种发展,大致可分为web1.0与web2.0两阶段。互联网刚兴起时,论坛、聊天室是当时的绝对主角,逛论坛、聊天室成为网友的业余生活重要内容之一,流行的说法是"逛板"(版),而网络文学就产生于论坛、聊天室的讨论氛围之中,文学与作家的出场方式有了明显变化。谈到中国网络文学,人们常会提到最早走红的《第一次的亲密接触》,从传统标准来看,这部小说其实很普通,但从次生口语文化来理解,会发现它呈现了网络文学源出于次生口语文化的诸多特点。第一,这部小说产生并扩散于BBS,在网友的讨论中经过不断转帖与改写;第二,从题材来看,这部小说是关于网恋的,这种爱情正是通过网聊而产生;第三,小说集中呈现了源自BBS的风趣、大话与简洁的口语化文风。《第一次的亲密接触》的出场方式及其文学特征具有普遍性,当时的网络文学作品基本都是这种论坛式存在,其中尤须提到的是《风中玫瑰》,这部小说在出版时颇有创意地采用了BBS版式,类似于民俗学在文本中重现口头交流特征的"转写",客观上保存了作者与读者交互的聊天现场。除了这种论坛式风格,当时还有大量以聊天室为背景的小说,吴过主编的文集《沉浮聊天室》反映了这种状况。② 一些亲历者也感受到了网络文学属性的变化,参与创办《新语丝》的"笨狸"(张震阳)认为:"网络文化可以说是聊天文化,文章都是口语化,连开放软件也充满了聊天的味道:一样那么自由、开放、容易进入。"而网络文学就是网络聊天的自然转换:"现在有了帖子、网络文学,把水过无痕的聊天固化了下来。就如在聊天的时候录音一样。"③ 次生口语文化让文学写作目的也发生了改变,贺麦晓(Michel Hockx)认为,写手们的兴趣不在于一种纯文本性质的文学,而在于作为聊天交往的文学,这延续了古代中国的

---

① Jonah Sachs, *Winning the Story Wars: Why Those WhoTell-and Live-the Best Stories Will Rule the Future, Boston*, MA: Harvard Business School Publishing, 2012, p.14.

② 参见吴过主编:《沉浮聊天室》,武汉:长江文艺出版社,2000年。

③ 笨狸:《网上聊天:一个危险的游戏》,《Internet信息世界》2000年第2期。

中国网络文学理论评论年选（2021）

文学交往传统。① 这种互动实践与群体讨论在网络文学商业化后进一步发展，相比论坛时代，资本入场引发的重大变革就是读者群的下移，海量的追文族加入了文学讨论之中，每一部小说的社区都形成了虚拟的"说话场"，写手的写作、留言，读者的跟帖，脑补党、合理党的预测与争执，与其他粉丝群的口水战……众声喧哗的说话场在规模上超过了历史上任何时期，也远超之前的论坛时代。

随着 web2.0、智能手机及社交软件的发展，次生口语文化进一步渗透进了日常生活，这对网络文学产生了更显著的影响，具体表现在三方面。第一，网络文学内容整体呈现出明显转向，由传统的玄幻架空、"苦大仇深"转为日常向、欢脱风与吐槽风，字里行间融合了大量的梗与段子。从起点网近几年的新人王作品来看，能够脱颖而出的基本都是此类风格，越靠近当前，这一特征越明显，如 2012 年的《八零后少林方丈》、2013 年的《我的丧尸女友》、2014 年的《重生之神级败家子》、2015 年的《黄金渔场》、2016 年的《美食供应商》，以及这几年以《圣墟》《大王饶命》《全球高武》三杰作为代表的"灵气复苏流"。这种转向与社交媒体带来的弹幕文化、抖机灵、吐槽风紧密相关。第二，网站界面与阅读软件产生了结构性变革，普遍设置"间贴""本章说"或弹幕功能。"间贴""本章说"都是评论，"间贴"最早由"刺猬猫"前身"欢乐书客"设置，后被起点网等借鉴，改称"本章说"。它们实则都由视频网站的弹幕演化而来，跟附于章节之后的传统评论相比，间贴、本章说的重要变化是附于每段之后，嵌于小说内部，由于网络文学段落一般较短，这些弹幕化的评论因之对文本构成了密集嵌入，前所未有地强化了讨论的现场性、实时性。第三，出现了各种类似社交软件的小说类型，如对话体小说、聊天群小说等。对话体小说起源于 2016 年走红的美国阅读类 App "Hooked"，我国已有"快点阅读""快爽"等约 20 款同类产品，呈现方式类似于社交软件聊天界面，点击人物头像会不断弹出聊天消息，以持续对话推进故事情节。聊天群小说与此类似，聊天群成为故事展开的重要道

---

① Michel Hockx, *Internet Literature in China*, New York: Columbia University Press, 2015, p.41.

具,代表作是《修真聊天群》。此外还兴起了名目繁多的论坛体、知乎体、微博体、微信体、推特体、直播体小说。贺麦晓颇为欣赏中国网络文学的交流互动,视其为重要的先锋性,但认为在移动时代,随着作品可直接下载到手机,网络文学阅读逐渐趋同于传统书籍阅读,因此线上互动实践"正在衰落"。① 这一判断明显与事实不符,在社交网络的影响下,线上互动反而更加普遍与日常化了,甚至聊天与社交软件本身也变成了网络文学。

网络文学的这些重要转变,都是为了迎合深受社交媒体影响的"Z世代"("95后""00后")的吐槽欲望与聊天习惯。"快爽"创始人徐媛媛认为:"13—20岁的受众从小成长的过程中就陪伴着互联网,尤其移动互联网发展起来之后,智能手机是不少12岁以上孩子的标配,他们的阅读场景不是读名著,而是与朋友进行QQ聊天,聊天是他们获取信息的方式。"② 密集性地边看故事边聊天成为他们的日常习惯,在起点网,10万以上评论量已成爆款作品的标配。实际上,次生口语文化已内化为"Z世代"的心理结构与感知世界的主要渠道。他们不仅在社交媒体与弹幕讨论中欣赏ACGN③,也通过网络来获取新闻、了解历史、看春晚、看纪录片,呈现的是人类社会正在兴起的新视听方式与"软件结构"。

网络文学这种现场的、群体性的、交流性的次生口语文化,表现了活态文化(living culture)的回归与重建。活态文化是指"在某一特定地域和时期,人们在日常生活中体验和经历的文化。只有充分接触这种文化的人才能真正体会其情感结构"。④ 它具有动态性(活态性)、现场性、日常性、体验性等特点。学者张进认为,当下文化领

---

① Michel Hockx, *Internet Literature in China*, New York: Columbia University Press, 2015, p.192.

② 孙樵:《快点阅读融资500万美元,快爽上线四个月用户超80万,对话体小说是网络文学领域的新赛道吗?》,http://www.3wyu.com/14830.html,2017年9月30日。

③ Animation(动画)、Comic(漫画)、Game(游戏)、Novel(小说)的合并缩写。

④ John Storey, *Cultural Theory and Popular Culture: An Introduction*, New York: Routledge, 2015, p.47.

域正经历着声势浩大的"活态转向",这是继口传的活态文化和文字文本的"去活态化"之后,以电子媒介为主导的"再活态化"过程。①不过严格来说,与单向性、被动性的传统电子媒介相比,网络才是活态文化的典型形式,这集中体现在它带来的次生口语文化之中,持续不断的社交与现场互动造就了一个动态世界。当代文学观念是以静态印刷文本为基础而发展起来的,与当下的活态文化存在矛盾,而中国网络文学为建构数字时代的活文学观奠定了基础。

二、评论的内容化与文学结构形态的变革

次生口语文化充分体现了评论的重要性:"我们正在进入一个评论的时代。"传统评论在空气中荡然无存,现在却在网上自动保存并可视化了。②从媒介经济学来看,大众点评已通过各种商业 App 决定着现代人的衣食住行,"差评"甚至会招致仇恨与报复,评论成为结构社会冲突的力量。从文学层面来看,评论也深刻改变了文学的外延与形态。

评论变成了内容,扩大了文学的外延,成为读者体验不可或缺的部分。早期网络文学的论坛模式已呈现了评论的重要性:"对某一特定作品的评论会自动附加到作品本身",形成讨论线索,这构成了"中国网络文学与印刷文学的主要区别"。③但在当时,这些评论常被误认为是不重要的,出版时都会自动删去,只有少数作品如《风中玫瑰》《独步东西》等,同时保存了作品与评论,在印刷文学惯例仍占统治地位的语境中,这种做法前瞻性地预示了文学外延的变化。

随着次生口语文化的发展,一些作家开始把评论融入写作,如陈村的《性笔记》与闻华舰《围脖时期的爱情》,作家的写作与他人的

---

① 张进:《活态文化与物性的诗学》,北京:人民出版社,2014 年,第 18 页。
② 库尔德利:《媒介、社会与世界:社会理论与数字媒介实践》,何道宽译,上海:复旦大学出版社,2014 年,第 55 页。
③ Michel Hockx, *Internet Literature in China*, New York: Columbia University Press, 2015, p.32.

评论相互穿插，评论已成为作品的有机部分，贺麦晓认为将评论纳入作品自身，解构了文本与批评之间的固有关系。① 他虽然肯定了这种先锋性，却只将其局限于"广义"的网络文学，这源于他对网络类型小说的轻视，也源于前述他认为移动时代的交互实践会走向衰落的误判。实际上，随着次生口语文化的进一步发展，评论在网络类型小说中更加重要，这主要就体现为间贴、本章说的广泛运用。如果说传统"跟帖"仍居于网络文学外部，维持着写作与评论的区分，间贴与本章说却密集嵌于作品内部，从形态上看就已经是作品的一部分了。从读者的反馈来看，评论甚至成为比故事更重要的部分，网友认为间贴非常重要，"吐槽才是书客本体"；② 本章说同样如此，"本章说就跟b站的弹幕一样是灵魂所在"，③ "看的不只是书，还有本章说里各位有才的读者"。④ 一个重要的现象是，由于正版才有间贴与本章说，这成了不少读者购买正版的一大动力，"花钱买正版就是为了看沙雕网友的本章说"。⑤ 以前读者是"追文"，号称"追文族"，现在则称"追评族"。这种变化颇值得注意，或许我们要重新思考文学的外延，将这些评论活动也纳入视野，"故事文本"与"评论互动"的结合才是数字时代完整意义上的文学。

评论互动成为文学的重要部分，我们结合口头传统来看，会对此有深入理解。传统研究往往将口头传统等同于文本："自从18世纪晚期现代概念上的'民俗'一词首次出现直到最后，口头传统一直被视

---

① Michel Hockx, *Internet Literature in China*, New York: Columbia University Press, 2015, p.81.

② 网友"机械及格"对帖子《我去，间贴看不了了还看个锤子》的跟帖，https://tieba.baidu.com/p/5375912318?red_tag=3466122932，2017年10月17日。

③ 网友"韩跳跳心哇凉"对帖子《起点本章说真是个天才创意!》的跟帖，http://www.lkong.net/forum.php?mod=viewthread&tid=2385852，2019年8月12日。

④ 网友"42765092"对帖子《起点关闭本章说了，看书乐趣少一半》的跟帖，http://nga.178.com/read.php?tid=18727116&rand=446，2019年9月30日。

⑤ 网友"自由是一种罪"与"一天讲故事"对帖子《如何看待起点手机App上的本章说》的跟帖，https://www.zhihu.com/question/300701517/answer/823827109，2020年5月29日。

为文本性的事象。"① 与之不同,理查德·鲍曼等人的表演理论(Performance Theory)强调从"以文本为中心"(text-centered)走向"以表演为中心"(performance-centered),这是口头传统研究的重要转向。这种表演不是指一般的舞台表演,主要是指互动交流与言说方式。表演理论深受奥斯汀言语行为理论的影响,也受到戴尔·海姆斯(Dell Hymes)创立的交流民族志的启发,其对口头艺术的理解,从将其视为"事物"转而将之视为一种"行动"与"交流方式"。网络文学是次生口语文化的产物,我们显然不能将其简单理解为"事物",而应看成类似于口头传统的现场交流活动。对口头传统的研究从文本转向活动,则艺术事件、说话行为、讲述人与听众之间的互动交流就成为关注的重点,而以文本为中心显然略去了这些丰富内容:"被我们习惯性地视为口头传统素材的文本,仅仅只是对深度情境的人类行为单薄的、部分的记录而已。"② 尤金·欧阳(Eugene Eoyang)的说法颇为形象:"就像沙滩上的脚印变成了沙滩上的嬉闹,口头作品的文本只是事件本身的生命与神韵的暗示。"③ 在弗里看来,口头艺术转化为文本,其中丢失的元素是"一个令人惊讶的冗长和多维的目录",如语音、表情、手势、可变的背景、观众的互动与贡献,等等。④ 显然,网络文学也存在这个问题,它不仅应包括作为名词的故事,也应包括相伴而生、作为动词的交流活动。

评论不仅改变了文学的外延,也改变了故事的内在结构。在次生口语文化语境下,为了让故事拥有高人气,作者希望读者不断发间贴与本章说。传统跟帖附在章节之后,维持着作品相对的完整性,是对整个章节的思考;而间贴、本章说则是针对具体的段落、槽点展开,

---

① 理查德·鲍曼:《作为表演的口头艺术》,杨利慧等译,桂林:广西师范大学出版社,2008年,第103页。

② 理查德·鲍曼:《作为表演的口头艺术》,杨利慧等译,桂林:广西师范大学出版社,2008年,第103页。

③ Eugene Eoyang, "A Taste for Apricots: Approaches to Chinese Fiction," in *Chinese Narrative: Critical and Theoretical Essays*, Princeton: Princeton University Press, 1977, p.58.

④ John Miles Foley, *Oral Tradition and the Internet: Pathways of the Mind*, Urbana: University of Illinois Press, 2012, p.122.

写手由此会有一种明确意识，即有意在行文中构造一个个槽点，生成引而不发的段子，而这种对槽点、剧情点的关注，也使得网络文学写作呈现出从传统的叙事向网络时代马赛克美学转化的趋势。由此，网络文学的线性叙事遭到肢解，情节被拆分为一个个片段，脱离了与原作的整体联系，不仅在文本内部形成了拼贴的马赛克空间，也因"玩梗"指向了外部的文本网络，共同存档于一个巨大的数据库中。有学者已准确指出这一点，如邵燕君借鉴东浩纪《动物化的后现代》中的观点，认为网络文学的"玩梗"形成了数据库式的效果。[1] 东浩纪在鲍德里亚、大塚英志的基础上，将"物语消费"理论发展为"数据库消费"理论，认为拟像背后是数据库的支撑。不过我们也要注意到其中的差异，东浩纪的分析主要是针对二次创作而言，试图在本雅明、鲍德里亚的基础上进一步探讨原创与仿写的关系，他的分析仍隶属于传统的粉丝文化，而本章说、"玩梗"指向的是吐槽与交流文化，它们不仅是为了"写"，也是为了"说"，虽然客观上都呈现为数据库后果，是次生口语文化发展的结果。东浩纪本人也指出了这一点，他认为在 2001 年出版《动物化的后现代》的时候，"既没有推特也没有脸书，信息扩散的速度远不及现在"，而在 2010 年以来，各种社交媒体已将年轻人文化全体吞噬，"文章、映像、角色全都只能作为交流的'NETA'（梗、话题）存在，这是一种新的视听/消费环境的产生"。[2]

在这种情况下，可以发现数字时代的文学结构形态发生了深层变化，它不再是由故事组成的单一完整体，而变成了"话题"式的不断延伸的碎片化存在。故事文本与评论交互的结合才是完整意义上的文学，不过，两者并非机械叠加，网络写手经常"埋梗"，甚至故意打错字，制造话题，催生读者的吐槽欲望，而读者也会跟进讨论。在这种情况下，故事变成一条条可供交流的要素，它与评论已没有根本区别，都被"交流"所贯穿，一起沦为交流的话题，整个文学（包含评论）不能再从统一性上来考虑，而是被肢解为无尽的话题单元。与之

---

[1] 邵燕君：《网络文学的"断代史"与"传统网络文学"的经典化》，《中国现代文学研究丛刊》2019 年第 2 期。

[2] 东浩纪：《迟来的零零年代作家，海猫泽蜜瓜》，"红茶泡海苔"译，https://www.zhihu.com/question/302061059/answer/531352260，2018 年 11 月 14 日。

相应的,读者常因看评论而遗忘了情节,网络文学阅读出人意料地由先前的刷屏走向了慢节奏观赏。

评论成为内容,扩大了文学的外延,也改变了文学的结构形态,评论开始反客为主。康德将画框看成艺术品的装饰或附属物(parergon),只起补充作用,服务于美的形式。① 德里达质疑了这种"附件/装饰观",认为附件虽然附属在作品上,但它既非外部也非内部。② "附件"在表面上是附属,但可能反客为主,它潜入文本而破坏了文本,并走出文本。可以说,次生口语文化中的评论表现了这种"附件"逻辑。相对作品来说,评论是一种附件,建构了作品的合法性,并参与其经典化;相对居于中心的学院批评而言,大众评论又是一种边缘性的附件,在此意义上,大众评论可谓附件的附件,但现在附件开始反客为主,甚至要成为本体了,这表现的正是社交媒体、次生口语文化带来的文学变革力量。

三、社群性与维基百科式生产

印刷文化偏向内省与个人化,次生口语文化的公共讨论表现出外向性、社群性,这种社群性也对网络文学产生了深刻影响。

社群性首先改变了文学的接受与生产模式。口头文化之后,文艺走向了案头化,印刷时代的阅读是孤独的,这与原子化的现代社会相一致,而网络文学日渐呈现为一种在讨论中共读的场景。早期网络文学还在个人世界与集体模式之间转换,随着间贴与本章说的兴起,阅读在不停歇的讨论中进行,读者之间的横向连接得到前所未有的强化。在接受美学那里,艺术交流主要是从历史维度来理解的("效果历史"),是作者与读者之间基于文本的跨时空对话,而次生口语文化中的接受活动则从纵向的时空累积转向了横向的群体连接,呈现为

---

① 康德:《判断力批判》,邓晓芒译,杨祖陶校,北京:人民出版社,2002年,第61—62页。

② Jacques Derrida, *The Truth in Painting*, trans., Geoff Bennington and Ian Mcleod, Chicago: University of Chicago Press, 1987, p.54.

一种新的"社交型"文艺场景。

社群性也改变了传统的文学生产,形成了一种维基百科式的联合生产模式。口头传统强调集体创作,印刷文学观念更突出个人创造。网络兴起后,人们认为它带来了口头文化的集体性,并进行了各种实验(比如早期网络文学的接龙游戏),但效果并不好,这种集体创作难以持续,因为多人创作会导致一部作品主题与结构混乱。鉴于这种情况,考夫曼否认了网络集体创作的可能性:"通过网络,也许我们走出了文学,但反过来说,想要通过网络进入文学,似乎也并不容易。"[①] 这可以说代表了人们对网络集体创作的悲观态度,那么情况是否真的如此?

可以发现,次生口语文化带来了这种联合生产的可能性,随着次生口语文化的发展,读者在评论中关于剧情的讨论、预测与"玩梗"给写手提供了很多灵感,这种情况以前也存在,但现在社交媒体的发展、密集的嵌入互动与高质量书评,让读者的讨论向写作转化的可能性大大增加了,网络文学圈甚至把这种方式称为"众筹写书"或"抄书评"。与此同时,读者对作品会有大量补充,他们在评论中推出人物小传、编段子,写同人文或完善作品世界观,这都表现出一种集体创作的氛围。不过这其中真正的质变还在于创作与阅读都指向了交流,在交流话题的生产中,作者与读者发挥了相同的功能,两者都专注于生成一个个段子、"梗"与槽点,在作者槽点的激发下,读者生产不计其数的间贴、本章说,并构成一种循环,反过来影响作者的"埋梗"。在这一过程中,读者的生产相当重要,他们的"玩梗"甚至会改变原作的性质,一本"有毒"的书,经过海量读者的调侃评论,可以转变成一本搞笑的书,而一本描写恐怖故事的书,则因为读者的共同评论降低了恐怖感,变得热闹与温馨,这真实地呈现了人们共同塑造一本书的过程。

这种以社交为基础的集体生产似乎不过是在传统模式的读者参与基础上的进一步发展,但实则可以说构成了文化生产模式的一种"断

---

① 樊尚·考夫曼:《"景观"文学:媒体对文学的影响》,李适嬿译,南京:南京大学出版社,2019年,第222—223页。

裂"，其根本区别就在于社交媒体的介入：以前是生产先于交往（作品完成后再交往讨论），生产是为了交往；现在则是交往先于生产，交往成为生产的基础，而文学似乎成了交流的副产物。这也是当前"知乎"等各种基于社交关系的 SNS 社区的内容生产原理，文学成了一种类似于 SNS 社区的话题框架，更多内容需要网友/读者之间的互动来完成，比如借助间贴、本章说，各种 UGC 内容（User Generated Content，用户生产内容）就源源不断地被生产出来。这是一种新的集体生产模式，前述认为网络无法进行集体创作的观点，也许并不能成立，我们可能对集体创作存在思维误区，它并不一定需要生成整体的、统一的集体性，而可能是碎片化、拼贴式、不断叠加的集体性。在次生口语文化语境中，借助读者的持续贡献，网络文学生成了一种不断有新内容加入的维基百科式的联合生产模式，而这也说明了网络文学是一种活文学。

在这一过程中，还需要注意的是，文学阅读的目的也发生了变化，它不再是原先的为了审美性或人们通常理解的消遣性，而是从审美性、消遣性走向了"交往性"（当然审美性、消遣性阅读仍然存在）。对不少读者来说，阅读只是社交生活的接入口，比如，阅读类 App 的"书友圈"已成了"Z世代"社交生活的聚集地，他们在其中写评论、催更、分享生活、发表原创故事、转载热门段子，甚至举行虚拟婚礼，书友圈已取代 QQ 空间、贴吧成为又一个重要的虚拟社区。① 在次生口语文化中，比起交流的内容，交流行为本身更重要，很多网友不断发帖评论并非为了获取信息（意义），而是为了交往与连接。在精英文学语境中，我们看重"审美性"，在通俗文化中，我们强调的是"消遣性"，现在面对网络文学也应适度强调"交往性"。

次生口语文化的社群性也对网络文学文本产生了深刻影响。鲍曼对后现代人群持消极态度，认为他们只是"单一问题"的构成物，②这种观点过于悲观，网络人群有其消极的一面，但也能形成群体合

---

① 《掌阅书友圈成了空间、贴吧之外的"第三世界"?》，https://www.sohu.com/a/212839605_99971698，2017 年 12 月 26 日。

② 齐格蒙特·鲍曼：《后现代伦理学》，张成岗译，南京：江苏人民出版社，2002 年，第 168 页。

作。凯文·凯利认为社交网络带来了"众愚成智、蜂巢思维和协作行动",[1] 网络上各种论坛与聊天群的讨论,各种问答网站、咨询与攻略的兴起,都表现了这种社群智慧。可以发现,社群智慧隐蔽地内化于网络文学,并生成了其独有的写法。我们可用社群智慧来重新解读网络文学的重要技法——"金手指"。"金手指"实际就是作弊、开挂,传统文学中也有"金手指",比如拾到秘笈、遇到高人、获得异能等,但网络文学中一些带有网络印记的"金手指",其背后呈现的是次生口语文化的社群智慧。我们可以举几个门类的例子。

先看穿越重生文。穿越重生并非一般的时空穿越,在这类网络文学中,穿越的主角往往握有千年的知识优势或前世经验,成为先知般的存在。这种写法有讨论攻略的因素,以这类小说常见的"攀科技树"写法为例,主角从各行各业入手,发明各种现代科技,促成社会渐变,但写手不可能全部精通这些知识,常常要向人请教或与人合作完成,一种方法就是群体讨论,典型例子是《临高启明》。小说讲述500个现代人集体穿越到明代,凭借对现代科技的掌握,试图实现各自抱负。这本书源起于音速论坛的一场讨论,在写作过程中,由于涉及技术过于复杂,得到了"整整一个论坛","来自全国各行各业坛友的技术支持"。[2] 另一种方法是借助搜索来寻求攻略,搜索汇集众网友的答案,是群聊的变相形式。这种模式又衍生出另一种"金手指",即"随身导师",在《盘龙》《斗破苍穹》这类小说中,主角总是带着一位导师,在完成任务的过程中,主角与导师之间充满了高频率的请教与回答,这在传统小说中是比较罕见的,可以直观地感觉到这种互动、问答与网站中的跟帖相似。"随身导师"的写法,既投射了人与人的对话,也有人与机器的交互(搜索),这既是网友智慧的汇聚,也表现了机器的筛选与决策作用。这种人机"对话"原理也体现在"随身系统"这种"金手指"中,在"系统文"中,系统不断以"对话框"的形式发布命令或建议,主角则做出回应,这实际上呈现了现

---

[1] 凯文·凯利:《必然》,周峰等译,北京:电子工业出版社,2016年,第20页。

[2] 参看豆瓣介绍,https://book.douban.com/subject/31086991/,2018年6月21日。

代社会机器/系统与人的交互关系。就现代人处境而言，我们每天都参与到各种智能系统中，系统的总体认知能力总是超过我们的个人知识，①社群智慧不仅体现在人际对话合作，也体现为网络搜索、智能系统这些"类主体"与人交互形成的总体认知。

这些"金手指"主要是在传统社交媒体（论坛）语境下发展出来的，在微博、微信等新社交媒体兴起后，社群智慧进一步发展，生成了一些新的"金手指"。前面提到的对话体小说就是以社交软件作为界面，读者每点一下，就会出现一句对话，里面的好友则对当前事件展开议论。聊天群、论坛体、知乎体小说等都与此类似，依据人们的聊天展开情节，形成一种七嘴八舌的集体氛围。实际上，这是社交软件下写作的普遍情况，比如在第一部微博小说《围脖时期的爱情》中，作者常就某个问题征求网友们的意见，第一部微恋小说《摇的是你，不是寂寞》同样如此。在这些小说类型中，讨论本身变成了"金手指"，有聊天软件上的各位好友相伴，一方面可随时聊天，缓解了独自面对异时空的寂寞和恐惧，另一方面遇到问题可群策群力，无往而不胜，我们在日常生活中也经常会向聊天群求助，并附上一句"万能的群"，正与此相通。这是对前述穿越重生、"随身导师""随身系统"等"金手指"的继承与发展，同时也反映出这些从小就使用互联网的新生代们，动辄借用网络集体力量来解决问题的潜意识。

网络文学讲述的是成功学，情节套路具有高度的雷同性，借助何种"金手指"走向成功，是写手们少数可创新之处。一定程度上，网络文学的发展就表现在由新颖的"金手指"设定而引起的写作潮流的兴衰更替，比如前面提到的穿越文、重生文、"随身导师"文、"随身系统"文、对话体小说、聊天群小说等，都引领了一个个写作潮流，可以说，社群智慧的"置换变形"带来的想象力升级推动了网络文学的发展。

在次生口语文化语境中，网络文学在多方面都呈现出社群性特征。社群性意味着人类新的交往模式，传统个人视点的"垂直视角"

---

① 凯瑟琳·海勒：《我们何以成为后人类》，刘宇清译，北京：北京大学出版社，2017年，第391页。

开始转向聚会、协商与互联的"桌面";① 同时它也表明了社交时代主体的变化。技术是人的延伸与"假肢",借助网络技术,现代人成为"连接的存在"(connected presence)。一方面,这似乎高扬了主体性,社群智慧汇聚在小说主角身上,幻化成主角的超能力,也生成了网络作家的神话;但另一方面,人造的假肢爆发出非自然的效力,主体的强大也可以说是主体的萎缩,正如沃尔夫(Bernard Wolfe)的小说《地狱边缘》中的隐喻性描写,主人公装上假肢后拥有让人嫉妒的强大能力,取下假肢就还原成婴儿式的存在,呈现了"一个超人与一个被象征性地阉割的婴儿之间的分裂"。② 现代人日渐受制于网络技术的连接,"超人"主体的幻象背后是主体的萎缩。但进一步看,这或许又是关于人的形而上学观点,在海勒看来,在这一过程中我们坚持了自由人本主义主体的假设,而强调运用自主意志进行控制,与科学的客观主义和帝国主义的征服本性之间存在关联。③ 我们需要打破人本主义的认知幻象,转换对人类的认知。从深层来看,网络文学主体性的高扬及其自由意志表象背后,或多或少折射了一种类似后人类的主体观念。后人类是对文艺复兴以来人文主义的质疑,是对"人"的重新理解:"后人类的主体是一种混合物,一种各种异质、异源成分的集合。"④ 在网络文学的社群智慧中,个体融入了众多的他人意志与机器阐释,在无所不在的连接中,这种"集体异源性"成为常态化存在。我们总是不可避免地借助网络技术来获取他人与系统的判断,从网络中成长出来的总是"群体生物":"没有一个参与者可以说,'我就是我',而不可避免的是社会的、众人头脑的集合体。"⑤ 在这种后

---

① 阿斯科特:《未来就是现在:艺术,技术和意识》,袁小潆,周凌等译,北京:金城出版社,2012年,第30—31页。
② 凯瑟琳·海勒:《我们何以成为后人类》,刘宇清译,北京:北京大学出版社,2017年,第163—164页。
③ 凯瑟琳·海勒:《我们何以成为后人类》,刘宇清译,北京:北京大学出版社,2017年,第390页。
④ 凯瑟琳·海勒:《我们何以成为后人类》,刘宇清译,北京:北京大学出版社,2017年,第4—5页。
⑤ Kevin Kelly, *Out of Control*, New York: Addison-Wesley Publishing Company, 1994, p.26.

人类状态中，人与人、人与智能机器的动态伙伴关系与分布式认知取代了传统自主自律的个人意志。

四、世界的"混合"与叙事的越界

与印刷文化不同，次生口语文化是现场交流的，这一点类似于口头传统，但对次生口语文化而言更为本体化，构成了媒体与艺术的"元特性"。在各种 ACGN 的网络消费中，故事世界与交流场景同时并存且不断转换。相对故事来说，交流构成了"故事如何被阅读"的后设性，中国传统的话本小说存有这种后设性的遗留，常会出现干预叙述现象，即所谓"讲论只凭三寸舌，称评天下浅和深"。① 在网络文学中，故事与交流形成了更为基本的矛盾，呈现的是由更适合发布故事的传统单向型媒体向更擅于组织交流的交互型新媒体的过渡，其中非现实的故事和故事外现实的连接（叙事的越界）成为重要现象。

跟传统阅读的沉浸不同，在次生口语文化的交流中，人们常不断跨越虚构与现实的边界。早期网络文学的论坛式存在已表现出这种趋势，陈村在"小众菜园"写《性笔记》时，有意识地利用这种跨越进行先锋实验，把写作与论坛的交流混淆在一起。贺麦晓在一次学术发言中，认为这种写作包含了元小说的元素。学者杨小滨于是在"小众菜园"发帖展示了贺麦晓的发言照片，并戏谑地称他这种置身于"菜园"而对"菜园"的研究是一种元研究（metaresearch）。贺麦晓后来在采访陈村时，注意到一个细节，一般来说总是研究者对作者拍照（对象化），但在采访中两人却是互相拍照。陈村允许贺麦晓在研究中引用他的话，而他也把采访及往来邮件贴在论坛的写作中，② 显然，互相拍照与互相引用构成了一种互为对象的后设关系。更具隐喻意味的是，陈村在帖子中还引用了一张他拍的贺麦晓正在给他拍照的照片，这种互拍本身又可视为一种在线社交行为。在这个场景中，现实

---

① 罗烨：《醉翁谈录》，上海：古典文学出版社，1957 年，第 3 页。
② Michel Hockx, *Internet Literature in China*, New York: Columbia University Press, 2015, p.81.

与虚构、故事与社交、观察者与被观察者的互相凝视,构成了不断后退的反身性关系。而在这种情况下,贺麦晓自身对此的研究,的确又是一种元研究了。"转喻中最令人困扰的是人们难以接受又坚持提出的这个假设:故事外或许始终已在故事之中,叙述者和他的受述者,即你和我,或许仍是某个叙事中的人物。"① 从陈村的创作来看就是如此。

贺麦晓认为陈村的尝试颇有创新性,这种实验性日志写作在中国网络文学中也许并不多见,但被网络作家青睐的论坛、博客、微博等日志型应用,已使它成为主导性文体。② 在微博小说《围脖时期的爱情》中,我们的确可以感受到这种"故事—交流"的混淆状态,小说除了主要人物带有虚构性,其余皆为真实微博网友,他们的留言,甚至链接地址都被写进了小说,读者还可点击进入这些微博。贺麦晓认为:"与陈村一样,闻华舰意识到自己正在做一些新的事情,他用各种技巧模糊了作者、叙述者和读者之间的界限。"③ 其实,作为一个并非纯粹作家的文化媒介人,闻华舰的创作实践更可能是社交媒体影响下的潜意识行为,这表明从旧社交媒体(论坛)到新社交媒体(微博),故事与交流的混合对人们心理结构的影响更深入了。

随着间贴、本章说的兴起,故事与交流的越界进一步成为常态。读者看一段故事,再点开本章说,这种频繁的次元转换,跟陈村、闻华舰在写作中融入社交场景具有同构性,故事与社交不断交叉进行,实际上是把原来的长篇连载拆解成了一种论坛、微博式的文体或社交现场,而读者之所以喜欢看间贴、本章说,也在于它们不断将故事与现实相联系而生成的喜剧效果。一些热门小说,其中几乎任何一句话,甚至章节标题,读者都会联系现实对之展开讨论与戏谑。实际上叙事的越界在网络文学阅读中已经日常化了——发本章说,给角色配

---

① 热奈特:《叙事话语新叙事话语》,王文融译,北京:中国社会科学出版社,1990年,第165页。

② Michel Hockx, *Internet Literature in China*, New York: Columbia University Press, 2015, p.82—84.

③ Michel Hockx, *Internet Literature in China*, New York: Columbia University Press, 2015, p.92.

音,把角色名字变成自己的ID,以不同ID联系故事情节展开戏谑等。比如,在"会说话的肘子"的《大王饶命》中,"卡洛儿"与"吕小鱼"同为小说中角色,她们都喜欢男主角吕树。在小说第1172节(《打脸来得太快·第二更》)的本章说中,ID名为"卡洛儿"的网友留言:"肘子说,你们给他投月票,三天之内就给我加戏……"ID名为"吕小鱼"的网友则回复:"呵呵。"① 网络ID、本章说,以及提到作者"肘子"与"投月票"等行为,指向的都是三次元(现实),但这两个ID所代表的小说角色及其对话("加戏""呵呵"),又指向了故事世界中情敌间的暗战,这产生了回旋跨层的折叠关系。这种情况相当普遍,比如在情节重要时刻,读者会群发本章说或弹幕给主角送去鼓励与安慰,一方面读者似乎介入了故事,利用故事外的现实给故事内主角送去慰藉,另一方面也从故事内感受到故事外人们彼此间的温暖,这同样产生了虚构中有现实、现实中有虚构的夹套关系。

　　故事与交流的界面转换不仅表现为公开、外部的形式,也内化在网络文学的文本中。交流与故事之间的转叙关系,类似于戏剧艺术。戏剧艺术是"最适合于运用转叙的艺术"。② 在戏剧表演中,演员可在角色与演员身份之间自由转换,构成了一种"本体的分裂",③ 这是转叙的常见形式,这种情况跟现代人在网络聊天或游戏交流时在虚拟角色与现实角色之间的转换是相似的。在网络文学中,异时空、穿越、重生的描写非常普遍,可以发现,穿越者与穿越后的世界正是现场交流与故事世界二元对立的折射,不同的穿越者在故事中会面,他们的聊天会迅即从异时空的社会现实转向穿越前共有的记忆,这类似于网络上从故事到聊天的界面转换。而穿越者身份的识破与相认,也正是通过跨界聊天进行的,这跟网络闲聊中化身交往转向现实交往时需要元语言来确认是一样的。故事与交流的转叙关系,投射在网络文学

---

① 参见"会说话的肘子"新浪微博:《起点App的本章说确实有意思》,https://weibo.com/5365407056/H5uhwrG0v?type=comment#_rnd1607937338020,2018年12月3日。

② 约翰·皮耶:《转叙》,热奈特:《转喻:从修辞格到虚构》,吴康茹译,桂林:漓江出版社,2013年,第172页。

③ 热奈特:《转喻:从修辞格到虚构》,第65—66页。

中，就内化为超叙事与叙事的对立（即热奈特所说的"故事外层"与"故事或故事内事件"的对立）。① 可以发现，"超叙事—叙事"的双重结构揭示了网络文学在人物塑造、情感投射、快感生产及主题意蕴等多方面的深层原理。

从人物塑造来看，网络文学中的主角作为先知一般的存在，往往出现现代人（超脱故事世界）与故事人物的结合及分裂，比如，主角在异时空中利用土著人不具有的现代知识改天换地，或者重生后利用前世记忆玩转人生，这实际上正是叙事的越界："人物兼叙述者突然说出他作为人物不应见到的情节，实际上是一种跨层。"② 这是从超叙事到叙事的"下降"（descending），即故事外部的超叙事主体获得了实体化，投射在叙事主体身上的结果。在发生叙事的越界时，故事往往与宗教或神秘主义主题有关，也就是说，主角成了神一样的存在。如果说传统文学中生成奇迹的是天神下到凡间，在神已死的后现代，取代神的就是经常能跨越进虚拟世界的读者、观众了，在此意义上，网络文学主角的强大能力不是一般的白日梦描写，实际是超叙事向叙事的转化。从读者的情感投射与快感生产来看，网络文学也渗透了"超叙事—叙事"的转叙机制。读者与叙事主体的视野重合时，会感受到人物的悲欢与生命的沉重，感受到他们的属人性，但从超叙事的视野来看，他们又只不过是游戏 NPC（non player character，即非玩家角色）式的可攻略对象，"我们能够以身处虚构外部的人类姿态，对角色的身体不抱任何罪恶感地投射情欲的视线"。③ 由此可以从另一个角度理解网络文学的"爽"。"爽"是网络文学的核心要求，从叙事与超叙事的结合来看，"爽"不是简单的欲望宣泄，读者正是利用本体的分裂来生成快感。主角的优势地位，不断地扮猪吃虎，对异性角色的机会主义幻想与对配角的杀戮征服，正源于超叙事的任意妄为与由此而生的安全感。这也生成了网络文学主题上的双重性。举例来

---

① 热奈特：《转喻：从修辞格到虚构》，第158页。
② 赵毅衡：《当说者被说的时候：比较叙述学导论》，北京：中国人民大学出版社，1998年，第73页。
③ 东浩纪：《游戏性写实主义的诞生：动物化的后现代2》，台北：唐山出版社，2015年，第326页。

说,穿越、重生都涉及历史或人生的重来,从叙事视野来看,这似乎弥补了过往的遗憾,但从超叙事视野来看,选择必然伴随着新的失去,从而生成新的遗憾;主角在超叙事的多世人生中洞察了生命的真相,而当回到叙事视野的一世经历中却难以自知,在这种双重结构中,用超人类视野看见的却是人类的姿态,跨越死亡的神迹呈现的仍是死亡的沉重。网络文学在人物、情感、主题方面的这种复杂性,还可深入挖掘。

叙事的越界在网络文学中大量出现,并非作家(除了陈村)有意追求的结果,而是呈现了世界的变化与次生口语文化的发展。曼诺维奇(Lev Manovich)认为互联网带来了混合文化,其中之一就是物理世界与虚拟世界的"混合",生成了重组的现实与混合的"中间地带"。① 世界的变化与数字技术、社交媒体全天候地对现实的叠加有关,手机的随身性、日常性与碎片化,大众日常在社交媒体上对某地的签到打卡,自拍中加上美颜、滤镜,抖音、快手等短视频中的自我呈现,都是泛化了的增强现实(AR)。以前我们将虚拟世界理解成远方与他处,现在它则是本时本地的扩张,呈现为假想的现实化与虚实的越境。这种趋势从网络文学的发展也可以看出来,以前是强调升级玄幻,现在盛行灵气复苏,将传统的异时空改造为都市背景,将超凡力量引入现实社会,由虚拟走向了虚拟与现实的结合;与此同时,在文风上由苦大仇深演变为吐槽玩梗,而两者又常结合在一起,从深层来看,这种结合正与社交媒体带来的世界混合与吐槽文化的叠加相一致,必然广泛生成麦卡弗里(Larry McCaffery)所说的"元意识"(meta-sensibility)。②

---

① Lev Manovich, "Image Future," http://manovich.net/index.php/projects/image-future,2018 年 8 月 15 日。

② Larry McCaffery, *The Metafictional Muse, the Works of Robert Coover, Donald Barthelme, and William H. Gass*, Pittsburg: University of Pittsburg Press, 1982, p.255.

五、走向数字时代的活文学观

从现有文献来看,利维斯较早提出了活态文化(living culture)的说法,① 雷蒙·威廉斯则在《文化与社会》《漫长的革命》等书中作了进一步的论述。利维斯推崇文学经典的教育,但他强调经典教育在很大程度上只是对活态文化的替代,威廉斯认为文化传统的记录与选择是不断的意识形态阐释过程,它排斥了曾经的活态文化的重要方面。② 印刷文化推动了民主政体、普遍教育与现代科学的发展,但也是一个将文化与环境相分离并固化于文本的过程。次生口语文化勃兴的意义在于,它释放与重建了被印刷文化压抑的活态可能性。中国网络文学呈现了从印刷文化"去活态化"向次生口语文化"再活态化"的转型,从中国网络文学的文学经验出发,我们可建构数字时代的活文学观,活文学观并非颠覆传统研究范式,而是根据数字时代的文学新变作出的补充,其具体内涵可表现为以下方面。

第一,摆脱艺术的"界线"(boundary)与"框架"(frame),走向流动、融合与开放的文学观。印刷文化"依赖于相对严格的壁垒、边界和高墙",③ 从文化分期来看,这形成了所谓"古腾堡括号"(The Gutenberg Parenthesis)的后果,即印刷文化构成了相对严格的框架与限制(括号),而括号前后的两个时期(口头传统与数字媒介)则打破了框架与界线,具有了相似的开放性。④ 历史先锋派及一些后现代艺术试图摆脱自律艺术体制,打破艺术与生活的区隔,次生口语

---

① F. R. Leavis and Denys Thompson, *Culture and Environment: The Training of Critical Awareness*, London: Chatto & Windus, 1933. p.1.

② Raymond Williams, *The Long Revolution*, Harmondsworth: Pelican Books, 1965, p.68.

③ J. 希利斯·米勒:《全球化时代文学研究还会继续存在吗?》,国荣译,《文学评论》2001年第1期。

④ Thomas Pettitt, "The Gutenberg Parenthesis: Oral Tradition and Digital Technologies," http://web.mit.edu/comm-forum/legacy/forums/gutenberg_parenthesis.htmtl,2010年4月1日。

文化中的网络文学呈现了与先锋派艺术相似的意义,不过它并非有意识的破框行为,而是作为活态文化的自然结果。现场持续不断的交流打破了艺术与现实的界线,表现了世界的混合,现实不再是唯一的、有统一性的盒子,难有里与外的区别;社群性与公共讨论混淆了主体的界线,自我与他人、作家与读者、人类与机器胶合在一起,写作主体与物主身份呈现出模糊性;文本的界线也趋于瓦解,作品与评论的二元对立遭到解构,作品的内部与外部成为马赛克式的拼贴。在次生口语文化语境中,传统的"划界"行为日渐让位于拼接(splice)文化,因此需要摆脱各种本质主义的"划界",而走向融合、开放与流动的文学观。

第二,超越印刷文化的文本意识形态,建构数字时代的"大文学"观,将文学看成是文本与活动的统一。弗里认为,对网络与口头传统的最大误解就来自文本意识形态(Ideology of the Text),文本意识形态主要表现为客体幻觉与静态幻觉。① 传统文学观念常将文学预设为一个静止的、单独的对象,一个有固定结构的有限物体,这在印刷文化语境中具有合理性,但不适合于活态文化。超越文本意识形态并非抛弃文本,文本当然很重要,活态文化也包括文本,但不能以文本代替整个活态文化。网络文学是活态文化,故事文本只是读者体验的一部分,它还包括网上的评论等各种活动,而后者正变得越来越重要,文本与活动的统一才是完整的网络文学。这也带来了网络文学的活态性,不断的交流活动促成了它的持续生长,在此意义上,网络文学成为一种电子"手稿",是变动不居的开放叙事,它不再是"有限的、现成的现实艺术",而是"构成现实的艺术"。②

在这种文学观念下,我们就不能将印刷文学与网络文学之间的区别简单等同于精英文学与通俗文学之间的区别。由于当下网络文学可见的大众性,人们常将两者混同,比如普遍认为网络文学是五四新文学传统之外的通俗文学这一被压抑事物的回归,这或许是一种误解,

---

① John Miles Foley, *Oral Tradition and the Internet: Pathways of the Mind*, Urbana: University of Illinois Press, 2012, p.130.

② 阿斯科特:《未来就是现在:艺术,技术和意识》,袁小潆编,周凌等译,北京:金城出版社,2012年,第83页。

容易模糊我们对网络文学的理解。自从通俗文学案头化之后，它实际上已经脱离了口头传统，尽管是大众化的，但实则属于印刷文学谱系。网络文学尽管也具有大众性、通俗性，但它不是印刷文化的案头之物，而是网络带来的活态文化。

我们还应重新审视网络文学经典化这一话题，网络文学的经典化是学界讨论的热点，但从次生口语文化的角度来看，这种提法或许值得反思。在对口头传统的研究中，人们常会将口头艺术经典化，在弗里看来，两者存在深刻矛盾："典律与口头传说根本不能混为一谈。前者依赖于客体、静态及上架收藏空间；后者依赖于道路、表演及传统的联想性。"[①] 经典化是与印刷文学相对应的观念，印刷书籍可以被看成一个收藏与拥有的独立文本，然而口头艺术与网络文学却不可能被典律化："既然谁也无法将因特网硬塞入封面、封底之间，口头传说当然也无法被典律化（canonized）。"[②] 当我们将网络文学经典化，变成一个个独立的可拥有的文本，这从印刷文化的角度看当然也是有意义的，但也要意识到，经典化的只是故事的部分，而不是网络文学本身，这让它失去了完整性与活态性。在此意义上，经典化或许构成了对网络文学本质属性的误读。

第三，从文学活动的过程来看，从传统个人主义的接受论、生产论走向交往论。在次生口语文化语境中，文学的接受与生产都是以交往为基础，在交往中进行的。哈贝马斯从认识论意义上提出交往论，意图以历史意识的交往关系来说明人的经验。姚斯受到哈贝马斯的影响，试图将接受美学纳入一个普遍的交流理论模式中加以考察。他们都注意到了文学交往的重要性，但主要将其看成艺术作品意义理解的前提条件。在次生口语文化语境中，交往论有两点重要变化：一是如前所述，在内容与交往的先后关系上存在颠倒，交往不只是意义理解的前提条件，而是接受、生产本身的前提与基础；二是在内容与交往的轻重上，内容的地位下降，交往的重要性上升，艺术对象在审美体验中的作用趋于下降，而网络成员之间的关系与交往变得更加重要。

---

① 弗里：《典律之解构》，《民族文学研究》2000年增刊。
② 弗里：《典律之解构》，《民族文学研究》2000年增刊。

从交往论理解艺术,能让我们摆脱"艺术表达什么"的文学惯例,而去思考艺术交流过程本身的结构。

第四,从文学批评的标准来看,对数字时代文学的评价不仅要注意"文本"价值,也要注意其交往与活动价值。在对口头艺术的评价中,"多年来我们误解了口头传统的交流特征和资源,因为我们一贯坚持文本的参考框架"。[①] 对网络文学的评价同样如此,这甚至内化为网络文学的自我身份想象,获得纸媒的收编一直是网络写手的梦想。以印刷文学标准来衡量网络文学,有一定的合理性,因为网络文学有文本的一面,而从这种标准出发,网络文学存在的问题还相当多。但也须意识到,这是一种脱网式的评价,只是对纸质版网络文学的评价,而非对网络文学的完整理解。在次生口语文化语境中,网络文学不只是作为艺术体验的"对象",也是作为可供网友评论与吐槽的"材料",普遍的情况是,网络文学为了获得媒体的流通性(交往),不得不在一定程度上放弃信息的强度(意义)。从网络文学当前的发展来看,以前那种开山立派、建构宏大世界观的作品减少了,取而代之的是各种吐槽、玩梗的小说,但我们不能简单地判断为网络文学退步了,它们在世界设定方面不如以前的作品,但交流指向性更强了,促成了更广泛的社会交往与互动。

第五,在文学研究的路径上,注意到虚拟会话构成了数字时代文学活动与文学发展的深层动力学,多方面挖掘文本内外的次生口语文化特征。哈弗洛克(E. A. Havelock)曾提出"文本能否说话"(Can a text speak?)的命题,即通过文本世界去看口传世界,[②] 这对网络文学研究有重要启示。目前我们习惯于从文本角度来研究网络文学,而忽视了其中的口传世界,但重视口传并非如口头文化研究那样侧重挖掘口语文化的遗存(oral residue),而是研究新生的次生口语文化对网络文学的影响。通过文本来看"口传世界",不仅体现在挖掘文本内的次生口语特征,还需要研究文本外的次生口语文化。网络文学是

---

① John Miles Foley, *Oral Tradition and the Internet: Pathways of the Mind*, Urbana: University of Illinois Press, 2012, p.90.

② E.A. Havelock, *The Muse Learns to Write*, New Haven and London: Yale University Press, 1986, pp.44—53.

活态文化，是借助故事文本展开的现场交流，只阅读文本的精英批评家是难以感受到这种实际体验的，我们还应该在文本之外，去研究网络文学广泛的互动、评论等活动。

"口语文化并非理想，且从来都不是理想。以正面态度面对它并不等于提倡它，并不是把它当作任何文化的永恒状态。"[①] 从次生口语文化中产生的网络文学也是如此，它并不一定就是理想，但我们需要注意到它客观上呈现出来的先锋性。媚俗的商业文学常被预设为与先锋性无关，因为先锋派的声名正依赖于触犯众怒，但实际上先锋性与先锋文学是两个概念，先锋性取决于社会与媒介条件。貌似前沿的先锋派也可能在经典化中远离了真实的、正在发生的媒介现实，而渗透了数字流行文化的网络文学，反而在媚俗的背后不断表露出先锋性。在次生口语文化语境中，网络文学表现了"赛博空间的文艺复兴",[②] 呈现了打开"古腾堡括号"后的后果，促成了文学观念的变革，这是其价值所在。

（原载于《探索与争鸣》2021 年第 10 期)）

[①] 沃尔特·翁：《口语文化与书面文化：语词的技术化》，何道宽译，北京：北京大学出版社，2008 年，第 135 页。

[②] Leah S. Marcus, "Cyberspace Renaissance," *in English Literary Renaissance*, vol. 25, no. 3, 1995, pp. 388—401.

通向及物的现实主义
——论网络文学的现实转向

◎胡疆锋

一、网络文学的浮游化与现实转向

回顾20年来的中国网络文学研究,我们可以发现,虽然赞誉声不绝于耳,但批评的声音也从来没有消失过,这些批评主要集中在网络文学与现实的关系上。比如一些学者认为:网络文学虚火亢奋,深染沉疴痼疾,玄幻文学和盗墓文学是装神弄鬼、远离现实;①"YY无罪,做梦有理"的网络文学编织了无限膨大的白日梦,导致了多重断裂,蕴含着祖国认同、现实认同、人类基本价值认同的危机;② 网络文学的"类型化+爽文"万变不离其宗,表面繁盛,实质荒凉,③ 是"伪现实"④,等等。如果用一个词来概括这些关于网络文学的负面评价,那就是"浮游化"。这就是说,网络文学如同蜉蝣一般,以想象力丰富奇崛呈现漫游或遨游的姿态,因不食人间烟火、远离现实而虚

---

① 陶东风:《中国文学已经进入装神弄鬼时代?——由"玄幻小说"引发的一点联想》,《当代文坛》2006年第5期;陶东风:《把装神弄鬼进行到底?》,《小康》2008年第6期。

② 邵燕君:《传统文学生产机制的危机和文学新型机制的生成》,《文艺争鸣》2009年第12期。

③ 杨早:《网络文学的繁盛和荒凉》,《人民日报》2016年1月5日,第14版。

④ 庄庸、王秀庭:《网络文学评论评价体系构建:从顶层设计到基层创新》,福州:福建教育出版社,2018年,第214页。

浮不实,属于消费文化,因存在时间短、经典作品欠缺,而呈现出审美价值不高的特点。

中国网络文学以幻想类的类型小说见长,这或许是其出现"浮游化"的重要原因。玄幻、科幻、仙侠、盗墓、游戏、灵异、架空、穿越、重生、游戏、二次元等幻想类的网络文学长期受到读者的追捧①,在影响力颇大的"网络文学二十年二十部"的榜单中也牢牢占据八成席位。② 网络文学的海外传播也不例外,《盘龙》《星辰变》《莽荒纪》等玄幻、仙侠文在国外网络文学网站"武侠世界"和"起点国际"的热度颇高,成为中国文学"走出去"的新的增长点。③ 这些类型小说有的受益于西方幻想故事,有的脱胎于中国古典文学或近现代通俗文化,具有东方化、中国式的故事内核;有的是中国文学史上从未出现过的新类型,如"无限流""佛本流""技术流""种田流""凡人流""随身流"等等,极大地拓展了类型小说的疆界。不过,我们也应该承认,尽管中国网络文学取得了喜人的成绩,但"浮游化"的趋势也暴露出很严重的问题,一些问题甚至连网文作者都忍无可忍。比如,在《超凡世界的普通作家》中,作者通过主人公在异时空的网站和书店里的闲逛经历,对网络文学进行了无情的嘲讽:

---

① 以国内影响最大的文学网站之一"起点中文网"为例,该网站的历年月票总冠军(2005—2019)有15部作品,几乎都是非现实类作品,分别属于玄幻、奇幻、仙侠、修仙、穿越等幻想类作品,具体如下:《亵渎》(2005)、《兽血沸腾》(2006)、《回到明朝当王爷》(2007)、《恶魔法则》(2008)、《斗罗大陆》(2009)、《阳神》(2010)、《吞噬星空》(2011)、《将夜》(2012)、《莽荒纪》(2013)、《星战风暴》(2014)、《我欲封天》(2015)、《玄界之门》(2016)、《圣墟》(2017)、《大王饶命》(2018)、《诡秘之主》(2019)。

② 2018年,中国作协网络文学委员会、上海市新闻出版局、上海市作家协会和阅文集团等联合主办单位从海量著作中评比出以《间客》为代表的"中国网络文学20年20部优秀作品",其中严格意义上的现实类作品只有4部,占1/5。分别是《第一次的亲密接触》《致我们终将逝去的青春》《大江东去》《繁花》,此外还有一部重生类作品《复兴之路》,其余15部都是非现实类作品。

③ 欧阳友权主编:《中国网络文学年鉴(2017)》,北京:新华出版社,2018年,第4、17页;中国作家协会网络文学中心:《2017中国网络文学蓝皮书概要》,《网络文学评论》2018年第3期。

主要是小说这一块，实在让人吐血。基本上是你去任何一个小说网站，去男生频道看书，把"兵王"、"神医"、"狂少"等词汇替换成"佣兵"、"游侠"、"王子"，就是这异世界的小说书名了。古星抽下来几本看了看，哇，真是辣眼睛的俗烂套路：妹子全收，从自家姐妹到仇家子女一个不放过；敌人全败，从街头混混到一国皇帝无一幸免；闭着眼睛都能一眼望到未来剧情的发展。标准小白文的模式，情节简单，没有小说基本的起承转合结构，反复灌充无意义的字数，使小说内容臃肿，桥段极度套路化，缺乏思想性，内容浅白。

女总裁→总裁秘书→校花→警花→名门闺秀→自家女性→敌方手下→京城名媛。就是这样的攻略路线。主角无限强大，一路踩人，小说 ✳✳ 现（原文如此——引者注）的高手到了后期只能感叹主角的强大，形同废物；即使主角陷入极度危险的境地，闭上眼睛要等死，也能在千钧一发之时脱困；主角无视等级差距，越级挑战、越阶挑战都是家常便饭。看得一时爽，其实没内涵。女性向的就不提了，和女生频道的没区别，换几个名词就是。①

上文对网络小说的荒诞不经、内容贫乏、俗烂套路等弊病的揭示，可谓入木三分。由于这一批评不是来自学术界，而是来自网文作者队伍，读来更让人忍俊不禁，大呼过瘾。

针对网络文学的这些"病症"，文化管理部门、业界、学者和媒体近年来不约而同地开出了一剂"药方"：网络文学要"去浮游化"，要推动题材多元化，要重视现实题材创作，回归现实主义传统。中共十九大报告强调：要繁荣文艺创作，坚持思想精深、艺术精湛、制作精良相统一，加强现实题材创作；为响应这一号召，中国作协发布了各种网络文学推荐榜单，旗帜鲜明地鼓励和扶持现实题材创作。李晓亮认为：单靠幻想，撑不起一个行业，也无法满足数亿网络读者日益增长的精神需求。泛现实题材作品已经赶上甚至超过幻想类作品数

---

① The world is not enough：《超凡世界的普通作家》，2018年6月21日，http：//book.sfacg.com/Novel/142415/231128/1959269/，2020年4月15日。

量，都市品类一跃成为阅文集团第一大品类。① 重视现实题材有时也被概括为"回归现实主义传统"，如有媒体旗帜鲜明地宣布：取材于现实的网络文学作品首次入选"中国好书"，现实主义写作在回归，这意味着网络文学向主流审美靠拢。② 也有网站和机构将"现实题材"与"现实主义"合二为一，提出了"现实主义题材"这一杂糅型概念，如阅文集团已经连续举办了三届"网络原创文学现实主义题材征文大赛"（2017—2019），华东师范大学举办了"分众"中国网络文学年度新人大赛，鼓励网络文学作家以现实主义精神和手法来反映现实生活及历史，专门为创作"现实主义题材"的作家保留一定比例的获奖名额。

对网络文学来说，这剂"现实转向"的药方可谓是药效明显：在受到了空前的重视和支持后，近年来现实题材网络文学的数量明显增加，影响日益扩大，如阅文集团于 2018—2019 年主打的《工业霸主》《造车》《还看今朝》等 11 部精选 IP 中，超七成是现实题材，一些由网络文学改编的现实类影视剧如《大江大河》《都挺好》等，既叫好又叫座，不断掀起收视和阅读热潮。有人乐观地认为：中国网络文学已经出现了现实主义转向，进入了"现实主义新时代"。

不过，必须明确的是：现实主义是一个富有包容性、开放性的术语，既效忠过唯心主义，也效忠过唯物主义，被评价为"最独立不羁，最富有弹性、最为奇异"的概念，甚至被认为是一个"失职的""失去人们信任的""可疑的"术语。③ 关于现实主义的界定，人们很难达成共识，即使达成了也会不断地去破坏它。同时，网络文学体量庞大，更新速度惊人，文化属性非常复杂，主导文化与亚文化并存，外来文化和本土文化融合，大众文化、精英文化互渗，中国网络文学的现实转向在创作与批评过程中还面临着许多未解的难题，需要不断追问和解答。

其一，题材和创作思潮或创作观念有必然联系吗？现实题材创作

---

① 许旸：《单靠幻想，撑不起网络文学一个行业》，《文汇报》2018 年 8 月 21 日，第 5 版。
② 何晶：《网络文学向主流审美靠拢》，《羊城晚报》2019 年 4 月 28 日，A6 版。
③ 达米特·格兰特：《现实主义》，周发祥译，北京：昆仑出版社，1989 年，第 1—4 页。

必然会通向现实主义吗？如果是这样，为什么有很多现实题材的作品只有悬浮的幻象、缺乏活生生的形象，让人感到虚假而荒唐，被判定为"伪生活""伪现实"？现实题材小说掺杂了非现实情节，它们是否就不属于现实主义文学了？如果是这样，在《大国重工》这种典型的重生文里，"重生"是故事的核心要件，显然是荒诞不经的，但评委们却为何对此视而不见，认定其为现实主义佳作，并把"现实主义题材征文大赛特等奖"的荣誉颁给了它，中国作协也对它进行重点扶持？同理，非现实题材的创作注定与现实主义无缘吗？《遮天》是仙侠文的代表，看似不食人间烟火，为何有学者却认为它有着"现实主义的观照"，是"现实主义的产物"①？

其二，现实主义最主要的特征是什么？是典型环境中的典型人物？是真实再现了社会生活？这些理论足够勾勒出现实主义的边界吗？法国理论家罗杰·加洛蒂曾提出"无边的现实主义"这一说法，认为"一切真正的艺术品都表现人在世界上存在的一种形式"，"没有非现实主义的、即不参照在它之外并独立于它的现实的艺术"②，因此所有的艺术家都不能被排斥在现实主义之外，包括毕加索、圣琼·佩斯、卡夫卡这样的现代主义大家。这当然是一个夸张的说法，但也说明了现实主义文学的边界很难被确定或者很容易被突破。这种情况在网络文学中是否也存在呢？传统的现实主义文学理论面对类型化的网络文学是否依然有效？③ 对《大国重工》和《遮天》等作品的宽容和赞许是否也酝酿着某种理论的突破，意味着现实主义的边界已经被拓宽？

以上诸问涉及现实主义文学的内涵、网络时代现实主义的边界等问题，如果不能给出令人信服的解释，难免会导致一种尴尬现象的产

---

① 肖惊鸿：《网络文学的现实主义》，《长篇小说选刊》2018年第5期。
② [法] 罗杰·加洛蒂：《论无边的现实主义》，天津：百花文艺出版社，2008年，第171页。
③ 比如，中国作家协会《2018年中国网络文学蓝皮书》中将网络文学分为"现实类""幻想类"和"历史及其他类"三大类型，这显然是理想化的分类，因为这三大类型在很多网络文学中很难区别开，历史和其他类充满了幻想，甚至现实类也不乏幻想特征。参见中国作家协会网络文学中心：《2018中国网络文学蓝皮书》，2019年5月11日，http：//www.chinawriter.com.cn/n1/2019/0511/c404023-31079531.html，2020年5月3日。

生：文化部门在号召网络作家要转向现实题材创作，文学网站、网络作家和评论家在积极响应，读者/同人在论坛上参与对话，但各方对"现实"、对"现实主义"的理解大相径庭、各说各话，这无法达成有效的沟通，网络文学的"虚火"自然也难以祛除。

　　网络文学与现实题材、现实主义的关系是一个紧迫而重大的课题，需要从多个层面加以系统探讨。在笔者看来，从题材这一角度看，现实题材与现实主义并没有必然的联系。对文学的某种思潮或创作态度而言，题材只是一张入场券，并不是身份证，更不是通行证。题材不是文学创作的关键，只是"事物的表象"。用本雅明的话来讲，现实题材只是"题材内容"而不是"真理内容"①。因此，"现实主义题材"这一提法也许只是权宜之计，既不合学理，也不符合实际。具有奇幻叙事特征的网络文学展现出特殊的现实品格，即使是非现实题材的作品也可能抵达现实主义所追求的真实、真相或真理。网络文学的出现为"及物的现实主义"这样一种新的现实主义类型提供了可能。

二、网络文学的奇幻叙事与现实品格

　　自法国小说家桑·佛洛里于 1850 年首次在文艺领域使用"现实主义"概念以来，"现实主义"概念不断在变化、调整，文学现象的复杂性、丰富性以及不同时代的人们对"现实"的不同理解与体验，决定了现实主义的边界在不断移动。据不完全统计，形形色色的现实主义类型多达几十种②，这也使得界定现实主义几乎成为不可能完成

---

　　① ［德］瓦尔特·本雅明：《歌德的亲和力》，陈永国、马海良编：《本雅明选集》，北京：中国社会科学出版社，1999 年，第 61 页。

　　② 西方有田园现实主义、唯灵论现实主义、批判现实主义、魔幻现实主义、超现实主义、怪诞现实主义、规范现实主义、理想现实主义、反讽现实主义、朴素现实主义、民族现实主义、客观现实主义、乐观现实主义、悲观现实主义、造型现实主义、心理现实主义、日常现实主义、传奇现实主义等，中国有社会主义现实主义、革命现实主义、启蒙现实主义、新写实主义、神实主义、科幻现实主义、虚拟现实主义、游戏性的写实主义、新媒介现实主义、二次元现实主义、玩世现实主义、寓言现实主义等。

的任务。

在这一问题上,以赛亚·柏林对浪漫主义的界定思路或许值得借鉴。① 伯林认为作品流露出的写作观念是判定其是否为浪漫主义的标准,浪漫主义注重统一性和多样性,如果作品强调秩序、自我克制和纪律,反对任何混乱和违法的东西,那么它就不是浪漫主义的,因为这是浪漫主义者所深恶痛绝的。② 这一做法给我们的启发是:在观察网络文学的现实主义转向时,我们或许不必太纠结于固有的现实主义概念,也不必太关注作品是否属于现实题材或所谓的"现实主义题材",不妨先分析作家的"现实主义者"身份和作家所流露出的写作观念,阐释作品中的"现实品格"或"现实精神",即作品的现实倾向性(与真实生活是否有呼应或隐喻关系)、作品的人文关怀和价值观(是否关注人的性格、灵魂、尊严和命运)和作品的时代感(是否揭示社会当下或未来的发展规律,激发想象力)等。之所以使用"现实品格""现实精神"而不是"现实主义",是因为这两个概念与现实主义的传统概念密切相关,但又更为灵活,涵盖但不限于"现实""真实""真理""真相""现实题材""现实倾向""现实主义精神"等重要范畴,更有利于阐释现实主义的新特征。

应该看到,当代网络文学的形态极其丰富,目前正处于从大神阶段向大师阶段发展的过程中。③ 很多网络作家并没有满足于通俗故事的讲述者、说书人、畅销书作者这些角色,也没有停止过以奇幻叙事为代表的各种文学创新的尝试,在文学与现实、现实与理想之间建立起了广泛而密切的联系。许多网络文学作家正在尝试超越雅俗,其作品具有复杂的特质,有可能具备丰富而深厚的意蕴,让文学重新参与到公众的精神生活中来,暴露和展示出当代中国的复杂、矛盾、焦虑和希望。中国网络文学或许并非人们所说的"远离现实",而是有着

---

① 这一点受到了首都师范大学硕士生王之琳同学在 2020 年 5 月 16 日的线上读书会发言的启发,特此致谢。
② [英]以赛亚·伯林:《浪漫主义的根源》,吕梁等译,南京:译林出版社,2019 年,第 130 页。
③ 邵燕君:《网络时代的文学引渡》,桂林:广西师范大学出版社,2015 年,第 46 页。

丰富的现实品格，蕴含着明显的现实精神，它们以再现、隐喻、同构的方式回应着现实世界，也酝酿着新的现实主义和美学风格。它们大致分为以下几种：

第一种是写实类的都市类、官场类的网络小说，如《大江东去》、《欢乐颂》、《都挺好》、《繁花》、《官路风流》（又名《侯卫东官场笔记》）、《二号首长》、《草根布衣》、《余罪》、《黑锅》、《裸婚》、《朝阳警事》等。这一类作品的现实品格是真实不虚、直面当下。它们将目光投向鲜活的时代万象，直接描绘现实生活、洋溢着鲜明的时代气息，抒发家国情怀，弘扬正能量，讲好中国故事，有着深刻的时代洞察力量。它们符合人们关于现实主义的期待视野，如客观再现社会现实，重视典型性、真实性、历史性等，开拓了现实主义文学的广度和深度。

第二种是玄幻、修仙、游戏、灵异等幻想类作品，如《遮天》《凡人修仙记》《斗罗大陆》《大王饶命》《全球高武》等。这一类作品的现实品格是亦幻亦真、似幻实真。它们具有鲜明的虚拟性、交互性和游戏性，呈现出全新的网络特质，凭借着汪洋恣肆、天马行空的想象力，构建出雄奇瑰丽的虚拟世界和游戏空间，打破了世界与自我的设定，改变了线性的、不可逆的人类历史。

第三种是介于上述二者之间的重生文、系统文、穿越文、科幻文、末世文等作品，如《庆余年》《间客》《回明》《篡清》《大医凌然》《医路坦途》《大国重工》《复兴之路》《第一序列》等。这一类作品的现实品格是时真时幻、以幻写实。它们在现实（历史）题材的躯壳下嵌入了很多非现实、超现实的元素或套路，如重生、异能、金手指、开挂、系统等。主人公要么借助重生、穿越而成为先知，一次次趋利避害，要么意外地获得特殊的系统能力，在解决现实问题时，往往使用的是超现实的神奇手段，近似亚里士多德所说的"合情合理的不可能"。

从数量和受众群体看，上述第二种和第三种类型是网络文学的主流，具有明显的不同于传统现实主义文学的现实品格，不论是情节还是叙述，普遍都具有奇幻叙事的特点。从文学类型学的角度看，网络文学的奇幻叙事属于"奇遇文学"或"奇幻文学"。所谓奇遇（奇幻），用阿甘本在《奇遇》一书里的描述就是：相对于平常的生活，奇遇是某种陌生的——因此也是古怪的和荒诞的——事情；这样的想法定义了现代的奇遇观念。① 按照西美尔的说法，奇遇是"生活的连续性突然消失或离去"②。奇遇是暂时的终止，是倒退或快进，是现实逻辑的反转或逆转。网络类型小说中的穿越、重生、系统、打怪升级等要素或模式都属于典型的奇遇/奇观叙事。

以齐橙的《大国重工》等系列作品为例，这些小说获得了官方和市场的双重认可。③ 虽然都是现实题材，但作为重生文，它们难以摆脱离奇的情节。如在《大国重工》（2016—2019）中，国家重大装备办处长冯啸辰穿越到了1980年，利用他后世丰富的经验和超出时代的科学知识，每每在重大的关节点，在和日、美、德等国家的技术人员谈判过程中，总是可以料得先机、占得主动，每次都避免了国家的重大损失，推动了冶金装备、矿山装备、电力装备、海工装备等大国重工在中国这样一个泱泱大国里从无到有的艰苦建设的发展过程。这部小说走的是细腻写实风，崇尚细节的真实、可感、饱满，史料扎实且逻辑自洽。然而，如果这部小说剔除了重生情节，完全按照传统现实主义的原则和要求进行写作，如果主人公不具备先知或金手指的能力，那么这部作品的故事架构就会坍塌，叙述完全被改写，情节也会面目全非，很可能变成平庸而乏味的现实复述。齐橙的重生文中的真实性杂糅了生活真实、历史真实、艺术真实，展现出了不同于传统现实主义的品格。当我们把它看成是现实主义作品并大力推崇时，不应该漠视一个基本事实：作为重生文的《大国重工》，其奇幻叙事的特

---

① ［意］吉奥乔·阿甘本：《奇遇》，尉光吉译，重庆：西南师范大学出版社，2018年，第60页。
② ［德］齐奥尔格·西美尔：《时尚的哲学》，费勇、吴艺译，北京：文化艺术出版社，2001年，第204页。
③ 《大国重工》2016年获得"优秀网络文学原创作品推介"，被评为第二届网络文学双年奖优秀作品；于2017年获得中国作协重点扶持；2018年获得第二届网络原创文学现实主义题材征文大赛特等奖，影视改编版权已售出；2019年10月11日入选国家新闻出版署和中国作家协会联合推介的25部"庆祝新中国成立70周年"主题网络文学作品暨2019年优秀网络文学原创作品名单；2020年8月4日获得首届"天马文学奖"；2020年8月被国家图书馆永久典藏。

征是以往的现实主义经典作品所不具备的。

不过正如我们先前论述过的,题材和叙事与现实主义、现实品格和现实精神并没有直接的联系,奇幻叙事也可以展现出鲜明的现实品格。这一点在末世文、科幻小说等网络文学中表现得最为突出。"末世文"也称"末日文"、废土文,是以宇宙系统的崩溃或人类社会的灭亡为设定的作品。以网络大神猫腻为例,其作品大多有末世设定,或以"末世"为背景,如《朱雀记》中的"佛主灭世",《庆余年》中的"人类浩劫",《将夜》中的"永夜"或"冥王",《间客》中毁灭星球的核弹(脏弹),《择天记》中"圣光大陆"的"灭世",等等。在战争、核爆、种族屠杀等带来的末世或末路等等面前,人性往往要接受最严酷的考验或拷问,也最容易唤醒或激发人类的恐惧、悲悯、崇高等情绪或品质。这些设定既暴露出人类文明中最黯淡、最无助、最脆弱的一面,也往往让人类绝处逢生,在绝望中重拾希望,从乌托邦转向反乌托邦,再造乌托邦。

不妨以《第一序列》(以下简称《序列》)为例来分析末世文的现实品格。《序列》是阅文集团白金作家、网络大神"会说话的肘子"的作品,于2019年4月15日发表于起点中文网,完结于2020年8月17日。小说的故事和人物设定都具有奇幻色彩:世界由于核爆炸遭到毁灭,新纪元开启,废土之上,人类文明得以苟延残喘,壁垒拔地而起,秩序却不断崩坏。人类不再是世界的主宰,要不断面对各种危机:强大的野兽(吃人鱼、人面虫和狼群等)、核武器、异化的实验体和主宰一切的人工智能。主角任小粟已经200多岁,是人类的001号实验体,是最接近神的人,他通过不断完成脑海中的"宫殿"(突然出现的系统)布置的任务,神奇般地学习和复制了诸多超凡者的超能力,一步步崛起于末世。他具有很多超凡能力:他是枪械水平大师,可以摧城——在30秒内力量与敏捷加倍,冷却时间1天,可以变化出影子(替身),不惧刀枪;他拥有大量的神器:无坚不摧的黑刀、外伤万能药黑药、威力随花色递增的炸弹扑克、土豆射手与缠绕荆棘的种子、无需换弹且各类子弹齐全的黑狙、拥有极快飞行速度与极强威力的黑弹,以及黑色真视之眼、暗影之门。他会驾驶虚幻的蒸汽机车,可以沟通和呼唤出牺牲战士的英灵,此外还掌握了大师级或高超的野外生存本领、心脏外科专业技能、手风琴演奏技能……任小粟凭借着他的超凡能力，从底层流民逆袭为西北少帅、人类领袖，带领着浩劫后的人类战胜了一个又一个强敌。《序列》的设定虽然是贫瘠的废土和架空的灾后世界，但小说归根结底探讨的是现实世界的兴衰荣辱，是人们面对灾难时的立场与坚持，是人类意志和人类精神的问题。小说的主角生于废土，也属于当下，他们挣扎而又坚定，痛苦而又心向光明，宁愿燃烧生命也要做世间最亮、最璀璨、最无敌的那束光。在一个利益至上、人们要习惯割舍友情、爱情、亲情、尊严、正义的时代，任小粟们始终有自己的选择，他们想破除壁垒贵人与集镇流民的隔阂，消灭人们之间存在的羞辱与居高临下的歧视，他们要揭露真相，坚持探索正义与真相，保护身后记录真相、为理想奋斗的陌生人，保卫光明、反抗剥夺了人类自由的人工智能，他们拒绝在时代里随波逐流，告诉自己和亲人："不要让时代的悲哀，成为你的悲哀。"

《序列》里有一处非常重要的情节：凶恶狂暴的实验体（非人非兽）张开凶狠的牙齿来想要吞噬主人公任小粟，甚至要吮吸他的血液与骨髓，任小粟唯一的办法就是再获得七次感谢，攒够100次感谢，然后在宫殿（系统）里兑换神器"黑刀"才能活命。在这一生死关头，小说有着这样的描写：

> 下一刻任小粟苍白的（原文如此——引者注）笑了起来，不就是要七次感谢嘛。他在脑海中平静说道："我要七次感谢我自己。"
> "第一次，我感谢自己面对机会时，从不怯弱。"
> "第二次，我感谢自己面对危险时，从不畏惧。"
> "第三次，我感谢自己面对磨难时，从不妥协。"
> "第四次，我感谢自己面对诱惑时，总有底线。"
> 任小粟在脑海中的声音越来越大，直至如雷霆般轰鸣，震的宫殿都在摇晃。
> "第五次，我感谢自己从不虚伪。"
> 刹那间任小粟仿佛听到了自己的心跳声，洪亮如鼓。

"第六次，我感谢自己清醒如初，从不迟疑。"

他又听到了风的声音，风掠过皮肤的纹理。城市里正在检测实验室方位的科研人员忽然抬头，北方检测到巨大的能量正在喷薄，宛如烈日的初升！

任小粟语气平静而又决绝："第七次，我感谢自己在生活的泥潭里，一路高歌，披荆斩棘！"①

这段情节惊心动魄，让人读后热血沸腾。之后的故事和《圣经》中的创世纪情节一般：所向披靡的黑刀神奇地出现在任小粟手中，"一刀劈开生死路，千军万马不回头！"黑刀瞬间摧毁了凶残的实验体，拯救了任小粟，也拯救了世界。这段情节是爽文的标配，是"最后一分钟营救"的传奇叙事的翻版，同时也是《序列》关键的点题段落，它贴切地诠释了小说书名的由来："当灾难降临时，精神意志才是人类面对危险的第一序列武器。""七次感谢"是对人类度过灾难、在历史中熠熠生辉的不屈意志的最好概括，也是小说的现实品格的最好体现：它描写的是未来，是末世，但也是现实和当代，它比现实还深刻，比历史还真实。

以志鸟村的《大医凌然》为代表的系统文的现实品格也与末世文相似。这部小说自2018年上榜以来引发了医疗文的阅读狂潮，在新冠疫情期间点击率更是猛增。这部小说是标准的系统文或系统流，即主人公随身携带一个系统，系统不断给主角指派各种任务，主角不断完成任务，在此过程中升级强大，这种写法源自网络游戏中系统与玩家的关系及升级程序。在这个故事中，一个神秘而强大的医疗系统从天而降，让主人公凌然获得了高超的手术技能和一流的医术，有望成为世界上最伟大的医生。这种叙事显然不符合传统现实主义的惯例。然而，令人惊异的是，随着阅读的深入，读者却会渐渐感到，小说甚至比报告文学还要真实！原因就在于：主人公在系统中的成长和成熟，既不像《天龙八部》中虚竹那样被逍遥子强灌内力，轻松成为绝

---

① 会说话的肘子：《第一序列》，2019年5月26日，https://read.qidian.com/chapter/RTdh2ORNKe2rNX7uI21afA2/eVpg5BJUe5_gn4SMoDUcDQ2，2019年5月26日。

中国网络文学理论评论年选（2021）

顶高手，也不像"乡村神医文"的主角那样凭借神秘的宝物或医书，一夜之间继承了几千年的中医精粹，而是通过扎扎实实、一步一步地完成系统交给的任务而晋级，系统只相当于极速压缩的医生培养舱和智能导师。比如系统会规定：病人的衷心感谢和同行的赞许是对医生的最大褒奖，凌然会因此得到某种技能，如"精力药剂""汤氏缝合术"等；如果完成"为病人缝合屈肌腱"的任务，就会获得"切开（持弓式专精）"的完美技能。解除痛苦是医生的存在价值，如果完成推拿任务，为患者解除痛苦累计1万小时，那么凌然会获得得到"随机推拿法"的奖励。凌然所掌握的每一项绝技，如"间断缝合术""神经束膜吻合术""徒手止血""断指再植"等，都是靠疯狂的工作和刻苦钻研（类似于升级闯关）换来的。他甚至化身为"手术狂魔"，把凌晨4点当成是做手术的标准时间，在手术室连续几个昼夜做手术（有精力药剂做补充），直到累垮所有的助手，占用所有的病床。主人公似乎在完成一个极具挑战性的神奇游戏！事实上，小说中的凌然正是"王者荣耀"等游戏的忠实粉丝，在不做手术的时候，他唯一的爱好就是打游戏、过关。这样，游戏的思维渗透到小说的各个角落也不足为奇了。

不过，这种游戏式的故事看似离奇，却与医生的现实生活形成了某种同构。在当下，一个医学院学生要想成为救死扶伤的合格医生，要在实习生、规培生、住院医、主治医、副主任医师、主任医生等台阶上摸爬滚打一二十年，要发表核心期刊论文、报项目，还要具有医者的大爱仁心，面对和解决失衡的医患比例问题、恶化的医患关系甚至伤医、杀医事件，这岂不就是一个高难度的通关游戏吗？非现实的系统让读者更清晰地感受到医生职业的残酷和幸福。我们经常听到这样的说法：梦境比现实更真实，现实比小说更精彩，这实际上是在批评当下的小说缺乏想象力，但也从另一个侧面证明：这种奇幻叙事看起来是非现实主义的，但却更有可能抵达和捕捉到生活的真相。

从另一个角度看，在《大医凌然》等系统文中，小说主人公借助神器的体内系统，成为一代神医，其中也折射出让人慨叹的中医式微、民族文化衰落等现实问题。由于主人公摆脱医学困境的方式是金手指的方式，是作弊的方式，这种形态有时被批评为伪现实主义，缺乏正视社会现实的勇气和诚意，无意揭示社会的真实，更不愿去探究社会的真理。不过，它确实也从一个侧面反映了当代人在现实中的焦虑和白日梦，是人们对尚无力解决的现实问题所能给出的象征性解决方案，也暴露出一种社会症候："网络小说的作者和读者很难想象也无法相信单纯依靠个人智慧与奋斗就能获得超凡的成就。"① 这种形态也丰富了现实主义文学的维度。不妨将其与《途自强的个人悲伤》和《世上再无陈金芳》进行对比，后者弥漫的沮丧、失望和系统流小说升级时的兴奋与乐观，形成了截然不同的两种人生观和世界观，但毫无疑问，它们各有其不可替代的现实品格，有着不同的价值和功能。

三、网络文学与及物的现实主义的可能

综上所述，网络小说所展现出的现实主义类型至少可以分为两种：一种是及物的，另一种是不及物的。"及物"在当代文学批评中与"介入""生产性"的涵义接近，指涉着文学与现实的联系。在笔者看来，及物的现实主义文学不管是否属于现实题材，最终都通向可感的活生生的现实，都在写实事，不务虚，都创造出了有血有肉的人物形象，能够让读者更好地理解社会风貌和现实世界，得以感受到真实的生活，体会真情、接近真相、领悟真理。不及物的现实主义作品更具内指性，即使题材是现实世界，但也容易使人脱离真实的社会，完全沉浸在虚幻的时空中，缺乏对现实的超越性想象和进行批判性改造的动力。

及物的现实主义文学是网络时代文学发展中不可忽视的文学类型。作为一种世界观、创作态度和美学风格，现实主义在中国网络文学中并未缺席，即使是在以奇幻叙事的作品中也不例外。韦勒克曾经否定过现实主义和奇幻故事的关联，他认为现实主义排斥虚无缥缈的幻想、排斥神话故事、排斥寓意与象征、排斥高度的风格化、排除纯

---

① 邵燕君主编：《破壁书——网络文化关键词》，北京：生活书店出版有限公司，2018年，第256页。

粹的抽象与雕饰,它意味着我们不需要虚构,不需要神话故事,不需要梦幻世界。① 不过,韦勒克所说的现实,是19世纪科学的秩序井然的世界,一个没有奇迹、没有先验存在的世界。在同一篇文章里他也承认现实主义不是一个先验的、固定的、静态的概念。进入21世纪以来,随着新新媒体时代、智媒时代的到来,网络现实和虚拟现实已经越来越渗透在我们的生活里,现实主义文学的边界已经发生了变化。当代一些学者尝试提出了一些新的概念,为网络时代的现实主义重新命名②,"及物的现实主义"这一概念的提出,或许有助于我们理解新时代的网络文学。《间客》《第一序列》《大医凌然》《朝阳警事》《大国重工》等作品属于及物的现实主义,它指向了更深广的现实,指向了后人类社会、虚拟现实、游戏生活等当代生活。其现实品格、现实精神和奇幻叙事或许偏离甚至颠覆了现实主义的经典理论和文学传统,甚至颠覆了现实逻辑,无法再用"客观再现社会现实""典型性""典型环境"和"真实性"来加以概括。从这个意义上看,网络文学的兴盛意味着传统的现实主义审美出现了危机,但是,"艺术的边界就是创造的边界"③,在新兴的网络文学作品里,现实主义的边界得以再次拓宽,新的现实主义类型和美学风格也具有了出现的可能。

在及物的现实主义文学中,"现实书写"不是简单地模仿历史或再现当下生活,而是往往与过去、未来纠缠在一起,其中蕴藏着更复杂、更丰富、更深层的真实性。正如《第一序列》的宣传语那样:重生过去、畅想未来、梦幻现实、再塑传奇人生!④ 及物的现实主义文学打破、模糊、改变了我们以往对真实、现实乃至现实主义的看法。有学者认为:现实主义这个概念之所以易生混乱,其中一个基本原

---

① [美]勒内·韦勒克:《批评的诸种概念》,罗钢等译,上海:上海人民出版社,2015年,第227页。

② 如中外学者先后提出了虚拟现实主义、游戏性的写实主义、新媒介现实主义、二次元现实主义等概念。

③ 高建平:《艺术边界的消失与重建》,《文史知识》2015年第12期。

④ 会说话的肘子:《第一序列》,2019年4月15日,https://book.qidian.com/info/1013562540,2019年4月15日。

因，是在于它与真实（reality）这个相当富有疑义的概念间的暧昧关系上。① 应该说，随着网络文学的发展，随着及物的现实主义文学的兴起和繁荣，现实主义与真实之间的复杂关系又增添了新的变量。

及物的现实主义文学具有一种社会学的想象力，它借助奇幻叙事或超现实叙事，让读者快速看清世事和事情的清晰全貌，让读者转换视角重新打量早已熟悉的社会，深刻体会社会的相对性与历史的改造力量，以"陌生人"或"局外人"的眼光重新审视其所置身的狭小空间，焕发了"好奇的能力"，"获得了新的思维方式，经历了价值的再评估"②。这种想象力，为更多的新异的现实主义类型的兴起提供了充沛的动力。

及物的现实主义文学指向了开放的、多样性的、丰富的现实世界，这种文学是"去内卷化的"。内卷化（involution）是指系统在外部扩张条件受到严格限定的条件下，内部不断精细化和复杂化的过程，后来多指没有发展的增长或既无突变式的发展也无渐进式的增长。这是一种不理想的、没有突破的、高耗能的、停滞的发展形态，类似于"不断抽打自己的陀螺式的死循环"，是卷曲式的、锁死式的向内演化，与"进化"（evolution）、革新相对。③ 就网络文学而言，大量文本——不管是现实题材还是幻想题材——也是内卷化的，它们虽然有着海量的日更新量和惊人的篇幅，但经常处于自我封闭、不断重复的简单再生产的状态，量变而质不变，透支着创作者的生命与健康，让作家陷入了残酷的月票竞争当中。它们即使在书写现实，但其叙事策略、情节设置犹如升级打怪的游戏等级一样，繁复琐碎，周而复始，缺乏质量的提升，对现实主义文学的变革与演变没有实质性的贡献。而及物的现实主义文学是去内卷化的，是以现实世界的逻辑与

---

① ［美］琳达·诺克林：《现代生活的英雄》，刁筱华译，桂林：广西师范大学出版社，2005年，第4页。

② ［美］C. 赖特·米尔斯：《社会学的想象力》，陈强、张永强译，北京：生活·读书·新知三联书店，2016年，第8、14页。

③ 内卷化理论最初是艺术学和文化学术语，后来被用于研究农业生产，继而在政治、历史、社会制度等领域也得到了广泛运用。详见刘世定、邱泽奇：《"内卷化"概念辨析》，《社会学研究》2004年第5期。

规则为基础进行的超真实和寓言式建构,其中的想象或许不具备历史的真实性,但符合当下和未来的逻辑性,经得住因果关系的检验,让现实主义文学呈现出渐进的发展态势。

当然,及物的现实主义并非是网络文学所独有的,其他时代和依托其他媒介生产和传播的文学也拥有这种现实主义类型,但在网络文学这里,其指涉现实的方式更为奇特,介入现实的特征更为微妙,其创造和改造现实的力量也更为浑厚。本文只是初步探讨了网络文学的现实转向,分析了及物现实主义出现的可能、功能及其特征,至于及物的现实主义文学的审美价值、未来趋势和评价体系,就需要另外撰文论述了。

(原载于《社会科学辑刊》2021年第1期)

网络文学中的乡村想象与叙事策略

◎ 秒 椤

作为网络时代的大众文学,网络文学发展20多年来,[①] 无论在作者人数还是在作品数量上,都达到了通俗文学史上前所未有的高峰。据相关部门统计,截止到2018年,"各类网络文学作品累计达到2442万部","国内网络文学创作者已达1755万,其中签约作者61万"。[②] 而网络文学的题材和类型,远较历史上更丰富。"2006年,类型化已是网络写作的基本格调。武侠小说、后宫小说、玄幻小说、仙侠小说、穿越小说、盗墓小说、都市小说、同人小说、耽美小说大量出现,形成了网络文学的基本类型。"[③] 在这其中,乡村或农村题材小说作为一个类型仍时有出现,但在诸多市场"流量爆款"和学界、业界榜单上却难觅踪影,始终是一个精品佳作少和人气不旺的小众群体。例如,在2009年的"网络文学十年盘点"活动中,"十佳优秀作品"和"十佳人气作品"无一部农村题材小说;[④] 在2018年揭晓的"中国

---

① 邵燕君认为:"1997年12月25日'榕树下'全球中文原创作品网(www.rongshu.com)开通,标志着中国网络文学的大门正式开启。"(参见邵燕君:《新世纪第一个十年小说研究》第八章,北京:北京大学出版社,2016年,第226页)

② 《〈2018中国网络文学发展报告〉发布》,2019年8月10日,http://culture.people.com.cn/n1/2019/0810/c429145-31287235.html,2020年8月1日。

③ 欧阳友权主编:《网络文学词典》,广州:世界图书出版广东有限公司,2013年,第30页。

④ 《"网络文学十年盘点"闭幕式和揭榜仪式在京举行》,2009年6月25日,http://www.chinawriter.com.cn/2009/2009-06-25/61757.html,2020年8月1日。

网络文学20年20部优秀作品"中,①只有一部作品涉及农村题材;在"庆祝新中国成立70周年"主题网络文学作品暨2019年优秀网络文学原创作品推介中上榜的25部作品中,除了《大江东去》,只有《粮战》与农业有关,②但该作写的是水稻育种的故事,严格来说并不能算作真正意义上的乡村题材。

中国从古至今都是农业大国,有着庞大的农村人口和悠久的农耕文化传统,这在文学中得到深度反映,"中国文学自现代以来,乡土或农村题材一直是最为重要的一脉",③但这一情形在网络文学中不再延续。乡村题材写作在网络文学中势衰,既有现实的原因,也反映出乡村叙事自身的变化。本文尝试在乡村叙事变迁背景下观察乡村题材网络小说的创作情况,并结合有代表性的作品分析其中的规律性和趋势性问题。

一、乡村题材网络小说的"边缘"地位

乡村题材网络小说在网络文学中成为"边缘"类型,究其根源,与乡村生活和乡土文明变迁导致的乡土叙事的衰变,以及具有通俗文学属性的网络文学本身的都市文化特性有直接关系。

有学者论及,"乡土文学或农村题材,是百年中国文学讲述的主要对象。因此,百年来中国文学的主流就是与乡土有关的文学。这与中国乡土社会的性质是同构关系"④。这意味着,支撑乡土文学的就是中华大地上绵延几千年的乡土文明和乡土文化。1949年后的工业化发展和城镇化进程,使传统乡村生活发生了革命性变化。反映到文学

---

① 《"中国网络文学20年20部优秀作品"揭晓》,2018年3月31日,http://difang.gmw.cn/sh/2018-03/31/content_28178050.htm,2020年8月1日。
② 《"庆祝新中国成立70周年"主题网络文学作品暨2019年优秀网络文学原创作品推介》专题网页,2019年10月11日,http://www.xinhuanet.com/politics/idzt/wlwxtj2019/index.htm,2020年8月1日。
③ 徐勇:《小说类型与"当代叙事"》,北京:商务印书馆,2017年,第22页。
④ 孟繁华:《文学主流溃散后的乡土叙事——近年来中国乡土文学的新变局》,《新世纪文学论稿:文学思潮》,北京:现代出版社,2015年,第54页。

中，乡村叙事的整体性变化早在延安时期就已经发生："乡村中国整体性叙事发生于20世纪40年代，也就是乡土文学转向'农村题材'之后。"① 进入21世纪，城乡人口比例发生结构性变化："2012年对于中国社会人口结构来说，则是一个石破天惊的年代，从这一年开始，中国城市人口首次超过了乡村人口，乡土中国的性质开始发生了转折性的变化"。"2012年，可以说是中国文学内部转型的标志性年代——乡土文学作为百年中国主流文学的现象已经成为过去。"② 不仅如此，还有学者认为："乡土文学叙事在21世纪最初几年的深刻变异，已经预示着转型的趋向，而这一转型更激进的意义在于，乡土叙事趋向于终结。"③

按照上述逻辑，乡土叙事既然已经"趋向于终结"，但"终结"之后中国文学的主流变成了什么？这是一个值得思考的问题。按理说，城乡人口比例逆转，乡土叙事应该让位给城市叙事，但事实并没有那么简单，"在我看来，当代中国的城市文化还没有建构起来，城市文学也在建构之中"④。这其中的原因大致如下：一是乡村传统文化的影响力太大，当农村人口占社会人口绝大多数的时候，城市的生活方式不可能摆脱乡土的影响，也就不可能诞生纯然现代化的城市文学；二是就当代而言，"城市人口超过农村人口"并不意味着农村人口绝对地消失了，或者城市增长了更多的真正市民，这在短期内是无法实现的。实际情况是人口流动导致乡下人进城了，乡村传统文化随着人口迁移也影响到城市。较之大规模城镇化之前的城市，现在的中国城市文化反倒融入了更多的乡村元素，这是应该被注意到的现象。文化的嬗变是个漫长的过程，中国城市文学的构建也必然要经历相当长的时间。

---

① 孟繁华：《怎样讲述当下中国的乡村故事——新世纪长篇小说中的乡村变革》，《新世纪文学论稿：文学思潮》，第65页。

② 孟繁华：《文学主流溃散后的乡土叙事——近年来中国乡土文学的新变局》，《新世纪文学论稿：文学思潮》，第54页。

③ 陈晓明：《中国当代文学主潮》，北京：北京大学出版社，2009年，第583页。

④ 孟繁华：《构建时期的中国城市文学——当下中国文学状况的一个方面》，《新世纪文学论稿：文学思潮》，第237页。

我们可以回答上文的追问：如同乡土文明与现代城市文明相遇后的"混搭"，我们很难再以乡村或城市为主要特征来定义文学，乡土叙事趋向终结、城市文学尚在建构之中的中国文学主流变成了一种"混杂"的文学。尽管这种复杂的局面难以一时厘清，但在社会生活发生巨大变化之后，乡村大规模从文化表达和文学叙事中退却是一个看得见的景观。当然，以上诸家据以得出乡土叙事作为文学主流"成为过去"和"趋向于终结"的结论，毫无疑问来自对五四新文化运动以来的新文学的观察，但这已然构成了网络文学在世纪之交滥觞时的叙事背景。不仅如此，就网络文学自身而言，同样不具备为乡村叙事提供避世的"桃花源"的可能性，作为通俗文学的网络小说天然具有都市流行文化的特征，与乡村书写之间有着难以消除的文化壁垒。

鲁迅所讲起源于劳动号子的"杭育杭育"派的文学，进至先秦时代已分化出脱离劳动人民、专供王公贵族享用的文学，"《史记·滑稽列传》记载了先秦的一些俳优或类似于俳优的弄臣们的滑稽故事，为我们保存了中国早期通俗小说的重要资料"①。"这些供君主开心娱乐的'戏谑笑语'或'小说'，连带这些引起人们阅读快感的故事，应该就是上古通俗小说的滥觞。"② 可见通俗小说诞生之初就已远离生产劳动和乡村生活，成为供有闲阶级消遣的娱乐。从古代通俗文学诞生到发展成熟，直到清末民初现代通俗小说诞生之际，不仅消遣娱乐这一功用贯穿通俗文学的全部历史，且其流行的空间范围一直在农民和乡村生活之外。沿袭明末清初才子佳人小说和晚清狭邪小说路子出现的"鸳鸯蝴蝶派"就是一个例证。"从'辛亥革命'到'五四'运动，'鸳鸯蝴蝶派'小说几乎独步文坛，成为了当时小说的主流"，"'鸳鸯蝴蝶派'最初以上海为基地，后来扩展到天津、北京等大都市，在市民中获得广大的读者"③。亦有研究者指出："晚近的趋势，则是将鸳蝶派与上海地域合并考虑，侧重其反映的都市商业文明与媒体文化，

---

① 王齐洲：《中国通俗小说史》，武汉：武汉大学出版社，2015年，第37页。
② 王齐洲：《中国通俗小说史》，武汉：武汉大学出版社，2015年，第38、39页。
③ 王齐洲：《中国通俗小说史》，武汉：武汉大学出版社，2015年，第821页。

以及对中国现代文学的影响。"① 通俗小说从古代到现代的演化是一个脱离乡村走向城市的空间转移过程："都市是通俗小说的创作空间和创作土壤，几乎所有的通俗小说都是都市生活或者都市人的思想情绪，说通俗小说是都市小说也不为过。更为重要的是都市性质决定了通俗小说的性质"，"市民意识决定了通俗小说的品质"。②

城市是时尚流行文化的策源地和集散地，大众对时尚的追慕使城市具有无比强烈的文化吸引力。"流行文化的基本内容和形式，也在很大程度上是由都市流行文化的生产者和传播者所决定的。"③ 1994年，中国大陆接入国际互联网，网络率先在城市发展起来，上网成为城市青年最时尚的生活方式之一，这正是网络文学兴起的必备条件。伴随网络在全社会得到普及，以网络文化为代表的流行文化开始遍及城乡，但城市作为"时尚之都"的角色丝毫没有减弱，很多青年争相背离农村到城市生活。"我们经常说现在'三年就是一代'，决定'一代人'和'一代人'之间'代沟'的是什么？就是要看他们是什么流行文化喂养大的。"④ 在城市和网络流行文化的"投喂"下，"85—95独孤一代"中的"'宅男'和'腐女'构成目前网络读者的两大重要'族群'"⑤。他们不大可能对农村生活方式抱有热切向往，因此迎合读者的网络小说创作离乡村越来越远。

除了作为有闲阶级读者的消遣娱乐，通俗文学的都市文化特征也与作者的生活空间相吻合。在先秦时期，"稗官"和"俳优"皆是从农业生产中分工出来的人。及至现代意义上的都市产生，社会分工更加细致，通俗小说的都市文化特性和消费特性更加明显。"都市生活

---

① 胡晓真：《新理想、旧体例与不可思议之社会——清末民初上海文人的弹词创作初探》，李孝悌编：《中国的城市生活》，北京：新星出版社，2006年，第254页。

② 汤哲声主编：《中国当代通俗小说史论》，北京：北京大学出版社，2007年，第18、19页。

③ 高宣扬：《流行文化社会学》，北京：中国人民大学出版社，2015年，第206页。

④ 邵燕君：《新世纪第一个十年小说研究》，北京：北京大学出版社，2016年，第237页。

⑤ 邵燕君：《新世纪第一个十年小说研究》，北京：北京大学出版社，2016年，第236—237页。

要求都市人的社会分工细致,把人从'乡土社会'自食其力的自然形态改变成互相依赖又互相索取的利益形态。通俗小说正是这样的利益形态所产生出来的文学艺术,它成为都市生活利益环链中的一个组成部分并具有商品性质的'消费品'。"① 在分析乡土叙事何以成为过去的主流时,除了与社会生活的同构关系,也有学者指出了作家自身的原因:"……就是洋派的'新文学'其实一直以乡土文学为主导,构成中国作家主体队伍的是广大出身农村、自学成才、在价值观和审美观乃至情感结构上都相当传统的乡土文学作家。除了现代文学的'新感觉派'以及当代文学中的'纯文学'外,都市文学传统一直相当薄弱。"② 乡村经济发展相对缓慢,广播和电视出现之前缺乏有效的传媒,人口受教育程度低。在这些因素的综合作用下,文学的阅读和创作都不可能在乡村得到普及。对于文学传播空间而言,深受乡村文化影响的传统作家将乡土叙事带进文学中,也是一种社会分工的结果。在当下中国,无论身在城市还是农村,都可以便捷地使用网络,但网络小说的作者仍然以身居城市者为主,"在地域分布上,17.3%的作者生活在北、上、广、深一线城市,新一线城市、二线城市和三线城市以及以下的作者比例分别为 23.3%、21.4%、38%"③。

"随着电视和电子网络的迅速发展,任何流行文学和流行艺术的成功,都离不开媒体和电子网络。"④ 事实上,这一情况不只出现在网络文学中,也正在上升为严肃文学中的客观现实;再加上写作者对城市生活和城市审美趣味的熟悉,文学叙事借助网络进一步加快了"离乡"的步伐,乡村题材网络小说创作局面沉寂就在所难免了。

---

① 汤哲声主编:《中国当代通俗小说史论》,北京:北京大学出版社,2007年,第18—19页。

② 邵燕君:《新世纪第一个十年小说研究》,北京:北京大学出版社,2016年,第236页。

③ 《〈2018中国网络文学发展报告〉发布》,2019年8月10日,http://culture.peopie.com.cn/n1/2019/0810/c429145-31287235.html,2020年8月1日。

④ 高宣扬:《流行文化社会学》,北京:中国人民大学出版社,2015年,第164页。

二、进入者视角与"出走—回归"的奋斗之路

在当代文学研究话语中，农村题材和乡土小说在内涵上是有差异的。但在大众读者那里，没有必要对此做细致区分，他们更习惯于把一切描写农村生活的小说当作乡村题材来看待，网络文学亦是如此。尽管大部分知名文学网站并未将乡村题材单独分类，[①] 但其作为一个类型是确凿无疑的。所谓类型小说，"通常我们可以把小说类型中那些具备相当的历史时段、具有稳定的形式或内涵样貌、具有一系列典范性作品、同时又在读者心目中能引起比较固定的阅读期待的小说样式叫做'类型小说'。"[②] 网络乡村题材小说是具有这个特征的。

尽管乡村叙事的衰变已经成为影响文学史的事件，但文化的强大惯性使乡村题材写作仍然没有被遗忘。"乡村文明的危机或崩溃，并不意味着乡土文学的终结。对这一危机或崩溃的反映，同样可以成就伟大的作品，就像封建社会大厦将倾却成就了《红楼梦》一样。"[③] 这既是对严肃文学的期待，也同样适用于网络文学。在网络文学中，尽管远不如玄幻、仙侠、军事、历史、悬疑、爱情等类型发达，但农村题材写作仍然有一席之地，从"百度"词条搜索"网络乡村小说"或"网络农村小说"，均会得到不少搜索结果，甚至还有专门刊载这类小说的网站。而这类小说中虽无"超级爆款"出现，但已有作品也并非全部乏善可陈，仍然出现了诸如《明月度关山》《大山里的青春》《长河左岸》《宁家女儿》《山横水倒流》和《扬帆1980》等一批有一定社会关注度的作品。我们可以在这些新媒介崛起后乡村叙事向网络文学

[①] 起点中文网在"现实"类型之下的二级分类中有"社会乡土"，参见 https://www.qidian.com/all?chanId=15&subCateId=153，其他知名文学网站未见与农村题材有关的类型分类。

[②] 葛红兵、肖青峰：《小说类型理论与批评实践——小说类型学研究论纲》，《上海大学学报》2008年第5期。

[③] 孟繁华：《乡村文明的变异与"50后"的境遇——当下中国文学状况的一个方面》，《新世纪文学论稿：文学思潮》，第224页。

中国网络文学理论评论年选（2021）

转移过程中的标本式作品中,观察人物和故事在网络文学中的新变,从中窥见网络文学如何呈现大众对乡村的想象。

自延安时期以来,创作者通过塑造新的农民形象反映新政权的无限生机和新的社会制度给农村生活、农民精神状态带来翻天覆地的变化,是农村题材小说中最常见的方法。《白毛女》中喜儿的形象是"旧社会把人变成鬼,新社会把鬼变成人"的鲜明写照;《创业史》中的梁生宝自从加入共产党后就获得了新生,积极投身农村合作化运动的洪流中,成为当时模范的农民形象。塑造典型人物一直是现实主义文学的特征,如《哦,香雪》中的香雪,《古船》中的隋抱朴,《平凡的世界》中的孙少平、孙少安皆是如此,他们成为当时时代精神的象征。进入 21 世纪,伴随城镇化进程的加快,城乡矛盾也体现在文学作品中的人物身上,例如《上塘书》（孙惠芬）中的申家爷奶,《隐匿者》（胡学文）中的范秋、赵青,《无鼠之家》（陈应松）中的阎国立等。

与现实主义创作着力在典型环境中塑造典型人物不同,网络小说的叙事目标定位在讲述生动感人的故事上。"网络文学作品只有更好地表达现实经验、触及现实问题,以好故事和真情实感取胜,不断注重创造性转化、创新性发展,才能收获读者的共鸣和喜爱。"① 但网络小说使读者产生代入感的根本动能,仍然在于人物身上蕴含的感染力。因此从客观上说,人物身上那些打动读者的成分,一定契合了时代精神,拨动着社会心弦,慰藉着大众情感。从支撑人物形象的思想活动和精神结构而言,乡村题材网络小说创造了一批新形象。

《明月度关山》（舞清影）② 和《大山里的青春》（罗晓）③ 是两部反映支教教师在乡村生活的网络小说,表现了新踏入社会的青年知识分子与乡村的关系。刚走出校门的大学毕业生告别熟悉的现代城市生活,到偏远山区开始陌生的生活,他们身上凝聚着将青春奉献乡村的责任使命,也面临着现实和自我的挑战。网络小说正面介入支教,首

---

① 范得:《为网络文学现实题材创作把脉问诊》,《文艺报》2019 年 7 月 29 日,第 1 版。
② 参见：https://book.qidian.com/info/1010714035。
③ 参见：https://www.aliwx.com.cn/chapter?bid=7692168。

先在题材选择上就意味着对现实价值的认同。前者的书名中暗含着男女主人公的名字，明月是一位为了履行免费师范生合约回原籍支教的女大学生，她有一个家境富裕、体贴细致的男朋友；本来她可以留在市区的重点小学，但受制于政策，只能选择先回原籍服务期满后才能获得市里的编制。大山转信台里的军人关山不断给予她帮助和鼓励，她虽然收获了孩子们的信任，但却遭遇了男友的背叛，在内心最艰难的时候，关山默默守护她的芳心。故事的结尾是一曲"明月度关山、清风上高岗"的欢歌。先抛开关山与明月的情事不论，在明月身上，寄托着催动生命、实现自我、奉献社会、关爱乡村教育的青春理想；而在关山身上，则洋溢着保家卫国、勇敢正直、关怀弱小等的男性美德。《大山里的青春》中的男主人公江源去乡下支教，与明月一样也是一种无奈的选择，他在公务员考试时应聘市国土局的职务，考试和面试均是第一，却"被一个背景关系更强的人PK下去了"，于是一气之下报名支教3个月。当他来到学校驻地时，遭遇了和明月一样的困难。最终他不仅适应了乡村生活，而且成了孩子们的知心朋友。支教期满回到城里，他放不下孩子们，放不下已经生出情愫的朱艳姗，毅然再度回到山村。当被问到已经离开了为什么还要回来时，他说"为了咱大青山"。一个"咱"字表明他已经把这里当作了自己的家。在两部小说的叙事结构中，人物均是被动进入乡村，但乡村生活使他们的精神世界发生蜕变，最终将个人追求与乡村需求紧密地结合在一起，成为助力乡村发展的模范青年。

但是，两部题材近乎相同的作品，仍然没有摆脱人们对农村的既有看法，秉持着城市中心视角。小说里的农村是艰苦、闭塞、落后之地，城市生活方式代表着文明和进步。这与支教活动本身的出发点和落脚点是一致的，"治贫先治愚"，教育扶贫是脱贫攻坚战的重要举措之一，目的就是通过外界的力量促进乡村教育的发展。因此，这些小说中的主人公在刚进入乡村时都有着精英知识分子和启蒙者的优越感，但随着对农村的了解逐步加深，他们逐渐看到了自己身上的弱点，并克服"小我"，融入乡村振兴的大潮中。由乡村的客人变为乡村的主人，这是一个不断发现自我和改造自我的过程。人物通过个人奋斗不仅可以帮助乡下的孩子改变命运，也能获得自我价值，他们身上的主体性对读者产生着较强的吸引力和代入感。

除了以外部进入者的视角表现农村生活和农民脱贫致富的愿景，网络乡村题材小说的另一个常见情节模式是"出走—回归"的奋斗之路，其中蕴含着农民改变自身命运的渴望以及为此付出艰苦努力后获得成功的喜悦。在《山横水倒流》（碧山秋士）① 中，改革开放前，罗小月的父母先后因病早逝，姐弟俩相依为命；当初为了给母亲治病，并不宽裕的乡亲们给予了他们温暖的关爱。为了生存也为了报答乡亲，小月通过卖冰棒、捡垃圾还清了家里的欠款。伴随着改革开放的春风，小月在各级政府的帮助下通过个人努力找到了自我发展的空间，在商界取得成功后开始回馈乡里。家乡遭遇水灾后，小月将全部资金投入到灾后重建中，将贫穷落后的小山村建成了优美的山水田园。这是一个"丑小鸭变白天鹅"的老套故事，但与现实生活紧密结合和人物对改变命运的强烈渴望，以及其中炽热的情感，令小说充满温情，极富打动人心的魅力。《扬帆1980》（创里有作）② 中的人物命运和故事结构与此有相似之处。作品以改革开放为背景，描写20世纪80年代初的落榜高中毕业生周建平回乡后不安于现状，在嘲笑声中走出乡村投身改革洪流，历经创业之初的失败、迷茫、挣扎和冷静反思后建起了一家属于自己的企业。靠政策致富的周建平并没有忘记家乡，他想要改变村里面貌的初心未改，在村委会的组织下带头出钱，发动村民共同参与，带领乡亲们凭着勤劳的双手发家致富。从出走到回归的曲折过程和通过个人奋斗改变自身命运，然后带领乡亲们摆脱贫困实现共同致富，是这两部小说的人物命运走向。在他们的人生中，改革开放毫无疑问是命运的转折点，他们在时代生活中的个人经历促使他们反思自我，将个人与社会价值统合在一起实现了自己的理想。

除了上述作品，《稊子花开》（莫贤）③ 讲述吃百家饭穿百家衣长大的孩子大学毕业后拒绝留城而回报桑梓的故事；《幸福不平凡》（青

---

① 参见：http://www.cread.com/book/809500673.html.
② 参见：http://book.zongheng.com/book/742420.html.
③ 参见：http://www.zhulang.com/526456/.

安)① 描写一对久别重逢的恋人带领乡亲们走上富裕之路的故事。以上这些运用大众文学手法写作的乡村题材作品，通过人物达成自己的愿望，实现对读者的情感和价值引领，饱含着对新时代乡村振兴的美好愿景；在为读者提供关于乡村生活的美好想象的过程中，也创造了时代新人的形象。

三、以通俗化叙事策略表现主流价值

网络文学具有消费性的客观属性，对于饱含着庄严传统和厚重现实的乡村题材，网络叙事如何显现其特性？我们已经分析过，乡村叙事的衰变和网络小说的都市文化特性使农村题材写作缺乏活力，但网络文学内含的消费功能使之不断想方设法吸纳更多的粉丝，以扩大读者群来谋求最大的市场效益。除了通过塑造新形象实现新愿望为读者提供成功的快感和爽感之外，网络乡村小说在叙事策略上也暗合着通俗文学创作的一些特征，其中不乏新的尝试。

中国当代文学对乡村现状和未来生活想象的呈现，经历了从阶级斗争叙事转向对城乡生活伦理和道德观念差异性的表现；到了网络文学中，除了反映朴素的民间道德和大众情感外，还表现出明显的面向社会主流价值和意识形态话语回归的趋势。新人物如何将新想象变为现实？网络小说将其归结到两种力量上，一是改革开放的基本国策以及乡村发展和治理的新政策，二是农民脱贫致富的迫切愿望以及勤劳致富的行动。很显然，这里既承接了社会主义现实主义的叙事话语，又呈现出朴素的民间伦理与主流价值观的结合。在这些作品中，国家的政策对乡村生活和人物命运起着重要作用，成为叙事中的关键因素，奠定了小说的主题基调。例如，在《大山里的青春》中，朱艳姗对朱朝贵说："爸，去年我在镇里开会的时候，杨镇长说了，市里每年都有专项拨款，是修路建路的，国家现在有农村村村通的政策，只要我们大青山村把路修通了，我想过有几样可以大力发展的"；在

---

① 参见：http://dushu.baidu.com/pc/detail?gid=4305762752.

《山横水倒流》中,公社李书记晚上到罗店村开会,在听了村民们关于贫苦生活的发言后说:"现在,党的好政策,为了充分调动广大农民的积极性,决定进行农村土地改革。简单点说就是联产承包,还是包产到户。罗店是个试点,今天我是来听听大家意见的。"

模式化设定故事的方式在网络小说中被广泛应用。追根溯源,在于现实中的自然或生活情景的一致性,从而导致不同文学作品中的故事内容和讲故事的方法在某种程度和层面上具有相似性。叙事学中普罗普关于故事的角色功能和图式理论,① 以及小说类型学和小说流派的理论都与此有着密切的关联。在乡村传统和相关政策的影响下,中国乡村的生活方式和发展道路具有一致性,因此模式化的方法在这些乡村题材网络小说中有强化的趋势。模式化并不是小说类型化的唯一特征,但却是类型化的重要特征。"卢卡奇在《小说理论》中把小说类型看做是社会总体性结构变化的表征,一种小说类型代表了一种社会结构与关系。"② 这种表征背后的社会总体性结构和社会关系是具有一致性的,不同的小说对它们的表现具有相似性。模式化的叙事方式在不同圈层的读者那里存在着不同的意见,在精英文学读者看来,模式化和类型化就是套路化,是一种低水平的重复;而在大众读者那里,模式化、类型化被作为小说的一种成规存在,它隐含着作者与读者之间成熟的审美契约,读者在叙事模式中产生审美期待。"我们应该明确,模式本身就是通俗小说的特色,没有了模式也就没有了通俗小说。"③ 在乡村题材网络小说中,模式化表现在世界图景、人物关系和人物命运等的安排上。例如《大山里的青春》与《明月度关山》中相同的城与乡的空间设定,人物面对乡村都经历了从陌生到熟悉再到被接纳的过程等。《山横水倒流》和《扬帆1980》中的人物都是走出乡村后获得成功,然后再回到家乡回报父老乡亲。

低开高走的人物命运为读者提供了可供代入和共情的形象。在这类小说中,大部分主人公或者有着贫寒的家庭和苦难的童年,或者在

---

① 参见葛红兵:《小说类型学的基本理论问题》,上海:上海大学出版社,2012年,第73页。
② 葛红兵:《小说类型学的基本理论问题》,第46页。
③ 汤哲声主编:《中国当代通俗小说史论》,第13页。

迈入社会的初期遭遇了人生的失意,他们凭借弱者的角色唤起读者的同情和关爱。《幸福不平凡》(青安)① 中的高中生郝秀秀有两个弟弟一个妹妹,母亲体弱多病,家庭的重担落在父亲一个人身上,她不得不去帮父亲送牛奶;《宁家女儿》(繁朵)② 开篇就是宁光悲苦的生活,那个在灶间用生满冻疮的手刷锅的女孩令人痛惜。这部以为女性争取平等地位为主题的作品,女主在被歧视的环境里长大,当她有了自己的孩子时迎来了女性最好的时代。《山横水倒流》和《扬帆1980》亦是如此,而在乡村支教故事中,人物对命运的选择和到乡村后的经历与他们人生中的变故有很大关系。江源因为遭受了不公平的社会待遇才一气之下去支教;明月不得不到偏远乡村,是她坚守自我的理想、不肯向世俗低头的代价。经由个人的努力和时代的鼓舞,这些作品中的人物命运前后发生了巨大的变化,从贫苦农民的孩子到成为对社会和乡村作出贡献的人,或者以城市人的身份进入乡村并在这个过程中实现理想愿望,他们在社会和个体意义上都获得了成功。他们的生活道路和奋斗历程打动人心,而形象自身附带的意义也全面体现着普通人对这类角色的人生期许;他们在生命过程中不断克服困难提升自我,实际上就是在完成现实世界里的"打怪升级"模式,从而带给读者向上的人生体验。"网络文学追求读者对作品主人公及其故事情境的代入感,创造文学的愿望—情感共同体",③ 读者借人物体验到成功的快感。

通过对比形成反差效果增强叙事张力,是乡村题材网络小说中通行的法则。网络小说吸引读者的地方在于故事的精彩程度,如何使故事好看?除了人物一波三折的经历自然形成跌宕起伏的效果外,这类作品还通过对比的手法加强这种效果,同时也为读者理解记忆情节和主题建立参照坐标。通过对比看出不同事物间的差别,是人类认识世界和建立叙事最基本的方法之一。处在现代化进程中的中国社会拥有

---

① 参见:http://huayu.zongheng.com/book/718655.html。
② 参见:http://huayu.zongheng.com/book/718841.html。
③ 康桥:《网络文学的基本原理》,中国作家协会创作研究部编《网络文学评价体系虚实谈:全国网络文学理论研讨会论文集》,北京:作家出版社,2014年,第56页。

丰富的现实样貌,同类事物在城与乡、传统与现代、个体与群体等方面存在着较大差异,这为使用对比手法增强叙事效果准备了丰富的现实素材。将城市与乡村不同的自然环境、生活方式、思想观念进行对比,既呈现了地理空间上的差异性,也隐含着传统与现代的区别。对不同时空场域内的生活想象显现出人物不同的理想建构和价值追求。《山横水倒流》中的小月白天没有时间读书,只能等到下午卖完冰棒才能赶到村头的小学里。"小月在这里读了三年半,很喜欢那个从城里来的周晓云老师。到底是城里人,一颦一笑,都让人觉得美,村里的小姑娘、小媳妇,都学着周老师打扮。小月也没熟人,只好去找她。"在小月看来,周老师作为城市的代言人,为村里人传递着城市的生活方式和文化气质,满足着村里人对城市生活的向往。这种对比凸显了小月作为孤儿的凄凉身世,为她成功后的喜悦埋下了伏笔。同样的笔法也出现在《宁家女儿》中,小说描写宁光眼里的赵霞:"赵霞是难得一见的美人,就算现在三十多岁了,宁光这年纪的小孩子,都能感受到那种惊心动魄的艳丽。人家就不像是乡下人。生来就注定要去城里享福的。"城乡差异在不同人物形象之间的对比中被强化,作者为了强化这种对比也经常采取夸张的修辞,例如夸大小月和宁光遭受的童年苦难。

乡村题材网络小说在以乡村生活为代表的传统价值中植入现代意义,同时小说充满轻松的叙事调性,满足读者消遣阅读的需要。传统乡村叙事在典型的结构性和统一性特征下,弘扬人类最基本的伦理道德,传递着凝重、严肃的价值和意义。在网络小说中,虽然故事包含了有耕耘才会有收获、正义终将战胜邪恶、有情人终成眷属等最基本的俗世价值观,但也加入了人道主义、公平正义等现代观念,且其表现方法迅速迎合了网络传播和接受方式,将传统通俗小说中的戏谑、幽默等修辞更推进一步,从而使叙事风格变得轻松活泼。例如在《山横水倒流》中,二泡欺负小艺,十岁的小月找上门去追打二泡,二泡并不敢真的还手。小说的场景描写极为有趣:"小月拿着剪刀,发了疯似的往二泡身上招呼。二泡拖着被打伤的腿,没命的跑,满村恨得牙痒痒,却又无可奈何的二泡,被一个小女孩追着,绕着村子跑了三圈。"一幅激烈的打斗场面被写得俏皮活泼。此外,这类作品中的情感故事也可被看作用来凸显活泼性的手段，这在《明月度关山》和《幸福不平凡》等作品中表现得最为明显。在后者中，农村送牛奶的高中少女遇到不愿屈服命运的高中少年，他的热心帮助让她心动，却因为误会无奈错过，但两人都怀揣着努力考上大学、摆脱贫困的强烈渴望。梦想是指引两人方向的光，也是他们前行的信仰，他们竟然在同一所大学里见面了。毕业后她响应国家号召回到家乡做了村里最年轻的村干部，他却去了外地创业；再相遇时，他将她从危险中救出来，感动于她对家乡所做的努力，也认清了自己的感情。他的告白让她再次心动，两人并肩同行，一起运用所学知识带领乡亲们走上了富裕道路。感情线使小说摆脱了僵硬的人生说教和道德劝谕，增加了故事的温度，更宜于主题的传达。

  整体来看，乡村叙事的衰变伴随城镇化进程的不断加快和大众文学的都市文化特征，成为影响乡村题材网络小说创作的重要因素。作为通俗文学的乡村题材网络小说通过人物形象呈现对乡村的想象，其中多有与其他类型创作不同的叙事策略，例如通过塑造新人形象和展现新的愿景，使之在延续乡村叙事传统的同时又有较多的新变化，而这些新变化又与网络文学迎合读者审美情趣、满足读者情感愿望的叙事目标相一致。

（原载于《中国文学批评》2021年第2期）

网络文学与微时代文学的新质

◎许苗苗

文学活动与媒介环境密不可分,随着媒介环境的变革,微信、微博以及移动社交媒体不仅改变了个人与媒介的关系,也在人类审美和情感领域留下鲜明的印记,并反映在对媒介技术高度敏感的网络文学中。如今,发表不再是手稿转变为作品的必经阶段,越来越多的新作者从网页起步,他们的写作成果则表现为在线帖子或收藏夹里的链接。印刷出版的图书是架上书籍,它们面向公众整体、老少皆宜,其所处的空间位置本身就带有展示性和观赏性,内容也多是适宜谈论的公开话题。而在线发表、被放进收藏夹的文档,则可看作与出版物相对、更偏个人的阅读对象。其中适宜出版者早被文化生产的链条推向书架,而长期留在屏幕上的内容,则大部分未必适合与公众分享;同时,它们也因适应线上文化,而生发出独特的、迥异于印刷品的媒介特性。

从书架到收藏夹,从纸质图书到电子字节,不仅是物理介质和空间位置的转变,还显现出文学活动、文学作品的新面貌。

一、作品发表与写作欲望的满足

在印刷媒介时代,手稿只有通过发表获得阅读和评价之后,才能被称为"作品",实现社会功能。因此,对印刷文化体系中的作者来说,"发表"是满足写作欲望的基本前提,"发表的焦虑"是贯穿写作过程的潜在压力。而互联网媒介中不再有发表门槛，即写即发的模式去除了"发表"这个满足写作欲望的前提。尽管确实有个别网络作者以出书为诉求，但更多的人在线写作却出于不同动机，有的为宣泄私人情绪、有的为争取言论权力、有的则为谋取经济利益。新媒介环境为新作者提供了架上和线上两个不同的发声领域，选择不同的媒介空间，就意味着相应选择了不同的发表机制和对象群体，写作欲望从不同方向得到满足。

20世纪以来，印刷出版逐渐成为文学作品公开发表和公众传播的唯一途径，书籍能否出版随之变成作家最关心的事。作家身份的认定与发表作品的数量及其社会评价相关，报社和出版社因而也成为塑造文学形态、改变文学观念的力量。这一趋势的形成，一方面固然源于印刷出版机构以正版书号、发行渠道等控制手段对自身权力话语的建制；另一方面也与同时期重大社会文化思潮相关。浪漫主义时期以作者为核心，强调个人情感不受拘束地表达；新批评绝对关心作品，认为符号和结构仅为文本自身说话；而诠释学和接受理论则把注意力转向读者，强调作品不单是作者的产物，它必须经过读者阅读，才能在不同文化和历史语境中实现其社会功能和意义。[①] 在接受美学家姚斯等人看来，写作者只能交出"手稿"，却无法完成"作品"——作品的意义和功能顺时因人而变。这里的"人"是读者，作品需要通过读者来完成。因此，在印刷媒体时代，哪怕最伟大的经典，也必须借助书籍形式流传。只有通过印刷出版，私人手稿才能变成象征公共智慧的书籍；也只有以书籍形态面世的作品，才能够获得读者的解读。

对印刷媒介时代的文学作品来说，出版不仅是其获得公众阅读的唯一途径，也是提升其意义的重要步骤。书本的装帧设计、纸张手感等，以文字之外的手段吸引读者，使书本成为思想品味和美好情操的具象表征。因此，书必须是美观和完善的。错别字被看作印刷品的污点，其恶劣影响不仅限于使书本内容失真，更在于损伤了书本作为意义对象的信用和神圣感。因此，作者写书的过程郑重而谨慎，编辑的

---

① 相关文学理论阶段的梳理和提炼，参见：[英]伊格尔顿：《二十世纪西方文学理论》，伍晓明译，北京：北京大学出版社，2007年，第73页。

审读校对也精益求精。一切行为都力图让书本完美。所谓有文采的写作,正是精心修饰和反复推敲的结果,充分显示出书面语蕴藉文雅的典范性。这也从一个侧面说明,写作从落笔的一刻起,就以"书面"为目的,其目标就是有朝一日经过出版的洗礼成为公开发行的印刷品,而决不是以手抄本的样貌私下流传。

然而,能正式出版的作品始终是少数,因此,写作者必然为争取宝贵的出版机会而不断努力。想要出书,不仅要有超出他人的写作能力,还必须符合公开出版的标准:意识形态、编辑口味、书评风向乃至舆论热点等,每个都是不容忽略的因素。只有尽数满足,写作的成果才能完成从轻飘飘的"稿子"到冠冕堂皇的"书籍"、从自说自话的呓语到社会认可的真知的飞跃。在以出版为目的的写作过程中,作者和出版社编辑成为同一系统的前后端,写作和编校都建筑在"书本"的阅读感受上。如果要吸引更多读者,作品就必须以尽量多的人为目标:或议题老少咸宜,或思想具备普遍启发性,或遣词造句成为值得模仿的范本。与阅读相互依存的创作等待着知音的共鸣,而想要在印刷文化中获得知音就必须先成为印刷品。对作家来说,发表是写作欲望满足的前提。

出版的艰难使纸质发表成为一种赋魅仪式,而互联网却没有类似的转换机制,因此,不少早期在网络成名的作者依然受制于将帖子转变为印刷品的诱惑,将上网视作正式发表流程的预备阶段。由于出版竞争激烈,这些发表无门的青年作者成为网络论坛里的活跃分子,借即写即发的网络向文学体制展示自己已经"达到发表标准",试图通过网络新媒体进军出版老阵营。2000 年前后,"榕树下"网络文学大赛评比中名列前茅的"安妮宝贝""尚爱兰"等人多属此列。她们将写给书架的文字搬上网络,并在成名后脱网而去,成为彻底的书本写作者——对她们来说,网络是满足发表欲望的工具,以致于网络文学也一度被当作印刷文学的敲门砖。

当然,并非所有在网上写文的人都有发表文章的欲望,他们中许多人甚至不认为网文和文学有关。对他们来说,写作、上传和发表是连贯的动作,把文字贴在网上,就能满足情绪宣泄、意见表达、故事讲述甚至沟通社交等多种欲望。确实,在他们洋洋洒洒的帖子里,有添油加醋的自我吹嘘、有信口开河的道听途说，与推崇原创、讲究修辞的文学相去甚远。对这些人来说，利用网上自由发帖的机会，将以往只能想入非非、私下讲述的话题投向公共视野，引起公众围观，本身就是胜利。他们的写作以吸引关注为目的，多半是成人、黑道、官场或名人秘闻等印刷品里很难见到的内容。数量庞大的点击带来的虚拟声望，比现实社会中高深的作家称号更令他们得意。在早期网络刚刚兴起、印刷品仍占主流的媒介环境下，相应内容监管措施也尚未出台。在许多人眼中，互联网就是自由精神的代表。因此，上网发布秘密、曝光信息、广泛传播印刷品中看不到的边缘性话题等行为，成为网民英雄气概的象征。是否涉及"性"和"政治"等话题，成为收藏夹网文与书架书籍的最大不同，甚至象征网络写作的叛逆精神，从一个侧面显示出民众借新媒介技术突破权力管制、实现自由表达的欲望。其实，即便是纸质图书中，类似话题也并非始终缺席，早有成名作家尝试突破话语禁区，"但是，随之而来的各种限制和惩罚，足以让作者暂时——或就此长期——止步，后继和跟风者消失"[①]。互联网仿佛为自由言说欲望打开了窗口——除直白的黄色小说始终只能在无名论坛上打游击之外，一些争议题材如写同性情感的《蓝宇》、推崇黑道义气的《江湖 1982》、涉及行政体系内幕的《侯卫东官场笔记》等，都曾光明正大地获得网站的公开推荐，有的入选政府评奖榜单，有的创下出版佳绩，有的还登上影视屏幕。以往出版审核的密闭空间似乎被网民的收藏夹撬开了些许缝隙。网络写作不仅满足作者倾诉的欲望，还对权力进行隐秘的挑战。

然而，随着日益细致严格的审核制度出台，如今人们能顺利读到的网文早已不是当年或抗争或探寻的模样。在监管与资本引导双重力量之下，网络写作成为职业行为，网文也日益变成面向低龄群体的快消式文化产品。但这并不意味着网络小说完全向以往所说的通俗小说看齐，或就此变得符合印刷标准，成为图书的在线版本。

网文行业的壮大培养起职业网络作者，他们的工作就是为网站添加内容，以作品取悦读者，通过稿费、打赏和版权收益谋生。因此，

[①] 王晓明：《六分天下：今天中国的文学》，《文学评论》2011 年第 5 期。

他们并不在乎对言论禁区的探索或对艺术表达的突破,而是看重签约网文远高于书刊的稿费。这部分作者注重作品的曝光概率和流行程度,虽然不用顾忌编辑口味,却对外部政策和市场环境十分敏感。他们向收藏夹输送的作品整体也更灵活多变,具备潮流性和差异性。在互联网"净网行动"展开后,网站和网络作者都做出了非常及时的响应。作为经济实体的网站,为保障经营积极配合审查,其中一些甚至以"脖子以下不能写"的极端要求限制作者;而以提供内容谋生的网络作者们,也不像以往试图为话题的正义性抗争。在监管态度未明时期,他们不排斥为吸引流量适当添加情色和暴力;但随着针对网文的"净网"打击和"推优"鼓励双向铺开,他们又迅速换笔,配合正能量、歌颂主旋律。对这些职业作者来说,在网络环境宽松时发文成名,在管制开始后带头表白,洗清过往加入网络作协,是十分明智的选择。只要还能继续写作、持续曝光,就不在乎向管制做出最大退让。曾被看作自由民间创作的网络文学写作,成为体制许可下绕开敏感词的自由。网络作者默默删去可能"过敏"的段落,坚持文章的稳定连载,保持在读者面前"不断更",从而收获丰厚的酬劳。他们不是先锋诗人,也不是思想斗士,高额打赏和 IP 转换足以弥补无法畅所欲言的遗憾,金钱成为支撑他们创作的主要欲望。

出版印刷对文学社会功能实现的决定性作用,导致作家以发表作为写作欲望满足的基本条件;作家、编辑、文化体制合力塑造了架上的书本。而互联网取消了发表的顾虑,只要贴在网上,哪怕紧接着出现"404"删帖图标,也无法遏制作品被阅读、被截屏,并进入成千上万收藏夹的步伐。在网络写作里,无论是挑战禁区的抗议精神,还是形式探索的艺术追寻,或者仅仅是以民间自由创作的姿态博取点击收益,写作欲望基本都能达成。整洁体面的书架与杂乱无章的收藏夹,通过媒介的控制力,对写作欲望的满足进行区分。

二、"恶"与快感生产机制

在人们翻检、阅读和讨论的过程中,书本不仅体现出自身文化意义,还通过作者、编辑、出品人甚至版式和纸张,为阅读它的人打上见识与阶层的标签。书架不仅是摆放和堆叠书的空间,更是展示的场所,书则成为文化品位的象征。因此,那些经过文化权威重重筛选,最终摆上书架的书籍,具备广为认可的合理性,是思想的标杆和写作的范本。古人读书净手洁案,如今人们读书也常感受到它涤荡心灵的力量,书房、书架和书桌书签是围绕书本形成的庄严空间。与之相比,网文缺乏这种庄严与圣洁的形式感,人们甚至可以通过网上那些惊悚、甜腻甚至庸常的故事来近距离品味"恶",从而获得快感。早期各类网文大赛中,因言辞优美、寓意深刻而获奖的作品,虽然成功走上书架,却早已淹没在浩瀚的书海中;反而是一些被诟病为装神弄鬼、哗众取宠的帖子,以其亦正亦邪、不对善恶做判断的内容,成为网络文学发展中无法回避的历史。

不难看出,进入收藏夹与摆上书架的作品,差异不仅在于物质形态,还在于刺激快感的方式,在于趣味的分野和对传统价值观的态度。打开收藏夹,就进入一个屏蔽他人目光的私人世界。这里的快感机制并不复杂,它建立在简单直接的欲望层面,如权力、金钱、异性、碾压敌手的畅快以及扬眉吐气的自豪之上。描绘人性"傲慢、妒忌、暴怒、懒惰、贪婪、贪食、色欲"之类恶的部分,正是网络类型小说制造快感的核心——在2014年全国网络文学理论研讨会上,黄泉君借用"七宗罪"来总结成功网文的秘诀。那时,正是网络作家以超高版税收入霸占"作家富豪榜"、令全社会叹为观止的年代,经济上的优势让以往自认低人一等的网络作者有了底气——点击就是民意,收入就是正义,以往书架上不能容纳的罪恶,可以在"最大限度满足当代读者原欲"[①]的收藏夹里窥探。"多巴胺"论调虽然振聋发聩,但不得不承认,为网文产业赢得急剧增长的用户数和源源不断收入额的,多半就是这些以往书中看不到、部分场合需回避、不够体面堂皇的内容。

[①] 在会后出版的文集即中国作家协会创作研究部编选的《网络文学评价体系虚实谈》(作家出版社,2014年)一书中,廖俊华的文稿里已略去"七宗罪"等言论,但与会人夏烈发表的《网络文学发展大趋势》(《光明日报》2014年8月15日)中记录了当时的发言。

网文营造的世界具备"网感",通过激发读者的"代入感",为其提供"爽感"。所谓"网感",指网络小说常以看似荒谬的"脑筋急转弯"方式转换情节,虽然罔顾现实理性,却遵循人为事先约定的"游戏逻辑",由此形成幽默无稽又富有想象力的故事。"代入感"类似移情或共通感,指网文鼓励读者在阅读时将自身设想成故事角色,与之同仇敌忾、共同成长。这种强烈的情感投入既有助于保持作品对读者的长期吸引力,也能够提高阅读的"爽感"。顾名思义,"爽感"就是当角色过关斩将、所向披靡、取得成功时,为将自身代入其中的读者带来的快感;就是痛痛快快地轻松取胜、获得即时奖励,与那种耐心细致、重重推演而来的满足不同。网文阅读者借助屏幕阅读的私密性,将自身替换为文章角色,通过主宰虚拟世界来获得基于个人趣味的阅读快感。这种快感在网络编辑眼中,是"刺激读者多巴胺分泌"的结果,因此,网文被看作以生理快感"弥补现实中的挫折导致的各种焦虑"① 的解药。在这种心态下,网络小说迅速向借心理安抚和梦幻机制逃避现实伤痛的通俗文学阵营靠拢,并与以往通过批判给人以精神刺痛的主流文学渐行渐远。

借助收藏夹,人们进入虚拟世界,游弋在网文甜美爱情和权力巅峰的"爽感"梦境中。而"网感"携带的荒诞和非理性,正可以帮人卸去道德伦理负担,坦然面对内心对自私、暴力、感官刺激和声色犬马的渴望。

网文制造快感的一个重要机制是刺激性幻想,描写男女关系的"后宫"题材是其中代表。"后宫文"主要讲一男对多女的情爱故事,是颇受男性读者欢迎的类型。这类作品主角通常相貌普通、资质平凡,却因天赋禀异或性格讨喜而具有魅力,从而获得所有异性的迷恋。尽管后宫文通常是三妻四妾模式,却注重角色之间的情感互动,不像"种马文"那样以夸张的性能力为主,因此不会招致女性读者强烈反感,知名网文《校花的贴身高手》《赘婿》等都属此类。在日益严格的网文审查机制下,如今有些后宫文还发展出一男一女的专情模

---

① 中国作家协会创作研究部编:《网络文学评价体系虚实谈》,北京:作家出版社,2014年,第114页。

式,即虽有多人争宠,但"朕只倾心一人"。主角不再来者不拒,而是通过选择和拒绝强调自身优越性。后宫文的主要兴奋点在于主角魅力无可匹敌,各色异性竞相争宠,主角在"御姐萝莉一网打尽"的恶趣味中成为万人迷。

另一类流行题材"重生嫡女文"则将阅读快感建筑在"恨"上,女主角在故事里演绎着邪恶必胜的逻辑。"重生嫡女文"的基本模式是女主(多为嫡女)前世善良单纯,遭受庶母姐妹陷害而死。重生后,她们性格大变,从柔弱善良变得精明狠辣,对恶人"以其人之道还治其身",成功保住家产和爱情,让庶出的阴险姐妹现了原形,代表作品有《凤门嫡女》《侯门嫡女》《嫡女重生》等。作为女频流行题材,这类作品十分强调女性对命运的抗争和自主选择。但奇怪的是,重生嫡女们扭转命运的方式却并非破除男权或封建制度,而是摒弃前世善良温柔的性格,仿佛传统观念中公认的善才是造成她们惨死的根源。更有意思的是,嫡女的反抗建筑在对父权、血脉和等级制度的认同上,高贵的出身和纯净的血统使她们具备不可僭越的天然正义。而她们的仇人则是另一些女性——因父亲不忠而获得一半血统认证,却因母亲血脉而天然卑贱,并有理由嫉妒嫡女的庶出姐妹。故事中的女主不断"黑化",她们的设计陷害、借刀杀人都因嫡女复仇而具备充分的正义性。重生嫡女文制造快感的要点在于充当坏人时的理直气壮,其中贯穿着"善良找死、邪恶必胜"的逻辑。如果说虚构的网文是现实缺憾的安慰剂,那么当人们从生活中忍气吞声的笑面人变成网文里心狠手辣、睚眦必报的重生嫡女时,也就通过故事情节对钩心斗角的现实生活进行了"再来一次"的谋划。用陶东风的话说,网文人物竞争与存活的方式就是"比坏",是横行社会的犬儒主义、投机主义的折射。① 类似网文并未就现实矛盾提供积极有效的解决方式,而是通过对出身、血缘等天然权力等级的认同,将失败原因指向"善良",为竞争中阴谋诡计的邪恶手段找寻借口。

后宫文和重生嫡女文虽在网络兴盛,但相似的艳遇和复仇等主题

---

① 陶东风:《比坏心理腐蚀社会道德》,《人民日报》2013年9月19日,第8版。

在通俗书籍中也很热门。网文和书籍的不同主要在于对生成快感的"恶"的评价和态度。虽然人性恶从来不是文学作品回避的话题,但传统出版物对于恶的态度却很鲜明:或揭露、或控诉、或批判。即便是金庸的韦小宝或大仲马的基督山伯爵等如今已被主流接受的文学形象,由于前者的风流、艳遇、谎话连篇,后者的仇恨和复仇,也曾长期受到诟病。虽然他们性格的形成、行为的逻辑已然经过作者耐心构造,具备充分的合理性和动机的正义性,但依然是他们走上书架、成为经典道路上的绊脚石。善恶有报和大团圆结局,往往是传统通俗小说普遍接纳的模式。畅销书读者更容易认同惩恶扬善的价值观并期待梦幻般的美好结局。而网络小说却并不如此,它们虽然也套用通俗小说的情节模式,却有着更为叛逆的价值观。网文里次次碾压对手,章章"啪啪打脸",每隔几章就解决一个难题的爽利劲头,比通俗小说十年寒窗苦守、一朝云开月明的情绪回报更加强烈。它们奉行胜者为王,而且这种胜利不来自包容退让后的真相大白,而是不委屈、不隐忍、不指望外部援助,靠自身主动争取所得。在网民看来,传统通俗小说的"爽感"多少有些遮遮掩掩,不够坦白直接;殊不知这是印刷出版物在兼顾读者群体对公平的认知、被剥夺者的翻身幻想以及社会稳定性需求等多方因素之下妥协的结果。但如果面对的仅仅是"荒诞""离谱""不当真"的网文,人们就不会顾虑太多。因为收藏夹面向私人,作者只为读者个人的快乐负责,越是独特、小众、不能公之于众的话题,越容易将读者牢牢把握住,与之建立稳固又无可替代的关系。写给收藏夹的作品充当着王尔德笔下"道连·格雷的画像"①的功能,虽然记录主人的所有恶念,却不向外泄露一丝一毫。

网文中用来刺激多巴胺的"恶"和"原欲",并非真正的罪恶,而是在虚拟世界提供一种逾越规矩、叛逆常理的渠道。个人电脑和移动媒体的私人性质使注视他人屏幕显得不道德,同样也似乎暗示人们可以在这个领域里藏匿秘密。网络小说通过对人性暗面的描写,对社会常规甚至道德标准的冒犯,将通俗书籍的快感元素加倍放大,变得

---

① [英]奥斯卡·王尔德:《道连·格雷的画像》,苏福忠译,北京:人民文学出版社,2015年,第352—355页。

更加直接。在那些无所不能的主人公身上,倾注着读者强烈的情感和隐秘的欲望。在虚拟世界中,人们不用顾忌社会身份的需求,可以更加直白地践行快乐原则——这个被弗洛伊德用以概括支配本我精神活动的原则。[①] 在它的驱使下,本我趋向突破禁忌,追求直接满足和即时回报。私人独处刷手机的零散时间,正是放飞本我的时间,互联网的匿名性、虚拟性减轻了品味"恶"的道德负担。当然,本我不会由于互联网而更强大,在回归社会身份时,"自我"仍能将它阻拦在界限之外,这个界限在阅读中可以看作书本和网文的区别。

架上书籍突出公共性和普遍接受度,情感相对节制,注重反思和启发;收藏夹则重视个人兴趣和情感的满足。因此,热门网文虽然看来点击量庞大,却只是为某一类读者而写,指向个人的欲求。网文作者挖空心思,在禁忌边缘将以往通俗小说的煽情点增强、翻新,激发读者无法在别处宣泄的情绪,以虚拟的"恶"去疏解人们现实中不平又无力的郁愤。因此,尽管阅读网文时,理性一再告诫人们"这不可能""这样不对",但人们却依然放纵自己沉浸在虚构的"恶"中。通过阅读体验邪恶,借助字节宣泄怨愤,以想象中的叛逆弥补现实中缺失的行动力和勇气。那些借助"恶"生产快感的内容,正是收藏夹的独特之处。

三、文字多媒体的感官联动

所谓网络小说写作的感官联动,并非在文字间穿插图画、音效或表情包。相反,当下最流行的网络小说完全以文字写就,但它们通过具象的用词、简略的表述、常见的类比等,调动读者对画面、声音和流行文化元素的联想。网络语言以制造类似口语讲述的听觉环境和类似观看(而非阅读)的视觉效果为特色。在追网文的过程中,读者眼、耳、口共同参与,借助多感官体验辅助理解、激发想象,作品因

---

① [奥地利]西格蒙德·弗洛伊德:《自我与本我》,林尘等译,上海:上海译文出版社,2011年,第13—14、220—226页。

中国网络文学理论评论年选（2021）

此得以超出线性思维领域，转变为"文字多媒体"。

在电脑广泛应用之前，媒介各有表达优势，不同文艺作品根据表达手段的需求与合适的媒介稳定匹配。例如谈到小说，会想起印满文字的书本；说起连续剧，则反应出电视屏幕的长宽。麦克卢汉甚至认为，媒介决定信息的内容、形式和接受方式，媒介即信息。① 互联网几乎提供综合以往所有媒介的表达技术，在其中，依托于影视的剧集还原成视频；依托于广播或书刊的新闻、小说等则变成音频和帖子。挣脱媒介分野的控制之后，不同品类的文化形式呈现出新的、脱离媒介的特质。以小说为例，一般认为，尽管小说已是文学中最擅长塑造形象的体裁，但毕竟需要借助高度抽象的文字，其对视觉等感官的刺激绝不可能与影视剧相比。然而，这种认识的根源基于印刷书籍，藏在收藏夹里的网文与摆在架上的书本，无论内容还是形态都大相径庭。

如果我们回顾早期中文网络文学，会发现其中不乏文图声像并存的多媒体作品。1998年前后兴起于台湾的"数位诗"风潮中，"妙缪庙""歧路花园"等站点刊登的诗歌都采用编程语言、链接和动图。其后更为公众熟悉的《第一次的亲密接触》则将标点符号、英文字母作为实际表意元素，打破书面文本的使用规范。2002年左右的网易".com文学频道"也进行过超链接程序小说、在线限时接龙小说等文学实验。类似作品均在挣脱文字方面进行过努力，它们不仅难以搬到纸上，甚至很难用语言形容其妙处，只有通过联网多媒体平台才能窥得真容。但如今，对于大多数网民来说，所谓"网络文学"已经定性，就是屏幕上的通俗小说。然而，这些打印出来与架上书籍毫无二致的小说，却在屏幕写作中以文字探索着多感官联动效果的可能性。难怪我们观察起点中文网的小说类型时，会看到其中"大约有一半，是网络文学兴起以前的通俗小说没有、或不成一个稳定类型的，亦有三分之一，明显超出了原来通行的'文学'范围：它们似乎是小说，但也同时是某种其他文化形式的文字脚本：动漫、电视剧、MTV、

---

① ［加］米歇尔·麦克卢汉：《理解媒介——论人的延伸》，何道宽译，北京：商务印书馆，2000年，第16—35页。

网络游戏"①……这些荣登首页、收获无数点击和打赏的纯文字作品，虽然在文学语言的精当方面无法与书刊媲美，在视觉直观性方面无法与视频匹敌，却主动追求一种"文字多媒体"效果，以诉诸视听通感的写作和打破书面语体的网语运用为基本作用机制。

网文不是视频，却以文字写作制造画面感。互联网本是多媒体平台，作者在构思中就会考虑向漫画、影视转变的可能性，尽量将抽象情景描写得清晰具体。以知名仙侠小说《剑王朝》为例，其大量笔墨用来写"剑"，不仅有外形、颜色、制式、华彩，还有气质、压力、使用效果和氛围。第一把被详细描写的剑名为"末花"："他手中墨绿色残剑的剑身上，许多细小的白色花朵带着一往无回的凄美气息往前方的空气里飞出，然后消失。然后墨绿色的剑身真正的裂了开来，散开。墨绿色的剑身就像一朵大花散开，散成无数的剑丝，而且随着真气的游走，这些剑丝还在空气里急速的延展，变长。"② 短短百字中有三处"墨绿色"、三处"剑身"，"裂开""散开"之类也多次出现，以重复词语一遍遍加强剑的形象。小说对抽象概念也进行正面具体的描写，比如肉眼难以看到的真气成为飞速延长的"剑丝"，舞动的剑影则是大大小小的"白色花朵"。虽然词汇普通，但直接描写能将读者注意力凝聚在剑的意象本身，为想象提供明确的指引。说到描写舞剑的文字，我们不妨来看看杜甫《观公孙大娘弟子舞剑器行》："观者如山色沮丧，天地为之久低昂。㸌如羿射九日落，矫如群帝骖龙翔。"这里，诗人采用反衬、比拟和丰富的典故，但如果缺乏一定的历史文化知识基础，想在阅读中构造形象并不容易，不像"白色花朵"那样具有简单直接的"即视感"。如果我们以文学语言要求《剑王朝》，会发现其中的语句啰嗦贫乏，但阅读速度却相应更快，更容易理解。作者对剑的形状、变化及舞动效果的描述，既是比喻又仿佛附魔成形。用文字描写出动态瞬间停止、细节无限放大、立体维度平面化等观感，近似二次元漫画。"二次元"即漫画中的平面二维世界，其使用的图像比文字更具体，简略的线条和夸张的手法又比其他种类图画更

---

① 王晓明：《六分天下：今天中国的文学》，《文学评论》2011 年第 5 期。
② 无罪：《剑王朝》第 1 卷，武汉：长江出版社，2017 年，第 275 页。

简略,能够引人"意会"。需要注意的是,网文语言的画面感与传统文学写作细腻的描摹差异很大,它着力塑造的并不是再现现实中的场景,而是构造屏幕观看效果。所以它们的笔调并不精细,只是采取极致夸张又常见的普通词语,勾勒动态和抽象画面,是对读者理解和想象的引导。

网络写作中还尝试利用文字的听觉特性。在猫腻小说《庆余年》中,作者以文字区分了"看"与"读"的群体。《庆余年》2007—2009年在起点中文网连载,2019年末搬上电视屏幕,其文本的声音秘密也随之暴露出来。原来,作品主人公一家名字全用谐音,"范闲""范建""范思辙"听起来像"犯嫌""犯贱"及意大利奢侈品牌"范思哲"(VERSAGE);而女性名多用叠字,如"范若若""司理理""战豆豆",以及雌雄莫辨的"陈萍萍"……因为曾有书友批评猫腻不会起名,所以他在这部作品里"小小反抗……故意弄着玩"①。在线阅读沉默无声,人名没有引起太多关注;但搬上屏幕之后,角色对话却一下子让"看来"平平无奇的名字原形毕露。当人们听到堂堂尚书大人尊讳"犯贱",老谋深算的监察院长芳名"萍萍"时,自然领会到其中暗藏的幽默感。网民把猫腻誉为"文青",认为他有"情怀",常为斩妖杀敌的套路小说设置高于个人成就的宏大目标。然而,在以娱乐为主的网文阅读中,仅有情怀显然不够,还需要文字切实的吸引力。猫腻的写作语言表面波澜不惊,内里却幽默反讽,或者用流行网语来说,带着表面人畜无害、内心诡计多端的"萌系腹黑"属性。一般网文中,文字只是推进情节的功能性手段,阅读的爽感是晓畅轻快。类似猫腻这样在表层文字之下暗藏款曲的写法并不多见,也就因而更加耐读。在对声音和联想的运用中,文字的形、声、意为"看书""听书""读书"的不同受众提供了不同的意义领域。

网络小说以文字模拟图像和声音,制造近似动画剧集的效果,离不开网络作者的创作环境。写作时听歌、开视频小窗、通过社交软件聊天等活动,都会折射到文本中。网络媒介本身不受表达力限制,网

---

① 新浪娱乐:《猫腻回应〈庆余年〉角色名:故意的,算是小小反抗》,2019年12月25日,https://ent.sina.com.cn/v/m/2019-12-25/doc-iihnzahi9821608.shtml,2020年2月20日。

文很容易转变为有声书、纸书、漫画和游戏等；因此，作者写下文字的同时，心中的创作对象却可能是综合多媒体产品：从文字出发、借文字表达，又不局限于文字。由于多感官参与构思过程，文本自然也带上文字、声音、图画和视频的多感官接受特性。

架上书本的文辞去除口语的冗余和表意之外的瑕疵，写作者通过标准书面语构建起静默封闭的线性世界；而收藏夹里的在线文本却带着外部干扰的痕迹——输入法的拼音联想、键盘上的排列顺序、同音词和颜文字等，都使文稿呈现不同色彩。网文中书面语、口语、网语混用，不仅突破作者单向输出的写作模式，还跨越以往文本致力营造封闭独立的内部语境，将作者与读者、作品与现实联系起来。

网络写作的语言之所以强调多媒体感受和传播效果，固然起因于文化工业对网络小说媒介转型能力的开发，也离不开网文主体人群的媒介经验。随着生于1985年左右的"千禧一代"高居大神榜，网文的读者和主力消费人群也转变为2000年后出生的"Z世代"①。当前网络文学的主流人群，是被誉为"数字原生群体"的青少年。在这些伴随互联网成长的人眼中，文艺产品不再与具体媒介相关：小说不一定是架上图书，剧集未必需要通过电视观看；同样，书面语与屏幕语言之间也并不泾渭分明。网文的作者同时也是读者和观众，是游戏玩家和弹幕发送者，是网络流行文化的参与者和构造者。他们浸淫于共同的文化环境中，一边消费一边生产，一边汲取一边创造，混淆文字与多媒体的观感，也打通了虚构和现实的边界。

网络小说虽然也是"小说"，却与印刷文化中对应的文体不同；它借鉴小说手法，却并不附带传统文学的批判或启蒙情怀；它像通俗小说一样是放低身段的娱乐产品，却比通俗小说更富有情绪煽动性，并敢于以个人兴趣挑战最成功的大众口味。在传统小说中，由遣词造句历练出的一套文学语言可谓精纯又深刻，具备多义性和丰富的历史渊源；但网文作者却通过浅白啰嗦的类似口语的文字写作，赋予词汇

---

① "Z世代"是美国及欧洲的流行用语，意指在1995—2009年间出生的人，又称网络世代、互联网世代，统指受到互联网、即时通讯、短讯、MP3、智能手机和平板电脑等科技产物影响很大的一代人。见百度百科 https：//baike.baidu.com/item/Z世代/20808405，2020年3月6日。

个人化的意涵和挑战常规的应用场景。阅读网络小说，人们常感觉太过日常直白，不够深刻隽永，文字冗长却语义稀薄，似是而非又留下大片断续的空白。因此，网文总感觉像是未完成的草稿。然而，这种相对宽松任意的语言运用，却是网络语言的特殊之处。简单的词语勾勒，单薄的意义层次，为阅读者留出主动解读、参与情节、任意联想和再创作的充足空间。用麦克卢汉以"冷""热"划分媒介的思路来说，网络文学自身与动画片、电视剧相似，具备"冷媒介"的特质。它的信息清晰度低，却能极大地调动受众的参与，就像简笔画或者填空题，等待读者以自身的语用习惯和媒介经验参与解读，生成意义。

早在网络文学刚刚诞生时，就有人对它寄予厚望，认为网络的自由发言和多样表达会让文学更上层楼。然而，随着行业产业化，网络文学并没有在印刷文学基础上取得累加的成果，而是以开放度高、完成度低、密度小而体量大的作品取胜。传统眼光中，类似作品只是文学的初级阶段，但在年轻网民群体和网络文化的孕育之下，这些收藏夹中看似雏形的作品，却日渐焕发出独立的特质。从书架到收藏夹，隐喻着微时代文学的变迁。

（原载于《社会科学辑刊》2021年第1期）

社会性：网络文学评价体系的另一维度

◎杨 玲

网络文学经过二十多年的飞速发展，现已成为当代中国文学最活跃、最具影响力的生产和消费场域。然而，仍有不少学者指责网络文学缺乏"文学性"，并以此为由否定其价值。网络文学具有文学性很重要吗？网络文学的根本属性为何？除了文学性，我们还可以使用哪些概念来理解网络文学，并"建立有别于传统文学评价标准、符合网络文学审美特征的评价体系"①？本文试图从网络文学的故事性和社会性（sociality）的角度为这些问题提供一个初步的答案。本文中的"网络文学"特指首发于网络的原创或衍生的虚构性作品，尤以网络连载的长篇小说，也就是俗称的"网文"为代表。在英文里，无论是"society"（社会）还是"sociality"（社会性），首先指的都是社会交往。《韦氏大词典》对"sociality"一词的定义是：（1）社交性（sociability），社会交往或社交性的例子；（2）在社会群体中活动或形成社会群体的倾向②。在社会学、社会心理学、社会生物学以及其他大多数学科中，社会性一般指的是群体内的成员之间"所具有的相互交往、相互影响的属性"③。然而国内文学界在论及文学的社会性时，指

---

① 罗先海：《"网络文学评价体系构建"研讨会述评》，《中国文艺评论》2016年第12期。

② 《牛津英语词典》对"sociality"一词的解释与《韦氏大词典》基本相同，但更明确地将 sociality 解释为"友好的社会交往""友谊或伙伴关系"（companionship）。

③ 王新水：《人的本质："理性"与后天社会性的统一》，《理论界》2015年第11期。

的却都是文学"与特定的社会情境,与经济、社会和政治制度的关系"①,并以此为基础讨论文学作品的"社会原因、社会内容、社会意义以及社会效果"②。由于文学的社会性总是与社会反映论、社会现实主义和文学的外部研究相伴,它也常常被视为文学性、审美性和文学自律的反义词或潜在威胁,以至于文学研究者现已很少使用这一概念。事实上,如果我们将"社会性"理解为"社交性",就会发现文学除了"文以载道""抒写性灵",还有另外一个重要功能——人际交往。《论语·颜渊》中的"君子以文会友,以友辅仁"就是对文学的社交功能最确凿无疑的肯定③。倘若从社会性的角度来考察网络文学,则网络文学和传统文论观念之间的关系绝非某些学者所断言的"对抗"和"颠覆"④,而是一次深度回归。

一、网络文学的故事性

在《讲故事的人》一文中,本雅明称"长篇小说在现代初期的兴起是讲故事走向衰微的先兆"。在本雅明看来,长篇小说与故事存在三个方面的区别:(1)传播媒介的不同。"小说的广泛传播只有在印刷术发明后才有可能",而故事则是"口口相传的东西"。(2)来源的不同。"讲故事的人取材于自己亲历或道听途说的经验",而小说则"诞生于离群索居的个人"。(3)功能的不同。故事能给人教诲,而小说则"显示了生命深刻的困惑"⑤。虽然本雅明的故事概念"过于狭窄",这样的定义"不符合故事始终与人类相伴随的事实",也"不符

---

① Renéwel llek and Austin war rren. *Theory of Literature*, Harcourt, Brace and Company, 1949, p.89.
② 秦人:《"纯文学"与文学的社会性》,《浙江学刊》1987年第5期。
③ 刘衍军、陶水平:《"以文会友"交往传统的诗学美学阐释》,《江西社会科学》2011年第4期。
④ 欧阳婷、欧阳友权:《网络文学的体制谱系学反思》,《文艺理论研究》2014年第1期。
⑤ 瓦尔特·本雅明:《启迪:本雅明文选》,汉娜·阿伦特编,张旭东、王斑译,生活·读书·新知三联书店,2008年,第99—113页。

合人类永远需要故事的本性"①,但本雅明着意将故事与长篇小说区分开来的观点耐人寻味。

艺术哲学家达顿在《艺术本能:美、快感和人类进化》一书中指出,已有多项研究表明,讲故事是人类的一种天性。所有文化中的婴儿从18个月到2岁之间,也就是他们刚开始咿呀学语的时候,就会从事假扮游戏(pretend play)。儿童不仅拥有复杂的想象能力,还能够把想象的世界与真实经验区分开来。达顿从进化论的角度提出了虚构(fiction)和故事之所以如此普遍的三个原因。其一,"故事提供了低成本、低风险的替代性经验"。故事为我们在生活中可能遭遇的困难、威胁和机会提供了实验性的答案,让我们为生活的变故做好准备。其二,故事可以提供富有教导意义的事实性信息。这种生动而难忘的信息沟通方式可能对于我们祖先的生存带来实际的好处。其三,故事鼓励我们探索他人的观点、信仰、动机和价值观,有助于培养人际交往能力②。

人类的故事还具有一种普遍的结构。从古至今,故事都是关于难题和冲突的。美国学者歌德夏称,故事的一个最主要配方即"故事＝人物＋困境＋尝试的解脱"。所有故事讲述的都是主人公为了满足其欲求而付出的努力③。故事本质上就是关于真实或虚构的人物如何克服困难的。"通往生活、财富、雄心、爱情、享受、地位或权力"道路上的障碍是故事的核心元素之一;另一个元素则是如何成功地或失败地克服这些障碍。因此,"玛丽饿了,玛丽吃饭"虽然讲述了一个事件序列,但听起来并不像是一个故事。而"约翰饿了,但橱柜里什么也没有"才像是一个故事的开始④。几乎所有的故事创作者都必须在这个固定的结构中工作,戴着脚镣舞蹈。现代主义文学运动试图打

---

① 刘俐俐:《人类学大视野中的故事变异与永恒问题——基于张爱玲与俄国作家尼古拉·列斯科夫的比较》,《文艺理论研究》2014年第1期。

② Denis Dutton, *The Art Instinct: Beauty, Pleasure, and Human Evolution*, Bloomsbury, 2009, pp.108,110—111.

③ Jonathan Gottschall, *The Storytelling Animal: How Stories Make Us Human*, Houghton Mifflin Harcourt Publishing Company, 2012, pp.52—53.

④ Denis Dutton, *The Art Instinct: Beauty, Pleasure, and Human Evolution*, Bloomsbury, 2009, p.118.

破这一结构的桎梏,重塑人类讲故事的冲动。然而,乔伊斯的《芬尼根的守灵夜》之类的实验性小说虽然会被人们当作天才的艺术作品来膜拜,却很难被读者当作故事喜爱①。

事实上,随着电子媒介的普及,长篇小说与故事讲述的力量对比已经发生了重大变化。有学者在考察20世纪后半叶英国文坛的发展历程时发现,"文学和小说写作日趋衰亡",而故事讲述重新兴盛②。新世纪以来,《哈利·波特》系列和《达芬奇密码》等全球超级畅销书的出现,都将故事的普世魅力和巨大的商业潜力展露无遗。当代中国网文的繁荣或许就是这一世界范围的故事大潮的地方性表达。相对开放和自由的赛博空间为许多没有受过任何文学训练、但却有着讲故事的冲动和丰富想象力的年轻人,提供了一个交流、展示的平台。如《鬼吹灯》的作者"天下霸唱"在网络上发表第一篇鬼故事之前,"连一百字的工作报告,检讨书都写不利索"。只是因为喜欢在网上看鬼故事,而故事的作者又迟迟不更新,他才在女友的逼迫下"侃"起了自己的鬼故事③。

通过不计其数的网文作者多年的摸索,商业化网文现已形成了"升级打怪换地图"的固定叙事模式。"升级"指的是男女主人公的成长过程,"打怪"指的是克服成长过程中遇到的各种困难,而"换地图"则指的是成长环境的变化。女主人公的成长"一般可以通过财富,身份地位,技能"等方式来实现。比如,女主人公通过商业发家致富,其成长路线可以是:"一穷二白→赚取第一桶金→生意做大→遭遇挫折→克服困难继续财富积累→升级到一定层次后触动固有团体的利益→重大风波→最终成功渡过危险并从中获取更大回报,女主身份地位的提升"④。不同的文类也有各自的换地图方式。如武侠/仙侠/

---

① Jonathan Gottschall, *The Storytelling Animal: How Stories Make Us Human*, Houghton Mifflin Harcourt Publishing Company, 2012, pp.54—56.
② 肖锦龙:《电子传媒和故事讲述——论西方后现代文学的本质特征》,《文艺研究》2015年第11期。
③ 天下霸唱:《扯了这么多故事了,稍微发表一些制作花絮》,新浪博客,2006年9月13日。
④ 红花碎叨念:《#网文技巧#升级打怪换地图(上)——"升级感"这个小妖精》,"散文吧",2016年11月17日。

网游小说的换地图方式通常是："出生/起于微末的地方→升级到一个层次以后去另外做任务的地方→继续升级的地方/副本→……"①

不难发现，网文的写作套路是完全符合人类故事的"难题结构"的。网文主人公对生存、财富、权势和爱情的渴望，也是最普遍的人性的反映。2016年年底以来，备受国内媒体和学界瞩目的网络小说的海外传播，更是证明了"中国网络小说里那些千锤百炼的'套路'所发掘和满足的都是人类最恒长最基础的情感和欲望需求，拥有着穿透不同文化背景的巨大能量"②。邵燕君甚至预言："目前，在全球流行文化输出的竞争格局中，能与美国的好莱坞、日本的动漫、韩国的电视剧有一拼之力的，只有中国的网络小说。"③ 从海外读者对中国网文的评论中也可以看出，他们关注的重点大多是情节走向、人物的塑造和人性的刻画，间或也会对个别词语的翻译和网文内容涉及的科学知识提出疑问④。显然，无论是国内读者还是海外读者，普遍不在意网文是否在语言和叙事方面展现出实验性或创新性的手法。要求网文具备现代主义小说的叙事难度/高度，无异于要求大象孔雀开屏，既不合理也没有必要。不可否认，部分网文作者也有极大的艺术抱负和情怀，对写作精益求精。但即便如此，他们创作出《追忆似水年华》或《尤利西斯》之类的现代主义经典的可能性也微乎其微。他们仍然只是在努力把一个故事说得更好。

---

① 红花碎碎念：《#网文技巧#升级打怪换地图——换地图的那些事儿》，"大红花"微信公众号，2015年1月16日。

② 吉云飞：《"征服北美，走向世界"：老外为什么爱看中国网络小说？》，《文艺理论与批评》2016年第6期。按，笔者对该文中提到的网文翻译论坛的流量数据持一定的怀疑态度。网文的西方粉丝群体的存在是毋庸置疑的，但这个群体的规模到底有多大，还有待继续观察。

③ 邵燕君：《全球媒介革命视野下中国网络文学的域外传播》，中国作家网，2016年9月30日。

④ 范雯玲、孙凯亮：《星辰大海｜中国网络小说海外粉丝评论"小盘点"之〈盘龙〉》，"媒后台"微信公众号，2017年4月27号；刘心怡：《星辰大海｜中国网络小说海外粉丝评论"小盘点"之〈无限恐怖〉》，"媒后台"微信公众号，2017年6月1日。

二、网络文学的社会性

本雅明称:"从来没有哪一首诗是为它的读者而作,从来没有哪一幅画是为观赏家而画的,也没有哪首交响乐是为听众而谱写。"① 这种说法显然与艺术史的基本事实不符,历史上为宫廷、恩主创作的艺术作品可谓不胜枚举。无论其他艺术形式有多大的"独立性",故事却总是为听众讲述的。网文的故事属性以及网络的交互性为网文的社会性提供了丰厚的滋养,并促使其衍生出多种形态。网络文学研究者耳熟能详的读/作者互动就是其中的一种。

尽管读/作者互动已经被视为网络文学与印刷文学的主要区别,然而对于这种互动的性质和后果,研究者们却有不同的理解。陈子丰以女频网文写作圈为例,认为"通过阅读的经验以及交流、反馈的经验",女性读者可以更积极地开展自我认同建构,明晰自我的价值取向;而作者通过听取读者的反馈意见,也可以让读者的意见通过作品传播得更广②。黎杨全则将作者与读者之间的互动形容为脱衣舞表演:"作者不断写(演),追文族边评边看(读)"。在这场表演中,作者与读者通过"互相挑逗与意淫"形成了一种"双重绑架关系"。在黎杨全看来,"数字媒介所带来的读写互动既与前工业社会的'讲故事'精神形同而实异,也破坏了现代小说的孤独性创作戒律"。不仅作者的"个性表达与独异创造难以为继",粉丝读者也会陷入自我封闭的状态③。罗兰·巴特和让·波德里亚将脱衣舞视为异性恋情欲经济的症候。脱衣舞者无一例外都是女性,而观看者却是男性。然而,当下的大部分网文都是在具有特定性别倾向的网站或论坛发布的,其作者和读者多属于同一性别。同性读作者之间的互动显然不能被完全视为

---

① 瓦尔特·本雅明:《启迪:本雅明文选》,第81页。
② 陈子丰:《女频网文阅读与读者的女性主体建构》,《中国现代文学研究丛刊》2016年第8期。
③ 黎杨全:《网络追文族:读写互动、共同体与"抵抗"的幻象》,《文艺研究》2012年第5期。

脱衣舞的挑逗。除了反馈循环和引诱挑逗这两种读/作者互动模式，我们是否还可以从其他角度来描述网文读/作者之间的关系？

在《论故事的起源：进化、认知与小说》一书中，新西兰学者博伊德以《荷马史诗》之一的《奥德赛》为例，从进化论的角度探讨了故事的讲述者与听众之间的关系。博伊德认为，故事的讲述是一场注意力的博弈，讲故事的人和听众都是这场博弈中的策略家（strategists）。讲故事的人付出精心编排故事的成本，以期收获听众的注意力，并力图引导听众的反应。而听众则付出时间和精力的成本，以便获得智识和情感上的刺激。作为故事的吟唱者，荷马必须首先抓住听众的注意力，如果他让听众感到厌烦，那就再也接不到宴席的邀请。为了让听众着迷，荷马塑造了许多令人难忘的人物，并且把这些人物区分为好人和坏人。他还浓墨重彩地刻画了奥德赛，一个最伟大的战士和性格最多面的人，整个故事也是围绕这个主角的命运展开的。在情节设置方面，荷马为这个故事提供了一个富有感召力的目标——回家，同时又在奥德赛回家的道路上设计了两大难题：（1）如何战胜各种困难安全返乡；（2）回家之后如何应对纠缠珀涅罗珀的求婚者。荷马一方面通过奥德赛清晰的行动目标和听众对这一人物的同情将故事简化，另一方面又通过奥德赛在目标达成过程中的一系列遭遇将故事放大。荷马还尽量将故事拉长，延迟高潮（即奥德赛的最终胜利）的到来，但又让听众一直对这个胜利充满期待[1]。

从博伊德对《奥德赛》的分析中可以看出，即便是在前工业社会，以讲故事谋生的人也必须仔细考虑听众的反应。而荷马的讲故事手法与当下网文中流行的"主角定律"，增强读者的代入感，营造读者、主角、作者三位一体的"愿望—情感共同体"[2]如出一辙。将故事的讲述视为作者和受众之间的博弈，或许能让我们更全面地理解网文连载过程中的读写互动。在网文这个竞争激烈的注意力经济中，作者和读者都会寻求个人利益的最大化。作者试图掌控读者的趣味，写

---

[1] Brian Boyd, *On the Origin of Stories: Evolution, Cognition, and Fiction*, Belknap Press, 2009, pp. 218—229.

[2] 康桥：《网络文学中的愿望—情感共同体——读者接受反应研究之一》，《南方文坛》2013年第4期。

出最受欢迎的作品,而读者也会努力寻找最能满足个人需求的网文。这种需求并不都是和欲望有关,也涉及认知、情感和道德。吸引读者的故事必须既在情理之中,又在意料之外。如果所有的情节发展都在读者的意料之中,读者很快就会丧失阅读的动力。作者因为读者猜中了剧情而不得不修改写作大纲的现象,在网文界可以说是相当普遍。

除了读/作者之间的互动,读者也会与网文人物进行互动①。社会学者田晓丽发现,读者不仅"在追文的过程中与作者之间建立了很强的情感联系",她们对小说中的虚拟人物也会产生强烈的认同和喜爱②。网文的一个重大贡献,就是为年轻一代的阅读公众提供了一批具有较高知名度和认同度的人物形象,弥补了当代主流文坛在这方面的严重缺失。顶级网文人物的人气已经不亚于国内的"小鲜肉"明星。如《盗墓笔记》中的主人公吴邪和张起灵就已经被粉丝奉为"国民CP"(CP即"配对")。这些粉丝专门在百度贴吧建立了一个以该CP为主题的"瓶邪吧"。截至2017年6月,该吧的成员人数高达152万人。而在《盗墓笔记》电视剧中扮演张起灵的演员杨洋的贴吧也不过只有100万成员。粉丝像热爱真人明星一样拥戴和守护着虚构的人物,为其创作同人作品、购买周边产品、庆祝生日。2017年6月,网文《全职高手》的粉丝因小说主人公叶修生日微博TAG数次变更,而在微博上公开指责小说的版权方阅文集团。他们对公司的不满,"以及对不满的表达方式,几乎和真人明星粉丝怒怼经纪公司的原因和手段,别无二致"③。粉丝读者之所以能对网文人物产生如此深厚的

---

① 读者与虚构人物之间的互动是一种普遍的文学、文化现象。柯南·道尔爵士笔下的福尔摩斯可算是现代文学中首位被大量读者挚爱的虚构人物。一个多世纪以来,这一虚构人物吸引了来自世界各地的一代又一代粉丝读者。不少粉丝甚至著书立说,论证福尔摩斯确有其人。参见:Michael Saler, *As If: Modern Enchantment and the Literary Prehistory of Virtual Reality*, Oxford University Press, 2012, pp.106—107.

② 田晓丽:《互联网时代的类社会互动:中国网络文学的社会学分析》,《清华大学学报》2016年第1期。这是笔者看到的唯一一篇明确使用社会性概念来研究网文的论文。

③ Huhu:《〈全职高手〉粉丝怒撕其版权方,二次元变现尴尬》,搜狐网,2017年6月5日。

感情,是和网文的故事属性分不开的。美国人类学家杉山曾指出,绘画和音乐等艺术形式都无法清晰地描绘"相关联的事件和意图的复杂因果次序",而即便是最初级的故事讲述也能很自然地做到这一点[①]。也就是说,只有故事才能够为读者完整地揭示事件的前因后果和人物的内心世界,从而深化读者对故事的理解和热爱。

网文的社会性还体现在网络作者的集体创作活动中。其中最有特色的就是依托特定网站或论坛、围绕同一个主题或世界观设定而展开的大型协同创作计划,如国内的九州世界、《临高启明》[②],以及全球性的 SCP 基金会(Special Containment Procedures Foundation)。这些计划都旨在利用网民的集体智慧,合作构建出一个庞大的幻想世界。当然,文学的集体创作绝非始于互联网时代。汉代出现的"柏梁体",或许就是中国古代文人集体创作的先河。在小说创作方面,"鸳鸯蝴蝶派"作家发明的擂台赛式的"集锦小说"也曾在民国报刊上风靡一时[③]。然而,只有在互联网时代,众多的写作计划参与者们才能突破地域和时间的限制,通过深入的讨论生成一套协同创作的准则,并以此为基础,打造出文学领域的"阿波罗计划"。

以九州世界为例,这个写作计划最早起源于网络原创写手云集的清韵论坛。2001 年 12 月,网友水泡在该论坛发布了一个邀请同仁合作创作西式奇幻小说的帖子,立刻获得了论坛写手们的热烈响应。为了形成统一的设定,参与讨论的写手专门选出了一个由七人组成的设定小组。2003 年 2 月,设定小组成员通过两轮投票表决,最终将这个奇幻世界正式定名为"九州"。以九州为主题的作品主要通过实体书刊发表,并在短短数年时间成为中国最畅销的幻想图书系列。九州的主创们曾宣称:"身为作者,总有一种宏愿,有生之年,要书绘一幅

---

① 转引自:Denis Dutton, *The Art Instinct: Beauty, Pleasure, and Human Evolution*, Bloomsbury, 2009, p.119.

② 对《临高启明》的集体创作方式的详细讨论,参见杨玲《〈临高启明〉与当代幻想文学中的世界建构》,《济宁学院学报》2018 年第 1 期。

③ Haiyan IEE, "All the Feelings That are Fit to Print: the Community of Sentiment and the Literary Public Sphere in China, 1900—1918", *Modern China*, 2001(3).

庞大的画卷。但凭一人之力，穷尽百年，又如何写得完心中无尽想象。"于是他们找到了集体创造世界的方式。尽管这个宏伟的创作计划因主创人员之间的纠纷而搁浅①，但它却孕育出了一大批知名的科幻、奇幻作者，为中国幻想文学（fantasy literature，又译奇幻文学）的发展做出了重要的贡献。

在探讨网文的社会性时，我们还有必要将商业化网文与非商业化的文学创作区分开来，因为这涉及两种不同的文学生产方式和社会关系模式。非商业化的文学创作大多是同人创作，也有部分是原创作品。同人创作的动机不是牟利，而是为了表达对原著的喜爱，修补原作中的缺憾，在原作结束之后延续故事的生命，或是通过同人创作进行角色扮演、探索自我认同和与他人的关系②。同人创作一方面是自娱自乐，另一方面也是发生在社群里的、和其他社群成员共享的集体娱乐。就此而言，它与古代文人"以文会友"的交往传统极为类似。同人小说经常被当作送给整个社群或某位特定成员的礼物，而读者的跟帖和评论则是对礼物的回应。

商业化网文的作者虽然也能够和读者建立良好的关系，获得读者的支持，但这种读/作者关系难免会因掺杂了经济利益而产生紧张和冲突。比如，同人创作一般属于兴起而为之作，作品的更新时间不固定，许多作者还会因各种私人原因中途"弃坑"或"烂尾"③。这些在同人圈屡见不鲜的行为在商业作者那里却是不可原谅的商业欺诈。如一位追了《盗墓笔记》八年的"死忠粉"看到小说的大结局之后，在知乎上愤怒地写道："这不是南派三叔一个人的闲来作品，这是他的一个用来获取版权收入的产品，如果你义务放出来给大家看，你烂尾是个人意愿，但是我付钱给你的时候，不要求别的，起码你把故事说完整啊。你当作家，用烂尾来对待读者？你当商人，用残次品全价卖

---

① 众越：《铁甲依然在？——"九州"系列小说创作模式与发展状况调查》，厦门大学中文系"青春文学与创意产业"课程2013年课程论文。
② 李晟杰：《当代青少年同人创作动机探究——以同人文学的创作为例》，厦门大学中文系2015年本科毕业论文，第15—16页。
③ 烂尾通常有两种情况：一是故事结尾不符合读者的预期，二是故事先前的伏笔缺少后续交代，即挖的坑没有填好。

给消费者？合适吗？"① 显然，在商业化网文的生产模式中，读者作为消费者/"上帝"拥有更多的议价权，会积极主张自己的消费者权益，要求作者提供令人满意的阅读体验。而在非商业化的创作社群里，将作品免费提供给读者阅读的作者则享有更多的创作自主权，并受到社群成员的普遍尊敬和优待。部分读者即便对作者的创作不满意，也不会在社群中公开发表过激的言论。

文学性关注的是文学之所以成为文学的特性，其背后的假设是文学作品是一个静态的、封闭的、自给自足的客体。新批评的"意图谬误"、罗兰·巴特的"作者之死"等观念虽然祛除了作者的神圣权威，但也将作品与其生产者和生产环境割裂开来。透过社会性的概念，我们可以将作者、作品、读者、世界等分离的文学要素重新联结起来，构想出一个动态的、开放的、相互依赖、相互影响的文学生态系统。或许网文与现代小说的根本区别就在于，网文不是一个孤独个体的创作结晶，而是一个复杂的社会关系网络的产物。

三、社会性作为方法

近年来，学界出现了一系列或新或旧的描述网络文学特性的概念，如"文学间性""网络性""娱乐性""快感与美感体验"等。然而，这些概念的倡导者们似乎都没有充分阐明我们应该如何操作、使用这些概念，这些概念能帮助我们开启哪些新的研究视域、提出哪些新的问题或是和哪些新兴的研究方向发生交集。笔者之所以提出社会性的概念，就是因为它不仅能够有效解释网文生态系统中一些无法用传统文学概念解释的现象，并为这些现象赋予价值，同时还能引入新的问题和视角，融合新的理论批评范式。比如，我们可以在社会性的概念框架下，把网文的故事性与当代中西方文论界的"伦理学转向"②结合起来，并将文学公共空间的议题引入网络文学研究。

---

① https://www.zhihu.com/question/20956054，2015年6月16日。
② 王鸿生：《何谓叙事伦理批评？》，《文艺理论研究》2015年第6期。

如本雅明所指出的,故事是教诲性的,目的是为我们提供道德和行为的指南。伦理学家常常"通过叙述日常故事来探讨伦理学的基本问题"①,而网文则是通过讲述虚构的故事来激发读者的伦理反思。即便是让读者畅快的爽文,也会将主人公置于一系列复杂的社会情境和道德考验之中。更何况,除了起点流爽文之外,还有各种让读者看到"内伤"的虐文。早期耽美虐文《忘欢》就是一个蕴含了丰富的伦理意味的小故事。这个两万余字的短篇小说,讲述的是才华横溢、志怀高远的澜国皇子昭华沦为性奴的悲惨遭遇。昭华因哥哥的嫉恨而被陷害入狱,在遭遇酷刑和轮暴之后丧失了记忆,"从精神和肉体上"被改造成了一个名叫"欢"的性奴。欢经历了三任主人。第一任主人段凌霄将其当作牲畜一样肆意凌虐。第二任主人梁非虽然对欢有怜惜之心,但却迫于权势将其抛弃。第三任主人君天下曾经认识昭华,并为昭华的才情所倾倒。在小说的结尾,君天下凭借出色的权谋实现了昭华少年时的宏愿"解放奴隶,一统天下,创建自由和平的国度"。但君天下解放了全天下的奴隶,却偏偏不肯给欢自由。他要继续"占有欢,让欢从身体到灵魂都完全属于他,只属于他一个人"。

《忘欢》曾在耽美社群中引发过强烈的争议,因为它背离了主流耽美虐文的叙事逻辑。宁可在国内首篇以耽美为主题的博士学位论文中详细分析了耽美小说中的主奴关系模式。她指出,"在许多耽美小说中,主奴关系都会发生逆转,即居于支配地位的主人和居于服从地位的奴隶的权力地位发生对换"②。也就是说,这类虐文吸引读者的并非受虐的、自我牺牲的"崇高感"③,而是主人/施虐者与奴隶/受虐者之间的权力关系如何发生逆转,处于权力结构最底层的受虐方如何"不断与残酷的命运抗争,最终绝处逢生,获得爱情、幸福和尊严"④。这是耽美文类所特有的主角"升级"模式,但《忘欢》的结局却让读

---

① 伍茂国:《伦理转向语境中的叙事伦理》,《河南大学学报》2014年第1期。
② 宁可:《中国耽美小说中的男性同社会关系与男性气质》,博士学位论文,南开大学,2014年,第45页。
③ 张冰:《论"耽美"小说的几个主题》,《文学评论》2012年第5期。
④ 徐艳蕊、杨玲:《中国耽美(bl)小说中的情欲书写与性/别政治》,《台湾社会研究季刊》2015年第100期。

者的阅读期待落空。不过，也正是其不落俗套的结局，迫使读者更深入地思考什么是真正的爱情和幸福。爱情就是被人以爱的名义占有和囚禁吗？幸福就是被宠爱、"不需要思考"、远离恐惧、享受"被征服的快乐"吗？丧失了记忆、人格、自由和尊严的人能够获得真正的幸福吗？已经被彻底驯服、忘记自由滋味的人凭什么反抗奴役？在这些伦理道德的追问中，故事标题的含义也随之变得暧昧不清。"忘欢"究竟指的是忘情于欢爱，还是忘记了欢乐，抑或世界已经将一个叫欢的卑贱的奴隶遗忘？陶东风称，后极权主义社会是没有故事的，因为这种社会体制"通过极权主义和消费主义结合的方式，把人们引入一个'天鹅绒的监狱'"。在这个监狱里，"人们逐渐丧失了参与公共事务的兴趣，没有了自由与梦想，也就没有了故事"[1]。也许，我们应该庆幸还能看到《忘欢》这样的探究奴役和自由的故事。

不仅是故事的内容，故事讲述的行为本身也和伦理有关。刘小枫称："自由的叙事伦理学不说教，只讲故事，它首先是陪伴的伦理：也许我不能释解你的苦楚，不能消除你的不安、无法抱慰你的心碎，但我愿陪伴你，给你讲述一个现代童话或者我自己的伤心事，你的心就会好受得多了。"[2] 这个观点用在网文故事上恐怕是再合适不过了。只有从"陪伴的伦理"的角度，我们才能理解为什么对于网文而言"更新是第一生产力"[3]，为什么唐家三少那样的"小白文"作者仅凭超级稳定的更新就能成为网文界的大神。按时更新不仅是一个商业问题，更是一个信用和伦理的问题。"入V"就是作者与读者签订的一个契约[4]。作者向读者许诺会用按时更新来陪伴读者，而读者也会将阅读纳入自己的日常仪轨，变成生活习惯。哪怕作者每天更新的字数读

---

[1] 陶东风：《故事、小说与文学的本质——阿伦特、哈维尔、昆德拉论文学》，《文艺争鸣》2012年第3期。

[2] 刘小枫：《沉重的肉身——现代性伦理的叙事纬语》，上海人民出版社，1999年，第7页。

[3] 此语出自血酬的《网络文学新人指南》，转引自单小曦《革命与危机——中国当代文学变革中的网络文学》，《探索与争鸣》2014年第11期。

[4] "入V"是"加入VIP"的简称。网络小说在免费连载一段时间之后，如果达到网站的条件，作者就可以和网站签约，读者继续阅读这篇网文时就需要付费，读者付费带来的收益将由作者和网站共享。

者五分钟就能看完，但这五分钟的故事时间依然对读者有着特殊的意义，是他们从庸常的生活中获得解脱，得以眺望一个更精彩的世界的契机。正是在这种日复一日、年复一年的陪伴、期待和守望中，网文读者才会与作者和作品建立起深厚的感情。尽管网文注水已饱受诟病，但这并不全是作者的过错。有时候，读者出于对故事世界的依恋会要求作者把故事尽量编圆，作者为了满足读者的要求，只能是越写越长①。当一个追了数月，甚或数年的网文结束之后，读者往往会感到怅然若失。这不全是欲望满足后的空虚，而是一个陪伴多时的朋友骤然离去后留下的空白。

围绕网文的创作和阅读还孵化出了许多网络文学公共领域。根据华裔学者李海燕对哈贝马斯的文学公共领域概念的解读，公共领域首先是在文学世界孕育的。由新闻和小说，特别是家庭小说、书信、日记和自传等"私人写作"构成的文学公共领域提供了一个"训练场"，个体在这里可以分享他们的私人经验并共同来肯定一种新的主体性，即普遍人性。在哈贝马斯看来，私人经验从一开始就是公共事务，是一种可以被集体讲述、分享和审视的东西。文学公共领域就是一个由作者、编辑、批评家和读者组成的话语性社群。这些社群成员首先是因为情感经验的交流而走到一起。正是在这个文学公共领域，资产阶级个体澄清了自我，确认了自己的人性，并以普遍人性的抽象概念为基础提出了政治和法律诉求②。国内学者在阐发哈贝马斯的文学公共领域的概念时，都有不同程度的本土考量。如赵勇认为，中国在20世纪80年代曾拥有活跃而繁荣的文学公共领域，但这一领域却在90年代走向衰落，其中一个主要原因就是"作家大都远离重大的社会现实问题，开始关注私人生活"③。赵勇似乎认为，只有反映和批判社会

---

① 马季：《网络文学三面观：故事行云流水生存依赖写作》，《中国出版》2015年第4期。

② Haiyan lEE, "All the Feelings That Are Fit to Print: The Community of Sentiment and the Literary Public Sphere in China, 1900—1918", *Modern China*, 2001(3).

③ 赵勇：《文学活动的转型与文学公共性的消失——中国当代文学公共领域的反思》，《文艺研究》2009年第1期。

现实的文学作品才具有公共性，才能形成公共舆论。陶东风将"文学公共领域理解为一定数量的文学公众参与的、集体性的文学—文化活动领域，参与者本着理性平等、自主独立之精神，就文学以及其他相关的政治文化问题进行积极的商谈、对话和沟通"[①]。他虽然没有对文学文化活动的具体内容做出规定，但仍然强调参与者的理性交流，并对语言暴力深恶痛绝。

倘若我们像哈贝马斯一样将围绕文学作品所生成的情感经验和情感交流——哪怕是以语言暴力形式出现的极端情感宣泄，都视为文学公共领域的重要组成部分，那么当代网文早已凭借商业文学网站、粉丝论坛、百度贴吧、新浪微博、微信公众号等各种网络平台，建立起了比20世纪80年代更多元、更广阔的网络文学公共领域。比如，耽美小说爱好者聚集的闲情论坛就已经发展为一个颇具粉丝文化和女权主义色彩的公共领域。除了像咖啡馆一样为耽美爱好者提供聊天、社交的空间，闲情也是许多社群问题的议事厅和裁判所。2008年晋江文学城实行VIP付费阅读制度前后，耽美爱好者在闲情就VIP制度、作者的著作权和盗文现象进行了连篇累牍的讨论，甚至连网站管理者也卷入了这场大讨论[②]。近年来，随着抄袭、"三观不正"[③]等创作问题的涌现，闲情专门出现了一种名为"挂墙头"的帖子，即发帖人将自己看到的不公正、不道德的现象揭露出来，供社群全体成员进行集体审判。不少闲情成员都对公共事务，特别是与女性生活相关的时事新闻展现出浓厚的兴趣。2015年10月，政府全面实施一对夫妇可生育两个孩子的政策之后，其他以男性为主的论坛都是一片欢呼雀跃，但在闲情，忧虑和批评的声音却占了上风。不少参与讨论的网友都认

[①] 陶东风：《阿伦特式的公共领域概念及其对文学研究的启示》，《四川大学学报》2010年第1期。

[②] 杨玲、徐艳蕊：《文化治理与社群自治——以网络耽美社群为例》，《探索与争鸣》2016年第3期。

[③] 耽美作品的"三观不正"通常指的是作品中出现了虐待老人、妇女和儿童的情节，"同志"骗婚的情节，过度暴力和血腥的描写，过于功利、崇拜金钱权力的思想等。

为这个政策会对女性的社会经济地位产生负面影响①。闲情的出现表明，文学公共领域并没有因商业化和审查制度在当代中国消亡，反而是在主流文坛之外和粉丝文化中获得了新的发展可能。

文学性的概念尽管问题重重，但却仍被国内学者奉为圭臬的根本原因在于：这个概念不仅渗透了价值判断，还自带了一套批评术语和分析方法，可以广泛用于文学教学和批评实践。除非我们能够提出与文学性相抗衡的概念工具，否则就只能在既有的文学研究的轨道上运转，哪怕明知这个轨道已经和当下的文学现实脱节。本文试图在文学性之外，用社会性的概念来考察网络文学，为网络文学研究开辟新的路径。笔者认为，网文本质上是一种故事讲述，大部分网文的写作套路沿袭了人类故事的普遍结构。数百年历史的现代小说与人类讲故事的传统相比，恐怕只是特例，而不是规则。网文的故事性和网络的互动性决定了网文具有极强的社会性。网文的社会性既包括读者和作者的互动，也包括读者和作品人物的互动，以及集体创作中诸多参与者之间的协同合作。商业化的网文与非商业化的网络同人创作不仅是两种不同的网文生产模式，也衍生出不同的交往方式。如有学者指出："网络小说的价值并不仅仅在于其指向小说本身的'诗性'，更在于其链文本所能提供的'交际性'。"② 社会性的概念不仅有助于我们理解网文与现代小说的区别，反思传统文学研究中文本、作者和读者的分离状态，同时还有助于我们关注网文的叙事伦理以及围绕网文建构的网络文学公共空间。倘若我们不再将文学性视为评判网络文学的唯一或最高标准，就会发现还有很多与网络文学相关的、有价值的问题等待我们去发掘和探讨。

（原载于《天津社会科学》2021年第3期）

---

① Ling Yang and Yanrui Xu, "Danmei, Xianqing, and the Making of a Queer Online Public Sphere in China", *Communication and the Public*, 2016(2).
② 王小英：《网络文学符号学研究》，中国社会科学出版社，2016年，第164页。

网络文学的社会性特征及效应

◎管雪莲

文学与社会紧密相关，没有脱离社会而存在的文学，文学的整个生产过程、传播过程和接受过程，无一能够脱离社会对它的影响和制约；反过来，文学的传播也是社会的一个有机部分，在社会中发挥一定的作用。社会总是发展变化的，文学的社会性也是一个流动变迁的概念，需要在具体历史情境中结合具体的社会条件去探讨。本文主要是从传播媒介的角度出发，去研究网络文学诞生之后文学社会性的一些变化。

一、互联网时代新的时空观与网络文学世界里的社会形态扩容

网络文学最具文体代表性的文学样式是小说，尤其是超长篇小说。有论者指出："在当前的网络小说中，50万字的篇幅差不多仅相当于中篇小说的规模，超过百万字的鸿篇巨制简直比比皆是，像《风姿物语》《江山美人志》等作品的字数更远远超过五百万字。"[1] 这种超长篇小说的普遍崛起，固然是由于网络发表空间的便利性，在书写方面不像印刷术时代那样受到纸质载体的诸多限制，其实还有一些社会性的深层次的原因。

第一，互联网技术带来的对时空认知的全新探索和解放。周志雄

---

[1] 陈奇佳：《网络时代的文学生产》，《江苏社会科学》2009年第4期。

提出："与传统武侠小说、神魔小说相比，网络仙侠小说、玄幻小说的世界版图要大得多。"①他分别列举了玄幻、仙侠、架空、穿越、科幻、灵异、二次元等类型小说对故事空间和时间的开拓，这打开了人物行为更大的可能性和丰富性。简单来说，就是人物可以投入到更大的、更新奇的世界模态中去生活，这些世界模态的新奇性，有些是通过对过去小说中所展现的世界模态的叠加或联结，有些则是完全新创的。

文学写作本身就是充满想象力的，互联网超长篇小说出现的新世界模态是文学想象的结果。刘勰在《文心雕龙》的《神思》篇中曾经描述过："寂然凝虑，思接千载；悄焉动容，视通万里；吟咏之间，吐纳珠玉之声；眉睫之前，卷舒风云之色；其思理之致乎！故思理为妙，神与物游。"②思接千载、视通万里，都是讲在想象中时空不受限制，然而"想"又受"思"的统辖，受认知和识见的统辖，任何想象都是对现实所知的加工和延伸。在互联网时代，普通大众接受了平行世界、多维世界叠加、时间折叠这样的新时空观。在这样的时空观背景下，超长篇小说的写作在内容上就很丰富了，可通达的空间和时间被大大开发出来，跨物种、跨生死、不同星域的世界模态被大大开发出来。

互联网一方面作为知识传播媒介，把各种对空间、时间的知识传播给大众；另一方面，互联网技术和计算机技术也是一种直接能把各种现实或设想的时空呈现出来的技术。现有的研究认为，在创造世界模态的动态图像上，电影和计算机是差不多同时起步的，但因为电影的拍摄需要一个"原物"，而计算机是数字模拟不需要"原物"，是"以数字为基础的、以数字手段获取的信息，与通过在数学上操纵笛卡尔坐标空间构建虚拟世界"③。因此，相比于电影，计算机获得了更

---

① 周志雄：《网络小说里的逍遥游（解码文学空间）》，《人民日报》（海外版）2020年10月22日，第7版。
② 刘勰：《文心雕龙》，范文澜注，北京：人民文学出版社，1962年，第493页。
③ D.N.罗德维克《电影的虚拟生命》，华明、华伦译，南京：南京大学出版社，2019年，第179页。

多的自由,而计算机技术加上互联网技术,这种虚拟世界的能力便在最广大的意义上促成了大众真切感受的第二现实。曼纽尔·卡斯特描绘了网络社会的精彩之处:"所谓'网络社会',即一种以生活时间与空间转变为特征,以'永恒的时间'和'流动的空间'为特征的社会形式。"①这里,"永恒的时间"和"流动的空间"讲的都是在互联网里各种世界模态间的转换可以任意进行、无缝对接。而文学的讲述不过是以虚构故事的形式把这些体验进行加工和延伸。

第二,互联网时代的虚拟技术塑造了大众对这些虚拟世界的代入感、体验感。所谓虚拟真实,就是"它不再像现代科学经由公理演绎来推出真理,而是用模型的方法来创造真实"②。在互联网时代,视频类作品要做到代入感、沉浸感是很容易的,从2D到3D再到VR、AR、MR,这些技术不断地突破沉浸体验的新高度,那么,作为以文字为媒介技术的文学,如何提高自己的沉浸体验感呢?这主要是靠打造激动人心的戏剧冲突。在传统的文学中,戏剧冲突主要是为了展现人物矛盾和社会问题,以引发读者对人物的同情和对社会问题的思考;但在互联网时代,人们创作这些戏剧性冲突是为了好看。互联网时代,人的感知体验和要求已经远远高于从前了,以前的原始文本不通过现代改造很难达到吸引人的要求。比如,互联网的一项技术——超文本写作——在网络文学中就没有得到继承,但超文本链接在网络游戏中却被大量应用,其中的原因就是超文本链接的文体方式在增加文学的场景体验感方面没有用处,而在游戏中却能实现很多场景变换。

在互联网的时代,由于各种现代科技手段对人的感知觉的开发,人们对感性的要求提高了,"感觉融入""情感融入"比以往任何一个时代都更加重要了。虽然在审美中感觉和情感性要素与其他认知要素不可分离,但正如杜威所指出的,审美是一个完满的、连续的、情感性的整体,"这一个经验是一个整体,其中带着它自身的个性化的性

---

① 尼古拉斯·盖恩、戴维·比尔:《新媒介:关键概念》,刘君、周竞男译,上海:复旦大学出版社,2015年,第20页。
② 克里斯托夫·霍洛克斯:《麦克卢汉与虚拟实在》,刘千立译,北京:北京大学出版社,2005年,第11页。

中国网络文学理论评论年选（2021）

质以及自我满足",而"使一个经验变得完满和整一的审美性质是情感性"①。杜威所描述的对"一个经验"的沉浸在互联网新媒体艺术中处处存在,麦克卢汉也重点指出新媒介与人交互作用时对人类感觉能力的扩展和延伸。在互联网小说制造出的这个"感觉的世界"里,为了体验沉浸感,世界模态一方面在形式上或形态上被拓宽、被扩容,不断地带动人们的新奇想象;另一方面,现实世界真正的社会问题被搁置、被肤浅化,在一定程度上,这些"爽文"因为偏离现实,而不能提供有益当前的社会思考。

二、互联网时代的在线部落化生存与网络文学虚拟社交功能的出现

与传统文学相比,互联网文学在文学交流方面的最大特点是在线交互性,由这种在线交互性所产生的互动被有些学者称之为"参与性类社会互动"。田晓丽提出,在网络文学活动中,这种参与性类社会互动的最大特征是"读者可以很轻易地形成一个团体。他们在小说的页面上留言,发表评论,一起等待和催促作者的更新,并建立 QQ 群、百度讨论吧之类,密切互动,形成一个虚拟社区。……从而产生了建立在想象基础之上的集体创造。随之而产生的,是一种新的社会性"②。田晓丽侧重于指出这种社会互动的想象性、幻想性,但又有极强的集群性。对于集群性,笔者是认可的,但笔者和她的不同之处在于,笔者认为这种虚拟社会互动的最大特征并不是想象性和幻想性。在虚拟互动中,交流者的身份是虚拟的,但其在互动中同样注重情感认同和三观认同,这种认同即便不是来自全部真实的自我,也是来自部分真实的自我,是自我诉求的一种体现。

麦克卢汉认为媒介是人的延伸,而"人的任何一种延伸,无论是

---

① 约翰·杜威:《艺术即经验》,高建平译,北京:商务印书馆,2010年,第41、48页。
② 田晓丽:《互联网时代的类社会互动:中国网络文学的社会学分析》,《清华大学学报》2016年第1期。

肌肤或手脚的延伸,对整个心理的和社会的复合体都产生影响"①。按照这一理论,互联网作为人类的一种延伸,同样也必然造成人类社会的变化,互联网既是这个整体社会的"新变化"的一部分,同时也是推动这个整体社会发生形态改变的一部分。这些新的形态可以被描述为:个人互联网化、互联网社会化、社会互联网化。

第一,个人的互联网化和互联网社会对个人的解放。在网络世界中,可以把人从现实社会关系中解放出来,变成一个自由自在的个人,在在线互动中,其身份、面貌等一切真实信息都可以被隐匿起来,这样,社会交往中的舆论包袱被解构了。当代社交网络的发展以自我为中心,脱离了现实社会的各种血缘关系、熟人关系的捆绑,强调自我的价值,形成一种网络个人主义。虽然传统文学也具有很强大的社交功能,但是其社交是依托于物理现实而构建起来的熟人群体,范围也是局限在小圈子里的互相应酬唱和、联络感情,同时因为是熟人,身份意识也很强,社会面具是必须的,在对文学的评判和交流中往往体现着现实的社交功利,而网络时代的文学交流评判则可以更少顾忌。

第二,互联网社会化产生的在线部落化生存。网民在解除了现实社会身份后,在互联网中重新形成社会组织,这种社会组织类似于协会或部落,随着互联网新媒体时代的到来,"人际关系模式发生了彻底的变化,我们进入了'新部落'时代"②。带有"部落"色彩的虚拟社区和虚拟社群是以个人喜好、三观等为纽带来建立人际互动关系的。网文作者一般都很注重与自己作品相关的粉丝集群,通过在线互动,了解读者的看法,并尽可能地把读者的反馈即时地反映到创作中来。互联网在线互动平台是粉丝的公共文化空间,在这个空间中,他们既参与建构,同时也被建构。

第三,互联网时代文学社会交往中的角色扮演与社会生活的试验化。互联网时代人们的在线身份是虚拟的,虽然真实身份隐匿了,然

---

① 马歇尔·麦克卢汉:《理解媒介:论人的延伸》,何道宽译,北京:商务印书馆,2000年,第21页。

② 刘凯:《部落化生存——新媒体对社会关系的影响》,上海:上海三联书店,2016年,第1页。

而人们还是想通过化身参与各种身份认同。本来,身份认同是有社会现实性的,"对于社会心理学来说,身份认同是一个工具,可借以思考个体身上心理属性与社会属性的衔接。它能表达出个体与其或远或近的社会环境之间多样互动的合力。一个个体的社会身份认同由他在社会系统中的整体归属为特征:对性别阶级、年龄阶层、社会阶层和民族等的归属。身份认同可以使个体在社会系统中自我定位,并以社会为参照调整自身"①。身份认同是一个有很强社会现实性的目标的认同,而在互联网中的角色扮演,有一部分是具有现实实用性的,比如在豆瓣、凤凰读书以及一些自媒体公众号如"六神磊磊读金庸""萝严肃""孤独的岚"中,人们对网络小说的评论、对传统文学的阅读阐释,就有很大部分充满了实用主义色彩,通过对人物行为及后果的分析,联系自身在当前社会系统中的自我定位,并做自我调整。但另一部分的扮演则是进行二次元化的试验性生活,也就是按照读者在非现实世界中倾心的那个角色形象来生活,通过线下扮演,表达对这些人物形象的喜爱,这些扮演者在现实中也会形成自己的小群体,分享共同的价值观。

三、互联网时代的话题热点与网络文学里的社会人格塑造

传统文学理论讲构思、讲创造,网络文学则讲求"设定",设定包括人物人格设定、情节设定、恋爱模式设定等。互联网文学的最大接受群体是大众,它在社会表达方面的特点是注重与时代热点呼应,在人设(人格特征设置)方面会选择受大众欢迎的人格特征进行塑造。在网络文学中,人设非常重要,人格特征并不需要与细节形成细腻的相互促成关系,只需在情节发展中立场鲜明、行事痛快。大多数互联网文学中的人格理想都是利用互联网热点问题进行人格塑造,以形成与现实社会的关联互动,也就是常说的带节奏。

---

① 丹尼斯·库什:《社会科学中的文化》,张金岭译,北京:商务印书馆,2016年,第130页。

互联网热点话题一是关系到国计民生的新闻话题，二是关系到日常生活的情感话题。互联网时代的在线交互性使得任何话题的反馈都在线共享，创作者通过这些在线反馈可以了解到普通民众最关心的问题，从而运用在写作中。人物形象的社会人格塑造，在互联网小说创作中清晰地被区分为女性向和男性向。女性向小说的主角往往代表着引领这个时代的优秀女性，女性向小说的配角往往是处在传统与现代夹缝中苦苦挣扎的女性。而男性向小说的主人公大都是代表着这个时代理想化的男性英雄，是成功者的化身。

在很长一段时间里，网络文学主要是以面向想象世界的作品为主，但在最近几年，面向现实世界的作品也获得了非常大的增长，这些作品重新定义了网络文学，如《蜗居》《失恋三十三天》《杜拉拉升职记》《大江东去》《都挺好》《欢乐颂》《我的前半生》《怪你过分美丽》《三十而已》等。这些现实题材的作品在人格设定和情节设定上，更加注意和时代热点话题的呼应，比如说，这些作品中都有剩女问题，剩女问题是一个话题度非常高的问题，在作品中，对这些问题的解决充满了理想主义的色彩。

流行小说往往能作为对一个时代的社会人类学考察，就是因为它展现了流行价值观对社会现象的理解和对自我成长的一种完满想象。这种理解和想象当然是充满了梦幻式的，与精英文学的理性倾向不同。同时，每个时代都有自己的流行文化，但其中具体表现的感性诉求却又有时代特征。其实，网络文学设计出来的各种想象情境能否成功，主要依赖于这些情境与读者熟悉的、已接受的价值结构之间能否相互和谐。今天，我们的价值观很多是在互联网上建构起来的，比如关于怎样才是社会公平和社会正义，怎样才是男女平等，怎样才是自我实现，很多都带有互联网公共文化的特征。

皮埃尔·布迪厄在《空间的场域与惯习》中强调人继承内化一种文化时，并不是仅从空间场域中的各种思想暗示获得，而是需要更广泛的社会互动，通过对社会中其他人思想、行为的观察和模仿。如果我们把互联网作为大众获得价值观念和社会信息的重要空间场域的话，网络文学则正是把这些流行在互联网场域中的价值观念和信息，用文学的方式塑造出来。研究粉丝文化的亨利·詹金斯说过，价值观念融合的发生并不是单纯依靠媒体设施,而是"发生在每个消费者的头脑中,通过他们与其他人之间的社会互动来实现。我们每个人都是借助于零碎的、从媒体信息流中获取的信息来构建个人神话,并把它转换成我们赖之以理解日常生活的资源"①。詹金斯这里讲到的"每个人"不一定准确,实际上大多数的人只有构建个人神话的愿望,而没有构建个人神话的能力。而网络文学恰恰具有完备的构建个人神话的能力,网络文学善于借助零碎的、从媒体信息中获取的信息来构建人物的个人神话,而读者可以从中提取出他们理解自身日常生活的思维方式和价值资源,这些又通过互联网产生互动,再形成话题热度反馈在互联网上,持续地形成创作者与阅读者共同享有的信息参考系统。

四、互联网时代网络文学的大众化与小众化之间的转化

网络文学是大众化的文学,网络文学在大众化的发展道路上出现了IP(Intellectual Property)化的概念。一部作品的IP化,包括"VIP收费阅读制度"和"一次写作,多次开发的版权产业链制度",它的基础是庞大的粉丝群购买力。从2015年开始,网络文学因为IP概念引发了文化界的热烈反应,在这个IP改编的时代,版权购买的一个参考标准就是付费粉丝的数量。网络文学在文学作品更新连载时就向读者收费,而在版权售卖时又再次收取巨额版权费,像唐家三少、唐七公子、流潋紫、南派三叔、墨香铜臭、桐华等,都是身价几亿的大咖。

吴声认为,超级IP是新的连接语言。"移动互联构建了这个加速度时代,信息过剩而注意力必定稀缺,从而造就IP化表达,并使IP成为新的连接符号和话语体系。"IP化表达就是能够吸引人们注意力的表达。"超级IP具备独特的内容能力、自带话题的势能价值、持续

---

① 亨利·詹金斯:《融合文化:新媒体与旧媒体的冲突地带》,杜永明译,北京:商务印书馆,2017年,第31—32页。

的人格化演绎、新技术的整合善用和更有效率的流量变现能力等特征。"① 在大数据时代，对粉丝群体庞大的作者和作品进行追踪，选出粉丝吸引力的优胜者，标以 IP、大 IP、超级大 IP 等不同级别，用来说明这个作品的受欢迎程度以及可以在互联网跨媒介改编的可预期程度，文学的 IP 化也是文学工业化生产的必然。

网络文学中，"情爱题材、搞笑题材和武侠题材占据了原创作品的前三位。其中，以爱情特别是网恋为题材的作品竟占了 43%"。在对网民最爱看什么的调查中，也显示"爱情题材是首选"②。大众喜欢看爱情题材，并不是这个时代才有的新特点，可是什么样的爱情故事会成为大众喜欢的大 IP 呢？分析这些年成为大 IP 的女性向作品《小时代》《甄嬛传》《三生三世十里桃花》《芈月传》《花千骨》《知否》《陆贞传奇》《陈情令》《琉璃》等，可以看出这些爱情故事中有一个共通的"新中间阶层女性"的情感结构模型。新中间阶层女性的社会特点是："占有一定的知识资本及职业声望资本，以从事脑力劳动为主，主要靠工资及薪金谋生，具有谋取一份较高收入、较好工作环境及条件的职业就业能力及相应的家庭消费能力，有一定的闲暇生活质量；对其劳动、工作对象拥有一定的支配权；具有公民、公德意识及相应社会关怀的社会地位群体。"③ 这些社会特点在具体作品中会被拆解，对应、化用到作品虚构和想象的社会设定中去，但仍然可以看出其中的阶层关联。比如说穿越到一个架空的历史朝代去，女主角一般是凭借脑力劳动在那个时代谋取一份中上阶层的职业，追求生活质量，具有公德心，通过这些情节建构起来的情感结构模型强调性别平等，最重要的是，在爱情关系中勇于取舍，最终获得完美的结局。

大众化中的"大众"并不是一成不变的。如果我们把互联网发展划分为单机互联网时期和移动互联网时期的话，那么，由于早期互联

---

① 吴声：《超级 IP——互联网新物种方法论》，北京：中信出版社，2017年，第 1—3 页。

② 欧阳友权：《网络文学论纲》，北京：人民文学出版社，2003年，第 14、17 页。

③ 陆学艺：《当代中国社会阶层研究报告》，北京：社会科学文献出版社，2002年，第 10—11 页。

网使用门槛相对来说比较高,因此大众的文化水平相对来说比较高,其意识观念也会比较前卫。移动互联网出现后,"大众"开始出现明显下沉趋向,有很多研究者都注意到了移动互联网时代封建女性道德观的回潮,比较典型的是对女性社会身份的否定和对女性生育职能的强调,这种思维使得女性重新被封闭化和狭隘化。

除了这些大众区块的 IP 化追求外,网络文学上的有些类别是专门体现小众趣味的,小众化题材的作品拥有着特殊的粉丝群体,是青年亚文化研究的绝好范本。青年人是尚不成熟的,但网络恰好是青年人的乐园,青年人通过网络来表达观点,虽然是稚嫩的,但也是社会传播的一部分。大众化的题材类型可以从小众的题材类型中去找灵感、找设定,把它转化过来。比如耽美这个类型,就是典型的孵化器,《琅琊榜》《陈情令》的原著都与耽美有关联。

另外,从网络文学的文体方面来说,小说无疑是最具大众化的文体,相对来说,诗歌、散文的创作就属于比较小众的文体,其创作量和影响力与网络小说相比是微不足道的。然而还是有一些诗歌、散文的爱好者继续进行小众化创作,这是对自己爱好的坚持,也是对文学艺术性的一种坚持。在诗歌、散文这种小众化的文体创作中,也有通过互联网变成大众化的,比如余秀华。余秀华的诗人身份得到了社会和评论界的承认后,她原先的作品也被整理出版,如《月光落在左手上》《摇摇晃晃的人间》《无端欢喜》《我们爱过又忘记》等。然而,总体而言,诗人走红在互联网时代是一个不容易的事件,余秀华的作品有社会话题性,她本人也有社会话题性。小众化文体和小众化题材类型一样,一方面可以聚集小众群体的粉丝,另一方面也可以成为大众文体写作的孵化器。同时我们看到,无论是小众化题材还是小众化文体,要在互联网上实现大众化转化,都要符合互联网社会化机制的要求。

综上所述,本文探讨了互联网作为网络文学进行社会传播的媒介平台,促成了网络文学社会性的四个特点:(1)互联网时代新的时空观促成了网络文学世界里的社会形态扩容。(2)互联网时代的在线部落化生存促成了网络文学虚拟社交功能的出现,这种虚拟社交功能追求虚拟集群性、虚拟认同性。(3) 互联网时代的话题热点与网络文学作品里角色人物的社会人格塑造形成高度关联。(4) 互联网时代网络文学的大众与小众之间的分殊和转化，与网民的现实生活紧密关联，当网民构成发生重大结构性变化时，大众与小众的概念也被重新定义。

(原载于《中国文学批评》2021年第1期)

"路空文隐喻"阐释与网络文学高质量发展的系统观
——奇幻电影《刺杀小说家》思辨

◎黄鸣奋

2021年春节热映的奇幻片《刺杀小说家》成功塑造了网络文学爱好者路空文的形象。此人仅仅因为在图书馆阅读小说《跷跷板》就爱上了文学,因为可以通过网络口头直播的方式发表作品而迷上了脚本写作。他为之废寝忘食六年,生活在成为小说家的梦想中,没有就业,只能靠母亲接济。路空文写作的奇幻之处在于他不仅映射出现实的秘密(所写的《弑神》中开府将军赤发和久天的冲突对应于现实生活中阿拉丁神灯公司两位合伙人之间的矛盾),而且直接影响了现实(上述公司的老板李沐因此感到心虚与焦虑,为掩盖杀害合伙人的真相迫切希望斩草除根,即将合伙人之子路空文也杀掉)。若从积极方面看,路空文的经历反映出文学具有吸引人、影响人的魅力,网络直播作为低门槛发表途径唤起人们写作脚本的冲动,网络小说的传播产生了不可低估的影响;若从消极方面看,路空文的失败说明对于奇幻效果的极端化追求使人们经常生活在幻觉中,无法产生合理效益的底层写作浪费了文学爱好者的宝贵青春,得不到回报的持久投入使作者对人生感到绝望(路空文想过自杀)。这一人物的命名和经历使之成为网络文学态势的某种隐喻,值得从系统观的角度予以解读。

一、网络文学双系统及作为隐喻的"路""空""文"

网络文学形成于网络系统和文学系统在社会层面、产品层面和运营层面的互动。就我国网络文学而言,高质量发展不仅是国家宏观战略决策的要求,而且是自身实现超越的需求。虽然到 2020 年上半年我国网络文学用户达到 4.67 亿的规模[①],原创内容丰富,但质量参差不齐,某些作品表现出低俗化、逐利化倾向,从总体上说距离由文化大国向文化强国转变的历史要求还有差距,在满足国内需求、发挥国际影响方面还存在很大提升空间。笔者认为,在大变局时代,应当将"坚持系统观念"作为促进网络文学高质量发展的重要原则。下文援引笔者所提出的传播要素原理,结合"路空文隐喻",从社会层面、产品层面和运营层面加以考察。

(一)网络文学的社会层面与"空""文"问题

网络文学化的历史,或许可以追溯到哈佛大学毕业生纳尔逊(T. H. Nelson)在 20 世纪 60 年代开发在线出版系统。英国科学家伯纳斯-李(Timothy John Berners-Lee)在 80 年代末发明万维网,为此后网络文学的流行准备了必要的技术条件。我国改革开放推动了海外留学大潮,既让莘莘学子在发达国家率先接触网络服务,又让他们萌生了以汉语书写网络文学的强烈冲动。在这样的背景下,汉语网络文学在 90 年代登上了历史舞台,演绎出令人回肠荡气的好戏。作为新生事物,汉语网络文学的诞生标志着互联网在语言艺术领域的最初应用,其历程是互联网思维逐渐深入到创作、传播和鉴赏各个环节的体现。它不仅圆了海外留学生的思乡之梦、港澳台青年的文学实验之梦,而且圆了祖国大陆诸多文学爱好者的创作与发表之梦,让他们的

---

① 见 CNNIC 发布的第 46 次《中国互联网络发展状况统计报告》:http://www.cnnic.net.cn/hlwfzyj/hlwxzbg/hlwtjbg/202009/P020200929546215182514.pdf. 2020 年 12 月略有下降,为 4.6013 亿。见 CNNIC 第 47 次《中国互联网络发展状况统计报告》:http://cnnic.cn/hlwfzyj/hlwxzbg/hlwtjbg/202102/P0202102033334633480104.pdf。

创造力像火山一样喷发出来。我国网络文学经过数十年的发展，已经从"小荷才露尖尖角"成长为令世界同行瞩目的奇观，为加强公共文化服务、丰富群众精神生活、推动国际文化交流做出了重要贡献。

就社会层面而言，由创作队伍、受众群体和跨界纽带构成的共同体是网络文学发展的动力，也是提高网络文学质量的关键因素。相关考察可以从如下三个维度进行。

1. 主体维度。它在网络视野中涉及当事人（兼指机构和个体）所进行的网络规划、网络建设、网络管理等活动，在文学视野中涉及当事人的创作立场、创作动机、创作目标等要素。上述两种视野以群体组织、自我意识以及身份认同、角色扮演、使命担当、共同体建构等为纽带相联系。不论是信息网络最初的构想者（科学家）、阿帕网的建造者或推动网络用途"军转民"的企业家，其直接目的都不是开拓文学新天地，而是供同行交流、战时通讯或商业贸易之用。尽管如此，这些人为之做出不同贡献的信息网络后来却演化为大众性的"第四媒体"，以低门槛吸引了无数文学爱好者，让他们得以发挥自己的创作潜能。

2. 对象维度。它在网络视野中涉及连接对象、屏蔽对象、推荐对象等要素，在文学视野中涉及描写对象、奉献对象、师法对象等要素。上述两种视野是以用户管理、用户服务、用户定制、用户参与等为纽带相联系的。计算机兼有输入与输出两个端口，其用户因此同时具备传播者和接受者双重身份，这是基于计算机技术的信息网络成为互动媒体的重要原因。与之相适应，网络用户不再是电视时代的"沙发土豆"，而是活跃的参与者。这对网络文学产生了深刻的影响。

3. 中介维度。它在网络视野中涉及交换机、交换中心、定制软件、中继设备等的开发者与应用者，还有各类网站的管理者等。在文学视野中，中介维度涉及文学领域和复述、改编、表演、翻译、评论、研究、教学、执导、主持、出版、发行、代言、经纪等相关的角色，以及与之对应的各种组织或机构。上述两种视野是以虚拟社区、网络社团、众筹平台等为纽带相联系的。在社会层面，信息网络本来就是为人们协同工作而建立的，其互动性使人们可以相当便捷地进行主体维度、对象维度与中介维度之间的转换，但它所提供的实时量化技术让各种排行榜大行其道，将相关个人和组织都置于空前激烈的竞争之中。在印刷时代，专业文学工作者队伍规模不大，组织机构相对比较简单，彼此之间虽然有竞争，但在我国事业体制下并未形成市场化意义上的"红海"。进入网络时代之后，文学队伍大为扩展，加上我国经济转型等原因，在市场上的竞争趋于尖锐；与此同时，协作共赢的新机遇也已经到来。

以上关于主体维度、对象维度和中介维度的分析，为从社会层面解析"路空文隐喻"提供了对应的切入点。

1. "谈空"之文。"谈空"原本指清谈，即魏晋时期崇尚老庄、空谈玄理的一种风气。我们用它概括人类所具备的超越现实环境、现实身份、现实功利关系之约束的言语能力。在历史上，这种能力是在将现实与想象区分开来的过程中产生的，标志着人类超越原始时代的思维水平，进入了文明时代。今天所谓"文学家"（特别是小说家），实际上就是那些擅长"谈空"之人通过写作而形成的职业化群体。传统文学虽然诉诸虚构，但依然强调真实性标准，看重生活作为本源或根基的作用。网络文学却存在崇尚纯粹虚构的倾向，将"谈空"之能力放大到极致，不强调深入生活，不重视调查研究，就空谈空，越谈越空。

2. "填空"之文。文学欣赏本来就具备填补精神空虚的作用，即所谓"Kill time"。文学创作则意味着填补前人未曾涉猎的创意空白。所谓"写作门槛"意味着并非任何一个对文学感兴趣的读者都可以将自己的身份转变为文学家，那些经过尝试失败的人发现门槛的高度非自己所能越过（或者为越过所必须付出的成本太高，或者性价比不及其他活动），便可能做出调整，将时间和精力转移到更适合自己的领域中。"写作门槛"的具体形态取决于相应的社会历史条件，其中最重要的有三种：一是书面传播占主导地位的时代的文字门槛。当时知书识字的人很少，能够用文字来进行虚构的人更少，因此，以书面性虚构为特色的文学写作本质上是精英的。二是印刷品传播占主导地位的时代的出版/发表门槛。印刷术的革命性意义之一是开创了以报纸和书刊为标志的大众媒体时代。由于印刷媒体的容量有限、成本较高，加上一些人为因素的影响，文学写作的门槛进一步提高，不要说青史留名,就连在一般印刷媒体上发表豆腐干大小的诗歌,对常人来说也未必是件易事。此时,成名作家不仅是"精英",简直是"贵族"了。三是电子传播占主导的时代的出镜门槛。电影、广播、电视以传播音像为己任,传统的书面文学写作因此"退居二线",局限于通过脚本为节目提供支持。新形态的电子文学是通过出镜的记者、演员、主持人等提供给观众的,电影脚本、广播脚本、电视脚本皆然。到了这一时代,写作门槛已经高到普通人难以企及的地步。自制节目难以为电影厂、电台、电视台等电子化大众媒体所接受,要想成为相应机构中的编剧,不仅要有天分,而且还要有机遇(有时还要再加上社会资本)。成功的编剧不仅是"贵族",简直就是"无冕之王"了。然而,物极必反。正是在这样的背景下,乘以计算机为标志的信息革命之东风,网络文学登上历史舞台。在问世之初,网络平台虽然建构了海量发表空间,但缺乏相应的信息资源。出于吸引人气、"填补空白"的考虑,网络平台极大地降低写作门槛,那些长期为缺乏发表机遇而抱憾的文学爱好者因此欢呼"自由写作时代"的到来。

3."恋空"之文。文学意义上的受众群体是围绕作家、作品发展起来的。如果说传统文学也有其粉丝群的话,那么,它们和吟游诗人的讲唱活动、书面作品的人际传播、印刷媒体的广泛发行、电子媒体的远程即时传送等因素有密切关系。在历史上,文学传播的时空范围、社会分布越广泛,作者和读者的互动就越困难,这一矛盾到互联网时代得以根本解决。网络文学兴起之后,以其特有的魅力吸引了来自不同背景的读者。他们通过在虚拟社区中进行读写互动形成了最初的读者群。其中,有些特别热心的人乐意为作家作品做阅读之外更多的事情,付出时间、精力,甚至是金钱和情感。这是形成粉丝心态最重要的因素。文学网站因势利导,促进读者聚合与参与,使粉丝文化得以兴盛,对网络文学的繁荣起了关键作用。邵燕君等指出:"中国网络文学发展20余年来,最核心的发展动力就是建立在粉丝经济基础上的原创性生产机制。"① 由于盗版的长期存在,核心粉丝(具有稳

---

① 邵燕君、肖映萱、吉云飞:《网络文学2019:在"粉丝经济"的土壤中深耕》,《中国文学批评》2020年第1期。

定付费习惯和活跃参与度）占比始终仅有5％左右，但正是他们构成了网络文学发展的根基——其中大部分都曾尝试写作。

在商业化的过程中，文学网站充分利用新媒体互动性的优势，采用一方面制造极少数"网文大神"、另一方面利用超规模"无偿写手"的策略，成功地壮大了作者队伍。在智能化的过程中，文学网站引入算法以筛选写手与文本，不仅降低了人工把关的成本，而且初步实现了扶植的精准化。从积极方面说，上述策略成功地激发了大众参与的热情，使网络文学迅速趋于繁荣，甚至成为"世界奇迹"；从消极方面说，它引发了不少文学爱好者不切实际的期待，导致类似于《谋杀小说家》所塑造的路空文那样沉溺型写手的产生。编导将这样的人物冠上"小说家"之名，要么试图说明追逐虚名的危害，要么是为了告诉人们小说家在网络时代的贬值。

（二）网络文学的产品层面与"路""文"问题

互联网作为新媒体推动社会变革，促进了我国信息生态和艺术观念的重大变化，网络文学由此形成了自己独特的艺术定位，从语言结构、作品内容到体裁风格，都显示出某种有别于纸媒文学的特色。

与上述认识相适应，对网络文学产品层面的考察可以从如下三个维度进行。

1. 手段维度。它在网络视野中涉及网络协议、网络结构、网络服务等要素，在文学视野中涉及语言、结构、体裁等形式。上述两种视野是以操作系统、网站结构和应用程序等为纽带相联系的。

2. 内容维度。它在网络视野中涉及信号、数据和信息等因素，在文学视野中涉及题材、形象和主题等要素。上述两种视野是以内容生成、分发、阐析等技术为纽带相联系的。文学内容通过数据化而得以为信息网络所贮存、处理与转变（云计算）。反过来，文学也将网络及相关技术当成描写与审视的对象（题材化）。

3. 本体维度。它在网络视野中涉及类别（如实体的或比喻的、有线的或无线的）、模式（如主机模式、桥接模式、网络地址转换模式等）、特性（如共享资源网、数据处理网、数据传输网）等要素，在文学视野中涉及类型、风格、特色等要素。上述两种视野是以数据集成、数据管理、数据挖掘等技术为纽带相联系的。就作品遴选而言，积分算法发挥了重要作用。正如高寒凝所指出的,"相比起印刷文明时代的编辑审稿制和学院体系内的精英批评话语,文学网站诉诸积分算法,虽然的确是将选择、评价一部小说的权力让渡给了读者,却也绝非仅止于此。最为关键的秘密,其实就隐藏在公式之中:尽管每位用户(包括读者和作者)的行为(点击、写书评)与喜恶(打正分或负分),都经由相对客观、固定的渠道转化成了数据,但总积分数值的输出,却是糅合了网站自身利益与倾向的加权计算"①。

互联网(internet)又译"网际网路",人们经常将它与高速公路类比。由此看来,《刺杀小说家》中"路空文"之名包含了对于网络("路")与文学("文")关系的隐喻。从产品层面看,对于"路""文"关系的考察至少可以从三种不同的角度进行,即平行研究、交互研究、融合研究。

平行研究着眼于网络与文学之间存在的某种异质同构关系。例如比照文学形式语言、结构、体裁三分法,我们可以从类似的三种角度对网络形式加以考察:一是网络协议,它是计算机网络中为进行数据交换而建立的规则、标准或约定的集合。二是网络结构,现阶段的互联网属于信息互联网,由计算机系统、通信链路和网络结点组成。其物理布局称为"拓扑结构",有星型、环型、树型、总线型、分布式、蜂窝状等不同类型。三是网络服务,互联网和移动通信平台先后推出多种服务,创造了网络文学多样化的契机,从早期的BBS文学、主页文学到短信文学、博客文学,再到后来的微博文学、微信文学等,都可以为证。

交互研究着眼于网络与文学的交叉互动。如果将文学语境中的"形式"和网络语境中的"形式"对应起来的话,那么不难发现它们之间的联系纽带:介于文学语言和网络协议之间的是各种操作系统,介于文学结构和网络结构之间是网站结构,介于文学体裁和网络服务之间的是各种应用程序。上述纽带相互支持、彼此渗透。网络为文学提供传播平台,文学为网络提供信息资源。目前,智能化成为网络与

---

① 高寒凝:《网络文学研究中的数字人文视野——以晋江文学城积分榜单及"清穿文"为例》,《中国现代文学研究丛刊》2020年第8期。

文学交叉互动的新条件。从理论上说,智能网可以和文学建立广泛联系,包括文学身份的智能定位(如作家追踪研究、读者分析、平台建设等),文学本体的智能生产(如语言翻译、内容生成、IP开发等)以及文学运营的智能管理(如内容审核、协会组织、评论研究等)。现阶段算法已经被用于识别文学作品的特征(例如在主题上将爱国、负面、中性区分开来)[1],判别与筛选具有IP开发价值的作品[2],以及向用户推荐符合其个性化需求的作品,等等。

融合研究着眼于"路""文"一体化。由此形成的网络文学既继承了来自网络的互联、互动、移动等属性,又拥有来自文学的憧憬、虚构、创造等特点。李衍柱将网络文学视为通向自由理想的艺术形式,因为它以多媒体的创造性应用带来审美的共能感,通过互动将具备共同梦想的人联合起来[3]。虽然它后来在发展过程中经常为商业利益所左右、为网络监控所约束,但确实给文坛带来过一阵清风。

从文化角度看,互联网产生的背景是科技之文,文学产生的背景是艺术之文。在以计算机为龙头的信息革命爆发初期,这两种文化是相对独立发展的。其后,随着互联网商业化、媒体化的加深,它们之间日益频繁地互动,以至于形成了作为其联姻成果的网络文学。就此而言,网络文学诞生于从平行之文、交互之文向融合之文演变的历史进程中。

若沿用文学理论对形式的界定,我们可以从如下三个方面理解网络文学的新颖性。在语言上,它创造了不少独特的流行语,正因如此,伍国桃从网络文学语言贴近生活而具备鲜活性的角度肯定网络文学的文本形式[4]。至于网页所包含的源代码,则是传统文学所没有的。在结构上,它可以按照超文本或数据库的方式组织信息,给用户以四

---

[1] 毛频:《基于LDA和GBDT算法的对文学作品爱国主义特征的分类研究》,《文化创新比较研究》2019年第13期。

[2] 张博瑶:《蚁群算法在网络文学IP开发选择中的应用研究》,《新媒体研究》2020年第21期。

[3] 李衍柱:《网络文学:通向自由理想境界的艺术形式》,《求是学刊》2005年第1期。

[4] 伍国桃:《论网络文学文本形式的新变》,《安顺学院学报》2014年第1期。

通八达、常见常新的感觉。这种弹性结构有别于传统文学的刚性结构。在体裁上，它可以从单纯的文字作品走向音像多媒体，使表现手段日趋多样，并和传感、定位、增强现实等技术结合起来，沟通文本内外的世界，别开生面。

若沿用文学理论对内容的界定，我们可以从题材、主题、人物等角度理解网络文学的开拓性。由于数字复制的成本远低于印刷，加上网络空间的存贮容量远大于印刷品等原因，网络文学真正实现了信息意义上的"海纳百川"，为放飞想象力提供了前所未有的条件。

若沿用文学理论对本体的界定，我们可以从风格、类型、形态等角度理解网络文学的多样性。由于网络技术不断更新、网络服务日益分化等原因，各类文学实验可以在不同的条件下进行，其成果又可以借助网络链接和其他艺术门类相互联系，并在大 IP 观念、TTS 等技术的指导和支持下彼此转化。

现阶段，科技之文和艺术之文的矛盾运动仍然在进行中，网络文学仍然在科技与艺术双引擎的作用下不断向前发展。新科技为新艺术创造新条件，反过来，新艺术为新科技描绘新蓝图。因此，网络文学的形态、意蕴与构成仍将不断更新。由此所付出的代价之一是传统文学的权威不断受到挑战，传统文学的范式不断遭到瓦解。没有可触可感的载体作为基础，网络文学只是四处流动的信息，这种现象也是"路""文"在新媒体条件下融合所形成的特色之一，即空灵。

（三）网络文学的运营层面与"路""空"问题

网络文学的运营层面是由社会层面和产品层面相互结合而形成的。对它的考察可以从如下维度进行。

1. 方式维度。在网络视野中，它体现主体维度与手段维度的结合，将重点置于信号流、数据流或信息流的监测、识别、伪装、防伪、适配、分离、重组、融汇等。在文学视野中，方式维度同样体现主体维度与手段维度的结合，涉及基于意识流、叙事流或情感流的创作方法、构思技巧、推广策略，以及教学方法、评价方法、研究方法等。上述两种视野可以通过信息流的设计、生产、跟踪、分析等纽带相联系。例如将网络视野引入对文学文本的考察，就形成了查重、作者身份甄别等技术；将文学视野引入对网络现象的批判，就形成了讽喻、戏仿等手法。

2. 环境维度。它在网络视野中体现对象维度与内容维度的结合，涉及系统时间、赛博空间等要素。在传感技术的支持下，现实对象可以转化为网络内容（数据化）；反过来，在互动技术的支持下，网络内容可以转化为现实对象（仿真性）。在文学视野中，环境维度同样体现对象维度与内容维度的结合，涉及现实环境、艺术环境等要素。经过构思，现实环境可以转化为艺术环境（虚构化）；反过来，经过自居，艺术环境可以朝现实环境转化（代入化）。上述两种视野是以文化产业、生态保护、国家安全、人类命运共同体等环境主题为纽带相联系的。将网络视野引入对文学环境的创造，就形成了各种文学社区。将文学视野引入对网络环境的想象，就产生了以虚拟现实、增强现实、混合现实等为题材的作品。

3. 机制维度。它在网络视野中体现中介维度和本体维度的结合，所涉及的是过滤机制、推荐机制、安全机制等要素，宗旨是通过第三方介入促进信息的流动，沟通发送者与接受者之间的联系，实现服务的目标与资本的增殖。在文学视野中，机制维度同样体现中介维度与本体维度的结合，所涉及的则是出版机制、发行机制、评价机制等要素，宗旨是通过第三方介入促进作品的运动，沟通创作者和鉴赏者之间的联系，取得社会效益与经济效益。上述两种视野是以引导机制、仿真机制、管理机制等为纽带的。将网络视野引入对文学机制的研究，就形成了网络文学营销之类的课题；将文学视野引入对网络机制的想象，就形成了网络题材小说之类的作品。

从上述认识出发，可以对"路空文隐喻"进行新阐释。"路"以道路为本义，引申出途径、门路、经过、规律、道理等意义。"空"以孔穴为本义，引申指缺乏内容、空洞无物、虚幻不真、徒然无效，还有与时间对举的空间、与充盈对举的匮乏、与大地对举的天空、与填满对举的腾空等。以文学为基点，"路"与"空"可以分别在方式维度、环境维度、机制维度彼此结合，形成所谓思空之文、架空之文、运空之文。

思空之文着眼于依靠虚构方式弥补现实遗憾的思路，即常言之白日梦。王祥将网络文学定义为通过互联网发表、传播的大众文学，认为它的各个类型都通行着白日梦——愿望达成的创作方法。特点是主角（代表普通人）揣着自身的愿望，因为置身于梦境，在伙伴的帮助下经过努力战胜了敌人、克服了阻碍，实现了自身的愿望、得到了情感满足，并继续滋生更高的愿望、不断奋斗，让人类主要的欲求都得到深度满足，最终到达了人类社会或者神话世界的顶峰。①他明显借鉴了西方精神分析流派的创作观念（白日梦），这说明了上述创作观念具备较普遍的适用性，既可以在古代通俗文学（特别是通俗小说）的传统中找到印证，又可以在当代网络文学中获得响应。

架空之文着眼于依托虚构环境设定作品情节的架构。在我国，被网文界奉为网络小说鼻祖的武侠小说作家黄易开拓了"玄幻小说"的新文类②，被某些大神推为"网文开山作"的《风姿物语》这样的作品师法游戏架构，致力于创造迥异于现实的"另世界"。③这种倾向从总体上说是以脱离现实、虚构历史为特色的，先前并不为主流意识形态所重视，直到网络文学兴起之后才大行其道。

运空之文着眼于依傍虚构交流引发现实共鸣的运作。与传统文学相比，网络文学由于诉诸"思空"加"架空"的缘故，相对摆脱了现实世界的功利束缚，有利于跨文化传播。网络文学最初在西方发达国家起步，对中国而言原本是舶来品。现在的情况大为改观。2014年12月美籍华人赖静平创办了Wuxiaworld，这是第一家将中国网络文学翻译成英语的网站。2015年问世的类似网站有Gravity Tales、Volare Novels等。2017年5月15日，阅文集团"起点国际"正式上线，成为中国网络文学对外传播的"官方路径"、第一个正版外语平台和品牌。它贯彻"网文国际化"的战略，布局海外市场，通过开放原创功能（2018），吸引了数以万计的海外作者。在上述因素的作用

---

① 王祥：《网络文学创作方法与策略》，《网络文学评论》2018年第2期。
② 李强：《为什么网文界认为黄易是网络小说的鼻祖》，《文艺报》2020年11月30日。
③ 吉云飞：《为什么大神共推〈风姿物语〉为网文开山作》，《文艺报》2020年11月30日。

下,"洋写手"到 2020 年 12 月超过 10 万,原创作品有 16 万多部。①如今,像阅文集团这样的龙头企业的决策者所考虑的已经是为优质 IP 进行全球赋能、鼓励和保护全球原创、持续吸引海外用户深度融入与参与、联合全球各方产业合作伙伴共同促进网络文学发展等问题。"洋写手"则以其创作成果促进了中国网络文学的国际化。

上面讨论的思空之文、架空之文、运空之文都在电影《谋杀小说家》中获得表现,虽然是以幻想的形态。主角路空文在现实生活中不如意,于是便以创作网络小说《弑神》来寄托自己的愤懑。这是作为白日梦的"思空"。这篇小说将幻想环境设定于为赤发鬼所支配的皇都城,这是体现另一世界的"架空"。《弑神》虽然只是网络小说,但一方面通过心理暗示影响阿拉丁神灯公司的老板李沐,使后者担心自己制造事故杀害合伙人的罪行败露而雇凶杀人以斩草除根;另一方面通过代入想象影响了杀手关宁,使后者萌生了通过续写《弑神》让自己死于人贩之手的女儿小橘子复活的冲动。这类描写是白日梦和异世界相结合的"运空"。思空、架空、运空一体化,让观众可以通过再造想象弥补自己在现实世界中的种种遗憾,这可以部分解释网络文学为何不胫而走的原因。

综上所述,网络文学在社会层面发挥创作者"谈空"的潜力,适应欣赏者"填空"的需要,通过传播者构筑"恋空"的情结,在产品层面致力于促进科技文化和艺术文化由"平行""交互"走向"融合",在运营层面通过"思空""架空""运空"发挥自己的社会功能,产生了巨大的社会影响。作为光鲜亮丽的这一面的补充,是以"空耗"为特点的流弊。路空文虽然花了 6 年时间专心致志写网络小说,但落到只能靠母亲接济度日的窘境。他的失败主要是由于下述原因造成的:在社会层面,他被写作与发表的低门槛吸引入场,但却缺乏提高其写作能力的必要训练,也没有个人或群体为之提供支持;在产品层面,他满足于写出简单梗概就进行网络直播的形式、以开掘自身潜意识为取向的内容,这样的小说看起来似乎结合了口头传播、书面传

---

① 康岩:《网络文学平台有了更多洋写手》,《人民日报》(海外版)2020 年 12 月 2 日。

播与网络传播各自的优点,实际上存在自言自语的局限;在运营层面,他沉湎于自己所营造的白日梦,为现实谋生所需要的技能因此萎缩。当他觉得生活无望而企图自杀时,关宁救了他。不过,关宁自己又作为《弑神》的续写者走上了路空文的道路。"空耗"因此作为一种顽疾在他们之间传播。

虽然传播意义上的"空耗"在历史上早就存在(例如受某些因素的影响,文章不能发表、电影不能公映、电视剧不能播出等等),但它的消极作用因为网络而放大,成为网络文学要想实现高质量发展必须正视的问题。

二、网络文学的高质量发展

如今,我国网络文学已经蔚为大观,令世界瞩目。对其历史经验予以总结、对其发展趋势予以引导、对其社会价值予以评价,是学术界面临的重要任务。这些年来,有许多学者对此做出值得铭记的贡献,这里有意识形态的激浊扬清,也有艺术技巧的阐幽发微,还有产业运作的解剖分析;其成果包括众多专著、词典、丛书、编年史、配套软件、文献数据库、研究成果集等,为我们把握网络文学从创作到研究的走势及概况提供了重要依据。展望未来,网络文学很可能将随着信息科技的突破而转变自身的形态,随着全球化与逆全球化的博弈而丰富自己的内涵。为实现高质量发展,有必要从系统观的角度对网络文学予以审视。限于篇幅,下文的考察是围绕"路空文"隐喻进行的。

(一)社会层面:虚实相济的举措

就社会层面而言,网络文学在网络视野中是全球信息基础设施建设者、运营者和操控者通过互联网为客户所提供的众多服务之一;在文学视野中是由创作队伍、受众群体和跨界纽带构成的语言艺术共同体。为实现高质量发展,必须在社会层面对网络系统和文学系统加以协调,处理好所涉及的个人和群体之间的利益关系,实现行业自律,并自觉接受公众的监督和政府的监管。针对前述"空耗"问题,为避免社会资源的浪费、提高网络文学的效益,更好地满足人民群体的需要,应当以质实济"谈空"、以提升济"填空"、以门槛济"恋空"。以质实济"谈空",这一点近年来已经引起网络文学界的重视,其表现主要是作家关注现实生活,提高现实题材作品所占的比例。不仅如此,根据习近平总书记的论述,文艺作品高质量发展应该从历史观、民族观、国家观、文化观四个维度来把握。从历史观维度来看,文艺作品应反映民族与国家兴衰的历史规律;从民族观维度来看,文艺作品应增强中华民族共同体意识;从文化观维度来看,文艺作品应凸显传统文化的自信与自觉;从国家观维度来看,文艺作品应将国家置于整体论视角中,① 这是治本之策。

以提升济"填空",指的是网络文学不能满足于填补受众的精神空虚,而要致力于提高受众的文化素养和精神境界。正如邓小平所指出的,"思想战线上的战士,都应当是人类灵魂工程师……作为灵魂工程师,应当高举马克思主义的、社会主义的旗帜,用自己的文章、作品、教学、讲演、表演,教育和引导人民正确地对待历史,认识现实,坚信社会主义和党的领导,鼓舞人民奋发努力,积极向上,真正做到有理想、有道德、有文化、守纪律,为伟大壮丽的社会主义现代化建设事业而英勇奋斗"②,文学家对此负有当仁不让之责。

以门槛济"恋空",指的是在激发网络文学潜能时要进行恰当的引导。网络文学之所以能够罗致数量庞大的写手,主要原因是其门槛比传统文学低很多。而如果把写作门槛提高了,就能促使有志气的写手上档次、成为实力派作家,这是网络文学实现高质量发展的条件之一;另一方面,如果把文学潜能发挥了,"菜鸟"就能向"大虾"转化,这也是网络文学实现高质量发展的条件之一。前者以限制网络文学创作队伍的规模来提高质量,后者则以造就合格作家的方式来扩大网络文学创作队伍,可以说是相辅相成的措施。文学网站设定签约作家条件之类的做法,属于前者;各级作协举办网络文学作家培训班、

---

① 苏燕、王韬钦:《习近平关于文艺作品高质量发展思想内涵的四个维度》,《思想教育研究》2020年第1期。

② 邓小平:《建设有中国特色的社会主义》,人民出版社,1987年,第26—27页。

研修班之类的做法,属于后者。高质量发展的关键之一是通过在线学习等途径将二者统一起来,使潜能有更多的发挥余地,使门槛有"水涨船高"的可能。将二者统一起来,可以比较有效地解决目前网络文学"量大质不优"的问题。

(二)产品层面:科艺互动的态势

就产品层面而言,网络文学在网络视野中是在线资源的数据集,通常属于明网的专门站点,可以通过搜索引擎加以访问;在文学视野中是由形式、内容和类型定位的参照系,属于语言艺术范畴,可以通过阅读来欣赏。要实现高质量发展,必须协调平行之文、促进交互之文、彰显融合之文。

1. 协调平行之文。当前,我国存在与网络文学平行的其他网络服务或艺术分支。根据中国互联网络信息中心发布的历次统计报告,若按用户规模排名的话,我国互联网艺术相关应用的顺序大致是网络视频、网络音乐、网络游戏、网络文学,还有游戏直播和演唱会直播等。就创意而言,网络文学处于产业链的龙头地位,其内部不断通过分化实现自我更新。有鉴于此,下述问题值得进一步关注:第一,网络文学 IP 改编不仅要迎合观众口味完成商业变现,还要有积极的价值观导向,贴近日常生活的现实类题材需要更多的发掘空间;第二,网络文学要更好地发挥引领文化产业的作用,除已经蔚为大观的小说外,网络上的时评、随笔、诗歌、戏剧文学等文体也应获得重视,才能实现网络文学的健康多元发展;第三,网络艺术的各个分支要以版权保护为共同诉求、以 IP 转化为联系纽带,加强彼此之间的协调,为广大用户提供更丰富的优质产品。

2. 促进交互之文。科技与艺术都是人类把握世界的途径,科技文化与艺术文化在一定历史条件下是相对独立发展的,各有各的轨迹,因此才有科技史、艺术史之类专门化论著问世。科技与艺术也都是人类创造世界的途径。科技为主导的世界是理性的、务实的,艺术所主导的世界是情感的、务虚的。科技与艺术的交互可以在玄幻、魔幻、奇幻、科幻等不同语境中进行。影片《刺杀小说家》的特点之一就是在玄幻语境中展示了两个不同世界:科技世界切近于我们目前所生活的时空,艺术世界疏离于我们目前所生活的时空。科技世界中的市民群体是理智化的,艺术世界中的市民群体则是狂热化的。科技世界中的李沐是大型跨国综合集团的大佬,以有效利用时间的新发明维护其企业在市场上的支配地位;艺术世界中的李沐不仅多肢化、怪物化、巨人化,而且是披上雕塑外装的伪神,以煽动皇都城各坊相互残杀的权术维护自己的统治。科技世界中的成年空文是文弱的网络写手,艺术世界中的少年空文是英勇无畏的战士。科技世界中的关宁无法让被人贩药死的女儿复生,艺术世界中的关宁却和劫后余生的女儿团圆……因为两个世界截然不同,影片的情节才有张力;因为同一人物在两个世界的遭遇殊别迥异,影片的叙述才够奇幻。尽管两个世界不一样,但都受伦理规范制约,其中的主要人物存在一对一感应,科技世界中的罪犯终究受到惩治,艺术世界中的伪神最后也被杀死。这部电影同时暴露了我国网络文学存在的一个重要问题,即科幻是弱项,远不如奇幻发达。要想实现网络文学高质量发展,必须对科幻题材的作品多加扶植,并有意识促进它们通过改编在大娱乐产业中扩大影响。

3. 彰显融合之文。作为网络与文学融合的产物,网络文学以网感区别于传统文学。"网感是什么? 知乎上有人给出了一个定义:网感是指能够理解互联网上网民的行为逻辑,并能根据其内在逻辑,设计出符合网民意愿的表达方式,让他们无碍地接受品牌和产品的创意的一种能力。"[①] 从高质量发展的角度看,网络文学精品化不只表现为具备强烈的网感,而且表现为对经典的重视。严格说来,"经典"是传统文学的范畴。相比之下,网感更看重当下感受,主要与横向传播相联系;经典更看重长远价值,主要与纵向传播相联系。明代李东阳说:"文章如精金美玉,经百炼历万选而后见。今观昔人所选,虽互有得失,至其尽善极美,则所谓凤凰芝草,人人皆以为瑞,阅数千百年几千万人而莫有异议焉。"[②] 这段话是对"经典"含义的精彩阐述。我国已经有一些作品受到不同国家读者或观众的关注,如天蚕土豆的《武动乾坤》等。精品化不能满足于豆瓣评分高、弹幕好评多(这是

---

① 徐茂利:《网感的养成》,《国际公关》2015 年第 5 期。
② 李东阳:《怀麓堂诗话》,知不足斋丛书本,第 6 页。

横向传播所要求的评价),而且要引入时间维度,通过适当的作品回顾展评,来判定客观效益与历史价值(这是纵向传播所要求的评价)。使传统文学具备网感、使网络文学形成经典,这是为高质量发展所需要的双向运动。基于上述理解,笔者将"网感"定义为网络协议(IP, Internet Protocol)与知识产权(IP, Intellectual Property)相统一的范畴。网感体现的网络协议和知识产权的统一,一方面是指网络环境下追求互联互通、自由共享与关注最大化的时代感;一方面是指与网络建设持之以恒发展相适应的历史感。简言之,网感就是网络流行所唤起的时代感、网络发展所需要的历史感的有机融合。[①]

(三)运营层面:继往开来的要求

就运营层面而言,网络文学在网络视野中交织着社会意义上履行责任、产品意义上资本逐利的矛盾,在文学视野中是由技巧创新、环境营造和评论研究构成的加速器。后者主要是指通过发挥服务功能激发了读者的想象力和创新精神,促进了社会进步。网络文学要实现高质量发展,必须重视创新"思空"之文、引导"架空"之文、审视"运空"之文。

1. 创新"思空"之文。朱光潜说,"创造一件作品,藏在心中专供自己欣赏,和创造一件作品,传达出来求他人欣赏,这两种心境大不相同",而"文艺上许多技巧,都是为打动读者而设"[②],譬如,小说、戏剧常有疑阵突出惊人之笔,大半就是为了要在读者心中产生所希望的效果。具备高度兼容性的网络文学自然可以借鉴人类历史上所曾出现过的各种创作方法,并根据自己所处的环境、所定的目标加以创新。不仅如此,先前已经成功圈粉的典范之作,可以为后人所学习和借鉴。像天蚕土豆的《斗破苍穹》将庞大故事化繁为简的叙事技巧、"邪典"式文本策略就是如此。对此,孟隋已经进行了分析[③]。不

[①] 黄鸣奋:《网络大电影如何走向精品化》,《光明网》文艺评论频道 2017 年 10 月 12 日。

[②] 朱光潜:《作者与读者》,《朱光潜美学文集》第二卷,上海文艺出版社,1982 年,第 336 页。

[③] 孟隋:《论粉丝时代网络文学的内容生产——以〈斗破苍穹〉为例》,《教育传媒研究》2018 年第 1 期。

过,正如杨晨所言,在同等情况下,创新胜于老套①。根据段弘等人的看法,借鉴不同于融梗,后者可能导致侵犯他人著作权②。

2. 引导"架空"之文。黄昕恺指出:"随着移动互联网时代的到来,网络文学阅读模式的社群化和参与性趋势日渐明显。在当红网络玄幻小说主题贴吧内,充斥着架空于现实之上的世界观和价值观,阅读过程已经演变为一种体验式生产性消费,在迷群参与者身份自我认同和群体认同的前提下进行着以原始文本为基础的集体文本再生产。迷群的集体文本创作形式有四大特点:追求体验式的自我超越、对'爽'感的追求与欲望表达、具象化的视觉表达、同人文原创等。"他认为:可以把直觉、感性的"爽"引导与聚合为对美好未来的幻想与追求,同时又包容和共生着异彩纷呈、各具鲜明特色的个性,让迷群之梦融入"中国梦"。③ 就此而言,电影《刺杀小说家》有所不足,即整体氛围相当压抑。虽然虚拟世界中作为万恶之源的赤发鬼被小人物打败了,现实世界中挟私作案的大老板被揭露了,但主角仍然生活在无法摆脱的萦怀中。

人工智能进入文艺领域之后,依托特定算法从事批量化重组式创作已屡见不鲜。艺术内容原先是由人类创作的,表现源于现实生活的真情实感。与之不同,由算法生产的文本如果也冠以"文学"或"艺术"之名的话,那么其内容只能说是架空的。正因为如此,宗思源指出:"人工智能诗歌使艺术的原真性标准失效,艺术品的光韵渐渐凋谢,原始诗歌被不断'再生产',使文学作品趋于均质化、程式化,大众审美的个性和创造性渐渐模糊,但随之而来的还有一部分人审美意识的觉醒。"④ 黄平主张以重情来抵抗人工智能对文学入侵:"借用钱谷融先生的著名命题'文学是人学',我们对于'文学是人学'传

---

① 杨晨:《网络文学的套路和创新》,《网络文学评论》2018年第3期。
② 段弘、王天乐、陈稳平:《融梗:一种网络文学创作方法的概念界定》,《西部广播电视》2020年第9期。
③ 黄昕恺:《网络玄幻小说迷群身份认同与集体文本再生产》,《西南交通大学学报》(社会科学版)2019年第6期。
④ 宗思源:《诗歌算法、审美生产与人工智能时代的文学遭遇》,《智库时代》2020年第3期。

统的继承与发扬,在人工智能的语境中将转化为'人学是文学':是文学想象,而不是算法的计算,守卫我们对于'人'的理解与信仰……文学的抵抗,在于重新激活浪漫主义的文学传统。"① 古人有言:"充实而有光辉之谓大。"②

从高质量发展的角度看,对情的强调不应局限于原始的生理性情绪,而应上升到为理义所规范、为理想所升华的社会性情感,同现实关怀、哲理深度相结合。

3. 审视"运空之文"。"运空"之所以可能,和粉丝有很大关系。倘若网络文学的作者通过虚拟交往为自己赢得粉丝,那么可以说他在"运空"方面取得了一定成功。正因为如此,影片《刺杀小说家》中的路空文听杀手关宁说是他的粉丝时非常激动,因为这是"第一个",尽管关宁是为了掩盖自己接近他的真实目的才这样说的。从理论上看,作者偶像化和读者粉丝化是一种双向建构。他们不仅通过上述建构加深了相互理解、相互信任、相互协调,而且都在对方的身上寄寓自己的理想,弥补自己的遗憾。由此可能产生两种弊端:一是不同饭圈彼此排斥,二是审美疲劳和类型趋同。③ 正如曹宇所言,粉丝文化有利有弊,关键在于引导。一方面要重视法律法规和新媒体技术对于规范媒介行为、强化对青年正面引导的作用;另一方面不要特别在意粉丝偶尔的不理性状态④。当然,网络作家也不要因为有大量粉丝追随就误以为自己真的是值得崇拜的"神"。高质量发展的条件之一是建设能产的读者群体,提高他们参与创作的积极性,从而丰富用户生成内容,并激励作家群体更上一层楼。

不论是创新"思空"之文、引导"架空"之文或审视"运空"之文,都需要通过对话形成有关评价标准的共识。周根红指出:"构建

---

① 黄平:《人学是文学:人工智能写作与算法治理》,《小说评论》2020年第5期。

② 《孟子》卷十四"尽心章句下",四部丛刊景宋大字本,第119页。

③ 马小凤:《粉丝经济与文学迷思:论消费时代下的网络文学生态》,《哈尔滨师范大学社会科学学报》2017年第3期。

④ 曹宇:《粉丝文化有利有弊,关键在于引导》,《人民论坛》2017年第28期。

网络文学的评价标准是近年来网络文学研究的重要内容。现有网络文学评价标准的建构，或对网络文学的定位模糊，或过分强调网络文学的娱乐快感消费，或脱离了文学本体转向媒介研究，或用数理统计替代了审美评判。网络文学评价标准的建构应该理解媒介变迁，回归文学本体，重视市场影响，重估思想价值，深入研究网络文学的审美、叙事、价值等方面的转型，建构一套立足于文学，但又不同于传统文学的评价标准。"① 国家社会科学基金已经为"中国网络文学评价体系建构研究"设立了两个重大项目（分别由欧阳友权、周志雄负责），充分说明了这个问题的重要性。应当看到：网络文学的评价标准是被当事人的需要、价值观等所左右的。不同社会集团完全可能有不同的评价标准。从高质量发展的角度看，网络文学所需要的是体现人民利益与诉求的评价标准。

综上所述，影片《刺杀小说家》成功地创造了"路空文隐喻"。其主角路空文通过"谈空"成为网络写手，通过"填空"维系自己的写作动力并给读者带来快感，通过"恋空"疏离于现实生活。他所创作的《弑神》既在玄幻语境中构建了与科技世界整体上"平行"的艺术世界，又通过两个世界之间的神秘感应描写了它们在某些关键点上的"互动"，进而将戏中戏从整体上"融合"为情感世界。有关路空文的叙事既体现了文学艺术诉诸虚构的特点（"思空之文"），又具备奇幻电影创建异世界的追求（"架空之文"），同时还展示了网络文学在沟通心灵上的巨大潜能（"运空之文"）。对于"路空文隐喻"的含义，可以置于网络文学系统观的视野下加以阐释。网络文学是网络系统和文学系统互动的产物。网络系统在社会层面是由世界各国信息基础设施的投资者、建设者、运营者通过互联网为客户提供的服务，在产品层面是由互联网所汇集和生成的庞大信息资源，在运营层面交织着社会意义上责任驱使、产品意义上资本逐利的矛盾。文学系统在社会层面是由创作队伍、受众群体和跨界纽带构成的语言艺术共同体，在产品层面是由形式、内容和类型定位的参照系，在运营层面是由技

---

① 周根红：《当前网络文学评价标准建构的批评与反思》，《江苏大学学报》（社会科学版）2021年第1期。

巧创新、环境营造和评论研究构成的加速器。网络文学所处的态势、高质量发展的可能性,归根结底是由上述两个系统的矛盾决定的。虽然互联网贯彻着互联互通的原则,虽然"世界文学"的观念已经随着全球化的进展而逐渐深入人心,虽然网络文学具备为世界各国读者共享的可能性,但是就现阶段的情况而言,不论是互联网的建设、应用与管理,还是文学的创作、传播和接受,或者网络文学的分化、融合与升级,在客观上都是由各国具体国情决定的。因此,我们对于网络文学高质量发展的定位,应当以我国社会主义文化大发展大繁荣为目标。

结　　语

文学与网络相结合,既意味着拥抱第五次信息革命以来崭露头角的新科技、新媒体,又意味着将视野扩展到全球村、知识经济等新潮流、新趋势。由创作队伍、受众群体和跨界纽带构成的共同体是网络文学发展的动力,由网络平台发布并通过融媒体传播的海量作品是网络文学的实绩。产业化运作使网络文学逐渐被纳入 ISP、ICP 等各种公司的发展战略,不仅具备了网络地址的 IP 身份、得以实现跨平台链接与流动,而且形成了产权运作的 IP 空间,得以通过各种衍生产品展示其魅力。

本文提出网络文学的系统观,阐述了网络文学的业态结构,并以"路空文隐喻"为切入点分析了网络文学实现高质量发展的相关问题。从全局看,高质量发展涉及如何建设创作队伍、满足人民需求、构筑跨界纽带、探索新颖形式、蕴含深刻内容、明确精品定位、运用精湛技巧、发展创意产业、推进文学评论等环节,要处理好门槛与潜能、服务与引导、竞争与协作、科技与艺术、架空与写实、网感与经典、借鉴与创新、引进与输出、偶像与粉丝等的关系,值得深入研究。

习近平总书记在中国文联十大、中国作协九大开幕式上的讲话中指出:"创新是文艺的生命。要把创新精神贯穿文艺创作全过程,大胆探索,锐意进取,在提高原创力上下功夫,在拓展题材、内容、形式、手法上下功夫,推动观念和手段相结合、内容和形式相融合、各种艺术要素和技术要素相辉映,让作品更加精彩纷呈、引人入胜。要把提高作品的精神高度、文化内涵、艺术价值作为追求,让目光再广大一些、再深远一些,向着人类最先进的方面注目,向着人类精神世界的最深处探寻,同时直面当下中国人民的生存现实,创造出丰富多样的中国故事、中国形象、中国旋律,为世界贡献特殊的声响和色彩、展现特殊的诗情和意境。"① 这为我国文艺的发展指明了方向。沿着这一方向努力,我国网络文学必定能够创造新的辉煌!

[原载于《福建论坛》(人文社会科学版)2021年第6期]

---

① 习近平:《在中国文联十大、中国作协九大开幕式上的讲话》,http://politics.people.com.cn/n1/2016/1130/c1024-28915396-2.html。

网络文学—大众文艺体验的行为、过程和状态

◎王 祥

网络文学是大众文艺之一员,其体验心理与一般大众文学艺术的体验心理是同源同构的,大众的体验需求和体验行为,塑造了网络文学—大众文艺的功能和形态,而其功能是在体验过程中不断涌现出来的。研究网络文学体验心理,研究网络文学—大众文艺的功能和形态,研究网络文学创作如何才能受到大众欢迎等等问题,都需要直接面对"网络文学—大众文艺体验的行为、过程和状态"这个课题,有识者宜关注之。

一、文艺体验行为与文艺体验效能

我们首先要对体验、文学艺术体验做一个概略的界定。

体验主要指称我们在某些心理过程中的主观感受、想象、思考活动,与相关的身心反应状态,有时也会涉及相关的身心机制。因为体验的过程和状态主要是在情感(感知觉、情绪和感情)活动中呈现,所以我们也可以使用情感体验这个概念,来指称这些心理活动。

在文艺欣赏活动中,我们的体验是具有艺术思维属性的心理活动,包括想象、移情、代入、认同、融合、自我催眠等心理行为、过程和结果,包括各种心理反应状态:如沉浸、沉醉状态和顿悟、情感高潮状态,以及对作品和体验过程的记忆,这是我们进行文艺欣赏活动的主要行为和成果。艺术体验这个词既可以指涉上述行为和成果的全部，也可以指涉某些局部，如沉浸体验，高潮体验。

这一切体验活动都源自我们的文艺体验动机的驱策，而我们进入大众文艺体验的最主要的动机，是我们需要获得感知觉、情绪和感情体验，以提升情感能力。这是因为，情感是我们精神活动的主要组成部分，是自组织的生命体的主要运行程序，是人类自我实现、精神秩序建构活动的呈现者。网络文学—大众文艺因应人类的情感需求而发生，以人类情感为内在构成物，其创作与体验的主要目标就是激发、优化我们的情感活动。

文艺体验活动离不开我们的主体能动性、创造性的推波助澜。我们可以把读者、观众称之为"文艺体验者"，与文艺创作者相对应，以提醒人们关注这个重要的问题：有效的文艺体验非常需要文艺体验者的能动性，文艺体验活动中，体验者具有主体地位，是体验者自我建构的主动行为，吸纳了文艺作品的有益成分，体验者不是被动的接受者，不是被教育者、被塑造者。

网络文学—大众文艺相比"严肃文学""高雅文艺"，更加尊重体验者的主体地位。好莱坞电影、美剧、英剧、日剧和中国网络文学等大众文艺实践告诉我们，大众体验者的精神需求和体验动机，驱策了体验行为和对作品的评价行为。文艺体验者对大众文艺的体验和评价决定了作品的遭遇，决定了行业发展的方向。大众文艺创作者会自动向体验者需求靠拢，所以整体意义上的"读者"或"观众"的精神需求和体验行为，塑造了大众文艺的基本面貌和基本功能。

以往的文艺理论标举出文艺的各种功能如认识功能、教育功能和审美功能，人们假定存在比较客观公认的功能标准，以此评价文艺作品。但以往的文艺理论都忽视了文艺体验者在体验活动中的主体地位，也忽视了文艺对体验者产生影响的途径，缺少文艺作品各种功能达成的前置环节：文学艺术应该具有情感体验这个基础效能，文艺的各种功能主要是在体验者积极主动的情感体验活动中达成的，而情感体验的效应是群体分化的，也是充分个人化的，同样的作品在不同的群体和个体那里，会有各种不同甚至是相反的体验效果，所以文艺的功能只能是分类、分层次实现的。只是这个问题在网络文学—大众文艺这里表现得更加突出而已。

比如男性评论家与一般女性观众,对女性主义历史叙事作品如《飘》《后宫甄嬛传》的体验效应和评价,可能完全相反,因为这些作品会激发男女两性情感反应的对立,而我们很难确定这其中客观公认的评价标准是什么。

网络文学体验效应的群体分化和个性化十分鲜明。读者选择每一部作品,都会试探、验证其情感契合度。网络文学中最为常见的幻想类神奇故事,最为契合青少年读者的情感成长需求,而女性网站的各类言情小说往往会融进神秘浪漫的叙事元素,这最能够令女性读者感到兴奋。

各种网络文学类型作品在契合的体验者那里引起了感知觉、情绪和感情的有序活动,让生命机制趋向于敏感而准确,优化了生命体的反应模式,提升了情感能力,提高了观察、判断世界的能力,帮助读者完善了自我建构,因而令各种读者群体感到愉悦和上瘾。所以,网络文学作品评价的主要依据,就应该是各种体验人群的感知觉、情绪和感情活动的成果。

这就需要我们对网络文学—大众文艺的功能理论和评价体系重新进行规划。大众文艺体验的结果具有主体和客体两面的呈现:一面是主体的情感体验"效应",体验者获得了什么;另一面是客体功能的涌现,文艺作品的形态、精神品质、艺术特性在人们的情感体验活动中,与人们的精神需求、精神结构相融合,能够挥发出怎样的客体的光辉,达成怎样的文艺"功能"。

我们可以把这两个层面的体验结果合并为文艺体验的"效能",以涵盖大众文艺体验的整体成果,并以这个更尊重体验者主体地位的"效能"代替刻板的"功能"概念,这对于网络文学—大众文艺可能更具有阐释能力。

二、想象、幻想和移情、代入

在网络文学—大众文艺体验活动中,我们之所以能够进入作品的艺术世界,达成体验目标,是因为我们具有一系列的心理能力并且与作品相互作用。

　　首先，我们具有想象、幻想能力，并努力从想象、幻想行为中获得足够多的好处。体验者进入文艺体验活动，即意味着展开了想象或幻想的活动，这是文艺体验活动的关键入口。

　　在生活语境中，想象可能涉及现实存在的事物，也可能涉及纯粹虚构不存于世的事物，幻想则更多指向不存在，或尚未发生的事物。而在文艺体验活动中，想象与幻想是描述类似心理行为和状态的不同词汇，它们都可以指向文艺作品中呈现的一切事物，因为文艺作品中的一切事物都是通过一定符号系统而呈现在虚构世界中的，都具有虚幻性。

　　人的想象或幻想能力，与肌动能力、言语表达能力一样，是人类作为自组织生命体所必需而普遍存在的能力，是漫长的岁月里进化而来的。人类的生存、发展和繁衍的欲望（内驱力），会驱动着我们在必要时进入幻想（想象）状态，统合我们的神经系统活动，凝聚形象——造形，具象化一切非现实的事物，而在脑海中呈现出真实景象，我们能够虚构一切不存在的事物并连续形象化。因此想象、幻想是一种内在生活的能力或行为。

　　想象、幻想能力对我们的生存、繁衍和发展至关重要，它是一切创造行为的先决条件，人类只有能够想到不存在的事物，才能把它创造为现实存在，只有想得到才能做得到。我们可以对一切事物展开幻想，因为一切事物都可能对我们有益，我们需要探讨一切人生问题的预设方案。

　　文艺体验中的幻想（或想象）状态，即使肌动系统处于安静状态，文艺体验者外表上即使并未显著行动，人的生命体内部，也会随着体验活动中的情绪反应而处于神经活跃状态。我们随着故事情节发展，展开了感知觉、情绪反应活动，生命体的神经活动、内分泌运行，与现实行动时的状态是相似的。如看到剧烈搏杀情节，肾上腺素增加分泌，心跳脉搏加快，看到温馨舒缓情节，心跳放缓，表情松弛。在文艺体验活动中如同在现实生活中一样，我们的生命体是有效运动着的，所以文艺体验中的幻想行为能够有效干预我们的生命活动。

人的想象、幻想能力可以在任何时期得到唤醒与锻炼,而文艺体验就是在培育想象、幻想能力。网络文学—大众文艺与我们的想象或幻想活动最为相得,人类培植想象力和创造力的需求决定了网络文学—大众文艺以幻想的神奇故事为主流形态,而网络文学—大众文艺的创作实践又不断激发、提升着我们的幻想能力,进而促进了我们的创造力。但网络文学对我们放飞想象力、磨砺创造力的作用,尚未得到学术界足够重视,很多人还以指责网络文学的幻想形态为自得,殊为误事。

在想象活动的基础上我们产生了移情的能力:我们能够想象他人的心理状况,把他人的情感活动当成自己的情感活动,把他人正在进行的行为当成自己的行为,或在内心世界扮演着他人的行为,再现或者重新演绎他人的行为过程。

在生活情境中,当我们感知到他人的情绪反应时,我们受到了生理信号的刺激,产生了相似情绪反应,或他人的表情、声音、姿势以及情境线索,让我们联想起曾经体验过的类似情形,从而引发相似的情绪反应;或者由于他人的情绪反应具有魅惑力,我们产生了对他人的情绪反应的模仿,如同角色扮演的过程。

这些移情能力的表现,对我们的生存与发展极为重要,是我们能够与他人进行沟通,建立密切情感关系的前提。这种能力来自先天禀赋与童年时期家庭教育的唤醒,也来自文艺体验活动的熏陶和洇染。在文艺体验活动中,我们运用这种移情的能力,进入人物的情感活动,是我们体验文艺作品的关键行为,文艺体验活动中的移情经验,帮助我们提升了移情能力。

我们在戏剧、电影、电视剧等艺术形式的观赏活动中产生的移情活动,内心的角色扮演的意味更浓,特别是在剧院中的观赏活动,现场观众集体性的反应,会暗示或提醒我们这是在欣赏一种角色行为,我们既会进入角色的世界进行扮演活动,也会觉知自己是一名观众,正在欣赏剧情和表演艺术,从而保持审美距离,达成审美效果。

而在文学阅读过程中,我们需要理解语言符号,并且放在我们内心的语义网络中,重组、建构文学意义。通过想象—造形,形成我们大脑中的情境和人物运动,如同连续的影像,通过一系列的理解与融合的过程，进入作品人物的情感活动，产生移情的过程。

综合而言，阅读文学作品时，想象—移情活动包含着对文字表达层面的理解和体悟；对人物的情感过程的进入和体悟，把自己放进人物的情感活动，产生自己的情感反应过程；对角色的不断的演绎，形成自身的内部故事，延长了移情活动的过程；对故事中情感事件和自身情感经验的联想，把现实人物拉进了体验活动，放大了的情感体验的范围。

文学阅读与影视、戏剧的观摩是不同的，它不是通过视觉信号直接进入画面感知，而需要一个文字信号转换为想象—造形的过程。因此，我们的认知、思考更多介入了想象—移情活动，且想象—移情活动中，情境和人物行动构成的画面更容易中断、消散，更需要注意力和想象力的加持。因为不同个体的想象力不同，同一个人在不同心境、不同注意力状态下，能够达到的想象—移情效应也不同，所以文学阅读中的移情效应比影视、戏剧欣赏中的移情效应，具有更多的个人差异和情境差异。

好的网络文学、大众文学语言，是能够引发流畅的想象—移情—造形活动的语言。作品对人物表情、声音、姿态、动作以及所处情境的准确而生动的描述，会使得读者的想象—移情—造形活动更加连贯、更加具有真实感，从而产生与人物情感相同或相似的情感体验。网络文学写作应该抛弃辞藻繁杂、晦涩难懂的语言，抛弃花哨或复杂的文字表达技巧、叙事花招，因为那会干扰读者的移情过程。

而想象—移情的结果之一就是产生了"代入"行为，我们代入了人物，用人物的视角和态度看待正在发生的故事，也把自己代入了人物的情感关系，与人物同步进行情感活动。

让读者产生顺畅的移情—代入活动，是网络文学获得读者欢迎的重要标志。代入更容易发生在我们喜欢的主角身上，优秀的网络文学创作者总是努力创造读者需要的主角：他对读者有亲和力，他携带着读者相同或相似的愿望，他的行为能够激起读者的情绪活动，因而他是具有魅惑力的主角，带领我们进行神奇的精神旅程。

三、认同、融合与内化

在文艺体验活动中,当我们觉得作者或人物的立场、主张、愿望或他们的情感状态是对的,适合的,有魅力的,是自己想要的,与自己相同的,我们就会产生"认同"的感觉或判断。认同帮助我们深入人物的情感活动过程。

我们在充分体验情感活动的欲望驱使下,在想象、移情和认同行为的作用下,放大体验过程中与人物情感共振的作用,而导致人我界限消失,因此产生了"融合"的行为和状态。融合的发生说明我们已经充分信任了当前的文艺作品,体验活动进入了高效状态。

某些融合状态可能仅仅发生在文艺体验活动中,当我们在体验活动中感受到某个人物特别有魅惑力,引发了我们强烈的情感活动,其情感反应与我们的情感反应共振,即使彼此价值观与生活认知是不同的,我们也会与人物发生融合。这种融合情况会发生在矛盾人物或反派人物身上,或者主角的有魅力的竞争对手身上,如《哈姆雷特》主角、《蝙蝠侠》暗黑系列中的小丑,就是这样能够引发强烈情绪反应的人物。而当我们离开文艺体验的情境,进入现实生活情境中,我们就可能在立场和情感上与之脱钩。可以说这是一种情境性的融合。

如果我们遇到特别心仪的人物,则会在移情、代入、认同和融合的叠加效应中,把人物"内化"为自己的一部分。

内化行为的动力来自自身生命情感发展的需求,它是与生俱来的本能,是一种长期进化而来的心理运行机制,也来自学习、体悟和模仿的经验。佛洛伊德使用"内射"这个术语,描述一个内化的机制:它把客体吸入到自己之中,"内射了"客体,驱除了自己内部使自己不快乐的源泉,通过合并好的客体,控制坏的客体,从而控制了焦虑。①

---

① [美]柯纳斯·詹姆斯:《内化》,王丽颖译,北京大学医学出版社,2007年,第12页。

我们认为内化是一种积极的富有建设性的行为。在文艺体验活动中，当我们喜欢某个人物，当我们期盼自己成为某个人物，我们就会认同此对象的某些特征和品质。想象并逐渐相信它们成为了自己的一部分，经过自身的行为验证，确认是自己拥有的特征和品质。这就说明"内化"已经发生。

网络文学—大众文艺优秀作品的主角及其恋人，经常会成为我们内化的对象，或成为我们理想的恋人形象。一部作品的体验活动中，在体验者们身上普遍发生了内化现象，那就说明它已经成为经典作品。创造理想化而又令人感到亲切的主角，让读者产生内化的效应，这是网络文学经典化的重要途径，也是建立作者—主角—读者密切关系的重要策略。

文艺体验中的内化比之于代入、融合，更具有排他性，情感反应更强烈。这种体验就成为体验者重要的生命经验，可以帮助我们建构一个新的自我。我们的成长壮大离不开对理想人物的"内化"，它是最有效的精神建构活动。

四、信以为真、自我催眠与自我服务

为什么网络文学—大众文艺中常见的超现实的神奇故事，常常让我们体验到强烈的真实感？甚至于比现实题材小说更加能够让我们沉浸于其中，其主角的经历更加能够让我们感同身受？

这是因为在文艺体验活动中，我们常常会把符合我们精神需求的艺术世界当成实有的世界，把故事情节当成真实发生过的事件，如柯勒律治所说，是"明知其假而宁信其真"。我们明知道小说剧情是虚构的，戏剧剧情是演员扮演和演绎的，但我们却让自己信以为真，由着作品带领我们进行情感活动，与人物相融合。此时，我们意识中的自我，安心生活在这些切合我们自身需要的、在脑海中真实呈现的艺术情境。我们会觉得现实时空的世界才是虚空的，这个艺术世界才是真实的：这是一个具有真理性的"艺术真境"。不仅仅在文艺体验的过程中如此"明知其假而信其真"，在事后想象中我们也把艺术世界当作是真实的。

这种意识状态，与被催眠师"发功"催眠后的心理效应是一致的。

催眠活动通常是在催眠师暗示、引导下，被催眠者产生了某些感知觉、想象或者行为。但催眠的力量不在于催眠师而在于被催眠者对暗示的接受性（鲍尔斯Bowers，1984）。催眠师仅仅能够促使人的精力集中于某一特定的图像或者行动，具有高度催眠易受性的人经常被想象中的行为深深吸引（琳恩和露Lynn & Rhue，1986；席尔瓦和基尔希Silva & Kirsch，1992）。他们具有丰富的想象力，很容易被小说或者电影里的想象事件所吸引，能够完全沉浸于想象中。实际上，任何一个关注自己内心世界并具有想象力的人，都能够体验到某种程度上的催眠状态。富有想象力的人在催眠和非催眠的状态下，都能产生生动的感知觉（巴伯Barber，2000）。①

如果我们把催眠师换成是被催眠者自己，那么文艺体验中对虚构故事信以为真的状态，就是一个自我催眠的结果，我们在故事情节的体验中，可以随时向自己发出自我暗示，而进入"艺术真境"。这种自我催眠的状态是我们普遍具有的，就像是存在一个由想象力造就的、任何人都可以操作的旋钮。我们随时可以把自己旋转进入角色和剧情，也随时可以退出，再进入。高度的文艺感受性与高度的催眠易受性是同源的，一些艺术敏感度较高的人，更容易自我催眠，他们进入"艺术真境"更快更充分，获得的艺术体验效应更好。

在文艺体验活动中，经过自我催眠，我们可以对迥异于现实逻辑的超能力神奇故事信以为真，这是我们自我服务的心理机制在起作用：我们可以调动自身精神力量，按照对自己有益的效应预期，按照当前体验任务需要，按照艺术假定性尺度，自我调整认知逻辑，组织自己的心理行为，搁置或化解一切思维程序的冲突；在想象中，让符合自己情感需要的故事"真实"呈现出来，具象化人物的连续行动的形象，把当前故事情节认作一个按照时间线索发生的真实故事，而忽

---

① ［美］戴维·迈尔斯：《心理学》（第七版），黄希庭等译，人民邮电出版社，2006年，第239—241页。

视它的虚构性质，从而让自己能与理想角色、理想行为、理想状态相融合。如此，我们的生命体才会发生积极的调谐和优化的反应过程，从中得到治愈和建构的获得感和愉悦感，以获得情感体验的好处。

比如在网络奇幻玄幻类小说、奇幻电影的体验中，我们自我服务的欲念驱策并控制了自己的心理动作，让我们主动沉浸在巫术—艺术的超现实情境中，让自己确信超能力故事的真实性，并化身为神仙或神奇英雄，自我感知自己无所不能。这是因为我们知道这是一种积极的心理暗示，在神话故事中体验力量的成长和自我肯定，有助于身心机制按照成长所需要的状态运行，有助于增强想象力和灵活运用思维程序的能力，这是一种积极的生命"调序"行为，所以我们重新组织了自己的精神结构，以迎合神奇故事。

在此类体验活动中，如果人们不相信或不能确凿地感知这种体验活动的好处，一边观看神奇故事，一边不断提醒自己"这是假的"，那么人们就不能积极进入故事情境，艺术体验的效应就不会好。

我们的生命体的生化反应机制、神经系统活动也会在自我服务动机的驱策下，帮助我们创造真实感。当虚构的神奇故事引发我们的感知觉、情绪和感情活动，我们就会像是目睹或参与了现实世界实有的神奇事件那样，产生复杂的神经活动，发生活跃的生化反应过程，生命体就会向我们发出信号：这些生命活动是真的发生过，就会创造出有真实感的感受和记忆，并且我们还会不断回味这些体验过程和记忆，强化其真实性。当然，如果必要，我们能够把艺术体验记忆与现实行为记忆清楚地分开，也能够在一定程度上清除虚构故事的影响。

网络文学—大众文艺中最为常见的幻想的神奇故事，与现实题材小说相比，具有更加单纯统一的故事逻辑，更加理想化，更加符合精神需求，更少现实生活局限性的制约，并且在体验活动中更少受到现实生活经验的干扰，所以契合它们的人，会更加觉得神奇故事具有"艺术真实性"。

而有些故事，信以为真的人多了，人们就会一起寻找理由证明它们确实是真的，产生公共认知和公共情感。如天堂、伊甸园，对于需要它们的人来说，它们就是真的。人们创造出一种适用的体验—认知逻辑，它们就像真实存在的事物那样发挥它们的影响。

中国网络文学理论评论年选（2021）

我们可以随时离开现实世界的运行逻辑而与虚构世界相融合，以作精神上的自我服务，这是文艺创作和文艺体验最重要的底层架构逻辑，是一切艺术行为的真谛，也是理解网络文学体验效应的钥匙。

五、沉浸、沉醉、顿悟、高潮体验

我们与作品深度融合时，会沉浸、沉醉于艺术世界，获得顿悟和高潮体验。文艺体验活动中的沉浸、沉醉体验有益于我们把握文艺作品的魅力，帮助我们提升创造性，增强自我肯定的感觉。

"沉浸体验"这个为人所津津乐道的概念，通常用来描述一种体验状态。心理学家希施赞特米哈衣（Csikszentmihalyi）所描述的"沉浸体验"（flow），意指我们全神贯注于某些活动中的忘我状态。他认为，当人们从事一种可控而富有挑战性的活动，而且这种活动需要一定的技能并受到内在动机驱使，才会产生沉浸体验。①

在文艺体验活动中，我们让自己全神贯注地附体于人物，在作品中演绎剧情，不为外部世界所动，这是理想的沉浸状态。而当文艺作品中的人物处于"类沉浸"状态时，他们完全按照角色的行为动机和情感起伏曲线，自主而忘我地行动着，爆发出人类情感的活力，此时，角色最有魅力，对于体验者更加具有吸引力，更容易把体验者吸入人物这个"容器"，与人物一起进入沉浸状态。

当我们完全与文艺作品相融合，进行完整的热烈的情感反应过程，如同醉酒而不能自拔，不愿离开给我们带来迷醉的艺术情境，这就是艺术体验中的沉醉状态。而文艺体验活动的高度兴奋的沉醉状态，与文艺作品特殊的、震撼的情节、超强刺激的神奇情境有关。网络文学作品要与读者精神世界深度融合，让读者沉浸、沉醉其中，才算是真正抓住了读者。能够让我们进入沉醉状态的作品，才是真正的令人心服口服的好作品。

---

① ［美］Alan Carr：《积极心理学》，郑雪等译校，中国轻工业出版社，2008年，第54—57页。

概而言之，文艺体验活动中深度的沉浸或沉醉状态，同时需要两个条件。一是主体的心甘情愿，自愿浸泡在想象事件中。二是故事情节能够诱发体验者连续的情绪反应，没有明显的破绽，这些良好的体验状态才会顺畅地发生发展。

如果再加上第三个条件：故事情节发出了某些神秘或神奇信号，让我们的精神世界涌现着神秘感，仿佛自己是在与强大的神秘力量相结合，在意识流动中，对接了现实世界和想象的神秘世界，感觉自己脱离凡俗、与众不同，我们兴奋激动，不愿离开，这样的体验效应就更为强烈。

网络文学—大众文艺中神奇故事的神秘感，对于体验者十分具有吸附作用，这是优点而不是缺点。创造独特的神秘感是网络文学创作的重要策略，因为神秘、新奇、强大的事物是唤醒—优化情绪活动的最有效的兴奋剂。

在文艺体验中，"顿悟"是主体在情绪活动与认知活动交互作用下，瞬间产生了丰富的获得感，所导致的主体情绪转换中的高兴奋度状态。如我们在某种艺术情境中，忽然体会到生活情境中不能体验到的思想情感，发现了自己的精神可能性，或者忽然洞察了自身和世界被屏蔽的真相，照亮了既往陷身于误解、过度情绪纠缠的阴郁境地，让自己的心境顿时开朗起来。这种顿悟状态令我们更有愉悦感、体验效应更持久。

当我们处于兴奋度极高的情绪反应平台且爆发出强烈的获得感、愉悦感时，我们就处于文艺体验中的情感高潮状态。它们经常是沉浸、沉醉状态中，被故事情节进一步刺激引起的情绪反应曲线拔高后的结果。

在网络文学创作中，营造连续的且越来越强的冲突性、兴奋度越来越高的情节，直到主角与对手决出胜负，获得期盼中的愿望达成，让我们在沉醉状态中越过临界点而到达高潮，是常见的制造情感高潮的途径。由于高潮体验对读者情感优化、精神建构的影响十分巨大，读者对高潮体验非常渴求，所以对于读者来说，高潮体验效应的质量就是作品的质量。

那么，在文艺体验活动中，作品让人沉醉、高潮体验连连不断的效应更好,还是让人经常掩卷而思更好呢?这是一个非常古老的文艺体验效应思辨题,对于网络文学—大众文学的体验效应及其价值判断非常重要。

一些学者认为能够让人深思是艺术杰作的固有特征,而大众文艺主要功能是提供娱乐,即使体验过程中令人沉醉,也并无值得深思之处,因此也就比较廉价①。这些类似的观点,是对文艺体验与文艺作品功能的误会。

令人沉醉或令人深思并不是相互冲突的体验效能,事实上,能够令人沉醉的作品自然会有令人深思之处,因为它必有引起强烈情感反应的人性内容和社会内容,必有强悍的艺术表达技巧。莎士比亚的作品,或《红楼梦》,或好莱坞电影《复仇者联盟》系列,都是它们所处时代的大众文艺,也都是人们公认的杰作,作品都有深刻的思想含义,也都可以令人沉醉其中。

确实,网络文学—大众文艺并不倾向于让人在体验活动中,停留下来进行深思,对于某些严肃文学作品我们尚可掩卷而思,但是电影、电视剧、戏剧(包括莎士比亚的戏剧),或网络小说,都非常强调在连续的观赏中,用流畅的情节——连续的情绪事件,用各种独特、神奇、到位的情感滋味,调动、激发或诱导体验者即时性的感觉、情绪反应,尽可能地把我们的经验和生理机能调动起来,参与到当前的情感体验,形成丰富的色彩斑斓的心理场景,让体验者感到足够兴奋、足够过瘾,从而让我们的情感能力得以成长。

阅读优秀的网络文学作品,我们之所以能够沉醉其中,那是我们的身心机制正在被体验活动所优化,情绪反应变得更加敏锐、准确、有效。为了延长这种高效应的体验活动,我们的生命体正在用强烈的沉醉、高潮体验的快感,奖赏这种体验行为,以激励我们经常从事这项精神活动。这本身就蕴藏着文学艺术独有的、不可替代的价值。

当然,网络文学—大众文艺体验如果能够让人当时沉醉其中,事后有所思考就更好。21世纪了,人类的创作才华与思考能力都够用

---

① 这是诺曼. N. 霍兰德的非常有影响力的看法。[美] 诺曼. N. 霍兰德:《文学反应动力学》,潘国庆译,上海人民出版社,1991年,第91页。

了，达到这种体验效应的好莱坞电影与中国网络文学作品已经不少见了。

六、文艺体验的记忆效应

我们回顾、理解和叙说我们的文艺体验的过程和结果，只能依赖我们的记忆，但我们对文艺体验的记忆往往是一种即兴的或蓄谋已久的创造性"改编"。

我们对文艺体验的记忆，更多通过图像记忆来形成。文学作品中对立双方的连续性、冲突性情节最有造形能力，最容易有画面感，也最容易令人兴奋。我们注意力更集中，更容易处于沉醉状态，我们的事后记忆也就更为清晰，从回忆中调取一段动作性画面，对于我们也更为容易。网络文学—大众文艺总是用人物连续行动的冲突性情节抓牢读者，让读者形成画面记忆。琐碎、絮叨的对话、心理描写，最容易被读者忘记，读者会用冷眼教育创作者抛弃这种写法。

在网络文学实践中，即时写作即时连载的创作形态，现在进行时的、连绵不断的、冲突性故事情节进展，读者与主人公经常陷入命运未定感、紧迫感，主人公愿望得逞后带来的快感就更为强烈。种种震撼、透亮、痛快的高潮体验，会让我们记忆深刻，我们也非常期待快乐体验能够长期延续下去。这些深刻的记忆会参与到后期的阅读体验。

但网络文学长时间连载发表、读者长时间追更，这种体验形态应该更加宽容读者的善忘和加工再造。或者说，创作者不能指望读者对以往的情节都能记忆犹新，全面准确，所以要考虑在每一个大的作品构成段落，为读者每一个阶段的情感反应，提供相对完整、明确的故事情节线索，相对详细的情境描绘。对情节发展过于隐晦的暗示、过于长久的伏笔，会让读者记忆困难。

在网络文学—大众文艺体验中，情绪反应强烈的情节固然令人记忆深刻，但要说是"可信"则未必。自然，文艺体验中，感受强烈、上瘾和满足的经验塑造了我们的记忆，但我们要注意到，记忆，包括对强烈情绪事件的记忆,从来不是对事实的复制,而是对事实发出信息进行加工、储存和提取的过程。在文艺体验活动以及事后记忆效应中,我们的"加工"就更为明显,导致我们对文艺作品和体验过程的记忆,只能是似是而非的。一千个观众就有一千个"哈姆雷特",这其中就有文艺体验记忆的"加工"影响在矣。

一般体验者会按照自我服务的要求,在记忆中,把带来快乐体验和其他强烈情感体验效应的相关情节,放大或延长,把与自己融合的人物,在想象中,打造得更加光鲜艳丽;对给予我们好感的人物更为认同,觉得他们是好人,做坏事也可以理解,而觉得给予我们以抑郁难受感觉的人,必有不可告人的心机,因此我们对人物的记忆和阐释会"显失公平";对生活情境的记忆,会让我们对艺术作品中的类似情境产生熟悉感,而艺术情境也让我们对类似的生活情境产生熟悉感,并且两者的感觉、情绪经验会发生互融,以激发我们回忆活动中的情感反应。如是等等,艺术体验及其记忆活动就是不断地让我们融合各种人物与情境的过程,让我们对世界的一部分更加"有情有义",不断再造,以服务于我们的需求。

错误记忆对于知识学习是一种灾难,然而对于艺术体验却是正常的,是可以宽容的,甚至是很有价值的。因为艺术体验的目的,不是为了掌握正确的考试知识点,而是为了达成情感活动的丰富性、曲折性、独特性,从而达到有效提升我们情感能力的目的。

况且文学作品的情境、人物心理、行为、表情的描述,戏剧和电影的角色表演、情节呈现,本身就是多义性的。它们引起千差万别的感觉、情绪反应、记忆再造,这本身就都是文艺创作和文艺体验的目的。

所以,我们会在不知不觉中,在自我精神建构的过程中,不断加工再造各种文艺作品。而网络文学—大众文艺的故事和人物,由于较少被文学教科书所规定和驯化,它们在每个人的记忆中、在自我建构过程中,所发挥的影响大相径庭。

人类个体的全部文艺体验史,也在参与我们当前的文艺体验和记忆活动,现代人的日常生活史与文艺体验史相互交织,难分难解,共同构成了我们复杂难明的精神世界,会产生许多难以预料的突变。研究读者阅读体验的心理过程、心理状态以及事后的记忆加工再造等体验效应，是建立网络文学评价体系的最重要的依据，同时也是研究人类精神建构活动的重要依据。

（原载于《粤港澳大湾区文学评论》2021年第1期）

网络文学"新文类"的结构形态及数据库美学

◎ 韩模永

当下网络文学主要包括两种形态,即"类型文"和"新文类"①,前者主要是指目前中国大陆主流的网络原创文学,后者则是指利用多媒体和网络技术,包含"非平面印刷"成分的数字文学,如西方学者所说的"电子文学"或"数字文学"、中国台湾学者所说的"数位文学"等。其形态亦多种多样,主要包括超文本、多媒体文本、互动文本和机器文本等。超文本以超文本小说、多向诗等为代表,多媒体文本以文字造景型、语图互文型和多媒体文学等为代表,互动文本以互动小说、接龙小说和文字游戏作品等为代表,而机器文本则包括生成艺术、定位叙事和人工智能作品等。不同于传统文学的线性结构,数据库是网络文学"新文类"的典型结构模式。数据库在技术上是指"对于转化为数据的大量信息以一定结构汇集起来,其组织和储存的目的是方便快速地通过检索而获得必要的信息。数据库不仅仅是经过采集、分类的个项集合,它还能够依据给定的算法程序不断地自动添加和更新自己。数据库内部结构随其类型(树状、网状等)而异,但被调用的数据通常是根据一定的需要临时组合的"②。如此,将这种数据库技术和思维方式融入网络文学创作之中,便形成了"新文类"创作的独特类型。那么,这种数据库模式在"新文类"中又有哪些具体

---

① 参见韩模永:《论网络文学的两幅面孔及内在会通》,《扬子江评论》2018年第2期。

② 王柯月:《跨界、融合和多重叙述:数据库思维下的新媒体艺术作品》,《北京电影学院学报》2017年第1期。

的表现形态呢？大体看来，主要有三种，即以树状结构为特征的层次性文本、以网状结构为特征的网状文本和兼具以上两种特征的综合立体结构。但无论其形态和面貌如何，前提是文本为大量数据的汇集，呈现可检索、可组合、可更新的动态的"库"的模式，这与传统文学静态、单一的文本呈现有着根本的不同。与此同时，当数据库融入文学创作之中时，已不仅仅是技术上的概念和意义，而是生成了一种独特的数据库美学。

一、结构形态：层次性文本、网状文本和综合立体结构

从结构形态来划分，我们发现在具体的"新文类"中，包括三种典型的文本结构。其一是层次性文本。所谓层次性，包括两种情况，一是文本是分层呈现的，具体表现为文本是由文字、影像、声音等多层结构共同组成的立体文本，文字与其他视听符号往往呈现为层次叠加的面貌，这与传统文学的单一结构有较大差别。二是文本也可能设置了多种走向，但在这些走向中，包含一个处于中心地位的"树干"，其他的走向则属于这一"树干"上的"枝干"，"枝干"围绕"树干"这一中心结构，通常通过链接将二者连接起来，但"枝干"之间并未设置链接、建立联系，这与网状结构中"枝干"之间纵横交错的关系是有所不同的。总体上看，层次性文本虽然也是一种数据库的共时结构，但还是保留了传统文本的线性秩序，大体还存在传统文本中的"中心"和"主体"，但文本已呈现出数据库的集合状态。层次性数据库结构在"新文类"诸多多媒体文本和多向诗中均有鲜明的体现，如中国台湾地区数位诗中的《镜中之镜》《生命余光》《烟花告别》《凌迟》《行者》等。如《生命余光》："我是消逝的光，从围墙的背后/从教堂的背后，从车站的背后/消逝的铁轨延伸至黑暗的远方/时间不断的涌来，不断的消逝/我张开的双手挡不住时间/我被时间覆盖，淹没。"[①] 诗歌中的文字动态出现、渐次消失，其背后展现的则是一个与

---

① http://residence.educities.edu.tw/poem/milo-index.html，2021年2月8日。

诗歌情境相匹配的空间图像：一个若隐若现的室内夜景，尤其是书桌上蜡烛的余光正是生命余光的隐喻，文字与图像相互触发，生成更为丰富生动的意蕴。在结构上，诗歌中的文字与图像、文字与文字之间都是分层叠加、交错出现的，呈现为一种立体的、包含多种文本信息汇集的数据库形式。虽然这种数据库文本的面貌是通过自动链接实现的，并不需要读者的操作和组合，但显然已不同于传统文本线性的固定结构。在"新文类"中还有一些多向诗也体现了这种层次性结构，如台湾数位诗人苏绍连在"美丽新文字"网站中发表的《门的情结》，该诗就使用了这一结构，诗歌包含文字、图像和动画等多层文本，并设置了打开诗歌的六扇门，进入不同的门中，便出现不同的诗句。

其二是网状文本。网状文本不同于层次性文本，如果说层次性文本还是一种树状结构的话，那么网状文本就是一种块茎结构。树状结构还保留着线性的特征，网状文本则完全是一种非线性的结构模式。文本节点之间的联系是开放的，甚至对于一些自动生成的拼贴之作，其链接是随意的、自由的，其中的语义逻辑也是松散的，多为缺乏意义的游戏之作。"网状超文本结构超出了传统的文本框架，具有充分的开放性。其报道的深度、广度、多视角、多元性、多维度以及接受者的可选择、可对比、可溯源寻根等个性化特点，都是传统媒体手段和层阶结构无法比拟的。"[①] 层次性文本正是一种层阶结构，与网状文本迥然不同。当然，在网状文本中，也有很多作品保持了语义的连贯性，但与传统文本的意义生成主要依赖于作者建构有所不同。在网状结构的"新文类"中，这种意义生成除了作者建构之外，更多地还需要读者的选择、互动、联想和连接，从而实现文本意义的相对完整性和逻辑性。因此，网状文本最终呈现在每个读者面前时并不相同，这也正体现了数据库结构的组合和更新功能。这种网状结构尤其体现在超文本小说中，互动文本和机器文本在本质上也是一种网状文本结构。在超文本小说中，其丰富的节点文本通过复杂的链接设置，形成了纵横交错的网状结构，成为一种典型的数据库结构形态。如摩斯洛坡的《胜利花园》，它正是由 993 个节点、通过设置 2804 个链接而结

---

① 毕强等：《超文本信息组织技术》，科学技术文献出版社，2004 年，第 73 页。

构的网状模式,其结构是完全开放的。一方面,这种开放开创了叙事的无限可能,读者接受具有巨大的创造性,是罗兰·巴特所言的"可写文本";但另一方面,由于其过于开放,叙事分散甚至断裂,又往往让读者产生一种无所适从的"迷失"之感,这种"迷失"则依赖于读者的建构来解决。因此,评论家米勒(Laura Miller)曾点名批评《下午,一个故事》和《胜利花园》,"阅读这些作品像是漫无目标的游荡,因为相互连接的各网页辞片(Lexia)并没有重要性的差别,彼此之间的超连结也没多大意义"[1],并进而质疑这类新型文学的前景。但整体上看,《胜利花园》的主题意义并未完全消失,通过节点链接所形成的网状文本,也可以大体找寻清晰的主题线索,"《胜利花园》这部小说以海湾战争为背景,大量取材于新闻时事报道,将战争场景同一所名为塔拉大学的虚构学校中发生的各种奇闻轶事交织并行,形成了一部战争场景同大后方两个世界相互对话的多声部小说,探讨了诸如媒体的真实性、多元文化与一元文化之争和在混乱的后现代信息社会寻求意义等主题"[2]。但因为其节点和链接众多,交错互文,文本的"树干"或者说中心消失了,只剩下一系列处于平等地位的"枝干",最终形成迷宫般的"故事网络",其优势则在于每次阅读都呈现不同的故事面貌,充满着开放性和新奇感。除了超文本小说,互动文本和机器文本事实上也是一种网状数据库结构,如在互动小说中,这些文本均提供故事走向的不同选择或互动设置,读者可根据自己的兴趣和判断点击链接、参与互动,从而建构不同的故事。其背后是庞大的网状数据库文本支持,否则难以实现,这在本质上与超文本小说一脉相承。而对于人工智能作品而言,虽然其最终呈现的文本与传统文学有相似之处,但其生产的过程也是数据库化的。这种数据库更是庞大的网络,如微软"小冰"创作诗集《阳光失了玻璃窗》正是建立在数万首诗的样本库基础之上,只不过,其创作和组合不再是人的行为,而变成了人工智能的智能化过程,是一种"类人"创作,其前提也是数据库的支撑。

---

[1] 詹为琳:《流动空间:建构一个超文本的叙事空间》,台北艺术大学硕士论文,2007年,第18页。
[2] 蔡春露:《〈胜利花园〉:一座赛博迷宫》,《当代外国文学》2010年第3期。

中国网络文学理论评论年选（2021）

其三是综合立体结构，这种结构则兼具层次性文本和网状文本的双重特征。这在诸多既有多媒体参与又是多线性或非线性结构的文本中有充分体现，典型作品是多媒体超文本小说和文字游戏作品。后期的超文本小说多有多媒体的融入，作为超文本，其非线性的情节走向形成了复杂的网状结构；作为多媒体，则使文本由单层的文字结构变成图、文、声构成的立体的多层结构，在这个意义上说，文本既是层次性的，又是网状的。如多媒体超文本小说《里根图书馆》《加利费亚》《葫芦-X》等均是这种综合立体结构。尤其是《里根图书馆》，其作品首先是层次性的，作品的节点是由图案和文字共同构成的，形成了图文的强烈互文，甚至文本的有些图案是360度的立体环景图，读者可交互移动。如点击节点"obelisk"，我们可以看到，文中的图案层次感很强，加上360度的全景可移动图像，动态立体；同时，这一节点内部也设置了若干链接，文本呈现为一种网状结构，而且这种链接多为随机的，并无必然的顺序和关联，文本正如一个自由的网络空间，阅读作品即为一种"空间探索"。正如作品在概说中所言："《里根图书馆》是个怪胎，混合了故事与图像、声音与场所、罪与罚、接合与断裂、讯号出现、噪声消除、记忆丧失与重建。这部作品涵盖某些不属于'书写'的范围。我将它视为一种空间探索，至于你会怎么想，我不知道。"[①] 当然，这种"空间探索"也并非无止境的，其随机的网络结构在经过四次反复之后，便会形成一个"最终的形式"，文本的面貌得以确定，读者至此可领略到作品的意义。当然，每个读者链接的选择不同，文本四次反复的过程也不同，因此，文本"最终的形式"在每个读者面前也不相同，这也正是数据库文本不同于传统文本的独特所在。这种综合立体结构在文字游戏作品中也多有体现。如橙光文字游戏作品《重生之逆袭学霸》，其中一个节点[②]的情节是女主正在酒吧里狂欢，游戏的画面是在一个酒吧之中，女主突然接到父亲秘书的电话，屏幕上出现了"接"或"不接"，此时，读者的不同选择将进入不同的故事情节之中。在这一节点中，首先，其文本的叙事

---

① http://www.smoulthrop.com/lit/rl/，2021年2月20日。
② https://www.66rpg.com/game/1375061，2021年2月20日。

呈现显然已不同于传统抽象的文字叙事，作品具有丰富动态的层次感，多媒体化和艺术化色彩很浓，甚至可以说这种文字游戏作品正是介于文学与艺术之间的综合艺术，但它又不同于影像作品，因为其中的文字叙事是处于独立和主导的地位，离开文字，作品将无法建构。在影像作品中，虽然语言文字的地位也很重要，但是影像的功能是处于主导地位的。其次，文本的叙事也是非线性的，"接"或"不接"的选择完全交由读者，这正是一种非线性的网状数据库结构设置。在这个故事中，同时还设置了四个男主，其性格各不相同，选择不同男主将会看到不同剧情，拥有不同的体验。在这一点上，与超文本小说又有类似之处。当然，整体上看，这部作品的非线性互动设计还不算繁复多样，但显然也是一种综合立体的数据库结构。

二、数据库美学：反叙述、可重组的"新文艺"

"新文类"的这种数据库结构不仅仅是一种技术上的变革，而且更改了传统文学的诸多特征，携带着"机器诗意"，生成了新型的数据库美学。与传统美学相比，数据库美学具有典型的面貌和特征，就"新文类"而言，反叙述、可重组、"新文艺"是与其紧密相连的几个重要的关键词。

（一）反叙述："集合"而非"故事"

俄国新媒体、数字文化研究的著名学者列夫·马诺维奇对数据库有过精彩的理论阐释，在他看来，"小说和随后出现的电影都强调叙述，并且都把叙述作为现代文化表达的主要形式。而计算机时代带来一个与计算机密切相关的概念——数据库"[1]。数据库不同于叙述的主要表现在于数据库没有叙述常见的开端和结局，没有将一系列故事元素连缀成序列的叙述形式，数据库是诸多元素、项目的集合，而且每个元素、项目不分主次，都享有同等重要的地位。因此，在这个意义

---

[1] ［俄］列夫·马诺维奇：《新媒体的语言》，车琳译，贵州人民出版社，2020年，第222页。

上说，数据库美学的重要特征就是反叙述，网络中的开放性网页和链接结构"进一步推进了网络的反叙述逻辑。随着时间的推移不断添加新元素，得到的将是一个集合，而不是一个故事。事实上，随着材料的不断变化，我们很难维持一个连贯的叙述或一条发展轨迹"①。在这里，马诺维奇非常精确地区分了"集合"和"故事"两个概念，叙述的对象是"故事"，而数据库的对象则是"集合"；"故事"是传统文学、纸质文学的主要面貌，而"集合"则是网络数据库时代的文学形式，"集合"的本质正是反叙述。甚至马诺维奇还将数据库和叙述看作两种不同的文化形式，它们之间的对立事实上是一种文化形式的争夺，"作为一种文化形式，数据库将世界呈现为一个项目列表，并拒绝为这个列表排序。与此相反，叙述是在一系列看似无序的项目（事件）中创作出一个因果轨迹。因此，数据库和叙述是天敌，它们争夺人类文化的同一领域，每一方都声称拥有在世界上创造意义的专属权利"②。显然，作为一种文化，数据库理念自然会渗透到生活的方方面面，并成为一种思维方式和逻辑形式，以数据库为结构模式的"新文类"更是如此。

具体来看，对于网络文学"新文类"而言，这种反叙述的数据库特征相当明显，作为与叙述相关的文体，叙事性文本是其中的代表。如超文本小说、互动小说、接龙小说、文字游戏作品等，在这些作品中，其反叙述性突出地表现在两个方面。

其一是数据库只提供"集合"，即便有读者的主动建构和参与，也难以形成完整的"故事"，节点之间通常跳跃性极大，难以形成逻辑关联和故事序列。台湾数位文学研究学者李顺兴曾提到超文本小说中"嬉玩点"的设置问题，所谓"嬉玩"事实上指的正是文本的娱乐和游戏功能，其潜在的逻辑是反叙述的，"嬉玩成分在超文本作品中则随处可见，例子像《里根图书馆》的随机连结、《梦魇、流浪、父亲、歌》让读者在黑暗画面中寻找出口、吊诡的滑鼠设计、拼贴机器

---

① [俄] 列夫·马诺维奇：《新媒体的语言》，车琳译，贵州人民出版社，2020年，第225页。

② [俄] 列夫·马诺维奇：《新媒体的语言》，车琳译，贵州人民出版社，2020年，第229页。

等都属嬉玩类"①。这种"嬉玩"是随机的、拼贴的、反叙述的，超文本小说中存在诸多这样的文本。甚至在一些非叙事性的文本中，如诗歌中也存在这种反叙述的作品，这里的反叙述并不是指反故事，而是指反序列、反逻辑，如自动生成艺术代表作品——安楚斯的《爆炒》系列之一《文字温泉》。该作品是一个包含有五层文本的数据库结构，用鼠标滑动文本，便随机拼贴出新文本，但这些新文本的内部结构未必有逻辑关联，词语之间也未必能形成意义链条，这种拼贴是"低水平自动化"的。即便是"高水平自动化"，如人工智能创造出来的作品也未必能形成逻辑意义，诸多作品也仅是形式上的诗意，而本质上则是反叙述、支离破碎、缺乏语义联系的，这也是人工智能作品为许多人所诟病的主要原因所在。

其二，反叙述还表现为反对单一的叙述。事实上，数据库也是包括叙述功能的，只不过它提供了诸多可潜在形成叙事的元素，而这种潜在叙述如果要转化为现实叙述还依赖于读者的选择和组合。在这个意义上说，数据库叙述可以看作是交互式叙述、超叙述，即数据库最终形成叙述需要读者参与，且超越传统叙述，其叙述内容丰富多向。"交互式叙述可以看成是浏览数据库的多个轨迹的总和。传统的线性叙述是许多轨迹中的一种，也就是说，是在一个超叙述中做出的特定选择。传统的文化对象现在可以看作是新媒体作品的一个特例，传统的线性叙述可以看作超叙述的一个特例。"② 也就是说，传统叙述事实上可以简化地看作从数据库可能形成的多条叙述序列中选择一条而已，传统作家对这一条序列进行精心设计、打磨，物化成文学作品，而数据库则是把这些序列都平等地呈现在系统之中，如何组合则交由读者。

因此，数据库的反叙述在"新文类"中更常见的形式是反对单一叙述，而并非不要叙述，作家在创作中也努力追求叙述功能和文本意义的实现，但多向叙述、多元序列确实容易给文本带来叙述的"迷

---

① 李顺兴：《文学游戏：再现与模拟的形式融合》，http://benz.nchu.edu.tw/~intergrams/intergrams/042-051/042-051-lee.htm，2021年3月15日。

② [俄]列夫·马诺维奇：《新媒体的语言》，车琳译，贵州人民出版社，2020年，第231页。

宫"甚至"迷失"现象。

（二）可重组："聚合"而非"组合"

与反叙述一脉相承，数据库美学的另一突出特征是可重组，带有强烈的不确定性和去中心化色彩，颇有后现代美学的特点。数据库提供了丰富多元、相对独立的元素和项目，对于文学而言，则是提供了超越传统作品的大量的叙述单元或抒情单元，然后在这些单元之间设置链接，其连接的方式形成了多样的排列组合，重组的可能性和自由度都很强。数据库犹如人的大脑，意识流则是其中的链接，虽有混乱和混沌的出现，但意识流也易于打破固有成规，出奇制胜，富于开放性。因此，数据库的可重组性本质上正是一种开放性，它创造了一切可能，既包括问题又预示突破。

从语言学的层面来看待数据库的可重组性，马诺维奇认为数据库类似于聚合关系，传统文学/叙述则相当于组合关系，而这种聚合则是数据库实现重组的前提条件。现代语言学的重要奠基者索绪尔在《普通语言学教程》中分析了四种关系，即语言与言语、共时语言学和历时语言学、能指与所指、语言的横组合关系和纵聚合关系。在这里，索绪尔所言的横组合关系指的是语言的句段关系，指构成句子的每一个语词符号按照顺序先后展现所形成的相互间的联系；而纵聚合关系则指的是联想关系，指特定句段中的词与"现在"没有出现的许多有某种共同点的词，在联想作用下构成的一种集合关系。在马诺维奇看来，数据库正是这种聚合关系，只是它把聚合关系中的"联想"变成了现实呈现出来，这是数据库的技术优势，而传统文本则难以做到。在传统文本中，组合是一个接一个地按照线性顺序加以表达，在"在组合维度，元素与'在场'相关联；而在聚合维度，元素与'缺席'相关。例如，在一个写好的句子中，构成句子的词语真实地存在于一张纸上，而在聚合中，这些词语仅仅存在于作者和读者的脑中……因此，组合是显性的，而聚合是隐性的；组合是真实的，而聚合是想象的"①。而到了数据库时代，情况却与此截然不同，"数据库

---

① ［俄］列夫·马诺维奇：《新媒体的语言》，车琳译，贵州人民出版社，2020年，第231页。

（聚合）具有了物质存在，而叙述（组合）开始去物质化。聚合被突出强调，而组合被淡化处理。聚合是真实的，而组合是虚拟的"[1]。数据库把一系列元素"聚合"在一起呈现给读者，而后读者再重新选择，加以"组合"。"聚合"变成了显性的存在，而"组合"则是隐性的，有待于读者的创建和组织。可见，数据库中如果没有一系列实际的"聚合"元素，其可重组性也只能是联想中的重组，而无法得到现实的实现，因此，数据库文本的可重组性本质上正是一种"聚合"而非"组合"关系，任何组合都是可能序列中的一种，读者阅读是一种过程体验，文本的存在面貌则是一系列元素的"聚合"。当然，虽然数据库是一个庞大的超文本，但相对于人类的联想，其"聚合"的元素仍然是有限的，也不可能穷尽所有的索绪尔所言的"联想关系"。这种建立在"聚合"基础之上的可重组性在"新文类"中有充分的表现，尤其在超文本和互动文本中更是如此。先举一个简单的多向诗，如苏绍连的《心在变》[2]，这首诗的文本一共有 23 行，看上去是一首诗的整体形式，但事实上它隐含了六段诗，是六段诗的"聚合"，读者要读到这六段诗，就需要在诗中找到一个旋转的"心"字，然后点击链接即可。当然，这里的"组合"作者已做了固定的设计，且只有六种可能，读者重组的自由度较小，但已然不同于传统诗歌。再如复杂的超文本小说，其文本正是若干节点和链接元素的"聚合"，这些节点和链接可以形成数量巨大的重组可能，某种意义上说，节点越多，链接越复杂，文本的可重组性就越高。对于人工智能作品，虽然其最终呈现的是一个个固定的智能化"组合"作品，但这些"组合"也正是数据库"聚合"关系中一个个重组的具体特例。从技术上说，人工智能通过数据算法，对文字符号进行智能化的排列组合便"创作"了一系列作品。就其实质而言，"人工智能写作是一种基于庞大数据库和海量范式样本，依据人所给定的主题词汇或图片信息，进行

---

[1] ［俄］列夫·马诺维奇：《新媒体的语言》，车琳译，贵州人民出版社，2020 年，第 235 页。

[2] http://benz.nchu.edu.tw/~garden/milo/heart/heart1.htm，2021 年 4 月 5 日。

文字重新拼接组合的寄生性繁衍和组装型生产"①。其背后仍然是数据库的"聚合",无论是"小冰"创作的现代诗还是"偶得"创作的古体诗,都是这种"聚合"中的特殊"组合",而这种"组合"是可以不断更新的,表现为突出的可重组性,并且随着数据库样本的更新和补充,其"组合"的文本形式和风格也会发生一定的变化。但这种创作毕竟是一种重组,这种重组也多为批评家所质疑:"人工智能的运行机理是数据算法,这就决定了其只能凭借数据最优解的选取进行所谓的文学创作,这也就在客观上决定了人工智能的创作只是文字符号的筛选与排列组合,而非像真正意义上人类创作那样将个体性经验与普遍性情感投射到语词概念之中。"②也就是说,人工智能创作的技术性超过了其诗性、情感的一面,其大多程度上还携带"机器诗意",这也可能是这种"新文类"的最大问题所在。

(三)"新文艺":"文艺"而非艺术

"新文类"的数据库结构也使其变成了一种有别于传统,甚至不同于"类型文"的"新文艺"。这里所说的"新文艺"主要强调两点,首先是文学变成了"文艺";其次,这种"文艺"不同于一般文艺,又是一种"新文艺"。我们先看第一点,用"文艺"来指称"新文类"的类型可能更加合适。"文艺"在这里指的并非我们通常所说的文学艺术的总称,而是指既有文学特征又有艺术特征的"文艺"。"文"在前,"艺"在后,表明其文学性更强,其归属于文学而非艺术之中,"新文类"正是这样一种"文艺"。正如有学者在谈到新媒介文艺时也表达过的类似看法,新媒介文艺"打通了传统观念中'文'与'艺'的界限,作为语言艺术的网文与其他非语言表意符号的艺术文本之间形成了紧密互动,出现了语言文本和其他艺术文本的进一步交融。'次元破壁'现象也日益突出,即打破了不同网络部落之间壁垒、不同艺术形态壁垒、不同符号表意壁垒,而成为一种跨主体、跨符号、

---

① 钱念孙:《文学的浅涉与深耕:对人工智能写作的认识》,《群言》2020年第7期。

② 赵耀:《论人工智能写作的可能与限度》,《福建论坛》(人文社会科学版)2020年第7期。

跨艺类的数字化'新媒介文艺'生产形态"①。这里所言的新媒介文艺包括 IP 开发颇为繁盛的网络文学"类型文"。但事实上，网络文学"新文类"更是这种新媒介文艺的典型形态，"文""艺"的界限被打破，"文""艺"融为一体。"新文类"的多媒体特征、表现媒介的视觉化与直观性、"新文类"的空间转向、数据库结构等都可以印证"新文类"与"艺"/艺术的融合，艺术的多媒体性、空间性等特征在"新文类"中有充分表现。但"新文类"又不完全是艺术，语言文字在其中仍占据主导地位，因此，用"新文艺"来指称"新文类"可能更为恰当，也类似于米勒所言的"第二种意义上的文学"，体现了文学与艺术的融合，或者说"新文类"也是文学与艺术的中间状态，是一种艺术化但又不是完全意义上的艺术文本。

其次，说"新文类"是"新文艺"还要强调其"新"，不同于一般文艺。上文已述，"新文类"的数据库结构具有反叙述、可重组的特征，这与传统文学迥然不同。"新文类"的阅读也变成了一种空间探索，读者在数据库系统中漫游、探索，最终组合文本面貌。当然，这种"组合"也是在数据库已有"聚合"的基础之上展开的，而传统文学却只有"组合"，"聚合"完全是想象的。这也导致"新文类"变成了数据库的空间结构，读者阅读成为一种探索，其中需要读者的交互行动，这也是新媒体和数据库的普遍特征。应该说，新媒体区分于传统媒体的最大特征便在于交互性，数据库为实现这种交互提供了支撑和条件。在传统媒体中，由于其固定的线性顺序，交互变得极其困难。而在新媒体中，用户的交互却成了推动文本进展、生成作品的必要环节，用户成为参与文本创作的主体。"新文类"也是如此，不同于传统文学，"新文类"的读者变成了作者之一，且每一个读者组合的作品并不相同，都是"独一无二"的。这种新的文学形式，挪威学者艾斯本·亚瑟斯称其为"遍历文学"，指的是"那种在文本的物理层需要读者做出并非毫无意义的思想外操作的文学作品"②。也就是

---

① 单小曦：《网络文学"内部研究"：现实依据、问题域与实践探索》，《学术研究》2020 年第 12 期。

② 参见聂春华：《从文本语文学到文本媒介学：论艾斯本·亚瑟斯的遍历文学理论》，《文学评论》2019 年第 2 期。

说,"遍历文学"中的物理行为和媒介行为会对文本的呈现面貌产生决定性影响,并非毫无意义。而传统文学则是"非遍历文学",其物理行为较为单一,包括眼睛的移动和翻页等,而这些物理操作不会对文本产生影响,读者的阅读过程主要发生在思想和脑海之中。与此相应,亚瑟斯认为"非遍历文学"的读者接受主要是"解释功能",即对文本进行思想层面的理解,不改变文本的物理结构;而"遍历文学"的读者接受则除解释之外,还包括"探索功能""构型功能"和"文本单元功能",即"读者需要在文本的物理层面做出思想外的操作,且该操作会对读者的欣赏过程和结果产生决定性的影响"①。可见,"新文类"正是这种"遍历文学"的典型代表,这也是其"新"之所在。

三、余论:"新文类"的理念溯源及未来反思

本质上说,"新文类"的这种数据库结构正是一种网络结构,互联网也是一个庞大的超文本、数据库。虽然在纸媒时代没有出现真正的网络和数据库,但相关的网络理念已被不同的理论家所提及,尤其在后结构主义者那里更是常见。这一点美国著名学者马克·波斯特早就指出,"与后结构主义观点的长处相对应的,并不是书写压倒言说的力量,而是电子媒介语言对日常生活世界的渗透。后结构主义的理论价值在于,它非常适合于分析被电子媒介的独特语言特质所浸透的文化"②。当然,这也并不意味着网络理念就一定是后现代的,把二者完全等同起来是一种误解。事实上,网络是一个复杂的构成,"新文类"也是如此。客观而言,"新文类"既有后现代的游戏文本,也有传统的严肃之作。但从总体上看,数据库网络和"新文类"确实在形式和内容上(尤其在形式上)更加暗合后结构主义的相关理念,不过

---

① 参见聂春华:《从文本语文学到文本媒介学:论艾斯本·亚瑟斯的遍历文学理论》,《文学评论》2019年第2期。
② [美]马克·波斯特:《信息方式:后结构主义与社会语境》,范静哗译,商务印书馆,2000年,第113页。

也存在诸多现代和传统之作,这也充分印证了后现代与传统之间的关联,而非绝对的断裂。从文本的层面来看,"新文类"的结构网络与罗兰·巴特所言的"理想之文"、尼葛洛庞帝所言的"没有页码的书"、俄国形式主义所言的"陌生化"等理论都有着高度的会通之处。与此相应,"新文类"虽发生了诸多新变,但并不意味着其一改传统、与传统文学截然不同,"新文类"数据库美学虽突出反叙述、可重组,但数据库与叙述也并非绝对对立,二者之间仍有紧密的联系。正如马诺维奇所言,"数据库与叙述竞相从世界中创造意义,并产生了无尽的混合体。我们很难找到一本纯粹的、没有任何叙述痕迹的百科全书……同样,在很多叙述作品中,如塞万提斯和乔纳森·斯威夫特的小说,甚至荷马史诗等等这些西方传统的奠基叙述之作中,都包含着一部虚构的百科全书"[1],百科全书正是纸质时代的数据库。"遍历文学"与"非遍历文学"之间也是如此,只不过,传统文学中的"遍历文学"多作为少数的"反例"和"特例"而被忽视;而在新媒体时代,这种"反例"和"特例"则凸显出来,"新文类"正是诸多网络理念在当下文学中的实践和凸显。

但需要指出的是,这种凸显并不意味着"新文类"创作已成为当下网络文学创作的主流,相较于网络文学"类型文",作为网络媒介技术和文学观念的实验,"新文类"则始终处于边缘位置。其突出的新变表现在媒介技术形式的创新之上,这也需要我们清醒地认识到:"新文类"如果在思想内容和审美艺术的维度上没有较大突破和进展的话,当其新鲜度被耗尽之时,就是其被读者遗忘之日。不过有一点可以肯定,即便文学样式会发生种种更迭和变化,但在网络时代,"新文类"所呈现的数据库美学也必然会影响到文学的创作,当下"类型文"背后基于数据库的文学软件辅助写作、大数据算法的网站运营以及文学兴趣精准投放等均是数据库美学的鲜明体现。因此,面对"新文类"的正确姿态是:一方面要注意到其与传统的关联。"新文类"并非凭空出现,其产生有着深厚的理念渊源,是理念与技术融

---

[1] [俄]列夫·马诺维奇:《新媒体的语言》,车琳译,贵州人民出版社,2020年,第237—238页。

合的结果。另一方面,也不能片面、静止地看待"新文类"的未来。未来"新文类"的类型也许会发生种种变化,出现更多新型的"新文类",甚至现有的"新文类"也将会消亡,但"新文类"及其数据库美学理念将会长久地影响网络时代的文学创作,而技术性与文学性、审美性的完美融合也仍然是"新文类"创造经典的必由之路。

(原载于《山东社会科学》2021年第9期)

中国网络文学叙事探究

◎马 季

20世纪下半叶，大众文艺在全球风起云涌，美国好莱坞电影、日本动漫、韩国电视剧各具特色，以不同形式占据了全球娱乐消费市场。在这个基础上，中国网络文学另辟蹊径，以独特的大众文艺叙事方式，在阅读领域掀起了巨浪，它所依托的是急速增长的互联网用户和庞大的阅读人群。关于互联网环境下艺术创作的特点，尼葛洛庞帝在《数字化生存》一书中的观点切中肯綮："我们已经进入了一个艺术表现方式得以更生动和更具参与性的新时代，我们将有机会以截然不同的方式，来传播和体验丰富的感官信号。"[①] 就网络文学叙事而言，除了常规的文学研究方法，还存在两个向度的研究可能：其一，虚拟性及其读写方式（传播方式）对叙事造成的影响；其二，文本存续的多样性，即在线文本、纸质文本与IP文本的异同。

一、网络文学的叙事类别

20多年来，经过数以千万计网络作者的不断探索和努力，并经过市场反复验证，中国网络文学形成了当下内容庞杂、层次丰富、多元并举、自成体系的格局。简而言之，中国网络文学走过了一条以政策

---

① 尼古拉·尼葛洛庞帝：《数字化生存》，胡泳、范海燕译，海口：海南出版社，1997年，第262页。

为导向，以市场为入口，以人口红利换取创作空间，逐步向主流化、经典化，以及全球市场化方向迈进的道路。网络文学之所以在中国蓬勃发展、一枝独秀，大致有这样几个因素：全球性大众文艺市场蓬勃发展、互联网普及应用、丰沛的本土历史文化资源、"五四"以来形成的东西方兼容并蓄的思维模式和辽阔的阅读市场。这几个因素在21世纪相互碰撞，迸发出巨大能量，以绚烂的光芒为世人所瞩目。

从创作资源上看，网络文学虽然题材和类型繁多，涉足的领域花样翻新，但大致可以归纳为三大类：一是"幻想"题材，以玄幻、仙侠、科幻为叙事形态；二是历史题材，以古代言情和古代战争为叙事形态，其中分为"正史"和"穿越架空"两种叙事形态；三是现实题材，其中分为"写实"的和"写虚"的两种叙事形态。这三大板块之间，既相对独立，各自涌现出一批现象级作品，又有糅合兼容的发展趋势。它们不仅代表着网络文学的创作成就和发展方向，也昭示中国当代文学在新世纪产生了新的动能。从文学史的角度看，网络文学的快速发展与粉丝效应，弥补了中国当代文学在大众性和消费性上的不足，但同时也成为新世纪以来文学精英化被深度削弱的表征。

从文学叙事的角度看，网络文学当归类于类型文学，或是将其当作入口，但由于它借助虚拟空间进行传播，改变了以往的读写关系模式，因而在类型文学的基础上产生了一套新的美学范式，其标志是审美的大众性、娱乐性，阅读的碎片化、扁平化，传播的流量化、同质化。如果想要弄清楚网络文学叙事的成长和发展，仍然有必要回到类型文学的基点去察看和分析。

类型文学发端于东西方文化中共有的神话传说和民间叙事，其故事场景、人物设定、审美趣味等均承袭于古老的传统，如西方的吸血鬼故事、东方的狐仙故事等，叙事形态虽然经历千变万化，仍然保留了故事原型的精神内核。人类社会进入工业文明之后，类型文学逐渐脱离神学范畴，向民众日常生活靠近，报纸的出现将类型文学定型为对固有阅读人群的叙事。阅读的分层不仅指向因读者文化修养高低不一所造成的兴趣差异，更主要的是，读者对叙事领域的关注反向推动创作。类型文学在特殊领域的专一化叙事，有助于读者更为深切地认知和感悟生活。因此出现了儒勒·凡尔纳的科幻小说《海底两万里》；

柯南·道尔的《福尔摩斯探案集》和阿加莎·克里斯蒂的侦探系列小说；托尔金的魔幻小说；茨威格的心理分析小说；金庸、古龙和梁羽生的武侠小说；二月河的历史小说；江户川乱步、松本清张和东野圭吾的推理小说；萨尔瓦多的《黑暗精灵》系列、《冰风谷》系列；玛格丽特·魏丝与崔西·西克曼的《龙枪》系列，还有类似《达·芬奇密码》《冰与火之歌》杂糅惊悚、悬念、刑侦、架空元素的反类型化类型小说，等等。这些作品虽然产生于不同文化，却在相互交融中展现出旺盛的生命力，极大拓展了文学叙事的边界，并且在互联网产生之后，为网络文学提供了广阔的文化资源。

  网络文学脱胎于类型文学，不仅在故事类型上，更重要的是其面向大众的叙事方式，及其与当代精神的深度切合。如网络小说《悟空传》的写作灵感源于古典名著《西游记》和电影《大话西游》。作者借用了前者的人物关系、渊源，提取了后者的叙事方式、语言，以古代西游人物演绎现代西游情节，表现现代人的思维模式和观念。《悟空传》不仅在人物形象、基本设定等显在的方面取材于《西游记》，并且继承了《西游记》中隐而不显的、基本主题上的结构性矛盾。如果说《西游记》是《悟空传》的精神之父，那么孕育并生产了它的网络空间，则是文本之母。网络世界的自由、开放意识与创新动力，为《悟空传》寻找新的话语方式提供了可能。《悟空传》以《西游记》的结构性矛盾为原始出发点，采用蒙太奇式的叙事方式，以不断跳跃、对话式的情节推进、微妙的心理描写和悟空自身的精神分裂状况将这一矛盾极端凸显出来，与《西游记》形成一种意义上的互文。这一游走在古代传统与现代精神领域的叙事方式，成为网络文学的经典叙事模式。

  在长期创作实践中，网络文学走出了一条借助类型文学叙事方略，但在表现形式上更丰富多元、更富有时代精神、更贴近读者需求、更符合市场规律的道路。评论家贺绍俊认为："在很多情况下，类型小说所包含的思想性和精神价值并不见得非常深刻独特，可能是一种公共性的思想，是一种常识性的表达，因为公共性的思想和常识性的表达能够争取到更广大的读者的认同。其实，文学作品即使是传达一些公共性的、常识性的思想,其社会作用也是不容低估的。"①

自2003年VIP在线付费阅读模式建立之后,网络文学进入了以长篇小说为主体的时代。在付费模式的引导下,其篇幅越写越长,叙事也由精神性主导逐步向情节性主导过渡,由于人物众多(通常有几百人),叙事核心由人物塑造转向了事件的铺陈和描述。从若干流行范本中可以发现,网络文学叙事具有相对完整的空间概念,而时间则被淡化、模糊化乃至重组,成为不具有限制力的碎片,这迎合了当代社会不断膨胀的"以时间换空间"的消费心理。我们知道,在传统文学中时间是个十分重要的叙事元素,哪一年哪个节点发生了什么事件,所谓时代背景全都靠确切的时间来支撑,即便是在历史叙事中,也需要一个完整的时间表,"故事发生在公元多少多少年……"是最常见的叙事入口。而网络文学里的时间是模糊的,尤其在幻想类或架空类作品里,时间是弯曲的、可以折叠和回溯的,超出了常规意义上的时间概念。

众多玄幻、仙侠和历史小说都可以绘制出一幅地理版图,当然,那是平行世界或架空世界(历史),而时间往往是虚拟的。也就是说,生命周期在这里没有限度,这也符合"时间内涵是无尽永前"的现代宇宙观。

猫腻在创世中文网连载的玄幻小说《择天记》,时间是完全被抽离的:"太始元年,有神石自太空飞来,分散落在人间,其中落在东土大陆的神石,上面镌刻着奇怪的图腾,人因观其图腾而悟道,后立国教。数千年后,十四岁的少年孤儿陈长生,为治病改命离开自己的师父,带着一纸婚约来到京都,从而开启了一个逆天强者的崛起征程。到了京都,才发现自己只是一盘棋里最微弱的棋子,但是就是这么一个棋子,是甘愿成为棋盘第一个死亡的棋子,还是跳出棋盘与天地斗一斗。"同样,烽火戏诸侯在纵横中文网连载的玄幻小说《雪中悍刀行》也有差不多的表述:"雪中构建的世界,就像是一张珠帘。以北凉世子徐凤年的成长经历作为主线,北凉、离阳和北莽三足鼎立

---

① 贺绍俊:《类型小说的存在方式及其特点》,《文艺报》2010年9月3日,第2版。

之势,群雄逐鹿天下。大人物小人物,是珠子,大故事小故事,是串线。情义二字,则是那些珠子的精气神。在那个波澜壮阔的时代里,英雄们,在各自战场上轰轰烈烈去死。枭雄们,在庙堂上勾心斗角机关算尽。无论敌我,求仁求义求名求利,尽显风采。"①

管平潮在起点中文网连载的仙侠小说《九州牧云录》有故事发生地却无时间表:成长于洞庭湖畔的少年张牧云本性善良,从小在市井摸爬滚打,过着孤苦无依的生活,一日于捕鱼时救起私逃游玩不慎溺水陷入昏迷的刁蛮公主。公主醒后丧失记忆,性情亦变得柔和温婉,和少年一起过上了柴米油盐的寻常生活,并对少年暗生情愫。两人某日偶遇寺院遭遇灭顶之灾而出手相助,张牧云意外获得宝物与神力。他们生活表面依旧平静,却不知前路暗潮汹涌:神女降临,巨灵躁动,魔冥鏖战,仙道失宝……他们在人、魔、冥三界大战中舍生取义,写下凄美的九州传奇。

这样的例子还有很多,如在耳根的《仙逆》、忘语的《凡人修仙传》、宅猪的《人道至尊》、天下霸唱的《鬼吹灯》、我吃西红柿的《星辰变》、天蚕土豆的《斗破苍穹》等诸多作品中,时间不断被挑战、切割与压缩,原有的顺序、计时功能部分丧失,而走向淡化、模糊、凝固与可逆。与之相对应,地点、位置、场面等的组合、勾连则得到强调,空间逻辑和空间秩序逐渐凸显。"在这些网络小说中,空间不仅关系到人物活动的场所,以及作者的叙事意图,更影响着情节展开的可能与限度,以及作品的可读性和点击率。"②

穿越本是空间转移的一种方式。在网络文学叙事中,它所发挥的作用完全建构在网络虚拟性之上,实际指向的却是时间变异。现代科技和人类想象力被指互为因果,所不同的是人类想象力始终与情感相关,"牛郎织女"也好,"嫦娥奔月"也罢,其叙事模式的核心与网络小说是一致的,我们从来没有觉得那些故事离我们远去。穿越作为叙事方式在仙侠小说和历史小说中被普遍运用,但又不同于科幻小说里

---

① 马季:《精彩的网络文学 动人的中国故事》,2017年1月18日,http://share.gmw.cn/2017-01/18/content_23502583.htm,2020年8月3日。

② 周冰:《网络小说空间叙事为何流行》,2017年11月3日,http://guan-cha.gmw.cn/2017-11/03/content_26796103.htm,2020年8月3日。

的时空转换概念。简而言之,超时空或时空转换往往是科幻小说的叙事目的,对于玄幻、仙侠和历史小说来说,它们只是手段。

穿越小说和玄幻、仙侠小说有一小部分重叠,比如星际穿越与异世大陆在叙事方面较为类似,但总体来说,穿越小说较多出现在历史叙事中。与"平行世界"所不同的是,穿越的主要目的不是创造异世界,而是实现空间转移,让两个存在于不同时间段的空间之间产生某种关联。女频的穿越叙事更注重内容架构,形式和内容的关联度明显高于男频。故有男架空女穿越之说,这是网络文学叙事的总体概括。从桐华的《步步惊心》、金子的《梦回大清》开始,女频历史叙事延续了很长时间,主潮流一直是穿越小说,直到 2010 年移动阅读普及,才开始流行重生文,即反穿越——由过去到现在,穿越小说的叙事指向逐渐靠近现实生活。

男频历史叙事中较为成熟的作品都体现出一个共同点,即对历史事实的尊重和对历史事件的个人化认知和表达,较为充分地展示了现代意识下历史发展的客观性和可能性。美国当代学者乔治·麦克林在论述如何解读历史文本时认为:"我们的目标似乎不是在阅读古代文本时简单地复述古代人的目标,而是用新的视界、新的问题,从新时代来认识古代文本。我们应让它以新的方式向我们阐述,在这么做的过程中,文本和哲学就变成活的而不是死的——因而也是更真实的。在这个意义上文本的阅读是活的传统的一部分,凭此我们与生活中面对的问题作斗争,并确立值得我们追随的未来。"[①]

阿越在幻剑书盟网连载的小说《新宋》具有鲜明的网络叙事特色,主人公石越穿越到北宋创办白水潭书院、西京杂报,建立动物园,发展航海贸易,改进印刷术、生产标准化、研制火炮手榴弹,忙得不亦乐乎。石越凭借由此而来的声誉入仕,周旋于新旧两党之间,努力调和两党的矛盾,弥补王安石新法的缺陷,提出可行的替代方案。其目的是希望从上层建筑入手,进行不流血的改革。作品提出的不是技术改变历史的主张,而是希望通过人文与制度方面的反省,改

---

① 乔治·麦克林:《传统与超越》,干春松、杨凤岗译,北京:华夏出版社,2000 年,第 27 页。

良历史。在叙事策略上，作者将虚构置于真实细节之上，努力营造历史的真实感。主人公石越所采取的所有措施，都只领先于时代半步，亦即当时的历史时期已有相应的基础，叙事的目的不过是"水落石出"。

月关在起点中文网连载的小说《回到明朝当王爷》并不因表述的天马行空而削弱了对历史的思考。正德率性天真，杨凌因为穿越而具备历史优势下料敌先机的机智，弥勒教主李福达的阴险狡诈、宦官刘瑾在权力不断膨胀过程中欲望的转变、刘大棒槌的粗悍等，以及正德皇帝扮戏子、爬墙头、罚朝臣、宠宦官等一系列精彩描写，将历史叙事生活化、情景化。小说写到三宝太监郑和之后的大明海军风光不再，明朝政治经济改革的阻力背景，宁王造反的过程。这里的原因有的是人的客观性造成，有的是宫廷政治斗争的必然，有的是封建儒家思想的禁锢。对特定历史环境的因果分析，历史叙事中个人化经验的传达，对重新架构历史的探索和实践，正是网络文学作为大众化写作赢得读者的关键。

当年明月在天涯社区连载的历史叙事作品《明朝那些事儿》以口语化的创作手法，对历史人物的心理活动进行模拟和还原，其借古论今、夹叙夹议的叙事方法，实际上是民间评史的惯用手法。由此可见，历史叙事并非不能创新，借鉴小说叙事手法，通过网络民间话语方式进行重新整合，为历史叙事拓展了新的空间。有人认为这种叙事有逢迎读者的倾向，破坏了历史叙事的严肃性。然而，从世界文学史形成的经验来看，严格根据史实进行文学创作，并不是唯一的叙事途径，不同时代、不同视角的历史叙事背后显现的正是价值观的差异。

《家园》作者酒徒在谈及自己的创作时表示："对于历史，我更容易关注小人物。比如当人们都在说关羽水淹七军有多英勇时，我先想到的是被淹死的那些士兵与家庭，那些人会是什么样的命运。"cuslaa在创作《宰执天下》时从史料中汲取详细的素材，如北宋官制、社会礼仪风俗、宋神宗时期的内外军政体制，文人士大夫、边关将门、内廷宦官以及宗室商人、胥吏地主，乃至贩夫走卒的生活方式，目的是在真实历史的基础上构建一座现代"建筑"。孑与2的《唐砖》《大宋的智慧》、愤怒的香蕉的《赘婿》、随波逐流的《随波逐流之一代军师》、三戒大师的《官居一品》、禹岩的《极品家丁》等作品，均是以穿越或架空形式进行富有创意和建树的历史叙事作品。可以说，网络文学的跨时空叙事并非逃离现实，而是对传统的新解。

网络文学叙事在这几年出现了"着陆"现象，现实题材得到大力提倡，呈现笔触下移、反映不同行业、侧重基层写实、讴歌平凡英雄的趋势。十年前，技术流小说的出现令人眼前一亮，改变了人们对网络小说缺乏真实性的认识。齐橙以微穿越手法创作的《工业霸主》《材料帝国》提升了这一类型的门槛，"硬核技术流"这一名词迅速在网上成为热词。医学题材小说《大医凌然》，消防题材小说《他从火光中走来》，少年成长、亲子教育题材小说《这届家长太难带了》，灾难救助题材小说《赴你应许之约》，都市题材小说《天工》《神工》，传承与发扬中国传统戏曲的年代小说《一脉承腔》《传音》，现代瓷砖行业小说《天瓷国芳》，都市异能小说《家电人生》《我有特殊沟通技巧》，体育竞技题材小说《冰刃之上》《薄荷味热吻》，以及抗疫题材小说《共和国天使》等作品也在网上引起热议。所谓"硬核技术流"是指客观、冷静地观察描写生活，揭示生活本质，以追寻事物的客观真实为目的，具有较强专业水准的叙事作品。同时，网络文学在发展进程中还涌现出一批难度叙事作品，如顾坚的《元红》、阿耐的《都挺好》、Sunness 的《第十二秒》、紫金陈的《长夜难明》、丁墨的《乌云遇皎月》、Priest 的《默读》、骁骑校的《罪恶调查局》……这些作品既有通俗易懂的故事，也触及与探寻了当下尖锐和深广的社会问题与矛盾。很显然，网络文学正在吸取传统文学贴近现实、真实反映时代生活的叙事风格。"现实主义的艺术之所以能够那么广阔而丰满地反映人类的生活流，反映伟大的历史性的战役与伴随着社会进步而来的变革，是因为它的首要特点与特色过去和现在都是社会分析，正是社会分析使得描写典型环境中的典型性格和真实地再现生活成为可能。"[①] 网络文学叙事通过不断的自我锻造，显示出其包罗万象的大众文艺美学特征，并以题材的多样性与丰富性、自身的可塑性汇入当代文学的潮流之中。

[①] 罗杰·加洛蒂：《论无边的现实主义》，吴岳添译，天津：百花文艺出版社，2008年，第245页。

二、网络文学的叙事资源

中国网络文学的叙事资源主要来源于传统文化中的神话传说、志怪、传奇、演义和西方大众文艺,其基本叙事手法如"扮猪吃虎""打怪升级""洪荒崛起""玛丽苏""职场秘籍""废柴逆袭""都市修真""学院修真""破次元"等,使故事体现出某种现代寓言性。美国研究比较神话学的作家约瑟夫·坎贝尔对世界各地大量的神话故事进行内容分析研究之后,总结出了神话核心单元理论:所有英雄都要经历一个名为"英雄之路"的旅程,这个旅程由两个世界组成,一个是我们身处的日常生活的世界,另一个是超自然的神奇世界。[①] 这其实就是20世纪大众文艺所向披靡的现代神话故事,中国网络文学对此做了引进与改装,形成了一套中西合璧的叙事模式。如果要提到时间节点,那么所有这一切主要源自英国作家J.R.R.托尔金、20世纪90年代末国内主流媒体倡导的"国学热",与在游戏中成长起来的一代人的思维方式形成的合奏。

1937年,托尔金在《霍比特历险记》即中古大地系列小说的第一部,也是《魔戒之王》的前传中虚构了"中古大地"这个"平行世界"。《霍比特历险记》是一部非常精彩的传奇故事,充满了预言的色彩,主角比尔博·巴金斯原本是一个远离尘嚣的霍比特人,但在无意中发现了魔戒且经历了他一生中永难忘怀的事件。魔戒之王三部曲完成于1948年,1955年全部发行。时隔60年,1997年6月,英国女作家J.K.罗琳推出《哈利·波特》系列第一本《哈利·波特与魔法石》。随后,罗琳又分别在1998年与1999年创作了《哈利·波特与密室》和《哈利·波特与阿兹卡班的囚徒》。2001年,美国华纳兄弟电影公司将小说的第一部《哈利·波特与魔法石》搬上了银幕,一时风靡全球。此时正值中国网络文学初生之际,对网络作家架构故事和

---

① 参见:菲尔·柯西诺主编:《英雄的旅程:与神话学大师坎贝尔对话》,梁永安译,北京:金城出版社,2011年,第9页。

叙事方式形成了直接影响。

《魔戒》和《哈利·波特》系列是西方社会进入高度发达时期的幻想类代表作品,具有鲜明的文化特质与面向未来的精神,由此确立了奇幻的风格。20世纪的西方奇幻文学"除了取用远古时代各民族精彩丰富的神话传说之外,在精神上几乎全然承袭了中古世纪的骑士文学,亦即所谓的'罗曼史'"。此处的罗曼史非指现代的爱情小说,而多半是经过长久岁月,在民间辗转流传并且经过不断加工润饰,逐渐形成的雄伟复杂、曲折离奇的故事。这些传奇故事成于何人之手往往已不可考,其中或有部分为吟游诗人所作。这些故事多半以民间传说或神话为素材,再添加部分虚构的幻想情节,构成英雄冒险事迹和浪漫爱情故事的杰作,其中著名的包括后来被理查德·瓦格纳改编为旷世巨构歌剧的《尼伯龙根之歌》、家喻户晓的骑士文学经典《亚瑟王与圆桌武士》和《贝奥武夫》等。这些故事原型不断演化,奠定了当代西方奇幻文学坚实的叙事基础。①

从文学叙事的角度不难看出,西方奇幻文学对网络文学的影响更多是外在表现形式,比如升级系统的建立、人物等级设定、神位、封号、神学院、魔法,以及各种器械等,而深入其髓的则是中国古典文学资源。在中国悠久的历史文化沉淀中,有取之不尽的丰富素材,地域风俗文化、民间传说故事、诸子百家经典……都已经成为网络文学创作的精神支柱和灵感来源。

当然,不管采取何种创作手法,无论故事如何天马行空,网络文学叙事的精神内核必须符合时代的能指,尽可能吸引更多的读者,首先是母语读者。那就需要叙事方式在多样性与丰富性的基础上符合东方审美标准。另外,网络文学作品尽管可能在故事层面很复杂深奥,甚至玄妙,但成功的作品往往都有一个浅显通俗的叙事切入点,让读者代入其中。在此基础上,读者才会去思考作者所要表达的更深层次的东西。对于很多网络文学作品而言,叙事的类别可能只在网站推荐的角度有意义,究竟是仙侠、玄幻、都市、悬疑,或是架空、穿越

---

① 参见:杨博一、马季:《欧美悬念文学简史》,长春:时代文艺出版社,2004年,第12—14页。

等，多数是杂糅混用，界限往往很模糊。所以评价网络文学的时候，不应简单地以某种类型文学的角度去看待一部作品，因为它所诞生的土壤的营养是异常丰富的。

三、幻想类网络文学叙事演变

在20多年的发展中，网络文学经历数次变革，有过高潮，也出现过滑坡，但创作数量始终保持着旺盛的增长。大量文本实践不仅为网络文学自身发展探明了道路，也为理论研究提供了丰沛的资源。我们可以通过网络文学叙事方式转变这一角度，厘清网络文学波浪式发展的根由，进而在一定程度上揭开网文爆款与扑街的秘密。网络文学一直存在内容和渠道两大派系，侧重文创的平台强调内容，侧重互联网技术的平台强调渠道。事实上这两者之间是一体两面的关系，如果平台足够强大，内容便成为当务之急；反之，如果手握优质内容，着急的则是如何放到更好的平台上。这如同工业企业里生产和销售两个部门之间的关系。当然，互联网具有自身的特性，在这个虚拟空间读者的从众心理被推到了极致，流量决定命运，不在创新中爆发就在创新中死亡，似乎成了某种铁律。孙悟空、哪吒、米老鼠等著名卡通形象并没有占用太多的虚拟空间，却能形成线上与线下的"流量"洪峰。从表面看，它们的形象在不断变换和演化，其实质却是叙事方式的转化，是记忆符号的重新标注，目的是为了适应不同时代，应用于不同文化族群。因此，网络时代，技术发挥的作用虽然一直走在前列，但究其根本还是靠创意取胜。

由于网络文学自身的特点，男频与女频在叙事上有着明显的分野，必须分开进行讨论。故事作为小说叙事的主体，在网络文学大男主文中出现了史无前例的"变异"，其基本表征是极尽其能的"杂糅"，仅玄幻小说一个类别就可以分为王朝争霸、异世大陆、异术超能、远古神话、高武世界、转世重生、西方玄幻等多个种类，而在表现形式上又出现了洪荒流、废材流、重生流、修仙流、末日流、大陆流、无限流等。在一部作品中，我们可以看到东方式的神话、武侠、童话、言情,也可以看到西方化的科幻、魔幻、推理、悬疑、惊悚等。除了在叙事上制造"代入感",也就是传统文学所谓的"共鸣"始终未变之外,网络文学的叙事方式一直在变,其基本规律是形式由简单到复杂,内容由单一到复合,结构由平面阅读到立体多元。

就男频而言,第一阶段从 2000 年的《悟空传》、2003 年的《诛仙》,到 2006 年的《佛本是道》,第二阶段从 2009 年的《斗破苍穹》、2014 年的《择天记》,到 2018 年的《诡秘之主》。中国网络文学的黄金 18 年经过了从中国传统文学叙事出发,经过西方奇幻文学的浸染和 IP 导向的加压、提升,重新回归文学叙事之途。这是一个艰难的裂变过程,网络文学在求生中从未停止过顽强的自我博弈,透过叙事方式的转变与演化,我们不难看见这个发展脉络。

网络文学的商业模式是残酷的,VIP 对网文的筛选并非选出艺术价值最高的作品,而是选出最符合大众口味的作品。读者的最大公约数是一部作品爆款的依据和根本,因此没有一个网络作家知道自己的作品能"活"多久,换句话说,活着,就已经是胜利。当时的网文创作西幻成风,主要销售渠道是中国台湾的繁体版权,因此可以说西幻是中国网络文学幻想类的第一波浪潮,从故事核心到人物设定基本处在模仿阶段,叙事手法也不例外。这时候出现了《诛仙》和《飘邈之旅》,这里重点说说《诛仙》。这部作品到今天仍然没有褪色,自有它的道理。萧鼎采用中西融合的叙事方法创作了《诛仙》,其核心思想来自老子的《道德经》,所谓"天地不仁,以万物为刍狗"。《诛仙》作为玄幻小说早期代表作,在叙事上兼顾东西方幻想类作品的特点,既有正道与魔道的道德对立,也有强烈的悬疑色彩和魔法氛围,其中千奇百怪的武功完全超出了传统武侠的模式,但其中的爱情故事又承载着历史文化的诸多要素。就是这样一个中西合璧的崭新的叙事方式,获得了网络读者的青睐。玄幻小说由此获得名分,这次了不起的尝试,为幻想类网络文学叙事开辟了新的路径。

读者的胃口是永远不会满足的,这也是文学的永恒魅力之所在:新的需求和挑战层出不穷。2006 年,《诛仙》之后出现了新的现象级文本《佛本是道》。这部作品是在经历了《诛仙》中西复合叙事之后,回到本土文化深入挖掘的范例。作为曾经的职业棋手,梦入神机的叙事手法有其独特的一面，他善于博采众长，集优势于一体，用"一盘棋"的思维方式展现其跳脱、腾挪的叙事能力。以《西游记》《封神演义》等经典作品为"棋谱"的《佛本是道》，最初的创作思路是都市小说，前面写到周青和弟子廖小进前去美国的拉斯维加斯的经历，国家安全局龙组、异能组等情节，但作者最终放弃了赶浪潮的念头，而是不断向文本源头追溯，在老棋谱上走出了新局。《佛本是道》的叙事回到了中国古典文学的母体中，采用吸纳、羽化、重构的方式建立了一套符合当代文化诉求的宏大叙事系统。

自 2003 年商业化模式确立以来，网络文学一直在尝试版权运作，最初采用的是低端的输出法，能出售版权就行，到 2008 年盛大文学宣告成立，才形成 IP 概念。这一概念自然需要作品来验证，也就是需要新的叙事模式来确认和提升这一概念的可行性。2009 年，天蚕土豆的《斗破苍穹》在叙事方式上有明显的 IP 化特征，强化叙事情节，减少描述性言语，人物行动图像化，更具包容性和开放性的人设，等等。这一具有转折性的叙事方式正是《斗破苍穹》何以成为 4G 时代阅读霸主的根本原因。在这个意义上说，网络文学所强调的原创性，其基本要义是在技术进步的基础上如何扩大文本的信息量，这也是 IP 的本质属性。

传统文学领域很少论及原创这个概念，因为除了抄袭之外，文学是允许以不同方式讲述类似故事的，只要作品有独立的表达核心，有对人性的探微和发现，就是成立的。而网络文学不一样，原创本身就意味着是否个人化叙事，大到故事框架小到桥段，人物设定都必须避开"相似性"，这是 IP 自带的规约，故事形态相近，就失去了开发价值。由此可见，网络文学主要遵循的是传播规律即市场价值规律，其叙事方式也是建立在这个基础上的。爱潜水的乌贼在近年异军突起，印证了原创性之于网络文学的特殊意义。《诡秘之主》的叙事虚实相间，有实证也有想象，有谜团也有反思，以东方式思维打开西幻图卷，被认为是当下网络文学最具原创品质的作品。可以说，《诡秘之主》叙事的复杂程度已经不在传统文学之下，这不禁让人联想到美国作家丹·布朗的《达·芬奇密码》，运用高密度的叙事手法表现一个大众关注的社会主题，其中杂糅了侦探、惊悚和阴谋论等多种风格，并激起了大众对某些宗教理论的普遍兴趣。《诡秘之主》则是从浩如烟海的世界历史资料中攫取养分，追寻乌托邦气质的欧美蒸汽朋克文化和展现人类面对宇宙、面对未知世界时渺小虚无感的克苏鲁神话故事原型，作品中的货币体系和一些事件的设定都能够找到历史上的对应，而奇幻背景的设定又令故事增添了几分神秘感。

网络文学 IP 的迅速升级不仅改变了网络文学单一化的叙事模式，也在一定程度上加快了网络文学与传统文学在艺术本质上的共振。这一方面源于网络文学自身变革的要求，同时也是大众文艺在遭遇天花板时的必由之路。近十年来，包括唐家三少的《斗罗大陆》，猫腻的《择天记》，乱的《英雄联盟之谁与争锋》，以及横扫天涯的《天道图书馆》，世界观系列中月关的《秦墟》、马伯庸的《白蛇疾闻录》和流浪的蛤蟆的《蜀山异闻录》等作品的出现，标志着数字阅读不再是不可逾越的目标，IP 导向下网络文学率先在叙事方式上呼唤 5G 时代的到来。与之前的现象级作品如《诛仙》《凡人修仙传》《飘邈之旅》《盘龙》等作品肩负流量使命相比，这一次进化与定型包含了技术与内容的双向延伸，而新的叙事方式在其中扮演着极其重要的角色。

四、女频网络文学叙事特征

从 2000 年的《告别薇安》，2005 年的《步步惊心》，到 2007 年的《后宫·甄嬛传》《杜拉拉升职记》《致我们终将逝去的青春》，从 2009 年的《裸婚》《扶摇皇后》，2016 年的《欢乐颂》《燕云台》《糖婚》，到 2019 年的《待我有罪时》，女频网络文学经历叙事的重大转变，女性意识由最初的压抑、萌动到寄身职场的沉浮、动荡，再到直面生活的挑战，理性把握自己的情感诉求，因而获得个体生命的自我解放。女频网络文学叙事更多关注社会热点，从自身出发，注重家庭和职业生活，以情感为核心，讲述女性内心世界丝丝缕缕的感知和变化，以映照社会生活的别样色彩。

安妮宝贝的《告别薇安》写于 20 世纪末，中国的现代城市文明刚刚掀开一角，如同一个远行的人初涉旅程，带着恍惚和期盼，眺望遥远的地平线。世纪末总是忧伤的,因为人类告别了一个千年,另一个千年又过于漫长。于是,流浪和宿命的生命体悟在作品中四处蔓延。它符合现代人追求自由、向往安宁的心理特征,也暗示着城市是另一个意义上的旷野。爱过,伤害过,然后可以离别和遗忘……永远不能到达终点的行走,漂泊的心如何安放?这或许就是作者所描述的现代女性之人生况味。由此可见,网络文学的现代都市叙事显然与琼瑶、亦舒有所区别,它所造成的生命的空旷感,本质上与网络的虚拟性混为一体。

在女频网络文学叙事模式中,人物的情感线尤其重要,爱情故事长盛不衰,不管是历史文还是现代文,无论是后宫文还是职场文,所有主题都会涉及青春和女性成长。人物的情感动态性在女频叙事中占据了主导地位,成为刻画人物形象的主要方式。《步步惊心》《后宫·甄嬛传》《燕云台》和《扶摇皇后》是女频历史小说中情感起伏较大的几部作品,尽管叙事手法各异,却无处不在地表现出对现实生活的折射。

与心爱的人相厮相守、共度一生是天下女性的共同心声,《步步惊心》中马尔泰·若曦的举动可以看作是当今女性考验所爱之人的惯用手法:"如果我是要你放弃争那把龙椅呢?……你同意,我们就在一起;你不同意,我们就分开。"① 若曦的意思是,我不求富贵,但求相知相爱平安一生。这是传统的女性思维方式,可谓亘古不变。

《欢乐颂》和《待我有罪时》是女频都市小说中具有较强现代意识的文本。《欢乐颂》对于女性的财务独立和人格独立,表现出的是价值观念的转变,与传统的女权主义所陈述的诉求明显不同。阿耐在小说中表达的是一种客观情绪,将"如何看待社会阶层分化""男性在选择婚姻时的权力""女性能否接受无房裸婚"等社会舆论话题引入叙事中。与《欢乐颂》所不同的是,《待我有罪时》是一部犯罪心理小说,更多的是强调作品的虚拟性,叙事方式虽不如前者接地气,但网络特征明显,符合"00后"读者的想象空间和阅读趣味,被誉为:"又甜又刺激,又萌又感动""开创了全新的言情小说模式"。这

---

① 桐华:《步步惊心》(上),长沙:湖南文艺出版社,2011年,第206页。

两个不同叙事风格的文本都拥有大量拥趸,也是目前网络文学在时代性与流行性方面各具特色的表征。

女频网络文学是当代文化中一个自成体系、十分独特的文化现象。女强、古风、女尊、腐女、宅女、甜宠、耽美、高糖、虐恋、少女心、百合、伪娘、腹黑、霸道总裁、雌雄同体、白莲花、绿茶婊、二次元等各种文类和叙事形态展现了当代女性多元和自主的文化心态。尤其在现代都市领域,女性独立得到了极大的彰显。在女频网络文学叙事中,"玛丽苏"是最常见的女主形象,其本质就是女性向的幻想叙事。邵燕君主编的《破壁书》对"玛丽苏"有如下的解释:"玛丽苏在如今中文网络中通常指一种过度自我投射的写作,多数情况下指年轻女性作者将自己幻想成故事中的一个万人迷的万能女主角,在故事中和多个迷人的男性人物互动的情况。"[①] 这一形象可以追溯到台湾女作家琼瑶早期作品中的人物形象,而网络文学中的"玛丽苏"女主在女频总裁文中有集中表现。

不过,不单单是总裁文里大量出现"玛丽苏"形象,经典网文里也是如此,只不过表现方式不一样。经典网文里的女主多为才貌双绝之人,绝然不会出现"傻白甜"。从古代的甄嬛、芈月到现代的杜拉拉、安迪(《欢乐颂》女主),以及从现代穿越到古代的若曦(《步步惊心》女主)、孟扶摇,实际上都属于超级"玛丽苏"形象。这些人物剔除了低级版"玛丽苏"对男性的依附性,及其过度自我代入而造成的虚假设定,具有独立完整的人格,属于完美的女性审美对象,集中展现了女性的温柔、活泼、坚贞、优雅与智慧。

无论是《芈月传》还是《燕云台》,蒋胜男笔下的爱情叙事都有强烈的民族性和社会性,并伴随着个体情感的剧烈震荡,写出了情事巨变下爱的炽烈,以及痛彻心扉的选择。爱得越深,意味着承受的苦难越深。从某种意义上讲,蒋胜男关于女性情感的表达,在女性大历史叙事中所发挥的作用,与天蚕土豆在玄幻文叙事中的承上启下如出一辙。也就是说,女频网络文学在向现代传统一脉靠拢的过程中,尤

---

① 邵燕君主编:《破壁书:网络文化关键词》,北京:生活书店出版有限公司,2018年,第287页。

其在文学叙事中的实践经验和取得的成果一点也不亚于男频网络文学。现实题材领域也是一样，阿耐的《大江东去》相较于齐橙的《大国重工》、辛夷坞的《致我们终将逝去的青春》相较于骁骑校的《橙红年代》、李可的《杜拉拉升职记》相较于小桥老树的《侯卫东官场笔记》、鲍晶晶的《失恋33天》相较于紫金陈的《无证之罪》、丁墨的《他来了，请闭眼》相较于常书欣的《第三重人格》、携爱再漂流的《酒店实习生》相较于志鸟村的《大医凌然》、priest 的《默读》相较于任怨的《神工》、唐欣恬的《恩将求抱》相较于卓牧闲的《朝阳警事》、吉祥夜的《写给鼹鼠先生的情书》相较于 wanglong 的《复兴之路》、缪娟的《翻译官》相较于纷舞妖姬的《中国特种兵之特别有种》、柴可的《鲜花盛开的村庄》相较于何常在的《浩荡》、小狐濡尾的《南方有乔木》相较于大地风车的《上海繁华》、舞清影的《明月度关山》相较于罗晓的《大山里的青春》、蒋离子的《老妈有喜》相较于李开云的《二胎囧爸》、月壮边疆的《白纸阳光》相较于骠骑的《龙渊》、米西亚的《重启时光的女孩》相较于庚不让的《俗人回档》、随侯珠的《明月照大江》相较于郭羽、刘波的《网络英雄传》系列等，对于都市生活的开拓，女频在叙事上的完成度更加饱满，富有生活情趣和生命质感，情感更丰沛，因此影视化的程度远高于男频。

女频网络文学在叙事上还逐渐产生了一套打开女性心理域值的模式，形成了一个相对独立的文学世界，在多种表现形式中，"虐恋"不仅最富有性别特色，而且是女频网络文学很重要的一种叙事策略。故事里跌宕的爱情、焦虑的情绪，以及女主角令人担忧的命运，让人感到不安，却深深吸引了大量女性读者。这一类网文被称为"BE"（Bad Ending）文，与它相对应的是"HE"（Happy Ending）文，即所谓大团圆结局的爱情故事。

关于虐恋，社会学家李银河在其著作《虐恋亚文化》里这样解释："它是一种将快感与痛感联系在一起的性活动，或者说是一种通过痛感获得快感的性活动。"[①] "虐恋"作为女频网络文学中一种独特的叙事方式，有其深厚的文化土壤与性别意识。中国古代戏曲中就有

---

① 李银河：《虐恋亚文化》，北京：今日中国出版社，1998年，第6页。

"苦戏"叙事模式,女性作为苦难的承受者,既是对男权社会的批判,也是对弱者的一种保护。女频网络文学中的"虐恋"本质上属于现代文化中的情感消费类型,虽然与都市亚文化中的"性施虐"指向不是一回事,但在理念上仍有相通之处。只不过作为文学作品,"虐恋"的目的不是"虐"本身,而是为了增强故事的戏剧性,强化读者的阅读体验,因此有人认为虐文分为两种——虐待主角和虐待读者。虐待主角就是给主角悲惨的境遇,而虐待读者当然是为了创造"代入感"。我们熟知的古代言情小说《步步惊心》《后宫·甄嬛传》《柔福帝姬》(米兰 lady 著),现代言情小说《千山暮雪》(匪我思存著)、《绝色倾城》(飞烟著)、《后来我们都哭了》(夏七夕著)等作品都属于"虐恋"叙事,当然它们所描述的性别世界仍处在正常的人类感情范围。

同样,"耽美"也是女频网络文学中特有的叙事方式,从精神上看它源自19世纪末西方唯美主义文艺思潮。耽即是指"沉湎",耽美也就是对唯美和浪漫事物的沉溺。具体说来,它发端于日本原创漫画和游戏,后来在轻小说中出现,包括武侠、玄幻、悬疑推理、近代历史等,指向其中男性之间在人生和事业上的相互支持、高度认同,及其产生的美好情感。它暗合了女性对超越世俗爱情的某种想象,以及对情感的执着与真挚;因为"耽美"的观念是"明知前途艰难却携手并进",但由于国情的不同,"耽美"难以进入我国主流媒体,尽管它在女性群体中受众广泛,也有一些作品经过改编后爆款,如《琅琊榜》《镇魂》《魔道祖师》等。在总体上说,"耽美"作为网络文学的一种类型,属于具有话题影响力的小众叙事文体。

结　语

时代从未停止前进的脚步,变化是中国社会这几十年使用最频繁的一个词。经济转型、资讯海量、价值观念更迭,这一系列变化带来的特殊语境,导致话语权力出现空隙地带……当然,文学叙事不可能跳出三界外不在五行中,但精神层面的变化是显而易见的,这也是网络文学得以赢得读者的关键。网络作家生活多元,思想活跃、勇于创新、敢于突破传统,这是有利的方面,但他们面对的读者见多识广,堪称地球村的村民,所谓"阳光底下无新鲜事",如何才能停住读者滚动的鼠标?从20多年的网络文学创作实践研判,最终赢得话语权的,还是那些具备成熟独立的思想价值观念,能够从无限想象中回归生活本源的叙事者。网络作家或许是21世纪思想最活跃,对新事物最敏感的人群,在他们创作的海量文本中,可以看到在幻想和城市叙事领域的探索已取得令人瞩目的成绩。5G呼啸而至,这是网络文学炸裂的春天,也是文学叙事的蓝海,人人都可以对象化,人人都可以主体化。如果乐观一点看,这也可能是全球化时代中国文学的一次飞跃。

(原载于《中国文学批评》2021年第2期)

网络小说叙事的图像化倾向

◎周 冰

网络小说叙事的方式与特点是学界近几年关注的热点问题,学者们先后提出过比特叙事、互动叙事、情爱叙事、空间叙事等观点,对我们深度把握网络小说极有帮助。然而,当我们从文本的阅读经验出发,会发现当前网络小说叙事又呈现出对图像的一种偏爱,或是以语言来叙述画面造型,或是让图像直接参与叙事,甚或经营空间位置,在空间流动中结构事件等,以各种形式表征着它的图像化倾向。在笔者看来,网络小说这一叙事倾向,一方面是它面对媒介融合时代的"顺势而为",是网络写作的必然性媒介诉求;另一方面是它面对短视频等挑战的"不得不为",是它应对图像霸权的"中道"式生存策略,极富意蕴。有感于此,本文试图通过一定的文本细读,考量网络小说叙事图像化倾向的视觉呈现、特点、意义,并对之进行扼要的评价。

一、网络小说的语—图叙述与视觉性

小说是语言的艺术,它要通过语言来刻画人物、叙述故事、展开情节。然而,语言毕竟以抽象和联想著称,它在直观和具体上并不如图像,这使得小说的视觉呈现能力较弱。古人很早就意识到了语言和图像的这种区别,并希冀用"象"来补言之不足,如《易·系辞上》的"子曰:'书不尽言,言不尽意。'然则圣人之意,其不可见乎?子曰:'圣人立象以尽意'"。《毛诗序》则有"言之不足","不知手之舞之，足之蹈之也"等。这样的认知形成了中国的意象传统，并促成了图像对叙述的介入，如宋元小说的"出相"、明清小说的"绣像"等，产生了小说的语—图叙述现象。不过从明清至今，传统小说的语—图叙述语言是抽象性的，往往是以语象为中介，讲究含蓄、蕴藉，需要读者的想象与补充来进行视觉完形，而所谓的小说插图、配图等，大抵是对文字的说明与补充，是"'语—图'互文""因文生图"，即使有"图溢出文"的现象，[①] 但它们在本质上并不构成直接性的叙事。

网络小说的语—图叙述则与此不同。它发生在媒介革命与融合的语境下，多媒介间的激荡、交流与化合，使得网络小说的叙述受到游戏、动漫、影视等的渗透和影响，表现出追求直观式呈现、场景式展示与动态性画面的形象特性。它一改传统小说以静态、抽象叙述来致思、达意，而代之以视觉化的语言、客观化的物性与临场式的逼真。如果说传统小说的语—图叙述是以语言唤起语象为要义，以图像为叙述补充，通过对意象的强化来"增加阅读者的兴趣和理解"，[②] 那么网络小说的语—图叙述则以视觉化的语言直呈与画面搭建为核心，以图像参与叙事为手段，走向一种拟态性的形象真实，让接受者"在画中"沉浸融入。在一定意义上，网络小说的语—图叙述遵循的是语→图的逻辑，以语言、图像为叙述工具，以叙述的视觉化与视觉性诉求为旨归。

网络小说的语言叙述是它叙事视觉化的主要手段，但其又不像传统小说文本那样，特别看重语象带来的联想效应，而是着力用语言进行人物造型、空间造型、行动造型等，把经验世界的视觉形象转换为语言文字符号，进而直呈或还原为如在眼前的实际画面。它不关注叙述的历史性问题，而是试图通过语词技巧，在共时性的时间点上，对所叙内容进行放大与加工。它追求的是语言的镜头感、现场感和画面感，要求用直观化手法进行具体性地描摹，即时性地展示，以便跨媒

[①] 参见张玉勤：《论明清小说插图中的"语—图"互文现象》，《明清小说研究》2010年第1期。

[②] 鲁迅：《连环图画琐谈》，《鲁迅全集》第6卷，北京：人民文学出版社，2005年，第28页。

介叙事。

以爱潜水的乌贼的《诡秘之主》开篇部分书写为例：

> 视线先是模糊，继而蒙上了淡淡的绯红，目光所及，周明瑞看见面前是一张原木色泽的书桌，正中央放着一本摊开的笔记，纸张粗糙而泛黄，抬头用奇怪的字母文字书写着一句话语，墨迹深黑，醒目欲滴。
>
> 笔记本左侧靠桌子边缘，有一叠整整齐齐的书册，大概七八本的样子，它们右手边的墙上镶嵌着灰白色的管道和与管道连通的壁灯。
>
> 这盏灯很有西方古典风味，约成年人半个脑袋大小，内层是透明的玻璃，外面用黑色金属围出了栅格。
>
> 熄灭的壁灯的斜下方，一个黑色墨水瓶笼罩着淡红色的光华，表面的浮凸构成了模糊的天使图案。
>
> 墨水瓶之前，笔记本右侧，一根肚腹圆润的深色钢笔静静安放，笔尖闪烁着微光，笔帽搁于一把泛着黄铜色泽的左轮手枪旁边。①

小说此处为我们呈现的是周明瑞穿越异界醒来的"视点"，作者充分运用影视的镜头技法，跟随主角的"视线"，由近及远，平面性地推进，将注视点进行分段罗列，进而从面前书桌到桌上的笔记本、纸张，再到话语、墨迹，进而延伸至书册、壁灯，终至叙事的关键物手枪。作者的叙述看似烦琐，但将影视中的"人物注视点""摄影机机位""画面""画面背后的人物注视"等统摄在一起，从而对主角周边场景进行"全息性"展示与造型，在拟真性环境、形象刻画中，营造出了"视点镜头"，强化叙事的氛围与代入感。"'视点镜头'是指这样的镜头，它表现了主体的观看过程和观看到的景象，可以是一个静止镜头、一个具有连续时间流程的动镜头、一组剪接在一起具有视

---

① 爱潜水的乌贼：《诡秘之主》，2018年4月1日，https://read.qidian.com/chapter/3Q_bQt6cZEVDwQbBL_r1g2/eSIFKP1Chzg1，2020年8月7日。

线联系的镜头。"①

而在言归正传的《我师兄实在太稳健了》中,作者充分吸纳时下影视、动漫中流行的"萌"文化元素,对女主角之一的灵娥进行"萌"造型。在作者笔下,灵娥五官出众,身材窈窕,是"小小的师妹"。她性格温婉,善解人意,却又不失"狡黠"。她时常"跺脚""鼓嘴",动不动就"脸红""双手捂脸",来上一句"哼"。她知晓师兄情意却不敢表白,经常不自信又爱猜疑,独自面对师兄会"心如小鹿",师兄稍对之做亲密动作、关爱有加,她就会"冒烟",产生"粉色""光斑",等等。此处列举小说第六章的部分叙述:

> 映入眼中的,是一张精致的少女面容,明眸、柳眉、琼鼻、俏耳、粉薄的嘴唇,这些本就十分出众的五官,又完美搭配在她那张鹅黄脸蛋上,秀眉轻皱就惹人怜爱,眼波流转又是满满的灵气……
>
> "美女你谁?"
>
> "师兄!"
>
> 这少女伸手捏住李长寿鼻子,轻轻揉了揉,"你又睡迷糊了!"
>
> "啊,灵娥啊,一眨眼怎么都长得这么大了!"
>
> 李长寿打了个哈哈,身形贴着草地飘了出去,在三丈之外直挺挺地站了起来。
>
> "我都上山十年了!"
>
> 蓝灵娥跺跺脚,嘴角略微鼓了起来,说不出的可爱迷人。
>
> 不只是有张美人脸蛋,如今的她身段也已经完全长开,纤腿细腰十分匀称,身上的仙裙也将她那身材中段那迷人曲线完美衬了出来,肌肤欺霜傲雪,青丝柔顺醉人。
>
> 钟声从云间飘来,蓝灵娥催促道:"师兄快驾云!再不过去真的要迟到了!"
>
> 李长寿皱眉道:"你不是会御空了吗?"

---

① 林黎胜:《"视点镜头":电影叙事的立足点》,《电影艺术》1995年第2期。

蓝灵娥挺胸抬头，理直气壮地回了句："我又飞不快！"

"行吧，"李长寿似乎有些不太情愿，招来一朵白云，先行跳了上去。

蓝灵娥目光透着少许狡黠，那粉色的布靴在草地上轻轻一点，飘到了李长寿身旁，她刚要伸手去挽住师兄的胳膊，就被李长寿不着痕迹地躲了过去。①

作者在此运用白描、对话等手段，通过对灵娥语言、动作、神态的刻画，对之进行视觉造型。作者深谙"萌动作"与"萌心理"，抓住"捏鼻""跺脚""鼓嘴"等能唤起萌感的属性特征，从而使得该形象诉诸人的视觉刺激点，引发观看者的想象式喜爱，可以说"秀可爱""卖萌"迹象明显。而当这样的"萌"属性的描述、对话、动作被一再重复、深化，灵娥单纯、可爱、呆萌、害羞、惹人爱怜的视觉形象就走向完形。如果说《诡秘之主》开篇叙述是对影视镜头叙事方式的借用，那么《我师兄实在太稳健了》中灵娥的塑造则是对时下动漫、游戏等"萌文化"元素的直接挪用，它们虽然在叙述方式上有所区别，但都试图以语言叙述来对人、物进行视觉造型，实现叙述的图像指向与效果。

上述征引并不是个案，萧鼎的《诛仙》、Fresh果果的《花千骨》、天蚕土豆的《斗破苍穹》、阿耐的《大江东去》、南派三叔的《盗墓笔记》、林海听涛的《我们是冠军》、蝴蝶蓝的《全职高手》、孑与2的《唐砖》、真熊初墨的《手术直播间》、说梦者的《许仙志》、哀伤的鲍鱼的《娘西游》、真费事的《烂柯棋缘》等，它们或直接援引影视、游戏、动漫等长镜头成像、聚焦等手段，或以直白式语言对人物、宠物进行二次元文化"萌"造型，更或直接以语言文字对视听等效果进行描摹、画像，从而形构起网络小说语言叙述图像化的倾向与规模。

不过，相比语言叙述的"规模"，图像叙述在网络小说叙事的视觉化倾向上并不占主流，带有较强的"试验"性质，但也不能忽视。

---

① 参见：言归正传：《我师兄实在太稳健了》，起点读书 App，2020 年 10 月 27 日。

它主要在两个层面上展开：其一是引入直接的平面性图像，"以文绘图"对网络小说的主要角色进行形构；其二是图像直接参与叙述。

就前者而言，平台、作者或粉丝等会依据小说对主要人物的描写进行图像绘制，这些角色图像穿插在小说的章节中，构成了作品主要角色"图像谱"，并因引入弹幕评论等带有一定的动态图像特性。如《我师兄实在太稳健了》有22个角色图像，对男主、女主，核心性男配、女配等形象进行呈现，它们多为粉丝创作，分布在小说的本章说中。当读者阅读至某一章时，它们会即时地出现，并伴随着共读用户的弹幕，强化对小说所塑造角色的把握。[①]

就后者而言，角色图像、影视、动画等直接参与叙述，进行直接式的图像叙事。以网络对话小说为例，它以类似社交软件的聊天页面为背景，通过角色之间的图示性对话来叙事。读者阅读时首先需要选择阅读角色图像，进而点击屏幕，通过"读屏"的方式与具有不同头像的小说人物对话，而在对话的过程中，又穿插着旁白性的补叙、动画效果。读者的阅读过程既是图像式的读屏过程，更是一种凝视与聚焦的体验过程。比如，牧人的《随身牧场养群龙》，小说人物在对话过程中常常以一些表情包代替人物的情感表达，仅第一话就有8张表情包，像"求求你了"一图是在叶知秋希望参加帝国学院入学考试时，对职业觉醒处人员发送的图片，直接表现出叶知秋希望参加这次考试的期盼。[②] 又如《军号》，充分运用视频与背景图像行叙述。[③] 小说一开始通过旁白交代军号的"历史"，进而通过"战场"这一设定将视频发送出来，视频虽然只有几秒钟，却在黑白色的画面中，将军号与红军、红带子等关联，让人获得临场性的阅读体验。

基于这样的语—图叙述特性，当前网络小说形成了图像化倾向的叙述特色，描摹性、对话性、浅白性的语言增多，指意性、沉思性、蕴藉性的语言减少；动态性、造型性、视听性的书写比例提升，静态性、平面性、历时性的刻画大幅压缩等。换句话说，当前网络小说试

---

① 参见：言归正传：《我师兄实在太稳健了》，起点读书App，2020年8月7日。
② 牧人：《随身牧场养群龙》，快点App，2020年8月7日。
③ 悦读原创：《军号》，旁趣App，2020年8月7日。

图调用一系列的语—图叙述技巧,提供超越文字而涵盖视觉的叙述,建构拟态性的形象真实画面,追求直观式的图像叙事效果。而这则意味着,它改变了传统小说线性叙事对时间的过度依赖,在时间相对弱化之处,将情节的延展转化为空间画面的连缀,走向了对空间的绘图与位置之经营。

二、空间绘图与位置经营

小说的叙事依赖于时间和空间,无论是语言叙述,还是图像叙述,总要在一定的时空中进行,总要叙述一定的时空内容。这正如巴赫金对小说的时空考察:"在文学中的艺术时空体里,空间和时间标志融合在一个被认识了的具体的整体中。时间在这里浓缩、凝聚,变成艺术上可见的东西;空间则趋向紧张,被卷入时间、情节、历史的运动之中。时间的标志要展现在空间里,而空间则要通过时间来理解和衡量。"① 传统小说倚重抽象、静态性的语言叙述,是建立在语序时间线上的线性叙述,其在叙事的表现上常以时间来宰制空间,以时间来结构空间,这使得空间的定位、呈现、构成、意义、功能都比较简单,多是单向度的延展。网络小说的语—图叙述符合"时空体"叙事的基本法则,但媒介的革命与融合却促使它将传统线性的时空叙事更新发展为网状的空时叙事,强调叙述的碎片化、发散性、交互性与可参与性,更注重以空间来安排时间,以空间来带动和生产时间,最终走向的是空时的动态组合和无限延展。"它的情节发展、事件链接等对时间线性、因果关系的依赖减弱,其叙事主要依据和动力开始向空间跃迁。"② 如果说语—图是当前网络小说主要的叙述媒介,解决的是用何种方式叙述的问题,那么伴随着这种时空关系的新变,在如何叙述上,空间开始走向前台,代替时间成了塑造人物、结构事件、形塑情节的关键物。在某种程度上,当前网络小说叙事正是借助对空间形

---

① 巴赫金:《小说理论》,白春仁、晓河译,石家庄:河北教育出版社,1998年,第274—275页。
② 周冰:《网络小说的空间叙事论略》,《小说评论》2018年第6期。

态、空间位置、空间场景等的呈现，通过对位置、关系、场景的强调和安排，以空间绘图的方式将空间时间化，完成对事件的结构与策略，它在本质上是空间流动性生产中的位置经营。

按《现代汉语词典》的解释，空间是"物质存在的一种客观形式"，体现的是物质的"广延性和伸张性"，需要用"长度、宽度、高度"来衡量。①但因"长度、宽度、高度"有别，"广延性和伸张性"相殊，空间在形态呈现、角色功能、位置关系等方面就有了区别。碎微空间承载人、事、物有限，却可以进行组合、叠加走向大的空间，从而丰富空间的形态，对原有空间进行延展。而中型、巨型空间的广延性、伸张性较强，粗线条显示、相对模糊，却可以拆分、细化为碎微空间，进行具体性、细节性呈现。比如，将房屋、村落看作碎微空间，那么，城市、国家就可视为中型空间，而星球、宇宙等则可看作巨型空间。房屋、村落可能只是数量不多的人家的简单生活，城市、国家可能就是数以百万户人家的集聚、生存，星球、宇宙则可为诸种文明的旅行、交流场所。房屋中的人物、对话、动作、事项等构成房屋这一碎微空间的叙事，而将各房屋以一定的规则进行排列、组合，将各事项以一定空间关系进行联结，则房屋就有了结构叙事的功能，走向了房屋的空间叙事，"以空间秩序为主导，以空间逻辑统辖作品，以空间或空间性作为叙事的重心"②。以此类推，有城市空间、国家空间、星球空间、宇宙空间等不同大小、形态、位置、场景性的叙事，它们组合起来形成了整体性的从村落到宇宙的星空叙事图。从俯瞰的视野，这一叙事图上"繁星"点点，各"星"间有通道、路线，呈顺序、网状等流动性显示，而更换角度，点击各"星"，深入其中，则又别有洞天、熙熙攘攘。这正如谷歌、高德等3D导航地图，从出发位置到目的地之间的地点、空间的放大、缩小，以至动态化、图像性导航显示过程中的路线、位置、场景。

以这样的角度来考量网络小说，它的空间绘图主要在两个层面上展开：整体性地图营构和局部性位置标注。前者主要指宏观上的叙事

---

① 参见：中国社会科学院语言研究所词典编辑室编：《现代汉语词典》，北京：商务印书馆，2012年，第740页。
② 方英：《小说空间叙事论》，上海：上海交通大学出版社，2017年，第75页。

空间架构，比较侧重于整体性的叙事图景，是作者按照叙事的主要意图和指向，依主要人物的行动逻辑，通过主线的叙述对空间进行功能划分，进而在时间之流中对空间进行排列组合而形成的图示。它既可看作小说的空间序列图、流动图，更是主角的活动路线图与轨迹图。后者主要指微观上的叙事空间呈现，比较侧重于局部性的动态空间，是作者以临场性的叙述与描写，将整体性地图的叙事时间进行空间切割，以空间场景画面的凸显来代替该段时间的流动，从而在变淡、停滞、隐退的时间中以空间来结构事件、讲述故事。它是空间的场景图、视觉图，常蕴含着类似莱辛《拉奥孔》所说的绘画的"最富于孕育性的那一顷刻"。这两者相辅相成，缺一不可，一定程度上都是空间的时间化，以空间来表征时间。整体性地图营构为局部空间叙事提供必要的逻辑支撑，而局部性位置标注则通过对整体性地图的分有，在场景、画面所带来的时间停顿中，宣告空间对时间的反叛以及空间流动性生产的可能性，从而成为地图上被标注的位置与那颗"星"。

而在另一个层面，无论是整体性的空间绘图，还是局部性的空间位置标注，均依赖于空间与空间之间的距离、关系与定位，需要在位置的经营中来确定空间坐标轴与叙事节点。假如我们说空间绘图侧重于叙事的空间内容层面，那么空间的位置经营则侧重于空间的表达层面，其类似南齐画家谢赫"六法论"中的"经营位置"，是要在叙事的画布上通过一定的空间语法对空间进行组织、安排与表达，从而使空间秩序、空间逻辑、空间节奏更为合理，更符合叙事的需要。

与绘画中讲究宾主、虚实、聚散、藏露等结构相仿，网络小说的位置经营同样崇尚空间的宾主、层次、繁简、节奏等章法。它遵循"移步换景"的逻辑，围绕"看"和"走（参与）"的方式，要求空间有主次之分，次空间的叙述与呈现不能喧宾夺主，超过主空间的叙事；它要求空间必须层次分明，这样空间的大叙事与小叙事才能条理清楚，而不至于空间紊乱；它要求空间呈现需有一定的节奏感，空间场面刻画的高潮、低谷交替进行，从而实现叙事的波浪起伏效果，等等。将这样的章法落实在具体叙事画布上的操作，则可从不同的角度对位置安排进行把握。比如，从类型上讲，可以有现实空间、拟实空间、虚幻空间等；从方位上说，可以是从左至右、从右至作、从上到下、从下到上，甚至从中间到四周；从关系上看，可以是空间接续、空间镶套、空间并行、空间交叉等；从功能上讲，又可细分为主空间、核心空间、次空间、边缘空间等。然而，不论如何讲究章法、操作，依地理空间的"本义"对空间进行叙述造型，"强调空间的关系性和动态性以及流动性在空间生产中的重要作用"，"以身体—空间—流动性的三相关联为主要模式"，① 将空间的叙事效能最大化，则是其不变的规则。

以忘语的《凡人修仙传》为例，该作主要叙述凡人韩立修炼成仙的故事，小说整体以"人界""灵界""仙界"三界为叙事地图，依主角修炼成就高低、寻宝历险经历等对空间进行绘图，并对若干重要叙事节点进行位置标注。三界的地图为小说提供基本的叙事视觉框架，是主角韩立化凡为仙的活动路线图，而外星海、大晋帝国、天澜草原等局部空间则将整体性的三界地图具体化，以不同的人物、物产、风景、故事等"反哺"三界，对韩立修行的整体叙事进行脉络化标注与图像化绘制。在这里，小说将整体性的韩立三界修仙故事落实到相应的空间中，村镇城郭有故事，星空大海有故事，而作为"金手指"的逆天小瓶空间更有故事，等等。小说通过不同空间的接续、并置、嵌套等来结构叙事，以空间序列的经营将空间时间化，在蒙太奇式的"换地图"中生产流动性，故事、叙事与空间绘图同构，小说叙事的过程就是三界画布空间的绘制与位置经营。

在各空间的叙事操作上，小说经常采取从叙事画布的边缘向中心蔓延的策略，通过对整体性叙事时间、故事时间进行切片，以寻宝、奇遇、战斗、交游、"穿越"等动作性、对话性镜头和画面，在时间淡化、逆转、停滞的那一刻建构场面、空间的叙事功能。比如，空间中的"斗法"描写，作者经常使用"一瞬间""一刹那"等词语，"瞬间""刹那"所代表的时间极其短暂，但作者对瞬间、刹那的战斗描摹刻画却浓彩重抹，有时可达数章，其丰富、精彩程度令人叹为观止。在这里，时间是被淡化的，有了停滞的特性，而让位于空间中的

---

① 刘英：《流动性研究：文学空间研究的新方向》，《外国文学研究》2020年第2期。

战斗场面,空间以不在场的在场方式既宣告了自己对叙事的主宰,也宣告了其在整体叙事地图上的标注。流潋紫的《后宫·甄嬛传》、跳舞的《恶魔法则》、天下霸唱的《鬼吹灯》、烽火戏诸侯的《雪中悍刀行》等相关的宫斗、盗墓、比试等情节皆有着类似与共通性。它们虽然所叙之事有别,但是在整体的时序背后,却都通过空间绘图与位置的经营,促使传统线性叙事中时间与空间位置的转换,"将历史感的时间转换成了'在场'的空间,将有深度价值的时间转换成了浅表化展示的空间,把心灵记忆的时间转换成为即时游戏的空间,最终一切都被空间化了"①,从而凸显空间及其视觉化叙事能力。

假如说"图像叙事的本质是空间的时间化"②,那么网络小说的空间绘图与位置经营显然符合这一判断,或许它通过语—图叙述而达至的空间时间化与纯粹的图像叙事还有着区别,但在以空间来织构叙事的图像化、视觉性等方面却有着一致性。问题的复杂性在于,这样的空时性叙事固然使得网络小说在空间的形态、功能、意义以及空时关系呈现上与传统小说的空间叙事出现了分野,但其有何意义?又隐藏着什么样的玄机?

三、图像化的意义:在媒介间性与意识形态功用之间

网络小说应互联网媒介革命而生,是文学在新媒介语境下的互联网实现。它的书写方式、内容与这个时代人们的媒介生活经验紧密相关,在本质上是"新的尺度"引入而带来的"一种延伸"。这正如麦克卢汉所说:"所谓媒介即是讯息只不过是说:任何媒介(即人的任何延伸)对个人和社会的任何影响,都是由于新的尺度产生的;我们的任何一种延伸(或曰任何一种新的技术),都要在我们的事务中引

---

① 欧阳友权:《网络文学的后现代文化逻辑》,《三峡大学学报》2004年第3期。

② 龙迪勇:《图像叙事:空间的时间化》,《江西社会科学》2007年第9期。

进一种新的尺度。"① 在这个意义上，网络小说叙事的图像化倾向固然是叙述、表达上的特征与技巧，却又未尝不是对"新的尺度""延伸"的症候式回应。它借此来传达读图时代人们对生活的感受、体验、理解与想象，对接新媒介时代的图像化生活并在生活之中。

20世纪80年代以来，伴随着数字信息技术的突破，尤其是数码摄影、图像存储、人工智能、VR显示等的高速发展，新媒介与图像同构，视觉文化兴起，图像对社会的影响加剧，不仅"世界被把握为图像了"②，而且"人类的经验比过去任何时候都视觉化和具像化了"③。这种情况下，"语言主因型文化"被放逐，"图像主因型文化"成为人们生活的主导文化形态，人们对图像的依赖性大增。人触图而存，依图而生，图像连带其空间性似正向着人的本质演化。于是，各类图像及图像制品被大量复制、拼贴、传播，成了人们日常生活的"奇观"，影视、广告、动漫、卡通、游戏、网络Flash等无处不在，拍照手机、智能摄像头、可视化软件、视频录制、剪辑套装等"居家必备"，颜文字、表情包、自拍、视频、晒图等必不可少，特效、美容、拼图、滤镜、装扮、边框等成为日常图像操作。这些使我们进入一个空前的"读图时代"。无论我们是否承认，"我们自身在当今都已处于视觉成为社会现实主导形式的社会"④。"读图时代"的图像立体性环绕，使得人们"读"的时间性弱化，而场景性、空间位置性被增值与强化。这不仅构成了人们视觉化生存的前提，带来了生活的图像化和空间化，而且促使人们的阅读开始"从专注于文字理解转向热衷于图像直观"，导致传统文学的边缘化、衰落及其图像化的反省、调整，并引发了一场图文"战争"。⑤

---

① 马歇尔·麦克卢汉：《理解媒介：论人的延伸》，何道宽译，北京：商务印书馆，2000年，第33页。

② 海德格尔：《世界图像的时代》，孙周兴选编：《海德格尔选集》，上海：上海三联书店，1996年，第899页。

③ 尼古拉·米尔佐夫：《什么是视觉文化？》，陶东风、金元浦、高丙中主编：《文化研究》第3辑，天津：天津社会科学院出版社，2002年，第3页。

④ 阿莱斯·艾尔雅维茨：《图像时代》，胡菊兰、张云鹏译，长春：吉林人民出版社，2003年，第5页。

⑤ 周宪：《"读图时代"的图文"战争"》，《文学评论》2005年第6期。

网络小说诞生于这样的背景之下,它的作者群早期"'80后'是主力军,'85后'是后备军,'90后'则跃跃欲试"①,而现在"90"后开始崛起,并已成为"主流"②。他们大部分"都希望自己的作品能获得改编,仅有7.4%的作者没有改编打算",电视剧、动画、漫画、电影、游戏的改编意愿度分别为69.7%、55.1%、54.3%、54%、44.8%。③而它的读者、用户群体与作者群体相似,"80后""90后"为主。并逐渐延伸至"00后"。比如,2019年,"4.55亿网文用户中,'90'之后的用户已超总量的70%,分别是:'90后'15.56%、'95后'18.49%和'00后'36.03%"④。这一年龄段的作者、读者出生成长于图像的时代,是读图的一代,是空间感弥漫的一代。他们常狂欢于ACG文化,习惯读图、善于读图,从图像文化中汲取各类创意、灵感,倾向于图像化的接受,形成了图像化的思维与逻辑。在这种情况下,网络小说的创作与接受深受视觉文化的浸润,并蔓延至整个生态环链,题材、内容、表达、传播都打着图像时代的烙印,而其叙事的图像化倾向正是视觉文化的跨媒介操作及对它的规制。比如,网络游戏文、同人文等文类、题材,就是各类型游戏、影视等向文学弥漫的结果。又如,时下流下的网络小说系统流、NPC、"打怪"、"升级"、"换地图"等写法则典型地体现了游戏图像系统、设定等的深刻影响。因此,网络小说的跨媒介性正变得越来越强,其间性特征愈发明显,体现了现代人驳杂的媒介体验与生活想象。这正如米勒对新形态文学的论断:"新形态的文学越来越成为混和体。这个混和体是由一系列的媒介发挥作用的,我说的这些媒介除了语言之外,还包括电视、电影、网络、电脑游戏……"⑤

---

① 马季:《新生的网络文学如何"浴火重生"》,浙江省作家协会、浙江省网络作家协会编:《华语网络文学研究》,杭州:浙江文艺出版社,2015年,第8页。
② 参见:林庭锋:《崛起中的90后网络文学作家群》,《网络文学评论》2019年第6期。
③ 参见:艾瑞咨询:《2018年中国网络文学作者报告》,2018年5月9日,http://report.iresearch.cn/report/201805/3208.shtml,2020年7月2日。
④ 《2019年度网络文学发展报告》,2020年2月20日,http://www.chinawriter.com.cn/n1/2020/0220/c404027-31595926.html,2020年8月1日。
⑤ 周玉宁:《"我对文学的未来是有安全感的"——希利斯·米勒访谈录》,刘蓓译,《文艺报》2004年6月24日。

而在另一个层面，这种浸润却又未尝不是一种"侵略"，图像以它的霸权继续对文学"攻城掠地"。从这样的角度来说，网络小说自诞生之日起就是图像的"殖民地"，存在着严重的生存危机与焦虑，时刻处于两难之地。一方面，它承视觉文化的"恩泽"，在传统文学边缘化的地方，赢得了粉丝，获得了荣光；另一方面，它又必须面对图像的强势挑战，捍卫自己的文学尊严，找到合适的途径壮大自己，避免被过度同化而趋于消亡。在这个意义上，网络小说一直在寻找发展的"中道"。它逐渐摒弃了传统小说对抽象、联想、深度、时间等的过分看重，吸纳各类视觉文化的直观、空间表述手法，充分调动语—图叙述的视觉化动能，将空间与叙事进行同构性处理，通过空间绘图与位置经营，以空间、位置来结构叙事，对空间进行叙事造型，在空间时间化的过程中，实现图像临场直观式的叙事效果，发展出了图像化的叙事倾向。

由此，网络小说的叙事是场景式的书写与视觉化呈现，是建立在语—图之上的动态画面展示，是不同类型图像、画面、镜头的组合、排列和切换。这样的叙事倾向既反映了视觉文化对网络小说的写作规训，是文学面对读图时代的顺势而为，同时也是面对视频、游戏等强势文化的不得不为。这一"中道"的好处在于，网络小说不仅有效地保证读图时代读者的审美习惯，符合他们的期待视野，有助于巩固自己的文学阵地，而且有助于它的影视、游戏等IP孵化与衍生，从而继续捍卫甚至扩展自己的势力范围。因此，在某种程度上说，网络小说在当前的读图时代中获利，"使它在文学准备并不充分的情况下赢得了属于自己的文学风光；同时，它也在生活图像化中被重新发现，在生活图像化中赢得了一份角色，它因此成为生活图像化的一份资源"[①]。

而当网络小说成了"生活图像化"的一部分，越来越多地以叙事的图像化参与生活图像的建构时，图像诉诸"知觉"的表现力[②]，它

[①] 王纯菲：《新世纪文学的图像化写作与文学的越界》，《文学评论》2008年第1期。

[②] 参见：列奥纳多·达·芬奇：《芬奇论绘画》，戴勉编译、朱龙华校，北京：人民美术出版社，1986年，第17页。

的"唤起"特性①就被激活，开始发挥作用。传统文学阅读的沉默、静思、体悟被视觉性的观看、凝视替代，读这一概念因为获得了更多的视觉化意义而被重新定义。恰如阅读史家费希尔指出的，"电子阅读本身，将以其丰富多彩的活动最终定义'读'这一概念"②。因此，面对网络小说的图像化文本，与其说我们是在阅读，不如说是在观看，而与其说我们是在观看，又不如说我们在体验。这样，在当下的网络小说中就出现了迎合观看的各种视觉呈现。比如，人物造型上的"男帅女靓"，器物描写上的雍容典致、细密周到，动作刻画上的立体性、活态化展示，以及空间画面上的铺陈浪费、光色声形俱全等。这种呈现极尽敷陈之能事，力求代入，唤起视觉的"味蕾"。显然，这是"形象大于思维"的叙事方式，却体现了网络小说叙事视觉化倾向的指向，即外观成为小说的视觉追求目标，视觉成为一个欲望的象征，图像的世界正在变成一个爽感性的虚拟世界，而YY与爽则是它最核心的追求。

网络小说这样的爽感叙事极易遭人非议，但换一个角度来看，却传达出了叙事图像化的另一层意义。它通过语—图叙述折射"现代人的虚拟生存体验，展示了人机关系、人类在网络时代的命运与精神症候"，③并以视觉化的方式诱导与释放图像时代人们的身体、欲望和消费，将人们现实的各类臆想具体化，传达他们在网络时代的视觉生存体验与文学想象，进而让人在各自的观看体验中行走，延长与拓展人们的视觉化感知与虚拟新现实体验，产生一定的审美抚慰与自我认同的社会效果。

现实生活中，人的视觉化感知信息虽然是无限的，但因时空的限制，它又是有限的。然而，借助于网络小说的语—图叙述与空间经营，人却可以突破现实，获得虚拟性的主体身份，以超现实的方式莅

---

① E.H.贡布里希：《视觉图像在信息交流中的地位》，范景中选编：《贡布里希论设计》，长沙：湖南科学技术出版社，2001年，第107页。

② 史蒂文·罗杰·费希尔：《阅读的历史》，李瑞林等译，北京：商务印书馆，2009年，第299页。

③ 黎杨全：《虚拟体验与文学想象——中国网络文学新论》，《中国社会科学》2018年第1期。

临各类型的虚拟世界，投射与释放自我的欲望、情感，转移自我的焦虑、压抑。比如，《鬼吹灯》《盗墓笔记》的地下世界、盗墓场景与魑魅魍魉形象刻画，《后宫·甄嬛传》《步步惊心》的后宫空间、宫斗画面与甄嬛、若曦"职场"女性形象塑造，《凡人修仙传》《仙逆》的修仙世界、斗法场景与凡人韩立、王林的修仙奋斗等，这些小说"极幻"即"极真"，虚拟与现实杂糅、切换，从幻想中来，到现实中去，既突出反映新媒介时代人们的虚拟生存体验，又以想象性呈现烛照读图的可能性效果。受众通过阅读，通常会以角色扮演的方式，在观看中切入不同的位置，体验在现实中无法碰触的各类人、事、物，从而突破自我限制，对现实欲望进行充分投射，达成身心的快适，"身临其境地参与到故事中去，获得更强的心理感受"①。这使得在现实空间之外，众多视觉虚拟新现实被开掘出来，既满足着新媒介语境与读图时代人们兴奋、刺激点快速游移的巨量需要，同时又创造着图像化符号与审美，延长着人们的生命体验与视像感知，实现着复杂的意识形态功用。"网络文学不是通过粉饰现实，而是通过生产幻象来建构现实，通过锁定欲望并引导人们如何去欲望，来替代已经失效的精英文学实现其意识形态功能。"②

结　　语

米尔佐夫在谈到视觉文化的特征时指出，"新的视觉文化的最显著特点之一是把本身非视觉性的东西视像化"，"视觉文化不依赖图像，而是依赖对存在的图像化或视觉化这一现代趋势"。③ 作为新媒介与图像时代的产物，网络小说叙事体现了米尔佐夫所说的视觉文化的"视像

---

①　杨晨：《如何加强代入感》，2017年6月30日，https://zhuanlan.zhihu.com/p/27628958，2020年8月1日。

②　邵燕君：《在"异托邦"里建构"个人另类选择"幻象空间——网络文学的意识形态功能之一种》，《文艺研究》2012年第4期。

③　尼古拉·米尔佐夫：《什么是视觉文化？》，陶东风、金元浦、高丙中主编：《文化研究》第3辑，第5页。

化"趋向。但与米尔佐夫论述略有不同的是,网络小说并不是简单地将"非视觉性的东西视像化",或"不依赖图像",而是在原有语—图叙述视像化基础上,进一步发掘相关的视像叙述技巧,由语象、图像而至形象、造型,由时间线而至空间、位置等的倚重、安排,从而将叙事进行视觉表征处理。因此,相比传统小说的线性叙事,网络小说的叙事主要依赖语—图叙述对世界的图像化映射以及空间、位置的视觉化造型,依赖视觉文化对文本的"视像化"改造,并以视像化制品的方式参与图像化生活的进一步建构。在一定意义上,网络小说叙事的图像化倾向既顺应了读图时代的视像化浪潮,又不期而然地为图像化时代的文学争取了生存的空间,避免了如传统文学一样被边缘化的命运,而且以跨媒介的表现为新时代的文艺提供了未来的可能性发展方向。

然而,问题的复杂性在于,网络小说的图像化倾向固然契合了读图时代时空感知变化、意识形态需要等,为图像时代的文学打开了"一扇窗",但因图像化沉浸而导致的对理性思辨、价值意义追问的放弃却值得警惕。"图像叙事停留于表面印象和表现为即时消费的特点,使人们满足于对事件的直观把握和瞬时移情,因此往往不容易将人们引入对事件本身的沉思、分析乃至怀疑,反而会使人们忽视隐藏在事件背后的深刻本质。"① 比如,当前那些动辄数百万字的网络小说,视觉化空间、场景成百上千,但无节制的自我图像复制,看似华丽却无法代替价值空心化的事实,"不谈价值,何以文艺"②?因此,面对图像时代网络小说叙事对传统线性叙事的一定背离,我们不需要担忧其越来越强的图像化倾向,而是应该考量与反思如何把握好图像化叙事的度,更好地发挥其叙事图像的价值承载与对人类终极意义的追问功能。

(原载于《中国文学批评》2021年第2期)

---

① 彭亚非:《图像社会与文学的未来》,《文学评论》2003年第5期。
② 杪楞:《不谈价值,何以文艺——网络文艺中的价值消解与应对策略》,《长江文艺评论》2017年第8期。

网络小说折叠叙事的文化传承与海外传播

◎汤哲声 黄 杨

中国网络小说已经迈入第三个十年,研究方向也逐渐从现象研究转向机制研究与媒介研究。叙事研究横跨机制、媒介、现象三大领域,是当前研究转向的重点所在。学术界对网络小说的叙事机制已有不少研究成果,主要分为三大维度:心理学维度、跨媒介维度与叙事学维度。

心理学维度的研究侧重于读者受到小说叙事影响的心理分析,论证网络小说的叙事方式为其心理效应服务,而其心理效应则为市场需求服务。跨媒介维度的研究侧重于网络小说叙事机制对 IP 改编的影响,以及 IP 改编对前者叙事的再创作与延续。叙事学维度的研究侧重于叙事语言分析与情节主干总结,以及叙事语句对"爽点"的影响等。其中,心理学维度研究的是叙事机制的诞生,跨媒介维度研究的是叙事机制的运营,叙事学维度研究的是叙事机制的内部原理。这三个角度对于网络小说叙事研究都很重要,但以学科体系来看还缺失了更重要的一个环节:文化学维度。文化学维度应该包括文化传承与文化传播两个方面,换句话说就是要研究网络小说独有的叙事机制所体现的文化传承,以及这种机制对文化传播的影响,这两者又通过互联网这一载体展现出独特的网络文化特征。

早在 20 世纪,互联网尚未普及的年代,原创媒介理论家马歇尔·麦克卢汉就做出了预言:"媒介对人的协作与活动的尺度和形态发挥着塑造和控制的作用。"[①] 中国的网络文学正好诞生在世纪之交,

---

① 马歇尔·麦克卢汉:《理解媒介:论人的延伸》,何道宽译,南京:译林出版社,2014 年,第 40 页。

随着中国互联网从无到有,再到全民普及,网络文学也随之发生了巨大变化。因此,今天的网络文学研究不应将早期网络文学与当前网络文学混为一谈,而应及时跟进时代变化,将关注点放在从 2009 年至 2021 年这段网络文学相对成熟时期的作品。之所以将这段时间称之为网络文学的成熟期,是因为从 2009 年左右开始,网络文学经历了产业化、净网行动、多媒体娱乐崛起等几次较大的冲击后,已经摆脱了过去的负面影响,开始以健康有序的方式向着高质量商品文学的方向发展,在文化价值、文化传承、海外传播、产业规模、创作方式、作者群体、文类比例、叙事结构、题材主旨等方面都与 2009 年之前的网络文学有着较大区别。成熟期网络文学发展为一种以商业化连载网络小说为主要内容,关联整个华语文娱产业链,以大众化、商品化、产业链化的方式进行社会化生产的综合产物。在这样的背景下,我们有必要针对新型网络文学进行理论更新,尤其是它的叙事理论与传播理论。

本文是针对叙事架构的研究。目前学界对网络小说叙事研究的重点还是集中在它如何提供所谓"爽点"上,但"爽点"并非网络小说的全部特性,成熟期之后,网络小说的另一个叙事特性愈趋明显,那便是"效率"。普通人对网络小说的印象往往停留在"字数多""水分大"上,在研究者眼中却刚好相反,近年来的网络小说最明显的变化就是语言变得精炼,句式变得短小,情节紧凑,它的叙事架构被一再压缩、折叠,最终成为一种具有商业上高效率的文本。网络小说的这种效率革命带来了一个崭新的叙事架构——"折叠叙事"。折叠叙事是一种先进的架构,它将传统通俗小说需要一整本书才能讲完的情节,压缩到十几万字甚至短短几万字之内,再将这个过程重复多次,让一部长篇网络小说拥有传统通俗小说十几倍的剧情量。经过了这样的缩减机制,就像是十几部长篇小说被精简过后"折叠"到一本书的体积之内。使用了折叠叙事的网络小说在文化上极为纯粹,主题上高度专一,情节发展非常迅速,是一种高度成熟的商业叙事架构。这样的叙事方式能够达到强化商业竞争力、提升文化价值、适应网络载体的效果。折叠叙事还是中国古代章回小说的网状叙事结构与当代网络小说连载模式结合的结果,是前者的变革形式。折叠叙事既能够满足中华文化滋养出来的读者的阅读心理,又能在当今的多媒体娱乐市场中占据一席之地。此外,折叠叙事还通过折叠达到了作品的功能性模块"循环复用"的效果,可以高效率进行文化传播,从而为中国文化的海外传播开拓了道路。

一、古典叙事的继承与改革者:网络小说折叠叙事的演变史

爱德华·摩根·佛斯特的《小说面面观》里将小说的叙事架构归纳为图式,他说:"图式是小说的美学面……图式面与情节紧密相结,它生自情节——美感有时就是一篇小说的形式,一本书的整体观,一种连贯统一性。"① 此外,康洛甫(Komyoff)也介绍了六种小说图式。两人共用六种不重复的图式,概括了西方小说的各种叙事架构。这些架构同样可以套用在中国小说中,但中国长篇章回小说却另有一种特殊的网状图式。网络小说的折叠叙事正是这种网状图式的革新模式,它上承千年的文学遗产,下启文学商业化的浪潮,成为当前最具竞争力的叙事架构。

(一)明清章回小说与现当代武侠:从东方叙事到西方叙事

明清章回小说有不少取材自民间传说或是更早时候的传奇小说与历史文献,并将其进行了通俗化扩写,这种汇拢短篇改编为长篇的转变方式造就了一种特殊的叙事结构——网状叙事。所谓网状叙事,就是"在天命的架构底下,形成了一种开头放线,然后逐步收网的结构图式"②。此种结构往往开头看似散乱,诸多人物线索接连不断地出现,然而随着情节发展,所有线头一一收拢,最后所有角色在一场高潮中汇聚一堂,最终归于覆灭或空白。在西方小说中少有这种网状结构,因为这种情节结构的出现与注重整体视角的中国哲学有关。

现代时期的通俗小说大体保留了自明清章回小说以来传承下来的长篇小说叙事结构,也有一些世情小说、狭邪小说受西方文化影响较

---

① 爱德华·摩根·佛斯特:《小说面面观》,李文彬译,台北:志文出版社,1976年,第141页。
② 龚鹏程:《中国小说史论》,北京:北京大学出版社,2008年,第27页。

深,结构偏向于西方小说。只有现代武侠以及剑侠小说几乎全部采用了明清章回小说的网状结构,可谓现代通俗小说中的结构守旧者。例如,还珠楼主的《蜀山剑侠传》、平江不肖生的《江湖奇侠传》、汪景星的《关外屠龙记》都是网状叙事的代表。现代武侠、剑侠小说之所以沿用明清章回小说的网状叙事架构,是由武侠这一文类的传统文化内核所决定的,也因为当时的小说出版方式主要以报纸连载为主,必须确保单期内容完整可读,不能一个故事延续太长。媒介即信息,小说的载体决定了叙事架构,当代武侠小说的载体逐渐从报纸过渡到单行本出版,小说的叙事架构就必然发生改变。

虽然题材未变,但港台新武侠不约而同地使用了现代小说的叙事结构,而将网状叙事架构抛弃殆尽。这一文类的叙事方式变化之大,改革之彻底,是其他文类远不及的。西方叙事架构立足于人物的发展轨迹,力求用简单明了的人物路线形成富有感染力的情节架构,促使读者去关注人物命运,"代入"主人公的经历。当代武侠改用西方叙事架构确实符合当代人自我意识的觉醒,以及对于自我发展、自我实现的关注,并且这种叙事结构也非常适合进行影视化改编,当代武侠因此获得了巨大的商业成功。

但是,抛弃网状叙事架构,转向西方叙事架构也为当代武侠小说带来了弊病。当代武侠转而描写一些西方化的小说主题,如不可避免的悲剧命运,人生的无常,自我的追求,浪漫的爱情,等等。这些主题是依附于西方化的叙事图式的,也是符合当代武侠所塑造的偏世俗的作品风格的。当代武侠小说因此与古代小说中的诸多传统文化主题割裂(如占象主题、巫术主题、考验主题、济世主题、仙境主题、谪降主题、报应主题等等),它是网络文学出现之前当代最流行的通俗小说文类,却难以继承千年来的文学遗产。当代武侠小说实际上是将现代武侠小说中的故事情节拉长了,把原本白描式的数百侠客人物故事线转变为充满了世俗情感的个人成长故事线,从而把网状图式转变为简单图式,在一定程度上失去了中国古代长篇小说的独特时空结构。这一状况,在网络文学再次因为载体而改变叙事架构后才得到改善。

(二)从早期网络小说到成熟期网络小说:由杂冗文化到折叠叙事

我们不应将网络文学独立起来,而应将其视作"中国文学进入网络时代"的结果,当网络小说刚刚"触网"时,它几乎只是传统文学的电子化。网络文学的转折点出现于2009年前后,此时中国互联网已经进入高速发展期,由于网络的高度开放性、快速流通性,使得获取资料与信息传播变得极为容易,网络时代的作家逐渐具有了开放性的视野、服务大众的态度和较高的文化自觉性。2009年前后网络小说的叙事架构也发生了革命性的变化。

从1998年到2009年,早期网络小说的叙事架构大体模仿传统通俗小说。还是以武侠小说为例,早期玄幻、港台武侠小说的主题与叙事架构几乎一模一样,主题包括爱情、宿命、正邪、家庭、恩怨等等,叙事架构则为明显的西方图式。早期玄幻小说尚无法作为新文类而存在,因为它没有自成体系的文化主题与叙事架构。如2001年的《诛仙》,主题被局限在爱情、悲剧命运、死亡、复仇、欺凌与反抗、正义与邪恶这些世俗主题中;叙事架构是典型的类似"横8字"图式,与其说是仙侠小说,不如说是传统武侠的翻版,毫无创新。

在网络小说发展早期,新文类尚在萌芽阶段,网络小说作者们向传统通俗小说学习,并且将大量异质文化塞入作品中,而不顾彼此是否和谐融合,这就造成了早期网络小说大部分风格粗糙、文化价值低下,叙事结构简陋、剧情节奏过慢。这一现象在2004年左右有所转向,在2009年之后发生革命性的改变,网络小说从此进入成熟期,而这一变化又与中国的代际价值观变化与互联网传播模式的改变有关。

进入21世纪后,中国读者更加重视自我意识,渴望个性发展,这正是罗纳德·英格哈尔特所言的"后物质主义时代价值观"。按照他在《发达工业社会的文化转型》里的说法,"经过一段时间的经济和人身安全的大幅度提高之后,我们就预期发现新老群体之间会出现优先价值观的明显差异"[①]。这种差异导致战后在发达工业社会中成长起来的一代人从物质主义的追求"逐渐转向更加追求归属感、自尊、

---

① 罗纳德·英格尔哈特:《发达工业社会的文化转型》,张秀琴译,严挺校,北京:社会科学文献出版社,2013年,第70页。

知识和审美满足"①。与这种个性化追求相对应,互联网也出现了从大众传播到分众传播的变化。分众传播是传播对象从不特定的大众群体转向特定的同一属性群体,通过为用户提供个性化服务而细分市场,在满足每个人的个性需求的同时,也让市场宣传高效化。这一传播模式通过传统媒介如报纸杂志电视广播很难实现,但通过互联网的搜索引擎与电子标签(tag)却极易完成。网络小说的读者可以轻易通过一些预先标注好的关键词,如"洪荒流""签到文",找到他们喜爱的题材与风格,小众爱好也能创造充分的商业价值。

一方面,互联网技术已经成熟,网站运营方与搜索引擎可以按照大数据统计把符合个性需求的单一文化领域的作品推送给终端用户;另一方面,市场又呼唤着个性化的作品。技术与市场条件都满足之后,网络小说走向类型细分。作者必须针对特定读者群创作出满足他们个性需要的作品,这就要求作者必须针对单一文化领域进行定向突破,在个性化的同时做到精品化与商业化。折叠叙事正是应这些要求而产生,它可以解决许多传统通俗小说无法解决的难题。

从文学来源看,折叠叙事是网状叙事的变形结构。它吸收了这一中国传统长篇叙事架构的优点,包括快节奏、短故事、鲜明人物、单元剧、故事线交织并用大高潮收网等,但又舍弃了网状叙事的缺陷,如多主角、散叙事、主题游移等。从媒介特征看,折叠叙事是典型的互联网商业产物。它符合当前碎片化、快节奏的娱乐方式,其竞争对手不是传统书籍,而是微博、短视频、公众号等新媒体,因而具有在短时间内提供高效娱乐方式的长处。从文化价值看,折叠叙事是一种定位于文化创新、文化定制的新型商品,它可以通过提炼通俗小说的类型特征,将其凝聚在一定量的文字中,并且通过不断重复而逐步提高其文化价值,成为一种为特定读者群"量身定做"的精品。

尽管折叠叙事有着诸多优点,但需要注意的是,网络小说并不是从 2009 年之后就骤然全面采用折叠叙事的,而是通过一些优秀作品使用折叠叙事,慢慢积累起跟风效应,最终导致网文界变革。折叠叙

---

① 罗纳德·英格尔哈特:《发达工业社会的文化转型》,张秀琴译,严挺校,北京:社会科学文献出版社,2013 年,第 69 页。

事是一种叙事架构,它并不直接影响作品品质,而是一种可以让优秀作者提升作品价值的便利工具。这种工具的原理与使用方法,就是学术界该分析与指导的。

二、功能性模块:网络小说折叠叙事原理

为什么网络小说能够把过去的通俗小说要用几十乃至上百万字才能讲完的剧情,缩减至十万字以内?为何过去的通俗小说无法进行折叠叙事?网络小说又是如何在近年来走向精品化路线的?

要想弄清楚这些问题,首先要分析折叠叙事的基本组成单元:功能性模块。功能性模块是网络小说的最小架构单元,长达数百万字、几千万字的长篇网络小说正是通过折叠叙事架构,用功能性模块进行循环复用而搭建起来的。

(一)功能性模块:网络小说折叠叙事的最小单元

折叠叙事架构的本质,就是对一系列功能性模块的重复使用。功能性模块是网络小说的最小构成单元,它并非传统通俗小说的"套路情节",而是在不同文类之中执行相同功能,针对特定读者群而设置的具有叙事传输功能的模块。"叙事传输(narrative transportation)作为故事或小说对个体产生作用的重要机制之一,是一个'整合了注意、情感和意象的独特心理过程'"[①],它通过针对读者的心理机制来形成强烈的阅读吸引力,因而会因各异的读者群而分化出不同的功能性模块。过去通俗小说的"套路情节",面向的对象是不特定的面目模糊的读者群体,剧情相似,但不一定能起到同样的叙事传输功能。而网络小说的功能性模块,剧情不一定相似,甚至有可能根本没有剧情,但必须执行指向性明确的叙事传输功能。这些功能性模块为优秀的网络小说作家所熟知,他们将其像积木一样拼接组合,搭建出折叠叙事的大框架。

---

① 张冬静、周宗奎、雷玉菊等:《神经质人格与大学生网络小说成瘾关系:叙事传输和沉浸感的中介作用》,《心理科学》2017年第5期,第1154—1160页。

功能性模块,首先是一种高度分化的叙事结构。传统通俗小说的情节构成浑然一体,功能上没有区分性,只能以故事性吸引读者,其质量较差者就会沦落为大量使用套路情节拼凑剧情。而网络小说将文本所对应的功能做了细致区分,力求让每一段剧情都执行不同的功能,并提升其商业效益。通过从传统的一体化情节中分化出功能性模块,网络小说省略了不执行功能的铺垫型叙事内容,叙事变得极其高效。

这种功能性模块甚至可能只有功能而无具体情节。如《斗破苍穹》中开头就写主人公萧炎是穿越者,却没有任何与穿越有关的剧情,只是作为背景交代,后续也没有任何情节涉及主人公的穿越者身份,但这个背景设定确实很好地增强了读者的代入感。开局穿越异界这个功能性模块通过叙事传输机制影响了读者心理,但它却不作为任何情节而存在。通过这种极度精简的处理手法,能有效提升网络小说的文字效率。

功能性模块,其次是一种文化单一的叙事单元。之所以称其为网络小说的最小构成单元,一方面是因为网络小说不注重具体语句的使用,另一方面是因为网络小说注重其文化内核的纯粹性。通过将整本书拆解为一些细小、单一的单元,网络小说就能在这些单元中专心于某一文化领域的重点突破,而不必担心分散精力。这样一来,网络小说就会变得有针对性,不是媚俗的,而是个性的。

例如,在传统通俗小说中常常会添加一些与主题无关的媚俗情节,如武侠小说中常见的多女恋一男,大量获得财富与地位、声望等。成熟期网络小说则依靠简洁的功能性模块组合,集中精力于核心要素,很少涉及其余。如在《吞噬星空》中,最基础的功能性模块只有两个:进化与守护家园,书中没有多人恋爱,没有权势财富,主人公在成为强者后并没有追求世俗享受。全书被作者按照80层的力量阶层区分为十几卷的细致结构,大部分情节都围绕着主人公为了守护同胞与地球而努力修炼进化这两个主题,立意高,因而具有更高的文学与文化价值。

功能性模块,还是一种容易归纳总结,便于学习模仿的叙事单元。传统小说的"套路情节"只是单纯的模仿,过度使用会损害小说的文学价值。折叠叙事却能在防止过度模仿的同时,赋予后来者快速学习借鉴优秀作品的机会。例如《我师兄实在太稳健了》一书在"起点中文网"走红后，其他作者迅速分析出它的核心模块为"稳健"，也就是主人公低调行事，深藏不露，恰与过去的比较激进的玄幻小说主角形成鲜明对比，在给予读者以新鲜感的同时，这种深藏不露的稳健作风也符合了当前稳定的社会局面，因而给读者带来安全感。因此，跟风这部作品的人并没有直接照抄其剧情，而是通过借鉴其核心模块，更换背景与题材，创作出其他以"稳健"为核心的小说。如《诸天苟仙》《变成血族是什么体验》《咫尺之间人尽敌国》，不但均取得优秀成绩，而且将这一模块扩展到更大的文化领域。

（二）循环复用：折叠叙事的架构方式

所谓折叠叙事，就是功能性模块搭建出一种可以螺旋式上升的循环结构，通过不断循环复用这一小型结构来完成长篇架构。这种架构方式与明清章回小说的网状叙事非常相似。它们都是为了将短篇小说与长篇小说的优势融为一体而形成。从每个短故事线来看，折叠叙事与网状叙事是一致的，都是尽量在较少的文字内通过快节奏的语言讲述一个完整的故事。从全篇的架构来看，两者又有不同。网状叙事是多个散线最终收拢成网，在收拢之前全书会显得人物繁多、线索杂冗，给读者的阅读造成困难。而折叠叙事却线性连缀诸多单元，且保持所有单元的模块循环高度一致，让读者始终能够享受到稳定的阅读体验。此外，折叠叙事在延长篇幅的同时确保了小说的文学质量稳定、文化内容不变，而商业价值则通过反复循环而容易提升。

以知名玄幻小说《永生》为例，主人公方寒出身低贱，身为最下等的仆役，受尽欺辱，但他通过从敌人那里夺取修炼资源而不断成长，一次次地将欺辱自己的人踩在脚下，令敌人惊惧，并迈入下一个境界。将这个过程总结一下，可以用一串模块来表示，"受难—掠夺—成长—超越"，这组模块组成了此书的某一个单层结构的叙事链条。在许多传统通俗小说中也有类似的叙事结构，只不过在传统小说中，如果出现了这样一组叙事链条，当主人公到达"超越"阶段，他就已经成了超越凡俗的人物，小说就会走向终结。但《永生》与传统通俗小说的不同点在于，它在这个单层结构的尾部加上了一个新的功能性模块"迁移"，如此一来，就形成了新的叙事链条："受难—掠夺—成长—超越—迁移—受难……"单线叙事链条就被拓展成为循环叙事链条,当主人公走到了"超越"的位置时,已经罕逢敌手,没有阻碍,故事似乎要面临终结,但作者却让他进行了迁移,离开原本的故事舞台,而在新的地点会面临更强大的敌人,因而会再次"受难",主人公被迫重复进行之前的操作。这就意味着,只要作者在创建小说的时候事先用功能性模块拼好一个可以反复循环的单元架构,他就能将这个单元反复使用无数次,没有叙事延伸的负担。

又因为功能性模块不拘于情节,只执行功能,尤其是针对特定读者心理的功能,因此网络小说又巧妙地回避了传统通俗小说比较容易出现的"套路情节"问题。如网络小说中常见的"盲盒抽奖"模块,可以用于游戏小说、系统流小说、同人小说、诸天流小说等文类。在游戏小说中它一般被安排为主人公击败 BOSS 获得未知宝物的情节,在系统流小说中一般被安排为主人公完成任务系统给予意外奖励的情节,在同人小说中一般被安排为主人公为原作中的知名角色提供抽奖服务的情节。这些情节差别极大,横跨数个大文类,但其功能却是一致的:为读者提供不确定奖励的惊喜感。这一模块服务的对象是追求新奇与冒险、年龄偏小、热爱游戏的青少年读者。作者可以通过不同类型的情节反复运用"盲盒抽奖"模块,来达到不断满足读者需求,又不重复自身情节的效果。

三、折叠叙事的网络小说:文化开拓与输出的强大载体

据《第 47 次中国互联网络发展状况统计报告》:"截至 2020 年 12 月,我国网络游戏用户规模达 5.18 亿……网络文学用户规模达 4.60 亿。"① 时至今日,互联网娱乐产业发展已经非常成熟,可供网民们选择的娱乐方式多种多样,可喜的是,网络文学用户的规模与其他网络娱乐用户非常接近,这说明网络小说面对其他丰富的多媒体娱乐依然

---

① 中国互联网络信息中心:《第 47 次中国互联网络发展状况统计报告》,http://www.cac.gov.cn/2021-02/03/c_1613923423079314.htm。

具有极强的竞争能力。为什么网络文学可以完成传统通俗文学无法完成的任务？原因在于它是一种在高速且残酷的市场竞争中成长起来的高度商业化的文学产品，拥有折叠叙事这一功能强大的文化载体，使得它能够抢占国内与海外的文化娱乐市场，大力推进文化输出。

（一）折叠叙事为网络小说创造高文化价值

习近平总书记提出："要认真汲取中华优秀传统文化的思想精华和道德精髓，大力弘扬以爱国主义为核心的民族精神和以改革创新为核心的时代精神，深入挖掘和阐发中华优秀传统文化讲仁爱、重民本、守诚信、崇正义、尚和合、求大同的时代价值。"[①] 而在具体的方法上，"要使中华民族最基本的文化基因与当代文化相适应、与现代社会相协调，以人们喜闻乐见、具有广泛参与性的方式推广开来"[②]。令人欣喜的是，近十年来，网络文学正向着发掘中华文化优势，增强民族文化与当代文化的互融，交流国际优秀文化的方向发展，折叠叙事正是网络文学进行文化开拓的有力载体。

第一，折叠叙事是作家对优秀文化进行选择的体现。2009年之后，网络小说中现实题材作品、正能量作品占比大为提升，过去未曾进入通俗文学领域的诸多优质文化纷纷化为网络小说的素材。如《我在西北开加油站》将我国西部开发战略、环境保护思想与当地民间传说相结合。《大国重工》讲述国家重大装备办处长穿越回20世纪80年代指导国家工业建设，体现了我国改革开放的不朽成就。《手术直播间》是在职医生撰写，对于医院工作生活的描写极具真实感，并且还将剧情与社会时事与国际先进医学成果相结合。《大美时代》描写了美院艺术生的生活。《重生之实业大亨》立足于我国工业发展的辉煌历史，描写一代人为了创业而奋斗。《朝阳警事》以写实的笔法讲述了基层民警的故事。《重生80从民办教师做起》写了一个当代人重生回20世纪80年代，通过教育培养出一个个国家栋梁，改变中国发展进程的故事。正是因为折叠叙事有着省略冗余文化，专注于某一领域的能力，才能让这些原本冷门的优秀文化成为极佳的商业作品。相

---

① 习近平：《习近平谈治国理政》，北京：外文出版社，2014年，第164页。
② 习近平：《习近平谈治国理政》，北京：外文出版社，2014年，第161页。

反,当作者一味地随大流,选择媚俗文化进行创作,撰写套路情节时,就无法在浩如烟海的作品中脱颖而出,反而会在商业上失败。

第二,折叠叙事也意味着劣质文化被网络小说有意识地淘汰。在网络小说成熟期之前,不少网络小说充斥着暴力、血腥、色情的成分,官场、黑道、恐怖等文类大行其道,作者为了吸引读者的注意力无所不用其极,业内的竞争并不健康。但进入成熟期之后,尤其近几年,网络文学市场正在变得越来越健康,一方面是因为国家的多次净网行动,另一方面也是因为折叠叙事的特点迫使作家做出取舍。正因为折叠叙事具有极强的商业竞争力,其叙事循环不能是情节与套路的简单重复,必须是螺旋形上升的向更高文化层次的探索。劣质文化根本无法上升与深入挖掘,自然被市场所淘汰。只有优质文化与折叠叙事的结合才能如鱼得水,通过不断拔高作品价值,获得商业与文化的双赢。

综上所述,折叠叙事的运用令近十年来的网络文学在文化价值上大幅度提升,这正是网络文学能够参与我国当前文化建设,走向文化自强之路的优势之所在。

(二)折叠叙事有助于形成文化现象

折叠叙事不仅仅能够让网络文学自身的文化价值提升,它还能够形成极易跟风的叙事架构,且在跟风的同时不削减作品的文化价值。这就使得优秀的网络作品或网络小说流派容易形成文化现象,推动文化传播。

传统通俗小说采用"套路情节"来跟风,会造成情节重复、文学价值低下的问题。网络小说的跟风并非简单照抄,而是向优秀作品学习功能性模块的组成方式,借用其叙事架构,来讲述自己的故事。这样的跟风可以继续上一个作家未完成的事业,继续在这个文化领域进行探索。小说《无限恐怖》是基于恐怖电影而创作的同人小说,但与一般的同人作品不同,它是单元剧结构,在每个小单元里,主人公团队都要穿越进一个新的电影世界,完成不同的任务。任务结束后,下个单元又会重复同样的过程。这种架构将折叠叙事的优势充分发挥,为同人创作提供了崭新的表达形式,也提供了一种极易效仿的小说架构。此后跟风模仿者极多,最终形成了"无限流"这一大型流派。从

"起点中文网"的书库列表来看，该流派的作品总数已经超过了悬疑、现实等冷门文类。由于数量优势，无限流的叙事架构逐渐在影视、动漫、广播剧、游戏中推广，最终形成跨媒介的文化现象。网易近期推出的女性向游戏《时空中的绘旅人》就是这一流派的原创剧本代表。

一本网络小说无法形成文化现象，只有当优秀网络小说通过折叠叙事构建出稳定的叙事循环，才能引来跟风者，形成足以影响国内外的文化现象。而文化现象的高级形式就是"文学虚拟世界"。

在过去，外国奇幻文化令中国作者羡慕的一点是有着完整而严密的虚拟奇幻世界设定。例如"龙与地下城"系列，它由公司运营，不但经常更新与完善设定，而且有着成套设定集和玩家手册，有着上百款以龙与地下城世界为背景的电脑游戏与桌面游戏，有数千本以此为设定的小说与艺术作品，甚至为西方世界的普通人所熟知，成为他们日常生活的一部分。因此，以"龙与地下城"为基础创作的文学作品在全世界都有着广泛的读者认同，任何新作者都可以轻易加入这个虚拟世界来创作出受欢迎的通俗小说，这一系列内的作品也很容易通过成熟的商业运营进行IP转化，改编为游戏、影视、动漫。虚拟世界的魅力吸引了中国作者，他们也试图创造这种既能够进行文学创作，又能进行全产业转化的虚拟世界。如江南、今何在创办的"九州"系列，但这个系列最终失败了，事实证明，单凭几个人的力量无法创造一个庞大的虚拟世界。九州创作组最终解散。但网络小说作家们却办到了少数知名作家办不到的事情，网络小说在二十多年的发展过程中创造了不少知名的虚拟世界，其中有些不但在国内广为人知，在国外也有着影响力。如"仙侠世界"，这是仙侠小说作家们从古代神话、民间传说、宗教典籍、神魔志怪小说中取材，再创造而成的一个虚拟世界。里面的许多基础设定为众多作家联手创造，又被数不清的同类小说沿用，再通过影视剧、动漫、游戏改编而深入普通民众内心，不仅形成文化现象，更创造了一个人尽皆知的虚构幻想世界。又如"洪荒世界"，这也是通过众多写手共同创造的虚拟世界，它重塑了中国神话体系，创造了一个名为"洪荒"的虚拟世界，且因为有着完整的角色描写、情节描述、世界设定，在中国互联网上极为出名，甚至还有人专门对"洪荒世界"进行研究。从此中国幻想小说的创作也有了可以轻松借用的虚拟世界设定,而中国神话、民间传说、古代幻想小说等文化遗产也在当代得到了新生。更重要的是,虚拟世界比一般的文化现象更为高级,一般的文化现象往往会随着时代潮流的退却而消亡,但虚拟世界却可以长存。西方奇幻世界就有着长达百年的生命力。中国网络小说所创造的虚拟世界如西方同类一样包含了丰富的设定与大量的作品,并且它的进入门槛比西方奇幻世界更低,上限更高,因为它依托于折叠叙事与功能性模块这一易学易用的工具。目前国内 IP 改编还未完全跟上网络小说的发展,改编作品往往不如原作受欢迎,主要就是因为改编方依然使用传统的叙事架构来编写剧本,罔顾网络小说自身的优秀架构。因此,要让网络小说的折叠叙事进入跨媒介领域,引领剧本行业,才能让"文学虚拟世界"更好地成为我国的文化强势。

(三)折叠叙事有利于中国文化的海外传播

如前所述,网络小说通过折叠叙事为中国文化的海外传播提供了两大助力:打破文化壁垒和推广虚拟世界。除此之外,折叠叙事还有利于网络小说将外国文化、流行文化与中华文化进行结合,创作出具有国际性的优秀作品。

通过打破文化壁垒,网络小说赢得了中国传统通俗小说未能获得的庞大海外市场。折叠叙事赋予了网络小说"易上手、难精通"的特性,读者可以在很短的时间内看完一个小单元剧故事,随即又被引导进入第二个类似的单元剧故事中,让阅读体验连续不断。这种架构几乎没有多少叙事壁垒,读者可以轻松入门。由于功能固定,情节变化多端,读者不易产生腻烦。海外读者可以通过简单易读的网络小说进入阅读中国文学的世界。在网络小说出现之前,中国通俗小说在海外的关注度并不高,金庸小说也只有部分被翻译成外语,读者以华裔为主。这主要是因为传统通俗小说的文化壁垒过高,叙事架构也逐渐落后于世界流行通俗文化。中国网络小说却在海外获得了巨大的成功。依据 2018 年《华文文学》刊载的《中国网络文学的海外接受与网络翻译模式》的统计,共有 58 家网站进行中国网络小说的译介,其中以华人创办的老牌网站 Wuxiaworld 的影响力遥遥领先。截至 2021 年 3 月,Wuxiaworld 在 Alexa 综合全球排名 2785 位,而"起点中文网"

的全球排名为4646位，网络文学海外传播的影响力与重要性可见一斑。

通过推广虚拟世界，网络小说可以将整个社会的文化娱乐产业整合到一起，通过多渠道输出中华文化。无论是Wuxiaworld还是起点国际版，修仙小说、玄幻小说等中国特有的通俗文类都很受欢迎，并没有造成阅读障碍，外国读者还会在书评区主动向新读者普及"修炼""灵气""成仙""境界""阴阳""五行"等独属于中华文化的概念，而新读者只要完整读过一部网络小说，对同类型作品就再无文化壁垒。这种现象正得益于网络小说的折叠叙事对作品的功能性模块拆解。当整个社会的文化娱乐产业以网络小说为源头，将这些功能性模块直接挪用到游戏、影视、动漫之中，形成一个文化虚拟世界，就能更好地让中华文化传播到全世界。这一现象已有不少成果。近几年，几款带有浓郁网络修仙小说风格的国产游戏在国外的Steam蒸汽平台销售火爆，多次登上排行榜榜首，分别是《了不起的修仙模拟器》《鬼谷八荒》和《太吾绘卷》。其他题材的国产游戏也有一些销量不错，却无法达到这三者的高度。这从另一个侧面说明了网络小说所形成的虚拟世界的巨大影响力。

折叠叙事还有利于让小说中的中国文化与外国文化相结合，使中国网络小说走向国际化。近期起点国际版的热门作品《全球废土：避难所无限升级》（英文名：*My Post-Apocalyptic Shelter Levels Up Infinitely*！）就是一部将折叠叙事的功能性模块熟练运用的产物。它套用了几个近期流行的模块，分别为"末日流""全球流""避难所""基建流""物品升级"，不但在国内取得了好成绩，而且还在海外骤然爆火。在此书涉及的这些功能性模块中，"基建流"与"全球流"是以中国当代基建文化与社会化大生产为文化背景而流行起来的，是典型的中华文化，"末日流"与"避难所"则是以外国灾难片为来源，在西方更为流行。更重要的是，随着这段时间国外疫情越发严重，国外读者极为重视备灾备荒，"避难所"题材就成为他们趋之若鹜的对象。该书作者正抓住了这一国际动向，将中国文化与外国文化结合起来，形成一个又一个的小型单元结构，以短短83章登上国际版翻译作品排行榜（Translations' Power ranking）榜首。正因为网络小说的折叠叙事是一种重视功能性而不是重视具体情节的叙事架构,它才能够与外国文化进行良性结合。

综上所述,折叠叙事有助于网络小说提升文化价值,增强文化竞争力。而优质的精品网络小说则通过形成文化现象促进网络小说占领海外市场,又通过调动全社会的文化娱乐产业形成虚拟世界,来进一步加强文化传播的效果。"从比较文学角度说,文学的传播与接受,必须首先满足接受者的认同,这个认同,是从接受者民族和文化的审美欣赏角度而言。"① 基于中华文化普及与传播的需求,应对网络小说及相关产业提出以下要求:

其一,应该重点扶持具有高文化价值的精品网文,奖励具有现实意义或是能够传播中国优质文化的网络小说。因为折叠叙事的普及,如今这类网络小说越来越多,只要进行重点培育,就能主动引领潮流,促进跟风,形成新的文化现象。

其二,应该鼓励各大网络文学平台进行优秀作品的翻译与海外推广,创作时即考虑尽可能满足接受者的认同,以数量优势制造文化现象,引领海外读者跟读的风潮。

其三,应该将网络小说的折叠叙事架构推广至文化娱乐的其他领域,尤其是要求影视与动漫领域破除旧的叙事传统,学习网络小说的先进经验,共同创造有中国特色的文化虚拟世界,增强中国文化的国际竞争力。国外文化娱乐成功的先进经验正在于用大量的多平台娱乐商品进行文化传播,我国也应学习经验,将网络小说的优势扩大化,形成全领域的文化效应。

(原载于《甘肃社会科学》2021年第6期)

---

① 徐志啸:《中国文学走向世界的梳理与思考:以日本和欧美为例》,《西北师大学报》(社会科学版),2021年第5期,第32—39页。

叙事言语、文本内系统与文化接触
——网络小说的"逆旅"现象

◎张学谦

逆旅,语出《庄子·山木》"阳子之宋,宿于逆旅",本指旅馆或驿站之意。北宋秦观作小说集《逆旅集》,在序中言"盖以其智愚好丑,无所不存,彼皆随之随往,适相遇于一时,竟不能久其留也"。[①] 在秦观看来,小说集所记,应不择高下,不辩纯驳,事物之交正如人宿逆旅。[②] 如果说,北宋士大夫用"逆旅"隐喻了宋代文化雅俗观念认知变化的碰撞,那么当代网络小说同样的"不辩纯驳"式的写作,正是东西方大众文化观念交汇碰撞的"逆旅"。其既是海外大众通俗文化传入的"旅馆",又是中国通俗文化远行的"驿站",可以说,当代网络小说在东西文化的接触过程中,以小说文本为媒介,通过叙事言语、文本内系统等几个方面,最终在文化哲学层面使东西大众文化观念形成某种直接的碰撞。这种碰撞既促进了当代网络小说的发展,也推动了中国文化的海外传播。

一、从叙事言语扩张到叙事言语"反哺"

2004 年,托尔金的《魔戒》在电影热播之后,小说的中译本也终

---

① 秦观:《逆旅集序》,《秦观集编年校注》,周義敢、程自信、周雷等校注,人民文学出版社,2001 年,第 529 页。
② [美]艾朗诺:《美的焦虑:北宋士大夫的审美思想与追求》,杜斐然、刘鹏、潘玉涛译,上海古籍出版社,2013 年,第 261—262 页。

于在国内开始发行,但是这部由译林出版社发行的最早的《魔戒》译本却成了现今奇幻文学读者口诛笔伐的对象。初版《魔戒》被奇幻文学爱好者批评,并非翻译文体本身的问题,而是由于在那些关系到奇幻文化核心意象的叙事词汇上的"误译"。

原文词汇	初版翻译	现代通译
Balrog	伯洛格	炎魔
Ent	恩特	树人
Orc	奥克	兽人
Orcs	奥克斯	兽人(复数)

通过上表部分词汇的对照可以发现,除了 Orcs(奥克斯)的翻译属于真正的错误之外,其他翻译主要的问题是对于欧美奇幻文化词汇不理解,导致只能直接音译。这一方面说明了在 21 世纪初期,海外奇幻文化在中国的影响范围尚十分有限,另一方面也说明了,当中国通俗文化的叙事词汇遇到海外通俗文化时,出现的词汇不足现象。

实际上,由于文本词汇与言语之间的差异,接受海外奇幻文化其实是一个十分困难的过程,这在叙事言语的使用上显现得十分突出。比如无论在古汉语中还是现代汉语的一般语境中,对于"矮人""侏儒"与"地精"的理解上与他们在奇幻文化及其衍生的文学作品中的含义相比较,其意义可以说千差万别。

这些词汇意义的不同,还仅仅是与《龙与地下城》规则系列奇幻叙事的差异。如果将海外奇幻文学叙事的范围进一步扩大,就会出现更令人难以捉摸的情况,比如,"侏儒"这一词汇在《龙与地下城》规则是作为区别于矮人的特定族群出现,但是北欧神话以及以北欧神话作为背景的奇幻文学中,侏儒又成为一种住在山洞或地底的,具有高超冶金技术的,擅长魔法的种族,并且是 Dwarf 的词源。① 从这些叙事词汇上的差异,不难想象,在 2000 年左右,读者接受奇幻文化的艰难过程。这一时期,海蓝在线、龙骑士城堡、奥德赛公会、雅典

---

① 关于北欧神话语境中侏儒的更详细描述,可以参见佚名:《埃达》,石琴娥、斯文译,译林出版社,2017 年。

学院、龙与地下城中文站等兼具普及、翻译与文学原创的奇幻文化网站纷纷诞生。不过,由于当时互联网发展条件,以及奇幻文化尚属于小众读者的偏好,总体而言,影响是有限的。

原文	中译文	古代汉语	现代汉语	奇幻文化
Dwarf	矮人	未查到	1. 身材短的人。	根据《龙与地下城》规则书第四版,矮人属于中型类人生物,男女矮人都留有胡须,生活在地底或山区,善于打造武器。
Gnome	侏儒	1. 古代表演杂伎或以滑稽动作引人笑乐的艺人。	1. 形容个子矮小。 2. 借指未成年人。 3. 身材过度矮小的人。	根据《龙与地下城》规则书第四版,侏儒属于小型类人生物,寿命很长,智力不是很高,但对科技保持强烈的好奇心,是破坏力很强的工程师和发明家。
Goblin	地精	1. 指百谷。 2. 大地的灵气。 3. 人参的别名。 4. 何首乌的别名。	地精一般借指百谷或大地的灵气,同时也是人参、肉苁蓉、何首乌的别名。①	根据《龙与地下城》规则书第四版,地精属于小型类人生物,耳朵很大,没有胡须,群居在潮湿的地穴和废墟。②

真正向广大读者普及欧美奇幻文学叙事言语的,是中国网络文学对奇幻文化叙事言语的大量成功借用。最典型的就是说不得大师的《佣兵天下》,此外还有白开水的《黑暗学徒》、瑞根的《魔运苍茫》等。这些中国原创的奇幻小说,在叙事的文化背景上以及叙事词汇使用上,大量地直接照搬了欧美奇幻文化词汇言语的含义。当然,由于这些作品创作相对较早,以及国内奇幻文化流传范围还不大,远没有形成比较完善的资料库,所以文本中对于奇幻文化词汇的使用往往并

---

① 本表格中词汇的汉语意义均查阅自《汉典》网站,https://www.zdic.net/.
② 《龙与地下城》规则主要集中在《玩家手册》《城主指南》与《怪物图鉴》之中,可以参考http://dnd.zongheng.com/main.shtml,以及中国华侨出版社2009年出版的系列图书。

没有严格按照词汇的原意,而是受到来自个人想象、游戏影响等多方面的干涉。典型的就是中国网络小说叙事中,对精灵(Elf)的理解与想象。由于受到日本奇幻文学①与动漫的再传,以及视频游戏(video game)的影响,绝大多数中国原创的网络奇幻小说,都将精灵描述成美丽、善良、纯真的有着长长尖耳朵的女性角色。②然而,这仅仅是中国网络奇幻小说作者们一厢情愿的理解,在欧美的奇幻文学中精灵(Elf)作为类人生物,尽管生活上比人类更优雅,体型比人类更轻盈,却谈不上比人类美丽,更重要的是他们的耳朵绝不是长长的尖耳朵,而是仅比人类略大一点的,稍显尖耸的耳朵。

不论网络奇幻小说中这些叙事言语的使用是否严格遵照原本含义,至少由于这些小说的广泛传播,这些原本难以正确理解的异质文化背景的概念得以迅速传播。可以说,正是由于欧美奇幻文化中那些极具异质含义叙事言语的传入,促成了中国网络奇幻小说创作在2003年之后的持续热潮。如今,网络小说的读者们再也不会对这些过去的陌生文化概念感到无法理解,其已经成为中国网络文学,甚至于整个文化领域的重要叙事言语。

中国网络小说,承担了海外奇幻文化叙事言语向内传的媒介功效,同时随着中国网络小说发展逐渐摆脱奇幻文化的束缚,开始形成具有自己特色的玄幻文学类型之后,亦开始了向外进行叙事言语的"反哺"过程。

"Amazing Cultivation Simulator"(了不起的修仙模拟器),如果单纯地从字面翻译的话,当然是"令人惊讶的耕田模拟器"。即便是国内熟悉英语的人,可能也不会直接就想到这个英文标题居然指的是"修仙"。不过,在 steam 社区中,当国内玩家试图指出这个翻译令人费解的时候,海外玩家却主动回应说非常熟悉 cultivation(修仙、修炼)的概念理解,甚至于还系统地点评了"了不起的修仙模拟器"称之为"it's high quality cultivated crack",同时海外玩家进一步指出,

---

① 在早期网络文学创作中,由日本传入的奇幻小说影响最大的无疑当属水野良创作的《罗德岛战记》,这部小说中的女主角精灵族女性蒂德莉特几乎直接决定了中国网络奇幻小说对于女性精灵角色的形象想象与概念理解。

② 比如《佣兵天下》的女主人公"莹"。

能够理解"cultivate"等词汇意义变化的原因在于"Actually, cultivation novelsare increasingly popular in English"。①

其实，这款名叫"了不起的修仙模拟器"的游戏，只是steam平台上一款并不那么火热的具有中国玄幻仙侠背景的修仙游戏，但是从社区的评论中，可以发现，十多年前发生在中国的奇幻文化词汇传播时的现象，开始通过中国网络小说的不断传播，在国外的叙事语境中再次出现了。只不过，这次不再是叙事词汇的传入，而是叙事词汇以及叙事言语的向外传播。

随着中国网络小说在海外的传播，其网站的影响力也开始逐渐上升，主要的武侠世界（wuxiaworld.com），域名全球排名2021位，起点国际（webnovel.com）域名全球排名115571位。② 在大量的网络小说外传过程中，影响最大的是玄幻修仙小说，但是影响海外读者理解这些小说的最主要的是那些具有仙侠文化背景的词汇。不过，叙事词汇的困难并没有妨碍到海外读者对于理解玄幻小说的热情，一位名叫Rithgard的读者，甚至为能更好地理解玄幻修仙的术语与体系，专门做了一本三万多字的英文入门指南。③

此外，正如过去中国网络小说作家模仿奇幻小说创作一样，海外的玄幻修真小说的读者，也开始模仿中国网络玄幻小说的模式进行创作。丹麦姑娘Tina Lynge是武侠世界中国式网络小说高产作者之一，先后撰写了 *Blue Phoenix* 与 *Overthrowing Fate* 等小说。这些海外读者创作的玄幻小说最大特征之一就是尽可能地应用了中国网络小说输出的叙事言语，比如，在 *Blue Phoenix* 的设定中将人物修炼的实力排名与"Dantian"（丹田）的等级做了直接的联系，并认为"Dantian"（丹田）的力量来自于"Wu Wei"（无为）。④

从这些现象中，不难看出中国网络小说在海外传播的过程中，开

---

① https://steamcommunity.com/app/955900/reviews/?browsefilter=toprated&snr=1_5_100010_&filterLanguage=english.

② www.alexa.cn. 全球域名排名是每日都会变化的非固定数据，本数据查询于2020年8月7日。

③ https://tech.sina.com.cn/roll/2020-05-27/doc-iirczymk3796781.shtml.

④ https://bluephoenixnovel.com/.

始逐渐对外语的叙事言语进行了意义上的"反哺",并且在这种反哺的过程中,直接将中国传统通俗文化的信息传递到海外读者之中。

二、作为接触媒介的文本内在"系统性"

在以网络小说文学为媒介的叙事言语交换过程中,文本接受者最感兴趣的并不是那些在翻译技巧上比较困难的文本言语——既不是中国古典诗歌的翻译,也不是古英语或者古北欧语韵文的翻译。从叙事言语的扩张与反哺的"逆旅"现象来看,接收者们更关注的是文本内部所建构的具有"系统性"的文化言语或者知识言语。

文本内在"系统性"是海外奇幻文学的一个典型特征。在经典的奇幻文学小说中,比如托尔金的《魔戒》、刘易斯的《纳尼亚传奇》以及厄休拉·勒奎恩的《地海传奇》等小说中,每一位作者的小说都固定地遵循了一套可以被明示的世界体系与文化系统。即使是完全不同主角的小说文本,只要同属于某个创作系列,不论文本内叙事时间如何,其都需要依据系统共有的内在系统,作为理解故事情节的重要背景。这种文本内在"系统性"在更加通俗化的《龙与地下城》规则(DND)中与《克苏鲁的呼唤》规则(COC)中变得更加明确与范用。以这些非叙事性系统规则作为小说文本内在遵循系统的小说,不论故事的主角、故事的发生时间以及故事的发生地点有怎样的变化,文本之间依然可以通过其共同遵循的系统规则,达成文本上的相互理解,甚至于依靠这些完全不同故事的叙事文本来丰富整个 DND 或者 COC 的世界体系。

在欧美奇幻文学传入的鼎盛时期,大量的关于《龙与地下城》规则的翻译,以及作为欧美奇幻文学起源的北欧神话、凯尔特神话等体系的翻译传入,使中国的奇幻小说阅读者,接触到一个完全不同于中国传统通俗小说的世界体系与知识体系。这些奇幻世界知识体系,与中国传统神魔小说、仙侠小说最大的差异在于他们既提供了一套可以不断再创作的完整的全新世界,同时也提供关于这个全新世界的运行规则。典型如《西游记》中孙行者能力的强弱问题,在网络上至今都有反复的争论。这是由于在《西游记》中，并没有能够提供妖魔仙怪强弱如何判断的基本标尺。相反，这类问题在经典的海外奇幻小说系统中，是不会发生的，因为这些作为小说内在的文化知识系统具有相当的稳定性与标尺性，小说的人物、事件的发生背后都要遵循这些在既在文本内部，又在叙事之外的文本系统。

基于这种奇幻文学中建构的内在系统性，使奇幻文学的读者能够稳定地把握这种异质的文化特征，并展开适度的想象。在托尔金的《魔戒》在中国掀起奇幻文化高潮时，以江南、今何在等人为核心创办的奇幻文学刊物《九州幻想》，其宣言就是要像托尔金建构的独特的《魔戒》中洲世界一般，建构一套完全属于中国风格的奇幻世界体系。[1] 另一个重要的作用是当不同的奇幻文学读者接触到不同的小说文本时，尽管各个小说之间之前存在巨大的差异，但是基于共同的文本内在系统，这些读者个体依然可以根据差异的小说文本进行有效的交流，甚至于在某些没有直接联系的小说文本中，建构出关于人物、情节的连续性想象，从而达成个体读者间的共识。就像亨利·詹金斯指出的"一个共同的知识背景对于粉丝讨论也是必备基础"[2]。

海外奇幻文学建构的文本内在的"系统性"非常深远地影响了中国网络小说的创作模式，从《诛仙》开始，中国玄幻仙侠网络小说的作家们就开始逐渐尝试进行叙事外的文本系统建构。从《佣兵天下》直接照搬 DND 规则部分内容到如今成熟的自创文本内系统的玄幻小说《斗罗大陆》《诡秘之主》等，中国网络文学，尤其是玄幻仙侠文学基本确立了以世界观设定体系化为核心，以人物进阶系统化为模式的创作途径。并且随着这种文本内资系统的建构日趋成熟，越来越多的中国本土的通俗大众文化要素被添加进来，最终形成了具有中国特质的文本内系统。

如今，当中国网络文学通过武侠世界、起点国际等网站，开始向海外传播，海外读者的兴趣点同样地落到了中国网络文学文本中的内在系统性上，并通过对建构系统的叙事言语的翻译和研究的兴趣中呈

---

[1] 《九州幻想》（巨门号），今古传奇奇幻杂志社，2005年9月。

[2] ［美］亨利·詹金斯：《文本盗猎者》，郑熙青译，北京大学出版社，2016年，第85、64页。

现出来。

正如前文所指出的，海外读者对于叙事言语的兴趣，并非中国传统诗词歌赋，而是那些由小说作者们创造出来的具有中国文化背景的全新的知识术语。海外的仙侠玄幻小说爱好者认为，仙侠小说的最直接体验就是"修炼和进阶"，大量的难以翻译的叙事言语以及由这些言语构成的"升级逻辑"与世界系统，令海外中国网络小说读者高度沉迷。①

不少海外中国网络文学爱好者创作的奇幻小说，不但在叙事言语上接受了网络文学的"反哺"，同时，在文本创作的内在系统性上，也开始不再套用其文化背景中现成的话语体系，而是开始模仿中国玄幻小说的内在系统，开始将主角不断"升级历练"与"法宝灵器"等视为小说文本内在系统性建构的主要方向。在这一层面上，显然与经典的 DND 系列、战锤 40 K 系列等既有的海外奇幻系统更注重世界物质层面的建构相比，已经有了明显的不同。

可以说，中国网络文学，尤其是玄幻仙侠小说，在接受了海外奇幻文学的文本内在系统性的基础上，通过将本土文化重构式的植入，创建了具有中国文化特质的新的各式不同的玄幻文本系统，在向海外传播的过程中，将这种中国化的文本内在系统传递出去，并使其成为海外读者的关注热点。在这一过程中，中国网络文学在传递文本内在系统时，起到了媒介的作用，恰如其分地扮演了"逆旅"的形象。

三、逆旅：网络小说在海外文化接触中

如果仅从文学创作的角度来看，中国网络小说在东西方文化接触中，作为媒介，一方面是扩充了中国文学创作的叙事言语，同时又将中国通俗大众文化的叙事言语传播到了海外；另一方面则是促成中国当代网络文学，尤其是当下的玄幻仙侠小说文本内在系统性的创作模式的诞生，并且在海外传播过程中又使这种中国化的模式影响到了海

---

① https://www.huxiu.com/article/359277.html。

外通俗大众文学的创作。就此而言，中国网络小说作为东西方通俗大众文化的"逆旅"是毫无疑问的。不过，在叙事言语交互与文本内在系统性交互的文化接触中，网络小说的"逆旅"效应，揭示了其在东西方通俗大众文化交互过程中更为复杂的层面。

叙事言语的扩充与反哺是文学言语层面的接触与交换，尽管言语性质的接触与现代语言学中的语言接触并不完全相同，但是正如沃尔夫针对语言研究所指出，"思考也许会围绕着一个词、一种情感、一个性的意象、一个象征符号，或者别的什么展开"①。书面言语性质的接触，词汇言语的变化，同样会牵动主体的思维层面。这点在中国网络文学的创作中有着颇为明显的呈现。

> Bilbo was very rich and very peculiar, and had been the wonder of the Shire for sixty years, ever since his remarkable disappearance and unexpected return. The riches he had brought back from his travels had now become a local legend, and it was popularly believed, whatever the old folk might say, that the Hill at Bag End was full of tunnels stuffed with treasure. And if that was not enough for fame, there was also his prolonged vigour to marvel at. Time wore on, but it seemed to have little effect on Mr. Baggins. At ninety he was much.②
>
> I prop myself up on one elbow. There's enoug hlight in the bedroom to see them. My little sister, Prim, curled up on her side, cocooned in my mother's body, their cheeks pressed together. In sleep, my mother looks younger, still worn but not so beaten-down. Prim's face is as fresh as a raindrop, as lovely as the primrose for whcich she was named. My mother was very

---

① ［美］沃尔夫：《论语言、思维和现实——沃尔夫文集》，高一虹等译，商务印书馆，2012年，第41、134、226页。

② http://www.dian3x.com/story/chapter/a9718b92-6531-9f35-babd-888dd0e0bf6a.html.

beautiful once, too. Or so they tell me.①

She didn't expect that the teacher would change his face as quickly as flipping the page of a book. The girl is slightly surprised as she grasps the token passed over by Zhang Xuan which represents his identity. Just as sheis considering whether she should affirm the relationship, she sees the reticent Teacher Zhang pull her hand over and cuts it with a sharp dagger. A drop of blood falls on the jade token.②

这三段英文引文先后出自托尔金的《魔戒》、美国流行青年成人小说young—adult novel《饥饿游戏》以及中国网络小说《天道图书馆》的英文版。比较三段引文可以发现,作为奇幻小说鼻祖之一的《魔戒》,其叙事言语中更多使用复句与长句,并且有大量的描述性语言。《饥饿游戏》作为美国本土的网络小说,其句式的复杂程度与《魔戒》相比,可以说大为降低了,描述言语也变得很少,但是,句式中仍然存在大量的插入语。《天道图书馆》近期高居起点国际的点击榜,从它的叙事言语中来看,明显地可以发现,复句、插入语的使用变得更少,同时描述言语几乎已经消失在文本中。

经由形式的观察,可以注意到尽管《天道图书馆》已经翻译成了英文,但是其在文本言语层面,还是与海外的奇幻小说和网络小说有着一定差异,而这种文本叙事言语的简单化以及去描述化,正是中国网络文学在文本层面的一种特征。③ 尽管这文本言语的差异可能在一般阅读中并不会产生直接性影响效果,但是在这种来自语言的叙事言语之中,可能包含民族的思维习惯,这种思维意识是一种"客体化的,或是虚拟的、想象的,因为它是仿照外部世界构筑的。正是它反

---

① Suzanne. Collins, *The Hunger Games*, Scholastic Press, 2008, p5.
② https://novelfull.com/library-of-heavens-path/chapter-1-swindler.html.
③ 参见拙文《媒介化、模块化和视图化——移动媒介下网络玄幻小说的叙事与接收》,中国作协网络文学研究院编:《网文探微》,浙江人民出版社,2020年,第67页。

映了我们语言的用法"。① 换言之,尽管中国网络小说已经被翻译成了英文,但是其依然保留了中国网络文学叙事言语的基本特质,也自然保留了某些具有中国文化特有思维的意识在其中。虽然这种影响,在现在看来,可能还不甚明显,但是随着中国网络文学在海外的不断传播与影响的逐渐扩大,其在影响文化接触主体理解异质文化的思维意识层面有着更大的潜力。正如沃尔夫指出的那样,"背景性的语言系统(或者说语法)不仅是一种用来表达思想的再生工具,而且它本身也在塑造我们的思想,规划和引导个人的心理活动,对头脑中的印象进行分析并对其储存的信息进行综合"②。

处于文化接触中的网络小说,除了叙事言语上的影响与意义之外,其逐步构建的具有文本内在系统的叙事模式,也从另外一层面上更加推动东西方异质文化的交流与共鸣。

"阅读即发现意义,发现意义即命名意义;然而此已命名之意义绵延至彼命名;诸命名互相呼唤,重新聚合,且其群集要求进一步命名:我命名,我消除命名,我再命名:如此,文本便向前伸展:它是一种处于生成过程中的命名,是孜孜不倦的逼近,换喻的劳作。"③ 罗兰·巴特对于符号的理解,形象地诠释了奇幻小说与玄幻仙侠小说的阅读者,从叙事言语进入到文本内在系统中的过程。借由对陌生言语的不断赋意,发现言语在叙事中所隐含的那些文本间知识(不论这些知识是否具有实际的意义或用处),使阅读的兴趣不断提升。在这样的阅读中,故事叙事高度地依赖文本间知识,会使阅读者不断引用从前与其他文本接触中获得的文化符号和社会假设。④

这种对文本内在系统从接触到接受的过程,能够在很大程度上直接影响到文本的阅读效果。文本内在系统与文本叙事之间的关联性,

---

① [美]沃尔夫:《论语言、思维和现实——沃尔夫文集》,高一虹等译,商务印书馆,2012年,第41、134、226页。
② [美]沃尔夫:《论语言、思维和现实——沃尔夫文集》,高一虹等译,商务印书馆,2012年,第41、134、226页。
③ [法]罗兰·巴特:《S/Z》,屠友祥译,上海人民出版社,2000年,第70页。
④ [美]亨利·詹金斯:《文本盗猎者》,郑熙青译,北京大学出版社,2016年,第85、64页。

使文本产生了足够的开放性和时间性。阅读者可以依据对于文本内系统的掌握，来更深地自主地体验文本世界，并对文本塑造的角色进行观照。从这一点上看，在中国网络小说中，早期的奇幻小说，往往更注重主角个人的意识与态度，具有很强的个人英雄主义气息，并且在叙事上与好莱坞的模式有着高度相像："主角是一位名不见经传的小人物，挥别心爱的姑娘，经历战争的考验，克服内心的恐惧与无助，经历生死，体验可歌可泣的英雄历程。忍受常人无法忍受的苦难，甚至无意义的自我牺牲，在无人区自我放逐，体会精神家园的一片荒芜，最终寻找自我救赎的出路。"① 《佣兵天下》的主角艾米的一生几乎完全遵循了这一模式。可以说，在探寻与模仿欧美奇幻文学的文本内在系统的同时，网络小说作者无意识地接受并认可蕴含在小说文本与文本内在系统的文化特质，并通过自己的创作将其呈现了出来。

实际上，中国网络文学的海外传播，亦同样产生了这样的效应。海外读者最为关注的是中国网络小说的玄幻修仙类型，一方面是玄幻修仙小说的文本内系统，往往通过对道教文化的创化，构造了各种源于道教话语的新言语，比如"九天莲胎""大悲天魔掌""九星炼器师"等。尽管这些叙事言语难以翻译，但是却引发了巴特所描述的阅读过程。那些对中国玄幻修仙小说感兴趣的读者，往往都会迷恋这些小说构造的修仙体系。另一方面由于对玄幻修仙小说文本内系统的高度兴趣，使这些海外读者通过那些经过多重变造的文本内体系与文本间知识，接触到了中国传统的道家文化，并认为中国传统文化的核心可能与"道"有着很大的关系。② 同时在海外读者创作的玄幻小说中，已经出现了与中国网络小说一样追求个人修为进步与大道真理的小说。③ 而在海外流行的青年成人小说中，主角个人能力往往与其他人并不具有实质性差异，比如《分歧者》《移动迷宫》《掠夺都市》等，相较之下，两者已经有了比较明显的观念性差异。可以说，这些海外玄幻小说创作者，也像过去的中国网络小说作者无意识地接受海外异

---

① ［英］约翰·阿米蒂奇、乔安妮·罗伯茨编著：《与赛博空间共存：21世纪技术与社会研究》，曹顺娣译，江苏凤凰教育出版社，2016年，第76页。
② https://www.sohu.com/a/399363799_120099908。
③ 前文中提到的 Tina Lynge 创作的《蓝凤凰》就是这样的小说。

质文化一样，开始逐渐地通过中国网络小说接受中国的文化特质与思维方式。

中国网络小说，作为东西方文化接触的"逆旅"，既向国内传递了海外奇幻文学与大众文化的特质，促进了中国当代网络小说的成型；又向海外传播具有中国文化特质并且易于接受的叙事文本。事实上，与其认为中国网络小说能够在海外受到欢迎的原因是中外读者的阅读"爽点"一致，倒不如将其视作成熟的中国网络小说作为"逆旅"向那些进入其中的海外读者提供了完全不同于其本土文化的新的"爽点"与异质文化。

（原载于《中国当代文学研究》2021年第2期）

由"一夫"至"多宝":
数字人文视角下女频小说的情感位移

◎许 婷 肖映萱

群里在讨论说现在女频流行一胎 X 宝文,把男频赘婿党都给踩下去了。其实我觉得两者结合的话,可以理解赘婿们为什么要那么拼命上进了,不努力都养不起这一胎胎的崽子。#三观是个什么东西#[①]

借由网络作者李歆这条微博,乘免费阅读之势兴起的"多宝文",如一块突兀飞石,飞入了大众视野,于本就不甚平静的网文深潭中,激起了新的水花。

"多宝文"(又称"一胎多宝文"),即以多胞胎为卖点的言情小说。小说中,女主角大多意外与男主角发生一夜情,独自生下多胞胎。数年后,多胞胎成长为多个天才儿童,为女主角排忧解难,并在其与男主角重逢后推动两人相爱。这类小说语言浅白,情节单一,却依托免费阅读平台吸引了庞大的读者群——以《一胎六宝,爸比好厉害》(以下简称《一》)为例,小说连载仅 29 万字时,平台详情页中已显示"83.6 万人正在阅读,32550 人点评"[②]。多宝文短时间内呈井喷式生产,番茄小说"女生"频道下大量出现以"一胎多宝"命名的小说。不少文学网站直接重点征稿多宝文,如咪咕阅读发布的征稿通

---

① 引自李歆 lixin 于 2020 年 7 月 16 日发布的微博。
② 丑桔东篱下:《一胎六宝,爸比好厉害》,番茄小说 2020 年 7 月 16 日。

知中就写道："男频主要方向：战神文，女婿文，医生文等；女频主要方向：多宝文，总裁文，马甲文等。"①

免费阅读市场下的类型淘洗，将多宝文"淘"出了水面。这一讯息自然立即传入网文作者圈。"一胎多宝"的猎奇设定中隐含着以生育能力衡量女性价值的观念，并且有意或无意地忽视了生育对女性身体可能造成的伤害，因而毫不意外地迅速引起了一批较精英女作者的反感。以李歆批评多宝文"三观不正"的微博为起始，多宝文在一片骂声中进入大众视野。② 有意味的是，在这场一边倒的骂战中，多宝文是与在男频免费阅读中大热的"赘婿文"并举的，男看赘婿，女看多宝，已然成为免费阅读模式的两大标签。将"多宝妈"和"上进赘婿"拼凑成一个家庭，无疑是批评者的戏谑之言，但两类小说确实存在某种镜像关系：一方面，多宝文与赘婿文都强调主人公的家庭身份，且多宝文中的母子关系、赘婿文中赘婿与丈母娘的关系，都是同一家庭中长辈与晚辈间的关系；另一方面，两类作品中的主角都是"攀高枝婚姻"③ 中社会地位较低的一方。但两者仍有不同：赘婿文的读者群体是比较明确的。这类作品大多以上门女婿在岳母家的压抑生活作为故事起点，并在后文中反复书写这种压抑，这被认为是小说对现实生活的夸张再现，吸引了一批"进入婚姻中的""沉默中年男性"读者。④ 相反，多宝文的女主角少有"前史"，一出场便生下多胞胎，并凭此一路顺风顺水，小说中也很难找到与"现实"有强对应关系的情节。笼罩在"三观不正"责难下的多宝文受众也因此显得面目模

---

① 《咪咕阅读征收新媒体文！上不封顶！》，咪咕文学2020年8月20日。
② 参见李歆微博的转发评论区发言。顾惜之、却却大王、煌瑛等作者对多宝文中的生育设定均持批判态度，却却大王称之为"论母猪的繁殖技术"。同日，豆瓣鹅组、龙的天空论坛也出现了"一胎多宝"的相关主题帖，内容均为批判性质。作家蒋胜男则将多宝文视为"远离现实"的"雷文和小白文"，参见蒋胜男新浪微博2020年8月21日。
③ 和比自己社会地位高的对象结婚的婚姻类型。参见让·凯勒阿尔、P.-Y. 特鲁多、E. 拉泽加：《家庭微观社会学》，顾西兰译，商务印书馆，1998年，第21页。
④ 杨柳：《赘婿文作者：一支笔，直戳男性爽点》，真实故事计划微信公众号2020年11月21日。

糊。那么,到底是谁在看多宝文?

一、以中年已婚女性为主的读者群体

多宝文之兴起无疑是读者选择的结果,并且与免费阅读平台密切相关。一方面,以番茄小说为代表的免费阅读平台为网络文学引入了大量新血,这些读者成为新兴小说类型的主要受众。另一方面,与付费网文平台根据某些标准(如付费率、收藏量等)设立排行榜推荐小说的做法不同,番茄小说选择"依靠数据分析与算法实践","通过个性化推荐使用户更愿意点击、留存和阅读","推荐效率的高低将直接与番茄小说的商业成绩挂钩"[1]——简言之,平台显示的阅读推荐完全由读者的个人偏好决定,以期获取更大的商业收入。读者越喜爱某一类小说,该类小说出现在该读者推荐书单的概率就越大。作品之间没有绝对的优劣高低,每位用户都能顺应自己的好恶来阅读,鉴赏力与消费力的差异因此被抹平。故而,展现于此背景下的流行小说类型,能够直观反映其对应读者群体的核心欲望。

在番茄小说的帮助下,本研究对多宝文读者开展了大规模的问卷调查。调查于2020年11月进行,通过App站内信的方式,我们将问卷投放给45天内在番茄小说客户端阅读"萌宝"[2]标签小说5小时以上的用户,[3] 发放问卷360万份,共回收有效问卷24638份。

总体来看,性别上,女性读者共22945名(93.13%),为多宝文主要受众。代际上,18岁以下读者3953名(16.04%),18—28岁读者5215名(21.16%),29—50岁读者12214名(49.55%),50岁以

---

[1] 项蕾、雷宁:《对话番茄小说:免费阅读之下的数字逻辑》,媒后台微信公众号2020年10月26日。

[2] 由于"多宝文"这一说法引起的争议,番茄小说使用"萌宝"标签指代"多宝文",这一标签下的小说几乎都包含"一胎多宝"的设定。

[3] 根据番茄小说内部数据及免费模式中网络小说便于速览的特点,我们认为,如果一名用户在45天内浏览某一类型小说时长超过5个小时,那么该用户即为此类小说的目标读者。

上读者 3266 名（13.25%），29 岁以上读者总数接近样本的 2/3。

从婚恋情况看，已婚读者共 15501 名（62.89%）。从教育背景看，17614 名（71.5%）读者学历都在大专或本科以下，受教育程度不高。教育背景在不同婚恋群体中的具体分布如图 1。

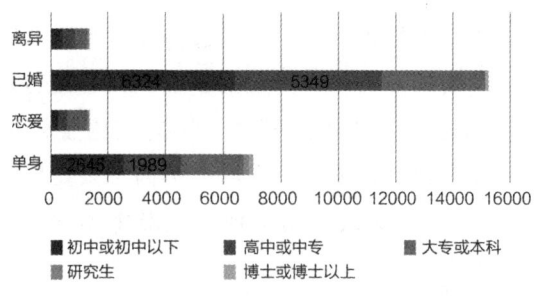

图 1　不同婚恋情况读者的学历情况

16147 名（65.42%）读者月收入低于 3000 元，收入普遍较低。在 18—50 岁这一年龄区间内，超过一半的人月收入低于 3000 元。月收入情况在各年龄段的分布如图 2。

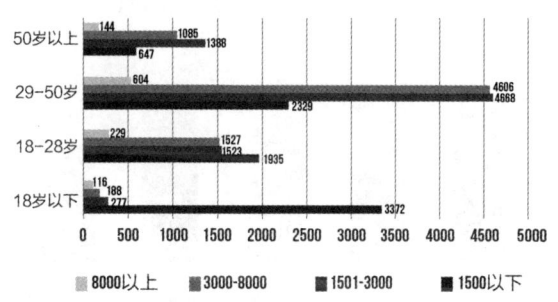

图 2　不同年龄段读者的月收入情况

从阅读习惯看，10436 名（42.34%）读者接触网络小说时间在 3 年以下，大致与免费阅读的兴起时段重合。① 有且仅有 2386 名（9.68%）读者曾使用过起点中文网、晋江文学城等付费阅读平台。

---

① 免费阅读的发展以 2018 年 5 月米读小说的出现为起点，至多宝文兴起的 2020 年，不到三年。

有 22990 名（93.31%）读者每日阅读小说超过 1 小时，16773 名（68.05%）读者选择在专门的休息时间阅读小说。

综合上述数据，多宝文的读者大体可以被描述为经由免费阅读模式进入网文市场的新兴读者群体。他们有稳定的阅读习惯，但没有付费阅读的经验，是与此前 VIP 付费阅读机制下的读者不同的一群人。

由于多宝文读者主要为女性，我们选择以女频付费阅读网站晋江文学城的用户为付费读者代表，与这批多宝文读者进行对比。晋江用户大多愿意接受网站的付费阅读模式，年龄结构整体呈现年轻化趋势，具有良好的教育背景，平均收入水平不高主要是因为无收入的学生群体占比较大。① 多宝文读者则呈现出相对中年化趋势，受教育程度较低，收入水平不高。

本次问卷调查中还设置了五道婚恋相关的问题，读者对不同观点的认同程度总体情况如图 3 所示。多宝文读者并不恐惧生育，但只有极少部分人认同"多子多福"；总体对爱情怀有期待，但却不认为"丈夫比子女更重要也更可靠"；相较于婚姻关系，他们更信赖血缘关系。针对"相较于婚姻关系您更相信血缘关系"这一观点，见图 4，已婚群体相较于未婚群体，呈现出了更强烈的赞同倾向。

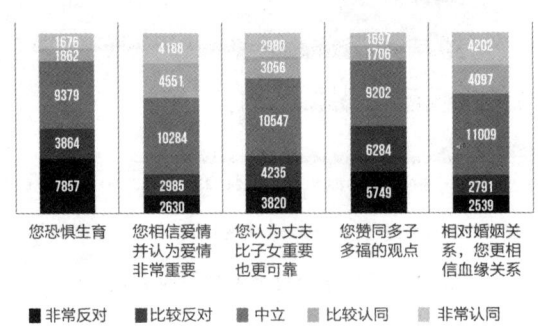

图 3 读者对婚恋相关观点的认同程度

---

① 晋江文学城用户具有良好的教育背景，85% 为本科及以上学历，77% 为在读学生。参见宋雪雁、张梦笛：《晋江文学城原创文学网站用户画像研究》，《图书情报工作》2020 年第 23 期。

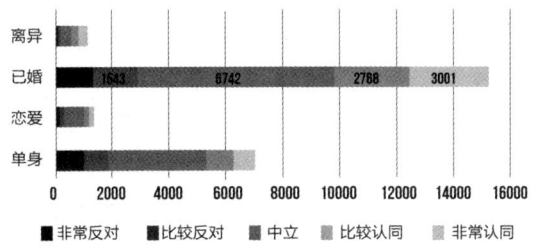

图 4　不同婚恋情况读者对"相较于婚姻关系您更相信血缘关系"的认同程度

二、人物网络中的角色升降

目前关于多宝文比较常见的观点是，多宝文的主要受众应当是没有社会生活经验、生育常识的未成年人，这样脱离现实的小说很容易错误引导年轻女性。① 但问卷调查结果却显示，多宝文的实际读者以中年已婚女性为主，那些被认为是"脱离现实"的荒诞设定并不会影响她们对现实生活的判断，反而作为"中年童话"的入口存在。仅仅围绕标题、设定展开的讨论虽然热闹，却并未正视这类小说的内容及受众，反而遮蔽了探讨多宝文这一流行文类所包裹的群体心理的某种可能。

多宝文究竟具有何种特点？

通过对典型文本《一》的阅读及对其评论区的观察，可以作出两

---

① 如李敾微博的评论区中，高赞评论称"真中老年好歹品味是琼瑶阿姨和知音杂志，不会喜欢这种对生育常识一无所知瞎扯的鬼东西……恐怕市场是毫无社会和生理常识的小学生吧"。又如"马上发大财的"在《【吐槽】现在很多总裁文的价值观导向太糟了》称"一胎多宝，荣升总裁夫人……几乎所有总裁文的开始都围绕着性，性之后就是生育，仿佛女性的价值最大体现就是这两个"（豆瓣小组 2020 年 11 月 26 日）。

个判断:第一,多宝文的具体情节与"总裁文"①极为相似;第二,多宝文的读者评论主要聚焦于女主角、男主角及其孩子。由此,本研究使用数字人文领域较为成熟的社会网络分析(Social Network Analysis)方法,围绕小说主要角色,从与不同类型小说对比的角度展开对多宝文的观察。②

社会网络分析是一种常见的研究方法,即以网络的形式描绘社会互动。网络包含一系列的节点,代表社会中的行动者,这些节点通过某种关系互相连接,反映某种形式的社会互动。③ 弗朗克·莫莱蒂(Franco Moretti)在《网络理论,情节分析》(Network Theory, Plot Analysis)一文中将社会网络运用至对《哈姆雷特》的文本分析,提出了"人物网络"(Character-network)的概念。人物网络由节点与线构成,节点即文本中的人物,线则是人物之间的联系。④ 基于此,本文将以多宝文中的主要人物为行动者,人物共现作为行动者间的互动,搭建人物网络。

搭建人物网络的第一步是锚定节点,即人物。莫莱蒂处理的是单个文本,人物数量有限,人工即可抽取。但本文面对的是多宝文类目下的多个文本,所以我们需借助计算机对文本进行处理。网络小说语言浅白,为加深读者印象,作品中的人物姓名通常会反复出现。借助现有的分词、词性标注技术,我们可以直接抽取出小说人物姓名列表,并通过词频高低筛选出较为重要的角色。但网文小说中的部分人物姓名难以识别,同时,多宝文中人物的血缘关系使得人物通常拥有

---

① 言情小说中较为流行的一种类型,这类文中男主角通常是企业、财团的领导人或高管,他们不仅英俊富有,还往往兼具腹黑、冷面、偏执、控制欲强等特点。参见邵燕君主编:《破壁书:网络文化关键词》,生活·读书·新知三联生活书店,2018年,第304—306页。

② 本研究主要由北京大学2020至2021学年度秋季学期《人工智能技术与应用》课程的多宝文研究小组完成,小组由笔者许婷、信息科学技术学院研究生张明亮、周昱杉组成。

③ 杨松、弗朗西斯卡·B. 凯勒、郑路:《社会网络分析:方法与应用》,曹立坤、曾丰又译,社会科学文献出版社,2019年,第4—5页。

④ See Franco Moretti, "Network Theory, Plot Analysis", in LiteraryLab, Pamphlet 2 (May1, 2011).

多个别名，带来了共指消解①的难题。因此，本文在计算机抽取人物姓名列表的基础上，通过人工泛读，确定主要人物姓名，并合并同一人物的不同称谓。确定网络节点后，我们还对各节点在全文中出现的次数加以统计，用以衡量节点在网络中的地位。

在莫莱蒂对《哈姆雷特》的分析中，他将人物联系落实为人物对话，因为对话是戏剧文本中角色最核心的互动模式，但这在网络小说中并不适用。好在，目前的网络小说主要通过手机等移动客户端阅读，文本形态上大多呈现出单句成段，单段完成一个小叙述的模式。由此，本文将两个角色在同一段落中的共现计为一次互动。莫莱蒂的人物网络中，并未对人物互动频率的高低加以考量，但多宝文的人物网络需要体现人物间关系的亲疏。本文将人物共现次数的多少作为量化关系亲疏的指标，完成人物网络的搭建与赋值。

以《一》为例，通过计算机文本处理，我们得到了人物共现的二维矩阵（图5）。横列人物与纵列人物相交处的数字是他们出现在同一段落中的次数，次数可以为0。将各人物节点出现次数，与人物共现二维矩阵输入至网络分析软件Gephi后，我们得到了便于观察的、以图像方式呈现的人物网络形态图（图6）。图中的圆点代表人物，圆点大小反映了人物在全书中出现次数的多寡；圆点间的线段代表人物互

	陶宝	司冥寒	莽仔	小隽	绩笑	冬冬	静静	细妹
陶宝	0	2234	148	224	178	87	120	195
司冥寒	2234	0	21	71	9	15	20	48
莽仔	148	21	0	36	18	21	19	16
小隽	224	71	36	0	31	51	19	18
绩笑	178	9	18	31	0	20	31	43
冬冬	87	15	21	51	20	0	58	19
静静	120	20	19	19	31	58	0	31
细妹	195	48	16	18	43	19	31	0

图5 《一胎六宝，爸比好厉害》人物共现二维矩阵

---

① 自然语言处理中的常见问题，即识别文本中指向同一实体的不同表述。

动,线段粗细反映了互动次数的多寡。《一》中,女主角陶宝与男主角司冥寒的出现次数高出莽仔等孩童角色数十倍,为使网络图像易于观察,我们限定了节点圆形直径的最小值与最大值。这一操作在后文其他文本的处理中也会出现。

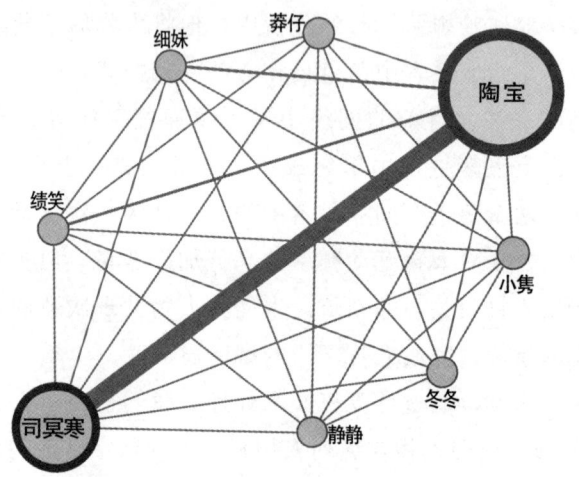

图 6 《一胎六宝,爸比好厉害》人物网络

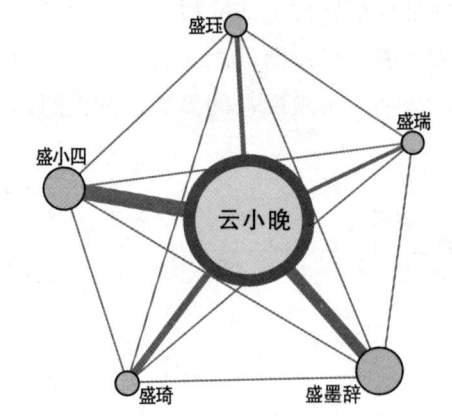

图 7 《天降四宝:妈咪太娇得宠着》人物网络

采用上述方式,本文选取番茄小说中带有"萌宝"标签、在读人次最高的十篇小说①作为处理对象,抽取人物网络进行比较。这十组网络图中,出现了三种较典型的网络形态。第一类以《天降四宝:妈

---

① 2020 年 10 月 30 日查询。

咪太娇得宠着》(云小酒,番茄小说,2020)为代表,见图7。女主角云小晚在小说中居于绝对中心,男主角与云小晚的儿子们均匀拱卫在女主角身周,人物节点远小于女主角;女主角与儿子盛小四的互动频率高于与男主角盛墨辞的互动频率。第二类以《六宝联盟,爸比宠翻天》(筱筱小倔强,番茄小说,2020)为代表,见图8。女主角宁苒出现频次高于男主角陆霆渊,二者互动频率高于女主角与孩子,同时孩子在全文中出现频率远低于男主角。第三类以《天才萌宝:爹地,妈咪马甲又爆了》(沧游佬,番茄小说,2020)为代表,见图9。女主角左初萌与男主角闵筠寒出现频次相当,孩子的出现频次则极低,男女主角间的互动频率同样远高于女主角与孩子。

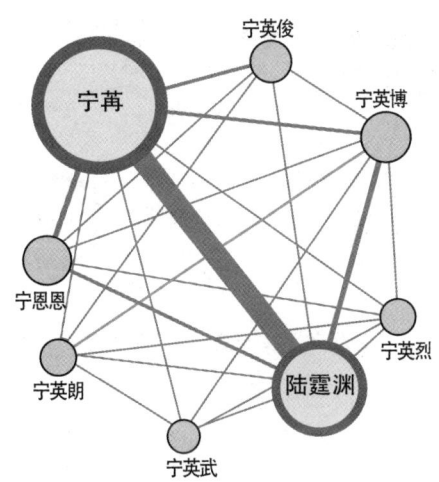

图 8 《六宝联盟,爸比宠翻天》人物网络

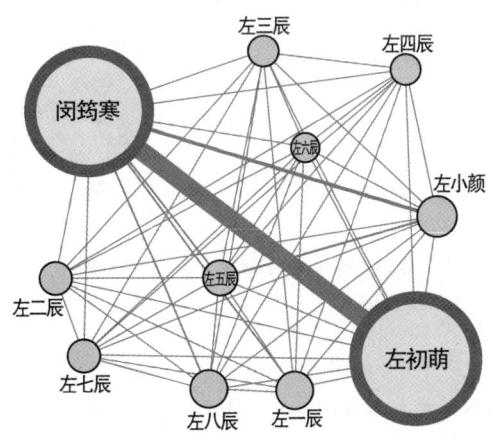

图 9 《天才萌宝:爹地,妈咪马甲又爆了》人物网络

基于多宝文与总裁文情节上的相似性，总裁文中带有"带球跑"①情节的小说可作为多宝文的参照进行辅助观察。本文选取了早期总裁文中影响较大的两本小说《亿万老婆买一送一》（第1卷，安知晓，小说阅读网，2010，以下简称《亿》）和《豪门小老婆》（古默，潇湘书院，2012，以下简称《豪》）进行人物网络分析。需要说明的是，所选两文中，女主角在"带球跑"情节里均只生下了一个孩子，为了人物网络的丰富性，小说中的其他主要配角亦作为人物节点列入，得到结果如图10、图11。《亿》中出现频次最高的人物是男主角

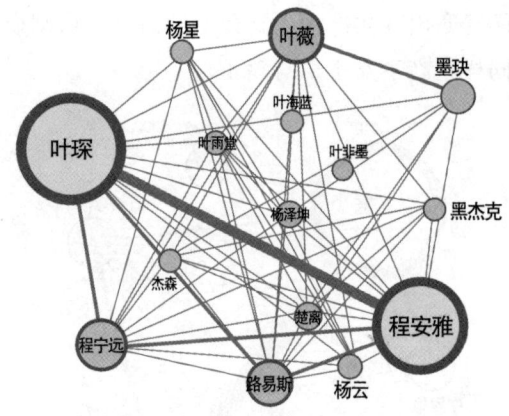

图 10 《亿万老婆买一送一》（第 1 卷）人物网络

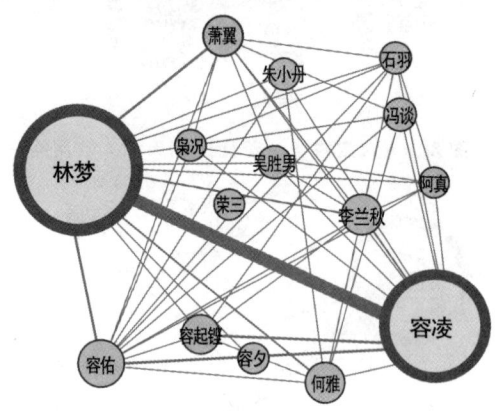

图 11 《豪门小老婆》人物网络

---

① "带球跑"是网络小说中常见设定，指的是女主角怀孕后逃离男主角。"带球跑"的结局通常是女主角回到男主角身边，两人在孩子的助力下破镜重圆。

叶琛,其次是女主角程安雅,两人在网络中互动最多;"带球跑"情节中的儿子程宁远出现频次远低于男女主角,但高于大多数配角。《豪》中女主角林梦出现频次最高,男主角容凌次之,儿子容佑的节点极小。两文中最强的互动关系都在男女主角之间。

总裁文人物网络与多宝文中的后两类在形态上极为相似。男女主角都居于文本中心,其他配角围绕在二者周围,孩子的地位较低。但多宝文因有了多胞胎的设定,多个孩子的节点相叠加,导致了孩子总体上在网络中的比重上升。此外,多宝文的三类网络形态中男主角的占比虽不同,但女主角始终居于中心地位,但总裁文中有时会出现男主角重要性明显高于女主角的情况,如《亿》。综合来看,总裁文和多宝文情节相似,但在人物网络上,后起的多宝文中女主角与孩子的地位更高,二者间的亲密程度也更高。此外,由人工泛读可知,上述五篇小说中主要角色的设定也有所不同。多宝文女主角(云小晚、宁莔、左初萌)和总裁文女主角(程安雅、林梦)相比,性格上更为外放,具备职业女性的身份,尽管她们的事业线情节大多经不起推敲。总裁文与多宝文中孩子的区别更大,除去数量上的差异,前者更强调孩童的纯真,主要作为父母双方的感情催化剂存在;后者虽同样拥有"萌"的特点与推动父母感情发展的功能,但在性格和职业上有了更明确的细分——多胞胎的性格各不相同,作为天才儿童大多具有特定的技能(如商业天才、电脑黑客、知名童星、医学神童),这使得多胞胎与女主角的关系更为紧密,他们成为了女主角"复仇虐渣"故事里的"金手指"[①]。多胞胎中最小的孩子大多以娇憨形象出现,与总裁文中的孩子在性格功能上重合度更高。

多宝文中女主角单核的一类,人物网络呈现出众星拱月的特点。这类小说的简介中往往会出现"团宠"字样。"团宠",原意为某团体内被其他所有人喜爱的对象,在网文中,"团宠"设定则可以理解为配角组团来宠爱主角。2020年,在多宝文流行于免费阅读领域的同时,网文付费阅读板块同样出现了一批"团宠"热文,如《五个大佬

[①] 原指电子游戏的作弊程序,在网络小说中指帮助主角获得成功的"正常规则之外的特殊规则"。参见邵燕君主编:《破壁书:网络文化关键词》,第256—257页。

跪在我面前叫妈》(女王不在家,晋江文学城,2020,以下简称《五》)、《女主是被大佬们氪大的》(糖丸丸,晋江文学城,2020,以下简称《女》)等。巧合的是,这些小说中负责宠爱主角的配角们大多是主角的家人。《女》讲述的是女主角边边被多个"爸爸"宠爱的故事,《五》中女主角顾沅则是被多个"儿子"① 宠爱,两文人物网络见图12、图13,与单核多宝文的人物网络形态相似。

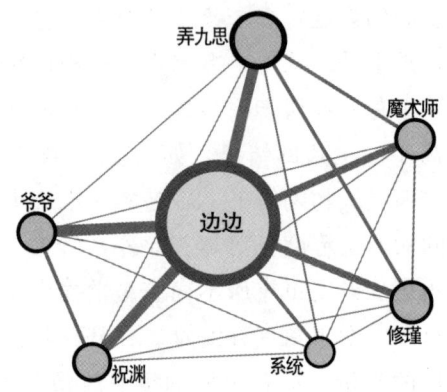

图 12 　《女主是被大佬们氪大的》人物网络

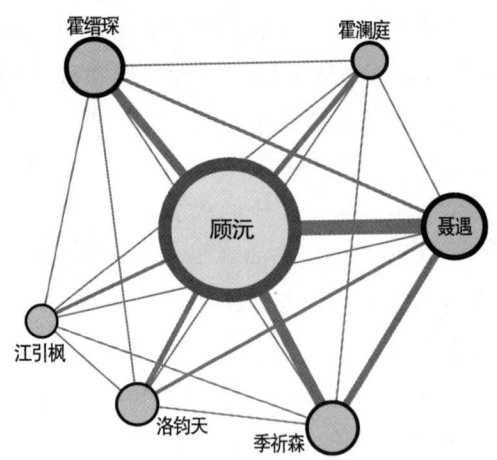

图 13 　《五个大佬跪在我面前叫妈》人物网络

---

① 《五个大佬跪在我面前叫妈》一文中,女主角在被冷冻25年后苏醒。女主角在冷冻前捐出的五个卵子,在她苏醒时已经长成五个青年才俊。这使得女主角与她的儿子们年龄相仿,女主角与儿子被大众误认为是情侣的桥段反复出现。

通过多宝文与总裁文、"团宠文"人物网络的综合比较,本文认为多宝文脱胎于总裁文,其拓展了"带球跑"情节的"一胎多宝"设定,为文本引入了多个与女主角具有强互动、在人物网络中处于重要位置的孩童角色。女主角与孩童间的母子关系,呈现为子对母的宠爱,在家庭团体中实现了多对一的"团宠"。"跑"的动作将孩子与父亲分离,二者在人物网络中为弱互动关系,他们共同服务于具有母亲、妻子身份的女主角。

三、阅读趣味背后的情感位移

多宝文的流行,是免费阅读市场对新读者群体阅读需求的精准回应。研究多宝文,旨在捕捉与分析这一类型小说背后的读者群体欲望。基于上文对多宝文读者群的调查和文本人物网络分析,我们终于可以回答这个问题:为什么有人爱看多宝文?

相较于总裁文,多宝文最大的变化在于更关注和强调女主角与孩子的亲子互动。这种变化显然与新读者群,即中年已婚女性读者的加入密切相关。与年轻女性不同,孩子在她们的生活中占据极高的位置。同时,由问卷调查中收入与职业的数据可知,多宝文的受众大多社会阶层不高,而在社会阶层较低的家庭中,夫妻的结合往往是出于分工协作的需要,家庭情感的联系主要存在于母亲和孩子的关系中。[①]基于此,在爱情故事外加入亲子故事的多宝文也就应时而生,读者得以在熟悉的框架中体验到迥异于现实家庭生活的快乐。

但多宝文中的亲子故事并非只是简单加入至旧有的爱情叙事,多胞胎的出现实际上对爱情故事的底层逻辑进行了改写。多宝文故事节奏紧凑,小说通常以第一章迅速交代女主角意外怀孕生下多胞胎的情节,主线故事直接以女主角携天才多胞胎回归作为开端。女主角甫一登场便具有母亲的身份属性,这一身份也暗示着故事的结局——作为

---

① 让·凯勒阿尔、P.-Y. 特鲁多、E. 拉泽加:《家庭微观社会学》,第33—34页。

孩子生父的男主角必定会成为与女主角相爱的法定丈夫。小说中，男主角往往以孩子父亲的身份追逐在女主角身后，获得爱情与寻回孩子被整合为男主角的同一目标。换个角度看，这实际上是将孩子作为女性在亲密关系中向男性"邀宠"的筹码——表面上，女性通过孩子成为了两性权力结构中的高位者，但内里却是女性在"母凭子贵"逻辑下对男性的乞求。不可否认，在以总裁文为代表的一类言情小说中，女性其实是通过与高社会地位男性的结合实现自我阶级的跨升，多宝文共享这一逻辑。但相较于凭借"清纯毫不做作"① 的个人魅力获得总裁青睐的小说，多宝文选择以孩子作为亲密关系建立的地基。"未恋生子"这一设定极具现实意味，它抛弃了两个孤独灵魂共鸣的爱情神话，转而依靠最基本的繁衍逻辑——共同抚养后代——将低位女性与高位男性的结合合理化。被视为爱情结晶的孩子在多宝文中转为爱情的前置条件与幸福结局的真正保障——尽管男主角仍会因女主角的个人魅力"主动"爱上她。

除更改恋爱缘起外，多胞胎还成为了女主角获得个人成功的一种"金手指"。前文已经提到，"带球跑"情节在网文中早已出现，但强调多胞胎的情况并不多见。多宝文中，女主角生育的多胞胎大多具有天才属性，虽是儿童却能做到独当一面，为女主角保驾护航。通过多宝文人物网络分析，我们注意到，多胞胎集体在小说中隐隐呈现出与男主角分庭抗礼的态势。多胞胎年纪虽小但却有强大能力，并常常具备较高的社会地位，身份常常是小总裁、明星、科学家等，女主角作为他们的母亲直接共享了所有权益。在这一意义上，多宝文的女主角通过多胞胎实现了另一种"母凭子贵"，这里的"贵"并非是丈夫的看重，而是借由母亲身份、血脉联系，直接从天才多胞胎处获得的社会地位。同时，女主角凭借着多胞胎带来的名利，成为了与总裁丈夫势均力敌的恋人。女主角的依仗从唯一的丈夫，变为了多宝文中的众多孩子，多个孩子分有多种功能，是人物功能的转移。

与此同时，多宝文着力描绘母子互动、孩子关爱母亲的温馨场

---

① 在总裁文的常见套路中，男主角大多冷酷霸道，身边围绕着贪图名利向他示好的女性，女主角因为清纯不做作的特质被男主角注意，并以善良的心收获男主角的爱。

面，更满足着已婚中年女性在亲子关系中的情感需求。家庭生活中的女性，除去操持家务养育儿女，更要在心理上向丈夫和孩子提供情感支持，这种心理层面的付出往往难以得到等量的情感回馈。人们通常能够意识到妻子需要丈夫的关爱，却会忽略母亲对孩子的情感需求——在强调"天性母职"的社会里，母亲被认为应该为孩子贡献一切，[①]一种"完美母亲的幻想"长久压抑着母亲并让她们在道德上羞于承认自己需要孩子的回报。网络文学有着"堪称'全民疗伤机制'的释放抚慰功能"[②]，女性在两性关系中情感的巨大空洞一直在通过言情小说中爱情故事的反复书写加以补足，而已婚女性在亲子关系中的情感需求也终于在多宝文中得到了满足：在远离现实的幻想世界，那些无需抚育便已成才的孩子们正反过来为自己的母亲贡献一切。

还需注意的是，多宝文还有超过三分之一的受众是未婚青年女性。"团宠"可以作为了解这一群体心理的切入点。近两年，女频小说中出现了大量"团宠"标签的小说，不同于玛丽苏[③]小说中多个迷人男性对女主角的追求与宠爱。这些小说中的"宠"大多来自主角的血亲，如"爸爸""叔舅""哥哥"等，多宝文中多胞胎对母亲的宠爱同样可以划入这一模式。相较于爱情关系，女性读者越来越倾向于从血缘关系中获得爱与财富，这或许呼应着"婚姻法司法解释三"等热门社会议题，也反映出女性群体对爱情婚姻的普遍失望。这种失望带来的女频叙事重心的变化反映在多个面向，2020 年主打兄妹亲情的《影帝他妹三岁半》（江月年年，晋江文学城，2020）因其爆红在晋江

---

① 南茜·乔德罗、苏珊·康特拉托：《女性主义与精神分析理论》（第一篇第四节），刘岩编著：《母亲身份研究读本》，武汉大学出版社，2007 年，第 100—101 页。

② 邵燕君：《从乌托邦到异托邦——网络文学"爽文学观"对精英文学观的"他者化"》，《网络文学的"新语法"》，海峡文艺出版社，2021 年，第 20 页。"全民疗伤机制"一说是由目前正在美国加州大学戴维斯分校攻读人类学博士学位的周轶女士首先提出。

③ 小说中万人迷女主角与多个优秀男性角色互动的情况。参见邵燕君主编：《破壁书：网络文化关键词》，第 287 页。

而掀起了一波亲情向"三岁半"① 写作潮流，无CP小说②的热度也在逐年攀升，言情小说内部则出现了一批以《枕边有你》（三水小草，晋江文学城，2019）为代表的讨论现实婚姻问题的作品。当然，爱情仍旧是女频小说中最重要的表现内容，只是它的重要程度正在不断下降。

回看本文开头所引用的微博，我们便会发现，生下多胞胎的女主角或许并不需要一个拼命上进的赘婿，因为孩子已然成了供养者。占据免费阅读市场女频主流的多宝文，以天才多胞胎对母亲的宠爱作为小说的新爽点，填补着中年已婚女性读者在家庭生活中亲子维度上的情感空洞，同时也反映出女性读者整体上对爱情叙事的失望。

（原载于《文艺理论与批评》2021年第4期）

---

① 这类小说通常以幼童为主角，讲述主角的成长与亲情故事。《影帝他妹三岁半》走红后，晋江文学城首页出现了大量标题中含有"三岁半""四岁半"等关键词的小说。

② 广义上指不以爱情为主要表现内容的剧情向小说，狭义上指主人公没有恋爱线的小说。

网文如何表达女性主体意识：
天下归元的启示

◎李 玮

我们很难期待靠点击量生存的网文去表达反抗性的思想。目前，在读者市场获得成功的网文，都以适应大众意识形态，表达大众的欲望诉求为特征。不过，这种大众意识形态和欲望诉求也并非铁板一块，某种思考和变化在悄然发生。女频网文中，女权思想的渗透就是一个重要现象，其中最具启示意义的是天下归元的作品。

在女频网文中，天下归元的作品无论在点击量、影视改编，还是口碑方面都是成功的案例。在《扶摇皇后》《女帝本色》《凤倾天阑》等一系列作品中，《凰权》在思想和结构方面更具有探索性和创造性。不同于一般意义上的"女尊文"，《凰权》并没有把男权叙事颠倒过来，变成一个"以女虐男"的套路，而是在权力叙事中表达了对权力结构的反思。虽然很难说《凰权》所表达的"女权"是女性主义的"女权"，但在整体适应大众欲望和趣味的基础上，在架空历史的想象世界中，《凰权》仍在隐约地渗透对于男女性别结构的"反抗"。

一、作为权力主体的女性

《凰权》的女主名为凤知微，她擅长谋略，杀伐决断，改变了传统男权结构中对女性"单纯""柔弱"的设定，但《凰权》的独特之处并不在于此。暗黑女主在许多女频网文中并不少见，凤知微的价值，并不在于获得"谋略""果断"等男性特征，而在于她不再依靠男权"谋权"，不再只是男权结构中被"赋予"权力的客体，而是与男性一起"夺权"的主体。

凤知微,作为被天盛王朝灭国的"大成遗孤",肩负复国雪耻的重任。她所在意的不再是一己荣辱,或是儿女私情,而是政治权力。虽然如许多女频网文一样,凤知微受到男主及众多其他男子的爱慕,但作者并没有将之处理为"爱江山更爱美人"的故事。包括宁弈在内的男性形象,并没有像许多女频网文那样被简化为一个感情动物。在这一方面,《凰权》显示出一种"现实感",男性是权力结构的建设者和颠覆者,即使重感情,也绝不忽视感情背后的权力问题。同样,《凰权》并不认为女性有所不同。凤知微同样是一个权力主体。在感情线之外,凤知微步步为营,夺权复国。是争夺权力,而非爱情,构成凤知微行动的逻辑。她在夺权的过程中,主动地思考,主动地出击,显示出自觉的主体性。

当《甄嬛传》把甄嬛夺权处理为被动的无奈之举,并且甄嬛夺权仍是通过男权结构中"争宠",《明兰传》中明兰参与权力斗争也只是"相夫"时,《凰权》中的凤知微在夺权的过程中,始终以自我为中心,从未因为女性身份、感情纠葛退缩半分,并且在很多时候是和男性你死我活地"争权夺利",而不是在男权结构中分得一份权力。在处理凤知微"夺权"的方式时,《凰权》也表现出自觉性和主动性。虽然男主宁弈帮助了凤知微,但起到的只是次要的作用。布局、筹谋、出手,每一次夺权之举都是凤知微主动促成。在这一方面,根据《凰权》改编而成的影视剧《天盛长歌》就削弱了凤知微的主体性。在《天盛长歌》中,凤知微在很多时候只能是被动地在楚王宁弈的布局中,"偶然"地获益。

二、权力和爱情:共生与背反的悖论

权力和爱情的矛盾是凤知微在实现权力主体性过程中的主要矛盾。如果没有宁弈和凤知微的"爱情",那么,《凰权》就成为纯粹的权力斗争小说。不过,《凰权》也不同于一般意义上的皇权+爱情的网文小说。许多皇权+爱情的网文小说,往往叙述江山美人的双丰收,爱情和权力的相辅相成,甚至于认为,只有掌握江山的人,才

"配"收获爱情。在这些叙述中，爱情在很多时候不过是江山所代表的权力的点缀，或者说"商标"。《凰权》中爱情和权力却呈现出二律背反的关系。《凰权》中的爱情在权力博弈的语境下产生，似乎离开权力博弈的语境，爱情反而变得浅薄、空洞。但是，在权力和爱情共生的过程中，权力阻碍爱情，或是爱情消解权力斗争的意义。

直面权力结构的爱情叙事，以权力作为爱情发生、发展的重要推动性要素。不同于将"美貌"作为爱情叙事发生发展的核心，或是以不可知的神秘力量作为爱情发生的叙事动力，《凰权》则将爱情放在权力结构中加以审度，在架空历史的想象空间中表达着一种现实主义精神——爱情不是权力政治的附庸，也不"远离权力政治"，它本身就是权力政治的一部分，但同时又可以反抗和超越权力政治。

《凰权》首先设置了权力和爱情共生的开端。宁弈和凤知微的相逢因宁弈对"大成遗孤"的调查而起。宁弈固然为凤知微的外貌所惊艳，但更是因为凤知微诛杀五姨太的心机和狠辣而感慨和好奇。在之后的接触中，二人的交集往往与权力斗争相联系。凤知微本身在权力斗争中表现出的"能力"（谋略、勇敢、坚强等），而不是"美貌""温柔"或是"善良"，成为吸引宁弈的"不可替代"的关键性要素。也就是说，《凰权》中爱情的发生建立在双方权力（在作品中是一种获得权力的"能力"）对等的基础上，而不是男方强（视野开阔、勇谋、强健）女方弱（视野狭小、单纯、柔弱）。

但是，《凰权》仍然展现了权力和爱情的冲突。宁弈是颠覆大成而建国的天盛国的皇子，凤知微是肩负大成复仇复国重任的"遗孤"，权力斗争造成二人宿命的"仇恨"，和"爱情"形成强烈的冲突。双方的合作固然促进了感情，但因为合作中掺杂着利益的考量，所以反而加深了"被利用"的隔阂和误解。宁弈对凤知微"大成遗孤"身份的调查，让凤知微身陷囹圄，并直接导致了凤知微养母的死。在天盛帝死后，宁弈和凤知微更是处在你死我活的境遇中。

这种冲突构成《凰权》权力斗争过程中的最大阻力。"虐"恰恰就在于权力和爱情冲突带来的痛苦、迷惘和无奈中。并不能简单地放弃权力，因为在权力结构中，放弃权力博弈的爱情虚弱、不堪一击。天盛帝虽然被宁弈母亲的美貌所吸引，但迫于权力的考虑，不惜囚禁宁弈的母亲,将她作为一只笼中的金丝雀玩弄。由此才促成宁弈对父权的仇恨,也不能简单地放弃爱情。爱情是权力斗争结构中唯一的救赎力量。宁弈和凤知微只有在相爱的时刻,才能在逼仄艰难的权力斗争道路上获得片刻的超脱和快乐。

三、权力斗争的三元结构

凤知微,作为权力主体,所参与的权力斗争,并不是一般意义上的二元权力斗争结构。诸多表现权力斗争的网文,通常设置二元对立的结构,或者善恶分明,或者恩怨分明,权力斗争有着明确的目的性,甚至输赢都是预设好的。《凰权》的权力斗争结构,却设置了三条线索,天盛帝、宁弈和凤知微。凤知微作为一名女子,与所爱者和所恨者一起,作为一条独立的线索,参与权力斗争,并且,作为小说的男主和女主,宁弈和凤知微并不属于同一阵营。虽然宁弈在很多时候和凤知微结盟,但小说会交代这符合双方的利益,并且在结盟的过程中,算计和分裂也不可避免地发生。在很多时候,天盛帝和宁弈之间,天盛帝和凤知微之间也存在这样的合作,或者说利用的关系。

三元结构改变了一般权力斗争小说的正邪结构,它减弱了权力斗争各方的道德意义。虽然天盛帝颠覆了凤知微的母国——大成,小说也没有将天盛帝描绘成绝对的反派。他只是具有所有权力斗争者的共性——阴险、凉薄。男主宁弈同样有这样的特征。他深深隐瞒自己对权力的向往、对父亲的仇恨、对兄长的敌意,处心积虑在皇权争斗中占据上风,掌握兵权,调查凤知微,逼宫父皇。女主凤知微也以思维缜密、杀伐决断见长。虽然小说也说明被她伤害的角色自身均有可恨之处,从一开始的五姨太,到后来的韶宁公主、庆妃,但是凤知微显然不是白莲花,作者丝毫不掩饰她内心熊熊燃烧的权力欲望,她为达到目的不择手段,甚至在关键时刻不惜对深爱的人动手。

由于削弱了权力斗争各方的道德意义,三元结构的叙事动力就不是建立在正义战胜邪恶、恩义战胜仇怨的传统伦理之上,而是建立在一个更具有现代意味的理念之上——博弈。小说由此尊重了权力斗争各方的意志和愿望,也由此更加客观地展现了权力斗争各方的谋略和力量。由此，在博弈的结构中，"成王败寇"的评价体系被打破，权力斗争各方可以相互对照。即使是作者偏爱的女主凤知微，她的权力斗争之路也充满了欺骗、血腥和暴力。围绕她的意志，她的养母亲手杀死了自己的亲生儿子，好友华琼和燕怀石恩断义绝，亲人一般的侍卫顾南衣用身体了结父亲和血浮屠之间的恩怨……"一将功成万骨枯"，在宏大、华丽的皇权争斗背景下，权力斗争各方都在被权力之手推动，陷入无穷尽的猜忌、恐惧和挣扎之中。

一方面，小说津津乐道地推陈权力斗争各方尔虞我诈、你进我退、此消彼长；另一方面，小说却没有强调权力斗争者获得权力的快乐，而是时不时地在诉说权力斗争者的无奈。由是，三元权力斗争的博弈结构，最终并没有指向权力的获得，而是指向权力的制衡。小说结尾天盛帝去世，宁弈和凤知微放弃皇权，皇权归于从未参加争斗，甚至对斗争各方都心怀善意的七皇子。

在这个由夺权到权力制衡的过程中，女性凤知微是主要的推动性力量。她直面权力斗争，勇于参战，但她的女性身份，也同时促成了她和宁弈之间的感情，她对战争残酷性的反思以及对权力更替虚妄性的洞察。是凤知微，促成了三元权力斗争的结构，也是凤知微瓦解了权力斗争的结构，并进而主动放弃权力斗争，以个体幸福为核心，超越了权力斗争结构。

可以说，作者以恢宏瑰丽的想象、细致幽微的描写创造出的并不仅仅是一个满足商业诉求的"商品"，《凰权》是一部非常重要的，参与书写"现实"的"文学"。虽然《凰权》并不迎合思想启蒙，或是看重文学标准，相反，它紧紧把握大众读者的经验和心理，尊重大众读者的欲望和需要，但是，《凰权》对女性和权力关系的重新勾勒和描绘，使它和整个文学史的女性写作资源和传统密切相连。《凰权》，以大众的面貌，文学地表达着大众意识形态的某种变动，并且恰恰是这种"大众性"，才让《凰权》，作为一部网络文学，较之纸媒文学，更具有"深入生活"，或者说"介入现实"的价值。

（原载于《青春》2021年第8期）

"女频"破圈之旅
——新世纪网络文学的性别秩序变动

◎张　钰

"男频/女频"是今天网络文学最基本的分类方式。一方面普遍用于网文圈内,如各大网络文学创作与阅读平台、网络文学作家排行榜等①,另一方面也广泛见于网文研究界,如邵燕君以"男频卷""女频卷"形式自2015年至今连续出版网络文学年选,以及部分研究者选择在男频/女频不同范畴展开网络文学研究②。"男频/女频"的划分,不仅形成了以男性/女性不同创作、阅读与消费群体为主的"圈子文化",而且如研究者邵燕君所说,背后蕴含着显著的"性别冲突"③。探究新世纪网络文学中的"女频"分类生成、作家生态与创作变化等问题,可以发现男/女性别壁垒的普遍存在与性别秩序的变动态势,同时也能够看到"女频"在突破创作阅读视野与男女性别藩篱方面的艰难努力。

---

①　艾媒咨询:《2020年中国网络文学作家影响力榜单解读报告》,https://baijiahao.baidu.com/sid=1688772152482827149&wfr=spider&for=pc。

②　陈子丰:《女频网文阅读与读者的女性主体建构》,《中国现代文学研究丛刊》,2016年第8期;吉云飞:《寒冬之中别开生面——2018—19年中国网络文学男频综述》,《文艺理论与批评》,2020年第1期;肖映萱:《"嗑CP"、玩设定的女频新时代——2018—19年中国网络文学女频综述》,《文艺理论与批评》,2020年第1期。

③　邵燕君:《网络文学的"断代史"与"传统网文"的经典化》,《中国现代文学研究丛刊》,2019年第2期。

一、迈向独立:"男频"走出的"女频"

"女频"不等于"女性向",尽管两种指称在如今的网络文学创作与研究界均十分常见。"女性向"一词来自日语,主要指"面向女性的""针对女性的"[①],常见于 ACGN(动画、漫画、游戏、小说)文化中,其范围不限于文学,且更强调受众群体。"女频"一词才真正源自中国网络文学,并包含更多元的指向。就目前网文圈较认可的"女频"小说评判标准,涉及对作者、文本、读者等多方面的考量,偏客观条件而较易区分的包括:作者性别(女性)、主角视角(女性)、读者群体(主要为女性);偏主观感受而需细致甄别的则有:主线(感情线为主)、爽点(偏情感满足)、文笔(更为细腻)等。虽然上述判定标准并非绝对,但绝大多数"女频"小说具有以上典型特征,而与之相对的即是"男频"小说,两者基本构成互补集合状态。

但最初"女频"却破壳于"男频"。今天依然排名前列的网络文学基地——起点中文网,自 2002 年建立后,开创了众多业界先河,如"VIP 付费阅读"制、"月票"制,也包括"男/女"分频制。初期起点中文网以发表玄幻奇幻类作品为主,并不区分作者或读者性别,或者说主要的创作者和阅读者就是男性群体,圈子相对封闭,少数女性作家或读者的取向也只能遵循同一风格。[②] 但随着起点中文网的发展与女性阅读群体潜力的显现,2005 年起点开设"女生频道",这也是"女频"的由来,2009 年更将之独立为"起点女生网",如今起点女生网已与起点中文网并立于"2021 网络文学十大品牌排行榜"[③]。起点中文网的发展历程,有代表性地展现了"女频"小说整体的成型与壮大。

---

① 邵燕君主编:《破壁书:网络文化关键词》,北京:生活·读书·新知三联书店,2018 年,第 166 页。

② 府天、流浪的蛤蟆:《网络文学中的"男频""女频"等分类是怎样形成的?》,https://www.zhihu.com/question/65920614。

③ 十大品牌网:《2021 网络文学十大品牌排行榜》,https://www.maigoo.com/best/15429.html。

值得注意的是,"女频"分列后的起点中文网,在网络文学圈内却并不被称为"男频",而是呼之曰"主站",其中蕴含的主次、高下的传统认识显而易见。起点"女频"独立初期,仍需要依靠男频作者助阵宣传以及男频作品吸引读者,而这一情形在当时具有普遍性,一定程度上也可以说是无奈之举。同一时期,如后来著名的专门面向女性群体的晋江文学城,也因受众不多关注度不够而不温不火。① "女频"小说的"肋骨"地位,在很长时间内没能改变。而初期起点所谓的"女频"作品,划分标准也简单粗暴,仅以作者注册时的性别为准,女性作家自动分至女频。直到"女频"创作渐渐丰富起来,在题材写法各方面突破"男频"小说传统,如网文作家流浪的蛤蟆所谈耽美类女性专属文类的出现,以及对原属"男频"的重生类文学的发扬等,才加速了"女频"小说的发展②。如今,以起点平台为例,中文网与女生网的作品分类各自独立,分别有 13 种及 10 种,作家在创建作品时也可以自由选择目标读者群体或不同题材类型。

"女频"时代的到来已是不争的事实。在 2021 年评选的十大网络文学平台中,以女性文学网站为定位的就占 5 席,包括云起书院、晋江文学城、潇湘书院、红袖添香和起点女生网,而另 5 席中起点中文网有相对的"女频"网站起点女生网,创世中文网相对的是云起书院,纵横中文网旗下有花语女生网,17k 小说网、小说阅读网均下设"男生""女生"栏目。"女频"小说从默默无闻走向了与"男频"小说分庭抗礼,不再局限于作为附属"频道",而成为网络文学界能顶半边天的文学大类。

二、作家生态:"娜拉走后怎样"

"女频"小说能够从"男频"小说圈破壳而出,与其创作与阅读

---

① 府天、流浪的蛤蟆:《网络文学中的"男频""女频"等分类是怎样形成的?》,https://www.zhihu.com/question/65920614。

② 府天、流浪的蛤蟆:《网络文学中的"男频""女频"等分类是怎样形成的?》,https://www.zhihu.com/question/65920614。

的兴盛密切相关。十余年来产生了数位网络文学经典作家及其经典作品，如顾漫的《何以笙箫默》、桐华的《步步惊心》、流潋紫的《后宫·甄嬛传》、Fresh果果的《花千骨》、唐七的《三生三世十里桃花》、天下归元的《扶摇皇后》、关心则乱的《知否？知否？应是绿肥红瘦》等。更重要的是，这些"女频"作品不仅最初连载于网络，积累了众多原著粉丝，而且进一步拍摄成影视剧，成为广为人知的"大IP"，产生了巨大的文化与经济价值。

  网络小说的影视化，已经成为当今的一大潮流。尽管"男频""女频"作品均有不少搬上荧幕的成功案例，但"女频"小说却有着先天的优势。一方面其相较"男频"往往人物刻画更细腻、故事背景更易模拟、故事长度适宜，便于移植改编；另一方面更关键的是，影视剧受众群体中不少是女性，在"粉丝经济"当道的情况下，能否吸引更多观众成为重要的考量标准。因此，今天即使"男频"小说在改编为影视剧时，也不得不考虑迁就女性受众的喜好。如近期热播的电视剧《赘婿》，就改编自愤怒的香蕉的同名男频小说，如已有研究者指出的，剧版对原作进行了多方面的修改，如将男主宁毅的妻妾成群改为一夫一妻，强化了男女主的感情互动，增添了"男德学院"情节等。[①] 剧本改编所体现出的"男频"作品对女性观众的献媚，似乎实现了初期"男频""女频"小说地位的颠倒，显示了男性受众群体地位的滑落，女性受众群体地位的上升。

  然而在影视行业，实际上并不存在单向度的"男频"作品向"女频"作品靠拢。与《赘婿》的改编方向相对，海宴的《琅琊榜》最初属于"女频"小说，后来却被包装为"男人戏"出品[②]。而《赘婿》也并非代表新兴动向，此前著名的"男频"小说萧鼎的《诛仙》改编为电视剧《青云志》时，猫腻的《择天记》改编为同名电视剧时，都明显增添了"女频"特性。在一系列貌似"男频"作品弱势，不得不突破性别壁垒的行为背后，利益驱动是必须纳入考量的重要因素。

---

  ① 范佳来：《撕裂的"男频""女频"与走红的"赘婿文学"》，澎湃新闻，2021年3月1日。https://www.thepaper.cn/newsDetail_forward_11505290。
  ② 肖映萱、叶栩乔：《"男版白莲花"与"女装花木兰"——"女性向"大历史叙述与"网络女性主义"》，《南方文坛》2016年第2期。

就近年的网络文学生态而言,"男频"作家在经济收入方面明显高于"女频"作家。新锐记者吴怀尧创立了"中国作家富豪榜"品牌,自2006年起持续关注作家群体变化,2012—2017年更单独推出了以版税为依据的"中国网络作家富豪榜",但6年间榜上排名前十者基本均为"男频"作家,仅2017年有唯一的女作家藤萍以2500万元版税名列第九,但仍不到第一名唐家三少13000万元版税的20%。① 网络文学作家的版税收入涉及作品/IP的实体出版、影视改编、游戏改编等多方面,"女频"作品在影视改编方面或许略占上风,但"男频"作品在游戏改编、动漫改编方面则更具优势。以网络文学头部平台阅文集团为例②,在其推出的《2019年度中国原创文学风云榜》中,"超级动漫改编作品"共2部来自《全职高手》《斗破苍穹》,"超级游戏改编作品"共1部来自《斗罗大陆》,"超级游戏改编价值作品"共5部,乃至"超级影视改编作品"共1部来自《庆余年》,均为"男频"小说。③ 阅文集团还根据作品订阅成绩、版权拓展成就对旗下作家进行了等级评定,根据其最新发布的"2020年原创文学白金作家"名单显示,最高等级的"白金作家"共66人,其中"男频""女频"作家分别为41人和25人,约1∶0.6④。目前,已有研究者针对"男频""女频"文学各自特色,展开网络文学IP差异化开发的细致探究,力求双赢⑤。然而总体而言,"女频"作家虽在逐步追赶,但显然仍处于经济弱势,影视改编行业出于利益需要单方面营造出的

---

① 作家榜官方网站—榜单,http://www.zuojiabang.cn/rangking。

② 阅文集团旗下的网络文学平台包括:起点中文网、创世中文网、起点女生网、云起书院、潇湘书院、红袖添香、小说阅读网、言情小说吧等。

③ 虞婧:《2019阅文原创文学风云盛典举行"中国好故事"释放IP生命力》,中国作家网,2020年1月19日。http://www.chinawriter.com.cn/n1/2020/0119/c404023-31555471.html。

④ 《网络文学全明星(男频)·2020年原创文学白金作家》,https://acts.qidian.com/2020/6416497/01.htmlcene=1&clicktime=1586923663&enterid=1586923663&from=groupmessage&isappinstalled=0;《网络文学全明星(女频)·2020年原创文学白金作家》,https://acts.qidian.com/2020/6416497/02.htmlscene=1&clicktime=1586923692&enterid=1586923692&from=groupmessage&isappinstalled=0。

⑤ 陈彩银:《基于男频文和女频文的网络文学IP差异化开发模式探究》,《媒介经营与管理》2020年第15期。

"女强男弱"的景象并不值得夸耀。

鲁迅先生在1920年代追问的"娜拉走后怎样"的问题,一个世纪后仍然启发我们反思网络文学的发展现状。一方面,"经济,是最要紧的了"①,今天已广为人知,乃至过度要紧了,它全力驱动着网络文学的发展,无论"男频""女频"创作都难免受其影响而变换自身样貌;另一方面,"在家应该先获得男女平均的分配","在社会应该获得男女相等的势力"②,这一点我们做得还很不够,"女频"从"男频"走出,若要既不堕落也不回去,仍任重道远。

三、创作新变:"凝视"下的反叛

虽然综合来看,"男频""女频"创作并未真正平分秋色,但两者在相互碰撞与较量的过程中,各自都产生了新的变化。比如此前一段时期"男频"小说常见的"开后宫"(即"一男配多女")设定③,程度不同地体现出对于女性的不尊重,在国家净网行动管制与众多女性读者抵制下,如今已经不再流行。而"女频"作品,如作家侧侧轻寒所谈,也开始"注重大格局和强情节,争霸天下和权谋也成为了女频热点"④。值得思考的是,成功走出"男频"的"女频"小说,与逐步缩小经济差距的"女频"作家,是否已在破圈之路上迈出了一大步,是否已经打破了性别壁垒?或者说"争霸天下和权谋"是否就是"女频"小说理想的新面貌?

劳拉·穆尔维从女性主义视角研究大众电影之作《视觉快感与叙事电影》,对"男性凝视"理论进行了深刻剖析,指出了"男性"与

---

① 鲁迅:《坟·娜拉走后怎样》,《鲁迅全集·第1卷》,北京:人民文学出版社,2005年,第168页。

② 鲁迅:《坟·娜拉走后怎样》,《鲁迅全集·第1卷》,北京:人民文学出版社,2005年,第168页。

③ 邵燕君主编:《破壁书:网络文化关键词》,北京:生活·读书·新知三联书店,2018,第277页。

④ 樊文:《侧侧轻寒:"女性向"作品也有大格局》,《国际出版周报》2017年9月11日。

"女性"分别作为"主动/看"的一方与"被动/被看"的一方之间的性别差异,并批判了其背后隐含的父权秩序意识形态①。这一观念也被许多研究者用于探究网络文学中的性别问题,区别在于对"女频"小说是否实现了对"男性凝视"的突破,持不同意见:是通过不断的性别实验搭建起了"无需男人的女人世界"②,还是始终无法逃脱"看与被看"背后的性别权力机制③。

总体而言,网络文学"女频"小说的分立与发展,确实体现了女性从"男性凝视的原料"中逐步解放出来,从被阅读走向了选择阅读和主动生产。但在刚开始,"女频"创作仍然没有逃脱因袭的男性目光,一方面对于女性自身的设定,多是"圣母白莲花"④,以温柔善良这一男性理想中的传统女性形象为核心定性;另一方面对于爱情的想象,则是"霸道总裁爱上我"或深情男主专恋女主。如顾漫的《何以笙箫默》,女主赵默笙作为经典的"傻白甜",得到了男主何以琛七年的痴情等待。其后,女性从内部开始了一条"反白莲花"之路⑤,或以宫斗、重生的形式,写女主由陷于爱情到逆袭成长,如流潋紫的《后宫·甄嬛传》,或以争霸、权谋的形式,写大历史下的巾帼不让须眉,如海宴的《琅琊榜》,女性形象均由柔弱转为强势。至于更进一步的女尊、耽美类型小说,则对两性关系进行了逆位书写,或改男尊女卑为女尊男卑,或化"男性凝视"为"女性凝视",但更多只是位置互换,而非意识改变。⑥ 近期则"甜宠"文更得其时,如关心则乱的《知否?知否?应是绿肥红瘦》与吱吱的《庶女攻略》,男女主往往各有其智慧和能力,既互相制衡又平等互爱,一定程度上体现出对

---

① 劳拉·穆尔维:《视觉快感与叙事电影》,麦茨等著、吴琼编:《凝视的快感:电影文本的精神分析》,北京:中国人民大学出版社,2005年,第8—17页。
② 肖映萱:《"女性向"网络文学的性别实验——以耽美小说为例》,《中国现代文学研究丛刊》2016年第8期。
③ 江涛:《"网络女性主义"创作的价值商榷》,《文艺争鸣》2020年第11期。
④ 邵燕君主编:《破壁书:网络文化关键词》,北京:生活书店出版有限公司,2018年,第311—312页。
⑤ 肖映萱、叶栩乔:《"男版白莲花"与"女装花木兰"——"女性向"大历史叙述与"网络女性主义"》,《南方文坛》2016年第2期。
⑥ 江涛:《"网络女性主义"创作的价值商榷》,《文艺争鸣》2020年第11期。

于平权的向往。①

值得关注的是,近年来网络文学领域掀起了一股"无CP"小说潮流,即不设配对关系男女主,也不强调感情线的小说类型,这展现出一向以言情为主的"女频"小说的新变化。晋江文学城在平台开设了"无CP"小说频道,与"言情""纯爱""百合""女尊"并列为小说"性向"之一,已收录原创及衍生作品达1万部,且创作数量逐年递增,仅2020年至今发表的就有约4000部。而在晋江这一女性群体网站上发表的"无CP"小说中,又有达1/3是以男性视角书写的,这同样构成了"女频"小说的新兴现象。

著名"大神"级女作家priest今年2月开始在晋江连载的新作《太岁》,正是一部"无CP"+"男主视角"的作品,至今已登晋江"无CP"类型创作的"霸王票总榜"第一。小说以男主为叙述主线组织全篇,着力淡化男女感情描写,而更强调剧情发展,讲述了永宁侯世子奚平如何由逍遥自在的纨绔子弟走上升仙救国的英雄之路。作品开头也曾写道奚平的一位"红颜"将离,但却点明其并非"知己",且前脚刚写将离表白被拒,后脚就写其正借奚平推动一惊天阴谋,而作为女配将离也很快退场。此外,男主奚平的登场也十分特别,乃是"画着时兴的仕女妆面,浓妆艳抹",穿着绣鞋,以"乐女"身份出现。不仅如此,最新出现推测应为女主的人物阿响,出场就被误认作"少年",与男主恰恰相反。其他如小说讲述的第一宗案件即"僵尸新娘",作为"新娘"离奇死亡者偏偏皆为男性。这些性别颠倒的独特设定,显示出了《太岁》这部小说的特殊意义。

性别理论家朱迪斯·巴特勒曾提出性别述行理论及扮装理论,前者强调性别的建构性质,是由言语行为造就的主体身份,后者则是指主体可以借助服装转换性别,喻指性别的后天操演性质②。priest的女性作家身份,《太岁》男主奚平的写作视角,男女主奚平与阿响的出场设定,这三者关系正体现了性别的建构性与扮装可能。作为一部

---

① 陈子丰:《女频网文阅读与读者的女性主体建构》,《中国现代文学研究丛刊》2016年第8期。

② 陶佳洁:《"成为一个性别":朱迪斯·巴特勒性别述行理论的建构》,《外国文学动态研究》2019年第5期。

"女频"小说,作者以"马甲"的方式进行性别改装实验,通过创作反转真实性别,又通过剧情反转人物性别,实际上消解了性别的自然性与稳定性,呈现了其虚构与偶然因素,并证明了自主的性别选择可被理解与欣赏。以《太岁》为代表的新型"女频"小说,以"无CP"抵抗"言情"特性,以"男主视角"补充"女性视角",以创作多层翻转性别,可以视为一种突破"男频""女频"界限,乃至突破性别界限的尝试。

四、秩序重建:艰难的"破圈"

传统的性别秩序规定了男性与女性在社会中的相对位置,其中男性往往处于支配地位,女性则处于从属地位,这同时也衍生出对于男性气质与女性气质的判定,男性气质代表了理性、强大、独立,女性气质则表现为感性、弱小、依附。在网络文学世界,这一秩序最初在作者与作品两个层面都呈现出来,体现在作者对自我的认知与对作品人物的设定中。

"女频"的产生与分立,客观上将"男频"作家与作品的霸权话语撕开了一道口子,为女性作者与读者的喘息与生长开启了大门。随着女性群体的消费能力被挖掘,"女频"作家也越来越受到追捧,不仅相互联动扩大了受众,而且伴同时代加速发展并分享红利,这一定程度上也给予"男频"创作以影响和压力。而"女频"小说则以内部反身思考的方式不断实现类型更新,在逐步走出"男性凝视"的同时直接挑战性别界限。需要警惕的是,"男频/女频"或"男/女"性别的"破圈",远没有这样容易。在新剧《赘婿》播出之前,围绕原作者是否表达过不需要女读者和女观众,只考虑男性为主的原著书粉的问题,曾引发巨大的性别争议,这投射出了"男频"小说依然强势的底气与无意融合的态度。而对于《太岁》这部"反叛"性作品,其以"事业线"代替"爱情线",以男主升级代替女主言情,在淡化自身"女频"小说特征的同时,也默默呈现出"男频"小说的某些特性,其跨越性别的价值因此不得不打上一个问号。实际上,这一方面固然是男权社会长期统治的结果,另一方面也与性别二元对立思维相关。"男频""女频"的分列,客观上固化了男女二元对立,强化了圈子意识。而在这一视野下若要打破壁垒,努力的方向只能是对方,于是艰难破圈的结果,即是成为了他者,这反过来也消解了破圈的意义。

许多研究者在探究网络文学或"女频"小说时,都延伸讨论了"网络女性主义"问题,虽然在某些观点上存在争议,但基本都认可其是与西方女性主义理论不同的存在。但不同时期的女性主义理论却深度影响了研究者们对于"网络女性主义"或网络"女频"小说的期待,并因此塑造和引导着网络文学的发展方向。如肯定爽文学观对精英文学观权威地位的冲击①,这如同后女性主义对于大众女性获得快感的认同,以及对女性主义高高在上的批判;又如强调"女频/女性向"网络文学与现实中女性生存困境等问题的互动②,这也与女性主义初期要求具体的财产权、选举权,及后期借助社会媒体进行反对侵害女性宣传有所相似。而后女性主义的核心观点之一,即是质疑性别二元对立思维,由此也带来了对于"女频"小说创作有意识地进行性别实验与秩序重建的期待,而非仅为扩大受众而规避或颠倒性别标签。更进一步,如今的女性主义批评已经转向更广泛的性别研究,不再局限于女性问题而重视维护不同种族、阶级弱势群体的利益,"女频"小说或新世纪网络文学所代表的"网络女性主义"所需突破的也不仅仅是性别壁垒,而应拥有更广阔的视野。

(原载于《南京师范大学文学院学报》2021年第3期)

---

① 邵燕君:《从乌托邦到异托邦——网络文学"爽文学观"对精英文学观的"他者化"》,《中国现代文学研究丛刊》2016年第8期。

② 高寒凝:《"女性向"网络文学与"网络独生女一代"——以祈祷君〈木兰无长兄〉为例》,《中国现代文学研究丛刊》2016年第8期。

数字媒介时代网络文学 IP 改编的再思考

◎曾一果　杜紫薇

今天，随着网络文学、影视动漫等多领域文化产业的融合发展，IP 开发被赋予了更大的价值，但是网络文学 IP 在不断产业化的过程中，也出现了版权开发分散复杂、原著作者主体地位式微、原著粉丝参与有限等诸多问题，造成网络文学 IP 的内容生产呈现疲软态势。当 IP 市场逐渐冷却下来，"内容为王"依然是构建网络文学 IP 产业生态圈之基石。以此为基础，IP 产业多元主体的共同协作和产业链内外的双向循环，是维护网络文学 IP 内容产业生态平衡、实现网络文学 IP 可持续发展的保证。

一、跨媒体叙事：网络文学 IP 内容生态圈的新模式

近年来，网络文学借助媒介技术的发展而不断产业化和市场化，打造出以优质网络文学 IP 为核心的泛娱乐化内容产业生态圈。IP 原指知识产权，资本强势介入后泛指具有强大经济开发潜力的文学艺术作品，开发形式包括网络文学改编成音乐作品、影视动漫、网络游戏等多种样态。围绕着网络文学的 IP 开发，网络文学作者、原著粉丝、IP 开发方等不同主体之间形成了复杂的利益博弈关系。

（一）媒介与融合：构建新内容生产方式

在数字媒介环境下，不同媒体在技术的勾连下呈现出新的沟通与融合的可能。媒介融合是不同技术的"无缝对接"，所探讨的是不同

媒介如何在功能上互补,以及内容生产如何分配和共享的问题[①]。这就意味着媒介融合所形成的产品,凝结和反映着媒介融合的生产过程和最终结果,跨媒体叙事因此成为当下数字媒介产品研究的新视角。美国学者亨利·詹金斯提出了"跨媒体叙事",并作出如下定义:一个跨媒体故事横跨多种媒体平台展现出来,其中每一个新文本都对整个故事作出了独特而有价值的贡献。跨媒体叙事最理想的形式,就是每一种媒体出色地各司其职、各尽其责[②]。

这种全新的叙事模式为网络文学IP的改编实践活动搭建起底层逻辑,即充分运用不同的媒体平台重新组合、讲述故事,以开放性为特征整合经济、社会和文化资本,逐步从文艺作品创作到文化创意产业,再从文化创意产业向品牌营销等领域扩展,不断实现背后文化资本的增值。

(二)互文与共生:实现跨媒体内容生产

跨媒体叙事的显著特征在于:其一,故事作为元文本散布于多个平台,不同改编产品在媒体之间交叉传播,形成互文性的故事世界。互文性是跨媒体叙事得以保持扩张活力的方式之一,在元文本的统领下,文本与文本之间是注释关系,不同形态的文本相互作为注脚而存在。其二,媒体之间合作共生,形成一个开放有机的整体。网络小说给故事以基本框架、影视动漫给故事以叙述平台、网络游戏给故事以多视角打开方式、音乐作品则给故事以更多的想象空间,各个媒体在保持其自身平台优势的基础上彼此呼应,丰富和延展元文本的故事世界。

在媒介融合的背景之下,不同媒体依据其媒介特性对元文本不断进行补充和完善,生产出新文本,这是网络文学IP能够在当下持续得以延展的重要原因。这种延展包括不同呈现形态的"媒体延展"和不同情节的"叙事延展",两者都为元文本增加了叙事空间,并且,

---

① 黄旦、李暄:《从业态转向社会形态:媒介融合再理解》,《现代传播》2016年第1期。

② 詹金斯:《融合文化:新媒体和旧媒体的冲突地带》,杜永明译,北京:商务印书馆,2012年,第157页。

各个衍生产品之间并非线性连接,更多时候是呈扇形的延展状态[1],受众可以从不同的视角和路径进入故事世界,进而获得不同的阅读感受和审美体验。

因此,跨媒体叙事使得网络文学 IP 的产业化成为可能,还使得网络文学文本及其衍生出的系列文化产品既集中又松散——集中在元文本所搭建的基本故事框架下,松散表现在场景、人物、情节等各要素的无限延展过程中,新的故事在不同媒体中以一种新的方式重新组合起来。

(三)生态与平衡:助力内容产业生态圈

当对元文本最大限度地实现价值挖掘和多样化编码后,元文本在文本与文本之间就搭建起了联结的桥梁,使得不同形态的媒介产品得以统一,元文本的能量便从虚拟想象的故事世界指向不同的现实世界。这种跨媒体叙事贯穿于网络文学 IP 产业的整个过程,最大限度地调动了群体参与。由于跨媒体叙事对媒介素养和专业技能要求极高,个体很难实现独自在多个平台上生产故事,因此,跨媒体叙事需要多种媒体平台和多元主体的联合协作。

激活 IP 内容产业圈中的所有创作主体,实现包括原著粉丝在内的不同创作者之间的深度合作交流,以此激发元文本的能量,这显然区别于纯文学的个体创作模式。虽然网络文学作者经常被认为对作品拥有绝对主权,但在媒介融合的跨媒体叙事中,包括导演、游戏编程师、动画师在内的诸多人员都在跨媒体产品中占据着不可替代的位置,他们从各自视角切入,丰富和拓展元文本内容,在新的媒介平台上为消费者提供新的故事框架和审美体验。

二、原著粉丝:网络文学 IP 内容产业生态圈的内生力

数字媒介环境下媒体的融合已成为常态,不同媒体之间的相互渗

---

[1] 张晶、李晓彩:《文本构型与故事时空:网络文学 IP 剧的"跨媒介"衍生叙事》,《现代传播》2019 年第 5 期。

透、相互补充也成为跨媒体叙事的基础。在网络文学 IP 的开发与改编中，这种多媒介融合和跨媒体叙事牵涉包括来自网络文学作者、媒介平台、IP 开发方和 IP 产品消费者等多元主体的参与，不同主体需要为自身利益而展开文化和市场权力的多元谈判、协商和争夺。

其中，原著粉丝作为 IP 产品消费者中的忠实成员，由于在跨媒体产品出现前就在网络文学的生产过程中抢先消费，因而也被视为跨媒体叙事活动中的重要组成部分。事实上，资本运营过程中处处可见多方对原著粉丝群体的高度重视，以及在此基础上所展开的深度合作与互动。因此，原著粉丝作为内容生产的主体之一，有必要发挥其在网络文学 IP 内容产业生态圈中的作用，这也是网络文学 IP 得以"出圈"的关键内生力量。

（一）IP 改编下主体地位的争夺

网络小说的出场情境一开始便是在数字媒介环境下的互联网平台上，由同为平台使用者的作者和读者共同完成，作者在排行榜的压力下需要迎合读者喜好，读者在作品每一次更新中获取阅读体验。当网络文学被发展成为 IP 后，协同生产更成为 IP 培育的关键。原著粉丝，即网络文学 IP 自带的文本粉丝，在影视剧创作前期就被预设为观众，对内容生产具有较强的话语权。这就是众创的创作方式——作者与包括读者受众和粉丝在内的用户共同参与创作和改编 IP 的内容缔造模式。比起其他用户，原著粉丝对小说文本更加熟悉，更容易成为网络文学 IP 改编的意见领袖，因此 IP 开发方势必要考虑其对改编的看法，尤其是在角色塑造、情节设计和演员选择等多个方面。

原著粉丝与作者之所以能够成为战友，是因为两者都与原著小说有深厚的情感。他们一方面期待原著的延续；另一方面当网络小说本体和作者脱离后，粉丝对文化工业的抗拒和焦虑便不断增强，害怕改编后的影视作品与元文本相背离，以致破坏自己与小说人物经营了多年的情感关系。在商业利益的驱使下，快速的变现模式经常会缩短 IP 的寿命，使得创新不足而低俗有余，因此作者和原著粉丝也经常会站在 IP 改编的对立面，批评 IP 的改编违背了原著。

由此可以看出，IP 改编能否成功很大程度上在于元文本能否统一所有的衍生产品，元文本能否统一所有衍生产品的重要标准是与作者在统一战线的原著粉丝是否认可 IP 改编产品。原著粉丝因共同的情感体验能够集结成为抵御粗制滥造 IP 作品的坚实共同体，当然，元文本本身的文学艺术水平和原著粉丝的审美修养也是很重要的。

（二）原著粉丝的情感认同

网络文学 IP 得以"出圈"离不开网络小说平台的读者和用户对小说的喜爱，话题高、粉丝基础牢固的网络小说更容易成为 IP。原著粉丝见证着 IP 的养成，对原著内容、故事情节和人物有较深的甚至是痴迷的情感认同。

情感是粉丝经济的关键，亨利·詹金斯认为"情感经济"是影响消费者决策行为的新方式①。在情感经济的驱使下，原著粉丝对 IP 倾注了极深的情感资本。当某个 IP 开发方宣布改编，实质上展现的是其对网络小说的认可，这既能够加强原著粉丝对 IP 的正向情感认同，又能够加深原著粉丝群体的整体情感认同，还能够增强粉丝群体的消费欲望和情感需求。

在这样一种长期共同发展的养成式阅读氛围中，原著粉丝不断聚集，形成稳定的粉丝社群。当 IP 开发方的改编与作者和原著粉丝所抱有的期待、元文本所展现的内核有出入时，原著粉丝便会挺身而出捍卫自己对原著小说的理解。从这个角度上说，改编后的影视作品实际上成为原著粉丝确立主体地位的工具。原著粉丝成为自身和小说作者共同体的代表，他们联结式的创作在互联网平台上形成"限制性生产场域"②。但随着原著小说版权的交付，作者对 IP 的衍生、扩展和改编不再具有合法性，这反而使得粉丝社群变得愈发紧密，粉丝特别是原著粉丝有时会通过再次创作来获得更加强大的自我赋权，执掌驱逐盗猎者的"大义"。但这样的自我赋权往往是脆弱的，其协作式参与也是有限的。

（三）原著粉丝的有限参与

准社会交往理论指出，受众对活跃在屏幕上的媒介人物会产生情

---

① 詹金斯：《融合文化：新媒体和旧媒体的冲突地带》，杜永明译，北京：商务印书馆，2012 年，第 111 页。

② 向勇、白晓晴：《场域共振：网络文学 IP 价值的跨界开发策略》，《现代传播》2016 年第 8 期。

感依赖，并由此发展出一种"类似真实"却是"基于想象"的人际关系。在数字媒介环境下，这种超越远近距离和真实虚拟的想象型社会关系似乎更加突出，且存在着被资本不断利用的可能。不过，互联网平台中松散的原著粉丝社群真的能够依靠"远程亲密感"获得夺取话语权、守护元文本、确认自我身份和建构群体认同的权力吗？实际上，原著粉丝的抗争与守护只是一种有限参与。

在经济资本的驱动下，粉丝所集成的圈层并非完全自由平等的社群共同体，而是以消费行为来确认其主体地位和话语权的，投入更多资本的粉丝拥有更大的话语权。因此，粉丝在经济资本所搭建的框架下只能是有限参与和表达，并以此来建构自身合法性。

虽然作者和原著粉丝同属一个战壕，但是原著小说版权一旦交付，粉丝便无法参与文化工业的作品生产，其创作的同人作品也因种种阻力而很难被吸纳到主流的商业渠道中，只能是在 IP 产品完成产业链全流程后通过消费来对 IP 开发方或文化工业施加影响。在强大的消费逻辑面前，原著粉丝群体也无法独立于文化工业的消费逻辑之外而存在。

三、产业资本：网络文学 IP 内容生产的操盘手

如前文所说，原著粉丝虽然在网络文学 IP 内容产业生态圈中占据重要地位，但仍然是一种有限参与。尽管 IP 是一种众创文化产品，意在说明原著粉丝的平等参与，但腾讯集团副总裁程武认为，IP 实质就是经过市场验证的用户的情感承载，或者说是在创意产业里面，经过市场验证的用户需求[①]。在其表述中不难看出，原著粉丝是被 IP 开发方置于消费者而非生产者地位的。在网络文学 IP 内容产业生态圈中真正运筹帷幄的是资本，近年来资本对 IP 的价值在各个领域的延伸使其成为网络文学 IP 内容生产的操盘手。围绕网络文学 IP 的争夺

---

① 程武、李清：《IP 热潮的背后与泛娱乐思维下的未来电影》，《当代电影》2015 年第 9 期。

中国网络文学理论评论年选（2021）

战此起彼伏，百度、阿里巴巴、腾讯等互联网头部资本纷纷下场投资内容产业，逐渐形成泛娱乐生态闭环。资本及其所缔造的"网络文学帝国"对网络文学产业化的作用不容小觑，其中，有正面推动也有负面影响。

一方面，网络文学的产业逻辑是数字媒介与后现代主义消费文化的市场合谋[1]，资本的运营为网络文学产业化带来了跨媒体叙事新模式，通过大量签约作家和兼并文学网站来实现内容资源和版权的大规模扩充，从而深入内容生产环节；同时，文化产业资本充分运用自身优势资源，纵深开发优质 IP，实现了元文本内容的多样态和跨媒体平台发展。另一方面，尽管网络文学的内容价值被充分肯定，但也乱象丛生，诸如许多影视公司盲目囤积 IP、资本只捧头部 IP 等。资本虽然在网络文学 IP 的生产和再生产过程中不断实现增值，留给观众的却是众多粗制滥造的低俗作品，这一现象值得深刻反思。

因此，我们既要看到跨媒体叙事给网络文学 IP 产业化之路带来的新发展机遇，即得到充分整合的网络文学 IP 被赋予了新的活力，实现了全产业链的辐射；同时也要看到，产业资本一味追逐商业利益的劣根性，导致大量粗制滥造的 IP 产品涌现，甚至引发社会对一些 IP 改编的反感。

结　语

互联网技术的快速发展和普及，促成媒介形态与媒介文化产品融合的局面，在媒介融合的大背景下，新的叙事思维——跨媒体叙事应运而生，它给文化创意产业带来了新的气象，成就了多元媒介协同参与文化生产的新媒介实践形式。在网络文学 IP 的改编与开发过程中，跨媒体叙事在保证元文本不被破坏的同时，对内容文本有意识地挑选并进行深度挖掘。而判断元文本是否在各个衍生产品中得到一致的体

---

[1] 欧阳友权：《中国网络文学研究基点及其语境选择》，《河北学刊》2015年第 4 期。

现，则是以原著粉丝的消费行为和评论为重要衡量标准。IP的开发使得他们不再只是读者或观众，转而组成了一个积极参与的"准创作"群体，对改编作品不论是角色刻画、情节设计还是剧情塑造、空间搭建等多个方面都有不小的影响，有学者甚至认为原著粉丝成为"共同参与"的主体，而不再仅仅是扮演"互动与反馈"的角色①。但随着原著小说版权的交付，作者在IP的后续开发和改编环节的影响力逐渐式微，原著粉丝便与作者形成统一战线以担任守护元文本的责任。然而，这样的自我赋权是不具有说服力的，在强大的资本逻辑下，原著粉丝并不能直接参与文化工业的生产，只能作为产业链的最后环节——消费者来实现自身的影响力；这样的自我赋权也是带有妥协性的，同人作品很难进入主流商业渠道而被广泛接纳和传播，因此原著粉丝的共同参与极其有限。

需要明确的是，推动网络文学IP产业化的主要动力正是以挖掘内容为核心的跨媒体叙事实践，而跨媒体叙事需要背靠雄厚的经济资本及多种媒介平台和渠道的支持，如果没有强大的资本支持和丰厚的利润回报，跨媒体叙事实践将难以为继。这就出现了双重悖论：资方希望通过更大范围的参与式消费来谋取利益，却对粉丝的盗猎生产抱有隐忧，惧怕文本的意识形态被夺走；作为粉丝的受众群体期待资本可以推动原著小说向更多元化方向发展，以延续其"类似真实"却是"基于想象"的人际关系，但对文化工业又抱有不信任感，担心过度的IP开发会导致衍生产品背离元文本的核心内容，从而破坏了自身阅读的良好情感体验和审美感受。

无论是资方还是粉丝，不难发现二者对资本都抱有原始的期待。网络文学的商业化趋势是网络文学转型的一部分，既然当下的商业开发模式与传统的文学生产之间出现了裂缝，我们就应该及时予以修正，在"内容为王"理念的指引下，尽量促成商业开发与文学审美旨趣的协调共生，从而实现网络文学IP的可持续发展。

（原载于《中国编辑》2021年第6期）

---

① 颜纯钧：《IP电影："各态历经"的建构》，《文艺研究》2018年第9期。

算法社会的受众劳动及其创造性破坏

◎张 跣

算法社会的到来引发了社会的忧虑。在经济领域，虚假需求以"用户画像"为先导所向披靡；在社会领域，内卷现象在各个圈层日渐深入；在文化领域，非主流文化各行其是。似乎"事事被算计，时时被监控"，又似乎"自由过了头，一切乱了套"。

通过对"量化自我""受众劳动""破坏性创造"三个概念的分析，本文试图寻找理解算法社会的新思路。因为，面对新的技术，充分认识它的复杂性和潜在的革命性，远比面向过去的忧虑和反思更为重要。

一、量化自我

就属性而言，算法属于大众文化。但是这种大众文化和工业文明时代的大众文化有所不同，因为它既是大众文化，也是分众文化，是一种被新技术方式重新赋能的大众文化。

法兰克福学派用"文化工业"来取代宽泛意义上的"大众文化"一词，显然煞费苦心。作为给大众消费制作的工业产品，它是标准化、格式化、通用化的，是经过了精心策划和巧妙计算而炮制出来的。文化工业的首要意义在于，它以一种柔性的方式整合了所有的消费者，体现的是一种总体性文化、肯定性文化或单一性文化。在这里，"大众绝不是首要的，而是次要的：他们是算计的对象，是机器的附属物。顾客不是上帝，不是文化产品的主体，而是客体"[1]。正因为如此，法兰克福学派在谈到"文化工业"时，突出的是它的标准化、操纵性和社会黏合剂功能。

由此可见，"算法"其实不是一个横空出世的"怪兽"，它是由来已久的，是一切文化工业的基本属性。大众从来都是被"算计"的，不管你意识到了还是没有意识到，不管你是心甘情愿还是半推半就。算法社会的到来，是机器化大生产时代文化生产机制的自然延伸，它承继了文化工业的基因以及由此而来的基本特性。这恐怕是算法让人们忧心忡忡的原因所在。

但是，今天的"算计"和过去的"算计"是不同的。今天的"算计"是大数据、定向推送、个性化定制，它面向大众，更面向分众。"算法"承继了文化工业的基因，但在信息时代很大程度上已经发生"基因突变"：由"量化大众"到"量化自我"[2]，由"共同画像"到"私人画像"。简而言之，通过统计分析等手段，算法对大众的消费习惯和文化趣味进行加总和概括，去异存同，勾勒大众的"共同画像"，尽可能广泛地引导受众"合群"，它的着眼点在于把握社会总貌，这是文化工业时代的算计和操控；通过大数据手段，对个人生活中有关生理、当前状态和身心表现的状况进行长期追踪和深度分析，求异存同，细描个体的"私人画像"，尽可能精确地帮助受众"出众"，它的着眼点在于帮助个体认识自我，这是大数据时代的算计和操控。"量化自我"通过自我追踪（包括主动追踪，也包括被动追踪）认识身体和个人生活，认识被虚幻的意识形态遮蔽的自我，从而使自我追踪具有了一种实现自我革新的可能性。

以个性主义之名行时髦主义之实，排斥个性化、消灭主体性，屈从于文化意识形态和总体性文化，这是文化工业的基本"套路"。就此而言，文化工业本质上属于"反文化"。但是，"算法"、分众文化

---

[1] 阿多诺：《文化工业再思考》，高丙中译，《文化研究》第1辑，天津：天津社会科学出版社，2000年，第198页。
[2] "量化自我"（quantifiedself）是由美国凯文·凯利等人提出的，意即通过智能穿戴追踪生理数据的行动，这个概念的意义现已扩展到对个人社会生活的全方位数据追踪。

以及亚文化群落显然与此迥异。亚文化群落具有两个基本特点：一是内在的同质化；二是外在的竞争性。前者使其深化，后者促其对话。以"量化自我"为基础的算法助推亚文化群落勃兴，亚文化群落的两个特点助推文化交融与迭代。

二、受众劳动

"传播若要在语言、意识形态与意义展示平台上占有一席之地，就必须先让'劳动'与传播产生互动关系。"[①] 随着新媒体时代的到来，尤其是面对交互智能的挑战，一切都在被异化，所有"原生态"的文化都被新的技术和传播方式赋予新的解释。传播、劳动、文化之间的关系发生了重大变化。

如果说量化自我是算法的生存根基的话，离心结构则是算法的传播路径。离心结构使得量化自我和算法本身具有了社会和文化的意义，使得分众文化获得了前所未有的合法性，也使得大众文化中的"受众"地位发生了结构性逆转。

离心化是互联网的内在精神，它是对科层制社会最有力、最深刻的挑战。就其结构而言，网络世界既不是一个中心结构，也不是一个层级结构；既没有中心节点，也没有核心层次，不同的节点和分层虽然有着不同的权重，但没有一个绝对的重心。离心化的意义不仅在于去除中心，更重要的意义在于由节点来自由选择中心，自由决定中心。换言之，在离心化结构中，任何节点都不仅是一个节点，还可能成为一个中心；任何中心都不是一个永久的中心，而只是临时的、阶段性中心；任何中心对节点都不具有强制性，每一个节点都有高度自治的特征，节点与节点之间是开放式、扁平化、平等化的关系。

离心结构为受众赋能。传统的传播是单向传播，智能媒体时代的信息传播是多向交互式传播；传统的传播是点对面、一对多的传播，

---

① 丹·席勒：《传播理论史：回归劳动》，冯建三、罗世宏译，北京：北京大学出版社，2012年，第4页。

自媒体时代的信息传播方式则要丰富得多，包括一对一、一对少、一对多、多对多、多对少、多对一、少对一等。传播方式的变化带来的不仅是传播内容的多样化，更是文化创造方式的多样化，传统意义上的"受众"接受活动不是被消解，而是被"赋能"，变身成为"受众劳动"。

"受众劳动"（audience labour）的概念是由传播政治经济学奠基人达拉斯·司麦思（Dallas Smythe）提出的。这一学派的理论家意识到，"受众劳动"是一种生产剩余价值的生产性劳动，受众在进行消费的同时进行生产。他们区分了两种信息生产：有意识的信息生产和无意识的信息生产，前者如用户在互联网上主动进行的信息发布，后者是用户无意中所生产出来的信息，其特点是与用户的有意识行为相分离，属于未被意识到的副产品。他们认为，社交网络的价值主要来源不是媒体企业的员工，而是社交媒体的用户。智能交互时代受众（用户）的价值至少包括两个方面：受众（用户）不再只是被动地接受信息，他们还可以主动参与到信息的生产和传播过程之中；现代信息技术，尤其是智能交互技术，为新的生产组织形式提供了有力的支撑，生产者不仅可以根据消费者的相关数据进行有针对性的营销推广，缓解盲目生产所造成的资源浪费，而且可以根据消费者的数据进行富有创造性的研发和生产，从而推动产品迭代和技术创新。

司麦思等人的分析显然是很有启发意义的。他把受众（用户）活动纳入社会生产的全过程中，扩展了劳动的概念，敏锐地发现了受众（用户）活动的生产性因素，并赋予其正面的价值和积极的影响。他们的理论虽然主要还是从物质生产的角度出发的，但是其对文化创造活动同样具有相当高的适用性。因为，文化既具有实践性，又具有物质性，文化创造活动归根结底也是一种物质生产形式，尽管文化并不完全是经济的附庸，在生产方式和生产机制上，它都有自己的独立性和自主性。

三、创造性破坏

　　智能交互时代是人机共存的时代，这个时代中有两个轮子在驱动社会进步。一个轮子是数据化，这是以互联网为代表的现代信息技术的立足点，也是其根本的力量来源，这种力量重新定义着社会资源，也重新调配着社会资源。另一个轮子是智能化，它是指对数据的存储、加工、传输和使用的能力，这种能力超越历史，空前而不绝后，仅仅是刚刚开始而已。

　　"量化自我"是身体与机器的连接，是人脑智能和人工智能的连接。算法社会是智能交互时代的初步表现。尽管存在太多的问题，甚至恐惧，尤其是在人类精神和文化创造领域，但我们大可不必对"机器"的入侵过于悲观。在人机互动中，我们需要思考如何把握机器智能的方向，如何让算法本身坚守人的价值。同时，我们也必须提醒自己，"技术是一把双刃剑"，这句话看似陈词滥调却永不过时，因为技术带来的发展与其潜在威胁永远是紧密相关的。创造就意味着破坏，"创造性破坏"才是人类进步的常态。

　　事实上，作为"受众劳动"的基本形式之一，"玩乐劳动"（play-bour/play labour）在当代社会和文化结构中占据着重要的地位和影响力。上网聊天、网络游戏、影视欣赏、智能穿戴、虚拟现实等过去被视为纯粹的消遣和休闲的东西，在智能交互时代史无前例地和"劳动"联系在了一起。在这里，用户和受众成为劳动主体，用户的情感、认知、经历甚至生理状态成为劳动对象，由此产生的各种数据成为劳动产品。这种劳动产品尽管初级，却提供了无限的丰富性以及由此而来的无限的可能性；这种劳动产品，作为新的、更高层次的物质生产和文化创造活动的生产资料，其前景和意义无可限量。令人欣喜的是，在理论层面，"受众劳动"已经成为马克思主义劳动价值论及当代文化研究共同关注的重要议题。

　　对算法社会的忧虑不是杞人忧天，更不是空穴来风。算法像是一只看不见的手，正悄无声息地安排着人们的生活。"信息茧房""上瘾模型""人性黑洞""圆形监狱",这些词语所描绘的确实是我们面临的现实困境;"算法黑箱""算法陷阱""算法歧视""算法霸权",这些词语所概括的也正是算法自身的天然缺陷。但是,我们也应该看到,"量化自我""受众劳动""玩乐劳动""分众文化"等新的概念与经济文化现象正在打开一扇新的大门,以便我们用面向未来的眼光重新打量算法社会。算法社会确实具有破坏性,但是这种破坏性归根结底是一种"创造性破坏"。因为"破坏"带来的不是文化之死,而是更为多彩的文化。

我们对"怪力乱神"忧心忡忡,是因为我们自认为掌握了真理;我们对"低级趣味"避之唯恐不及,是因为自己的趣味已经定性和定型。关于大众文化,菲斯克认为,任何宰制力量都不能剥夺大众接受大众文本的主动性;关于算法社会以及日益凸显的分众文化,我们也可以说,任何宰制力量都无法剥夺受众劳动的创造性。因为,连接是基本的出路,遏制只会导致孤立。

(原载于《探索与争鸣》2021年第3期)

推介去中心与消闲货币化：
数字资本主义对网络文学场域的重塑

◎项 蕾

自 2003 年起点中文网实行 VIP 付费制度起，付费模式一直被视为网络文学生产机制的核心——它既是网文行业早期商业化转型的成功之道，又是这一领域内作品评价体系生成与运行的关键所在。然而，2018 年至今，主打免费阅读的网文平台不断涌现并渐趋成型。其盈利逻辑和推介方法迥异于付费模式，却也能在网络文学的场域中生效，这暗示着：随着数字技术的发展与媒介环境的变化，曾为付费制度所决定的网络文学场，其秩序早已发生了改变。

一、付费制度：从经济资本到象征资本的转化

在对改变进行描述之前，首先需要理清在变化还未发生时，被付费模式所塑造的网络文学场是以何种秩序运行的。

在《艺术的法则：文学场的生成和结构》一书中，布迪厄将文学场描述为建立在颠倒的经济和象征性财富上的相对自主空间。文学场认可一种否定经济的经济，文艺生产可以背向市场，除了自己产生的要求之外不承认别的要求，隶属于教育、学术等体制的专业机构向其颁发象征资本，出版商再在发行和传播的过程中将象征资本转化为经济资本。诚然，文学场中亦存在面向市场的、满足顾客先在需求的文艺生产，但考虑到作品与读者不可能零距离接触，必然需要经营文学的实质性机构进行中转，而这些机构总是试图兼有经济机构的经济利

益和知识机构的象征利益,纯粹商业化的状态只能趋近不能企及。一言以蔽之,在印刷文明时代,所有作品必先经由实存机构才能到达读者手中,必先积累象征资本才能获取经济资本。①

起点中文网 App 起点读书书库系统界面

① 布迪厄:《艺术的法则:文学场的生成和结构》,刘晖译,中央编译出版社,2001 年,第 174—190 页。

在互联网时代，文学网站代替专门机构，成为作品与读者之间的中介。这改变了文学场的传播形态：文艺生产的场域从现实世界来到网络空间，作者、作品、读者、需求等均以信息流的形式在文学场中经中介流通。在这里，以互联网行业术语表述，作为中介的文学网站行使的是内容分发的功能。所谓"内容分发"，指的是在内容的发出者与接受者，比如作者与读者间加入一个完善的中间层，由它集中存放和统合发出者供给的内容，再根据接受者的需求向其呈现特定部分。在文学网站中，这个中间层表现为"书库系统"。书库系统由两部分组成：一个是能按照指定标签（如类型、体裁、字数等）来存储、管理和展现网络文学内容的在线开放空间，即文学网站的所有公开页面；另一个是确保用户可以与这个空间中的各部分内容进行交互的工具组件，即作者、读者个人账户中的管理页面，作者可以借它自由地发布、更新和删除文章，读者则靠它方便地寻找、阅读和收藏作品。[①] 由此可见，作为一个预先写好、时刻运转的程序，书库系统在作者与读者使用它的过程中，总是表现为持续存在的环境、可随时调用的工具。环境是潜在的，工具是为我所用的，当文学网站以这两项功能示人时，它编织在代码里的价值判断就自然在受众眼中隐形。[②] 是以，尽管文学网站理所当然是经营文学的实体机构，但它在传播与接受中却明显地呈现出透明化的倾向。它表现得像是个"服务者"，更多的主动性被让渡给作者、读者，他们以前所未有的紧密状态连接起来。

正是这一空前紧密的连接，使布迪厄认为不可到达的商业化一极成为可能。在书库系统问世后不久，VIP付费制度就开始施行。当一本书签约成为网站VIP作品，它就不再全部免费对读者开放。它会以特定比例被分割为起始部分的免费章节和后续部分的付费章节，如读者在试阅完免费章节后产生了继续浏览的兴趣，则需以约千字两分钱的价格购入付费章节，购买之后才能阅读。通常来说，一本书收获的

---

① 参见：项蕾、高寒凝：《文学网站的算法逻辑——以起点中文网内容分发机制为例》，《中国现代文学研究丛刊》（即刊）。

② 这也是书库系统作为网络文学生产机制的基石，却总在相关研究中被忽略的原因。

付费越多，它就被认为越值得一看。争取更多的读者付费也由此成为网络文学作者间最重要的竞争方式。书库系统以可视化的形式强化了这种竞争，它按照特定标准从高到低将作者、作品依次排列成榜单，例如点击榜、收藏榜、热销榜等，并将其放在网站页面最显眼的位置上。在榜上出现的频率越高、占据的位置越前，就代表该作家与作品获得的读者支持越多，而读者支持又使他们在网页上更为显眼、在传播中更具优势。在众多类型的榜单中，以读者付费多寡为评判依据的榜单被认为最有公信力。甚至，有些作者（或读者）会以使用多个账号重复多次购买自己（或自己喜欢）的付费章节为手段，达成让特定作品登上榜单高位从而获得更多传播优势的目的。这种对规则的利用正凸显了规则本身。在印刷文明时代，一本书如何在市场中流通，取决于文学机构的专业人员，此过程即是象征资本的授予，是作为接受者的读者无法干涉的。而到网络文学这里，象征资本的来源发生了改变。每位读者都被赋予了权力，只要愿意付出个人的经济资本，就能为喜爱的作家作品兑换象征资本。①

书库系统和 VIP 付费制度的结合，构成了中国网络文学生产机制的核心。其文学场秩序也由此被奠定：网文作品经由书库系统流入线上市场，作者通过 VIP 付费制度从读者手中获取并积累经济资本，经济资本被榜单功能直观展现，并继而完成向象征资本的转化。与此同时，文学网站也通过版权制度分享了上述经济与象征资本。

二、免费模式：去中心推介与象征资本的退场

上述网络文学场的秩序在免费阅读平台完全不成立。

免费阅读平台依靠广告营收而非读者付费获利，读者在此不必支

---

① 当然，在网络文学场内部，榜单并非象征资本的唯一来源。一部分爱好者尝试通过自己的评论为网文作品颁发象征资本，并希冀获得和专业机构类同的影响力。但出于并无相应体制作为支撑等原因，其建构的权力运转方式只能在相当有限的小圈子内奏效。龙的天空论坛正是这一尝试最有代表性的阵地。"龙空叫好的书难卖，龙空看衰的书爆红"，不得不说是复现了文学场的某种经典特质。

付金钱,而是花费时间观看广告用以换取网文内容。在网络文学的生产与流通过程中,付费网站与免费平台都承担着内容分发的职能。只是前者的内容分发仰赖书库系统,特别是书库系统中的榜单功能;后者依靠的则是推荐算法。

算法是计算机领域术语,其实质是设问求解,运行的逻辑是一切事物均可赋值计算。近年来,推荐算法在人们的日常生活中越发普及,它与以往截然不同的内容分发逻辑屡屡得到关注与讨论,算法一词逐渐走出专业领域,开始进入大众视野。但这也使很多人将算法等同于推荐算法,以致于在许多场景中忽视了算法的存在。算法其实由来已久,互联网世界中所有能为人的感官所捕捉的信息,无论文字、图片、影像还是声音全都只是"表象",它们都建立在算法之上。如果没有算法,它们也就无从存在——前文所述付费阅读网站及其书库系统当然也不例外。而推荐算法只是算法的一种,它基于大量行为数据对人的偏好进行推算,继而将最有可能吸引用户的内容呈现其面前,比如许多网站与应用都包含的"猜你喜欢"功能①,就是它在互联网世界表层较为常见的形态之一。目前,推荐算法多是内容推荐和协同推荐的组合。基于内容的推荐,是从用户浏览过的内容出发,向其推送与此内容具有相似性的其他内容;基于协同的推荐,是为用户寻找与他浏览过相近内容的其他用户,向其推送这类用户感兴趣的其他内容。总而言之,推荐算法主导下的内容分发,是以充分满足用户需求为第一要义的。

回到网络文学领域。在厘清什么是推荐算法之后,付费阅读网站与免费阅读平台在运转秩序上的差异就已非常明显了——这根本就是其各自算法逻辑间的差异。

书库系统建立的初衷,是为当时的网文爱好者们提供一个既能方便作者自由创作,也能帮助读者便利阅读的专属平台,也就是要借助网络媒介的即时性达成"零距离"的内容分发,这是书库系统算法背后价值观中网络性的一面。但在前网络时代的背景下,网文爱好者们

---

① 更多网站或应用在使用推荐算法为用户推送内容时甚至不会特意标识,精心计算的结果以看似随机的形式出现在页面上。

免费阅读平台番茄小说 App 首页推荐界面

进行文学活动的习惯和对于文学活动的想象,又都来自并且也只有可能来自印刷文明笼罩下的文学场的模式。在他们的认知当中,当所有数据被程序收集要进行处理的时候,将它们汇总成榜单,成为公共的、绝对的序列完全是毋庸置疑的选择。前文所述网络文学场中的象征资本正来自于此,来自于彼时受众对中心化的象征资本的下意识需求,他们没法想到原来它可以不在场。算法由人写就,这一价值判断

413

自然也被编写者带入其中。

而在免费阅读平台,公共性的、绝对化的榜单则很少出现或根本不存在。它的作品推介系统,整体呈现出一种去中心化的状态——这通常被认为是更互联网的特质,对于数据技术的要求也显然更高。用户在阅读中生成数据,推荐算法收集它们并进行学习,继而返回去将学习成果使用在用户身上。同时,流程并不在此终结,在新的推介下,用户会再生成新的数据,帮助推荐算法自我优化,在往复循环中更趋精准。也就是说,假使免费阅读平台能够涵盖网络文学领域足够丰富多样的作者、读者,那么为每种类型的读者计算出最满足他们诉求的书单也就存在了理论可能。这是对文学场形态更平等、更分众、更千人千面的一种想象,尽管它毫无疑问没办法达成。事实上,免费阅读平台主要面向"下沉市场"①。来自"下沉市场"的读者在平台外部的舆论场中天然不占有象征资本,以此为基础形成的文化生态极易被更为精英的人群以一种猎奇的心态观看,由大众对免费阅读重要文类赘婿文与多宝文的讨论即可窥见一斑,而这也将阻碍平台吸引其他类型的用户。

受众以外,推荐算法的去中心化特征,本就已使象征资本在免费阅读平台中缺位。这当然不影响平台的内循环,但是,一来文学场并不只被经济主宰,二来网络文学越来越与数字时代文艺生产的大潮相融合。一方面,建立在象征资本之上的 IP 开发逐渐成为网文行业最炙手可热的营利渠道;另一方面,互联网文娱用户依托于社交媒体形成舆论场,身处网络文化生活之中的"下沉用户"也开始渴望占有象征资本。作为商业公司,追求利益最大化始终是免费阅读平台的本能与目标。那么,面对更多需以象征资本才能兑换的经济资本,平台内象征资本的退场能够持续多久,它们在未来又将以何种形式返场,也就不免要打上一个问号了。

---

① "下沉市场",通常指三线以下城市、县镇与农村地区的市场。"下沉市场"的消费者们普遍被视为"三低用户",即低学历、低收入、低消费。近年来,随着互联网和智能手机的普及,"下沉市场"的用户被纳入网络文娱活动中,他们在文艺领域的品位也被认为是更低的。

三、受众劳动：网络文学经济资本来源的变迁

象征资本的缺位不会影响到免费阅读平台的内循环，因为它以推荐算法在网文作品的传播过程之中直接高效地获取经济资本。

免费阅读平台依靠广告营收获利。这一营利模式逻辑非常清晰：广告商在平台投放广告，通过租借文化空间，占有用户消闲时间，借所投放广告的内容对受众的想法与行为产生影响。在此过程中，广告商最看重的指标有二：广告面向多少"人流量"（多少人看、看了多久），其中又有多少将会被转化为"客流量"（看完后有多少人买）。它们一方面代表着广告投放收效如何，另一方面也决定着为招徕人们的注意，广告商愿意向平台支付多少广告费。若广告费高于平台运营成本，则平台盈利，反之则亏损。

在文学网站普遍选择 VIP 付费制度为商业化手段之前，靠广告费盈利一直是他们想要尝试却从未走通的一条路。失败原因无他，以起点中文网决定筹备 VIP 付费制度的 2002 年为例，当时网民数量仅能以千万计，平均每人每周上网时长更是不足 10 个小时①，在"人流量"这项上就无法让广告商满意，他们自然不会为互联网传播投入太多金钱。而到免费阅读平台不断涌现的 2018 年，媒介环境则已有了翻天覆地的变化。截至 2018 年 12 月，中国网民规模达 8.29 亿，网民人均周上网时长为 27.6 小时，且其中绝大部分花费在文化与娱乐上。② 磅礴的注意力游弋在网络媒介中，零门槛的免费平台正易于引它们涌入。为此，免费阅读平台自己也投放了不少广告，在以广告吸

---

① 据中国互联网络信息中心（CNNIC）于 2003 年 1 月发布的《中国互联网络发展状况统计报告》显示，截至 2002 年 12 月 31 日，中国上网计算机总数为 2083 万，上网用户总数为 5910 万，用户平均每周上网时间为 9.8 小时，平均每周上网天数为 3.4 天。

② 数据来自 CNNIC 于 2019 年 2 月发布的第 43 次《中国互联网络发展状况统计报告》。2018 年，除即时通信类的应用外，网民在网络视频、网络音乐、短视频、网络音频和网络文学类应用上花费时间最长。

引到规模庞大的用户群体以后,平台再引入新的广告商,在读者的消闲时间中榨取注意力的剩余价值。而剩余价值率的高低与"客流量"的转化效率相关,"客流量"的转化率则又与推荐算法的准确度相关。免费阅读平台不仅为读者推介他们最有可能持续追看的网文,也推送他们最容易产生消费欲望的广告。用户阅读网文生成数据,他们观看广告也是同理,广告商在获得这部分数据的情况下,同样可以依据算法计算出什么样的广告更加吸引用户,从而在之后的投放中修改策略,进一步提升用户的购买欲与购买率。在这个内循环中,各方各类算法的准确性越强,"客流量"的转化效率也就越高,免费阅读平台的盈利可能与盈利空间也就越大。这也是为什么说,"在数据技术的层面上,免费是比付费门槛更高的形态"①。

不过,免费模式技术门槛虽高,盈利逻辑却是由来已久。通过免费内容招徕受众,出售受众劳动(观看广告,逐渐习惯于在广告的刺激下产生购买欲,并最终消费广告中的商品)换取广告营收,这显然始自电视媒体时代。上述所谓"人流量"的激增与"客流量"的转化,也只是较笼统的说法。以马克思政治经济学的概念来说,前者为"广泛剥削",后者为"集约剥削",是资本在扩大剥削、提高和维持剩余价值率时会采用的两种主要方式。广泛剥削意指增加劳动时长,集约剥削则要提高劳动效率。那么,这里的劳动力是谁?是免费阅读平台的用户,他们在消闲时间中劳动。

被视为传播政治经济学奠基人的达拉斯·斯迈思,曾经基于电视台、广告商与观众三者间的交换关系提出了受众商品论:在大众传播中,最重要的商品并非内容而是受众本身,他们被媒介工业生产并出售给广告商,在非工作时间也要劳动。② 后来,该理论又在杰哈利和利凡特那里得到深化,他们指出受众的观看乃是一种特殊的劳动形

---

① 语出番茄小说市场总监陈志伟。番茄小说是当前市场占有率最高的免费阅读平台。项蕾、雷宁:《对话番茄小说:免费阅读之下的数字逻辑》,媒后台微信公众号 2020 年 10 月 26 日。

② 参见:Smythe Dallas W, Communications: Blindspot of Western Marxism, in Thomas Guback ed., *Counterclockwise: Perspectives on Communication*, Boulder, San Francisco, Oxford: Westview Press, 1994, pp.266—291.

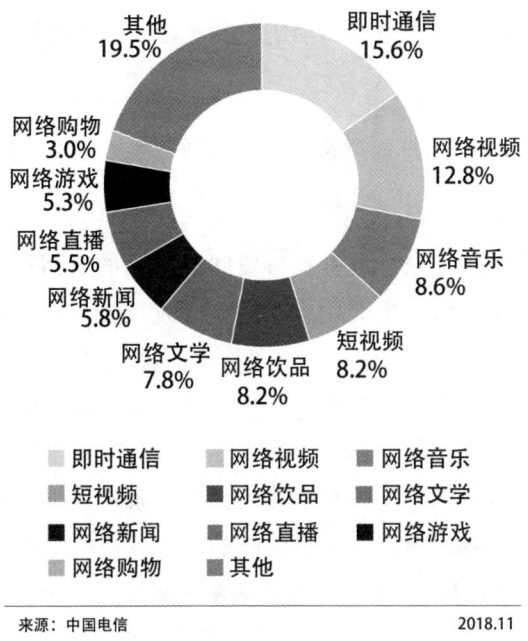

2018年各类应用使用时长占比

式,而被用来观看的闲暇则成为了工厂时间的延伸;① 受众对广告的过度观看,正是媒体拥有者剩余价值的来源。② 显然,这在免费阅读平台与其用户身上同样成立。在此,读者的受众劳动取代其个人经济资本成为了网络文学经济资本的直接来源。数字技术的发展使这一盈利模式中作为商品的受众劳动被完全地量化、货币化了。

而这不免提示一个新的问题。从2003—2018年,媒介环境与数字技术日新月异,构筑其上的网络文学场也在不断更迭。免费用户在以劳动置换网文内容的过程中被榨取了剩余价值,那么为购买作品章

---

① 参见:Jhally Sut, *The Codes of Advertising: Fetishism and the Political Economy of Meaning in the Consumer Society*, New York: Routledge, 1987, pp. 83—90.

② 参见:Jhally Sut and Bill Livant, "Watching as Working: The Valorization of Audience Consciousness", in *Journal of communication*, 36 (3) (1986), pp. 124—143.

节花费了真金白银的付费读者们，又是否因为支付了金钱与不必看广告，就能在今时今日使自己的消闲时间免于货币化的境地呢？

四、产消合一：媒介变革下网络文学场的重塑

要想回答上述问题，需考察付费阅读网站的营利渠道，亦即其经济资本的来源是否已产生变化。网络文学发展至今，营利方式主要有三：在线营收（来自读者）、广告营收（来自广告商）、版权营收（来自版权运营）。在 VIP 付费制度普及后的很长一段时间里，用户付费都是网文行业唯一可持续的变现渠道。但自 2013 年始，版权营收就逐渐成为在线营收以外，付费阅读网站另一条不可或缺的盈利支柱。

在网络文学界，版权有个更响亮的名字，叫作"IP"（Intellectual Property，知识产权）。IP"原本是法学领域的一个概念，包括人身权和财产权两部分。2013 年以后，由于腾讯等互联网巨头陆续收购了一批网络文艺作品的知识产权（财产权），并以此为基础构筑互联网'泛娱乐'产业链，IP 也逐渐成为网络文化创意产业中的热门词汇和核心概念"。它指"互联网资本通过收购某个文艺作品的版权进而获得的财产权（通过改编、出售获益）以及剥削其粉丝无酬劳动的权益"。[①]

和免费阅读平台从开始就明晰自己的变现逻辑不同，付费阅读平台花了相当长的时间去摸索 IP 应该如何运营，而这段时间就是"IP 时代"[②]。IP 时代是很奇异的，业界虽然尚未对 IP 是什么形成全面的

[①] 高寒凝：《罗曼蒂克 2.0："女性向"网文与"女性向"网络亚文化中的爱情》，北京大学博士学位论文，2018 年。

[②] 付费阅读网站对 IP 开发的探索并无明确的起始节点。下述两则事件恰能大致为其酝酿和发端标注时间：2012 年 5 月，漫威电影《复仇者联盟》上映并火爆，IP 开发的概念开始在网络文学界传播普及，"做中国的漫威"（在漫威被迪士尼收购后，则变成"做中国的迪士尼"）后来一度是国内 IP 开发者们普遍的口号和目标。2014 年 11 月，腾讯 CEO 马化腾在第一届世界互联网大会上发表演讲《连接时代的探索》，表示要通过泛娱乐打造 IP 新生态。次年，泛娱乐成为"互联网发展八大趋势之一"。

网文改编剧《庆余年》海报

认知，却已敏锐地意识到它将成为此后最有潜力的盈利增长点，并出于营销需求打造了这个概念。毫无疑问，他们渴望借由 IP 开发获取更多的经济资本。那么，当人们谈论优质 IP 时，他们在谈论什么？IP 时代之初，他们是在谈论网络文学发展的十余年里，那些奠定类型、开启潮流的代表作，爱好者们有口皆碑的精品之作，霸占榜单吸引付费的人气之作——他们在谈论纯然建立于 VIP 付费制度之上的网络文学场的象征资本；在基于上述标准进行的 IP 开发屡告失败之后，他们开始谈论那些更加适合改编的、天然贴近影视媒介叙事模式的文本——他们试图跳出那个相对狭小且逐渐不再适用的网络文学场，进入到数字时代文艺生产的逻辑中寻找答案；现在，无论他们是否已有所知觉，他们谈论的是能够凝结与吸引最多粉丝劳动的作品——到这里，他们找到了答案。

作为粉丝的读者往往被看作更具主动性、积极性的"产消合一者"（也称"产消者"），且其"生产性"的一面更加受到重视。① 这指的是他们对网文的消费并不结束在"支付—购得"/"订阅—阅读"这个看似银货两讫的环节。在交易完成后，他们还会自发在互联网空间内对作品内容展开交流讨论，写读后测评（社区内部通常称其为"扫文""推文"）向其他潜在爱好者"安利"②并寻找同好，基于原作或原作提供的故事设定、人物形象等，进行包括但不限于图、文、音视频形式的二次创作。随着网络世界的扩张与繁荣，付费阅读网站不再是网文读者开展文学活动时最主要的场域，过去由个人经济资本垒砌而成的榜单的权威性和它的传播力一道减退，爱好者的"产消合一"取代它成为网络文学如今象征资本的主要源泉。在当下的网络文学界，花钱向优质的"产消合一者"为自己（或自己喜欢）的作品定制二次创作并发布，早已是比付费刷榜更常见的营销方式。是以，"产消合一者"的生产既是字面意义上的生产（生产内容），同时也是商业逻辑中的生产（生产经济价值）。爱好者们付出一定代价获得网文内容的近用权③，出于自身的情感或爱欲需求创造性地使用它们。其产出成果多半并不发表在文学网站上，而是发布于如微博、微信、LOFTER等社交媒体或同人社区，这些创造力的结晶通过一条名为版权制度的无形管道重新连接回网文平台身上，将"产消合一者"们凝结于其中的利润和价值输送过去。

当在线营收独立支撑网文行业时，文学网站的经济资本来自于读者个人经济资本及其转化而成的象征资本。然后，媒介迎来了更进一

---

① 在"产消合一者"与一般受众间，显然也存在着象征资本层面的差异和歧视。

② "安利"也称"卖安利"，指向他人强烈推荐自己所喜欢的文艺作品（多指ACG及其他大众文化作品），包含着"非常希望被安利方接受"的内涵。将自己深爱的作品安利给更多的人是身为粉丝的责任，通过相互卖安利找到感兴趣的作品则是亚文化社群中人社交的重要话题。邵燕君主编：《破壁书：网络文化关键词》，生活·读书·新知三联生活书店，2018年，第142—143页。安利与单纯的强烈推荐不同，它固然是爱好者的主动选择，却无时无刻不处于某种敦促之中，这种敦促可能来自粉丝的责任感、社群内部的社交需要等。

③ "近用权"，传播学术语，此处指接近、利用网文内容发表意见以及开展各种社会和文化活动的自由与权利。读者获取网文作品近用权的支付手段有二：其一，支付实际金额购买正版内容；其二，付出能增益作品价值的劳动。

步的变革，过去较封闭的网络文学场被打破，它迅速接入了更广大的互联网文艺场。如今，在广告营收的序列之内，暂时不占有象征资本的免费阅读平台借助推荐算法，从读者的受众劳动中最大限度地抽取经济资本；在版权营收的逻辑之内，付费阅读网站则在版权制度的保驾护航下，将粉丝们的"产消合一"这一象征资本的新源泉，开辟为经济资本新的重要支柱。

从付费文学网站到免费阅读平台，从还保有中心到去中心化的作品推介，从依靠读者付费营利，到将货币化的注意力和创造力转化为经济资本，网络文学场域秩序的变迁，一直在数字技术的发展、媒介环境的剧变与版权制度的深化——亦即数字资本主义条件下进行。这是互联网作为资本的一面。同时，它还有着反资本的一面。无论在网络文学的哪个时代，读者来此阅读生产，来此倾注自己的注意力与创造力，都在以爱欲劳动对抗着资本主义的异化逻辑。他们寻找着"更少的异化"，却也承受到"更多的剥削"①。网络文学场域的奠定与重塑，正是作为资本的互联网和反资本的互联网不断拉锯的缩影与结果。

（原载于《文艺理论与批评》2021年第4期）

---

① 参见伊安·费舍尔：《更少的异化如何导致更多的剥削？社交网站中的受众劳动》，转引自姚建华主编：《数字劳工：产消合一者和玩工》，商务印书馆，2019年，第144—169页。

中国网络文学国际传播的发展、挑战与完善路径

◎张富丽

作为文学和互联网传播技术融合发展而形成的一种新的文学样式,网络文学在中国的发展已有 20 多年的历史;目前,中国共有网络作家百万人,作品数量 2800 多万部,读者用户规模达 4.67 亿人,①已经成为电影、电视剧、动漫、游戏等文化创意产业的主要内容来源。数据显示,2020 年中国数字阅读行业产值达 372 亿元,拉动的下游文化产业的总值超过 1 万亿元。② 近年来,网络文学的海外"溢出"效应明显,在北美及东南亚国家影响较大。作为网络文学强国,无论是作者阵容、读者族群、作品存量,还是整体的文学活力,中国都明显领跑其他国家。"中国的网络文学已经层林秀峰般隆起于世界文学之地平线,浩瀚网文领先世界已经是一个毋庸置疑的事实,其文化品貌和影响力堪与好莱坞大片、日本动漫、韩剧相提并论。"③ 目前,中国网络文学国际传播正经历从内容到模式、从区域到全球、从输出到本土化的发展过程,呈现出清晰的发展脉络。

---

① 中国作协网络文学中心:《2020 中国网络文学蓝皮书》,《文艺报》2021 年 6 月 2 日。
② 同上。
③ 欧阳友权:《中国网络文学缘何领先世界?》,《人民日报》(海外版)2017 年 3 月 29 日。

一、网络文学国际传播的发展脉络

网络文学作为一种互联网文学样态,其国际传播也经历了自身特有的发展逻辑。中国网络文学作品最初在华文圈国家以实体书形式出版发行,继而由北美网络文学爱好者自发翻译并在线发布,随后线上互动阅读平台、移动阅读 App 纷纷出现并对中国网络文学进行规模化翻译输出。目前,中国网络文学平台已经开始向海外输出成长和运营模式,培育更多海外本土原创作品。可以说,中国网络文学国际传播已经从自发走向自觉,在国际上的影响力日益扩大。

回顾这 20 多年,中国网络文学大致经历了三个发展阶段,其间形成了网络文学国际传播发展的脉络,即从实体出版、线上翻译再到建立海外本土化平台的过程。

第一阶段:1998—2010 年的实体书出版阶段。1998 年,中国台湾作家"痞子蔡"的《第一次的亲密接触》一经发表,就立刻借助互联网的优势传播开来,风靡整个华语世界,成为中国网络文学国际传播的早期代表。① 最初的十几年,传播方式以中外文实体图书出版授权为主,传播区域以韩国、泰国、越南等东亚、东南亚国家为主。

第二阶段:2011—2017 年的线上翻译阶段。2011 年,随着"南派三叔"的网络小说《盗墓笔记》英文版等多个版本在亚马逊上线,中国网络文学就此走入英语世界。这一时期,不少国外读者出于自身的喜爱,开始自发翻译中国网络文学,继而传播到更多的国外受众群体中,逐渐形成了新传播模式。2014 年年底,北美中国网络文学翻译平台"Wuxiaworld"(武侠世界)的建站,使得中国网络文学的国际传播渠道逐渐转变为以线上为主、线下为辅,由此也引发了国内对网络文学国际传播现象的关注。"因为 Wuxiaworld 的巨大成功,2015—2016 年,相继有数百个中国网络文学翻译网站出现,规模较大的有数

---

① 邵燕君:《网络文学时代中国"主流文学"的重建》,《艺术评论》2014 年第 12 期。

十家,美籍华人孔雪松(网名Goodguyperson)创立的Gravity Tales和中国台湾人艾飞尔(网名Etvolare)创立的Volare Novels是其中的佼佼者。"① 其他从事中国网络文学翻译和传播的海外平台还有俄语平台Rulate,法语平台Fyctia、Wattpad、L'Empire des novels等。

2011—2017年,随着国外翻译网站的纷纷建立,中国网络文学的国际传播方式从以外文实体出版为主转变为以在翻译网站线上阅读为主,传播区域从东南亚扩展到欧美数十个国家。

第三阶段:2018年以来的建立海外本土平台阶段。2017年5月,阅文集团"起点国际"(Webnovel)正式上线,以其2018年4月开放海外创作平台为标志,开启了海外网络文学原创元年。国内其他知名网络文学平台也把投资目光转向海外,纷纷以资本为纽带,开始布局海外网络文学市场。中国网络文学界的三家上市公司——阅文集团、掌阅科技、中文在线均开设了海外平台,为国外受众规模化提供外文网络文学作品阅读服务。与此同时,各个平台进一步升级,将海外阅读门户升级为国际创作平台,让国外受众不仅可以在线阅读来自中国的正版网络小说,还可以用自己的母语进行网络小说创作,由此海外网络文学平台具备了阅读和创作的双重属性。

掌阅国际版iReader App于2015年10月正式上线,已覆盖全球150多个国家和地区,其中包括40多个"一带一路"沿线国家;作品有英语、法语、日语、韩语、俄语、印尼语、阿拉伯语等十几个语种版本,海外原创作品超过5万部,翻译作品超过500部,海外用户累计已超3000万,海外用户日均阅读时长超过60分钟。截至2020年年底,已布局完成8款海外产品,4款主要付费产品在英语市场占据Top15榜单。②

中文在线自2009年开启网络文学出海业务,2015年1月在深交所上市,成为中国"数字出版第一股";2016年成立美国公司,走向国际化。自2017年开始,中文在线自主研发了"视觉小说平台"

---

① 邵燕君、吉云飞、肖映萱:《媒介革命视野下的中国网络文学海外传播》,《文艺理论与批评》2018年第2期。

② 中国作协网络文学中心:《2020中国网络文学蓝皮书》,《文艺报》2021年6月2日。

Chapters、Spotlight、Kiss等新媒体产品,通过网文创新,将文字作品转化成图文并茂的形式,实现"代入式"互动阅读,以创新的模式、先进的技术、丰富的场景,实现中国文学的有效输出和传播。其中,Chapters作为互动式视觉阅读平台,注册用户超2000万,月活跃用户500万。据不完全统计,中文在线出海作品总数达到603种,其中2020年新增231部,涵盖英语、越南语、韩语、泰语、德语、西班牙语、俄语等语种;海外作者达到1175位,其中2020年新增216位;海外用户累计达3000万,2020年新增1200万。[①] 在中文在线的海外受众中,欧洲受众偏好武侠和仙侠等类型,东南亚受众偏好都市言情类,东北亚受众偏好女性创业类。

目前,中国网络文学海外传播作品共计1万余部。其中,实体书授权超过4000部,上线翻译作品3000余部,拥有1亿多网站订阅和App阅读用户,覆盖世界上大部分国家和地区。[②]

二、网络文学国际传播进入发展的关键阶段

无论是网络文学自身的特点,还是行业自身发展的现实需求,抑或是全球新冠肺炎疫情的国际传播趋势,都为中国网络文学的国际传播带来了发展的大好机遇。

首先,网络文学独特的叙事能力使其适宜国际传播。从网络文学自身的特点看,网络文学产生初期的主要题材是玄幻、仙侠、时空穿越等,叙事能力较强,文化消费门槛较低,特别是玄幻题材作品最受国外受众欢迎。相对而言,网络文学比以抒情见长的中国传统文学实现国际传播的心理门槛更低。

根据调研,海外读者阅读中国网络文学的原因首先是被新奇的情节所吸引,持这一观点的受访者占56.0%。在海外,奇幻文学广为流行,而中国网络文学不同的故事背景、跌宕起伏的情节内容为海外读

---

① 中国作协网络文学中心:《2020中国网络文学蓝皮书》,《文艺报》2021年6月2日。

② 同上。

者打开了"新世界"的大门。此外,缓解自身压力、作为打发时间的娱乐方式之一,是海外读者阅读中国网络文学的另外两个主要原因,分别占比54.3%和33.4%。①

《诡秘之主》自连载之初就是中英文同步发布,其间创造了全球网络文学订阅记录,总阅读量高达2500万次。不少读者发布评论说,《诡秘之主》是一部国际化的小说,既蕴含东方人文思想,又不乏世界风情,因此成为跨越国界的现象级作品。新加坡译者温宏文(笔名CKtalon)认为,这部小说通过一个好故事架起了东西方文化交流的桥梁,他期待将更多优秀的中国文学作品推向世界。

正如阅文集团CEO程武所言,文化的魅力就蕴藏在一个个极具感染力的故事里,故事为不同民族、不同国家的情感共鸣和文化交流构建起坚实的桥梁。② 当下,借助互联网的便利性,网络文学因其用户基数庞大、题材丰富广泛、互动共创的特点,赋予了文化交流更大的舞台和更丰富的内涵。

其次,中国网络文学经过20多年的发展,具备了强大的外溢能力。无论是从网络文学本身发展的内在逻辑,还是从产业自身的发展需求看,网络文学都必然走向国际市场。基于互联网技术的内容生产与分发的商业模式日渐成熟,近年来,中国网络文学市场每年的增速达15%以上;2021年,中国网络文学海外市场规模预计超过10亿美元,年增幅超过30%。③ 阅文集团、掌阅科技、中文在线等头部企业均为上市公司,近年来,腾讯、百度、字节等互联网平台公司也加大对网络文学行业的投资。此外,除了靠国内用户增长保持发展,海外收入也成为网络文学新的增长点。就阅文集团、中文在线、掌阅科技等几家主要文学网站来看,单日营收可达数十万美元。

此外,从新冠肺炎疫情背景下的国际传播趋势看,网络文学契合

---

① 艾瑞网:《2020中国网络文学出海研究报告》,http://report.iresearch.cn/report_pdf.aspx?id=3644。

② 光明网:《程武:网络文学已成为世界认识中国的重要文化名片》,https://difang.gmw.cn/sh/2020-11/16/content_34373029.htm。

③ 数据源自2021年4月中国作家协会对多家网络平台进行实地调研后形成的报告。

线上传播需求。2020年在全球暴发的新冠肺炎疫情,"意外"地给中国网络文学的国际传播提供了极大的空间。由于各国之间的线下人际交流大大降低,甚至中断,舞台艺术等国际交流难以进行;以互联网为主要载体、以阅读为主要形式的网络文学,契合疫情之下的国际传播需求。可以预见的是,在国家政策的指导下,中国网络文学出海业务将会迎来发展的新高潮。

2021年5月31日,习近平总书记在中共中央政治局第三十次集体学习时要求,要更好推动中华文化走出去,以文载道、以文传声、以文化人,向世界阐释推介更多具有中国特色、体现中国精神、蕴藏中国智慧的优秀文化。① 这为网络文学的国际传播提供了强大的思想动力,"讲好中国故事、传播好中国声音"已经成为网络文学的时代责任,加强网络文学国际传播已经成为业界共识。

三、中国网络文学国际传播面临的问题

中国网络文学在国际传播过程中也存在一些短板和问题,如"走出去"的作品中反映当代中国发展的作品还不多,成熟的商业模式还没形成,翻译滞后,盗版严重,维权困难,等等。

第一,从题材上看,反映当代中国发展新成就的现实题材作品偏少。以往中国国内受欢迎的网络小说题材多是玄幻、历史、穿越、都市言情等,这也是长期以来"走出去"的主要网络文学类型。近几年,国内的网络小说加大了现实题材创作力度,但走出国门的还不多见。

第二,作品数量庞大,翻译是一大薄弱环节。各网站进行网络文学国际传播,主要运营成本是翻译和广告推广,其中翻译成本占2/3,广告成本占1/3,而翻译正是制约"网文出海"的重要因素。网络文学篇幅较长,进行人工翻译成本过高,且优质翻译人才特别是小语种

---

① 《习近平在中共中央政治局第三十次集体学习时强调加强和改进国际传播工作展示真实立体全面的中国》,《人民日报》2021年6月2日。

翻译人才缺乏；海外粉丝的自发翻译不利于版权保护；机器翻译成本相对较低，但质量不能令人满意。此外，由于对所在国受众阅读趣味和特点研究不够，各平台间尚未建立有效的翻译协调机制，也无标准化、权威性翻译语料库，最能体现中华文化特色的网文力作的国际传播受限，尚未实现文化产品传播的集群效应。

第三，市场推广和传播渠道拓展不足，缺乏线下推广和营销渠道，本土化运营严重滞后。目前，线上推广渠道主要是在推特、脸书等海外社交媒体上购买广告，置入 App 下载链接等。这些推广渠道市场均被国外平台垄断，相关规则完全由对方单方面制定。近几年，阅文集团、掌阅科技、中文在线每年在海外的资金投入大都在千万美元以上，但从整个市场规模上而言仍有较大的增长空间。

第四，盗版严重，维权困难。随着中国网络文学在国际市场的关注度不断提升，海外的盗版侵权行为也愈演愈烈。与盗版的成本相比，维权的成本高昂，特别是跨境维权，在司法体系不同、举证过程繁琐、维权成本高且周期漫长、经验不足等情况下，则更是难上加难。目前，中国网络平台在应对海外盗版侵权时，往往处于被动局面，维权鲜有成功。

第五，在线支付的具体操作问题。受制于当前国际市场上在线支付渠道还不健全，网民的在线支付意愿尚处于培育期，网络平台只能采取长期补贴用户的形式来获得用户的增长、培养用户的阅读习惯，以期在市场成熟以后逐步商业化。因此，目前各网络文学平台的海外业务自主发展能力不足，需寻求腾讯、百度等资本的支持。另外，跨境结算手续费高且容易出现信用卡恶意消费，易对企业造成阻碍和损失。在国内，支付宝、微信等网络支付的费率一般不超过 1%；但在国际上，渠道费用较高。以 Paypal 为例，费率在 4.4% 以上。而且，有关国际渠道普遍支持国际信用卡透支，在消费者发生拒付行为时，平台不但要承担本金损失，往往还要被 Paypal 额外收取手续费。

四、推进中国网络文学国际传播的路径建议

目前,中国网络文学国际传播主要是企业行为,各自为战,缺乏沟通,还没有配套的支持政策。作为扩大中华文化影响力的一部分,中国网络文学国际传播尚须加强统筹规划,形成合力。

首先,加大选题引导和项目扶持力度。国家相关部门每年可定期发布网络文学国际传播重点选题指南,建立网络文学国际传播作品库,从作品创作角度,强化扶持引导,为中国网络文学海外传播提供坚实的内容支撑,表彰在对外传播方面表现突出的优秀作家、作品。从2020年起,中国作协在"网络文学排行榜"中第一次推出了"网络文学海外影响力排行榜",体现了对网络文学"走出去"的强烈导向,起到了良好的引导作用。

其次,聚合中国网络文学国际传播资源,加强海外推介。建立网络文学大数据中心,汇聚海量的网络文学资源,有针对性地整理、分类、挖掘,向海外推广。协调各平台加强协作,在海外建立分公司、推广站、工作站、读者俱乐部等站点,加快海外网站建设和互联网产品投放,线上、线下相结合,传播网络文学,提供公共服务。疫情之下,可以举办中国网络作家与海外青年作家的网络视频对话会,向海外推介中国网络文学,包括写作手法、章节布局、人物设置等,引领国外网络文学的发展。疫情好转后,可以组织沟通能力强的网络作家到海外进行实地推介。

针对网络文学IP影响力大的特点,宜加大以IP为核心的综合性、多元化衍生文化产品的传播,后者也会带动网络文学文本的传播。加大对优质作品IP衍生的鼓励和扶持,持续进行市场化运作,同时借助社交媒体等进行全方位、立体式、碎片化传播。

再次,加强翻译扶持力度。推动建立网络文学翻译语料库和开放平台,联结版权方和翻译人才。一方面,为翻译者提供高效的翻译工具包,包括网文语料库、字典、纠错等,提升翻译效率和准确性,同时实现翻译流程和翻译质量标准化;另一方面,为版权方解决翻译招

募难、翻译成本难以控制、翻译质量参差不齐的问题,让更多的版权方有机会找到好的翻译人才,正版输出更多的中国优秀作品。通过集合全国、全行业的版权资源、语料资源,聚合翻译人才,建立完善的市场机制和服务模式,实现翻译的质量提升和规模化。

最后,加强海外版权保护工作。通过组织海外维权方面的座谈会、建设网络文学知识产权保护平台等方式,整合相关法律资源,扩大企业海外维权渠道,帮助企业积极应对跨境知识产权纠纷,解决网络文学盗版严重的问题。

结　语

中国网络文学的国际传播已经迈出了坚实的步伐。只要遵循国际传播的基本规律,抓住机遇,乘势而上,有针对性地解决面临的困难和存在的不足,加大整合扶持力度,相信中国网络文学国际传播的步伐必将加快,成为中华文化"走出去"富有特色的一环。

（原载于《国际传播》2021年第3期）

中国网络文学海外传播现象分析

◎杨 会

网络文学不是中国独有的文学现象,却在中国发展成独树一帜的景观。自被称为网络文学发轫之作的《第一次的亲密接触》于1998年出现后,在短短的数年时间里,网络文学实现了走向纸质出版,借助影视改编登上荧幕,被游戏、动漫加工等多渠道拓展,成为新世纪文坛上不可忽视的文学与文化产业现象。网络文学以网络为创作载体,而互联网在信息传播速度和广度方面,具有以往文学载体不能比拟的优越性。借助互联网高效传播的优势,网络文学在某种程度上实现了文学的"大众化"传播,拥有着数量庞大的受众群体。网络文学受创作动机的支配,特别重视作品故事情节的组织与安排,而作品的故事性是影视改编的重要前提,尤其是网络文学所擅长讲述的跌宕起伏的故事,对于影视改编极具吸引力。由此,网络文学成为影视改编的新宠,并借助荧屏开辟了更加广泛的传播领域。互联网极高的传播效率加上影视改编的带动,使得中国网络文学发展蓬勃,并借助互联网构建的全球共同体,迅速跨出国门,在海外拓展出新的生存空间。

一

目前,中国网络文学以东南亚和欧美地区为中心向全球辐射,"覆盖40多个'一带一路'沿线国家和地区"①,在全世界拥有庞大的

---

① 上海艾瑞市场咨询有限公司:《2020年中国网络文学出海研究报告》,《艾瑞咨询系列研究报告》2020年第8期。

受众群体。据统计,"2019 年,海外中国网络文学的用户数量达到 3193.5 万"①。占据地理位置优势并对中国文化更有"熟悉感"的东南亚国家成为中国网络文学出海的"重镇之地"。自 2001 年在东南亚获得出版权后,中国网络文学集聚了众多越南和泰国受众,作品文本及由此改编的影视剧在东南亚备受欢迎。"2009 年至 2013 年,越南翻译出版了 841 种中国图书,差不多 3 天就有一本中国图书被翻译成为越南文出版。"② 在引进的文学类图书中,占据主导的是网络文学作品。"越南引进的中文文学作品中,网络文学一度占据八成之多。"③ 专门登载中国网络文学作品的榕树下、晋江文学城等网站也吸引了众多越南读者前往浏览,中国网络文学的代表作品(或改编的影视剧)如《盗墓笔记》《何以笙箫默》《甄嬛传》在越南拥有大量"粉丝"。中国网络文学在泰国同样受到青睐,泰国最大的连锁书店 B2S 将中国网络小说放置于畅销书区域。言情、武侠、穿越等题材的作品,是泰国中国网络文学阅读爱好者的"最爱",其中,比较受关注的作品和影视剧有《医香》《楚王妃》《步步惊心》等。泰国于 2017 年承办了中国网络文学国际传播全球研讨会,此举表明中国网络文学在泰国的影响力及泰国官方和文坛对中国网络文学的认可。在菲律宾,阅文集团旗下的海外门户起点国际于 2018 年组织了中国网络文学海外粉丝见面会,点燃了菲律宾读者对中国网络文学的阅读热情。

在欧美国家,中国网络文学也具有较高的知名度,并赢得了市场。盛大文学于 2013 年与欧美知名制片人达成合作,力在推动中国作品的电影改编,中国网络文学借此受到大力推荐,进一步提升了中国网络文学在欧美的影响力。美籍华裔赖静平创办的 Wuxiaworld 网站专门翻译中国网络文学原创作品,该网站主要选载美国受众喜欢的带有武侠元素的玄幻、仙侠等类型的作品,在短时间内引起了强烈反响,从 2014 年底创办发展至 2018 年初,仅仅三年多时间,"累计访

---

① 上海艾瑞市场咨询有限公司:《2020 年中国网络文学出海研究报告》,《艾瑞咨询系列研究报告》2020 年第 8 期。

② 罗昕、王丽华:《中国网文的海外读者:北美、东南亚、日韩约各占三成》,澎湃新闻,https://www.thepaper.cn/newsDetail_forward_1583537,2016-12-20。

③ 刘佳璇:《网络文学出海,刚刚开始》,《瞭望东方周刊》2017 年第 4 期。

问量超17亿次"①。以Wuxiaworld为阵地,受众自发组织形成了"翻译组",将自己喜欢的作品进行翻译,并放置于网站,与其他"志同道合者"分享。为了满足法国文学爱好者的需求,阅文集团专门为法国读者设立了法语版阅读网站,其中包括被翻译成法文的中国网络文学作品,这些作品为法国读者提供了阅读资源,同时"又促使部分爱好者进行模仿式的写作"。②由此可见,中国网络文学在法国不仅得到广泛传播,还激发法国受众文学创作的兴趣。除东南亚和欧美地区之外,中国网络文学在日韩也受到关注,《甄嬛传》《琅琊榜》热播剧都得到日韩受众、媒体的极高评价,日本媒体称赞《琅琊榜》是一部"将中国电视剧的各种魅力集于一身"的作品。③除东南亚、欧美、日韩外,中国网络文学凭借政策与技术的支持,正以加速的步伐拓展海外版图,目前已被翻译成十几种语言,带着中国文化独特的魅力,走向世界。

  中国网络文学在海外的"炙手可热"与其在中国"坎坷"的成长经历形成了对照。网络文学在中国成长壮大的过程,同时也是其饱受争议的过程。中国网络文学在产生后相当长的一段时间内,与主流文学处于"对立"的局势。低水平的入门标准、娱乐化的写作态度、受众导向的写作观念等都与传统的文学创作呈现出迥异的样态,很难赢得主流文坛的认同。但是,随着网络文学自身的发展,形成不容忽视的文学力量后,与主流文学呈现出逐渐互相接纳、融合的趋势,网络文学的地位也由此得到逐渐提升,在"文学失去轰动效应"的新世纪文坛,网络文学的崛起可谓"奇迹"。而饱受中国批评家争议的网络文学在海外的"火热",可谓另一"奇迹"。在批评家及读者的视野中,新时期中国文学的一大特征是追随世界文学的潮流,无论是先锋文学、寻根文学还是新历史小说,都以一种显性或者隐性的方式对西方文学创作经验进行了借鉴,带有较为明显的文学和文化"输入"特征。甚至有批评家认为:"倘若没有对外国文学的借鉴,新时期以来

---

① 陈圆圆:《中国网文世界圈粉》,《人民日报》2018年2月12日。
② 徐爽:《法国网络文学研究》,《网络文学评论》2018年第1期。
③ 《日本将播〈琅琊榜〉赞梅长苏似诸葛亮》,《厦门晚报》2016年2月22日。

中国当代文学的发展与变化，便无从谈起。"① 而网络文学以巨大的影响力和鲜明的中国原创性引发海外关注，一改新时期以来中国文学依赖西方输入的印象，呈现出中国文学独有的本土化特色。目前，中国网络文学作品在海外引领起了一股"中国文化"风潮，"在全球流行文化输出的竞争格局中，能与美国的好莱坞、日本的动漫、韩国的电视剧有一拼之力的，只有中国的网络小说"②。中国网络文学在海外引发如此轰动效应，既与其自身的"魅力"有关，也与其赖以依存的新媒介载体有密切关系。

二

网络文学在中国爆发式的生长成为其在海外走红的背景性原因。网络文学作为一种文学创作形态，在各个国家都有，只是与其他国家相比，网络文学在中国获得了更加充分的成长。最初以一种"非主流"姿态面向网民写作的中国网络文学，虽然饱受学界争议，但是在国家相关文化政策、市场运作的推动下，最终发展成为新世界文坛上的"奇观"。网络文学以超常的生长能力和全方位的衍生能力在中国产生了巨大影响，超高点击率彰显的潜在受众群体引发了传统出版社的关注，超长故事篇幅满足了影视改编的需求。网络小说填补着中国大众的碎片化时间，登上畅销书的位置，并且成为热播的影视剧。在全球化背景下，中国网络文学引发的影响力必然会辐射到其他国家，从而引起海外受众的关注。可以说，影响效应是中国网络文学出海的重要前提。

中国网络文学自身具备的"魅力"是其能够在海外"移植成功"的内在驱动力。仅仅依靠影响效应，缺乏内在的生长点，中国网络文学难以在海外获得生命力。中国网络文学建构的充满想象力的文本世

---

① 张晓峰：《80年代以来西方文学影响下的中国当代文学进程》，《文艺争鸣》2009年第4期。

② 郭超：《为世界带来"一股新鲜空气"——中国网络文学颇受"老外"青睐》，《光明日报》2016年12月19日。

界及携带的中国文化特质，契合了海外受众的兴趣点。中国网络文学借助宽松自由的网络环境，开辟了广阔的想象空间。传统文学创作中鲜见的仙侠、穿越、玄幻题材，充满神秘色彩的宫廷、后宫生活及衍生出的宫斗题材，以盗墓为代表的灵异题材，此外还有面向现实的都市类、职场类、校园类题材，都在网络文学中得到了集中书写。尤其是依靠想象建构起来的题材，为受众展示了超越大众日常生活的另一片区域。"中国网络小说为外国网民提供了另一种可能：每个人都应该有想象现实以外的其他生活方式的能力。"[①] 即便中国网络文学质量参差不齐，在历史常识、情节架构、语言表述等方面存在着问题，但是网络文本呈现的世界及塑造的人物还是打动了海外受众。古装言情、宫斗、仙侠和玄幻类作品在某种程度上满足了海外读者对中国的想象。作为历史悠久的文明古国，古老的中国文化包括古中国形象和古中国人的生活、情感都具有未知的神秘色彩，而中国网络文学中的大部分题材都对此有所涉及，从而满足了海外受众的猎奇心理。中国数千年的封建制度将帝王家族置于社会的最高层，历来关于帝王及其家眷的介绍大都见于正史，而正史记载一般言简意赅，较少详细记载帝王之家的生活细节。因此，宫廷内的故事对于中国的寻常百姓及远离那一段历史的当代中国人而言尚且陌生又遥远，何况是外国人。对中国封建帝王之家故事的想象符合中国受众和海外受众共同的阅读期待。因此，古装言情、宫斗题材的网络文学作品和改编的影视剧不仅抓住了中国受众的胃口，还受到海外受众的垂青。呈现宫廷生活细节的网络文学作品《甄嬛传》《延禧攻略》《如懿传》等成功打入海外市场，与作品的选材有密切关系。仙侠、玄幻类作品融合了诸多中国传统元素，诸如中国功夫、传统服饰及儒释道思想等，带有这些元素的作品给受众带来了陌生化的艺术感受。在海外受众的印象中，上述元素恰恰代表着中国传统文化的独特魅力，从而能够满足他们了解异域文化的心理需求。"中国的武侠玄幻世界对外国读者来说是崭新的。"[②]

---

① 郭超：《为世界带来"一股新鲜空气"——中国网络文学颇受"老外"青睐》，《光明日报》2016年12月19日。
② 路艳霞：《中国网络小说在海外翻译网站走红，首次走进欧美百姓日常生活》，《北京日报》2016年12月26日。

中国网络文学构造的文本世界及其展现的中国元素魅力，成为其能够赢得海外受众的重要因素。此外，中国网络文学呈现的价值观获得了海外受众的认可，并在情感上产生了跨文化的共鸣。大部分玄幻类虚构想象题材及现实题材的作品，都塑造了颇具魅力的主人公形象，这些主人公身上大都具有不畏艰难、初心不改、不达目的不罢休的拼搏精神，中国网络文学的"粉丝"——新加坡读者温宏文喜欢阅读《妖神记》，他认为这部作品最吸引人的地方在于主人公的品质："'草根崛起'的故事很容易让他有代入感，而主角身上积极向上的品格，也让温宏文愿意陪伴其成长，感受他的喜怒哀乐。"① 《芈月传》中的芈月、《三生三世十里桃花》中的白浅、《妖神记》中的聂离等，无一不具备积极向上的品质，他们虽然历经了艰险磨难，但是百折不挠，坚强乐观。如此"励志"的形象及性格特征，产生了能够跨越文化鸿沟而被认同的感染力。

中国网络文学在海外的走红离不开新媒介的助力。网络文学所依存的互联网载体具备跨区域、跨国传播能力，不受时空限制，且传播速度极快。可以说，中国网络文学能够在海外迅速传播得益于互联网高速的传播效力。"互联网为中国文化的海外传播创造了得天独厚的条件。"② 影视改编为中国网络文学的海外传播提供了另一助推力，为网络文学吸引了更多层次的受众。仙侠、玄幻、盗墓、宫斗类作品要么虚构了现实生活中并不存在的场景，要么展示了令海外受众新奇的中国古代服饰与居所，受众在阅读时需要依靠自己的想象力，将文字进行解码，转换成自己可以想象到的场景。但是，对于一部分海外受众而言，或因本身对中国的文化的隔膜，或因想象力相对匮乏，往往无法很好地完成作品的转译，如此，阅读感受便被打折扣。因文字本身具有的抽象符号性特征，精彩的情景仅仅依靠文字渲染无法直观呈现。而影视改编的出现在某种程度上弥补了文字符号的"欠缺"。越来越发达的影视特效制作技术，将幻化出来的世界或者过去的时代

---

① 刘长欣、姚雪卉：《不但神秘而且够"爽"这样的网文才有老外看》，《南方日报》2018年10月15日。

② 卢泽华：《借网出海打破"文化折扣"》，《人民日报》（海外版）2018年1月19日。

重现，玄幻类作品中绚丽的三界、宫斗类作品中华丽的古装服饰与华贵的皇宫，都在影视制作中以观众可以直接感知的"实物"或"实景"呈现，从而产生了强烈的视觉冲击。与网络文学的文字阅读相比，影视剧融合简洁的字幕、生动的人物表情、直观的人物动作、真实的场景，采用视听结合的接受方式，大大"降低"了文本的理解难度，更容易被文化水平不一的大众接受。且网络文学字数巨多，动辄上百万字的篇幅，给阅读带来了一定的困难，因此，网络文学文本吸引的大都是有时间、有精力的中青年人。而影视改编后的网络文学作品由于简化了作品情节，并降低了接受的难度，可以吸引不同层次的受众，有助于网络文学的进一步普及。在互联网和影视改编的合力下，中国网络文学产生了强大的传播能力。

三

中国网络文学在海外的传播，目前已成为中国文化输出的重要方式。中国网络文学输出的不仅仅是中国的文学和产业，还向世界讲述着中国故事，并传递着中国形象。如前所述，海外受众对中国网络文学作品中的中国元素颇感兴趣，他们试图从中读懂中国。在此背景下，中国网络文学应当承担起塑造中国形象的使命，其中包括对中国文化的弘扬及对中国人形象的塑造等。"中国网络文学或将成为讲述中国故事、弘扬优秀传统文化、推动构建网络空间命运共同体的重要载体。"[1] 因此，鉴于中国网络文学在跨文化传播中所承担的重要角色，作品的总体质量和翻译质量都应当受到重视。

目前，海外受众对中国网络文学的接受尚处于保持着新鲜感的"蜜月时期"，这种亲密关系到底能够维持多久不可预估。虽然，中国网络文学日渐走向成熟，并在某种程度上得到了中国主流文坛和世界读者的认可。但是不能忽视的是，部分中国网络文学确实在创作质量方面存在着问题，从而影响了网络文学的整体口碑。仅仅依靠带给海

---

[1] 马季：《网络文学海外扬帆》，《人民日报》（海外版）2019年12月23日。

外受众耳目一新的惊奇感,难以支撑中国网络文学在海外走得更加长远。因此,中国网络文学在海外传播中理应肩负的责任与其整体的创作水平还不能匹配。

网络文学在中国的产生、流行,与普通大众文学创作爱好者的兴趣写作有关,也与中国的出版机制有关。对于无意或无法正式出版作品的"草根"创作者而言,网络无疑为其提供了最容易操作的书写空间。因产生的动因与生存空间的不同,网络文学与传统的纸质文学形成了对照。传统纸质文学从创作到出版都处于审慎严谨的状态,而网络文学则处于自由自在、门槛无限制的自由生长状态中,缺乏中间环节的质量把控,如此的产生状态和成长模式必然导致作品质量参差不齐。虽然大部分网络文学以追求"爽"为目标,海外受众也陶醉于其中的"爽点",但是以网络文学目前的发展态势看,仅仅在"爽"上下功夫,无法实现网络文学的整体进步和长远发展。网络文学发展到现在,应该摆脱早期的自发式肆意生长状态,进入到反思、成熟阶段,关注作品的精品化与经典化问题,打造中国网络文学的精品。"网络文学毕竟属于文学范畴,与传统文学一样,都应追求真善美的统一,以创造精品为目标。"① 尤其是在当今文化输出的背景下,中国网络文学的质量问题更加值得关注。此外,中国网络文学还应在讲述中国故事及如何以中国的方式讲述故事方面苦心经营,不仅主动承担起文化交流的功能,还应肩负着塑造中国形象的责任。目前,中国网络文学尚未能够真正承担起这一任务,大部分作品塑造的"中国形象"不够完整,不够客观,也缺乏"现实性"。中国文化与中国形象散落在网络文学作品中,大都呈现为碎片化的元素,且由于部分创作者文化水平有限,有些中国元素的呈现存在着失真和谬误的问题。虽然一部分现实题材作品成功"出海",但是总体占比不高,被海外受众接受的网络小说大都属于玄幻、仙侠包括宫斗在内的"历史"题材。可以说,中国网络文学更多地为海外受众提供了"古老"中国的形象或"古老"东方古国的文化,其中虽然饱含精粹,但是也不乏糟

---

① 王泽庆:《不能仅以"爽"为创作目标——关于网络文学发展的四个转向》,《光明日报》2019年8月14日。

粗。向世界展现中国形象，仅仅展现"古老"的中国或者依靠想象构造出来的"玄幻"中国远远不够，这样可能导致中国形象被误读。因此，中国网络文学应该在现有的题材类型之外进行拓展，并将文化输出背景中的中国形象建构与中国故事讲述纳入到写作的构思中。当然，由于文化冲突的存在，海外受众对于"中国性"太强的作品往往难以理解。对此，网络文学研究者邵燕君指出："太中国化的作品，不仅翻译上存在难度，也不易引起外国读者的兴趣。"① 中国网络文学要在"中国性"和"世界性"之间进行协调，还需要在"现实性"与"非现实性"之间调适，既在文化输出中传播中国文化，展现历史中国、当代中国的形象，还能够超越跨文化带来的陌生感，被海外受众欣然接受。

目前，部分中国网络文学作品以积极励志的格调吸引了海外受众。与之相对，还有一部分带有暴力、言情色彩的小说虽然吸引了部分受众，但同时也招致海外有关政府部门和部分受众的抵触。耽美小说在越南曾经一度遭到禁止，虽然输入越南的耽美小说不仅仅来自于中国，但是被禁止的耽美小说大部分来源于中国。"暂停发行的言情类出版物大多来自中国，其中有不少涉及同性恋题材、不伦恋、鼓吹性侵等内容。"② 作品质量问题成为当前中国网络文学发展的困境，同时也是中国网络文学海外传播面临的困境。中国网络文学想要在海外真正落地生根，取得长效效应，需要提高自身的质量，不仅在故事情节方面力求精彩曲折、新奇怪异，还应在作品的价值取向和审美旨趣上进一步提升。

在跨文化传播中，翻译是非常重要的环节，缺少这一环节，所有的交流和对话均难以实现。对于文学而言，翻译水平的高低，直接影响受众对作品的理解程度和阅读感受。当下，制约中国网络文学海外传播的一大因素是翻译。调查显示，"超六成用户对所阅读小说的翻译质量不满，由于翻译质量不高导致的阅读不流畅也成为了海外用户

---

① 《中国网络文学走红海外》，《今日桐庐》2017年5月12日。
② 郭悦：《中国网络小说在越南遭遇"冰火两重天"？》，《青年参考》2015年6月3日。

最大的痛点"①。对于由网络文学改编成的影视剧而言，字幕翻译的篇幅压力相对较小，而对于动辄数百万字的网络文学文本而言，翻译成为一个重要的问题。自文学产生以来，其发展进程伴随着创作篇幅的扩充，中国网络文学在此方面创造了历史性新高，平均每部作品的字数在二十五万左右，百分之十的作品字数在两百万以上，可谓"超级长篇"，这样的篇幅无疑给翻译者造成了压力。除篇幅外，文本中的大量"中国"属性名词，难以被准确翻译。诸多走红海外的网络文学作品都含有一定的中国专有名词，如"太极拳""金丹""修仙""元神""蛟龙"等，在中国语境下，这些词汇不经过刻意阐释，读者根据自己的文化经验也可以大致理解，即便个别读者不能精确理解该词的含义，也不影响对整部作品的理解。当这些词汇被翻译成外语的时候，困难随之而来。如何将上述术语清楚准确地翻译出来，使得海外受众在缺乏语境和文化经验的情况下，能够理解其含义，成为当前中国网络文学翻译中存在的难题。为了暂时解决这一问题，有部分译者甚至借助图片进行辅助翻译。"太极拳，就会放个老爷爷在打太极的视频；糖葫芦，就会放张糖葫芦的照片。"② 网络文学的海外翻译者有相当一部分属于自发的"志愿者"，这些翻译者一开始只是"粉丝"，在追读过程中，迫不及待的阅读愿望使自己变成了翻译者。虽然国外有部分登载中国网络文学作品的平台，已经组建了一定规模的翻译团队，但是招募翻译人员的门槛相对比较低，曾被誉为第二大中国网络文学英语翻译网站的 GravityTales 对应聘者的要求是仅仅通过一个二百字左右的翻译测试。由此可见，中国网络文学的翻译量、翻译难度及海外翻译者的翻译团队人数、整体水平之间存在着差距。虽然目前推出的人工智能翻译大大提高了翻译的效率，但是依然没有能够解决专有名词翻译的准确度问题，且机器翻译的"机械性"也影响了文本审美与艺术方面的呈现度。对于目前翻译环节存在的问题，在策略上应该变"被动"为"主动"，不能仅仅依靠海外翻译团队的自发行为，

---

① 上海艾瑞市场咨询有限公司：《2020年中国网络文学出海研究报告》，《艾瑞咨询系列研究报告》2020年第8期。

② CKtalon：《中国网络文学在海外的翻译情况》，澎湃新闻，https://www.thepaper.cn/newsDetail_forward_2195021，2018-06-14。

或将全部希望寄托于人工智能翻译，而应当建立更加专业的翻译团队，提升网络文学整体翻译水平，助力中国网络文学作品的海外传播及中国文化的输出。

中国网络文学在海外已经走过了一段自发传播的阶段，发展至今，无论在创作还是在翻译上，都应当自觉树立海外传播的意识。在创作上努力打磨具有积极向上风格、健康品味、严谨叙事结构、流畅文字表达的精品。强化网络文学的经典意识，提升网络文学在海外传播的生命力，拓展网络文学海外传播的区域和版图，弘扬中国文化，展现中国精神，呈现中国现实，使网络文学成为展示中国形象的一张名片。同时，中国网络文学在海外的长远发展不能仅仅依赖于本土作品的传播，还应当积极培育海外原创作家，确保中国网络文学在海外生根，使一部分海外受众真正融入到网络文学作品的创作中，通过此种方式，构建全球网络文学共同体，实现文化的双向互动交流。

（原载于《南京师范大学文学院学报》2021年第3期）

论网络小说创作中的"弃坑"现象

◎任雪婷

中国的网络小说创作普遍存在一种"弃坑"现象,即作品常常没有后半部,形成有头无尾的半部之作。像南派三叔的《盗墓笔记》、辰东的《神墓》、孙晓的《英雄志》、静观的《血流》、端木摇的《长恨歌》、愤怒的香蕉的《赘婿》等著名网络小说,都属于"弃坑"之作。更多的无名写手,也是写着写着就没了下文,导致网络小说中的"弃坑"现象有增无减。如今,"弃坑"已成为一个网络专用热词,特指作家在网络上创作小说时,突然停止更新,不再续写,读者们称之为"弃坑",也叫"挖坑不填"。本文即是以江南的网络小说为例,讨论网络小说创作中的"弃坑"现象。

这种"弃坑"现象,其实在互联网写作的初始阶段便已存在。那时,写手们大多聚集在榕树下、卧虎居、天涯社区、九州论坛等文学网站上交流创作,这些社区论坛也成为早期"弃坑"小说的集中营。如天涯社区"青春地图"中的长篇小说区就出现了很多"烂坑",包括者木的《亲爱的太监》、乔脆的《你要补水还是要美白》、孤独白衣的《爱情在长大,青春赤裸裸》等。这些作品在更新了一段时间后,作者突然不见踪影,恼怒的读者只能在跟帖中留下一串怨语。面对"弃坑"现象,网络作家一般采用两种处理方式:一是让它"烂坑",作家改写其他小说;二是作家与出版社或网络平台"联姻",在赚得网络人气之后,最终以纸质方式推出完整版,获得纸质读本的市场销量。

随着网络小说的不断发展,"烂坑"已成为普遍现象。其主要原因在于作品情节设置极为宏阔，人物关系过于芜杂，如果作家不具备高超的驾驭能力，或是没有成熟的构思与完整的大纲，故事就很难继续下去。加之商业化时代的诸多诱惑，如果作家只是随性而作，或是因为身体、情感上的种种原因，就极易形成"弃坑"的现象。在网络小说创作中，几乎每个作家都有"挖坑不填"的经历。当然，其中也有传统出版业联手操作的因素。像六六的《双面胶》最初在网上连载时，曾获得读者的热捧，网友们会在六六的每个帖子下跟帖和讨论，但在读者们迫不及待想看到小说结局时，六六便戛然而止了。随后，在网友的一片讨伐声中，六六发布了公告，坦言她已经和出版社签约，想要看结局的网友们可以在小说出版后去购买纸质小说。对此，有网友严厉指责六六的商业行为，但也有部分网友表示理解和认同。这就是一种"不得已"的"弃坑"情况——网络写手与出版社签订协议，"被迫"不能公布结局，迫使心痒难耐的读者转化为潜在的购书者。就这样，"弃坑"成为作品前期营销的一种手段，写手先以宏大奇异的设定吸引读者，在获得人气和关注后，自己寻找或是等待出版商的发现，有意将结局留着"待价而沽"。

在这种"弃坑"现象中，网络作家江南几乎被人们称为"坑王"。他不仅在网络中屡屡挖坑不填，还将网络界的"弃坑"现象引入纸质写作中，使"弃坑"贯穿其整个的写作历程，并成为江南小说创作中最引人瞩目的特征。有网友甚至嘲讽江南为"坑王""豆公"，宛若土豆表面的坑坑洼洼，挖出一个坑会发现里面还有更多的坑。本文拟以江南的网络小说为例，探讨网络文学创作中的"弃坑"现象。

一、江南创作的"弃坑"之谜

江南是早期网络文学代表作家之一，成名作《此间的少年》最初连载于"清韵书院"，后出版单行本"一炮而红"。随着《九州·缥缈录》的陆续发布，江南逐渐淡出网络，选择了脱网写作，先后创办了《九州志》《龙文漫小说》等多部杂志，凭借《龙族》系列荣登2013年、2015年和2016年"中国作家富豪榜"首富，以千万版税开拓了架空文学市场,现任北京九州天辰信息咨询有限公司总经理。江南最为人津津乐道的不是他传奇般的经历,也无关乎小说创作成就,而是响彻江湖的"坑王"称号。

据笔者不完全统计,江南至今共创作长篇小说25部,中短篇小说70余篇(有30多篇均为"太监小说",且已无法考证首发网址),其中被江南明确列为"废稿"的有7篇,包括一部未完结长篇《荆棘王座·猛虎蔷薇》;在出版发行的23部长篇小说中,有且仅有《逐鹿》《上海堡垒》《爱死你》三部是完结之作,其余均为"弃坑"之作。

从《此间的少年》到《龙族》,江南以一贯细腻钝痛的笔触,叩击少年们敏感又肆意的心扉。他的小说几乎陪伴和见证了一代又一代人的青春。即使江南"坑"名在外,读者依然义无反顾地跳入"坑"中。遗憾的是,江南的小说多未有圆满的结局。江南也曾多次提及填坑之愿,但尽数没有下文,留给读者的依然是无尽的等待。所以我们也能理解,为什么读者和粉丝天天叫嚣着要给江南"寄刀片",发誓"退坑""脱粉",甚至"回踩"。尽管如此,仍有更多的读者期待着江南能够为他们的青春画上一个圆满的句号,由此可见读者对于江南又爱又恨的矛盾态度。

在20年的写作生涯中,江南确实创作了许多脍炙人口的作品,包括早期同人、军事、武侠、科幻、奇幻等多种风格的优秀之作,但真正完结的仅三部,这与江南个人的创作习性、身体状况和心理因素有着很大的关系。江南自幼爱幻想,理科出身和出国留学的经历塑造了他兼容并蓄的思维,使他热衷于对国内外文学中的新介质进行试验和创新。江南的小说创作过于倚重灵感,而非缜密的构思布局,写至兴起时常常收不住笔。《上海堡垒》原计是写一个5万字的中篇,最终成稿15万字;《葵花白发超》计划写四幕,总计10万余字,第一幕《易小冉》就超出了10万字;《九州·缥缈录》的故事写完六本才真正开始……作家写作时捭阖纵横,读者在阅读具体情节时也能感受到作家一泻千里的灵气与豪迈,获得超爽的审美快感,但这种创作习性也极易导致"弃坑"问题的出现——写作时收不住笔,直到完全超出自己的预期,以至偏离故事的原貌,最后不得不辍笔。江南是一个灵感型作家，常常是一部作品还未写完，又迸发出源源不断的新灵感，导致江南必须在不同网站上同时连载数部作品。然而"填坑"的速度没有"挖坑"快，在时间精力无法兼顾的情况下，许多作品仅仅写了一个开头便成了"太监小说"，这也是为什么网络上会留下那么多残篇的原因。江南创作还有一个独特的症候，就是先预设故事的大结局，再以短篇连载的形式，通过片段式的情节将故事填充起来，但因为没有完整成熟的大纲，作品很难修订，也更容易导致"太监小说"。如《九州·缥缈录》最初是由发表在《九州志》上的一系列短篇修订而来，但是最终许多篇章还是沦为"废稿"。

纵观江南近些年的创作，无论是《天之炽》还是《龙族》都有模式化的痕迹，"青春伤痛＋奇幻架空"的创作范式屡试不爽，也使江南过分沉迷于"中二"的自我陶醉中。这是否预示着江南的创作已陷入瓶颈，步入疲软期？是否意味着江南的生活经验和创作灵感已近枯竭？回首早年间的那些"弃坑"之作，不乏开头便极其惊艳，无论是语言、结构还是情思都属中上等的作品。然而从 2013 年《龙族Ⅲ》开始，其创作便呈现出颓败之势，线索繁杂而随意，故事主线难以衔接，副本逻辑也难以自洽。2018 年《龙族Ⅴ》在网络平台上更新了一段时间后，江南自称患有抑郁症，小说断更至今。多数网友表示理解，希望江南先安心养病；也有部分网友猜测，抑郁症只是江南不想"填坑"的借口；还有部分网友认为是江郎才尽。所以我们有理由认为江南"挖坑不填"是笔力下降，心有余而力不足了。对此，江南也曾表示，某些作品遗留下的"坑"，就是他心中最完美的结局了，对于这种显而易见的诡辩，网友除了牢骚几句表示抗议便也无可奈何了。

网络小说"弃坑"现象之所以屡屡不绝，也与创作主体的心理因素密切相关。当作者的个人情感与写作发生冲突时，多数作者会选择牺牲作品，回归到正常的生活轨道。《都市之无限神能》的作者九五至上，因为塑造了过多貌美优异的女性形象，其女友不堪忍受欲与之分手，最后使作品成为"半成品"。这是情感因素影响了作家的心理。此外，"懒癌"心理也是一个重要原因，比如郭敬明、顾漫等作家就常常因为难以克服精神上的惰性而停更。"懒癌"其实就是习惯性拖延,这是阻碍作家写作最常见的一种心理动因。更多的写手只是抱着玩玩的心态,争做弄潮儿,东一榔头,西一棒槌。这类写作者受到从众心理的驱使,目标不明确自然容易半途而废。更有甚者,就是单纯不想写了。这一类人缺乏内部动机,服从于本我的"唯乐原则",还创造出了许多"弃坑"理由。马伯庸脱网前连载了几年的小说《我在江湖》,被誉为烂尾之上乘。因为想写新作,所以随意结尾,就在故事渐入高潮时,以一枚陨石将所有角色写死(实则众配角当场死尽,故事中的主角称不愿独活而自刎),网络舆论一片震惊,人称该手法为"陨石遁"。还有"梦遁""充军遁""停电遁""美死遁"(小说以女主角窒息于自己的美貌而死结束)等稀奇古怪的"弃坑"之名,作品看似完结实则"太监"。这些心理原因,在本质上都是作家缺乏一定才情和责任心的表现。

二、宏阔的构架与疲惫的叙述

除却上述原因,作家的"弃坑"与小说的文本结构也存在着密切关系。多数网络作家没有严谨的构思和完整的大纲,故事写得天马行空、复杂拖沓,导致后期无以为继,其主要问题在于:一是故事结构过于宏阔;二是支线细节过于烦琐。

受到题材和利益机制的双重影响,网络小说多为鸿篇巨制,动辄几百万字,呈现出超长篇的发展态势。这使得写手们很难操控,自然形成大量的"弃坑"之作。譬如在架空小说中,由于时空可以自由穿梭,这类小说的内容包罗万象,涉及天上、地下、人界、神界、魔界、冥界等维度,每个维度都拥有自己独特的风貌,大到时代更迭中的政治、文化、宗教等上层建筑,小到服装、食物、城镇建筑等基础的生活场景设定,依托魔法、方术、炼金、蒸汽朋克等运行法则,都有自身明确的等级秩序。所以网络架空小说呈现出浩瀚的世界和鲜明的异质性特点,占据了网文界的半壁江山,吸引写手前赴后继地争相创作。与此同时,这也对写手构成了一个极大的挑战,那就是如何营构出宏大严谨的组织构架,将细碎芜杂的人物、情节严丝合缝地勾连起来。对此，资质平庸者一味模仿；好高骛远者空有想象，却不能诉诸笔头，网络架空小说也因此成为"弃坑"界的"中坚力量"。江南的《九州·缥缈录》《蝴蝶风暴》《天王本生》《光明皇帝》等架空小说，都是因为故事构架过大而成为"弃坑"的典型之作。江南曾在《对自己小说的一点评论》中写道："《光明皇帝》这个故事我写了大约其中的十分之一，实在接续不下去了，太大的构造。其实我对这个故事里面的人物还是有好感的，可惜力气不够了。"

因为小说构架过大而"弃坑"者比比皆是，知名的网络"弃坑"作品就有桔子树的军旅小说《麒麟正传》、说不得大师的魔幻小说《佣兵天下》、洛水的玄幻小说《知北游》、南派三叔的"盗墓"系列等，还有更多不知名的"太监"作品。长篇小说是结构性很强的艺术，要协调好各部分之间的内部组织构造和外在表现形态，无论是网络小白还是"大神"级写手抑或传统作家，除了需要具备一定的想象力和生活经验，对长篇小说的把控能力也至关重要。网络写手绝大多数非专业出身，纵然拥有独特的生活体验，却不具备长篇写作的经验技巧和谋篇布局的能力。小说的构架尽管独具匠心，但多大而无当，作家没有足够的能力和精力去收束，当故事渐渐游离于掌控时，只有极少数写手会坚持下去，更多的写手只能流于眼高手低的尴尬境遇中，不得不"弃坑"。

面对结构过大、内容可能超载的情况，也有作家试图采取一些特殊手段规避"弃坑"风险。最直接同时能够最大化地保留小说原貌的方法——互文，以对应的人物、情节划分故事，形成系列化的创作模式。通过结构的互省，实现语义的互补，读者通过这种互文的修辞手段，拼凑、糅合出故事的整体框架，获得熟悉又陌生的审美效果。《九州·捭阖录》就是如此。它是江南《九州·缥缈录》的后续之作，以全新人物项空月为主角，通过他的眼睛见证历史的更迭，承接并穿插《九州·缥缈录》的故事发展。这种写法看似简单，但在实际写作过程中也并非易事，小说里的细节和逻辑"牵一发而动全身"，不仅写好难、完结更难，作家的"挖坑不填"也是意料之中。果然，《九州·捭阖录》在连载五期后便销声匿迹，江南转而书写该系列前传《九州·商博良》，同样没更几期之后就停更了，并转战《蝴蝶风暴

Ⅱ》,上述作品至今皆未填坑。由此不难发现,互文式的写作在解决长篇、超长篇小说结构难题的同时,也可能让作品陷入"挖坑不填"的泥淖中,衍生出更多的"坑"。很难说,这不是作家为了填前作留下的坑而玩弄的把戏。

导致"弃坑"的另一个重要原因,就在于叙事支线上的细节过于烦琐。细节是情节的基础,决定着一个作品内在情节的发展逻辑,相较于故事构架,作家对细节的处理可能更为重要。部分作家过度迷恋细节,一味在细枝末节处用力,故事主线不断分裂,衍化出一条条副线,甚至脱离了主线情节,故事情节的推动缓慢而艰难,甚至副线逻辑也无法自洽;还有的写手片面追求"爽感",刻意挖坑、即兴埋下伏笔,这些碎片化的细节遍布文本,被淹没在浩瀚的叙述中,越到后期就越容易被作家遗漏,行文顾此失彼,无法收束。若要将细节一一交代清楚,使之服从主线内容,既合逻辑又合情理是极其困难的一件事。作家一旦"弃坑",即使重新提笔,怕也是再而衰,三而竭了。

江南以情感和文字的细腻著称,塑造了众多出彩的人物形象和传神的细节,即便是一个小配角也立得住脚。但过于细致的工笔描写,就会牵涉出大量的人物和情节,使众多细节"牵一发而动全身",想要修订也难于下笔。《龙族Ⅲ》就是小说主线的一个副本,分为上、中、下三部,因为江南沉迷于细节,在原有的故事基础上又分化出了一个个情节和人物,原本只需要20万字的副本,用了100多万字才完成。《龙族Ⅲ》套用了"大Boss就在你身边"的设定,这种看似用滥了的套路最容易制造悬疑,但同时也最难写,作家对人物正反两面的把握要极精准,符合情节逻辑又贴合人物性格,最后真相大白,读者回味前文会觉得处处合理,处处又潜藏着伏笔。但是江南沉迷于细节的描绘,在人物身上大做文章,延伸出许多无关紧要的内容,故事节奏拖沓,最关键的悬念却迟迟不能揭晓,所以江南在感到疲惫的同时,也会心生厌倦。面对难以收束的支线细节,他放弃了前文预留的伏笔,将故事线生硬地拼凑在一起。当结局揭晓橘政宗就是王将赫尔佐格时,人们可以发现故事无论是动机还是写法都不合理,存在诸多的空缺。很明显,这个结尾就是江南驾驭不了全局又急于脱手的搪塞之笔。而这种强行烂尾,也直接导致《龙族》后期叙事艰难推进。

其实像《光明皇帝》《蝴蝶风暴》等单篇小说，如果在推出单行本之前，江南能放弃更宏大的构架，削减一些不必要的枝节和伏笔，减少对配角的叙述笔力，完全可以在现有的篇幅内写出一个完整的故事。但平心而论，即使字数爆棚，江南的写作质量却未下滑，情节扣人心弦，细节真实生动，也难怪他宁可选择"挖坑不填"，也不愿放弃已写好的情节。

网络上的写手大多眼高手低，把控不了故事走向和情节发展。面对旁逸斜出的小说结构和无限延展的人物、情节，自然地会产生出种种厌烦心理，辍笔也无可奈何。对于读者来说，是更愿意看到一部人物、情节丰富庞杂，却没有完结的作品，还是人物、情节虽简练但有始有终的作品呢？这是一个两难的选择。

三、追踪的执着与激情的消退

"弃坑"现象的出现，追根溯源是网络连载小说机制限制的结果。从免费午餐时代到收费阅读，网络文学以连载的形式更新，并通过收费阅读机制赚取酬劳，打造了众多"大神"写手，百万富翁的神话诱使一批批网友投身于这条流水线中。与纸质文学作家类似，网络小说作者的经济收益也与作品篇幅密切相关，但绝大多数网站提供的稿酬非常低廉，甚至以几千字几分钱的价格签约作者，这就意味着网络文学作者必须生产出更多的字数、更多的作品，让作品的代谢周期变得越来越短，才能让收益节节上升。有的写手为了追求篇幅，将故事写得拖沓复杂，最终无法延续而"弃坑"，这些被动"太监化"的作品也不在少数。

此外，网络连载小说的利益链与读者直接挂钩。在网络小说的创作过程中，粉丝的欲望占据最核心的位置。作家写作、网站营销很大程度上都根植于消费社会的"粉丝经济"，"粉丝经济"最大的特点是生产与消费的一体化。读者在阅读过程中，不仅是文本的消费者，同时是意义的积极生产者，通过超文本间的点击、跟帖和发帖，阅读的过程变得有机化、动力化。接受美学的代表姚斯说，"读者本身便是一种历史的能动创造力量。文学作品里的生命如果没有读者的能动的参与介入是不可想象的。因为,只有通过读者的阅读过程,作品才能够进入一种连续性变化的经验视野之中"①。受读者欢迎的小说因为点击率高、氪金数多,跻身于排行榜前列,大大增加了曝光率,稿酬也随着作家的知名度水涨船高。当读者进入一个文学网站检索时,那些长期不更新且阅读量低的作品,不会被系统推送给读者,更不会出现在各类排行榜上被读者所关注。所以如何吸引读者,维持曝光率,成了网络写手苦心孤诣的事情。

鉴于大多数网络写手普遍缺乏叙述故事的能力和技巧,如果为了吸引读者而刻意炫人眼球,最后就很容易"弃坑"。相对来说,维持曝光率会更为容易,最直接的方式就是持续不断地更新,维系住现有粉丝的关注,日更成了网络写手生存的最低标尺。互联网时代,每天都有成百上千万人涌入起点中文网、晋江文学城、红袖添香等大型文学网站,小说进入一个批量制作的时代。文字被高速刷新、阅读、覆盖,一个作家如果没有一定数量的作品频频问世,很快就会被大众遗忘。焦虑感促使网络作家群体只能不停地写,即便是已经打响了知名度的作家,如果不继续开足马力写,也会很快被后来者赶超,比如知名网络作家唐家三少,稳定在日更万字的节奏。但对于那些藉藉无名又做着网络文学梦的写手而言,月收入百元可能都是奢望,甚至还要倒贴钱,日更万字的焦虑与倦怠可想而知。当写手察觉出作品关注度下降甚至不再被关注时,继续创作反而会得不偿失,于是果断"弃坑"另起炉灶。如果新作品依旧得不到读者的青睐,就继续"弃坑",陷入"弃坑—开坑—弃坑"的恶性循环之中。当然,每天也有无数人黯然退出这个残酷的游戏,留下的作品也都成了"太监小说"。诚然,这种广撒网式的"弃坑"还有另一个重要目的,就是以量投机,生产得越多就越能增大被出版社相中的概率,走下网络,实现名利双收。毕竟传统出版还是为很多写作者向往,这意味着一种身份认同,而且是一种有效的传播途径。

---

① 胡经之:《西方文艺理论名著教程》(下),北京大学出版社,1988年,第390页。

反过来，"弃坑"也会影响作家的写作态度和作品的内容质量。网络小说中文本与读者之间的交流是即时的，内容是流动的，意义是生成性的。读者可以通过点赞、投票等蓄力方式，影响作家的写作进度与计划。网络写手过于关注点击量和评论时，就会被读者牵着鼻子走，不自觉地迎合网友的阅读口味而调整自己的文风和情节走向，变得平庸和模式化。长此以往，失去竞争力的作家和作品就更容易"太监"。同时，小说在连载了一段时间后，读者对情节走向的猜测和讨论也更加白热化，作家如何去套路化，跳脱出读者的期待视野，是文学创作也是作家填坑时面临的一个严峻考验。所以在江南"弃坑"的十多年间，读者不仅在网络上讨论故事走向和细节，甚至创作了大量同人小说，这在一定程度上也给江南填坑造成了某种限制。

更为重要的是，网络作家一旦成名，便会迅速进入文化产业的开发领域，而不再专注于写作本身。如江南、六六、韩寒、张嘉佳等作家，都热衷于作品的IP化，渐渐不再写作，更不要说填坑了。江南早年对文学和写作秉持浓厚的兴趣，曾与他人一起创办《九州幻想》。后来江南就瞄准了IP化的红利当起了老板，他所创办的灵龙集团是中国领先的、以精品IP为核心的影视制作公司，致力于畅销作品的创作、剧本改编、影视研发和游戏授权。代表作《九州·缥缈录》和《上海堡垒》由其亲自担任编剧拍摄成影视作品，《龙族》《天之炽》等作品的游戏化、影视化也已提上日程，唯独小说创作停滞不前。

文学作品IP化使作家赚得盆满钵满，这是市场经济功利性导向的必然结果，也是作家自己的选择。《此间的少年2》是江南最没有希望也最难填好的一部作品，那时候敏感又不羁的少年心性早已淹没于这些年商场上的摸爬滚打中，《九州·缥缈录》《蝴蝶风暴》《天王本生》等早年间遗留下的残篇便视作小说气韵的"及时止损"罢了，读者也不必强求。不过，近些年创作的《龙族》系列，陪伴了一代又一代人的青春，也让江南三次登上作家富豪榜榜首，这其中的商业利益不言自明，所以江南一定会填完《龙族》的坑，不过是时间早晚的问题。

众所周知，无论是网络文学还是传统出版行业，原创文学的发展之路非常艰辛，"弃坑"现象已成为文学发展中独有的暗斑和一个巨大的隐患。首先,对于追更的读者粉丝来说,某部作品突然毫无征兆地停更,这是对读者阅读情感的不尊重。其次,为了不被网络文学残酷的竞争机制淘汰,网络写手一年的创作量甚至高达 500 万字,这个数字可能是许多传统作家一辈子的创作量,试想其间又产生了多少"太监"作品呢?网络写作群体在"挖坑不填"又"挖坑"的恶性循环中,大批量地生产快餐式文字,这是对话语权力和自身资源的一种极大损耗。同时,会给人留下一种网络写手随意散漫,网络文学就是文字垃圾的刻板印象,不利于网络文学的健康发展。此外,作家的"弃坑"行为也助长了商业化时代金钱至上的风气。在功利性目的的驱使下,写作不再是一种表达自我的方式,而成为出名赚钱的谋生之道,写手们只能拼命地码字,靠消费读者的欲望来赚钱,以至成为市场的"枪手"。

"弃坑"受制于网络生态环境的影响,背后的缘由错综复杂,但无论是个体原因还是市场导向,写作者都应该怀有一颗对文学的敬畏心,致力于创作读者接受和喜爱的文学作品,这才是网络文学实现"双赢"的根本之道。

(原载于《南方文坛》2021 年第 2 期)

青少年网络小说阅读对自我概念清晰性的影响：角色认同和沉浸感的中介作用

◎张冬静 吴 漾 周宗奎 谭亚莉 曹 敏

一、问题提出

随着互联网技术的发展，网络小说阅读日益成为我国网民主要的网络娱乐活动。截至 2019 年 6 月，我国网络文学用户有 4.55 亿，占全体网民的 53.2%（中国互联网络信息中心，2019）。网络小说（网络文学）是指以互联网或者数字化设备为展示平台和传播媒介，借助超文本链接和多媒体演绎等手段来表现的小说、类小说文本，其中以网络原创作品为主，即不经编辑、个人随意发表的小说作品（吴琼，2012）。青少年群体不仅是网络小说的主要消费群体，也是网络小说的主要生产者，且以网络小说为代表的网络流行文化日益成为影响年轻一代发展适应的重要环境因素（竺立军，杨迪雅，2017；艺恩咨询，2017）。

青少年阶段是个体自我发展的重要时期。作为自我发展和自我认知的重要内容，自我概念清晰性（self-concept clarity）是指个体自我认识的清晰度、确信度、内部一致性和稳定性（Campbell et al.，1996），它对个体发展及心理适应的诸多方面都具有重要意义（刘庆奇等，2017；牛更枫等，2016；徐海玲，2007；Shin et al.，2016）。一方面，基于传统小说的研究发现参与叙事类活动会影响个体自我概念发展，尤其是小说阅读行为（McAdams，2011；McLean et al.，

2007)。相较于传统文学作品,网络小说具有快速发表和传播快、互动性强、定制化等特点,黏性更强,自我代入性高;语言风格上也体现率真性、恶趣味和尺度大等特点,更加符合青少年时期个人神话等自我中心化特点(邵燕君,2015)。值得注意的是,网络小说存在质量低下,参差不齐,故事构架不符合逻辑等问题,可能导致青少年自我概念清晰性降低;另一方面,就网络环境与自我发展的关系,有研究者提出了网络自我概念分化假说(self-concept fragmentation hypothesis),认为网络在给个体自我探索带来诸多便利的同时,也使其面临着无法统合多样化自我探索的风险,甚至会分化并瓦解已有的稳定自我,带来自我概念混乱(Valkenburg & Peter,2011)。这一假说在网络社交领域得到了证实——社交网站使用会降低青少年自我概念清晰性(刘庆奇等,2017;牛更枫等,2016)。就网络小说阅读而言,由于青少年自我概念不稳定,缺乏自我思考,容易陷入盲目认同的误区,可能对包括自我概念清晰性在内的自我认知产生消极影响(邵燕君,2015;田晓丽,2016)。基于此,本研究拟探讨网络小说阅读对青少年自我概念清晰性的负向影响及其内在作用机制,并假设网络小说阅读与青少年自我概念清晰性显著负相关。

角色和情感是文学作品非常重要的两大要素。角色认同理论指出,角色认同是文学作品对个体产生影响的关键机制——当角色认同发生,读者沉浸于故事的虚拟世界中,通过想象来体验主人公的身份、目标和观点,从而与角色产生情绪和认知上的联系(Cohen,2001;van Krieken et al.,2017)。田晓丽(2016)指出,身份认同(personal identity)在读者与网络文学主人公之间的类社会关系互动(para-social-interaction)中起着关键作用,即读者通过阅读与小说主人公产生情感和认知上的联结,进而在文学阅读中进行自我探索与建构。相关实证研究也发现角色认同是文学作品影响个体自我建构的重要中介机制(Dessart,2018;Hoeken & Fikkers,2014;Taylor,2015;van Krieken et al.,2017;van Looy et al.,2012)。青少年越认同网络小说主人公,越容易迷失在小说中。基于此,本研究假设网络小说阅读通过角色认同的中介作用负向影响青少年自我概念清晰性。

同时，作为一种独特而强烈的情绪高峰体验，沉浸感也是文学作品阅读影响个体发展适应的重要因素。沉浸感理论认为，沉浸状态下个体会置身于故事世界中，忘记现实和自我，从而忽视现实中自我相关的问题（Csikszentmihalyi，1990）。个体在阅读中的包括沉浸感在内的高峰情绪体验是导致个体沉溺在小说故事中的主要因素，沉浸体验阻隔了现实自我探索的渠道，进而对个体的自我发展带来消极影响（Richter et al.，2014；Shen et al.，2014）。相关研究还揭示了沉浸感在大学生网络小说成瘾中的重要作用（张冬静等，2017）。基于此，本研究假设青少年网络小说阅读通过沉浸感的中介作用间接负向影响自我概念清晰性。

此外，沉浸感也与角色认同密切相关，当个体认同故事中的主人公身份、价值和处事方式时，他们会更容易忽略自己的读者身份，与故事主人公保持一致的情绪和认知（Dessart，2018；van Krieken et al.，2017），这会进一步带来沉浸感等高峰情绪体验（Csikszentmihalyi，1990；Soutter & Hitchens，2016）。因此，叙事角色认同可能导致个体沉浸体验，从而降低其自我概念清晰性。同时，网络游戏相关研究也验证了化身认同—沉浸感在自我—他人差异与网络游戏成瘾中起序列中介作用（衡书鹏等，2018）。因此，本研究假设青少年网络小说阅读会通过角色认同—沉浸感的序列中介作用负向影响自我概念清晰性。

综上所述，本研究基于网络自我概念分化假说，结合叙事的角色认同理论和沉浸感理论，探讨网络小说阅读、角色认同、沉浸感与青少年自我概念清晰性的关系及其内在作用机制。本研究有助于家长和教师理解青少年网络小说阅读对自我概念清晰性影响的作用机制，并能为指导青少年健康阅读网络文学，引导青少年自我发展提供依据。

二、研究方法

（一）被试

采用整群分层抽样法，从武汉市一所全日制中学的初一至高二5个年级，每个年级4个班，共选取845名中学生；其中，初一188

人，初二166人，初三186人，高一145人，高二160人，被试年龄为14.18±1.49岁；阅读网络小说的中学生有480人，占被试总体的56.80%；男生227人（47.30%），女生253人（52.70%）；被试阅读网络小说2.38±1.95年，阅读网络小说65.93±228.50本。

（二）研究工具

1. 青少年网络小说阅读强度量表

参考网络社交行为量表（牛更枫等，2016；Yoon，2014），自编青少年网络小说阅读强度量表包括两个部分，阅读频率和卷入程度，其中阅读频率包括阅读年限、每周阅读时间、阅读小说数量、阅读类型数量（包括言情、玄幻、悬疑等10种类型），标准化后相加即为阅读频率；卷入程度参考娱乐节目卷入度量表（Lin et al.，2016），包括五个题目，例如"我在看网络小说这件事情上，投入很多时间和精力"，采用5点计分，从完全不符合到完全符合。对卷入程度量表进行验证性因素分析，指标拟合良好，$\chi^2/df=2.55$，RMSEA=.05，RMR=.02，CFI=.99，GFI=.99，NFI=.99，卷入程度的Cronbach' α 内部一致性系数为.91，信效度良好。将两部分量表得分中心化后相加取平均值，得分越高表明阅读强度越高。在本研究中问卷的Cronbach'α 内部一致性系数为.73。

2. 自我概念清晰性量表

采用Campbell等人（1996）编制的自我概念清晰性量表，测量青少年自我概念清晰性和一致性程度。该量表包括12个题项，采用李克特5点计分（1"完全符合"—5"完全不符合"）。该量表在我国青少年群体广泛使用，具有良好信效度（刘庆奇等，2017；牛更枫等，2016）。在本研究中，验证性因素分析结果的拟合指数良好 $\chi^2/df=5.23$，RMSEA=.07，RMR=.04，CFI=.93，GFI=.93，NFI=.93，量表的Cronbach' α 一致性系数为.82，量表的信效度良好。

3. 角色认同量表

角色认同量表参考 van Looy 等人（2012）编制的游戏化身认同量表，根据网络小说的特点进行适当改编，修订后量表包括三个维度（相似性认同、理想化认同和同感性认同），这一结构在很多研究中得到检验（衡书鹏等，2018；Soutter & Hitchens，2016）。量表包括11个题项，采用5点计分（1＝完全不符合，5＝完全符合）。在本研究中，角色认同量表的验证性因素分析指标较好：$\chi^2/df=5.91$，RMSEA＝.08，RMR＝.04，CFI＝.93，GFI＝.91，NFI＝.92，量表的Cronbach' α一致性系数为.93，量表的信效度良好。

4. 沉浸感量表

采用张冬静等（2017）编制的网络小说沉浸感量表。量表要求被试对5个项目进行自我评定。采用5点计分（1＝完全不符合，5＝完全符合）。在本研究中，沉浸感量表的验证性因素分析指标良好：$\chi^2/df=2.81$，RMSEA＝.05，RMR＝.02，CFI＝.99，GFI＝.99，NFI＝.99，量表的Cronbach' α一致性系数为.89，量表的信效度良好。

（三）数据处理

本研究多重中介效应的检验选用方杰、张敏强和邱皓政（2012）推荐的偏差校正的百分位Bootstrap法。检验工具为Hayes（2012）编制的SPSS插件，检验模型为模型6。

（四）共同方法偏差

由于采用自我报告法收集数据，结果在一定程度上有可能受到共同方法偏差的影响。本研究在正式发放问卷前，通过强调匿名性和保密性，分开排列各问卷项目等程序来降低这一问题。但为了结果的严谨性，进一步采用Harman单因子检验法，探索性因子分析结果表明：特征根大于1的因子有9个，且最大因子解释变异为27.79%，小于40%的临界标准。这说明本研究数据不存在严重的共同方法偏差问题。

三、结果

（一）网络小说阅读、角色认同、沉浸感和自我概念清晰性的相关分析

独立样本t检验表明，阅读网络小说青少年的自我概念清晰性得分显著低于非阅读青少年（$t=-3.64$，$p<0.01$）。相关分析结果表明：网络小说阅读、角色认同、沉浸感两两之间显著正相关，且均与

自我概念清晰性呈显著负相关。如表1所示：

表1 描述性统计结果和变量间的相关关系

	M	SD	1	2	3	4	5	6
1. 性别	—	—	1					
2. 年龄	14.18	1.49	.11	1				
3. 阅读强度	−.07	.78	.03*	.22***	1			
4. 角色认同	2.33	.96	.05	.05	.29***	1		
5. 沉浸感	2.94	1.18	.02	.03	.03***	.59***	1	
6. 自我概念清晰性	2.92	.73	−.18***	.01	−.21***	−.36***	−.40***	1

注：***$p<0.001$，**$p<0.01$，*$p<0.1$，下同。

（二）角色认同和沉浸感在网络小说阅读与自我概念清晰性之间的中介效应检验

本研究采用Hayes（2012）编制的SPSS宏（Model6），在控制性别、年龄和阅读年限的条件下，对角色认同和沉浸感在网络小说阅读与自我概念清晰性之间的多重中介效应进行检验。回归分析结果表明（如表2所示）：阅读强度显著负向预测自我概念清晰性（$\beta=-.26$，$p<.001$）；阅读强度显著正向预测角色认同（$\beta=.30$，$p<.001$）；阅读强度显著正向预测沉浸感（$\beta=.24$，$p<.001$），角色认同显著正向预测沉浸感（$\beta=.52$，$p<.001$）；阅读强度对自我概念清晰性的预测作用不显著（$\beta=-.05$，$p>.05$），但角色认同显著负向预测自我概念清晰性（$\beta=-.18$，$p<0.001$），沉浸感显著负向预测自我概念清晰性（$\beta=-.25$，$p<.001$）。

表2 模型中变量的回归分析

回归方程		整体拟合指数			回归系数显著性	
结果变量	预测变量	R	R^2	F	B	t
自我概念清晰性	阅读强度	−.21	.04	22.0***	−.26	−4.69***
角色认同	阅读强度	.31	.08	44.38***	.30	6.66***
沉浸感	角色认同	.64	.40	58.86***	.52	14.04***
	阅读强度				.24	6.38***

续表

回归方程		整体拟合指数			回归系数显著性	
结果变量	预测变量	R	R^2	F	B	t
自我概念清晰性	角色认同	.43	.18	35.34***	-.18	-3.62***
	沉浸感				-.25	-4.93***
	阅读强度				-.05	-1.11

注：***$p<0.001$，**$p<0.01$，*$p<0.1$，下同。

进一步中介效应检验的结果表明（如表3和图1所示）：网络小说阅读完全通过角色认同和沉浸感的多重中介作用影响自我概念清晰性。具体而言，中介效应由三条路径产生：通过网络小说阅读→角色认同→自我概念清晰性产生的间接效应1（-.05）；通过网络小说阅读→角色认同→沉浸感→自我概念清晰性产生的间接效应2（-.04）；通过网络小说阅读→沉浸感→自我概念清晰性产生的间接效应3（-.06）。表3数据显示：间接效应1、2和3的Bootstrap 95%置信区间均不包含0值，表明这三个间接效应均达到了显著水平，中介效应分别占总效应的33.33%、26.67%和40.00%。

表3 角色认同和沉浸感的序列中介效应

	间接效应值	Boot标准误	BootCI下限	BootCI上限	相对中介效应
总间接效应	-.15	.02	-.21	-.10	
间接效应1	-.05	.02	-.10	-.02	33.33%
间接效应2	-.04	.01	-.07	-.02	26.67%
间接效应3	-.06	.02	-.10	-.03	40.00%

注：Boot标准误，BootCI下限和BootCI上限分别指偏差校正的百分位Bootstrap法估计的间接应的标准误差、95%置信区间的下限和上限；所有数字保留两位有效数字。

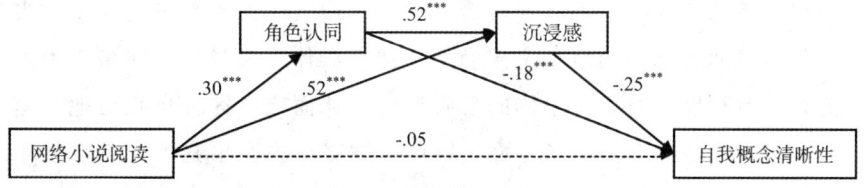

图1 角色认同和沉浸感的多重中介效应

四、讨论

本研究基于网络自我概念分化假说,结合叙事的角色认同理论和沉浸感理论,深入探讨青少年网络小说阅读对自我概念清晰性的影响及其作用机制。描述统计结果显示 56.80% 青少年阅读网络小说,略高于全体网民普及率,进一步说明网络小说已经成为广大青少年的主要网络娱乐活动。相关分析结果发现青少年网络小说阅读强度与自我概念清晰性显著负相关,进一步回归分析的结果也表明阅读强度显著负向预测自我概念清晰性,这一结果不仅切合还进一步扩展了 Valkenburg 和 Peter (2011) 提出的自我概念分化假说,提示我们需要进一步深入研究网络小说阅读对青少年发展的影响。

网络小说的强互动性对青少年读者群体具有强大的吸引力,成为他们开展网络交流和自我拓展的新渠道。对于青少年而言,他们不仅会通过与故事角色建立的类社会关系来满足关系需要,也会通过阅读带来的高峰体验满足情绪放松需要(Stutler,2011)。同时,这一类社会关系也会给个体的自我建构和自我认知带来影响——关系自我理论强调个体对自我的认知是建立在个体与他人的关系之上(Sedikides et al.,2013);叙事的对话自我理论则强调个体在不同的想象空间进进出出,通过自我与想象他人的交互对话,在一系列动态关系中实现不断自我建构和再建构(吕仁慧,李明,2015)。基于此,在本研究中网络小说作为形形色色的想象空间,个体在阅读不同类型小说过程中所体验的各种人物角色中必然会促进个体自我解构和再建构。虽然大量研究证实阅读文学作品有利于个体自我概念建构,但是由于缺乏监管,国内网络小说整体质量不高,人物和叙事逻辑混乱,不利于青少年构建稳定而统一的自我概念。另外,网络小说类型极其丰富,青少年可以通过阅读网络小说接触到多样化群体,大量阅读网络小说可能在一定程度上复杂化个体的自我概念,从而难以区分自我与他人差异,导致无法整合自我各方面。因此,网络小说在丰富了青少年娱乐生活的同时,也给自我概念发展带来负面影响。

在探讨青少年网络小说阅读对自我概念清晰性负向影响的基础上,本研究结果还发现网络小说阅读通过角色认同和沉浸感的单独中介作用以及角色认同→沉浸感的序列中介作用对自我概念清晰性产生影响。这表明角色认同是网络小说阅读导致消极适应后果的关键因素。相关研究发现,角色认同在叙事对个体影响中起到中介作用(Dessart, 2018; Hoeken & Fikkers, 2014; Taylor, 2015; van Krieken et al., 2017),且阅读过程中情绪也在叙事与个体心理社会适应间起到中介作用(张冬静等,2017; Richter et al., 2014; Shen et al., 2014; Taylor, 2015)。这进一步表明了网络小说阅读与心理社会适应的关系中存在重要的影响变量。具体而言,网络小说阅读并不必然导致个体自我概念清晰性混乱,个体在阅读过程中的认知变化和情绪体验——角色认同和沉浸感,是网络小说阅读导致青少年自我概念清晰性降低的关键因素。

就网络小说而言,特别是青少年喜爱阅读的玄幻奇幻和言情情感类小说题材,其故事情节和人物塑造脱离于现实生活,故事与现实差异极大。一方面,网络小说人物形形色色,各有神通,具有超现实的特点。这种现实自我与小说人物之间的差异,即自我—他人差异会引起青少年的自我怀疑和自我否定。而多样化身份的建立也会给自我概念整合带来困扰。Carter 和 Marony(2018)的研究指出多重身份认同会降低个体自我概念清晰性,特别是与稳定人格差异较大的身份体验。另一方面,网络小说作者习惯于通过夸张描述和强烈的情绪唤醒来吸引读者。沉浸其中的青少年可能通过阅读网络小说逃避现实问题,陷入虚假幻象中,迷失自我(张冬静等,2017)。因此,这种对高峰情绪体验的持续追求,阻隔了现实自我探索的渠道,也是青少年在网络小说中迷失自我的另一关键因素。

本研究还发现角色认同→沉浸感在其中起到的序列中介作用,进一步验证了对角色的认同引发的沉浸体验导致自我迷失的心理作用机制。角色和情感是文学作品非常重要的两个元素,序列中介作用揭示了角色与情感两元素如何在网络小说阅读对青少年自我概念清晰影响中起作用。以往关于网络游戏的研究发现,对虚拟化身的认同会诱发强烈的情绪体验(衡书鹏等,2018),本研究结果说明这一心理机制在网络小说阅读中同样适用。读者在阅读过程中对故事主人公的身份认同程度越高,越容易自我代入,感同身受角色情绪(van Krieken et al.,2017),也就会产生更加强烈的高峰体验,从而深陷故事情节不可自拔。因此,网络小说阅读过程中的角色认同会进一步诱发沉浸感,对自我概念清晰性产生影响。

综上所述,本研究致力于探讨网络小说阅读对青少年自我概念清晰性的影响,结果发现网络小说阅读负向预测自我概念清晰性,并且这一影响完全通过三条中介路径起作用:角色认同和沉浸感的单独中介作用以及角色认同—沉浸感的序列中介作用。这一研究结果在理论上,结合网络小说阅读这一具体行为,深化和扩展了网络使用与自我的相关理论,明晰了网络小说阅读对青少年自我概念清晰性的影响及其内在机制;在实践上有助于指导家长和教师正确引导学生健康阅读网络文学,也有助于国家相应部门制定针对网络文学相关的规章制度,规范网络文学市场,降低不良影响。例如训练青少年对故事角色的辩证思考来降低个体盲目认同,通过提升网络小说作品质量来消解网络小说带来的不良作用等。

本研究也存在一些不足之处。在研究设计上,本研究对相关变量的考察尽管有理论依据,但仍是基于横断研究,未来还需要采用纵向研究、实验研究等这类具有因果推断力的研究设计来进一步考察网络小说阅读对自我概念清晰性的影响机制。在样本选取上,本研究样本来自武汉市一所普通中学,未来还需要增加全国样本提升结果有效性。在研究深度上,本研究主要从角色和情感两个因素入手,但是阅读是一项复杂的认知加工过程,也包括其他重要因素,例如叙事传输和自我扩展等重要变量。最后,未来研究还可以综合考虑文学特点(网络 VS. 非网络小说、叙事风格)、阅读方式(互动性、纸质阅读 VS. 屏幕阅读)、个体特征(阅读动机、人格、移情)等多方面因素的影响,进一步深入而全面地研究网络小说阅读对青少年自我概念清晰性的影响机制。

五、结论

(1) 青少年网络小说阅读、角色认同、沉浸感两两之间显著正相关,且均与自我概念清晰性呈显著负相关。

(2) 青少年网络小说阅读既可以通过角色认同和沉浸感的单独中介作用降低自我概念清晰性,也可以通过角色认同和沉浸感的序列中介作用降低个体自我概念清晰性。

参考文献

[1] 方杰,张敏强,邱皓政.中介效应的检验方法和效果量测量:回顾与展望[J].心理发展与教育,2012,28(1):105—111.

[2] 衡书鹏,周宗奎,雷玉菊,牛更枫.现实—理想自我差异对青少年游戏成瘾的影响:化身认同和沉浸感的序列中介作用[J].心理与行为研究,2018,16(2):253—260.

[3] 刘庆奇,牛更枫,范翠英,周宗奎.被动性社交网站使用与自尊和自我概念清晰性:有调节的中介模型[J].心理学报,2017,49(1):60—71.

[4] 吕仁慧,李明.对话自我:动态的多重立场空间的自我观[J].心理科学进展,2015,23(8):1461—1466.

[5] 牛更枫,孙晓军,周宗奎,田媛,刘庆奇,连帅磊.青少年社交网站使用对自我概念清晰性的影响:社会比较的中介作用[J].心理科学,2016,39(1):97—102.

[6] 邵燕君.网络文学的"网络性"与"经典性"[J].北京大学学报(哲学社会科学版),2015,52(1):143—152.

[7] 田晓丽.互联网时代的类社会互动:中国网络文学的社会学分析[J].清华大学学报(哲学社会科学版),2016,31(1):173—181.

[8] 吴琼.网络小说及其读者关注度分析[J].图书馆建设,2012(3):66—69.

[9] 徐海玲.自我概念清晰性和个体心理调适的关系[J].心理科学,

2007,30(1):96—99.

[10] 艺恩咨询.95后网络文学阅读真相调查报告[EB/OL]. http://www.199it.com/archives/594573.html.

[11] 张冬静,周宗奎,雷玉菊,牛更枫,朱晓伟,谢笑春.神经质人格与大学生网络小说成瘾关系:叙事传输和沉浸感的中介作用[J].心理科学,2017,40(5):1154—1160.

[12] 中国互联网络信息中心.第44次中国互联网络发展状况统计报告[EB/OL]. http://www.cnnic.net.cn/hlwfzyj/hlwxzbg/hlwtjbg/201908/P020190830356787490958.pdf.

[13] 竺立军,杨迪雅.网络文学网站的社会责任研究——基于青少年成长环境的视角[J].中国青年研究,2017(5):47—52.

[14] Campbell, J. D., Trapnell, P. D., Heine, S. J., Katz, I. M., Lavallee, L. F., & Lehman, D. R. Self-concept clarity: Measurement, personality correlates, and cultural boundaries[J]. *Journal of Personality and Social Psychology*, 1996, 70(1):141—156.

[15] Carter, M. J., & Marony, J. (in press). *Examining self-perceptions of identity change in person, role, and social identities. Current Psychology.*

[16] Cohen, J. Defining identification: A theoretical look at the identification of audiences with media characters[J]. *Mass Communication and Society*, 2001, 4(3):245—264.

[17] Csikszentmihalyi, M. *Flow: The psychology of optimal experience.* New York: Perennial, 1990.

[18] Dessart, L. Do ads that tell a story always perform better? The role of character identification and character type in storytelling ads[J]. *International Journal of Research in Marketing*, 2018, 35(2):289—304.

[19] Hayes, A. F. PROCESS: A versatile computational tool for observed variable mediation, moderation, and conditional process modeling. *Manuscript submitted for publication*, 2012.

[20] Hoeken, H., & Fikkers, K. M. Issue-relevant thinking and identi-

fication as mechanisms of narrative persuasion[J]. *Poetics*, 2014 (44):84—99.

[21] Lin, J. S., Sung, Y. J., & Chen, K. J. Social television: Examining the antecedents and consequences of connected TV viewing[J]. *Computers in Human Behavior*, 2016(58):171—178.

[22] McAdams, D. P. Narrative identity. In S. J. Schwartz, K. Luyckx, & V. L. Vignoles (Eds.), *Handbook of identity theory and research*. New York: Springer, 2011.

[23] McLean, K. C., Pasupathi, M., & Pals, J. L. Selves creating stories creating selves: A process model of self-development[J]. *Personality and Social Psychology Review*, 2007, 11(3): 262—278.

[24] Richter, T., Appel, M., & Calio, F. Stories can influence the self-concept[J]. *Social Influence*, 2014, 9(3):172—188.

[25] Sedikides, C., Gaertner, L., Luke, M. A., O'Mara, E. M., & Gebauer, J. E. A three-tier hierarchy of self-potency: Individual self, relational self, collective self[J]. *Advances in Experimental Social Psychology*, 2013(48):235—295.

[26] Shen, F. Y., Ahern, L., & Baker, M. Stories that count: Influence of news narratives on issue attitudes[J]. *Journalism and Mass Communication Quarterly*, 2014, 91(1): 98—117.

[27] Shin, J. Y., Steger, M. F., & Henry, K. L. Self-concept clarity's role in meaning in life among American college students: A latent growth approach[J]. *Self and Identity*, 2016, 15(2): 206—223.

[28] Soutter, A. R. B., & Hitchens, M. The relationship between character identification and flow state within video Games[J]. *Computers in Human Behavior* 2016(55):1030—1038.

[29] Stutler, S. L. (2011.) Gifted girls' passion for fiction: The quest for meaning, growth, and self-actualization[J]. *Gifted Child Quarterly*, 55(1):18—38.

[30] Taylor, L. D. Investigating fans of fictional texts: Fan identity salience, empathy, and transportation [J]. *Psychology of Popular Media Culture*, 2015, 4(2):172—187.

[31] Valkenburg, P. M., & Peter, J. Online communication among adolescents: An integrated model of its attraction, opportunities, and risks [J]. *Journal of Adolescent Health*, 2011, 48(2):121—127.

[32] van Krieken, K., Hoeken, H., & Sanders, J. Evoking and measuring identification with narrative characters-a linguistic cues framework [J]. *Frontiers in Psychology*, 2017(8):1190.

[33] van Looy, J., Courtois, C., De Vocht, M., & De Marez, L. Player identification in online games: Validation of a scale for measuring identification in MMOGs [J]. *Media Psychology*, 2012, 15(2):197—221.

[34] Yoon, S. J. Does social capital affect SNS usage? A look at the roles of subjective well-being and social identity [J]. *Computers in Human Behavior*, 2014(41):295—303.

（原载于《心理科学》2021 年第 4 期）